湾区纪事
三部曲

美味关系

荆浡晓 ——

著

SPM 南方传媒 花城出版社

中国·广州

图书在版编目（CIP）数据

美味关系 / 荆泽晓著. -- 广州 ： 花城出版社，
2025. 6. -- ISBN 978-7-5749-0281-7
Ⅰ．I247.5
中国国家版本馆CIP数据核字第2025QA1391号

美味关系
MEIWEI GUANJI

荆泽晓/著

出 版 人	张　懿
责任编辑	李　谓　夏显夫
技术编辑	凌春梅
责任校对	衣　然
装帧设计	姚　敏
出版发行	花城出版社
经　　销	全国新华书店
印　　刷	佛山市浩文彩色印刷有限公司
开　　本	787 毫米×1092 毫米　16 开
印　　张	25.75　1 插页
字　　数	400,000 字
版　　次	2025 年 6 月第 1 版　2025 年 6 月第 1 次印刷
定　　价	65.00 元

版权所有 · 侵权必究。如发现印装质量问题，请与出版社联系。
购书热线：020-37604658　37602954

目录

第一章	与我无关	001
第二章	不败王者	010
第三章	为何不死	019
第四章	立夏	029
第五章	叉烧包的霸道	038
第六章	分歧	047
第七章	立志	056
第八章	过往的影子	065
第九章	工作是尊严	074
第十章	马到功成	083
第十一章	不是苦楝	092
第十二章	演不了母慈女孝	102
第十三章	御衣黄	111
第十四章	有杀气	120
第十五章	两个世界	129
第十六章	寻找句号	138
第十七章	扼杀的青春	147
第十八章	转向	156

第十九章	嫁妆	165
第二十章	选择	174
第二十一章	花瓣里的盛夏	183
第二十二章	事不如期	192
第二十三章	还款计划	201
第二十四章	谁告诉你们的	210
第二十五章	赌约	219
第二十六章	淡极始知花更艳	228
第二十七章	昔日的味道	238
第二十八章	奇货可居	247
第二十九章	各有惊喜	257
第三十章	浓油赤酱	266
第三十一章	细嗅蔷薇	275
第三十二章	惊闻	284
第三十三章	脏了吗	293
第三十四章	不该出现的人	302
第三十五章	魂不守舍	312
第三十六章	月色朦胧	321
第三十七章	幕后黑手	330
第三十八章	挖人	339
第三十九章	从何而来	348
第四十章	自由的鸟	358
第四十一章	契机	368
第四十二章	人心易变	379
第四十三章	突然崩盘的资金链	388
第四十四章	落红不是无情物	397

第一章　与我无关

或许广州的每座现代化的写字楼，在商业大厦的一楼大多都会有咖啡馆，陈晓欣上班的这座大厦看起来也不例外。她特别喜欢露天区在西南角的这个位置，不单单是这里有一把蛋形的藤椅，半躺着很舒服，更因为这个角落有一个侘寂风的长木箱，栽着玉兰花。

但今天不同，陈晓欣疑心咖啡馆的咖啡豆是不是受潮了，她狠狠喝了一大口，除了苦涩，就只有酸楚，酸得连阳光都乏力，让她很有些冷意。

她用眼角的余光扫了一眼坐在身旁的他，不知道为什么，还没开口，眼眶就红了起来。

他伸手抱住她，用自己的脸颊擦去她的泪："都是我不好，不能留在广州了。其实还有一个选择的，你也许可以考虑，跟我一起回老家，我们一起去直播，为家乡带货。嘿，咱们至少在怎么运营这一块，有着丰富的经验啊。想想你我在各自公司运营部门的试错，算起来怎么也得有八位数啊……尽管爆款不一定能出来，但我们知道怎么避开雷区。"

他一如既往地善解人意，并没有再往下说。

他那满带磁性的声音，如以往一般，开始抚平她的伤痛："我老家有院子，你喜欢玉兰花，院子里我们养上几盆玉兰花，小池子里放些金鱼，但我们得养条狗把猫看住，别让它去祸害那些鱼。"他轻抚她的长发，轻声说道："屋后还有三分自留地，那次我们去旅行，你说很喜欢漫山遍野的紫罗兰，我们可以把那自留地都种上紫罗兰。"

不知不觉间，陈晓欣脑海里就有了画面。

似乎跟他一起回乡发展，也不太坏？

她用力地吸了吸鼻子，推开他，拿起桌上的纸巾，用力地拭去涕泪，以至于鼻子和眼角都揉搓得发红了。陈晓欣深吸了一口气,是身后玉兰花的香味,并不需要去五百公里外他的家乡。

五百公里外是他努力走出来的家乡,而她的家就在这座城市。

也许在职场经历得多了,也许是咖啡足够酸,她很清楚,他最后的努力,劝她一起去到五百公里外的乡村,绝对不是因为那里有玉兰花香,甚至他想回去,也绝对不是因为对故土的眷恋。

"在运营的领域里,不论你或我的薪资,对创业的你,就是个噩梦,对吧?咱俩都知道。"她看着他,伸出手,拒绝了他再度拥抱的企图,她端起已有些凉的咖啡,喝了一口,更酸了,酸得她就要哭出来了。

他的脸色明显不自然,尽管紧接着,他就说了一些让双方都能下台阶的话。

但陈晓欣一句也没听。

她望着远处街边匆匆来往的人,有人穿着短裤短袖,有人西装革履,在这样的天气里,这是各自的选择,也许并没有对或错,她转过头对他说道:"手机给我。"

拿着他递过来的手机,她打开微信、QQ、飞书之类的软件,把自己拉黑删除,然后把手机还给他:"走吧。"

他在街边上了网约车,终于远去。

当在视野里失去了那辆网约车的踪迹,她放下手里的咖啡杯,不停地拭泪,不停地拭泪,终于她缩进蛋形的藤椅里,抱起膝盖,压抑地抽泣。她有一种失力无助的窒息感,终归是从大一就开始的感情,躲过毕业时的分手季,彼此在都市繁忙的工作里小心翼翼地维护着彼此,但终于破灭,在这样的春天里。

陈晓欣感觉这么哭下去,自己也许下一秒就会因为窒息而昏厥。

她想停下来,可是根本无法止住伤悲。

这时手机响起来电提示,她专门设定的《欢乐时光》的来电铃声,冷不防这么响起,打破了这个悲伤的场景,让她得以挣脱出来,是运营总监打过来的:"小欣啊,你在哪儿呢?这边下午3点,总裁办临时有个会,咱们运营部门得参加。"几乎隔着电话,陈晓欣都能看得见运营总监脸上的紧张——她那张不知浪费了多少玻尿酸的脸,每到这个时候,就不见了平时的飞扬跋扈。

"好。"陈晓欣丝毫提不起说话的兴致,回了一声,就挂了电话。

她点开微信看了一下,果然运营总监在微信给她发了很多话。

刚才倒是有听到微信响,但她没心思理会。

现在陈晓欣回头看那一串留言,看着运营总监从一开始要求她下午开会时的趾高气扬,紧接着的威胁扣绩效、发脾气威胁公司要"优化"人员,到最后化身"知心大姐"嘘寒问暖劝陈晓欣回公司开会,简直就是让她享受了一场脱口秀。

她喝了一口咖啡,仍然找不到平日里的欢欣。

于是她抛弃它,把它独自留在咖啡桌上,留在玉兰花的边上。

下午的会,CEO(首席执行官)让他的助理给大家带了奶茶,但给陈晓欣带的,是她至爱的美式咖啡。

"晓欣,这个项目,研发基本完成了,到底能不能创收,就看你的了!"CEO 在各部门主管汇报项目进度之后,激情洋溢地做了结语,直接就点到了陈晓欣的名字,"从人事 BP(人力资源服务经理)到 PM(行政人事专员),从 PM 到运营经理,这四年里,晓欣你的能力,公司是看在眼里的。从你到运营部门之后,你负责的几个项目,有三个是月流水过千万的。这三个项目,也是公司目前重要的现金流支柱,所以晓欣,我对你有绝对的信心⋯⋯"

不但越级参加会议,而且 CEO 点到她的名字并寄予重望,甚至对她的履历如数家珍,明显在新项目的运营上,公司对她的期望和信任,是要远远胜于她的顶头上司运营总监的。

这如果发生在她在人事 BP 的职位上时,陈晓欣觉得自己应该会激动很久,甚至在会后,把这个场面分享给家人朋友。

但现在,她毫无波澜,甚至不会自问一句:"那为什么运营总监还不是我?"

不,她不想问,因为运营部之前还有一个经理,是脾气很好的老大哥。

以前开会,运营总监找不到那位老大哥,就不敢来开会,如同今天找不到陈晓欣这般惶恐。

那位老大哥在公司做了五年,最后跳槽走了。

所以,陈晓欣连问一句"为什么"都没有兴趣。

这一切,正如她在心里默然自语:"与我无关。"

而她手机的屏幕亮了起来,是她哥哥的来电,她示意了一下这电话非接不可,就走出去接电话了:"我在开会啊,大佬,点啊?"

她大哥气喘吁吁地叫喊着:"阿妈同你阿嫂吵到骂粗口了!姑妈去厨房扯了把刀,话要'收我皮'!你快点回来啊!"

在这初夏的沿海都市里,到了下班的时间,就算街上拥挤的车辆,也很难带来炙热的夏意,陈晓欣走到写字楼旁边的公园里,去那家卖鱼蛋粉的摊档吃上一碗热腾腾的鱼丸,仍是一个不错的选择,尽管看起来,这却并不是她自己的意愿。

她刚走近,就见到角落里有人站起来,向她挥手示意。

"我公司研发那边有个项目要开始推了,忙到'吊颈都没时间'。"陈晓欣还没坐下,就抱怨起来,"张若彦,就下棋输了你一顿饭,你催命一样,天天催,有意思吗?"

他尽管五官不算十分精致,但高挑健康的外形能给人很不错的第一印象,尤其眉眼之间,一笑起来,很有几分阳光气息,在这初春里,往往能暖人心田。不过陈晓欣明显是例外的,坐下就没好气地说:"你这套假脸,给我收起来!谁还不知道谁一样!"

"这顿饭又不要你买单,这么凶做什么?你怕不是有病吧?"张若彦一边用茶水烫着筷子,一边不解地问道,也丝毫没有因为她的年轻俏丽而客气。

对从初中就认识的他们来讲,从小就没擦出过火花,确实认识太久了,于是压根就跟兄妹之间一样,几乎是完全无视了对方的颜值,也懒得去讲什么客套。

总之,只要一碰面,互相毒舌是必然的交流手段。

烫好了筷子,倒了一杯茶的陈晓欣,冷笑道:"你会这么好心?别惹我,我今天一肚火,真的张开嘴就会喷火。"

"真的,我请客,我就是这么好心。至于说喷火,这个从小我就知道啊,龙族标配嘛,对不对?你干什么!我说龙族,我没说恐龙!哈哈哈!"张若彦笑着躲闪陈晓欣手上筷子的攻击,"喂!你别乱捅,筷子也会捅死人的!再不停手我就躺地上叫房地产经纪过来了啊!"

不过陈晓欣停下来的原因,并不是怕张若彦碰瓷,而是后者拿出了一个贴着封条的文件袋:"你花钱让人查的东西,留了我的地址,今天送过来时,对方说没有电子存档,戳烂了我可不管!"

这时鱼蛋粉端了上来,于是陈晓欣一边打开文件袋看资料,一边吃起鱼蛋粉,在张若彦面前,她完全就不考虑形象的问题。

"怎么了?更年期了吗?这家鱼蛋虽说不太好吃,你也不至于这样脸色啊,毕竟我买单,你还欠着一顿饭呢!"张若彦看着陈晓欣那难看的脸色,在桌下踢了她一脚。

陈晓欣一下就火了,猛地站了起来,一手端起吃了一半的鱼蛋粉,瞪着张若彦。

"放下吧,施主。贫僧早就放下了,施主你一直放不下啊……"张若彦终于发现不对了,因为她颤抖的手,还有渐红的眼眶,"怎么了?真遇上事了?"

他不问还好,这么一问,陈晓欣无力地跌坐在椅子里,放开那碗鱼蛋粉,看着他,眼泪就不住地往下淌:"他回家乡创业了,呜呜,他走了!"

"来来,抹一下,这有啥好哭的,三条腿的蛤蟆才难找,两条腿的男人还不好找?我一会儿在朋友圈发个信息,跟未婚的兄弟一人收个五十,就说给他们介绍相亲,就说你是我妹……"他没说完,就被陈晓欣扔过来的筷子砸到头上,虽说不疼,但也吓了一跳。

"你妹!"陈晓欣突然感觉哭不起来,只想打他一顿出气,抓起手机就砸了过去,正中张若彦的胸口。

这下真的有点痛,他直接把手机揣进兜里,也不想跟她说话,更不打算还给她手机。

其实她的暴躁不单是分手的伤感引起的。

她如此伤心,不仅是因为他独自离开这座都市,而且临走的时候,还想PUA(精神控制)她去当免费劳工。大约,这才是在职场里饱尝酸楚的她,无法接受的根本。

看见张若彦这模样,她冷笑着咬牙说道:"白切鸡就吃得多,落汤鸡就少见,不如见一见?"

"来,倒,倒完我保证也给你照着来一通,说得好像只要你手里有鱼蛋粉一样!"张若彦一点也不想惯着她这毛病,但这时裤兜里她的电话响了起来,他拿出来看了一眼来电显示，上面备注着"废柴大佬"，于是他把电话扔到桌上，"你哥救了你一命。"

她看了一下来电显示，直接就挂掉了。

"亲生大哥的电话，你也挂？"张若彦一边吃着鱼蛋粉，一边问她。

她咬牙坐下，开始扒拉自己的那碗鱼蛋粉，吃了两口，从鼻子里长长呼出一口气，抬起头，左手点了点刚才那份文件夹，问张若彦："你没看过？"

"拜托你，做个人吧！"张若彦压根不想跟她再说一句话，他得多闲才会去偷看？

她伸出食指，把文件袋推到张若彦面前，然后接着吃鱼蛋粉。

"喂，咱俩也不是很熟，这么给我看，不太好吧？"他笑着这么说道，但手里却很快就把文件从里面抽了出来，那是一份详尽的调查报告，大致上，是陈晓欣的大哥从父亲那里接手的餐馆，会经营不善、面临倒闭的原因。

里面很多东西，都备注着"据说""据推测""据闻"，可能是陈晓欣给的钱不够，或者是并没有确凿的证据，但总体来说，是能够把逻辑理出来的：陈晓欣的大哥请了一个大堂经理，然后自己每天沉迷打游戏，结果很快三个点菜员慢慢就被大堂经理全换成了自己的同乡，接着收银员跟大堂经理陷入爱河，而餐馆的采购也开始跟大堂经理的一个同乡点菜员拍拖。

"你哥真牛！"看到这里，张若彦抬头看了陈晓欣一眼，就算向来跟她谁也看不上谁，但这一刻，真的对她感觉到同情。

厨房的人员感觉到不对劲，找陈晓欣她哥聊过两次，但她哥仍然沉迷于游戏。

于是厨师开始跳槽，大堂经理也招了几个厨师，他们开始大肆采购劣质材料、地沟油，从中赚取差价捞钱，捞到餐馆现在支持不下去了，这些人就在半个月前全部陆续离职。

一切根本无从追究。

而现在餐馆因为用劣质食材，以及服务质量不好，名声弄得很臭；厨房那边完全瘫痪，还倒欠着不少食材供应商的进货款；服务员也只有三个年纪很大的老人在支撑，这餐馆是开不下去了。

"我哥下午就打电话来，说我小姑妈扯把菜刀要砍死他。"她平静地说道。

张若彦看着她:"那你还坐在这里?你还挂他电话?"

她推开那碗没吃完的汤粉,指着那个文件袋:"当我发现他这么蠢时,在那一瞬间,可能心理阴暗面发作,其实是有点期待的,也许这样对大家都好。"

她长叹了一声:"但从下午到现在,如果砍这么久还没砍死,大约是死不了的了。"

当夜色降临在这座都市,住宅小区里的万家灯火陆续亮起,大有与月芒和星辉争芳斗艳的架势,连那些阳台上的花草都无所适从,只好拉出几道影子来,以分别宽慰月光、灯光,还有远处霓虹的辉耀。

电梯刚到了18楼,电梯门才一打开,陈晓欣隔着防盗门、花梨木的大门,就听见母亲高亢的声音从里面传出来:"你睡到下午才起来,吃了猪肠粉天都快黑了,我看你也吃不下,晚饭就不用煮了!"

"我陪你……总是要吃的……"这是大嫂刘宛晴在劝说着些什么,她没有母亲黄樱那高八度的嗓门,隔着两重门,听着不太真切,但马上就被黄樱高八度的嗓门打断:"不吃!我都饱了!气饱了!你要吃自己吃!"

陈晓欣无奈地长叹了一声,打开门走进去:"妈、阿嫂,我返来了。"

"你姑姐癫㗎!黐咗线啊!"黄樱看见自己女儿回来,就开始诉苦。

按她的说法,陈晓欣的小姑妈脑子出了问题,本来没什么事在一起打麻将,而且小姑妈陈淑芳还赢了钱,然后陈淑芳就精神病发作,突然就要砍死陈晓欣的大哥,所以陈晓欣的大哥为了避免小姑妈在精神病发作状态下酿成大错,就跑了。黄樱觉得自己的儿子做得很对:"古人都讲,小杖受,大杖走,阿轩仔我自小就教他,要孝顺,这就叫有家教。"

在换鞋的陈晓欣没去搭理自己的母亲,问刘宛晴:"大嫂,晚上吃什么?"

"阿爸去钓鱼,我们三个吃,我买了些烧鹅,想着再蒸条鱼,炒个通菜,冰箱里还有点猪肚,切一碟就差不多了。"刘宛晴有种如释重负的感觉,一边跟陈晓欣搭话,一边手脚麻利地洗着通菜。

黄樱看见自己的女儿不接话茬,没好气地骂道:"吃、吃、吃,吃傻你啊!死女包!"

不过陈晓欣不搭理他，刘宛晴自然也不会主动去找不痛快，姑嫂两人在厨房搭手忙活，聊起各自在追的新番、剧集，又说起短视频平台流行的段子，不觉就有了笑声。

在客厅看电视的黄樱听着姑嫂的笑声传来，冷哼了一声："仆街狐狸精！我明天去黄大仙请道符回来，镇住！不是你这死狐狸精，轩仔的餐馆开得很好，怎么搞到开不下去？"然后就是许多俚语的咒骂和数落，仿佛在电视背景声里，一段solo（单人）的rap（说唱）。

黄樱这些念叨和低语，其实在厨房也能隐约听到。大嫂是瓜子脸、尖下巴，所以黄樱在骂谁，大家心里都有数。正在切猪肚的陈晓欣就听不下去了，放下刀就要去跟黄樱说个明白，在炒通菜的大嫂拉住她，摇了摇头："算了，餐馆开不下去，妈心里不痛快，随她去吧。"

两人一起张罗，菜倒是很快就做好了。

陈晓欣端着装好盘的烧鹅和猪肚、炒好的通菜，就对黄樱喊道："妈，开饭了。"

看着转身进去打饭的女儿，黄樱的rap就到了丈夫陈勇身上："死老嘢，整天说去钓鱼、钓鱼，都不知道钓的什么鱼！都是那老东西最坏，自己嫁出去的妹妹，老是来祸害家里，搞到家宅不宁，从来不管！"

看着端着蒸鱼小心翼翼出来的陈晓欣，黄樱对刘宛晴的不满，突然就到达了某个峰值，对拿着三碗饭走过来的刘宛晴发火："你睡到天黑才起来，还要等小姑回来做饭给你吃？做人能不能有点良心啊？你端一下鱼会死啊？"

"大嫂做的饭，我端盘子而已，你少说两句吧。"陈晓欣皱着眉，对母亲说道。

本来放下装好的饭，忍不住要发作的刘宛晴，看到陈晓欣满带歉意的眼神，咬了咬牙，终于按住火气："妈，吃饭。"

正准备吃饭，陈晓欣的父亲陈勇提着装鱼获的水桶回来了，刘宛晴连忙过去帮手将鱼放到卫生间的大盆里，然后打开冰箱寻思着是不是再炒个菜。

"老窦，吃饭啦！"陈晓欣也起身去装了一碗饭，递给洗完手坐下的陈勇。

陈勇笑着点点头："好，好！吃饭。"他招呼着刘宛晴，"家嫂，不用再炒菜了，够了够了，坐下吃饭吧。"

回家吃饭对陈晓欣来说，她更希望能好好地品尝食物的滋味，能够让自己得到一个放松的氛围，要不然的话，刚才在公园里的那碗鱼蛋粉，直接吃完就不用回家吃饭了。当她夹起一块猪肚，蘸了一下刘宛晴加了爆蒜蓉和些许芥末的酱油，放进嘴里，复杂的口感一下子就弥漫在口腔里，她伸手向大嫂刘宛晴伸出了大拇指，而这似乎再一次点燃了黄樱的怒火。

　　或者说，黄樱觉得这个饭桌就是为她搭建的舞台，而陈勇就是她所需要的观众，同时陈晓欣和刘宛晴是为了满足她表演欲望的某种道具，她再一次开始了自己的rap："好吃吗？这么好吃，不见帮阿轩把餐馆开下去？噢，阿轩要是让你去当大厨，这餐馆就能开下去了，对吧？狐狸精！一天到晚邀功请赏，这猪肚谁辛辛苦苦洗的？谁放了胡椒煲熟，捞起放冰箱的？"然后又转头去埋怨陈晓欣，"是你娘我啊！昨天洗完猪肚，我腰酸到不行了，没看见你来问我一句；人家给你倒碟酱油，你就傻乎乎在那里喝彩！"

　　陈勇皱起眉头，加快了扒饭的速度，这让黄樱更加不满："老东西，你不耐烦啊？我还没说到你呢！你妹都快四十岁了，她儿子都上初中了，这算是一辈子嫁不出去吗？明明是嫁出去的女儿，凭啥要一直来祸害家里？"

　　"你别说得这么难听。"陈勇听着就不高兴了，妹妹陈淑芳要比他小十几岁，"当年拍拖，我们看电影还带上她呢，你忘记了？你当时还老说她好萌的啊！"

　　他不说还好，这么一说，黄樱彻底爆炸，站起来用力把筷子拍在桌子上："你还有脸讲！人家拍拖你拍拖！你带个妹当电灯泡！她那时十岁不到当然萌，现在都快四十了，我还得夸她萌是吧？陈勇，你有病吧！你就这么纵容你妹，结果呢？阿轩仔多努力啊，就你妹妹，硬是把家里的餐馆搞垮了！下午还发神经病要打轩仔！"

　　陈勇摇了摇头，他真的不想跟黄樱吵，放下碗就准备下楼避一避。

　　但陈晓欣扯住他，抬头看着母亲道："妈，看来近来家里的吵闹，就是餐馆的问题，对吧？"她对父亲说道："爸，你也别避了，避不过去的。不如聊清楚吧。"

　　这时门被推开了，英俊的陈晓轩微笑着走了进来："人好齐呀！"

第二章　不败王者

世上并不是所有东西，都一定有实用性的，例如几万块一个柴烧的瓷杯，除了好看之外，并不比一个几块钱的塑料杯子有更多的功能性，但它好看，所以往往第一眼看到它，总会比那个几块钱的塑料杯子更容易吸引眼光。

但它可能除了好看，并没有什么用。

人也不例外。

陈晓轩也许就是这样，他就算年近三十了，但仍旧看上去很好看。

甚至陈晓欣自己都很认同，大哥如果穿上女装的话，会比自己好看得多。

但她真的希望，姑妈下午能把自己英俊的哥哥砍死，这样真的会对这个家里的所有人都比较好——哪怕是妈妈黄樱，也许悲痛之后，可以抛开这个累赘，轻松面对人生。

"我吃过饭了，你们不用管我，我换个衣服就出去，朋友那边有点事。"他微笑着，轻轻拥抱了一下刘宛晴，又抱住了母亲黄樱，"娘，开心点，不要老是生气，生皱纹的哟！"

本来感觉随时能爆炸的黄樱，被他这么一哄，没好气地推开他："这么大了，还来抱你妈，羞不羞啊？去去去！我快退休的人，生皱纹怕什么？"

但黄樱的脸上，不知不觉便有了笑容。

"你别走，我们还是把事情说清楚吧。"陈晓欣喊住了她哥哥，然后微信给姑妈陈淑芳发了条语音："姑妈，你方便过来一下，我爸和我哥都在，餐馆开不下去的原因，咱们聊聊。"

对方几乎是秒回："好，我十分钟到！"

"女儿，你搞事干什么？"陈勇整个脸都皱起来，他实在很不想面对这样的情况。

而刘宛晴也皱起眉："姑妈说不到三句，就会跟妈吵起来的。"

"都是你拖累轩仔的餐馆开不下去！你还有脸说？要不为这事，我和轩仔的姑妈怎么会吵？"黄樱听着刘宛晴的话，马上就又上火了。

而陈晓轩脸色发青："那我还是走吧，你听哥说，我不在场，就没有这个风暴眼，就不会起风暴！"说着他转身就要出门。

陈晓欣早就料到他这一招，在过道候着他，一下就拦在门口："阳台跳下去啊。"

"死女包！哪有你这样当妹妹的？帮自己哥哥都不会！"黄樱气得不行，拍桌子训斥陈晓欣，"你要害死你哥吗？"

陈勇也叹气道："女儿，让阿轩先出去避避吧，要不淑芳来了，又得吵架。"

"你们是不是打算就这么一路拖下去？"陈晓欣没好气地问他们，"而且餐馆开不下去了，那场地怎么处理？供货商的账目总要结吧？哥，供货商来要钱，你有钱给吗？"

陈晓轩有些尴尬地低下了头，他要有钱给，也就不用这么狼狈了。

被妹妹几句话怼到角落里，他也只有无奈地回到沙发上坐下。

陈晓欣抬头向父亲说道："实在不做的话，是不是就得把场地租出去？"

但她这么一说，陈勇就下意识地摇头道："那怎么行！"

餐馆那三四百平方米的场地，攒下这家业，可得从陈勇祖父在广州解放前沿街卖牛杂萝卜开始算起，然后改革开放之初陈勇的父亲下海赚了点钱，从村里族人手里买的宅基地，最后经改建变现一系列打拼，才有了这近四百平方米的场地，开了这餐馆。

再从陈勇父亲手里传到陈勇手里，然后再传到陈晓轩手里。

就这么关掉，陈勇觉得跟自己逝去的父祖辈没法交代。

"那就得聊清楚啊。"陈晓欣平静地说道。

姑妈陈淑芳很快就到了，看上去陈淑芳和陈晓轩的血缘关系，在面相上更直观一些，或者说陈晓轩呈现出来的俊美更偏阴柔一些。

但姑妈和侄子的关系，并不因为他们样貌的酷肖而融洽。

相反，陈淑芳一坐下来就开始埋怨自己的侄子："你这个败家子，把餐馆搞倒闭了，现在没有分红，你让我怎么活！你表弟刚上初中，补习的钱没法省……现在没有补习班,就只能请老师到家里来一对一家教,更贵!"又念叨着她这个月水电和管理费近千元,要是夏天到了,那怕得一千多两千了。

正在泡茶的黄樱听着就不痛快了,当场就冷笑道:"淑芳,这分红我欠你的啊?你嫁出去家里少了你嫁妆吗?公公和婆婆走的时候,留遗嘱,该分你的东西,有少你一分钱吗?有说过这餐馆要给你分红?你是阿勇的妹妹,不是我和阿勇的女儿!"

窝在沙发上的陈晓轩,伸手拍了一下妹妹陈晓欣:"喂,你同学阿彦仔叫我们上线啊,来不来?带你们上分。放心啊,你哥我,不败王者,每季都轻松上王者,带你们两个小趴菜躺赢没问题的!"

陈晓欣回头看了一眼,却看见自己哥哥把手机关了静音,然后打开《王者荣耀》,在跟张若彦邀请组队。她禁不住伸手按着太阳穴,然后起身把陈晓轩的手机劈手抢过来,陈晓轩要过来抢,她马上就作势要砸,陈晓轩只好悻悻然窝回沙发的角落,看着她把他的手机直接关机揣进兜里。

"姑妈,这餐馆倒闭,大家都有责任吧,您也不能全怪到阿轩身上。"刘宛晴这时候前嫌尽弃,不失时机地给婆婆打了个助攻,"您带人来餐馆吃饭挂单,算下来,单是成本,现在才三月,今年就有三万多了。"

黄樱这时候也不骂自己儿媳了,很是欣赏地扫了刘宛晴一眼,一拍桌子戟指着陈淑芳道:"那不就是你把餐馆搞垮的了!你还有脸在这里说这些有和没有的!"接着看向在边上的陈勇,"阿勇,你怎么说?"

"行了,都别说了。"陈晓欣长叹了一声,对他们说道,"先看信息吧。"

说着她把那份调查报告拍了照,直接发到了家族群里。

"姑妈,这餐馆会倒,把柱子蛀空,少不了你那一份吧?"陈晓欣抬了抬眉毛,向陈淑芳说道,后者刚想分辩,但手机上那些图片里的数目字,一个个列得分明,她知道是没法狡辩的。

所以她马上低头道:"我有同大佬讲过。"说着她就望向陈勇,后者愣了一下,但马上就点了点头,陈淑芳又看向黄樱,"阿嫂都知道的啊。"

黄樱没好气地说:"你每次都说你老公要升职,招呼领导,不然就是你单位聚餐,老让别人请你不好意思,我是你嫂子,我还能说不行啊?唉,好啊好啊,都不差淑芳这笔账了……"

事情不论如何难以面对,或是全无头绪,将所有不可能的选项都抛去,那么最后留下来的，必然就是唯一可行的方案，例如陈晓欣家里餐馆的命运。

她受够了不停的吵闹，母亲和大嫂吵，姑妈跟母亲吵，母亲跟父亲吵，大嫂跟姑妈吵，姑妈又跟大哥吵，母亲和大嫂合起来又跟姑妈吵，真的是家无宁日，所以她去花钱做了这份调查报告出来，就是要把家人那些不合实际的念头、透过于人的说辞，都一一剔除。

而当她把这份报告拍照发在群里之后，大家都沉默了，因为真相就在一个个数字里，所谓雪崩之时没有一片雪花是无辜的——老陈家的餐馆倒闭，也没有一个家人是无辜的，再怎么推卸负责，也无济于事。

"老窦，你现在重新来做，你觉得能做得起来吗？"陈晓欣打破了沉默。

已经年近六十的陈勇没有说话，只是坐在靠近阳台的沙发上，默默地抽烟。

于是陈晓欣转头问自己的姑妈："姑姐，那你来打骰？"

"打骰"在粤语里，就是负责的意思了。

陈淑芳连忙摇头道："我要上班啊。我是财务，不好辞职的；我辞职了，物业公司会乱的，整个小区到时都混乱啊，不行，不行的。"说起来似乎她是那个住宅小区的保护神一样，其实谁都知道，她辞职了，不用几天，招聘新的财务人员就会到岗，然后从容地接手她的工作。

但大家都明白，她只是忌讳承认自己不能胜任。

"娘？"陈晓欣看向自己的母亲，但似乎黄樱现在的全副心神，都在手里那壶普洱茶上。

于是陈晓欣看向大嫂刘宛晴："阿嫂？"

"餐馆我做不来的，我要有这本事，也不会看着阿轩这样。"刘宛晴喃喃地说道，不过她很快就抬起头，"改成发型屋行不行？我们有近四百平方米，改成发型屋，那我就有信心了！"

她并不是胡乱说话，当年她跟陈晓轩认识，就是在发型屋，她当时也是发型屋里店长级别的发型师了，当然店长级别其实并不是店长，但也算是大型发型屋里顶尖的发型师了。

陈晓欣看着她，点了点头："要不要装修？"

"那当然要啊！"刘宛晴下意识地接了话，发型屋装修，那跟酒楼餐馆完全两回事，哪里可能不用装修？而近四百平方米的发型屋装修那可不是一笔小钱，要能找到这笔钱，那陈晓轩也不用关张，至少还能撑多两个月。而且，如果是百来平方米大小的发型屋，她还知道怎么运作，近四百平方米，她感觉就全然不知所措了。装修成发型屋之后，刘宛晴也不知道多久能回本，也许会亏得血本无归，并不意外。

所以，她紧接着摇了摇头："算了，阿欣，我干不好的。"

至于陈晓轩，还没等陈晓欣问他，他就主动道："我不行，不行，试了不行的啦，手机还给我啦，别搞我了……喂！死妹头，你就这么扔啊？还好你大佬我眼明手快！"

于是，把场地出租，就是唯一的选择。

陈晓欣松了一口气，不论如何，总算可以摆脱每天家宅不宁的状态了。

其实陈晓欣之所以要快刀斩乱麻去解决这件事，除了必须面对它之外，更为重要的是，随着公司项目的进程，她空闲的时间越来越少了，甚至在之后的一周里，她都要在上海和北京度过的。

每天不停的会，不停地见行业里上下游的同行。

也许唯一的娱乐，就是睡前去一趟王者峡谷。

不过今晚一进游戏，就被操纵着百里玄策的张若彦埋怨："你会不会打？你这程咬金跟一坨屎有什么差别？你就只配用鲁班！有鲁班你还是个人，抢不到鲁班你不如断线吧！对，断线电脑会让你的角色跟我们其中一个人走，我感觉比你自己打强！"

说话之间，陈晓欣又送了一个人头，她没好气地说道："我偏不！你打击不了我！"

而另一个用阿珂的队友在语音里笑了起来："其实……其实我讲句公道话。阿欣，你抢到鲁班，你就是天才射手；抢不到鲁班的话，你进步空间很大！哈哈……哈哈！"

"阿姗，我记住你了！哼！"陈晓欣说着自己也笑了起来。

其实她自己也知道，因为，她总是忍不住，用鲁班七号的战术去操纵别的角色。

"喂，这样你家的餐馆就不开了？"张若彦在语音里问她。

陈晓欣沉默了，不是她不想回答，而是这时候，敌人已经把他们团灭，然后取得了胜利。

"我不玩了，得睡了，明天还得开两个会，然后飞回广州。"陈晓欣对平时经常组队的朋友说道。

但还没等她走到卫生间刷牙，电话就响了起来，是CEO打过来的："这进度不太理想，这样，你明天回广州之后，咱们得碰一碰，你和团队的人，叫上研发部门的同事，总裁办这边也安排人过去……"

她沉默了几秒钟才开口："出差这一周都没有休息，团队的同事到广州就让他们补休吧，我到时跟研发来沟通就行了。"

"好的，好的，辛苦了，加油哟！"CEO热情四溢地给她鼓劲，并道了晚安。

挂掉电话，陈晓欣很有点厌倦。

明天没有其他突发事件，到广州机场都晚上七点多了，再回到公司怎么也得晚上九点。

指望有加班费，出差补助？那是做梦。

她走出房间，按了一下隔壁的门铃，还好同事并没有按免打扰，她就开口叫了一声："笑笑，你这有烟吗？"

开门的张笑笑，是位有些婴儿肥的女孩，穿着很萌的睡衣，伸手把烟和打火机递给她，一边打着哈欠问道："欣姐，你抽烟啊？"

"失眠，你快睡吧，再坚持一下，明儿到广州，你们就可以回家休息了。"她笑着说道。

和张笑笑同一个房间的女孩也听到了，于是哪怕关上房门，还能听见她们大呼小叫的欢庆。

陈晓欣长长吐出一口气，走进自己的房间里，关上门，点上一根烟，望着窗外。

朦胧的烟雾里，远处的东方明珠，跟广州的"小蛮腰"似乎并没有什么区别。

紧接着她咳了起来，毕竟她本来就不抽烟。

咳了好半天消停下来，无端地，她想起那天晚上，决定把场地出租之后，给祖辈上香的父亲。当时如释重负的她没有太在意，现在想起来，父亲当时是在强忍眼泪？包括他给祖辈上完香后，有些生硬地说"就这样吧，我去冲凉了",带着哽咽。

"似乎,那天晚上我漏问了一个人?"她喃喃自语,把烟扔进喝了一半的矿泉水瓶里,拧紧瓶盖。她看着水里变得焦黑的烟头,其实也曾灿烂过。

自古以来行走在森林里的好猎手,都有着敏锐的直觉,而对穿行在都市丛林里的陈晓欣来说,当然也不例外。每一次会晤和见面,从其中寻找商机、机遇,就是她的本能。但这样长时间、高强度的工作,就算是陈晓欣,也很有些心力交瘁,她过了机场安检后,就开始在登机口附近的椅子上打盹。

直到开始登机时,团队里的其他人叫醒了她,而上了飞机之后,她很快又睡着了,一直到降落,她才被再次叫醒。在上摆渡车时,陈晓欣仍有些没缓过来,脚步蹒跚,差一点摔倒。一把抱住她的张笑笑看着很不放心,在出机场时问她:"欣姐,我陪你回公司吧?"

"赶紧滚蛋回家吧。"陈晓欣打着哈欠,她上出租车之前,回身对张笑笑说道,"对了,这时间地铁可能挤,你们可以打车,记得拿发票,网约车就拿电子票。"

其他几个人便欢呼起来,就算机场这段不挤,进了市区,下班高峰期的地铁,上班族谁想去体验?能打车当然是最好不过,就算堵车,也是坐在出租车里等着,反正是可以报销的费用。

只有张笑笑苦笑着低声问道:"欣姐,又是公司不报就你自己给我们报?"

有着深切倦意的陈晓欣挥了挥手,没有说什么,坐上车,关上车门,出租车呼啸而去。

陈晓欣在从虹口机场抵达白云机场的过程里,睡了两觉,前后得有五六个小时。

尽管睡眠质量不好仍很困,可认真说起来,也没困到不想说话的地步。

但她不想去面对这个问题。

项目要赶时间,那么团队就应该放弃自己的休息时间,但公司不会因此而给予三倍薪水,也不会允许出差的人员由经济舱升到商务舱,更不可能提高相应的酒店级别、餐补,甚至出租车的费用很可能都报销不了。

尽管这是一个关于钱的问题,但它不仅仅是钱的问题。

陈晓欣只是想尽可能地让这种职场 PUA 到自己这里终结，而不再往下蔓延。

微信的通信请求响起，是母亲打过来的："死女包，到广州没有？"

然后在骂骂咧咧中，有一种家人的温暖，在这初春，温暖了陈晓欣的胸膛。

其实陈晓欣知道，这不见得就全是关心。

她能听出来，母亲的通话里，夹杂着的还有恐惧——在家里的餐馆倒闭之后，失去她原来的生活锚点或者说精神支柱，那种无所凭仗的恐惧。很有些类似随子女移民去了国外的老人，突然之间感觉无所依靠的茫然。

在准备结束通话时，黄樱犹豫了一下，问陈晓欣："有人想租我们那餐馆的场地，说是要做四川菜，你姑妈觉得应该赶紧租出去，你爸让我和你商量。"

那天晚上，家庭会议之后，决定结束营业出租场地，父亲给祖辈上香的那一幕，一下子就浮现在脑海之中，陈晓欣在车里闭上眼睛，呼出一口气："娘，先缓一缓……嗯，不要租……对，不要收定金……好，我回去再说。"

她挂断了通话，似乎，母亲听到她的决定，有一种松了一口气的感觉。

也许，母亲其实也不愿意把餐馆出租吧？

随着车辆的奔驰，陈晓欣迷迷糊糊又睡了一小会儿，直到微信的提示声响起。

她拿起手机，是张若彦发过来的信息："喂，你还欠一顿饭呢，啥时兑现啊？"

"上吊你都让我喘口气好吗？"陈晓欣感觉真的有些无奈了，都这么大的人了，就为一盘棋的输赢，执着成这样，也真的是匪夷所思！而且张若彦高考成绩比她好许多，毕业之后在职场的路也比她要更舒坦，不至于要在这盘棋的输赢上找存在感，"我今天开了两个会，然后从上海飞广州，现在回公司跟研发碰头，然后还要跟 CEO 汇报，你能不能有点同情心呢？"

张若彦发了条语音过来，她点开一听："同情心？又不见你下棋时，有机会杀我大龙，会因为同情而放我一马？啾！反正，你求神拜佛别让我逮到，要不然的话，嘿嘿，我管你七损八伤天残地缺，这顿饭你是赖不了账的！"

看着马上就到收费站，要进市区了，陈晓欣懒得跟张若彦扯皮，直接给

第二章　不败王者

他发起了一笔五百块的转账，并且备注：棋局饭钱。

"我差这五百块？呵呵。"张若彦压根就没收钱，"我要兑现这顿饭，是要看到败犬的悲鸣啊！哈哈哈哈，你以为可以逃避得掉吗？做梦！"

陈晓欣很难想象一个成年人可以幼稚到这个程度，所以干脆就不理会他了。

但她万万没有想到，当她在公司所在写字楼前面下车，打开出租车的尾厢，把沉重的行李箱拖下来时，突然头发被扯了一下，回头一看，却是张若彦一脸幸灾乐祸，环抱着双手站在她身后，她"被吓得"尖叫起来，然后顺理成章地踢了他小腿一脚。

高跟鞋鞋头尖锐的弧线，一下子让张若彦惨叫着抱腿蹲下："你好毒！"

"我被吓到，被吓到了，呵呵！"陈晓欣笑得不可开交，一时间，似乎连那沉重的行李箱也轻盈了许多。

张若彦咬着牙站起来，一把扯住她："你别想跑，吃饭！"

"我要去公司跟研发碰头……"陈晓欣没想到他真的这么执着，被他扯着过了马路，走进对面的商城。

他们坐下的牛肉火锅店，其实两个人撑死都吃不满五百块，但张若彦看着陈晓欣点菜的表情，就觉得很好玩："对，就是要这表情，哈哈！"

"你不觉得真的很幼稚吗？还扯我头发，你小学生吗？"陈晓欣瞪了他一眼。

张若彦满不在乎："行了，失败者，不要找借口了！别说什么碰头好吗？就你一会儿要跟研发的人约碰碰车，人家不吃饭等着你啊？"

正端起茶水的陈晓欣，一下子就愣住了，是啊，为什么自己压根没有想过这个问题？

就如同那些习惯"自愿"加班到九点才走的上班族一样，当PUA成为日常，而团体效应就再进一步放大它，以至于自己也加入PUA自己的行列之中，从而失去了挣脱的勇气。

张若彦看着愣住的陈晓欣，就笑了起来："无言以对了吧？啾，在我面前玩偷换概念？你从初中就没成功过！"

"哼！很厉害吗？要不要田径场上遛一遛你？八百米还是一千米随你选啊！"陈晓欣抬起眼皮，针锋相对。

第三章　为何不死

商城里面的人流很不错，这个时间点，基本上每家餐厅的门口，都有十几张椅子摆在那里，坐满了等位子的顾客。陈晓欣他们能拿到位子，是因为张若彦提前过来排了号，然后再下去写字楼门口"逮"她。

"为了逼你兑现这顿饭，我容易吗？"他一边涮着牛肉，一边得意扬扬地说道，"我不会给你任何机会或借口的！"

透过玻璃窗，看着外面正在等位的人们，陈晓欣看了张若彦一眼，难得没有跟他抬杠："好吧，算你狠！"但这种和谐不过三秒，"最后一颗牛筋丸你还要跟我抢？我又点了一份，你等下再吃会死啊？"

张若彦却不打算松开筷子："那你等下吃，就会死啊？"

"喂！你差不多就得了啊，今天这顿是我买单啊！"她也不打算让步，于是压低着声音质问。

但他一点也不为所动："今天这顿是我赢的哟！"

陈晓欣不知道为什么，跟张若彦从小到大，不论大事小事，两人凑在一起，总是能抬杠。

哪怕如此时一般，仅仅为了一颗牛筋丸。

也许这样的聚餐方式，会让人更有食欲一些，不知不觉他们买单时，竟然五百块还超了十几块钱，对牛肉火锅来讲，这真的是一件不可思议的事情了。

陈晓欣公司研发部的同事、CEO，在他们吃了一半时分别来过电话。

她很不喜欢被PUA，但人活在世上，不见得每每不痛快，就能掀桌子。

所以，她告诉同事和CEO，自己低血糖出现症状，吃点东西就上去。事实上她的确是有症状了，机场上摆渡车上要不是张笑笑扶着她，当时真的就跌倒了；而刚才上扶手电梯，她也有点恍惚，是张若彦一把扶住了她。

吃完饭之后拖着沉重的行李箱，走到扶手电梯上，随着电梯缓缓地下行，陈晓欣长叹了一口气："喂，你有没有被职场 PUA 过？"

张若彦无声地笑了起来，直到扶手电梯到了这一层，要换去下一层扶手梯时，他才开口道："我不是跳槽了吗？嗯，前天去报到的，就有人请我吃饭。"

因为是这家公司的大老板亲自挖角，所以张若彦一到，大老板就带着他去见公司的高管。

中午的时候，就有人请张若彦吃饭。

"分管华中区的副总，还有他的几个得力手下，他们算是去年公司比较赚钱的团队了。"张若彦扯住了陈晓欣，后者大约是因为高跟鞋的原因，有些跟跄，"看路行不行？你别指望碰瓷我啊！"

陈晓欣不耐烦地白了他一眼："你就不能好好说话？你小心我一会儿又被你吓到！"

大约是仍旧还有疼痛感的小腿，让张若彦不再毒舌下去："就跟那副总吃完饭回来，大老板问我，对那副总感觉怎么样？"

"那你到底对那人怎么看嘛？"陈晓欣一边拖着行李箱走向大厦出口，一边问道。

跟着她走出大厦的张若彦笑了起来："我觉得那副总三观还算比较正，但对食物，特别是南方菜系，他明显不太懂，吃不出好坏，可能少年时过辣过咸的饮食习惯，让他很难对苏杭菜乃至粤菜、闽菜之类去做品鉴。但他可以为了请客的对象考虑，吃明显他不懂也不喜欢的菜，这人感觉不简单，但至少他愿意迁就我，那对我而言，他目前就是可以交往的职场朋友嘛！"

行人红灯，陈晓欣就在行人斑马线停下来："大老板是不是说，哎哟！我挖了个装×王啊？"

"有这么说话的吗？"张若彦很无奈地看着她。

陈晓欣就笑得更厉害了："大老板是不是这么说嘛？别吊人胃口！"

"过马路啦！"张若彦看见转灯，就拖着她过马路。

一直走到陈晓欣公司所在的写字楼下，他停了下来，回过头望着街上穿梭的人和车："你上去吧，我打个车走。"

陈晓欣看着他一脸的扫兴，用鞋尖轻轻碰了碰他的皮鞋："喂，好了，别不高兴了，我不该说你的。"

他摇了摇头，有些落寞地笑了起来，挥挥手示意她上楼去。

"你没事吧？"她有些不放心，尽管这么多年，早就习惯了互相毒舌，"跟朋友喝酒，朋友因此逝世要担责的啊；你这是想不开做傻事，我怕我到时要担责就完蛋了！"

张若彦白了她一眼："我没有说。"

她一时没反应过来。

他重复了一次："大老板问我，对那副总感觉怎么样？我并没有说。"

她听懂了。

于是她微微地踮起脚，然后弄乱了他的头发，拖着行李箱，笑着小跑走进了写字楼，高跟鞋敲击着地面，有《嘻唰唰》的味道。

"疯婆子！"张若彦骂了一声，然后打开手机前置摄像头，试图摆弄自己的发型。

他当然没有说出自己的感受。

职场上并不是无原则的商业吹捧就能讨好所有人；也不是一味吹毛求疵的毒舌，便能让人高看一眼。

面对大老板的询问，他的回答只是："没太多接触的机会，不太了解，很难做出评价。"

无论是喜欢或不喜欢那位副总，只要评价了，往往就意味着站队。

而他刚到这个公司，并不清楚内里的利益牵绊，绝对不适合在这时候站队。

这是一个得体的答案，不但让他回避了可能的损失，而且更让大老板欣赏他。

但是，这就是他落寞的原因。

并不见得大老板在 PUA 他，但是为了在这个氛围里更好地存活下去，他必须扼杀、控制自己的情感流露。基于他的智商和情商，毫无疑问，他能很好地处理这些事情，用合适的态度应对。

但这并不是他。

他每天都顶着一个虚假的、跟真实的自己全无相干的壳，行走在职场之中。然后说服自己,这并不难,为了生活,或者为了理想,这不算什么。

但偏偏他很清楚,这跟那些"自愿"加班到九点才走的人,本质上,并没有什么区别。

再过几年,当他习惯了这个虚假的壳,它就成了他。

而真实的他,从那一刻起,在某种意义上,便已消亡。

所以当她问他是否被职场 PUA 过?

他想了又想,确实很难给出黑白分明的回答。

这就是他的答案。

错过了下班高峰期,很快就等到电梯的陈晓欣,走出电梯就看见运营总监在前台那里坐着,一脸不耐烦,看见陈晓欣就急急起身:"你知不知道整个研发部都在等你?总裁办也在等你!走走,2 号会议室!"

陈晓欣笑了笑,没有说什么,能说什么呢?

对这位上司,她就算说这公司三层楼里,此时正在"自愿"加班的千余人都是为了等她回来开会,陈晓欣也不会有什么意外的。

说着运营总监又指挥前台过来,让她把陈晓欣的行李箱放在前台存放好。

本来看着八点多,马上就可以结束"自愿"加班的前台文员,突然被安排了这么一个活,虽不至于眼眶发红,但真的两条眉毛都成倒八字了,这要是陈晓欣和研发、总裁办开会开到晚上十一点,她不就得陪到十一点?这跟好端端坐在家里,突然被雷劈到有什么区别?

"没事,电脑我背身上,没什么贵重物品,箱子扔这里就得了,你该干啥干啥,不碍事的。"陈晓欣对前台文员低声说道,后者拼命点头,那真的是喜出望外。

运营总监领着陈晓欣一边往会议室走,一边碎碎念着:"你们这些'95 后'啊,就是娇生惯养,我大学毕业刚进公司时,那是生理期来了,痛经都从没请过假,咬牙跟项目啊!你这一顿饭没吃就低血糖了,真的不知道怎么说你。"

陈晓欣听到这里,就停了下来,运营总监走了五六步才发现前者没有跟上。

"您这种说法,是公司的意思吗?"陈晓欣问自己的上司。

运营总监那张浪费了许多玻尿酸的脸，流露出茫然和不知所措，似乎计算机硬件配置过低而宕机了。于是陈晓欣不得不更详细地向她确认："你刚才说的，只要公司项目需要，生理期痛经不能请假，正常晚餐时间，就算低血糖也不允许吃饭，这是公司的意思？"

运营总监能在职场混到这个级别，而且还是专业水平很不怎么样的情况下，她对职场许多潜规则比谁都精通。所以她就这么保持着宕机的状态，看着陈晓欣，一脸茫然。以至于陈晓欣感觉，运营总监是不是应该去医院测一下智力？看看是否足够条件申请残疾人的补助。

但毫无疑问，她问不了第三遍了，也许她接着问，运营总监就会接着宕机。

因为运营总监并不是真的听不懂，而是她太明白陈晓欣问这话的意思了！

她刚才那番话，别说违反相关劳动法规，单就公序良俗来说，都说不过去。

所以宕机是最好的选择。

不论她否认，还是承认，这个问题就开始延伸和扩展。

而且，运营总监一点也不希望跟陈晓欣翻脸啊，尽管前者没能力，但她能看得分明，陈晓欣有能力，整个运营部门现在就靠陈晓欣撑着，PUA不成功，那么就装傻好了。

事实上，陈晓欣的确也拿一脸痴呆状的上司无计可施，只能叹了口气，走向会议室。

开会对陈晓欣来讲，并没有什么为难。

无非就是把推广运营之中遇到的难点，反馈给研发部门，然后再跟相关负责人去拆分问题，看看哪些能解决，哪些是研发解决不了的，再把后者跟总裁办汇报，寻找其他解决路径，等等。这一切对陈晓欣来讲，是驾轻就熟的事了。

"晓欣，你留一下。"CEO在会后对她说，"就几句话。"

套头衫、牛仔裤和运动鞋，似乎在某个时段成了IT行业CEO的标配，而陈晓欣公司这位也不例外，他就这么休闲地坐在一身职业套装的陈晓欣面前，让陈晓欣比任何时候都想换掉身上的衣服，踢掉高跟鞋，换上人字拖。

"你毕业之后到公司现在快四年了吧？"CEO低头思索了几秒钟，抬头看着她,"如果公司把运营部门分割成海外和中国区,海外这块由巴黎那边的同事负责,你来担任中国区的运营总监,你有信心吗?"

陈晓欣听着就想笑,她要很努力让自己不要笑出声来。

其实无非就是换了个名目,也许,给她涨上一点薪水。

运营总监大约会换成副总或其他更好听的职位,然后仍然是她的顶头上司。

"我会努力的,感谢公司!"陈晓欣挤出一脸的感激涕零,就算她对这一切都看得通透。

CEO亲切地跟她握手,并表示她为公司的付出都会被记住,甚至很直接地说:"在提薪和年度奖金、项目分红上,这些都会得到体现。"

陈晓欣只希望快点结束这场大家都在努力演出的"话剧"。

如果面对客户公司,她会尽力去让一切得体;但处理完工作,回到公司无偿加班来配合领导演出,陈晓欣真的感觉无语。

离开公司坐上网约车,陈晓欣看了一眼手机,已经快十一点了。

她想了想,发了条信息给张若彦:"你有没有想过摆脱这种状态?"

"然后到了饭点,就去你家餐馆吃饭,挂到你账上吗?噢,你家餐馆倒闭了!"他总是能一句话马上激怒她。

她真的一瞬间气到清醒,回了他一句:"你怎么不去死!"

张若彦发了条语音,点开之后就听到他唱了两句:"我闭目亲手献上一生的花圈,睁开眼两句挽联哭无声岁月,迟来的话时间喷薄成吊唁。"

他的嗓音很有空灵感,连网约车的司机大姐听着,都禁不住称赞了一句:"这唱得可以,要得!"

但张若彦紧接着又发来一条文字信息:"明白了吗?我要给你送花圈呢,不然连给你送花圈的人都没有,你多惨?"

陈晓欣真的愤怒到手都发抖了,她在拉黑他之前,给他发了一条:"你去死!"

然后被气笑了,因为她发现,张若彦提前把她拉黑了。

从初中开始,他们每月似乎都要来回这么拉黑上几次,大约就看谁手快。

这时电话响了起来,是父亲打来的:"欣女,你没事吧?是在拍拖,还是在公司?拍拖你就直接挂电话了,在公司加班的话,要不要爸爸去接你?"

她一下子眼眶就红了，抽泣起来，这让电话那边的父亲很紧张："女儿，怎么了？谁欺负你？你别怕，现在在哪儿你知道吗？有什么建筑物？爸爸马上就过去！"

"我没事啊，老窦，就是让你说得有点感动，我在网约车上了。"陈晓欣拿出纸巾，擤了一下鼻涕，"我分享行程给你，应该很快就到家了。"

这让电话那头的陈勇松了一口气："吓到我血压飙升，平安就好，平安就好。欣女，你不用太拼命的，我和你妈都有社保和医保；餐馆关了就关了，至于修祠堂啊，贷款啊这些固定支出，餐馆就租出去，也有钱赚的嘛。"

听着拼命开解自己的父亲，陈晓欣咬了咬嘴唇："老窦，那天晚上，问了家里所有人，没有人想接手餐馆，但有一个人漏了问。"

"谁啊？"陈勇有些不明就里。

"我。"她轻轻地说道。

那个夜晚里，月色、星辉与霓虹、万家灯火争相辉映的夜里，陈晓欣在家里问遍了每一个人，不论是已经证明失败的大哥，还是已嫁出去多年的姑妈，没有人有勇气接手家里的餐馆。

但漏了一个人，她自己。

因为在当时，不论是她或其他家人，都下意识地认为，谁接手餐馆也不可能是陈晓欣。

在其他人眼里，陈晓欣在职场上算是一帆风顺的了。

毕竟也就毕业了四年，连同那实习的时间算起来，真正走进职场，也就四年多一点。

从实习生到数千人企业的运营部门经理，实际上整个运营部门从去年起就一直是她在操盘，四年多，已经很快了，她怎么可能扔下自己大好的前程，去接手家里的餐馆？

但她在电话里轻声对父亲说道："老窦，或者，让我试一试。"

电话那头的陈勇沉默了好几秒："回来再说吧，我下午去钓鱼，那老板当我傻的，开了一个完全没诚意的价。我就回来把鱼拿去市场卖掉，看见有蟹很肥，我买了八只，应该有膏的啊！还买了些虾，你妈都挑了虾肠了，等你回来，我们吃虾蟹粥！我去爆点葱油，学潮汕佬煮虾蟹粥，就必须有一勺葱油吊味才过瘾！"

挂了电话，陈晓欣能感觉到父亲突然间的雀跃，她笑了起来，也许这真的值得试一试？就算为了父亲久违的欣快，她是这么想的。

她一下车就见到小区门口刷卡进出的入口，父亲蹲在那里抽烟，一看她下车，就扔掉了烟头，起身跑过来，帮她从网约车后厢把行李箱拎下来："我煮好粥底了，咱们上去了，我就来杀蟹，新鲜！"

"好嘢！听上去很好吃的样子。"她跟在父亲身后，笑着应道。

在上电梯的时间，陈晓欣低声说道："老窦，餐馆的事，我是认真的，我想试……"

"你要想清楚。"陈勇尽管有点激动，但他不太敢顺着女儿的话往下说，"当年你哥本来并不是很想搞餐厅的，我觉得子承父业是王道，不断给他'打鸡血'，结果他自己也上头，折腾了这么些年，给折腾散了。"

说话间电梯就到了，推开门之后，陈晓欣就愣住了，因为不单大哥大嫂和母亲都坐在客厅里，连姑妈陈淑芳也在，陈晓欣一边跟家人打招呼，一边听陈勇对她说道："风尘仆仆，去冲了凉再出来喝茶吧，然后一齐吃虾蟹粥。"

"好啊。"

其实把人叫齐也是对的，因为如果要把餐馆重新搞起来，当然要跟大家交代清楚。

可是陈晓欣没有想到，她洗完澡出来之后，还没开口，姑妈陈淑芳就对她说道："欣欣，你傻了啊？你一个女孩子，开什么餐馆？你听姑妈一句，放过自己，放过家人吧！你哥都搞不起来，你当自己是故事主角？你知道炒盘咕咾肉要下多少料酒？那你凭啥觉得你能行？"

陈晓欣一边用大毛巾搓着头发，一边想着怎么措辞，但还没等她开口，大哥陈晓轩就先表态："你要接着搞就搞吧，反正，我是证明了搞不定的了，你也不要打算叫我去帮手啥的，我讨厌那油烟味。"

"如果要帮手，我可以去帮你，不过我不会，但我可以学。"大嫂刘宛晴倒算是给了陈晓欣一点安慰，不过这不是陈晓欣计划内的东西，四百平方米的餐馆，靠着几个家人，然后搞家庭小作坊来运作起来？这在现实之中，明显就是不可能的事。

一直在泡茶的黄樱叹了口气："死女包，就你事多！大家不是都商量好了吗?你又来搞事。淑芳,你自己看着的,不是你阿嫂我多事,是你侄女想那个怎么说?对,振家声,承祖业!我是陈家媳妇,总不能阻止她,对吧?"

陈晓欣听着,也只能强忍笑意,背过身去继续用大毛巾揉着头发。

应该是姑妈陈淑芳有什么经济上的诉求吧,大约是想在场地出租后的租金上分一杯羹,黄樱那嘴上是说"你是阿勇的妹妹,不是我和阿勇的女儿",又说"分的遗产,一分不少都分了"类的。但其实陈晓欣是总结出了一条定律,只要姑妈不骂陈晓轩,也就是陈晓欣定义的"废柴大佬",那黄樱很难硬下心来,拒绝陈晓欣的姑妈陈淑芳——毕竟从小看着长大,看着她嫁出去,看着她生小孩的。

说是姑嫂,事实上很有点长嫂为母的感觉。

而现在母亲这番话,也就是她硬不下心来拒绝,拿陈晓欣的决定来当挡箭牌。

"我说欣欣,不要搞了,折腾啥呢?我们这地段也不差,租出去,跷起脚收租不好吗?你别以为是姑妈想要钱啊!"陈淑芳说到这里,声音就突兀地高了起来,似乎为了掩饰某些心虚,她对着黄樱说道:"阿嫂,每年清明、冬至拜山,包括祭拜公祖,我们让族人去做,都是要给钱的,你知道的啊!还有那七八户老亲戚,当年我老窦要开餐厅,人家把棺材本拿出来借给我老窦,虽然后来钱还了,但我老窦应承,养这七八户老亲戚一辈子啊!"

说着陈淑芳一击掌,摊开手:"阿嫂,你说对不对吧?"

陈晓欣看着,更想笑了,因为这个动作,很有点早期动作片,李连杰饰演主角的黄飞鸿电影里,某个招牌动作的味道,并且看起来,不止她一个人这么看,窝在沙发里打游戏的陈晓轩刚好打完一局,一抬头,吓了一跳:"咦,姑姐,黄飞鸿上身?"

"没大没小,玩你的游戏了!"黄樱怕陈淑芳一会儿生气又闹起来,先训斥了儿子,然后她看向陈晓欣,求助的意思无比清晰。

陈晓欣把大毛巾拿去阳台晾着,然后对姑妈说道:"姑姐,不止这些呢,修祠堂也要钱,还有我们换了这房子,房贷的支出也是必不可少的。"

"那不就对了!那不就对了!"陈淑芳顺着侄女的话,急急地说道,"所以……"

陈晓欣拿了一杯茶,喝一口:"所以咱们把场地直接卖了,大家都分点钱，也许买些小面积的公寓出租。这里面有个好处，场地卖掉，那些老亲戚也不用管了，场地都卖了，那这情分到这就算完了——就算是古代开国功臣，讲究与国同休，要是亡国了，那功臣们的福利，也就休了嘛，没毛病的。"

"他们可以殉国！"新开了一局游戏的陈晓轩，插了一句，然后被边上的妻子捂住了嘴。

"不行！卖祖业分钱，那不行的！"陈淑芳把头摇得像拨浪鼓一般。

陈晓欣就笑了起来，喝完了那杯茶，放下茶杯对姑妈说道："不想卖掉场地，就是期望他日东山再起。"

她在两人位的沙发坐了下来，就挤在姑妈身边，不理会陈淑芳嫌弃地推搡，直接把半干的头发靠在姑妈肩膀上："姑姐，你对餐馆都系唔死心㗎，同我老窦一样。"

陈淑芳一下子就失语了，她被击中了心里最柔软的地方。

第四章　立夏

阳台的绣球花、绿枝蓝花簇拥，这将要到来的夏天，就是它们绽放的季节。但有几枝许是缺水，又或光照不足，在夜里也掩不住枯萎的疲态，恐怕没能开放，就将凋零，那不见得是花蕾的厌世，只是不堪风雨折磨的无奈。

陈晓欣把头枕在姑妈陈淑芳的肩膀上，在这一瞬间，她就从姑妈眼里，看到了这种无奈，其实不只是陈勇放不下这从父亲手上接过的餐馆，陈淑芳也同样放不下。

粥，很快就好了，鲜甜的虾蟹，颗粒分明的潮汕粥底，一下就驱散了这夜晚里残存的春寒。吃完消夜，陈勇坐在阳台抽烟，而黄樱和刘宛晴婆媳在收拾厨房，至于陈晓轩，他当然不是在刷短视频，就是在打游戏。

于是陈晓欣看着姑妈准备回家，就起身送她到门口。陈淑芳扶着鞋柜，一边换鞋，一边对陈晓欣说："你要是问姑姐，姑姐肯定就跟你讲，最好不要折腾，但你一定要搞，唉，随你了。"

陈晓欣用力地点了点头，脸上就有了笑意，尽管陈淑芳的家不单在同一个小区，而且就在隔壁那幢楼，但她把姑妈送到了电梯口，在等电梯时，陈晓欣就开始后悔了，因为陈淑芳开始提起一件往事："你记不记得读小学五年级时，你老窦老母去黄山玩，暑假将你们兄妹扔给我带的事？"

两部电梯不知道为什么，有一部显示着故障码，而另一部在一楼迟迟没有上来。

这让陈晓欣感觉很尴尬，果然紧接着就听陈淑芳说："你那时要养小香猪，我劝了你，结果呢？你就一整天不肯吃饭，还在网上找了好多链接，我到现在还记得，什么狗比猫聪明，猪比狗聪明，对吧？姑姐记性还可以吧？"

"记这些东西干什么呢？姑姐，有空我请你去做护发保养啊。"陈晓欣伸手又按了按电梯向下的按钮，如果有一条绳子可以把电梯拉上来，可能此时的她会极愿意试一试。

陈淑芳随口应了，又说了一家美容院的名字，然后又拐回她之前的话题："结果呢？那只猪，养不到大半年，就比你还重了！后面怎么办？你读初一时，咱们只能把它送回佛山乡下养着。嗯，去年回去祭祖，那猪看着还很有精神，感觉它还能活许久。"

猪的寿命可以达到二十年，而且不论陈晓欣还是陈淑芳，都是一起跟它相处了大半年，当然不愿意把它送去屠宰场之类的，所以，它真的还能活许久。

电梯似乎听到了陈晓欣的祷告，总算开始上来了。

"你想清楚。"进了电梯的陈淑芳，没有放弃在电梯门关上之前再一次补刀，"别再养出一头无法收拾的猪啊！"

电梯门关上的瞬间，陈晓欣长长地呼出一口气，有如释重负的感觉。

不过这时就听见陈晓轩在家里扯着嗓门喊道："死妹头！死妹头！返来啦！"

陈晓欣听着，一时之间咬肌都明显了起来，这不知道的，还以为在叫魂呢。

但她冷着脸进门，还没发作，就听陈晓轩说道："阿彦仔找你！"然后他对着游戏里的张若彦说道，"她返来了，记住欠我一杯奶茶。"

紧接着陈晓欣放在茶几上的电话就响了起来，来电显示，就是张若彦。

如果平时的话，陈晓欣肯定要嘲讽他，主动拉黑别人之后，又觍着脸过来求和。

但看着张若彦在游戏里找陈晓轩，又马上打电话过来，恐怕是真有事。

"有事就说，有屁就放。"她接了电话，没好气地问道。

张若彦也很直接："阿姗的情绪不太对，你看看劝一下吧，我怕搞不好会出事。"

"至于找我吗？你堂堂'装X王'，一天到晚在公司忽悠老板，忽悠客户，你自己去劝不就得了。"陈晓欣有点不耐烦，她边打电话，边走到阳台，微凉的风让她感觉稍为放松一些。

本来在阳台的躺椅上抽烟的陈勇，看着女儿打电话，就主动走进客厅里

——跟妻子黄樱不同，黄樱总是千方百计探听儿女在干什么，而陈勇很尊重儿女的隐私。陈晓欣看着远处高架路上的灯火，那连绵不绝的光点，在她看来，似乎也没有自己要解决的问题多，何况，至少它们还是规律的，而不是如她要面对的危机一样，参差不齐且无序——还要加上家里倒闭的餐馆。

所以，她绝对不愿意，再去揽上别人的问题。

别人，对游戏里认识的朋友，陈晓欣就是这么定义的。

"她是个女孩子，我去主动跟人聊心事，开导人家，不太合适的。"张若彦这么说道。

这话听着陈晓欣就来气了："游戏里，她一喊'哥哥快救我'，你不就屁颠屁颠跑中路去了吗？你现在跟我说你劝她不合适？你骗鬼吃豆腐吗？"

张若彦叹了一口气，换成普通话："你真的是陈晓欣——眼！"

从小一起长大的同学，当然知道许多彼此的糗事和外号："玩个游戏，她不是也管你哥叫哥哥吗？你哥老是MVP（最有价值选手），阿姗还总说'哥哥好棒'呢，你是不是对我有什么企图？你老实交代！"张若彦觉得真的匪夷所思。

陈晓欣毫不示弱地反击："我尊重低智人群，但我绝对不会对智障有什么企图，比如你！"

这时陈勇走了出来，把一件外套披到陈晓欣的肩膀上，又把一杯热茶放在躺椅旁边的小桌子上，敲了敲桌子，看见女儿转过头来看到了水杯，他就转身回了客厅，并把阳台落地玻璃门关上了。

陈晓欣看了一眼客厅里明亮的灯光下略有些木讷的父亲，她心里的某些念头便坚定了起来："喂，我想接手家里的餐馆。"

"我是想让你去劝一下阿姗，看着她状态不太对劲！你突然跟我聊接手家里餐馆？"张若彦就感觉莫名其妙了，但很快他就反应过来，"帮你那极品大哥收拾残局擦屁股？我劝你别作死！是不是你哥把'疯血症'传染给你了，以至于你有这么疯狂的念头？"

"劝劝劝，劝你个死人头！是不是哪天我就要改口，管阿姗叫阿嫂了？"陈晓欣没好气地说道。

张若彦很肯定地回答："绝对不是，你别多事，有空多操心你哥，我不用你来操心！"

第四章 立夏 031

"也行，你欠我一杯奶茶。"

张若彦马上反对："她也是你朋友……"

"转账或者另请高明。"陈晓欣不打算跟他理论，直接挂了电话。

微信传来了好友添加的请求，她通过了张若彦的请求，对方马上发了一个三十块的红包。

收了红包之后，陈晓欣快速把对方拉黑了。

完成了这一连串的操作，她脸上就有了开怀的笑意，如阳台那盆牡丹。

正当立夏，恰是花期。

阳台的风很有些爽意，陈晓欣坐了片刻，只觉得荡去了心头许多的烦忧。

她起身走进客厅，对窝在沙发里的陈晓轩喊道："废柴，开黑不？"

"我要去睡觉了，单身狗！"陈晓轩轻拥着妻子，不失时机对妹妹开了嘲讽，但看着陈晓欣脸色不对，连忙换了种说法，"哥的意思，是你出差回来，早点休息。女人睡眠不足，对皮肤不好的！"

"这么夸张？"陈晓欣将信将疑。

陈晓轩拼命点头："哥还能骗你？你本来就平凡，对吧？"

这话要别人说，陈晓欣还能不以为然，但她哥这么说，还真就让她无法反驳，只能咬牙道："要不我给你凑点钱，让你去泰国做手术？然后参加那种跨性别选美大赛！废柴，我看好你夺冠！"

陈晓轩吓得夹紧裤裆："不不，我是说，你虽然算长得嗯，漂亮，漂亮，我妹怎么可能不漂亮？但是毕竟女孩子，这皮肤变得粗糙，你还怎么嫁得出去？不得搁家里一辈子？我想想就害怕……"

"去死啦！废柴！"陈晓欣捡起抱枕，冲着她哥的脑袋狂砸。

于是陈晓轩为了逃避毒手，只好重新进入"王者峡谷"。

在现代化都市里，如果资本家愿意支付三万的月薪，那么这个人的综合能力就绝对超过三万，这是比钢铁还实在的道理，包括陈晓欣那位非常不专业的顶头上司也不例外，就算对方在运营方面有所缺欠，但综合她的职场手腕、人际关系等来看，她肯定比公司愿意支付的价值更高。

而对运营总监或CEO，都愿意忍受陈晓欣偶尔的桀骜不驯，当然就是大家都清楚，其实陈晓欣所能创造的价值，远远超过她在公司所领取的薪水。

所以，当陈晓欣决定去劝某个人时，对她而言，并没有什么太艰难的历程。

"阿姗,明天出来见个面吧。嗯,直接过来我家得了。不是上次我们约看电影时,你说有机会要见见我哥吗?你来嘛,嗯,我哥人模狗样的。"但陈晓欣没有往下说,因为她大嫂刘宛晴伸出一根手指戳了戳她的额头,尽管没有说话,但那脸上的表情,任谁都能看得出来"你当我死了吗"的意思。

陈晓欣吐了吐舌头,一边操纵鲁班七号放了一颗导弹去抢人头,一边在语音里对李姗说道:"不过,我哥结婚了……我嫂子?那是真漂亮……嗯,不是姐妹商业互吹的漂亮……男性沙文主义凝视下的漂亮,嗯,对我超好……不,我不想换嫂子,哈哈,哈哈!"

一盘游戏没打完,她已经跟李姗约好明天见面的时间。

不论想要怎么开导对方,或是打听对方的心事,见面总要比电话里更加方便和直观。

就算是因为出差调休可以不用去上班,可是陈晓欣仍然在早上七点三十五分起床,然后洗漱,冲一杯无糖无奶的黑咖啡,戴上骨传导耳机,换上跑步鞋,开始每天固定的慢跑。不是因为她有多热爱运动,只是不想追赶那些猝死同行的脚步。

在小区跑了半圈,智能手表上的心率警告就响了,她马上放缓了脚步,安全、健康,是她的追求。陈晓欣绝对不是一个偏执的人,更不是那种为了快速减脂疯狂提高心率,甚至求助药物的人群。

所以,在早晨的凉风里,她一边慢跑,一边复盘自己昨天的决定——是否真的要接手家里的餐馆?

无论是姑妈还是其他家人,其实就算不反对,也是怯于鼓励她接手的,这是很明显的事。

而作为在商场、职场都颇有建树的张若彦,也劝说她不要这么干。

小区里有不少人匆匆地往外赶,有的人蓬松的头发翘出千奇百怪的模样,惺忪的睡眼、踯躅的脚步和情不自禁的哈欠;也有发型用心处理过,衣着整洁,看上去充满朝气、生机的人;更有边走边吆喝着小孩快些,准备送完孩子上学再上班的中年人。

她跑过地下车库,就看见各式的车,如被解封的妖灵涌入人世间,从五菱到"BBA"（奔驰、宝马、奥迪）再到玛莎拉蒂，价格或有高低，但各自行走的，大多也只不过是世间相同的道路。

陈晓欣跑回家里楼下大堂时，觉得也许应该纠正自己的错误决定。

无论是把祖父餐馆发扬光大的父亲，还是在职场混得风生水起的张若彦，没有谁是傻子，前者无论对祖业如何不舍，都不敢劝她接手；后者更是直接劝她不要作死。她不认为，自己在经验上或是智商上，可以完全无视他们的意见。

在走进电梯，按下18楼，电梯门缓缓关闭时，她下定了决心："每个人有每个人的活法；每辆车有每辆车的驾驶保养方法，就算都奔驰在世间相同的道路上。"

让她厌恶的职场PUA也好，办公室政治也好，别人能玩得转，她相信自己也可以。

至少到目前为止，其实她都处理得足够好。

在电梯门重新打开之前，她完全说服了自己，不要再去想家里那倒闭的餐馆，那不是她的责任或未来。

她轻快地打开家门，换鞋并叫了坐在客厅泡茶的父亲："老窦，这么早就起来啊？"

"睡不着。你快去冲凉，有风，别感冒了！"陈勇的笑容，在阳台透入的朝阳光照里有些生硬。

但陈晓欣并没有注意到，她笑着应了一声，就赶紧去冲凉换衣服了。

她换好衣服出来却发现，原本以为因为约了朋友钓鱼所以睡不着早起的父亲，并没出门。

陈勇拿出一根烟，又放下，然后想了想，似乎下了决心："小欣啊，你昨天说接手餐馆的事，是说真的，还是开玩笑的？"

"我刚跑步想了一下，感觉也许真的不要冲动会好点？"她边搓着头发边随口应着。

陈勇眼里的光似乎慢慢熄灭了，他搔了搔已经很高的发际线，拿起那根烟，有些颤抖地把它点上："对的，老窦就是怕你冲动……"

"明天我还休息，看看去把执照转给我了？还是把原来的注销，我重新办一个？然后还得办一堆证吧？老窦，你清楚的啊，消防啊，食品安全之类的，我也不懂,反正看看得怎么办嘛……然后得先找厨房师傅吧?"她把大毛巾放下,对父亲说道。

陈勇一下子就站了起来:"食卫、排污、餐饮许可……"

他连声调都带着雀跃。

陈晓欣觉得一切也许没那么糟,也许只是为了父亲老脸上那舒展的褶皱。

不论是高速公路或是高铁,时代在努力把城市与城市之间的距离缩短;但人与人之间的距离,却渐渐变远。在这个年月里,绝大部分人都不是为了生存而不顾环境的野草,但凡花卉,总期望有自己的生长空间。以至于在现代化的大都市里,邀请别人到家里做客,往往意味着某种超乎普通友人的信任。

所以,当昨天晚上接到陈晓欣的邀请时,尽管李姗心情很差,但她也决定赴约。

"你就是阿姗?"陈晓轩看见李姗的第一反应,是马上给她拍了张照片,然后发到平时一起组队玩游戏的朋友群,"见到真人,'凉茶妹'超级靓!要不大家一起过来我家开黑?"

有好几个人叫嚷着:"我在上海,马上去抢高铁票!""宝鸡也有铁路!""身在北京,实名妒忌!""哇!'凉茶妹'这么凶啊!"

"好漂亮!'凉茶妹'以后归我了!"这是群里大大咧咧的张笑笑直率而真诚的赞誉。

至于其他人,便是各种花式的称颂与赞美,而李姗的确值得这一切,无论从容貌还是曲线玲珑的身材,哪怕毒舌如张若彦,也禁不住说了一句:"所以,'凉茶妹'的烟嗓,不是没有原因的,太完美,不是什么好事啊。"

不过也有另外的声音:"靓女有什么稀罕吗?你们这些俗人,本少爷跟你们就不一样,我就喜欢我家晓欣。"

陈晓欣立刻慌了,发了个语音到群里:"李泽霖,你给我闭嘴,要不踢你出群,拉黑你!"

这位是她的大学同学,从大学开始一直不遗余力地在追她,身为富二代的李泽霖,也算挖空心思了,从死缠烂打到银弹攻势,但陈晓欣软硬不吃,可是到了现在,他看起来仍旧没有放弃。

陈晓轩两眼发光地凑到李姗面前:"走,咱们去琶堤随便喝点……"

"废柴,阿嫂如果等下要砍死你,我会帮她准备高压锅和斫骨刀,好分尸!"陈晓欣阴森森地对自己的大哥说道,然后连踹带踢把他赶到了沙发上,才转身对李姗满带歉意地笑道,"我们家里都喜欢开玩笑,你别介意。"

"不会,不会!"李姗的性格很不错,笑起来不但漂亮,还有一种邻家小妹的亲切。

也许是为了避开陈晓轩,也许是为了营造闺密的亲切感,陈晓欣很快就拉着李姗进了自己的房间。

毫无疑问,这是一个很有效果的举措,在陈晓欣的房间里,小而温馨的空间,让李姗放下了许多顾虑,聊起了让她为难或者说焦虑的问题:"刚来广州的时候,谁也不认识,我读书不行,上完大专就出来了,要不是老板娘收留我,我除了去工厂流水线打螺丝,没有什么其他选择吧。后面也有给我加薪水升职,现在想辞职,感觉说不出口。但做下去,我觉得很烦,真的很烦,如果要过这样的生活,我回梅州老家自己开家店不就得了吗?"

陈晓欣听着她慢慢地述说,直到告一段落了,起身从房间的小冰箱里拿了瓶饮料给她:"你又不欠老板娘什么,你来广州,她也不是马上就把你收为徒弟,然后教你手艺吧?"

她的话让李姗点了点头,不光是陈晓欣说的逻辑能让李姗认同,更重要的是,陈晓欣没有去打听,李姗到底做什么行当。

"你有手有脚,就不说长相吧,随便当个服务员啥的,还能在广州活不下去?"陈晓欣笑着向李姗说道,"至于升职加薪,资本向来都是唯利是图的。给你加薪升职,是因为你在进步,资本为了留住你,不得不这么做。退一万步说,就算有恩,你总不能用自己一辈子报恩吧?这都5G时代了啊,靓女!"

她看着李姗渐渐舒展的眉头,禁不住伸手捏了一下她的脸颊:"走,去吃饭,然后去做头发!你玩过剧本杀吗?我这边有个馆,不时有新剧本,还有衣服换的,对,沉浸式,去不去?能组得成队的,别慌,张弱智在上班不好叫他,我们可以叫上我废柴大哥嘛,然后把我嫂子也喊上,就有四个人了,店家会帮咱们组队的。"

但当商量好一切之后,她们发现了一个问题:"吃什么?"

两人都没有什么太好的主意，于是李姗就提议："要不问一下晓轩哥哥？"

　　"叫他废柴，或者你有礼貌，叫轩哥行了！你不是没看他刚才那嘴脸，你别给他脸！"陈晓欣不遗余力地破坏着自己哥哥的形象。

　　不过因为实在想不到吃什么，最后还是把问题抛给了陈晓轩。

　　"饮茶就好了，想不出吃啥，就边上找家有开早茶的酒楼，不就得了？"陈晓轩正好新开了一局游戏，头也不抬地说道，又冲着房间喊道："Honey（甜心），出来啦，死妹头请饮茶！"

　　"订了桌子吗？"刘宛晴在房间里问道。

　　陈晓欣跟猛然抬头的陈晓轩对望了一眼，发现这的确是个问题。

　　有客人过来，总是希望去口碑好些的店，但这周围，好的酒楼如果不先订座，这个时间过去，往往得等上一小时。

　　陈晓欣对着仍在房间里的刘宛晴说道："阿嫂，你订一下台试试看？"

　　但果不其然，真的都满座了。

　　"找个日式料理，吃烤肉吧！死妹头，我不吃穷你，我跟你姓！"陈晓轩一边打游戏，一边不知所谓地说道。

　　陈晓欣气得抬脚往自己哥哥腿上踹了一腿："那你现在不是跟我姓？"

　　"欣欣，欣欣。"李姗拉着陈晓欣的手晃动着，压低了声音说道，"要不，我们在家吃？"

　　陈晓欣就有些尴尬了，因为她父母知道她有朋友过来，想留点空间给年轻人，都出门了。而她和陈晓轩对做菜，那都是九窍通了八窍的，至于大嫂，做点家常菜还行，招呼客人，那感觉也太失礼了。

　　所以，她觉得还是明说比较好："阿姗，我们都不会做饭啊！出去吃吧！"

　　这时陈晓轩的手机里传来了胜利的声音，他放下手机："出去吃吧，不行就开车跑远点嘛，仓边路我知道有酒楼，早茶不错，叉烧包很赞啊！"

　　"其实，其实，我份工是做厨师。"李姗低着头，用她略有些烟嗓的声音，低声在陈晓欣耳边说道，"叉烧包，我……我也许，也许都可以试试。"

第五章　叉烧包的霸道

有些东西对有些人来讲，大约不需要讲什么道理。陈晓欣从小就是在家里的餐馆长大的，尽管她不是大厨，做菜也不是她所擅长的事，但经历过家里生意好的时节，也经历过家里餐馆更换厨师后菜肴的差异，所以她的眼力，是能看得明白许多事的。

"老手。"陈晓欣低声对着哥哥说道，她指了指在厨房忙碌的李姗。

他嘴里发出"嗯嗯"的声音附和着，不过注意力明显是在李姗那俏丽的面容和曼妙的曲线上，而在刘宛晴实在看不下去，过来直接揪着他的耳朵，把他拎回客厅之后，陈晓轩马上就开了一局游戏。

陈晓欣摇了摇头，以前她没有这么明显的感觉，但现在看来，以自己废柴大哥这德行，餐馆能撑这么几年，真的算是祖坟冒青烟了。这人的心思，压根就没有一丁点放在正事上。

端着茶杯，倚在厨房门口，陈晓欣问李姗："阿姗，要帮助打下手吗？"

"不用，不用。"她有点羞涩地笑了笑，然后提出了一个要求，"能不能找个浴帽给我？那种一次性的就可以了。"

尽管只是家里的厨房，无法和餐馆里的厨房一样设备齐全，但跟陈晓欣要了个一次性浴帽的李姗，在那里忙活起来，就给人一种有条不紊的安心感觉。而且陈晓欣很欣赏李姗因地制宜的习惯，后者同时在做四个菜：咕咾肉、银鱼煎蛋、椒丝腐乳通菜和凉拌海蜇，并没有铺陈一大溜盘碟来装备菜，四个菜，包括打蛋在内，她就用了四个碟和一个大碗。极有节奏的打蛋声、快而不乱的改刀，包括最后装盘，以及一丝不苟的伴碟装饰，陈晓欣看着李姗装好盘的菜肴，极刺激味蕾的咕咾肉，煎得脆而不焦的银鱼煎蛋，笑着拿起筷子，夹了一小块银鱼煎蛋："我受不了了，我要先偷吃一口。"

不单摆盘卖相极漂亮，外脆里嫩的煎蛋，一入口，陈晓欣就感觉，很明显，比它的卖相更动人！

把蛋煎熟，几乎没有人不会；煎得好看，只要经常下厨房，也有不少人可以做到；但在保证卖相的情况下，能保留银鱼的鲜味，就不是一般做家常菜的范畴了。

至于如李姗这样，不单保留了银鱼的鲜味，还能吃出外层蛋的香脆和里层入口即化的嫩滑，绝对就是专业大厨的手艺了。陈晓欣很直接地说："阿姗，你总觉得欠现在老板娘恩情，觉得要不是她给你机会，你现在还在当服务员，对吧？"

"嗯，我还是很感激她的。"李姗点了点头。

"不，她提拔你，是因为你这样的人肯定不会当一辈子服务员，你不会的。你这样的人，去到任何一个行当，一定会出头，就算到不了头部，至少不会在底层。"这是陈晓欣放下筷子之后，过去帮助装饭，看着李姗，真诚的感叹。

为什么这么说？

从做饭前要浴帽、洗手，到装碟摆盘，就体现出，至少李姗对自己的职业，有一种发自内心的尊重，她对自己出品的菜肴有一种责任感。何况她没上过正规的厨师课程，就是靠自己当服务员时看厨师做菜偷师，看书、看视频自学，那至少能说明，她对厨艺这方面，绝对是有天赋的。

一个有天赋而又尊重自己职业的人，这样的人，真的不论去做什么，也不可能永远待在底层。

"没，没有啦，我也就，也就自己瞎琢磨。"刚摘下一次性浴帽的李姗一下子脸就红了，她低着头，伸手撩起耳边的头发，停顿了几秒，似乎鼓起勇气抬头看向陈晓欣，"我不想就这么下去，也许，我可以换个工作。欣欣，你公司那里还招人吗？我没学历，但我可以从头学起的。"

因为陈晓欣并没有马上回答她，所以李姗犹豫了一下："这个，钱少点也没事的，我愿意当学徒的，总之，我不太想这么下去了。"她低叹了一声："如果在广州就这么过，那不如回梅州，开一家小餐馆吧。"

陈晓欣装好了饭，喊了陈晓轩和刘宛晴过来吃饭，然后伸手揽住李姗的肩膀："我公司那边招人，就算不招人，帮你找份工作，我想应该不难。但是你有没有考虑过,二十年后的你,该是怎么样的?"

这个问题,一下子就把李姗问愣了。

她没想过这样的问题。

"吃饭,吃饭!"陈晓欣招呼着大家坐下,一动筷子,刘宛晴和陈晓轩都觉得李姗太厉害了,菜的味道比大酒楼也毫不逊色,毕竟家里开过餐馆,这点审美还是有的。但是陈晓轩在吃饭时,桌下挨了刘宛晴五六脚。

而刚吃完饭,刘宛晴就拖着陈晓轩出门了:"欣欣,你陪阿姗玩啊,我们过去我爸妈那边一趟,之前就约好的。"

陈晓轩还想说什么,结果刘宛晴是真的生气了,直接换了鞋就出门。

"你要不跟过去,你信不信活不过今晚?"陈晓欣压低了声音,对自己的哥哥说道。

她认真的语气,让陈晓轩不得不把目光从李姗身上收回来,悻悻然说道:"这不家里有客人嘛,行行,阿姗,你坐啊,真的不好意思。好啦,死妹头,你踢我干什么!"

其实在陈晓欣关上门之后,她就听到大嫂刘宛晴已经带着哽咽的怒斥声,还有大约是被掐到软肉所以痛呼的大哥的声音。不过她一点也不同情自己的哥哥,如果不是李姗来做客,她绝对会上去补一巴掌或是给刘宛晴递个棍子。

"欣欣,我只是不想过这样的日子,倒是没有想过,二十年后我应该是怎么样的……大约会嫁人,有了自己的孩子吧?"看着陈晓欣重新坐了下来,李姗就开口说道,她很茫然,捏着茶杯的手,似乎随时都会失手使得杯子摔落。

以至于陈晓欣很有点担心自己母亲很喜欢的这套龙泉青瓷茶具,会不会因为李姗太紧张而少了一只杯子。

"我觉得,你并不是想换工作,你只是不想要一个一眼就可以看到头的未来。"陈晓欣并没有回答她的问题,正如之前问李姗二十年后应该怎么样,"或者说,所谓看不到未来,是因为其实一眼就可以看到未来。"

李姗如触电一样,猛然抬头,她看着陈晓欣的眼神,一时之间,尽是期待。

大海里迷失了方向的孤帆,哪怕仅仅看见一点光亮,总也让人期望,便是灯塔。

"我感觉你没有一个完善的职业规划。"陈晓欣没有回避她的眼神,很坦率地跟她去分析,"你所厌烦的,可能并不是厨师这个职业,对不对?我们要确定,你期望的未来到底是什么样的,然后我们才能讨论,要沿哪条路前进。如果厨师是最好、最省力的路,那么也许并不用刻意换工作——如果你不是对这份工作真的很反感。"

李姗听着,绞着自己修长的手指,低着头说道:"我只会做菜,欣欣,你说的这些,我听不太懂的。"她的言语里有着无法掩饰的自卑,但更重要的是,她觉得,陈晓欣说得很有道理,她更期望陈晓欣能给她一个方案。

但陈晓欣并没有这么做:"你要自己好好想一想,得想清楚,自己希望的二十年后生活是怎么样的,然后我们才能反之倒推,看看十年后的你,应该处于什么样的状况;五年后的你,又该拥有什么样的资源,然后,我们才能够考虑应该帮你找一份什么样的工作,以达成你的目标。"

对四年能在职场爬到现在位置的陈晓欣,这种职业规划之类的东西,基本已经是本能。

李姗并不是职场动物,而陈晓欣也不打算给自己的朋友"灌鸡汤""打鸡血"。

尽管陈晓欣随口能扯出七八个方案,而每一个大约都会让李姗觉得今是昨非、"听君一席话,胜读十年书"之类的,但陈晓欣不想这么干,对未来的预期,本来就是很私人的问题,就应该好好思考、揣摩之后,再做决定。

于是接下来的时间,她们聊生普茶叶、近来风行的剧集、小鲜肉男明星甚至纸片人养成的手游等。一直到四点多,陈晓欣的父母回来了,两人才发现还没来得及去做头发、玩剧本杀,但李姗得赶回去准备夜饭那一档的厨房事务了,只能匆匆告辞。

下楼送她上了网约车,望着远去的车尾灯,陈晓欣却笑了起来。

对她而言,接手餐馆的计划,母亲、姑妈、大哥都觉得毫无执行性的计划,已经有板块隐约拼合。

初夏的温暖使得小区里外的绿植、花朵,都越发生机勃勃。从门口一路行过来,从外面的紫薇,到小区里的红鸡蛋花、黄鸡蛋花,陈晓欣觉得看着它们的盛放,连脚步也轻快了许多。

她从电梯里出来,还没开门,就听着屋里父亲陈勇一边吃着东西,一边问母亲黄樱:"衰婆,你从哪里买来的叉烧包?正啊!哗,好正!"

陈晓欣进屋叫了父母一声，然后换鞋，就听见正在扫地的母亲没好气地说："我怎么可能去买叉烧包？你这么毒舌，哪一次买回来不是被你嫌弃的？欣欣买的吧？"可能黄樱看着陈勇的吃相有些不雅，就数落他："你至于吃成这样吗？都是做了几十年餐饮的人，有这么夸张吗？"

陈晓欣伸手拿起鞋柜上刚才下去送人放下的饮料，喝了一口笑道："我做的，犀利吧？"

"不可能！"陈勇和黄樱几乎异口同声，"煎溏心蛋，就是你至高厨艺发挥了！"

陈晓欣笑得不行，指着父母调侃道："你俩要不出道去说相声？跟德云社抢口饭吃？哎哟，娘，别打我，我招，我招，阿姗做的，阿姗做的。"

听到陈晓欣说起李姗中午做完饭就开始发面，然后一边聊天一边调馅，走时刚好叉烧包出锅，陈勇把手里的包子三两口吞下去："那这不是普通厨师了！"

正如他妻子所讲的，做了几十年餐饮，陈勇对如何了解各个菜系的厨师水平，是很有心得的："你看这叉烧包，出来就是开口笑，卖相漂亮！它的皮，有弹性啊，不是那种发面时用死力，揉到极薄，死命往里面填馅的；而且不粘牙！开口笑，又弹牙，又不粘，光是这面，就很有学问了。何况这馅的芡，不是一次勾的，她在拌馅煮馅时，慢慢调的，对不对？"

"老窦，你都犀利，跟亲眼看到了一样，都有细节了！"陈晓欣不住地点头，因为整个过程，她在边上看着，的确就如她父亲所言，"老窦，我觉得如果有机会，或者我可以试试，说服阿姗来做大厨！"

陈勇拿起第三个叉烧包，吃的速度一点也不见有所减缓："你如果能把她哄来当大厨，那我觉得可以啊！这么霸道的厨艺，绝对可以撑得起生意。喂，衰婆，干什么黑着脸啊？我今天没去钓鱼陪你打麻将啊，你怎么又生气了？"

他不说倒罢了，这么一说，黄樱也不扫地了，去洗了手，直接就去锅里蒸架上拿了一个叉烧包，然后对陈晓欣说道："冲茶！我看看到底有多霸道！"

陈晓欣笑了笑，她倒是没有反对，相反，她支持母亲挑刺，因为真的要去哄李姗过来当大厨，其实也是有代价的，甚至可以说，要远比到外面招聘厨师的代价大很多。因为大家是朋友，如果合作之后觉得不妥的话，那么真的朋友都没法做,至少在平时一起玩游戏的圈子里,她陈晓欣的名声肯定会很差。

所以,在下这个决心之前,陈晓欣甚至希望,母亲能够打消自己的这个念头。

但吃了大半个叉烧包的黄樱,喝了口茶,皱了皱眉,想了七八秒,对着陈勇说道:"有多霸道?不就是这样!我刚跟你拍拖时,那时你老窦还在,餐厅还是你老窦打骰,那个做顺德菜系的包点师傅,对吧?他做的叉烧包,也不比这个差!你这死老鬼,看着人家小姑娘长得漂亮,又年轻,人家就拉坨屎啊,你都觉得特别香!"

陈晓欣忍住笑:"娘,那是我朋友,你闲来骂老公,另找个话题好吗?"

其实话说到这里,陈晓欣就很清楚,李姗的水平,绝对是过硬的。

否则的话,以母亲的性格,也不用回忆到二三十年,才从记忆里找到她认为可以匹敌的对手。

陈勇把手上的包子吃完,盯了妻子一眼:"哼,衰婆,懒得理你!"

但谁知道,这下子捅了马蜂窝!

听着陈勇随口这么一句,黄樱突然一拍桌,一蹬地,暴吼一声:"死老嘢!过不下去了!"

楼上不知道谁在练架子鼓,原本打得很有节奏,但随着这么一声,一下子就停憩下来,鼓声不再响起。

"懒得理我?我无理取闹吗?你见到妹妹仔,就不知道自己姓什么了是吧?"黄樱显然不打算就这么放过丈夫。陈晓欣看见自己的母亲站了起来,一只手撑着腰,一只手往前指,似乎是某种格斗准备的姿势,她就知道大事不好了。

因为在她的记忆里,每一次出现这样的前兆,都将是一场大风暴。

而更让陈晓欣头痛的是,这个时候门被打开了,而姑妈黑着脸,把在门外的大哥大嫂拖了进来,用丝毫不亚于陈母的音高说道:"你们要丢人,就在家里丢人好了!在小区里面,哭哭闹闹,又是推来吼去,都有住户准备帮你们报警了!"

"死人狐狸精,自从你过门,真是家门不幸!阿轩多好的孩子,被你祸害成这样!"黄樱似乎一下就转移了注意力,开始训斥自己的媳妇。

第五章 叉烧包的霸道

陈晓欣可就看不下去了，快步拦在母亲和大嫂之间："娘，你骂老公，我管不着，但你别对大嫂撒气。你自己儿子什么样，你心里不清楚？还'多好的孩子'？也就你自己能说得出口吧。要不你问问姑姐，问一下在姑姐眼里，我大哥结婚前算不算是个人？"

但是暴怒下的黄樱，压根就不打算讲什么道理，她甚至伸手去掐陈晓欣，要把女儿推开，好去训斥媳妇。陈晓轩心疼自己的老婆，赶紧过来拦住："阿娘，这事不能怪宛晴，是我不好，行了，行了，你别生气了。"

陈勇也看不下去了，过来扯开黄樱："不要发癫了！年轻人的事，他们自己会处理，你添什么乱？无凭无据骂人，就是你不对了。"

"没鬼用！老婆奴！"黄樱恨恨地骂了儿子两句，终于舍不得再骂，气鼓鼓地坐了下去，但一坐下，那股气就往上顶，戟指着陈勇质问道："你过来劝什么劝？关你屁事啊！还是说，你也被这狐狸精迷了，你想扒灰还是怎么样？"

"啪！"瓷器摔在地上，摔得四分五裂，一下子让所有人静了下来。

陈晓欣转头一看，却是她姑妈在厨房拿了几个碗出来，刚才就是陈淑芳把一个碗摔碎的。

"阿嫂，我就只有这个哥哥，你知道我爸妈走得早，我哥养我大的。你从年轻时，没事就欺负他，这是你们之间的事，轮不到我来管。但你话不能乱讲，你刚说什么？说我哥想扒灰？阿嫂，你要不道歉，我今天就跟你抱住一起跳下去！"陈淑芳也是动了真气，脖子上青筋迸现。

陈晓欣连忙抢下陈淑芳手上的碗，抱住姑妈："姑姐，不要这样，不要这样，我娘向来嘴臭的，你跟她计较什么？"

但这时静静站在边上刘宛晴，抬头对陈晓轩说："我回我妈家，再约时间去民政局吧。"

看着势头不对的陈晓欣跑过来扯住大嫂的手，但刘宛晴挣开了，摇头惨然笑道："这样，过不下去了，我去收拾一下东西。"说着就往房间里走去。

陈晓轩这个时候倒是没有犹豫，连忙跟着跑了进去："Honey，honey！你要帮我也收拾一下，我跟你一起去你妈家啊！"

本来还气鼓鼓坐在沙发上，一副"天下英雄谁敌手"模样的黄樱，听着儿子这句话，似乎一下子就失去了支撑。

"哥,你跟我回去,住我家客房。"陈淑芳对陈勇说道。

陈勇拼命给自己妹妹使眼色,可是陈淑芳铁了心要把这事掰扯清楚:"她不道歉,你就必须走!不然的话,你还要不要做人?"

陈晓欣长叹了一声:"娘,你一定要无事搞出事,随你了,我住公司宿舍吧。"

她走过沙发时,却一把被黄樱拉住,陈晓欣看向她,却看见一生倔强的母亲眼中隐约有着乞求的神色。陈晓欣很无奈,她不想成为母亲最后的救命稻草,因为她知道,让母亲被击倒的,是哥哥陈晓轩对大嫂刘宛晴所说那一句:"我跟你一起去你妈家啊!"

"娘,我不是老窦啊,你得明白这一点。"陈晓欣很无奈地对她说道。

她原本的意思,不是所有人,都会如陈勇一样,一辈子不论什么争执,都会让着她,忍着她。但很明显,黄樱并没有向着这个方向去思考,她的第一反应,感觉女儿的意思是得解决陈勇的问题。

但不论如何,黄樱在沉默了三四秒之后,抬起头望向陈勇,这一辈子第一次说:"不好意思,我嘴臭。行了吧?"

陈勇刚想说什么,陈淑芳一把扯住自己哥哥,对黄樱说道:"阿嫂,你要答应我们,这种事,绝对没有下一次!你要欺负他,你要怎么样都行,但虎死留皮,人死留名,你发脾气不能过线。"

眼看黄樱按捺不住性子,一瞪眼又要发作,陈晓欣连忙按住母亲:"娘!"

"好啦,好啦!没有下一次。"黄樱无奈地应了一句。

陈晓欣看着,打铁趁热,连忙走到兄嫂的房门口:"阿嫂,我娘跟你道歉了,她没那个心,你就别跟她计较了!"

本来看着关系缓和,跟陈勇、陈淑芳兄妹一起坐下来的黄樱,阴着脸换了茶叶准备泡茶,这时听到女儿这么说,她马上就要跳起来,跟儿媳道歉,对她来说,那真的是天方夜谭!

但身边的陈勇一把就抱住她,而陈淑芳更是捂住她的嘴,压低了声音:"阿嫂!你想清楚!是不是要把家搞散?"

听着这话,黄樱绷紧的身体终于逐渐放松下来,陈淑芳和陈勇松开她,后者便有些羞刀难入鞘:"哼!费事跟你们计较!"

陈晓欣站在兄嫂的房门口，真的感觉好无奈，这时刘宛晴走过来，两眼通红的，陈晓欣一把抱住她："阿嫂，我娘都道歉了，说了自己嘴臭，姑姐做证的，不会有下次，好啦，不要生气了。"

坐在沙发上的陈淑芳也帮腔劝着："宛晴，你同她计较啥呢？她这破嘴，大半辈子都这德行了，但你知道的，你婆婆，那绝对没什么坏心眼。"仿佛之前发誓要抱住黄樱一起跳楼的人，跟她不是一个人。

好说歹说的，刘宛晴终于没有计较下去。

"娘，你啊，真的别这样了。"好不容易消停下来，陈晓欣感觉头都要爆炸了，往沙发上一靠，对黄樱说道，"有事说事。你何必呢？"

本来就有点下不了台的黄樱，被女儿这么一说，那股气又上来："还好意思说？死女包，生你还不如生块叉烧！好似你老母会害你一样！你那个朋友，那个什么姗，你以为你娘我看人家长得漂亮嫉妒啊？我呸！你娘我会那么肤浅？"

陈晓欣不敢接这话茬，但从她和姑妈陈淑芳的眼神里，都流露出同样的意思：会！

万幸黄樱没有留意到，而且她开始寻思着列出理由来："那个什么阿姗，会做叉烧包很厉害吗？中式厨房啊！中式厨房的铁锅那么重，她那样娇滴滴的，她能玩得转？"

第六章　分歧

　　这是一个客观存在的问题，中式厨房的铁锅重量，包括各种厨房刀具家什的分量，对从业者来说，它的确有一个力量的门槛。而对女性从业者，这门槛因为男女体能天生的差异，就变得更高了。

　　"娘，中午阿姗做了四个菜，快又好，你不信，问一下废柴啦。"陈晓欣话里的"废柴"，当然是指从房间里走出来的陈晓轩，所以刚说完，就被陈母白了一眼。

　　不过陈晓轩对不用跟着媳妇回岳母家去住，还是很感恩的，所以也没计较陈晓欣的称呼，或者这么多年，他也默认和习惯了这样的绰号："做菜是挺厉害，厉害在哪儿？味道蛮正宗的，摆盘什么的，都比较有格调。炒菜手势？我不知道啊，我当时在打游戏，我七杀啊！"

　　边上陈淑芳忍不住也开口问道："跟我大哥比，怎么样？"

　　"味道差不多吧，但是老窦一碟通菜炒完就是一碟通菜。"陈晓轩搔了搔头发，他即使再废柴，怎么说也折腾了几年餐馆，"阿姗就不同了，装盘上桌时，腐乳淋在码得齐整的通菜上，椒丝点缀在腐乳上，说真的，菜一端上来，就感觉能拍照发朋友圈。"

　　陈晓欣笑着对父母和姑妈说道："废柴都算是败过家的人了，他总不至于这点见识都没有吧？再说，人家阿姗可不一定愿意过来呢，她老板娘死命在笼络她呢。"

　　但陈晓欣没有想到，原本姑妈和母亲都不吭声了，但她觉得一定会支持自己的父亲，这时候却站出来质疑："几道家常小菜，不足以衡量一个大厨水平。你妈讲的，其实我很认同。欣欣，你没做过厨房，你不知道厨房的辛苦。"

陈勇点了根烟，沉默了四五秒，才开口道："我当年就是挨不下去，学完之后，就不愿做厨师了。你去看那些做上十年二十年的大厨，一个个说话就跟吵架一样！"

因为酒楼厨房不单器械分量重，噪声也非常大。

切菜声、功率排气声、炉火颠锅抛勺时的焰火声、热油下锅声，等等，不扯开嗓子，大厨真的很难让其他二厨、帮厨听明白，以便进行配合。

"这跟咱们在家里炒个菜，不是一回事。按你说的，她红案也行，白案也行，那不就是厨师长？整个厨房都要管了，阿姗才多大？你讲故事啊？我觉得，阿姗那么漂亮……哎哟，衰婆！说正经事呢，别捏了！"

可是陈母一肚子气没地方撒呢，哪能放过这个好机会？还是陈晓欣兄妹好说歹说，才让黄樱消停下来。总而言之，陈勇的意思也很明白："你说她老板娘笼络她，我信的，她就算不会做菜，留在店里当生招牌都'抵'啊！"

抵，就是值得。

所谓生招牌，就是类似豆腐西施。

现在这个年代，豆腐西施并不见得豆腐能做得很好，只要符合西施这个条件，后面可以有一整个团队来支持她；何况李姗还能炒几个小菜，会在摆盘上能讲究一下，陈勇觉得："我是她老板娘，都留她啊，别看你爸我年纪大就落伍，我都知道网红店的啊！餐饮这一块，有这么一个噱头，宣传一下，搞成网红打卡点，对不对？留她绝对不亏的，但这说明不了她能当厨师长，她能镇得住整个厨房。"

陈晓欣一时之间，不知道从何反驳。

因为她明白父亲所讲的，是真的有条有理的分析。尽管她不是太认同父亲的观点，但陈晓欣知道，她得重视这个问题，需要对李姗去做更进一步的了解，然后再来做出最终的判断。陈家的餐馆是否开下去，对这个城市来讲，可能是不值一提的瞬息变换。但是否接手餐馆，是否能经营好它，对她和这个家庭来说，就是一件足以令风云色变的事情。

"要不，女儿啊，要不，要不就算了吧。"黄樱皱着眉头，很是担忧地对陈晓欣说道。

陈晓欣看了一眼母亲那因为紧张甚至都点扭曲的脸，一瞬间就读懂了母亲的心思：尽管她希望餐馆能开下去，她一点也不希望，如姑妈陈淑芳所讲的，去把场地放租，但因为这个大厨的人选，让母亲对陈晓欣的能力感到了怀疑和担忧，以至于她宁可妥协，宁可按姑妈所主张的，把场地放租出去。

"娘，不用这么紧张的。"陈晓欣笑了起来，她又不是妄人，这种情况下，就算父亲的话如何不中听，但这种专业的意见，她肯定是会放在心上的。什么是正确的，什么是自己想要，如果连这都分不清，她凭什么把运营部门那一摊子玩得风生水起？

但世间的事，并不见得总有道理，就如外面突然在夕阳下洒落的雨。

人的情绪，也不总是理性的。

"欣欣，姑姐跟你讲，要不还是算了吧。"陈淑芳在边上，忍不住也跟着帮腔。

其实她开这口，并不见得就真的对李姗有什么看法。不论是李姗的人，还是她做的叉烧包，陈淑芳都没看见，更不知道来龙去脉。正如她说，父母走得早，是哥哥带大了她，但是那时黄樱也嫁过来，可以说，长兄为父，长嫂为母，刚才为了哥哥，跟嫂子撕破了脸，陈淑芳事过之后，是有愧意的。

所以，她下意识地去附和黄樱，开口来劝陈晓欣。

而倚在房间门口难得没有打游戏的陈晓轩，也开口道："是呀，死妹头，你别以为做饮食，是很简单的事！你看不起哥没问题，但这东西真不是随便凑合就能做起来的。我觉得你听妈劝，不要折腾是正道。"

刚才他要跟老婆去岳母家，事后想起，对母亲，难免也是有所亏欠。的确是黄樱不对，可那是他母亲，陈晓轩很是心虚，所以本着"死道友不死贫道"，一起"集火"来劝陈晓欣，以平息黄樱怒火，就是他觉得最好的选择。

对这些心理，陈晓欣并不觉得有什么复杂，她也不以为意，事情讲不明白，那就掰碎了，一点点来分析，谁的方案更好、逻辑更顺，就按那个方向来走嘛！

但谁知道没等她开口，黄樱拿着茶盘边上的毛巾，打了她手臂一下："还笑！还笑！你就没点正经样子！家里都搞成这样了，你还笑！你就看家里人笑话是吧？死女包，真的，你求神拜佛，别有时运低的时候，不然的话，到时大家一齐看你好戏！"

陈晓欣被母亲这么一说，还带着笑的脸，一瞬间就如同定格，然后有泪珠从眼角渗了下来，她强笑着摇了摇头，伸手拿了纸巾去抹，可是怎么抹也止不住。她伸手按住要站起来的父亲，一边流泪，一边强笑着："妈，我时运好低了，你知不知道？我让人甩了！"

她哽咽着，又抽了几张纸巾，抹着泪，强挤着笑脸："对，本来说国庆去领证摆酒的，他走了，不单甩了我，还打算诓我跟他回去，为他的创业计划充当免费劳动力！"

黄樱一瞬间愣住了，喃喃道："那怎么办？之前都跟亲朋好友说了你国庆摆酒的啊！"

"阿嫂！你讲什么！"陈淑芳吼了一声，站起身想过来哄陈晓欣。

但陈晓欣摇了摇头，示意姑妈不要过来："不止这样，在公司，我顶头上司拿着我的业绩邀功请赏，我累到半死，就升几百块工资！还不够我自己给团队报的出租车费！妈，你说，呵呵，我时运够不够低？"

说着她甩开姑妈陈淑芳的手："姑姐，放租放租，放租搞得掂，你以为我想折腾？咱们的场地，是在河南边啊！不是在河北边！就那租金，又要养乡下几户当年爷爷承诺的老亲戚，又要给这边的房贷，还要给你那边的房贷，咱们这可是珠江新城的小区！这边一个月就要给三万多房贷，加上你那边的，你算算，租金这么一摊，都还不够！"

广州的房价，向来有"宁要河北一张床，不买河南一套房"的说法。所谓河，指的就是珠江，意思大约就是珠江北边一张床大小面积的房价，要比珠江南边一套一居室更贵，当然这存在比较严重的夸张，而且随着时代的变化，它并不是绝对的，珠江南边现在也有很多高价位的小区。但普遍来讲，珠江南边相对房价是要低一些的。

说着陈晓欣站了起来，指着倚在门框的哥哥："老窦老母没收入，废柴是来讨债的啊！这个家，每个月的用度，从哪里开支？放租？行！你们想清楚跟我说，我去申请公司宿舍也行，自己出去租房住也行！"

她一口气说完，号啕大哭着冲进房间，狠狠地甩上房门，把一切都拒之于外。

陈晓欣背抵着房门，缓缓地任由身体滑落，坐倒在地。

其实开始，她是想演的，通过情绪的发泄，来让纷争和吵闹结束。

但从第一滴泪掉下来，心灵上所有的坚强的盔甲，就都被卸下了。

这是她的家啊。

她看着窗边那几枝凋零枯萎的桃枝，就似看着自己伤痕累累的心。

于是，她便肆无忌惮地放声大哭，不是为了悼念逝去的春天，只是她想任性一下。

父亲焦急地敲门，姑妈埋怨母亲的声音，母亲难得缓和了声线的劝说声，还有兄嫂的开解劝说，隔着门，一一传进了她的耳中。

门很快就从里面打开了，陈晓欣一开门，就被抢在陈母前面的姑妈紧紧地抱在怀里。

陈淑芳咬牙切齿地说道："是他走宝了！他没这个福气！欣欣，不要怕！你只要点头，姑姐帮你找一个加强团的相亲对象都没问题啊！做得不开心，就不要做，姑姐有一口吃的，就不会落下你！"平素刻薄的姑妈，怀里有暖意。

陈勇伸手抚着陈晓欣的头发，没开口，眼就先红了，黄樱伸手掐了他一把，然后对陈晓欣说道："哭什么？不行就把这边房子卖掉，咱们回前进路老房子住啊，什么大不了的事！不用这么害怕的。"

连向来只会王者峡谷称雄的陈晓轩，也安慰妹妹，说实在没办法："我去送外卖，我养家啊，妹头。"不过下一句一说出来，刘宛晴在边上连忙踩了他一脚，因为他想说："大不了，你一辈子嫁不出去，在家里当老姑婆嘛！"

陈晓欣在姑妈肩膀上抬起头，望向哥哥，突然哭不下去了，因为她很想打他一顿，尽管心里感动。

垃圾箱里那几枝桃花枝，越发清瘦枯干，在这温馨里。

大家都很有默契，没有再提什么引起争执的问题。

而陈勇和黄樱晚饭大显身手，做了十来个菜，从东星斑到客家三酿，从松鼠鱼到熘肥肠，陈淑芳的儿子、丈夫也都被叫了过来，灯火之下，围坐在一起，家人的温馨，消融了所有尖锐和不安。

但家宴也终会散席，霓虹替代了几千年来的星月，照亮了这都市的夜。

陈晓欣陪着大嫂洗好碗后，回到自己的房间，却发现收拾垃圾时忘记了替换房间里的垃圾筒，那几根桃枝仍然在垃圾筒里，似乎带着冷冷的嘲弄。

她之前所有的伤怀、让她烦恼的问题，温馨之后，都仍旧在那里。

不论是那些开支，还是要倒闭的餐馆。

废柴大哥真的会去送外卖吗？母亲真的会把珠江新城的这套房子卖掉吗？

不，陈晓欣知道，不会的，就算她能去姑妈家里蹭吃蹭喝，也改变不了什么。

她几乎可以清醒地预言：最后就是大家都很痛苦，很挣扎，但终于不得不把那餐馆的场地卖掉。而且大多数情况下，还会因为那种对祖业的执着和挣扎，失去好的出手机会，直到类似银行来催缴房贷，而不得不临急出手，导致贱卖掉场地来解决问题，或者说，延缓这个家庭的危机。

陈晓欣深吸了一口气，现实就是，除了她之外，家里其他人，已经没有勇气或者能力去担负这一切了。

这时她的微信响了，是一位猎头发来的信息："这边有个机会，您是否愿意了解一下？"

然后对方发过来初步信息，对方提供的年薪差不多是陈晓欣现在薪水的两倍，而且还许诺了一定的分红。很明显，她操盘的几个项目实打实的运营效果、她在这些项目运作过程里的作用、她的手段和对团队的经营，在同业之间有了影响力，对方才会开出这样的条件，来表达自己的诚意。

接手餐馆，还是去看看这个机会？陈晓欣突然之间有些动摇了。

在君茂广场的这家粤菜，不论是从名气还是菜肴、性价比来讲，都是很不错的选择。

但随着服务员走向包厢的陈晓欣，她的心思，明显并没有打算放在品尝粤菜上面。倒不是因为她对这家餐馆有什么偏见，而是因为她会来到这个餐馆，严格来讲不是吃饭，而是面试。因为是通过猎头联系她的黄总——那位同业公司的CEO，约她到这里吃饭，所以，大家都清楚，就是面试。

坐在包厢席间的，除了儒雅的黄总，如果刚刚落席的陈晓欣没有猜错，那边已经不再年轻，但风韵犹存的女士，应该是黄总公司的人事总监；而另一位比较富态的中年人，应该就是担任行政总监一类的职务。

而双方的寒暄和自我介绍下来，果然就跟陈晓欣先前的判断，完全没有什么差别。

"如果您不介意，我们可以喝一点酒。"黄总保持着他的风度和修养，"但如果陈总您接下来有其他安排，就不勉强了。"陈晓欣当然不打算在这里喝酒，而黄总对此也没有任何意见，服务员马上就给陈晓欣上了茶水。

黄总开了一瓶红酒，而那位人事总监也陪着要了一点酒，倒是那位行政总监，笑着表示："我要减肥，就不喝了。"然后他举起茶杯向陈晓欣致意。

面试，在略带怀旧气息的粤菜香气里，和谐地开始了。

"T9这个项目，推出测试版本之后，用户反馈的情况很不理想，其实这个项目拿到版号，是经历了许多波折的……而T6项目，普遍用户调查反馈非常不错！但是，它不一定能拿到版号……"黄总是研发板块出身的，这一点，来面试之前，陈晓欣就搜过他的简历，所以聊起来，倒是很亲切，至少比起陈晓欣和现在公司的CEO之间的对话，更实在，更有执行度。

正如黄总喝了一口红酒之后，对刚才他在平板电脑上展示的另一个项目所说的："我们运营在抱怨，T8项目交易系统过于简单。但我觉得，关键问题是，这么做能增加用户黏度和付费率，能降低用户进入门槛吗？如果不行，那游戏里就不要去增加系统。"

聊到这里，让陈晓欣禁不住举起茶杯，以茶代酒向黄总致意。

然后她开始聊自己如果接手运营部门的话，可能会推动什么样的策略，会怎么通过运营来解决几个项目组现存的问题等。在这过程里，黄总听得很认真，几次发问，都非常精准地切中要害，比如当陈晓欣聊到某个运作方式，黄总听到一段之后，下意识地发问："对标的是？"

陈晓欣因为工作关系，见过不少同行业的CEO，有讲创意的，有讲游戏是第九艺术的，有画饼的，有说流行新词的。但黄总这样的，真的很少，只有研发板块出来的人，才能这样一语命中要害。

因为做研发出身的人才会明白，所有成功项目，必定有独到之处，无论是项目本身还是运营过程。但在成功之前，它们必定有所对标！哪怕这个对标的参照物，在它成功以后被超越和抛弃。

创意绝对不是漫无目的的乱撞。

"是的，我这个方案，可以视为对标兰蔻的空降巴黎……"陈晓欣不慌不忙地给出了答案。

跟这样的CEO聊，对运营来讲，真的是痛快，几乎每一句都是有效沟通，大家都是想着怎么把项目搞好，提升用户体验，是真的能进行头脑风暴，而不是一个学管理的外行人，来画饼或是聊一些高大上的话语，什么"赛道"啊，"抓手"啊。

其实在这一刻，陈晓欣早已经把接手家里餐馆的事抛诸脑后了。

第六章 分歧

就算饭吃到一半去了趟洗手间，看着镜子里的自己，陈晓欣也感觉："这是我的人生，对不对？我在这个行业里的努力，得到了认可与回报。也许，卖掉餐馆的场地，把房贷、人情费用一次性付清，我可以养家，我可以。"

而当她回到餐桌旁，很明显，刚才她的发挥，让黄总感觉这就是自己所需要的运营老大。当她重新入座之后，那位担任行政总监的中年人，开始跟陈晓欣聊薪资的问题，因为陈晓欣并不是那些递了简历，等着被筛选的求职者，她用自己这四年的时间，证明了在运营这一块，她有被尊重、被重视的资格。

但陈晓欣提出来的价码，让行政总监和人事总监感觉有点超过预期，他们对视了一眼，行政总监犹豫了一下，开口道："三百万的年薪？咱们之前聊的，包括分红和股权，折算下来的话，陈总，应该超过这个数的。"

"在那些之外，我要求至少得保障我三百万的年薪。"陈晓欣笑着举起茶杯。

风韵犹存的人事总监禁不住开口："陈总，如果我这边的资料没错，您才毕业四年左右……"

"是否我毕业二十年，贵公司会因此提高薪酬？你我都明白，并不会。"陈晓欣微笑着打断了对方的话，如果真的要入职这家公司，她必须在行政和人事这边，把自己的人设立起来，否则后续有的是麻烦事。

陈晓欣看着人事总监："所以，咱们看的是业绩。咱们会坐在这里，也是因为贵公司的业绩和我的业绩。"

如果黄总的公司是毫无希望的，无论成立多少年，陈晓欣都不会来赴约；而如果不是因为业绩，黄总也不会托猎头来约这顿饭。

这就是赤裸裸的本质。

她说罢，然后转头看向黄总："就凭这四年，我值这么多。"

黄总笑了起来，举起酒杯，浅啜了一口："那么，你想怎么拿这三百万？用什么形式？"

"您希望是什么形式？"她并没有示弱。

"去年的盈利非常差，我希望，今年年底，至少有十个亿。"黄总盯着她，微笑说道。

陈晓欣笑了起来，点头道："如您所愿。"

"大家都倒上酒。"黄总对人事总监说道,并没有征求其他人的意见。

然后他站起来,举起杯,对陈晓欣说道:"欢迎晓欣的加入,让我们干了这一杯!"

黄总喝尽了杯中酒,亮起了杯底。

"我酒精过敏啊,老大。"行政总监低声地抱怨。

黄总笑着拍了拍他的肩膀:"没事的,就一小口嘛!"

于是很无奈的行政总监,摇了摇头,举杯向陈晓欣示意之后,喝下了那杯里的酒。

尽管不多,但陈晓欣看到,富态的中年人,脸上和脖子上的确浮现了红色的印子,他是真的酒精过敏,而黄总不可能不知道。

第七章 立志

午后的广州,在这个季节,很是炎热,陈晓欣缓慢地走在人行道上,任由身边匆匆来去的人擦肩而过。她终归没有喝下那杯酒,借口信号不好,走出包厢接电话之后,她就在微信上发了一句:"家有急事,感谢款待,再联系。"

然后,就没有再回包厢了,因为在那包厢里,她感觉到有一种恐怖在盘踞。

她很明白黄总要的是一种态度,一种被驯服的态度。但她不想屈服于这样的PUA,人的底线,被突破一次,就可以被突破第二次,以至于没有下限。如果不是为了躲避这样的东西,也许她根本就不用考虑换一家公司。

她停了下来,因为微信里,那位行政总监发了一条信息过来:"陈总,你这边需要很长时间去处理吗?如果不是太久,其实我们可以等一等的。"

这让她很有些回头的犹豫,谁也不是生活在童话里的公主,或是家财万贯的千金大小姐。那一口红酒,喝下去就能拿到三百万年薪的红酒,走在路上也仍让她无法释怀和淡忘,其实她酒量并不差,和同学、同事、闺密、家人喝酒,半瓶威士忌对她来讲没有什么压力;至于红酒,家里餐馆生意好时,她试过和大嫂在家里刷《破产姐妹》,两人一下午喝了三瓶曼拉维,然后吃了晚饭又结伴跑去逛街做头发。

那一口红酒如果回头喝了,可以解决她许多问题。

不论是事业上的天花板,或是家里的困境。

但站在人行道上,酷暑的炎热让陈晓欣渐渐地恢复了知觉,阳光给了她温暖,让她足以驱散阴暗;而开始流淌的汗水,洗去了那些妆容,她侧过头,在街边的落地玻璃上,找到了自己的本来面目。

"出来下棋。"她打了个电话给张若彦。

后者沉默了两三秒,在电话那头低声对身边的人吩咐了几句,然后对她说:"好,你过来我边上的茶室,我给你发个定位。"

"欠我一顿烧烤!"张若彦一边泡茶,一边隔着升腾的水汽,对陈晓欣说道。

后者有点木然,呆呆地坐在那里,没有动弹,也没有说话。

看着她,张若彦皱了皱眉头,伸手摸了她的额头:"没烧。"

于是他就继续泡茶,但陈晓欣接下来的动作,让他泡完茶之后,当场就愣住了。

不在于她做什么,而在于她什么也没有做。

这不是陈晓欣的个性,至少不是他们从初一开始相处到现在的模式。

通常如他刚才一样去摸她额头,陈晓欣一定拍开他的手,然后对他冷嘲热讽。

"报警吧,我陪你去,不要害怕。"张若彦站了起来,对她说道,"我公司的法务部,和专打刑事案的几位知名律师关系很不错,我找他们帮忙……"

陈晓欣抬起头看着他:"你在说什么?报啥警?还刑事案律师?你脑子出问题了?"

当听了陈晓欣把她今天的面试之旅从头说完之后,张若彦无奈地摇了摇头,长叹了一声,然后拿起手机,对她说:"欠我一顿烧烤,不加好友,你想赖账,是吧?"

当陈晓欣通过好友申请,张若彦就举起手机:"你别动!"然后给她拍了张照片并发给她。

"你自己看吧,你这样子,看着是不是像惨遭色狼毒手的妇女……别砸!这是人家茶室的杯子!好吧,历尽艰难逃脱色狼毒掌的少女,可以了吧?"张若彦说着,忍不住捧腹大笑起来。

而看着手机里他发过来的照片,陈晓欣也感觉有点脸红。

因为在广州五月午后的阳光下,不知道走了多久,汗水把她的妆容弄得一塌糊涂。

的确看上去,就如张若彦所说的,逃脱魔掌的少女即视感。

张若彦拿着竹夹，夹起茶杯放到她的面前："其实不就喝一口酒吗？你去唱卡拉OK，不是以把我们喝倒为乐的吗？"说到这里，张若彦禁不住低声笑了起来，然后又历数了七八个同学的名字："他们找你喝酒，都被你灌到'断片'或是当场出洋相啊！"

她没有理他，从包里拿出卸妆水，开始把脸上花了的妆容清理掉。

"不过他要求达到十个亿利润，这有点强人所难。"张若彦喝了一口茶，这么说道。

也许是从小吵到大的关系，他很明白怎么激怒她。

"强人所难？这么要求你，才算强人所难。"哪怕在卸妆，她也禁不住回怼，"上次那个只开了三个项目的小公司，整个公司一个程序、一个数值和一个文案，就这三个人，还三个项目共用，美术之类全部外包，我给他出的运营方案，你猜怎么着？"她放下卸妆棉问道。

张若彦接着泡茶，没有抬头："就你上次用我妈银行账号收咨询费的单子？"

"对！那家小破公司，连版号都拿不到，就跑海外，去年下来，税前都接近三个亿。"她得意地重新开始摆弄自己的脸，"黄总不过要十个亿，能开十来个项目组的公司，又有什么强人所难？"

张若彦瞄了她一眼，抿了抿嘴："那三百万年薪，喝一口酒，喂，你有病，是吧？"

他停下手上泡茶的动作，很认真地看着她："我现在一年下来，也差不多就两百万左右，税前！听你说着，人家对你也没什么不好的企图，不就喝口酒？你赚人家钱，让老板装一下又怎么了？你不能又要赚人家钱，又不让人装啊。"

她端起茶杯，喝了一口茶："这生普不错！"

"我跟Boss（老板）聊起，我爸爱喝生普，他就拿了两饼茶塞给我。"张若彦白了她一眼，"谁知道先便宜了你这家伙！"

她又喝了一口茶，点了点头："我决定以后不跟你计较了，看在这茶的面子上。"

"算你识相。"他冷哼了一声。

"我没想到，你心里是把我当成爸爸看，唉，仔仔真乖！"她若无其事地说道，然后惨叫起来，"啊！张弱智，你敢踢我，你找死！呸！"

在茶室的包厢里，陈晓欣直接就冲着张若彦吐口水，而张若彦也没惯着她，马上以口水还击，拿着干果小吃和棋盘的两位茶艺师敲门进来之后，真的瞬间傻眼了：就算两人在疯狂热吻，也没有现在这场景让人无语啊，真的初中生这么干都觉得过分，何况两个成年人？

而且还是一个西装革履、一个职业套裙高跟鞋，身上洋溢着商业精英范儿的成年人！

竟在这茶室里互相吐口水？是的，还是真吐，不是做样子。

被茶艺师好说歹说劝开坐下，摆开棋盘之后，陈晓欣对他说道："你为什么不这么想，黄总又要我帮他赚钱，又要 PUA 我，为什么期望我帮他赚钱，然后还不让我装一下呢？"

张若彦想了想，摇了摇头："建议你重新去读《世界经济史纲》或者《资本论》《理想国》吧。但你这么幼稚，也许重修一下中学的思想品德课，会纠正你对生产资料、生产力和生产关系的错误认知！"

对他的话，陈晓欣倒没有回怼，因为他说的并没有什么问题。

劳动者和资本家之间，本身就不存在绝对的平等。

她也只是随口抖这么个小机灵，不过她在棋盘上的边角位着了一子之后，却在桌下轻踢了张若彦一脚："你信不信，我做餐馆，一年就能赚到三百万！"

"呵呵。"张若彦也跟着下了一子，笑了笑，没有直接回答她的问题，但答案其实已经很明显了。

陈晓欣气不过，又在桌底下踢了他一脚："什么态度嘛！你就这么看不起人？"

"想听真话？"他看向她，看着后者点头，他便说道，"给我给个红包。"

她瞪了他一眼，真的给他发了个 1.88 元的红包。

"想不到真有傻瓜发红包，又捡到钱，真是开心的一天！"他高兴地收了红包，然后才对她说道，"隔行如隔山，你不要高估你自己。你哥就是天生不努力吗？还是他在努力之后，完全没有起色，所以才放弃？如果真的那么好搞，你老窦也就不到六十，重新出山也不是问题啊，为什么你老窦也不提出他重新来'打骰'？"

张若彦一边泡茶，一边缓缓地说道："还有一点，你要明白，你现在拒绝的不是一口红酒，也不是所谓的 PUA，而是你的事业生命。我没有夸张！"

他真的没有夸张，一个答应求职者关于团队自由度、年薪、股权等所有条件的老板，仅仅只是要她喝一口红酒以表示驯服也好，团队感也好，其实在职场来讲，并不算很过分。陈晓欣这样的拒绝，如果一次那还好，同行还会去找寻原因，看看她到底是怎么看不上这位黄总或他的公司。

张若彦拿起公道杯，给她添了茶，然后剥了一颗开心果："但如果发生了第二次，在行业内传开了之后，除非期待你去扶大厦将倾，挽救破产边缘的公司，我敢说，不太会有同业公司找你了。"

茶室里点着绿棋楠的沉香屑，幽幽的烟气，袅袅盘旋着，混在冰岛的生普洱茶香里，陈晓欣感觉许多杂乱如麻的事，似乎都可以被抛开，可以冷静地去思考。她听到张若彦的分析之后，点了点头，随手下了一着小飞守角的定式："你说得对，但我介意。"

"那就不要喝。"张若彦没有再劝下去，跟着下了一着，似乎之前热情澎湃的劝说者跟他完全无关，他没有抬头，专心对付手里的开心果，"能做十亿生意的人，跑到一个陌生领域，努力向着三百万的目标奋斗，也的确是很励志的事。加油！"

然后他们直到下完这盘棋，也没有再讨论这个话题。

"阿姗啊，你几点收工？"陈晓欣在张若彦去结账时，打通了李姗的电话，"约烤肉啊！能不能出来？"

张若彦一边在调出支付码给服务员收款，一边低声对陈晓欣说道："你疯了吗？她是大厨，你临近饭点约大厨出来烤肉？"

但是出乎张若彦意料的是，陈晓欣挂了电话之后对他说："今天这顿饭就先让你欠着了。我要和阿姗去烤肉。她为什么会跟我出来关你什么事？好了，你可以回去了。对了，这包开了的茶给我！你不给，我就打电话给你爸，说你出车祸了！"

"要不我带你去精神科看看？你真的疯到某种程度了。"张若彦无奈地把那饼刚才开了四分之一的普洱茶重新包好递给她，因为她是真的干得出来——正如他也敢这么给她爸打骚扰电话，两个成年了还在互吐口水的人，彼此之间真的是没有什么底线和节操可言。

在等网约车时，陈晓欣压低了声音对张若彦说道："十亿的锅，终归不是自己的；肉烂在自己的锅里，比煮在别人的锅里强，你说呢？"

"嗯，也有一定歪理，喂，在大街上，别动手动脚，你车来了，快滚吧。"张若彦笑着对她说道，看着她关上车门，他长叹了一声，摇了摇头。

其实，他真的不看好她回家接手餐馆的举措。

但如果她决定了去做，他笑了起来："那我就多点去挂账嘛。"

要是她还没上车，想来少不了又得上演互吐口水的一幕。

日式烤肉和韩式烤肉，这几年很是占据了这个城市的烤肉消费圈，正如四川火锅和潮汕牛肉火锅，瓜分着主流的火锅市场一样。而陈晓欣请李姗来的烤肉店，就是一家日式烤肉店，并不是因为这里的烤肉更好些，或是更高档些，而是这里有包厢，聊起天来，更方便一点。

"阿姗，你知道我约你出来，想聊什么吗？"陈晓欣一边烤肉，一边问她。

李姗低着头，脸上有着放松的微笑，她点了点头，然后略有点频繁地喝起杯里的清酒。

以至于陈晓欣要对她说："你少喝点，少喝点，阿姗，我觉得，肉烂在自己锅里，才算是肉！这事我现在不敢肯定能成，它还有许多难点要解决，也不是靠你我就能支撑起来。但如果最后成了，你到时肯来帮我，我会给你股份，不是那种嘴上的股份，是工商登记就能体现出来的股份，我保证不低于百分之三，争取百分之五。"

李姗抬起头来，她姣好的脸上，有着某种雀跃的神色："那……那这锅，也有我的份？"

看着陈晓欣点了点头，李姗舔了舔她丰腴的唇，然后冲着陈晓欣举起杯，一口饮尽。

并不见得四五月的花期到了，每一朵绣球花就会开放；也不见得立志要接手餐馆的陈晓欣，和她属意的大厨李姗一拍即合，然后她们就能马上拉扯起一个餐厅，接着开始营业，经历风雨，最后收获期待的美好。

人世间的事，向来并非如此美好。

乃至于每一点细微之处。

当陈晓欣回到家里，召开家庭会议，告诉所有人，自己做了决定并不打算变改，准备接手家里的餐馆时，就发现一切并不如她想象中的困难——要比她预料中的困难更加困难许多倍。

"不可能整间餐馆都转给你。"黄樱在听到陈晓欣要求将营业执照转名时，就第一时间表示了自己的反对，哪怕那是她的女儿，"退一万步讲，大家都有份的啊，你拿了去，以后是不是赚到钱了，我和你哥去吃个饭，还得找你打折啊？"

其实，黄樱有一句话是不忍讲出来的，那就是在传统意义上，女儿并不对祖业有继承权。

但时代不同了，而且连小姑陈淑芳都没有对此提出异议，黄樱也不愿从这个点去"背刺"女儿。但她并不打算让步："你接手去搞，搞得起来了，再商量其他事不迟。"

在吊灯的光影下，陈晓欣感觉母亲被灯光拉长的阴影，似乎要把自己吞噬。

也许那阴影不是母亲的本意，只是几千年来家长式的霸权寄居在她身上，然后被这灯光照映出来。陈晓欣不想去了解，也没有心情去分析，她只是觉得厌烦。

但陈晓欣没有想到的是，绝对不可能开口的人，在这个时候开口了。

不是一脸担忧的姑妈陈淑芳，也不是躲在阳台抽烟的父亲，更不是沉溺在王者峡谷的大哥，而是从房间里走出来的大嫂刘宛晴，走近了茶桌："妈，不交割清楚的话，到时欣欣把餐馆做起来，您又是让晓轩去帮忙，欣欣不同意，您肯定又不高兴，然后晓轩又把餐馆搞垮了，怎么办？"

一下子，客厅里就静了下来。

所有人的目光都集中在刘宛晴身上，当然，仍旧在王者峡谷大杀四方的陈晓轩是个例外。

陈晓欣真的没有想到，大嫂会说出这么一席话。

而这个时候，刘宛晴自己拿起一杯茶喝了一口，就挨着陈晓欣坐到沙发上："晓轩他性格就这样吧，我喜欢他的个性，到现在也一样，但相处下来，感觉他的个性，就不是……"

她说到后面，看了一眼仍在打游戏的丈夫，终于声音低了下去，不忍说出来。

但大家都知道，她想说的是，陈晓轩就不是能做事的人。

陈晓欣伸手握住了刘宛晴的手，尽管后者说得一点也没错，但人是有立场的，往往明知是错的，只要觉得对自己有利，就会坚持欺骗自己，用各式的话语来粉饰自己的不堪："阿嫂，我明白的。"

她没有打算再让大嫂为自己开口，这对刘宛晴来说是很艰难的，不单是面对现实的艰难，而且恼羞成怒的母亲，必定会把怒火发作到刘宛晴身上，陈晓欣看着马上就要起身叉腰爆发的黄樱："娘，你不会真打算等我把餐馆搞起来，然后让废柴过来拆台吧？"

黄樱本来就在火头上，听着气得一拍桌子："死女包……"

"……生你不如生块叉烧！阿轩多勤快的人？不过就是时运低，你看不起自己的大哥，真的是家门不幸啊！"这一段话，不单是黄樱在说，陈晓欣也同步在说，并且一字不差，二十多年的母女，她真的对黄樱接着会说什么，有着绝对准确的判断了。

甚至当母亲气得站起来戟指着她时，陈晓欣很淡定地说："唔准学你老母讲嘢！"

结果这一句，又是跟黄樱所说的"唔准学你老母讲嘢！"一模一样，一字不差。

而且下一句再次母女同步发声："你就是想气死我！"

黄樱气到要发疯，直接就要过来掐陈晓欣，陈晓欣笑着躲到陈淑芳身后："阿娘，咱们好好说话，不行吗？"

陈淑芳可不会看着嫂子对自己的侄女下手，一把拦住黄樱："喂！你同我大佬双宿双飞，又是东非大峡谷，又是黄山时，谁在带她？谁在管她？是我在管她，你有什么资格动手动脚？你给她改过作业吗？她小学家长会你去开过几次？前天她小学老师过来交物业管理费，看了我还在说：'我记得你，晓欣妈妈！'"

黄樱也不是什么善茬："你现在跟我讲过去，是吧？你初中家长会谁去开的？我去的！你中考谁送你去进考场的？你高考谁守在考场外的？你高考时谁帮你租了酒店在考场边，让你中午休息，谁傻乎乎中午给你提着汤水过去的？来啊！来讲过去啊！"

眼看这是没法往下聊了，刘宛晴都有点吓呆了，这时却听见陈晓欣高声道："姑姐、娘，抢红包！家族群！"

"5块6毛8！嘿，论手气，我没输过！"黄樱得意扬扬地说道，陈淑芳本来也想回怼，但被陈晓欣按了一下，忍了下来。这场风波，总算被陈晓欣用18块钱的拼手气红包平息下来了。

看着抢了红包之后重新开始泡茶的黄樱，陈晓欣想了一下措辞，才开口道："娘，你知不知道，废柴连店名都卖了？没错，就是老窦的阿爷那辈人沿街卖牛杂的店名，其实不是我们的了，我们的执照，你没看吧？是改过名的了。"

听着女儿的话，黄樱一脸错愕，这是她没有想到的事情。

陈淑芳听着可没那么好脾气，直接伸手拎住陈晓轩的耳朵。

"痛！姑姐放手啊！都说我不是干这事的料，让人忽悠了嘛。是啊，当时说换个店名有新鲜感，原来的店名转让给别人能搞一笔钱，我傻嘛，真是的，我都认栽了啊。"陈晓轩似乎很委屈，从陈淑芳手里挣扎开了之后，在沙发里换了个角度，接着在游戏里纵横。

陈晓欣对着母亲说道："你没发现？我之前给你们发的调查报告，上面也有提到这问题的。娘，你可以翻聊天记录。"

她站了起来，看着客厅里的所有人："那么我想问问，你们真的懂怎么搞好一家餐馆吗？"

第八章　过往的影子

面对沉默无语的家人，陈晓欣真的不想再妥协，她很直接地说道："请注意，我不是指废柴，我是说在座所有人，你们懂得怎么把一家餐馆搞起来吗？如果不懂，你们凭什么给我意见？至少我运营出成功项目的经验，要比在座各位强得多。"

话都说到这地步，她希望挣脱出来，从那吊灯的阴影里挣脱出来："你们其实连对失败都缺乏敏感性，在废柴搞垮餐馆时，你们毫无知觉。当时我劝过几次，你们认为我不懂，对吧？在废柴搞垮餐馆以后，你们甚至都不知道他是怎么搞垮的！"陈晓欣剥了颗瓜子："你们不知道？没事啊，我把资料都送到你们手上，你们也看不出问题啊！"

听到这里，不论是在阳台抽烟的陈勇，还是呆坐在茶桌边的黄樱，或是准备抽侄子的陈淑芳、挨在陈晓欣身边的刘宛晴，都无言以对，不知道怎么去反驳和应对陈晓欣所提出来的问题，以至于后者说出她的结论时，有一种水到渠成的自然："所以，对如何搞好一家餐馆，甚至于如果避免把一家餐馆搞垮，你们一无所知，对不对？而且你们也没有承担失败的勇气。那么，我拒绝你们插手餐馆的任何事，它就是必须转让到我名下。"

陈晓欣说到这里，放下茶杯，对母亲说道："娘，有一点你讲错了，如果我接手来做，你和大废柴去吃饭，不会有任何折扣的，当然也不允许挂账。谁允许你们挂账，我就炒了谁，你们太擅长搞垮一家餐馆了。"

黄樱气得脸都发紫了，但一时之间又不知道从何发作，突然哇一声号啕大哭："你好厉害啊！你读了书，现在会来气你娘了！我不要活了！淑芳，你别挡我，你让我去死算了！"

陈晓欣当场愣住了，这一招以前真没见过啊，一时之间，不知道如何应对。

"好了。"陈勇从阳台起身走进了客厅，也不管妹妹和儿子、女儿、儿媳在场，用力地抱住了黄樱，"别这样了，欣欣讲得有道理，别这样。"他紧紧地抱住妻子，然后抬头对陈晓欣说道："转名就不用重新去办那些消防之类的证件了，没问题；不允许挂账，没问题。"

他对陈晓欣说道："但大厨一定要过了我这一关，你同意，明天就去办改名。"

但她并不想这样。

把家族事务演绎成一出宫斗剧，然后以期从中获取尽可能多的利益之类的，向来不是陈晓欣想要的。何况于目前来说，这是一艘已经千疮百孔的船，完全经不起任何折腾，别看他们住在珠江新城，房贷交不上的话，银行随时会上来收楼的！

而家里五口人，除了她之外，都无业。这有什么好宫斗的？

"老窦，我的生意，当然我说了算，要不，你自己出来'打骰'吧。"陈晓欣一点也没有打算给父亲面子，因为事情已经坏到容不下妥协的余地了。她很直接地对着又要发怒的母亲说道："如果能做得起来，我会视为家里用租金来入股，所以我扣除成本后，会把30%的利润分给家里，至于老窦你和娘、姑姐、废柴，怎么分，我不管；如果做不起来，那大家就认亏，谁也不要埋怨，我好好上班，只要忍受被老板PUA，三百万年薪我不敢说同业公司谁都肯给，但七八十万年薪的话，我现在真的很轻松可以在同业公司聊下来。你们不相信，可以自己找猎头中介，把我的简历给他们，去问一问。所以，我来做餐馆，是有成本的，亏了，我也有损失的。"

陈淑芳在边上点了点头："对分成，我没意见；但是欣欣，你爸爸都是为了你好。"

这本来是一个打圆场的台阶，但陈晓欣并不打算顺着这台阶下来，她非常明确地说道："老窦可以给意见，但听不听，在我，这是绝对要明确的事。只有我，有最后决策的权力，否则这餐馆绝对不能做。你们商量一下，最迟明天早上，早餐之后给我一个明确的答案吧。如果没问题，我们去工商办手续；如果有问题，我就不管这摊事，你们要出租场地也好，卖场地也好，我不管。"

她站了起来，伸开双手，轻轻拥抱了一下父母——本来就紧拥着、脸色很难看的父母，再冲着姑妈陈淑芳张开手，拥抱后她走到自己的房间门前："如果大家觉得，不能按我说的办，那我就不管这摊子事，从下个月开始，老窦、娘、姑姐，我每个月会按我的收入，给你们一些零花钱，也许每人一千，也许两千，也许更多些。"

在家人错愕的眼光里，她打开房门，停留了一下："也许我会给姑姐多点零花，因为她家小孩的确要上补习班。新闻上，也有女儿哄着父母把房子卖了，然后要买家赶父母走的案例，并不见得女儿就铁定是小棉袄，我要聊清楚的，就是如果开餐馆是个正经生意，咱们得按正经生意来沟通，而不是觉得我就该是你们的小棉袄。"

在她关上房间以后，黄樱的手一直在颤抖，如果不是陈勇紧紧抱住她，也许刚才她就冲过去掐陈晓欣一把了。她可不是无言以对，她是气得说不出话来，她从来没有想过，会被女儿这么顶撞！

"阿嫂。"陈淑芳捏紧了黄樱颤抖的手，"你想清楚，是想把餐馆搞起来，还是想让小孩顺着你？要让她顺着你，我现在就去骂她，哪有女儿这么说父母和姑妈的？"

黄樱一下愣住了，沉默了几秒，她示意陈勇放开自己，后者不太愿意，被她一瞪眼，也只好松开手。黄樱看着陈淑芳，半晌憋出一句："那她就不能又顺着我，又把餐馆搞起来吗？我是她娘，餐馆是祖业嘛！"

夏天的夜风，吹进了客厅里，那吊灯便微微晃动，把那沉重的影子，留在了过往的瞬间。

从大学城的校区过了一条小桥，就到了小洲东路这个近年来颇有些名气的饭店。在过了中午高峰期的此时，停车的位置非常宽松。就算刚拿驾照没有多久的陈晓欣，也能从容地停好车，甚至停好车之后，她还很得意地拍了一张照片，因为确实停得很正。边走边拍加上周围的风景，以及走进饭店里面之后，让人眼前一亮的水池、假山，很快就集够了九张图，发了个朋友圈。

"你人呢？向人求助的家伙，你至少准时吧？"朋友圈发完了照片，她就在微信上质问张若彦，"我都等你一个半小时了！你人呢？别跟我说你转个弯就到！"她当然没有花一个半小时去拍这些照片，事实上，现在离她停好车，大约还没有过三分钟。

不过两人从初中开始就是这样，只要先到，甚至可以声称从寒武纪等到现在，以谴责对方，所以彼此也习惯了。不过陈晓欣没有等来张若彦的反驳，后者竟然给她发了一个红包，打开之后是8.88元，红包的名字就叫"关爱老弱病残。"

然后张若彦就发了通话请求过来，陈晓欣觉得有点奇怪，但她还是接了电话，就听见张若彦在那头叹气道："年纪轻轻，脑子就坏了，真可怜！"

"你到底有什么事要找我帮忙？我好不容易补休这几天，非得让我出来。"她没好气地说道。

张若彦态度也不怎么样："你不耐烦就滚嘛，别在那里拿捏。"他换成普通话还来了一句，"就不惯你这臭毛病！"

"这是求人的态度？你得赶紧去换脑子，反正你脑子不行，也不用麻醉，直接生换脑子，咦，这个可以，对吧？关云长刮骨疗毒，张弱智无麻换脑！"陈晓欣跟他斗嘴，那是麻溜得不行，边说边乐。

张若彦也在电话那头扑哧笑出声了："记住你刚才说的话哟，去翻聊天记录。"

然后他就挂断了电话。

陈晓欣隐约感觉有点不妙，把微信往上一滑，看了十来秒，伸手一拍脑门，沮丧地说道："失策了！朕是中了张弱智这逆贼的奸计了！"

因为张若彦说有事求助，约她过来下棋的地方，并不是在这个网红打卡的餐厅，而是在餐厅附近。在聊天记录里，他明确告诉她，先定位到这个餐厅，到了之后再拐个弯过去，四五百米就到了。因为这个网红打卡的餐厅，比较方便定位。

但对一个刚拿了驾照不到三个月的人来说，从珠江新城开到大学城，真的已经耗尽了所有的专注，到达导航上的目的地，她就松了一口气，完全就忘记了还要再拐个弯，才是真正的目的地。

所以，当张若彦在那个农家小院子里见到陈晓欣时，是大约二十分钟之后。

"你的车呢？"他坐在院子里的茶桌前，很好奇地问道，因为就听见脚步声，完全没听见车声。

陈晓欣咬着牙，从鼻孔里呼出一口气："我觉得应该多走走，对身体好。弄瓶冰可乐给我，让我缓一缓再说。"

听着她的话，张若彦忍笑点了点头。

他当然知道，陈晓欣是因为没有把握把车开进这村落里，所以才直接走过来的。

棋盘早就摆好在院子里，就在一块老树根雕琢出来的茶台旁边。

张若彦让小院子里的工作人员拿了瓶依云矿泉水过来，递给陈晓欣："我们公司考虑在这里租块地方，作为团建时的用地。我过来看看，感觉这里环境不错，就让你也过来玩。"

明明要的可乐，拿来的是矿泉水，陈晓欣毫不意外，如果她要的是矿泉水，拿过来的不是可乐就是雪碧。陈晓欣拧开盖子喝了一口水，对张若彦说道："去那网红餐厅吃点东西吧，我要饿死了，我请你吧，你这么抠搜，估计为了省钱中午饭都没舍得吃，对吧？"

"我抠搜？刚才谁领了我的红包？"张若彦苦笑起来，不过他约她出来，并不是为了斗嘴，"你想吃什么，我让工作人员给你做一份嘛，就不用过去那个餐厅了。"

这里本来就准备开辟出来，作为团建用地，当然有相关的配套，尽管现在还不完善，但管顿饭总是没问题的，很快陈晓欣就吃上了干炒牛河："说吧，专门让我过来，你肯定是有事的。"

她在他面前很坦率，并不需要过多的礼节。

"别搞那餐馆了，你干点什么不行？"他一边泡茶，一边笑着对她说道，"这里装修好，是会对外营业的，这碟牛河，成本加上人工，也就十块钱出头吧。但你去炳胜、吴係之类的地方吃，就得五十出头，更高档一些的地方，就会更贵，对吧？"

农家小院远离都市，但因着有地铁的关系，其实和CBD（中央商务区）的距离也不算太远，而且去长隆动物园之类的景点也很方便，这恬静除了比较耗钱之外，当真有点闹中取静的意思，所以陈晓欣抬起头笑道："不止十几块钱的，你骗鬼啊？张弱智，我发现你越长大，说瞎话的本事越强。这干炒牛河十几块？这小院用来做单位团建？你们公司上千人吧？如果几个办公点加起来，广州就得两千人出头吧？呵呵！"

第八章　过往的影子

不论上千人，还是两千人出头，都不可能在这个连院子外面的停车点都算上也不到一千平方米的小院做团建，所以说起来，这里所谓的团建，应该就是张若彦公司高管们的团建场所。接下来，肯定还会做内部的装潢，然后有高管聚餐或是招待客户之类的活动时，这里就是一个很好的去处。那么这样花了大钱来布置的一个会所，对外营业，一碟干炒牛河十几块？那是绝对不可能的。

张若彦拿起茶夹，把一杯茶夹到她面前的杯垫上："我们公司你也知道的，这边运营缺个老大，你一过来不可能让你当老大，毕竟我们不是游戏公司，所以，你有两个竞岗的对手，你只要业绩不比他们烂，就行了。"他叹了口气，抬头打量了一下四周："如果你对餐饮有兴趣，我想老板是会很乐意，把这个会所的项目也分给你去负责的，毕竟你履历上可以加一项，餐饮世家出身。"

这就是他求助的诚意。

风，轻轻柔柔地吹着，就算是夏日，但在这郊外院子里的午后，大约因有绿树成荫，所以并不算太过酷热。陈晓欣没有接他的话茬，只是努力跟那碟干炒牛河作战，看起来，她的战斗力颇为不弱，很快就让那些干炒牛河溃不成军了。

她没有开口，但她听得出他的问题，那就是他在公司里，尽管有级别，但没有自己的嫡系。往往这样会成为一个被架空的高层，如果业务能力再差一点，那处境很可能就是她的顶头上司，那位将升为副总的前运营总监，被架空，无论多么不甘心。

"如果你没能力摆平那两个竞岗对手，那么我开口，你负责运营一支团队，然后再把这里的会所项目分给你，这样，你每年至少不低于八十。"他伸手拿走了她没吃完的干炒牛河，认真地对她说道，"最坏的结果。"

八十，就是八十万。

当然比不上之前黄总许诺的三百万，但黄总的三百万年薪，是有条件的，有十亿这个绩效考核的。张若彦说的八十万，是最坏的结果，其实也就是放弃了绩效考核，或者说绩效考核只要陈晓欣不搞到天怒人怨，不要把自己团队的人搞到压力过大猝死、轻生之类的，别把这个会所搞到火灾，或是吃到有人食物中毒之类的，她就能拿到这钱了。

八十万，按十三个月来算，也就是实际上月薪六万。

特别是基本没有绩效考核的情况下，这样的薪酬，其实要比黄总那三百万年薪更加难得。

如果在黄总那边完全出不了绩效，肯定是拿不到三百万的啊，甚至在中途就会被撤职或调岗之类的。

有多少个踏进社会不过四年出头的人，能拿到这样的薪水？

不，绝大多数人，穷其一生，也拿不到这样的待遇。

"没有你抱怨的PUA，对不对？"张若彦看着她，很认真地对她说道，"退一万步说，如果你真的对餐饮有自信，你先试着把这里搞起来，算是你的试验田，成功了，你再回去搞家里的餐馆，是不是更理性一些？"

她随手把方便筷扔进边上的垃圾桶，问他道："这么好的条件？你跟老板提了？"

"我有旁敲侧击过，你觉得没问题，我就去开口。"张若彦并没什么显赫的家世，他在读中学时甚至没有什么钱上去辅导班，但他能去未名湖畔读书，能让这个大公司的老板亲自挖人，他自然有自己的本事，敢这么对陈晓欣说，当然也是有他自己的把握。

在夏日的风里，她仰起头，看着他，本来有些过薄的唇上，因为干炒牛河，沾上油光而显得丰腴，衬着她略有点斜掠向上的眉，便很有些如火的野性，但她一开口就破坏了氛围："明白了，你为此卖了身。"她在张若彦目瞪口呆之中，端起那茶杯："感动啊！好兄弟！"

"我×！你有病，是不是！"张若彦也真没惯着她，就算他想向她求助。

她在茶桌前端起杯子，对他说道："行啦，领你这个人情，以后有机会给你介绍相亲吧。"

"滚！我用得着你操心？到底去不去？"张若彦看了她一眼，把茶叶清理掉，用热水温了一下壶，然后再放进新的茶叶，"要去，我今天就得跟老板提这事，你也知道，这种岗，不可能长期空着的；如果长期空着，那也就不需要这个岗了。"

或者说，那两位可能成为陈晓欣的竞岗者的人，已经决出了胜负，那么下面运营经理级的人选，要由他们之间的胜利者，或是空降下来的运营老大来挑选和决定，张若彦到了那个时候，哪怕作为集团的高管，也不太好去插手这方面的人事安排。

这对他们这些能在毕业后这么短时间就爬到这种位置的人而言，一个眼神就明白的事，所以陈晓欣听他一提，就知道他的意思，她也很干脆："别提。"

她用手指点了点茶桌，示意他快点泡茶："我不去。"

"为什么？别跟我说避嫌之类的事，咱们不是矫情的人。你要能过去，对我来说，绝对也是助力。我并非无缘无故帮你，或者说关照你，而是我也需要同伴。"话说到这里，张若彦也很坦诚。

不论他是否真的需要同伴，但至少他的态度，使陈晓欣突然感觉有点烦："但想到每天要看到你，我就特别烦。"

"你以为我就耐烦每天见到你吗？"张若彦没好气地冷哼了一声。

场面一下子就冷了下去。

其实两人都有些无奈，不知道为什么，就总是能吵起来。

都隐约有点后悔，但只是谁也不想低头。

小院里，个把月大的中华田园犬在树下玩耍，张若彦吹了个口哨，小狗被吸引了注意力，慢慢地过来，于是张若彦对着那小狗说道："这生普是很不错，云南的同学专门给我寄的，狗仔，你要不要尝一尝？"

他说着，伸手去逗弄那小狗，小狗的牙还没长齐，可能很小就离开了母亲，睁开眼就跟人类相处，所以它倒也不怕人，就跟着张若彦的手指玩耍起来。

陈晓欣喝了一口茶，确实很不错，不论是香气还是回甘，但她弯腰把那小狗抱了起来，逗弄着小狗："狗仔啊，有些人很坏的，你别觉得那茶香就跟他玩，他搞不好就把你做成狗肉煲。狗肉煲，你被吓到没有？小狗狗，我过几天要去看牡丹花展，你要跟我去吗？"

然后小狗就被张若彦抢走了："谁要去看什么牡丹花展，对不对？狗仔，我带你去吃肉，好不好？"

"去看花展！"她把小狗抢了过来。

但他毫不示弱，又把小狗抢了过去："咱们去吃巴西烤肉！"

"花展！"

"烤肉!"

被他们来回抢夺的小狗,终于瞄准了一个机会,跃身而下,奔回那大树边上,和那边几只刚出壳不久的小鸡玩耍。

被小狗抛弃的人类,冷哼了一声,别过头去,不理会对方。

夏日的风,有暖意。

第九章　工作是尊严

从张若彦那个小院出来，陈晓欣拒绝了他让工作人员送自己去拿车的提议。

并非因他那句话是对小狗说的："狗仔啊，你说要不要去那个网红餐厅看一看呢？你要想去看，我让司机送你过去，不过你要小心某些人蹭车。"

这种互相伤害，对她或他来讲，都是属于玩烂的梗了。

她完全可以对着小狗指桑骂槐，把他骂到头顶流血、脚底流脓。

没让他送，是因为她确实是有些内疚了。

不在于他给自己争取的条件有多优越，而在于从小到大的发小，他向自己求助的情况下，自己表面上在耍脾气，事实上是拒绝了他的请求。

是的，她不愿意，尽管待遇其实她非常满意。

这种压根没有绩效考虑的薪酬，别说八十，四十，她都很满足。

更通俗点，可以用一个很有年代感的词来解释这个收入，就是无责任底薪。

她走在通向网红餐厅的路上，汗水淌过青春的脸，陈晓欣从来就不是一个妄人：只要能拿到一年四十万的无责任底薪，真的她就非常高兴了。

但她不愿意，是因为她不觉得自己需要如一根蔓藤般，去依附大树而活着。

如果进了这个公司，那么不论内心怎么自证，毫无疑问，她在公司的立场就必须跟张若彦捆绑在一起，她不认为张若彦是她的大树，或者她需要大树。

"至今思项羽，不肯过江东。"她在郊外的小路上漫步，下意识地吟诵出这句千古流传的诗来，也许是巧合，它的名字便唤作《夏日绝句》，她从小就很喜欢易安居士的词,但不知道为什么,她更喜欢这首绝句,甚至比"昨夜雨疏风骤,浓睡不消残酒"更让她着迷。

不知不觉,她走到了这家网红餐厅,一身的汗水,让她生出走进去吹吹冷气的念头。

而一进去,走过那些小湖和假山,看见水族箱,她突然间就明白,这家餐厅为什么能成为网红餐厅了。

因为它足够便宜。

不单便宜,而且因为地价的关系,在CBD的高级餐厅绝对看不到的小湖、假山之类的景观、宽敞的包厢,在这里一一得以满足。走进这里,冷气一吹,看着四周的景观,还有海鲜的标价,或者就用粤语的一个字来表示,最为恰当不过:"抵!"

在驱车离开这家网红餐厅时,她一直在思考,到底网红餐厅的路是正确的,还是张若彦高级会所私房菜的方向才是合适的?

她不知道。

而在这时电话响了起来,这让她很有些手忙脚乱,最后靠边停车之后,才通过车载蓝牙接响了电话,还没开口,就听见母亲黄樱尖锐的声音:"死人狐狸精,一天到晚好吃懒做啊!真是家门不幸……"

"救命啊!妹头!"是她大哥打来的电话,用她嫂子的手机,因为如果用他的手机,往往她会直挂掉,"老母又开始啦,阿晴都没得罪她任何事,好好地,她去打麻将回来,坐下来换鞋,然后阳台洗衣机洗完衣服,提示声一响,她突然就发作了!"

她大哥甚至都带着哭腔了。

"你将电话给阿娘,我跟她说。"陈晓欣叹了一口气,其实她知道为什么会这样。

所有的事情,都必然是有原因的,特别是对一个优秀的运营总监来说,她是绝对不会相信,有无缘无故的情绪或成败——只是可能无法分析、反推出来,所以推给突发事件或大环境罢了,但至少母亲的情绪,她很清楚问题的症结。

"娘,别念了,我说,别念了,我热气啊,我不要喝凉茶了,你弄点凉粉还是龟苓膏吧,好吗?还有啊,娘,执照转了我的名字,要将餐馆搞起来,你说你和老窦，你们这年纪，指望不上了吧？废柴，你抛开他是你儿子，仔细想想，指望不上了吧？那家里还有谁？就大嫂了，我指望着她后续帮我……你别管她能干啥！她就看头看尾，别让员工往菜里吐口水都行，这种自家人才信得过，对不对？你别天天念她，好吗？好啦好啦，我开车呢，先这样。"

把电话挂了，陈晓欣算是松了一口气。

母亲近来的情绪不正常，她本就是情绪管理很差的人，加上面对家庭变故的慌张，然后在进行情绪发泄罢了——因为餐馆没有了，黄樱觉得身上每一分钱都是死钱，越花越少，越想越焦虑，她又不敢说出心里的恐慌，所以就冲着家人胡乱找借口发泄。

正当陈晓欣向左打了转向灯，然后准备入"D"挡起步，电话又响了起来，吓了她一跳，轰了一脚油门，还好没有挂上挡，仔细一看，仍是大嫂的电话。这次却是大嫂的声音："欣欣，多谢！"

"阿娘近来身体不是太好，情绪也不好，阿嫂，你不要跟她计较。"陈晓欣也只能这么劝大嫂。

不过大嫂明显也是忍耐到了某个极限："我也知道，但是欣欣，我也是人啊，我也有情绪，我打算明天去我妈家住一段日子。你哥说他要跟我一块去。"

陈晓欣一听，吓得拿起杯架上的可乐灌了一口，缓了缓才开口："这样不妥吧？阿嫂，我可不可以劝你两句呢？就两句。"

大哥大嫂在自己家啃老也罢了，去岳父家也啃老？这也太荒唐了吧？

并且她很清楚哥哥陈晓轩，他很会哄老人，岳父岳母那边，他过去真的能把她家的老人全哄到开开心心。而大嫂的娘家还有一个弟弟，在银行当夜班经理，自食其力；大嫂的父母是公务员，她的祖父母就住在隔壁，是事业编制退休的，退休工资不低；家里三个老人都让大哥陈晓轩哄好了的情况下，她娘家真不差大嫂大哥这两碗饭。

但是，这一对，难道这辈子真的就以轮流啃老为生？

要是外人那陈晓欣也不多嘴，可自家的兄嫂，她还是要真劝两句，就两句。

"欣欣，你说吧，咱们不要这么客气吧？"刘宛晴听着笑了起来。

陈晓欣打了一个嗝，玻璃瓶的冰可乐，气就是特别足："阿嫂，你有没想过重返职场?"

在番禺的马路上,来往的人和车都并不太多,也没有谁因为陈晓欣把车停在路边,而对她按喇叭,也没有交警过来催促她离开或是记录她的违章,毕竟在车流并不多的路上,她停车的这两三分钟,并不算是一件太值得关注的事。

而路边鸣叫的蝉,也丝毫不在意路上汽车的尾气。

也许它们是抱怨的,但是,它们没有办法用人类能听懂的语言去抱怨,或者说,它们没办法把这种抱怨传递到人类的感知范围里。

按下车窗的陈晓欣觉得,这蝉鸣大约和她母亲黄樱心里的不悦,是有着本质上的一致,也许都充满难以找到一种可以跟别人沟通和诉说的惶恐。所以,蝉在鸣叫,不停地鸣叫;而黄樱随时随地,寻找着发泄的渠道和途径。

"阿嫂,你有没有想过,你跟她待在一起的时间太长了?"陈晓欣长叹了一口气,对着电话那头的大嫂说道,"老实说,我娘这个年纪了,劝她,其实劝得了一次,劝得了两次,但你我都改变不了她的三观啊,对不对?"

她一边说,一边揉着自己的太阳穴,这真的是让她头痛的事情,比公司里、职场上的办公室政治和项目的运营,都让她感觉到更艰难。

因为如果站在彼此的角度,几乎所有人都没有错。

母亲黄樱在她的角度,也只是担忧家里的状况,而对家里不去工作的媳妇训斥一番,以防坐吃山空,这有什么错?但对大嫂刘宛晴来讲,当初嫁给陈晓轩之后,是丈夫和婆婆再三劝说她做个全职主妇,然后尽快要个小孩,所以她才辞去了当时做到代理店长级别的发型师的工作。

谁有错呢?似乎谁也没有错,如果……定要说有错,那就是陈晓轩的错。

但母亲心疼儿子,妻子也不忍去责怪丈夫,她们觉得,从陈晓轩的角度来说,生意失败,没有守住祖业,已经足够让他难受和心酸了,还怎么可能去给他添加更多的烦恼呢?

过了良久,电话那头的刘宛晴才开口:"如果……如果我提出去返工,妈妈到时又会大发雷霆。"她说的"妈妈",指的当然是婆婆黄樱,但陈晓欣却听得出来,大嫂掩饰着那内心的怯意。

很多人都这样,或者说,所有人,很多时候都会这样。

他们嘴上说的其实并不是真正的原因,就如黄樱对刘宛晴发火,陈晓欣很清楚，压根就是大嫂没去工作。

这本就是天性，在小孩成年之前，父母就一直抚养和保护着他。当他们花费了二十年甚至更久的时间，逐渐习惯了这一切，突然有一个人走进儿女的生活，与其组成一个新的家庭，比原生家庭更密切、更亲近。

所以，有的母亲都会视自己的儿媳妇是敌人，潜意识里，那是跟自己争夺儿子的敌人；正如某些爱自己女儿的父亲，只要能力许可，都会对女婿的行为极为挑剔。情商足够高的父母，会去调整这种情绪，去控制自己的行为。但黄樱明显不是，所以当她特别惶恐无法自制时，就暴露出了对刘宛晴的敌意。

而刘宛晴也不例外，她缺乏走出舒适区的勇气。

她在犹豫的，不是婆婆黄樱会不会大发雷霆，而是自己重新走入职场，还能不能适应那一切。她如何面对当年苦苦挽留的老板？如何告诉自己仍保持着联系的朋友，家里餐馆倒闭，而自己不得不重新回去找工作？

正因为不愿面对这一切，所以她把婆婆推了出来。

"我们改变不了我娘的，阿嫂，但是，咱们还年轻，咱们可以改变。"陈晓欣不由自主地又叹了一口气，她看透了这一切，但她只能巧妙地去措辞，"我娘有时讲话，真的是没分寸的，但你想想，你没辞职之前，她就算态度不好，也不至于这样啊，对不对？"

这是狡辩，更加是偷换概念。

因为当时家里的餐馆还经营得好好的，至少还能支撑下去的，黄樱当然没有这么惶恐，不会和如今一样无力和不安。但陈晓欣要做的，不是写一篇能上 *Science* 刊物的论文，她要解决的是家里的婆媳问题："阿嫂，你仔细回忆下，是不是，你还在上班时，她不至于！最多就是念叨你下班回来很晚，念叨家里又不缺那份薪水，是这样吧？"

这回，电话那头的刘宛晴，语气里的怯意消减了许多，听得出，有了些期许："是啊！欣欣，你不说，我还真没想起来。妈妈那时候，每天我去上班，还煲一份汤叫我拎着走，晚饭要是爸去钓鱼了，她还开车给我送晚饭，然后陪我一起吃饭呢！"

"所以，阿嫂，有工作，才有尊严。如果废柴肯振作，哪怕去'看更'，我都不会整天'见佢尾，憎佢头'啦！"陈晓欣说着，笑了起来，看更，就是泛指做夜班保安、仓库管理员之类的工作，相对来说，对人员资质要求会比较低一些。

刘宛晴连忙帮自己丈夫分辩："晓轩不是的，他就是心情没调整过来啊，他只要……"

"你同我娘一样，算啦，我们就不要争这个了，你们就宠着他吧。反正，阿嫂，我觉得，你真的应该考虑一下重返职场，你嫁过来之前，我哥带我去看你，你帮我剪过头发的啊。哇，剪个头收我两百多块，我到现在都记得！"

刘宛晴听着，也笑了起来："我那时，找我剪发，是这个价钱嘛，还给你打了六折的，好吗？"

"哼，黑店！不过当时真的很多人愿意排队等你剪头。"陈晓欣也笑了起来。

于是这次的通话里便洋溢起欢乐的氛围来。

挂了大嫂的电话之后，陈晓欣再次长叹了一声，摇了摇头，打给了父亲："老窦，在钓鱼啊？会不会吓走你的鱼？没事，你别紧张，我就是想问问你，你做餐饮这么多年，对大厨，你有什么人选吗？"

顺德的街头，有不少大排档或小餐馆，往往能让人收获意料之外的惊喜。

从前天就来到顺德的陈晓欣，往来各处餐馆，频繁试菜，不觉也有点迷失在这座悠闲的城市里——尽管和广州相距不过几十公里，但似乎一到这座城市，陈晓欣就感觉到不同。

走在街上，她伸手压了压棒球帽的帽檐，侧头对着右侧无人处说道："狗仔，你说我是去再试试拆鱼羹，还是试试顺德碌鹅呢？"

而走在她左侧、穿着短袖和牛仔裤的张若彦，冷笑着说道："狗仔，你说有些人，是来物色大厨，还是为了满足自己的口腹之欲呢？前天到现在，都吃了四顿拆鱼羹、五顿碌鹅！半夜消夜回来还叫了碌鹅的外卖，这种人，她是要去广州开餐饮，还是要去广州开一家专卖顺德'拆鱼羹''顺德碌鹅'的店？"

似乎有一只并不存在于现实中的小狗，在他们左右奔跑跟随。

事实上，那只小狗依然待在番禺大学城区的小院子里，只是发生争执的两人，谁也不愿主动低头，于是便有了这么一个"说与狗听"的环节。

"噢，狗仔，有些人，爱偷窥啊！半夜偷窥到我叫碌鹅啊！知人知面不知心，无耻啊，这种人！下流，无耻！"陈晓欣冷笑着对着并不在场的小狗说道。

但张若彦也冷笑起来："我坐在酒店大堂咖啡厅偷窥，对吧？狗仔啊，你不知道，有些人，馋嘴到酒店服务员都知道了，半夜在前台接了外卖，帮她送上去的服务员，都在说今晚某个房间点第三单外卖了！"

不过这种斗嘴，很快就消停下来。

毕竟无论是张若彦还是陈晓欣，都不是抱着游玩的目的来到这个城市。

而当他们来到那条充满历史气息的老街，走进他们这次来顺德的目的地，两人对视了一眼，却就感觉应该是不虚此行的。并不在于那些陈旧到包浆的桌椅，显示着岁月感；也不是因为带着微细缺口的碗碟，彰显着客似云来。

事实上，在这个年代，如何伪装成百年老店，北上广的餐饮从业者，足够出一本上千万字的攻略了，从选择店址到店铺门脸，再到设备、碗碟，最后还有网络上的探店和引流，以及请人来排队占座营造氛围，等等；更有点睛一笔：老店里服务员的臭脾气！——很多食客偏偏就吃这一套，觉得越老的店，服务员脾气就得越大才合理。但凡见着服务员一脸"爱吃吃，不吃滚"，似乎顾客亏了他一大笔钱的模样，就觉得来对了；如果服务员端菜上桌那要能带点摔劲，就更地道了。

所以，让陈晓欣和张若彦感兴趣的，不是这些外在的东西，这些都已作不得准了。

而是边上桌子食客已经端上来的菜肴。

至少从香气和卖相上，足够让陈晓欣两人有所期待。

此时传来跑车的轰鸣声，在店外停了下来，陈晓欣看了一眼，似乎是广州牌照的一辆911跑车，车门打开之后，驾驶位置下来的女孩，扎着高马尾，蹬着板鞋，虽然素面朝天，但宽大的T恤和及膝短裤反而显出她的可爱："阿雯，步行街唔使去啦，呢间野先系超正啊！绝对值得我哋从广州过来！"

副驾下来的长发女孩化着淡妆，穿着套裙，看得出来她刻意把自己往成熟的方向打扮，尽管看起来，她没有高马尾的女孩子那种不经意流露的贵气，但她眼里有朝气，仿佛随时能点燃这一街的暑气。

她们走了进来，高马尾的女孩掏出烟点上，询问了同伴的意见之后，开始娴熟地点菜,看起来,她是这里的熟客了。陈晓欣看着,禁不住搭了个讪:"姐姐仔,你哋都是专门从广州过来呢度吃的啊?"

"系啊,呢度滴野好掂㗎!"大抵乡音总是能拉近距离,高马尾的女孩笑着回应起来。

陈晓欣笑着交谈起来,很快就到了交流彼此信息的环节:"我啊?我IT(信息技术)狗啊,哪有你们那么发财?"

"你讲笑咩!"高马尾的女孩很爽朗地笑起来,伸出手给陈晓欣看,有老茧,"我真正地盘工啊!起大桥㗎!"又介绍同伴:"她就高科技了,搞美容仪器的,好几个专利的啊。"

长发女孩笑着跟陈晓欣打了招呼,交谈之中,互相介绍了好几间宝藏美食店。

边上张若彦看得目瞪口呆,等陈晓欣聊完了,才在桌下踢了她一脚:"这你也能搭上讪?"

"我做运营的,好吗?"陈晓欣白了他一眼,对着服务员招手,"按照那桌给我们上。"

她说的参照物,就是刚才搭讪的那两位女孩。

菜肴一一端上来,陈晓欣吃到一半,就觉得的确是值得从广州跑一趟顺德的。

这时那两个女孩先吃完了,却发生了一点争执,那长发女孩声音不大,但很坚决:"讲咗我请,就梗系我嚟,麦兜,你唔好同我争!"她有点急,粤语里,隐约带出了一点潮汕那边的乡音。

最后是长发女孩买了单,看着她们挥手道别离去,陈晓欣对张若彦说道:"我喜欢那个长发姑娘。"

她说的喜欢,当然就是欣赏的意思。

张若彦夹起一块凉拌鱼皮,笑着歪曲她的话意:"还好你是女的,否则你一定是个死流氓。嗯,因为是女的,所以是个女流氓,渣女!"尽管陈晓欣在桌下踢了他一脚,可是他毫不在意,"要不你去追那个长发女孩?然后我来找大厨聊一聊?"

"做梦吧你!"陈晓欣冷笑着又踢了他一脚。

因为张若彦公司的会所也需要物色大厨,这是他来顺德的原因。

他们之间，在这一点上，是绝对的竞争者。

但张若彦想了想，用筷子敲了敲陈晓欣的碗："赌一杯美式咖啡，不去星巴克。"

陈晓欣抬起眼皮看了他一眼，继续和盘中的菜肴战斗："说。"

"我帮你去找大厨的联系方式，并且我让你先跟大厨谈，但我觉得，你最后肯定谈不下来。"张若彦放下筷子，笑看着她说道。

这就激起了陈晓欣的不平，连夹到筷子上那块黑叉烧都放下了："你说的啊！"

"当然，我讲的。"张若彦很认真地说道，"一赔二，你谈得下这大厨，我请两次咖啡。"

陈晓欣笑了起来，放下筷子，招手示意他凑过来："你不用去帮我找大厨的联系方式，我有啊，我老窦给的，还帮我约好明天一起吃中午饭，靓仔，你'Die Hard'啦！"

这是他们之间从初中就玩的老梗，把这个古老的英文电影名直译成"死"和"硬"。

而"死硬"在粤语里，是一个固定的俚语，就是：必死无疑。

第十章　马到功成

试菜，听上去很不错的，可以吃很多好吃的。

但有个问题，特别是陈晓欣这样的，怀着物色、考察大厨的本意，这个问题就更加被放大了——那就是不能尽情地吃。因为到了每一个店，她都不得不多点几个菜，否则很难客观地评价大厨的水平；而更麻烦的是，她还不得不多去好几个店，就算是同样的菜，因为横向对比，无论是哪个行业，都是作为调研时最为有效的。

这就是为什么，陈晓欣会两天半吃了那么多顿拆鱼羹和碌鹅，每一顿，她都绝对不敢放开吃，对她来说这是工作，而不是享受。但所幸的是，到了今天晚上，她终于可以结束试菜行动了。

"你还试不试菜？"陈晓欣从这家店走出来之后，看了一下手表，六点，她抬头看向张若彦，"我试够了。我晚上要好好吃一顿！海鲜呢，还是搞个大餐？"

张若彦笑了笑，抽了一张纸巾递给她："嘴角，对。我也不试菜了，你到底想吃什么？海鲜可以去日料或者西餐，我知道有家牛排也不错的。今天不跟你杠，我请客吧。好好好，我可以报公司餐——别说我公器私用！会所就不能做成西餐吗？"

扣上棒球帽，陈晓欣冲到了边上的奶茶店，要了两杯奶茶，然后才对张若彦说："行了，你自己去西餐和日料，我建议你可以上半场西餐配威士忌，下半场日料配清酒。"

张若彦听着就皱眉："我就这么喜欢喝酒？"

"怎么说也是老同学了，我是心疼你啊！"陈晓欣拿过奶茶店服务员递过来的奶茶，把其中一杯推到张若彦面前，"你想想，你这样吃完两顿之后，要被人带去'嘎腰子',人要为了省钱没给你打麻药,你喝成这样了,不就没那么痛了吗？"

张若彦拿起奶茶,摇了摇头,一句话也不想跟她说,自己走到街边,叫了辆计程车直接走了。陈晓欣笑得直不起腰来,厉害到咳得喘不过气,差点把奶茶从鼻子里呛出来。

但当上了计程车,去到目的地的时候,她就发现了一件令她目瞪口呆的事情。

因为就在门口的那张桌子旁,张若彦就坐在靠墙的板凳上,而且看着她的张若彦,表情同样也充满惊愕:"你不是说要好好吃一顿吗？不是要海鲜大餐吗？"

"你不是吃西餐还有日料吗？"陈晓欣也极度惊讶。

但结果他们相聚在这家面馆。

面馆当然是卖面的,而这家面馆只卖一种面:顺德鲮鱼面。

这种面条,是用顺德四季皆宜的水库花鲢鱼制作的,并且只选取鱼背脊两边的鱼脊椎肉,所谓一斤鱼做一碗面,再配上鱼骨煲成的汤,真的是鲜美至极。

"你想挖梁师傅？"她一边吃面,一边问张若彦。

他笑了笑,没有回答,因为这是根本不用回答的问题。

"挖啦,我不跟你抢的啊,挖过广州,我三不五时去捧场啊。"陈晓欣一边吃面,一边笑着打趣他。因为这家店的大厨只要不是脑子有问题,是绝对不可能被他挖走的。这家店墙上挂着的那些奖就不提了,单是口碑,好好做下去,开连锁,不香吗？而张若彦如果不是脑子有问题,也绝对不可能挖走这位大厨,会所只卖一种东西,就是面？

但不知道为什么,张若彦仍然只是笑了笑,没有跟平时一样,跟她互相斗嘴。

陈晓欣吃完面之后,拒绝了他提议的四处逛逛,而是直接就回了酒店。

进了房间,她就在微信群里发了个信息:"开黑开黑！"

又接着给李姗发了个语音通话:"阿姗,五排！"

"大佬,我开工啊！"李姗在网上可不是线下的腼腆模样,"明天去你餐馆上班吗？"

下午六点多，本来就是大厨最忙的时候。

"哈哈，好，你做好准备，过来给我当厨师长！我老窦说的几家店，我都试过了，有两家不错，我让我老窦约了大厨明天中午和下午见面聊。"陈晓欣有点亢奋地对李姗说道，"这边都是世交的交情，同行挖角该给多少，咱也不会抠门，对吧？这要不成都难啊！对不对？"

李姗似乎在组织措辞，过了几秒才开口说道："好，马到成功！你那边有着落了，第一时间跟我讲，我好跟这边说一下，总得给人准备的时间。"

陈晓欣这边电话刚挂，就接到哥哥陈晓轩打来的电话："住哪个酒店啊？"

"关你屁事啊？"陈晓欣对她哥哥没有什么好态度。

陈晓轩也不以为意，从小到大都习惯了："你不会是跟阿彦仔住一个酒店吧？没什么，没什么，你跟他向来不对付，住一个酒店，能有什么？我是看他在群里说你，所以问一声，怎么样，事情顺利吧？"

"应该问题不大吧，开黑你来不？"陈晓欣根本不想跟她哥哥聊任何生意上的事，在她看来，朽木不可雕，就是她哥哥真实的写照。也许对她来说，陈晓轩唯一的用处，只有在王者峡谷才能得以体现。

但平时对王者峡谷充满兴趣的陈晓轩，今天却出奇地没有就此结束谈话："给我三百块，我有一个消息要卖给你。喂，我没骗过你吧？我说值三百，它肯定值三百。"

陈晓欣冷笑道："信你？那就不是你废柴，是我脑子有病了！这样吧，你帮我办件事，三百块，我可以借给你，借的，要还的。"

"你说。"陈晓轩并不太在意借不借的问题，对他而言，弄到钱才是关键。

陈晓欣走到桌边，拿起矿泉水拧开喝了一口："你自己废柴就算了，你帮忙劝阿嫂重新出去工作吧。"

"好。"陈晓轩回答得很干脆，妻子和母亲一天吵几次，他其实也很崩溃。

陈晓欣挂掉电话，给他发了三百块的转账，然后陈晓轩又发了语音通信过来："不要说哥哥不帮你，你不肯出钱买消息，但你哥我，还是要告诉你这个消息。

第十章　马到功成　085

"阿霖在问我,你和阿彦仔是不是住同一家酒店!哪个阿霖?就是群里的舔狗霖啦!对了,他还说,阿彦仔有阴招等着你,你一定要小心!"

前一句也罢了,后面一句,让陈晓欣想起今天张若彦的反常,眉头一紧。

其实哥哥所说的阿霖,就是她的大学同学李泽霖。

提起这个人,陈晓欣真的是啼笑皆非。

因为这个人从读大学时就一直想要追她而没有成功。

尽管他长得不算帅,但也不丑,而且据说家里很有钱。

读大学时,他就给陈晓欣搞过玫瑰花海,从宿舍楼下一直铺上楼梯,直到她们宿舍门口。

别的女孩遇上这一招,一般多半就会给他个机会,双方处上一段时间看看合不合适。

只要愿意在一起处,李泽霖接着就会送手机,送名牌包包,送钱,送珠宝……

但陈晓欣当时年少气盛,对这些行为很反感,当场就问了李泽霖两个问题:"你是基于什么样的逻辑层,来选择这样庸俗的表现层呢?而你又是基于什么样的核心层,来决定如此荒谬的逻辑层的?"

当时李泽霖大脑就宕机了,按他事后的说法,就是每个字他都能听得懂,凑在一起,他当时真的就搞不明白了。也就是那一刻,他就迷上了陈晓欣,总觉是她是一本充满神秘和诱惑的书,他希望能读懂她。

"地主家的傻儿子,他又怎么知道张弱智玩阴招呢?"陈晓欣抬手拍了拍自己的额头,在微信里问哥哥,"都毕业这么些年了,他怎么还不消停?这人是有病吧?!"

就这么多年,李泽霖是真的一直没放弃。

在学校时,据说是从当年他疯狂追陈晓欣开始,居然之后就一科也没挂,他父亲以为他找人代考了,据说过年时就要断了他的生活来源,结果听说了这事之后,非常鼓励他追陈晓欣。

反正也不知道真假,但从在学校开始,几乎每个节日包括陈晓欣的农历、阳历生日,甚至他那年铺玫瑰花海那一天的周年纪念日,那红包从来没有忘记过,尽管陈晓欣从来不收。

后来听说陈晓欣玩《王者荣耀》,陈泽霖跑去买了个王者级别的号,死皮赖脸硬蹭进了群。

现在每到节日,他就在群里发拼手气红包,这么多年,一直就没断过。

所以,他说张若彦要使阴招,恐怕不是无凭无据。

"他那人感觉脑子不是太好,废柴,你别听他的,行了,能有什么变数?都是老窦约好的事。"陈晓欣来回推敲了几遍,不觉得有什么问题,"好吧好吧,废柴,你要记得,应承过我的,劝阿嫂重新出来做事。"

挂了电话之后,陈晓欣隐约有点冲动,想去下面那层楼,把张若彦扯出来,问问他到底有什么阴谋,但想想连她自己都觉得太过滑稽,也就算了。打开微信的那个王者群,就看见张若彦在群里@她,问她:"要不要下来大堂喝咖啡?"

然后一堆群里打游戏的朋友,就在那里起哄,群里洋溢着欢乐的气氛。

大约李泽霖就是因此而知道他们住同一家酒店的吧。

不过这个时候,陈晓欣却不知道为什么已经完全没有开黑的兴趣了。

甚至连群里起哄的那些友人,她都不想搭理。

也许早点休息,明天全力以赴,才是最为正确的选择。

如果一位厨师,愿意在饭点时出来一起吃饭,一般来说,这是很给面子的事情了。

等同于股票经纪在开盘时,放弃看交易,陪着出来做其他事,人家是真放下自己糊口的营业,来表示诚意的。

所以,当陈晓欣在包厢里看到走进来的赵师傅时,她就知道事情已经定下来了,毕竟父亲陈勇在饮食这个行当里做了几十年,人脉,总归还是在的。

她并没有端起老板的架子,而是很热情地给赵师傅请了茶:"赵叔,我老窦让我过来顺德,一定得替他过来看你。"

赵师傅很开怀地大笑起来,他声音很大,是很传统的中式大厨的架势。

说起当年跟陈晓欣父亲陈勇的交情,犹如昨日,岁月给过往的片段渲染了许多亮色,或许年轻时的陈勇,当真有着现在早已不见的决断和英姿,总之,陈晓欣从赵叔口中,也算领略了父亲从未被她知晓的另一面。

赵叔也很欣赏陈晓欣,喝了鱼翅金汤之后,刚上客家酿豆腐时,他就直接开口:"大佬勇好福气,现在就去'叹世界'了啊!世侄女你出来'打骸'，你叫得我一声赵叔，我没理由'托你手蹭'的！"

他的粤语里有许多俚语，叹世界，就是退休享受的意思；打骰，就是经营管理；托你手蹭，拒绝帮对方的忙。总而言之，就是：你陈晓欣出来接手家里的餐馆，看在你父亲陈勇的面子上，我肯定帮忙的。

陈晓欣也笑得灿烂，总算有一件事踏实下来。

于是她尝试跟赵叔说起自己请了李姗来做厨师长的事。

赵叔的谈兴就渐渐消沉，不过点了根烟，他还是强笑说："世侄女，我在顺德，厨房本来就是我说了算的啊。不过，年轻人有年轻人的路数，这也没问题，反正，手艺上见高低，对吧？只要能让我老赵服气，那听她使唤，也没有什么问题。女人，都有好犀利喫，啦，古代那宋嫂鱼羹，不是流传到现在？"

陈晓欣连忙帮赵叔把酒杯满上，她很担心赵叔因为面子问题，而在这个环节谈崩了。

但当那条东星斑上来，然后打了两碗白饭，陈晓欣无意中说起她读过的某段典故："据说湖北的竹溪贡米和白云山上的泉水，煮出来的粥或饭，那是相当好的。"

赵叔毫无征兆地沉默了，然后在甜品和水果还没上来之前，他点了根烟，狠狠地抽了一口："陈小姐，这种泡茶煮水，得用乌榄炭的，是潮汕佬的派头，不是很适合我；也许有其他顺德师傅，能够……能够与时俱进吧！我今日有事，唔好意思，我走先，过一阵子，我再上省城看大佬勇，唔好意思，唔好意思，陈小姐，你留步。"

尽管陈晓欣反应很快，一直把赵师傅送到电梯，而且也很得体地表示了惋惜，但当电梯门合上的一瞬间，她真的面如死灰。

其实她是感觉得到这顿饭的氛围在不断地下跌的。

从开始赵师傅以为是她哥哥经营餐饮，到知道其实是她来打理餐馆，赵师傅原本的热情就消减了大半；而当听到她想让李姗当厨师长，赵师傅其实就对她的邀请失去了兴致，只是基于跟她父亲的交情，而维持着彼此的脸面。

陈晓欣是能读懂的，但她没有想到的是，最后一句闲话，竟成为引爆的点。

或者，仅仅只是因为，赵师傅需要这么一个点，来终结这个对他来说已经索然无味的饭局？

她不知道，幸好，下午还约了另外一位大厨。

许多人能接受突如其来的好运，或是突如其来的不幸。

甚至有不少人，认为这是命中注定。

但也有的人不相信这样的说法，他们更愿意追寻事物的本源，认为一切不会无缘故地发生。例如送别了赵师傅的陈晓欣，她知道赵师傅的情绪变化，但最后为什么提到贡米和泉水，会成为导火索？

她并没有觉得自己通晓所有东西，重新走进包厢里，她就拨通了父亲的电话："老窦。"

然后她很详细地把席间的情况，一一跟父亲如实说了。

陈勇在电话彼端并没有马上给女儿答复，听见电话那边有打火机的动静，是陈勇点了根烟："我过一过。"

陈晓欣也没有催，她看着服务员送上来的果盘和甜点，拿起小叉子，慢慢吃了起来。

直到她把果盘都吃得差不多，准备对双皮奶下手时，陈勇才开口："欣欣，你有没有考虑过，一间餐馆的饭或者粥再靓，会有客人专门为了吃这碗饭或粥光顾的吗？"

陈晓欣一下子就恍然大悟，这玩意就是所谓的窗户纸，只要揭开了，那她就可以看见许多东西："也就是说，文人写这样的文章，没问题，如同赵叔说的，潮汕人要用乌榄炭煮水一样，那也是文人的讲究和把戏；普通人，就算有钱有闲去附庸风雅，也多数不一定能体会到其中的妙处。"

陈勇笑了起来："或者，开始提出这个概念的人，就是装×呢？我之前有个朋友是玩音响的，不是有个笑话，说核电、水电、煤电，发烧友认为，这会导致音色的不同嘛！"

尽管这是个老梗，但陈晓欣还是禁不住扑哧一声笑了出来："就是说，赵叔觉得我太幼稚？所以压根不想再跟我聊下去？嗯，我明白了，还是老窦你之前说的，他听了我这话之后，对我能把餐馆做起来的信心不足。"

不只是所谓贡米，就那一两亩地，它是不可能大量收获的，其实只要是产地附近，也大可以打出那名头来，这倒是次要的问题。

重要的是，还是陈勇一开始说的，谁来吃这碗饭或粥？

不论这碗饭或粥是如何美味，来餐馆的人，有为了吃腻了家常菜，来改善生活的；有"有朋自远方来"，洗尘接风的；有遇到悲欢故事，想开解忧愁或者是庆祝喜悦。这些原因，应该就是来用餐的人的绝大多数吧？

而谁会为了一碗饭或一碗粥过来？

吃腻了家常饭，下馆子，吃碗白饭或白粥？有朋自远方来，带过来吃碗白饭？开解悲伤的朋友，陪他喝碗白粥？庆功宴上，大家努力加碗饭？

"是我说错话了，确实，隔行如隔山！"陈晓欣并没有回避自己的问题。

但当她准备挂掉电话时，陈勇在电话的彼端幽幽地长叹了一声："欣欣，你有没有考虑过，如果这句话，是我对阿赵说出来呢？"

那么，以赵师傅在席间对陈勇的推崇，有极大的可能，赵师傅会称赞陈勇的博识，会感慨自己的粗鲁不文，甚至可能赵师傅还会因此对陈勇更加崇拜和尊敬，不太可能因此成为一个爆发点或是导火索。

所以，错的不是某句话，而是说话的人。

"我知道啊，老窦。不单是你说，不会成为爆发点，或者废柴来讲，赵叔可能都会觉得好犀利，然后说大佬勇后继有人。"陈晓欣笑着吃了一口双皮奶，然后把那双皮奶的甜味都吐露在话语里，"老窦，放心啦，我有心理准备的，好啦，我整理一下，准备等下去和孙师傅喝茶时怎么聊吧。"

孙师傅和陈勇的关系，并没有赵师傅那么直接，应该说，是陈勇跟孙师傅的姨父有交情，而孙师傅的厨艺，大半是从他姨父那里学来的。因为交情比较曲折，所以就不方便如赵师傅一样，约在饭点出来。

所谓"厨出凤城"的顺德除了茶楼之外，近些年也兴起了许多茶室，可以供三五知己闲谈品茗，陈晓欣和孙师傅，就约在这样的一个茶室里。

一泡388元的茶，是大叶的生普，陈晓欣喝了一口，这茶说是冰岛，但她感觉香气不错，可是茶汤单薄，口感除了涩味，并没有太多甜感，如果她来运营，大约会往景迈那边的山头靠，而不是去蹭冰岛的名气，因为实在差得太多了。

孙师傅很沉默，坐下来除了喝茶，就没有再说什么话，直到茶过三巡了之后，他才开口道："老板，我本不想来的，但我姨丈说，他年轻时，欠过勇伯人情，我不过来，说不过去。"

不论是从他的语言习惯，还是他的普通话，不难听出，他有着很明显的潮汕口音，对陈晓欣来说，甚至她可以听得出，孙师傅老家应该是潮汕平原上靠普宁那一带。没有人的成功，是平白而来的，陈晓欣也一样，她很善于捕捉这些细节，无论是茶，还是人。

当孙师傅说完这句话，又沉默下来，陈晓欣就悲哀地发现一个不得不面对的问题：谈崩了。

她可以整理出严谨的逻辑，来证明从什么迹象得出这样的判断。

但这没有意义，重要的是，她的直觉。

"这茶，不太合孙师傅的口味？"她笑着轻声问道。

孙师傅看起来不太善于交际，有些木讷地点了点头："我平日都是喝单丛。"

凤凰单丛，潮汕平原的乌龙茶。

"孙师傅，是不是对我这边开出的薪水，感觉不够吸引力？"陈晓欣还是想做一下努力。

但是孙师傅摇了摇头："不是，老板你给的数字，足够啦。但是……但是这边的老板，对我也很好，做生不如做熟，赚少点也无所谓。"

"我可以再提提……"陈晓欣想了想开口道。

孙师傅站了起来："老板，不要啦，你找别人吧。"

陈晓欣还想再努力一下，但这时包厢的门被推开，张若彦走了进来："我不想等别人来告诉你，所以我想还是我来说吧，赵师傅，已经跟我签约了。"他伸手止住要翻脸的陈晓欣，把自己的手机扔给了她。

然后张若彦对孙师傅说："我约了你半个小时后聊，如果你不介意，先在外面等我一下。"

当孙师傅离开之后，张若彦坐了下来，他骑在官帽椅上，抱着椅背，看着陈晓欣。

她看着他的手机，手机里是他跟赵师傅签下的合约的电子版，用不到她价格的80%签走了她的这位世交叔父。

第十一章　不是苦楝

陈晓欣放下手机，站起来推开了窗，有一根带着淡紫色碎花的树枝，在不远处掠出，隐约有些涩意。没有牡丹的雍容，没有芍药的艳丽，它似乎是安于淡泊的隐者，哪怕在这凤城，也静静地峙立在烟火气里。

之前弥漫在茶室里的香气，被午后的阳光透射进来，便渐渐淡去了。

她转过身来，看着张若彦："我还是喜欢牡丹。"

坐在茶桌前面，他自己倒了一杯茶，骑着椅子，慢慢地喝着，微笑地看着她："嗯，可现在牡丹谢了。我们以前去玩剧本杀的点，太古仓吧，能看见珠江的馆子，那里就有一棵苦楝，这时节，应该也正开放。"

她签不了赵师傅，她谈不下孙师傅，但他看不见，其实在她身后的窗外，不远处的那枝苦楝。

其实，她看过花开的。

"什么季节，就该赏什么花。"他站了起来，喝光了杯里的茶。

临出门时，他回头问了她一句："孙师傅你要不要再谈谈？"

"不了。"她淡然地笑道。

他点了点头，没有再说什么，拉开了门。她倚在窗边，看着他对在外面等待的孙师傅说道："你想走出凤城，可能这不是唯一的机会，但应该是你最好的机会。"

孙师傅刚想说什么，张若彦就很厌烦地说道："签或不签，你知道，我有许多候选人。"

所有的桀骜，都全然无踪。

在茶室里的陈晓欣，只听到了张若彦的声音："签的话，你就在手机上操作,对,没有纸质合同,我们早就无纸办公了,有问题吗?嗯,没问题就签吧,下周一到集团20楼,跟前台说你来办入职,人事会跟你对接,包括送你去工作场地等,就这样吧。"

张若彦转过身,退了半步回到茶室里,顺手关上茶室的门,又骑坐在官帽椅上:"如果是你来负责这个项目,你会比我更轻松,处理得更好。我还是希望,你可以考虑一下之前我给你的提议。"

"好的,我会考虑的。"她平静地回答。

他这一次起身,就真是离开了。

再没有斗嘴,没有互吐口水,她没有去踢他,而他也没有去扯她的头发,也没有去呼喝彼此的绰号。

昨日的相处情景,似乎已是多年前的往事。

他们客套、冷漠,是成年人的模样;言辞得体、礼貌得如同职场上的商业精英。

大家都如此娴熟,只因本来就是他们在人世间真实的彼此。

正如其实,她和他都知道,彼此早就是成年人。

她坐在茶室里,自己泡了茶,自己慢慢地喝,她没有落泪,甚至没有任何酸楚。

商场上的事务总是如此:有胜,有负;有成,有败。

哪里来许多泪水,去——祭奠这些瞬息?

它们只不过是一些可以被用来研究、拆分的案例,之后就必须被抛下。

无法放下,把它留在心头的人,会越走越艰难的。

她喝第二杯茶时,就已经有了新的方案。

电话响起,陈晓欣看了一眼,出乎她的意料,是李泽霖打过来的。

"什么事?"她没有太多的客套,因为她并不想给他留下什么不切实际的想象空间。

但电话那头的李泽霖,却似乎对她的冷漠毫不在意:"听大哥说,你在顺德啊,我刚好家里有点业务要处理,也在顺德,老同学好久不见,一起吃顿饭吧!"

这话他说得真是一点也不尴尬,好久不见,这个好久,大约就是一个月吧。

至于毫不见外地称陈晓轩"大哥",那是还在刚加入王者群之后,他就这么干了。

他打着老同学的旗号,于是陈晓欣就不太好拒绝,毕竟李泽霖也没有什么太过分的举止。

但陈晓欣现在不太想把时间用来应付他:"我这边项目出了点问题,没什么心情。"

因为这两个大厨的招聘不顺利,那就得启用备用方案。

"我听大哥说,欣欣你过来这边,是想找大厨,对吧?"李泽霖并不是普通的舔狗,他笑着说道,"也许,我可以做他山之石?欣欣,如果你项目顺利,那我也就不打扰你了,对不对?现在出了一点小曲折,尽管我知道,你肯定能够解决它,可是,这不就是给我一个表现的机会嘛。说不定,在这么一个环节里,你就看出了我的诚挚和真心……"

陈晓欣受不了了:"就写小说也没你这样的,你不觉得你说的话,跟话剧社念对白一样吗?行了,你闭嘴,我怕了你了,你给我发个定位,吃完饭各归各家,各找各妈。"

"那是必需的,咱妈我也好久没见了,我专门给咱妈带了点珍珠。"李泽霖笑着说道,"你别想歪了,怎么说也是同窗,这放在古代,是可以托妻付子的,所以我说咱妈,那是真心实意……"

陈晓欣直接把电话挂了,这家伙她感觉比张若彦更让人头疼,主要是他骂不还口,打不还手,特别无趣,一副摆明"请蹂躏我吧"的模样。他最过分的行为,就是试探着说一句"咱妈",要是当面被陈晓欣瞪一眼,马上就老实改口。

不出陈晓欣所料,李泽霖仍旧不改的做派,发来的定位,就是顺德差不多最贵的酒楼。

似乎他总觉得,花越多的钱,就表示着越大的诚意。

不过到了赴宴时,陈晓欣看着周围的装潢,还有服务员的衣着、态度,却又不得不感叹,的确有时候,消费层次会决定一些东西。

"欣欣!"李泽霖并没有在包厢里等她,而是坐在酒楼进门的沙发上,一看见她就蹦了起来,仿佛少年的模样。他穿着灰色的裤子、白色的套头衫,把衣服下摆扎进裤子里,外面是一件黑色的薄夹克——从17岁到107岁都适用的打扮。

尽管他的那件套头衫、那条裤子都各自应该是价格过万，那条皮带可能是普通工薪阶层一年的薪水，更不要提他腕上的表能在北上广不太贵的地段，支付一套房子的首付，但不妨碍陈晓欣一见面对他的评价："阿叔，我同学李泽霖你有见到吗？"

他大笑起来："欣欣，你还是和读书时一样，好幽默！"

"上个月，我家餐馆还没倒闭，你去广州，我还请你吃过饭。"陈晓欣受不了他这腔调，毫不留情地揭穿他。

但李泽霖并不在意，笑得很灿烂："来来，我们去包厢坐下，边喝茶边聊！"

尽管他穿着保守，一身灰黑，但就算不喜欢他的陈晓欣，在这一刻，也不能否认，他灿烂的笑意，就是他身上的暖色，如火一样，温暖而活跃。

包厢里的装潢不是那种金碧辉煌的豪奢，一眼看上去颇为素雅。但不论是壁画还是摆件，从桌椅到门环，仔细端详，无不透着讲究。陈晓欣和李泽霖一坐下，李泽霖就让茶艺师退场："我们自己来，如果有需要，再叫你。"

似乎每个潮汕人都对单丛白叶有着莫名的好感，李泽霖也不例外，他甚至自己带了茶。

"试试，这茶，无农药。"他笑着对陈晓欣说道。

陈晓欣喝了一口，点头道："没错，这茶好，以前你给过我一些的，我记得。"

听着她这话，他便高兴起来，又给她添了一杯茶。

看着服务员把冷盘端上来，陈晓欣就调侃李泽霖："你这家伙，是能弄到好茶，但什么无农药，就别吹嘘了，嗯，卖茶的不这么跟你吹，你怎么舍得花钱？不过这茶我真觉得不错，多少钱，你再帮我弄点。"

李泽霖低着头，摆弄着茶具，烫着茶杯，直到陈晓欣不耐烦了，又重复了一次。

"你大四那年说喜欢，然后云南那个女同学给了你一饼冰岛，你叫上我喝时，就说那是无农药的。"他脾气看上去好，似乎永远不会生气，跟陈晓欣的相处里，丝毫没有张若彦那种抬杠到底的氛围，他又帮她添了一杯茶，然后放下茶夹，抬头笑道，"我包了一座山头，雇了当地的茶农来种。因为移植，还有水土的问题,前几年出的茶,都没有原来的味道,我都让茶农自己处理了。直到去年的茶收了之后,才像那么回事。放在今年,我试了,和大四那年给你的,应该是一致的。"

陈晓欣一时间就愣住了,沉默了三四秒才回过神来:"我当时就说这茶很好啊,我没要求无农药。"只是那个云南的女同学随口提了一句,她就也这么说了一句罢了。

"潮汕佬,输人不能输阵,云南有无农药的茶,我们也得有。"他轻声地说着,然后静静地看着她。

陈晓欣摇了摇头:"包个山头,还雇人去种,你有病吧!"

"不,你知道的,我只是有钱。"他微笑着摇了摇头,看着她,"和有心。"

上菜的敲门声,打破了两人之间尴尬的沉默。

服务员在布菜,她看着他:"你知道,这对我没用。"

"但我愿意啊。"他很温柔地说,说着又笑了起来,很灿烂。

她很无奈:"好吧,我跟你买茶,但不能太贵。"

"只有这一罐了,大家是同学,送给你就好了,买啥呢?"他拿起手边那个罐子,看起来,连五百克都没有,"你不早说,我刚全卖给别人了。"

陈晓欣一下就愣住了,然后放声大笑起来:"你这家伙!我差点被你骗了!"

他也笑了起来,气氛一下子就缓和了。

"喝点?"她问道。

他有点怯意,但终于还是点了点头:"你不许灌我,不许拍视频。"

陈晓欣一听就不高兴了:"说得我跟女流氓一样?我什么时候灌过你酒?哪次不是劝你别喝,你硬要喝?那要不就算了,服务员,给我加点主食!"

"别、别,好吧,喝点。"李泽霖对服务员说,"那包里有瓶李察,麻烦帮我们开一下。"

有的人,天生身体里解酒的乙醇脱氢酶和乙醛脱氢酶,就是比普通人高很多,例如陈晓欣,她连正菜之前的海螺汤都没喝完,就差不多喝了有100毫升的轩尼诗李察,看起来跟她刚才喝茶时,完全没有任何分别。

而有的人,一喝了酒,就似乎第二人格觉醒的模样,例如李泽霖,他差不多喝了不到50毫升，脸只是稍有点红，但话明显多了起来："输人不能输阵，我甲李讲（跟你说），欣欣，你要喝酒，我不管是在第五大道，还是东非大峡谷，还是在南极，都赶回来陪你喝！"

"你说过来顺德处理业务，谈得怎么样？"陈晓欣笑着问他道。

他笑了起来："啥业务呢？这边光是厂里，就有几千工人，是我家开工资的，但这业务也不用我来处理。我就是听说你来了，我知道张弱智那小子不怀好意，我赶紧让助理开车过来跟我会合，我自己马上坐高铁赶了过来。欣欣啊，我就是担心你！"

陈晓欣听着，苦笑起来："你差不多就行了，你要老这样，很下头的，好吧？那以后少往来吧。我早就跟你说过，你不是我喜欢的类型。"

"我知道，我知道，你之前交男朋友，我也祝福你啊。"李泽霖很坦然地说道。他把薄夹克脱下来，把套头衫下摆扯出了裤腰，似乎把属于他自己的年轻灵魂也扯了出来："我要能控制得了自己，对吧？我何苦呢？来来，喝酒！"

酒过三巡后，李泽霖的脸就有些红了，说话的声音渐渐大了起来："你说张弱智多坏啊！他知道你家做餐饮的，他跟着你，然后你找谁谈，他就用大公司为背景来挖人，真的有一句话形容他！"

陈晓欣听着都禁不住笑了起来，这样的李泽霖，看起来亲切多了："什么话？"

"穷生奸计啊！"他压低了声音，"他家里没什么钱，就靠自己去了趟未名湖，真的，稍有点利益，这个人就什么都不管了。来来，欣欣，我给你出个主意！你觉这家酒楼大厨怎么样？"

陈晓欣跟他碰了一下杯，随意喝尽了杯中的酒："我请不起啊，我家餐馆都让我大哥折腾倒闭了，现在兜里没几个钱，这里的大厨，我怎么可能请得起？"

但李泽霖说了要给她出主意，一个可以为了她一句话，去租一座山，雇人种上几年茶的人，他说了要出主意，当然是找长辈问过，或是跟身边的助理、公司的高层合计过之后出的主意。

"大厨请不了，没关系。"李泽霖喝了一口酒，舔了舔嘴唇，笑着说道，"加上你还要请群里的李姗当厨师长，我知道，我知道，那没错，大哥前两天跟我打游戏时，和我聊过，说你这么搞，可能不是很好。大哥不懂做生意，所以他才会被手下架空，把餐馆折腾倒了。"

听起来，李泽霖倒是很支持陈晓欣的处事："厨师长或者说厨房的老大，肯定得跟你一条心啊！这绝对没错。但预算不多，又要让李姗管厨房，咱们请大厨就有难度。没关系，咱们退而结网！"

说到这里，陈晓欣也来了兴致："怎么退而结网？"

他就得意地笑了起来，对服务员说道："跟你们老板说，可以把人请过来了。"

四名年轻人在酒楼楼面经理的带领下，走进了包厢，他们脸上有迷茫、兴奋和期待，每个人都有自己的想法，但当站在包厢里，面对陈晓欣和李泽霖，他们只能是被挑选者。

陈晓欣一时之间没有反应过来，她看了李泽霖一眼，眼神里有许多不解和疑问。

"这就是退而结网，张弱智不会来挖走这些人，而只要他们在你手下待上半年，我相信也很难有人能从你手里把他们挖走。"李泽霖依旧很温和，并没有因为面对这四名年轻人就露出另外的嘴脸。

他招呼着包括楼面经理等几个人坐下，给他们沏上茶，只给楼面经理添上一小杯酒，然后他向那四名年轻人说道："今天我就不劝酒了，陈总这边，是有些事务要跟你们仔细去聊的。"

然后李泽霖微笑着端起酒杯，示意楼面经理跟他到边上的沙发上，把餐桌这边留给陈晓欣，这是她的舞台。

她在他起身去沙发之前，就反应过来了，毕竟她是能带出几个项目的运营高手。

"介绍一下自己吧，女士优先。"陈晓欣这么开启了面试，另类的面试。

四个年轻人里唯一的女孩，她似乎早就打好了腹稿："我进来这家酒楼有八个月了，现在开始负责白案。师父说，您这边厨师长是女性，东家也是女性，我想给您打工，也许比传统酒楼好出头一些。"

而另外三个年轻的男孩，并不是这家酒楼的——不可能从同一家酒楼里，一下子抽出这么多骨干来，哪怕李泽霖家里有钱有人脉也不行。

另外三个男孩，其中一个主厨或大厨都没有，有一个刚刚在一家比较老旧的酒楼当上二厨，也就是做协助大厨或者主厨切菜、洗菜之类的活计。

另一位男孩连二厨的名号都没有，他有点羞涩地说："我是负责砧板的。"也就是负责检查冰柜的用料、配料是否齐全、有否变坏，按各种用料的需求来预计用料量之类的活计。

最后那个看起来年长些的男孩，是负责汁水的厨工，他的工作就是检查每天所需的冻热汤汁是否够量、调味是否恰到好处之类的活计。

陈晓欣一下子就明白了李泽霖的意思，都是有成长空间但又还没成长起来的年轻人。

他们的资历不足以被其他酒楼、会所高价或重金挖走，就算张若彦要砸钱、砸福利挖人，那也得有个由头，总不能那么大的集团，专门由副总出马，来挖一个厨工或是白案吧？这也实在太荒谬了。

陈晓欣介绍了一下自己餐馆的情况，可能给出的工资和待遇，四个年轻人都表示没有什么问题，甚至表示："现在就可以签约。"

但陈晓欣不打算这么做："我希望你们考虑一下，至少考虑一个晚上。我们加一下微信。"

她并没有把他们当成纯粹的员工。

这一点，楼面经理看得很明白，在领着四个年轻人出了包厢之后，他就跟他们说道："要想好，陈总给大家考虑的时间，就是没有单纯地把大伙当成员工，而是把你们当成创业伙伴。"

这话把四个本来就期望着走出凤城，到广州去一展身手的年轻人，煽得血都有些热了。

那个负责白案的女孩和在另一家酒楼负责汁水的厨工走开之后，就马上给陈晓欣发了信息，大意就是自己考虑清楚了，随时可以上班。

"谢谢！"她端起酒杯，对李泽霖说道，这是发自内心的感激，"我没有想到这么顺利。"

李泽霖从沙发起身，端着酒杯走过来："这不算什么，你不太顺心，我能帮上忙，对我来说，就很高兴了。楼面经理从我这边拿了不少好处，他应该会帮着说服他们，但后面就要看你和李姗的了。"

陈晓欣点了点头，这是实在话。

如果她不能让创业伙伴看到成功的希望，如果李姗的厨艺不足以服众，那这些人，他们最终还是留不住的。

"不论如何，我都是要谢你的。"陈晓欣再次向他举起酒杯。

说来容易，顺德的酒楼里，白案倒也罢了，哪些厨工和二厨是有天分的，这事甚至不是一句交情就能解决的。

因为大厨的水平行不行，他至少有菜肴出品，白案是负责点心的，也同样是有出品、有一定行业经验的人，就能做出判断。可厨工和二厨有没有天分，不是在同一个厨房里的大厨，真的是没法下这个判断的。

为了找出这四个年轻人，陈晓欣知道，李泽霖花费的人情和精力，是绝对不少的。

李泽霖坐在她身边，微笑地看着她，很温和地问道："感激的话，我可以期待以身相许吗？"

听着他这话，夹了一块盘龙鳝的陈晓欣笑了起来："等哪一天你能让我喝醉了，再提这个问题吧。"

这让李泽霖苦笑不已："也就是说，我永远不要提才对？"

"你不是输人不输阵吗？就不能发个宏愿啥的？你这话，听着就让人下头。"她也笑了起来。

于是便听着他说："现在有许多解酒的药，有日产的、国产的，但是欣欣，我怎么会舍得让你喝醉呢？"

其实这也是每次他跟她喝酒，他总会醉得一塌糊涂的根本原因。

"你真的有病。"这是把那瓶李察喝了一半时，陈晓欣再一次给他的评语。

但李泽霖却笑得很开心："你有药，不肯给我吃。"

这便逗得她大笑起来，其实她想说，他真的有些笨拙。

也许读书时，那个花花公子的传闻，是别人有意的中伤。

包括张若彦平时说起李泽霖出入名模相伴之类的，现在看起来，陈晓欣觉得，真实性也许有待进一步验证。

一瓶酒，不知不觉就喝完了，而李泽霖把陈晓欣送到酒店房间门口，打了个酒嗝："其实我很期待，你邀请我到房间里坐一下的。"

"你说什么？"她脸不红心不慌，在房间门口回过身问他。

他笑了笑，并没有重复方才的话："早点休息，今年，今年收了茶，我给你留两罐。"

然后他就离开了，直到走进电梯也没有回头看一眼。

在关上房间门之后，陈晓欣浅笑着自语："也许，这就是你的退而结网？"

第十二章　演不了母慈女孝

陈晓欣走到酒店房间的阳台，拨通了大哥陈晓轩的电话："废柴，李泽霖近来没有送你东西吧？你别收啊！"

"放心啦！我再废柴，还能卖妹求荣？舔狗霖前几天还求我办了件事呢！"陈晓轩在电话那边得意扬扬地说道，"他有批茶叶卖不出去，求我收下，一斤三十块钱。我足足给了他三千块，我跟你嫂子借的，你要还我。那批茶叶，后天送过来。"

陈晓欣深吸了一口气，还好自己多问了一句，要不然就真的出问题了。

她在阳台的躺椅坐下来，对电话那头说道："废柴，那批茶叶，你一斤也不要动，等我回去再说。如果我没猜错，可能一斤得几千块的品质。"

挂了电话之后，她长叹一声，起身去房间里打开小冰箱，拿了几瓶迷你瓶的威士忌回到阳台，选了一瓶拧开盖子，啜了一小口，这才重新在躺椅上坐了下去。她并不嗜酒，其实除了和同学、好友玩闹，她基本是不喝酒的。

上次黄总那一杯酒，她就是宁可闹崩了也没有喝。

但她现在喝酒，是因为对她来讲，感觉事情得有一个处理的方式，她需要一点情绪。

而酒精，对乙醇脱氢酶和乙醛脱氢酶偏高的她来讲，无疑是一个不错的选择。

在喝了两瓶迷你瓶之后，她拿起了手机，给李泽霖发了一个语音通话，很快就接通了："你投点钱吧。"没有什么客套，很直接，她对他说，"那批茶叶，当你二十万，再投二十万。我要是能赚钱，给你1%的利润回报。"

"好啊。不能投多点吗？如果是投给你，两千万，我爸肯定支持。"在电话那头，李泽霖笑着问道。四十万，如果占百分之一，那么四千万，就是陈晓欣对餐馆目前投入规模的预算了。

他提出两千万,就是希望跟她一起来做这个生意。

但陈晓欣很明确地拒绝了他:"不,你还是充当一个有限合伙人就好了。"

这是一个很专业的名词,诸如陈晓欣的大哥,是绝对听不懂的。

简单地说,就是餐馆倒闭了,那李泽霖也就亏掉了他投入的钱,追索责任之类,是跟他没有一毛钱关系的。

甚至她还补上了一句:"我没有资金问题,就这样。要是三年之内分红不能回本,我会在后续两年之内,把四十万补齐五年的银行利息,赔给你。要是能做下去,每年餐馆的茶,就你解决。"

对这个问题,李泽霖完全没有异议。

挂了电话,陈晓欣摇了摇头,又拧开一瓶酒,喝了一口。其实,与张若彦那样的交锋,对她来说,要更轻松一些。因为不论胜负输赢,大家会有很明显的界线。

与李泽霖这样的来往,让她很头痛。

总不能真的三十块钱一斤,拿下人家上百斤茶叶,至少得二十万元甚至更高的价值的货物,然后当成自己捡漏吧?陈晓欣做不出这样的事,尽管她知道李泽霖不会把这些钱放在眼里。但她若是这样的人,大抵也便不值得他为了几年前一句话,去包下整座山头,来为她种茶了。

但这不是她会让李泽霖掺和到餐馆的生意里来的原因。

而是李泽霖那些茶,确实是非常不错的。

如果餐馆走高端路线的话,那些茶,绝对可以起到一个招牌式的作用。

她是深信自己能赚钱的,如果自己都怀疑这一点,都认为诸如"做生意,有赚有赔"的话,那她不会考虑来接手这个餐馆。在陈晓欣的字典里,没有这个概念——她如果做,她就坚信一定会赚钱,也许赚多,也许赚少,但必须赚钱。

也许猖狂,正值青春。

正如有着一头浓密秀发的青春女孩,只要五官端正,便是剃个光头,就算没有我见犹怜的韵味,也会有英气逼人的飒爽。

人手,开始招募了,厨师长那边,陈晓欣觉得李姗自然会不负所望。

于是又喝掉了一小瓶威士忌之后，这一夜，她睡得极为安稳。

直到上午十一点多的电话把她吵醒："喂？嗯，我补休啊，明天才回公司呢。"

打过来电话的，是那位已经荣升副总的顶头上司。

运营这边，有不少工作还没有汇总，以及一些经费请款报销的问题，财务那边临近结算日了，也在催逼。其实这本来是李总自己的工作，因为陈晓欣升任运营总监，严格地说，到现在还没去履任呢！

这些事务，本来就是李总当运营总监时，她分内的工作。

但李总在运营总监的位置上，就是出了名的"不粘锅"，何况现在已经升任副总，仅仅是分管运营部门而已，她怎么肯背锅？于是她就打电话来，问责现在的运营总监陈晓欣。

陈晓欣没打算给她什么好脸色："运营这一摊，本来就是你管的嘛，你直接让他们跟你汇报不就得了？对了，李总，我上次应该有跟你说过吧？我家里的餐馆，嗯，可能要我回来接手的。"

听着她这话，电话那头，那位顶头上司的语气里，所有的倨傲都荡然无踪："就上次咱们团队去聚餐那个馆子？那么大的餐馆是你家的？我当时以为他们在说笑呢。"李总喃喃地说道，然则李总对运营几乎一无所知，却能身居高处，不是没有原因的，几乎马上她就强笑着说，"哎呀，想不到，传说中，只好辞职了，回家继承亿万家财的事，就发生了在我身边啊！哈哈哈，你可不许就这么抛下我们走了！"

又胡乱说了些话，大抵就是放低了姿态，希望陈晓欣不要这么扔下就走。

"我尽量吧，我家的餐馆，情况不太好，我父母都希望我回来打理。反正，李总，公司这边，如果能找到人过来接手，我随时可以交接。我现在就可以把我电脑的密码发给你啊，不要？噢，那好吧，行，我再睡会儿。"

直到陈晓欣挂掉了电话，李总再也没有提到运营部门那些事务。

管理运营部门那么多年，李总再不济事，这些日常事务，也不至于真的一窍不通。

只要她别端着架子，不要时时想着甩锅，这种部门里的日常事务，她肯定是能解决的。

两害相权取其轻，总归是世间不变的道理，与其逼得陈晓欣发作，当场辞职走人，李总也只能老老实实去自己收尾了。

不过挂了电话，陈晓欣也没有再睡下去，起身洗漱之后，就准备下楼去吃早餐。

但这时她的电话再度响起，这一次是一个陌生的声音："陈总，我想要一个工作机会，我能来见您吗？"

这是一个女孩打来的电话，陈晓欣不知道为什么会接到这样一个电话，但至少对方言语里的诚意，让人愿意听她说下去。而打电话来的人，接下来所说的，倒不是让陈晓欣买地铁上盖的房子，也没有问她要不要贷款："陈总，我听说您在招聘厨师，我，我是否可以跟您面谈一下？"

其实陈晓欣下意识是想拒绝的。

尽管之前赵师傅、孙师傅被张若彦挖走，让她很惋惜，但那是她再三试菜，并且对他们履历水平都了解的情况下，才会那么郁闷。

她也不是随便来个厨师就要。

"要不我请您喝茶？"那个打来电话的女孩说道。

并不算高明的说辞，但足够让人感觉到她的诚意。

所以，陈晓欣一时之间很难把拒绝的话说出口："我现在在酒店，准备下去吃早餐……"

"您给我发个酒店的定位，我马上过去。"对方看起来真的很在意这么一个机会。

本来陈晓欣是想说吃完早餐之后再约的，但现在却不得不在早餐时间，同时进行一场面试了。

出乎陈晓欣的意料，这位来求职的女孩，就在陈晓欣入住酒店隔壁的酒楼。

求职的女孩甚至能弄到一张酒店的早餐券，混进自助餐厅来见陈晓欣。

"你现在工作的酒楼，看起来生意很不错，规模也蛮大的，为什么会想到要离职，过来我这里找工作呢？你要知道，我这边是创业团队，给不了你太多东西。"陈晓欣一边剥着蛋壳，一边对坐在她对面的圆脸女孩说道。

应该说，李姗是个特例，而这位圆脸女孩，事实上，更符合人们对厨师的第一感观。

如果陈晓欣的父母看到这位女孩，大约不会对她的能力有什么质疑。

这位女孩看上去就是厨师。她并不胖，但很壮实，骨架大。没有人会怀疑，她是否耍得动中式厨房里那些沉重的铁锅。

"我是湖南人，我喜欢粤菜，但是我也喜欢湖南菜。"圆脸的女孩看着陈晓欣，眼里有种热切的期待，"但老板觉得，粤菜馆就该好好做粤菜。"她停顿了一下，"我想，如果我去广州，去广州，是不是会有所不同？"

她并不能很清晰地表达自己的意思，事实上，生活并不是戏剧，也不是电影或小说，并不是每一句台词和对白都经过琢磨，在日常生活里，大多数人都很难简洁地表达自己的真实意图。

所幸的是，陈晓欣是一位运营高手，做运营的，了解用户的真实需求，至少在她的观念里，是基本的技能，所以她能听懂圆脸女孩的意思。但陈晓欣吃完那颗剥了壳的鸡蛋，喝了一口无糖的牛奶，抬头她问："你没有去广州的湘菜馆试试？"

"试了，那连锁的湘菜馆，他们，他们用预制菜！"圆脸女孩激动起来，她挥舞着手臂，脸上有一种神圣的所在被亵渎的愤怒。

以至于陈晓欣按住她的手："嘿，冷静！"

"太小的馆子，他们又不愿花太多钱请我。"圆脸女孩说着，低下了头，"一两间特别高档的，他们要请有名气的厨师。"而她又说起过来找陈晓欣的原因："我跟老板吵了一架，老板说凤城没有人会请我的了……然后听到朋友说，您这边在招厨师，他们说，您的餐馆在广州，有四百平方米那么大，我觉得，也许是一个机会，我需要这个机会。"

这就是生活。

每个人都有自己的痛楚，每一点痛楚都有自己的缘由。

陈晓欣低着头，专心对付着第二颗鸡蛋："我给不了你太多钱，可能一开始，跟那些小馆子给的钱差不多。嘿，我这边是一个创业团队。"

圆脸姑娘的脸色就有些黯淡了，出来打工，谁不想挣钱？谁愿意降薪？

"不过，只要是好吃的菜，我的餐馆肯定不会拘泥于粤菜或是湘菜，都会列上菜单的。"陈晓欣解决了第二个鸡蛋，喝了半杯牛奶，看着圆脸女孩说道。

但这并没有带给圆脸女孩太多的鼓舞，尽管在陈晓欣的餐馆里，可以去掉这一层约束，但出来工作，赚钱，就是大多数人首要考虑的问题，而圆脸女孩明显并不例外。

陈晓欣放下杯子，看着她说道："但是，如果餐馆做起来，那么我会逐步提升大家的薪水，或者用利润的一部分来给大家分红，不过这一切，都是在餐馆能够盈利的前提下。刚才我说，我这边是一个创业团队，那么要是活了，你可以做你喜欢的事，并且得到比现在更多的报酬；如果死了，我会血本无归，而你会失去一部分工资，然后面临重新找工作的问题。"

陈晓欣站了起来，拿起餐巾纸擦了嘴，看着圆脸女孩："所以，谢谢你陪我吃早餐，但这份工作，它也许并不是你想要的。"

她说罢就向外走去，因为她很清楚圆脸女孩要的东西，是一份符合自己能力的薪水，而且还必须有一个不受约束的施展空间，很明显，这两者都不是陈晓欣能够给她的。

是的，包括不受约束的施展空间。

所以，陈晓欣才会告诉她"好吃的菜"。

好吃，意味着受欢迎，而不仅仅是湘菜，不仅仅是厨师的情怀。

她很确信，圆脸女孩听明白了。

陈晓欣甚至都不打算实地看看圆脸女孩的厨艺之类的，或是问问她的经历。因为在她看来，大家都不合适。

陈晓欣按下了电梯的按钮，现在回房间，应该还能补上一觉，然后中午再回广州。

这时候在陈晓欣身后，传来了圆脸女孩的声音："陈总，我……我叫阿梅。"

陈晓欣回过身来，阿梅看着她说："我想试一试。"

"我说过，我这边是一个创业团队，创业团队要的当然就是成功。"电梯到了，陈晓欣伸手按着电梯的按钮，对阿梅说道，"所以，试菜，试刀功，试厨房红案白案，会很苛刻。"

拒人千里之外的言辞，却并没有惹得对方拂袖而去。

"嗯！"阿梅用力地点了点头。

顺德离广州实在太近了，就算是刚拿了证、车后窗上贴着"实习"标签的陈晓欣，吃完饭之后，小心翼翼开着车从顺德出发，回到家里也不过下午两点左右。如果把在黄埔大道和猎德大道那两个路口的堵塞时间刨除,那还能更快一些。

于是到家之后,她就不得不面对一个问题。

母亲黄樱,还没有呼朋唤友出去打牌;而父亲陈勇也还没有跟着同伴出去钓鱼。

陈晓欣一开门,跟父母打了招呼,就看见黄樱坐在那里,一边泡茶,一边在那里碎碎念:"你说总往外跑干什么呢?一天天的,在家里就跟坐牢一样是吧?肩不挑手不提的,好似谁累着她了一样!死狐狸精!轩仔又好老实,真的是,整天被她欺负!"

陈勇对这种话题早就免疫了,因为他知道一开口的结果,只会比不开口更坏,所以他在手机上刷着钓鱼的视频,压根就不想搭理黄樱。于是后者就沦为一种自言自语的念叨,看见女儿回来,很有些喜出望外:"欣欣啊,你说,狐狸精这样的,要在古代……"

刚进房间换了睡衣的陈晓欣,可不打算惯着她:"娘啊,在古代,我们就是蚁民,百分九十几的文盲率,咱娘俩大概率连自己名字都不会写。嗯,我爹应该会纳多几房妾,你每天在家里跟小妾钩心斗角,然后哪天有个得宠的小妾,我得叫姨娘吧,就下药把你毒死了。"

开始黄樱听着还有趣,听到后面,拿着抹布直接甩到陈晓欣身上:"死女包,生块叉烧好过生你啦!"她气得不行,专门换了普通话:"人家还说女儿是小棉袄,你看你这衰样,一天到晚,都不知道心疼你娘!"

"黑心小棉袄!哈哈哈!"陈勇在边上大笑了起来。

但没有想到,这句话成为他吸引火力的导火索。

陈晓欣却低叹了一声,因为餐馆的倒闭引起的焦虑和压抑,其实,所有事都可以成为母亲爆发的导火索。

"你就那么期待三妻四妾的生活,对吧?"黄樱阴阳怪气地说道,哪怕陈勇适时闭嘴,她也仍不依不饶,"笑得很高兴啊!哼,这种想法,在你心里藏了许久了,对吧?"

陈晓欣抬起头对黄樱说道:"娘,不要这样了,明明在开玩笑。"

"啊,'明明'这个家伙,就是在开玩笑,你娘我就不是!"黄樱似乎开启了某种战斗模式,几乎逮着谁都要来攻讦一番,哪怕是劝说也不能幸免,

"你说这死老嘢，他要不是心里老想着纳妾，你这个死女包一说，他高兴成这样？"

黄樱高八度的音量一飙起来，一时之间连隔壁的那只斑点狗，都在家里吠叫了起来。

让陈晓欣和陈勇父女俩目瞪口呆的事情，就这样眼睁睁发生在他们面前——黄樱拍案而起，拉开木门和铁门走到楼道上，就在隔壁家的门口破口大骂："吠什么吠啊？仆街斑点狗，你一早就过了气啦！一九九几年就流行养斑点狗，现在谁还拿正眼看斑点狗？还吠！你家主人把你养着，你知道点解？等住做狗肉煲啊！叫你斑点狗啦！"

那斑点狗不知道是通人性还是被她的嗓门压制，低鸣了两声，居然不敢吠了。

但隔壁家的门也打开了，那女主人明显没有什么好脸色："如果我们家的狗狗吵到您，您按一下门铃跟我们说一声，我给您道歉，没必要这样。再说，我也能听懂广东话，我不会把我们家狗狗做狗肉煲的……"

陈晓欣这时已经冲了出来，一个劲给邻居道歉："不好意思，不好意思，我家里出了点事，我妈情绪波动有点大，您体谅，真的太对不起了，您海涵啊！我妈没什么恶意，不关您家狗狗的事……"

她一边跟邻居道歉，一边抱着黄樱就往家里拖。

尽管陈晓欣知道，母亲是因为家里的境况而造成的压抑，到了某个点，情绪失控了，但在家里怎么闹腾也罢了，去祸害邻居算什么事？

黄樱稍微冷静下来，也觉得自己有点过分，就顺着陈晓欣这个台阶往家里挪，那邻居本来一肚子火，但陈晓欣这样赔不是，她也不太好计较："没事，没事，也是我们家狗狗吠叫吵到阿姨，我也给阿姨赔个不是……"

陈晓欣一听就知道坏了！

果然，本来已经被她抱着扯到家门口的黄樱，突然之间，如同血脉之力爆发，一下子就把陈晓欣甩开，戟指着邻居破口大骂："你才阿姨呢！你全家都是阿姨！你装什么嫩？你一个养斑点狗的，最小你也得是'70后'！你有脸叫我阿姨？阿婶！你别以为打了几针玻尿酸，骗得过自己，就骗得过别人啦！看看你那水桶腰啊，阿婶！"

被黄樱喊了几句"阿婶"，原本看着知性模样的邻居一下子也火大了，但没等她开口，黄樱再次甩开上来拉她的女儿："斑点狗是大型狗来的！你有没有领证？你有没有狗证？哪个部门给你的大型狗发的狗证，你拿出来，看我投诉不死他！没有狗证你就是非法养狗！你这狗敢出门，我就敢把它打死！"

那女邻居被她呛得说不出来话，这吵架也真的一门天赋，有些人就是满腹文章，但要开口争吵就是张口结舌。陈晓欣苦笑着挤到母亲和邻居中间，用力把黄樱往家里推，一边喊道："老窦！老窦！过来劝你老婆回去啊！"一边回头向邻居道歉："对不起，对不起，我妈平时真不是这样的，回头给您赔罪！"

黄樱在被陈勇连拉带揽扯进家门时，还不忘记威胁邻居："我有百日咳！我等下就去买异烟肼！阿婶，问你惊未！"

邻居真的打了个冷战，陈晓欣双手合十向她致意，又给人鞠躬，临了还用手指了指自己太阳穴，示意黄樱脑子不太对："我娘就是管不住嘴，您别放在心上，真的太抱歉了！"

回到家里，黄樱仍在叫骂不已，但陈晓欣关上门，却很突兀地提出另外一件事："明天我要上班了，后天我请李姗过来，老窦，你不要去钓鱼了，正式试一下菜。如果到时大家试了菜，提不出什么反对意见，餐馆我们这个月就开始试营业了。"

黄樱的注意力一下子就被转移了："我有一大堆反对意见！"

"娘，那你得说服我，如果我觉得你的反对意见没意义，那就是没有反对意见。"陈晓欣很坚定地对黄樱说道，"这是生意，咱们得赚钱，演不了母慈女孝。"

第十三章　御衣黄

其实从顺德开车回广州时，陈晓欣并没有想着这么快就开始试营业。否则以她习惯的工作模式，肯定至少会先跟李姗商量一下，以及先去餐馆看一下现在到底是什么情况，然后才确定试营业的时间。

就是租个五十平方米的公寓入住，总也得看看强电有没有无故跳闸的、弱电的 Wi-Fi 信号是否会有干扰之类的，看看下水系统是否堵塞，煤气、冰箱的情况如何，等等，然后再决定是不是要租这个公寓吧？

四百多平方米的餐馆要开张，要接待一桌又一桌的客人，各种卫生证照，员工招聘，就算开个沙县小吃，也不可能这么随便。陈晓欣把自己的房间门关上，往床上一躺，无奈地叹息了一声，她是真的箭在弦上——不得不发了。

别的不说，单是母亲黄樱的不安全感和焦虑，明显就到了一个爆发的节点了。

黄樱以前不是这样的性子，陈晓欣是很清楚的；也许有时候，会跟陈勇说上两句俏皮话玩闹一下，开始给大嫂刘宛晴起个"狐狸精"的外号，其实也是一种玩笑，当时的刘宛晴也并不太在意。总而言之，以前的黄樱，陈晓欣很清楚，并不是这样爱无故找碴。

而这样的情绪堆积久了，陈晓欣知道，绝对不好收场。

不论是对黄樱自己，还是对这个家庭。

甚至都不在于大嫂刘宛晴有没有去工作，就算大嫂能够顺利重返职场，陈晓欣也很清楚，只不过是治标不治本——对一个无比焦虑的人来说，生活中每一个不起眼的点滴，都可以成为触发点。

"姗姗，后天过来我家一趟，咱们试做几道菜，你有时间吗？"陈晓欣拿起电话，打给了李姗，"我去了顺德，现在厨房的人手基本是有着落了。对，后天过来，咱们当面聊，好的。"

挂了电话之后，陈晓欣的眉头却并没有为之舒展，因为就算李姗很支持她，但还是有许多问题要解决。她轻轻地拍打着自己的脸，以便让自己振作起来，然后她打开门，对坐在客厅刷着钓鱼视频的父亲说道："老窦，你下午要不别约人钓鱼，咱们去看一看餐馆吧？水电什么的，还得找人做一下清洁吧？"

陈勇还没开口，黄樱就急急地说道："钓他个死人头鱼咩！有正经事做，赶紧去做了！"

陈勇放下手机，点了点头："好啊，叫上轩仔吧。"

但是陈晓欣走到茶几边上，在沙发上坐下，对着陈勇摇了摇头："叫废柴干什么？他要是能知道水电卫生这些琐碎的事务，也不至于被架空，更不至于把餐馆搞垮，现在还欠着供货商的钱啊。老窦，你陪我去就行了。"她又对黄樱招呼道："娘，你要不也别去打麻将了，也一起吧！"

黄樱冷哼了一声："有人刚才不是才说，我的反对意见没意义吗？"话虽如此，她还是起身去换衣服，边往房间走，边念叨道，"一身儿女债啊！"

在她进了房间之后，陈勇站起来，伸手拍了拍陈晓欣的脑袋，他什么也没有说，只是那眼神里有歉意，就如冬日的阳光，不用温度计，也能感觉到那暖意。

陈晓欣倒是笑了起来，咬着下唇。

有些东西，说多了，就显得格外生分，友人之间都是如此，何况父母子女呢？

餐馆的门一打开，就有一股郁郁的霉味，尽管停业算起来，也还不到一个月，但正如没有人住的房子格外荒凉一样。陈淑芳掩着鼻子，挥手驱赶着可能存在的沙尘："欣欣啊，幸好上次中介说有人要租，你说先不要带人过来看！"

其实陈晓欣并没有打算叫上姑姑一起来的，通知她的，却是平时里、表面上看去跟她见面就抬杠的黄樱。

照明灯光一路看过去，都还算完好，陈晓欣在手机上建了备忘录，把几个看出问题的地方一一仔细记下了，包括厕所里有个抽水马桶出现了故障。

"老窦，找人来做清洁吧。后天，我们一起过来试菜，就在这里吧。"陈晓欣和陈勇商量道，"费用什么的，我到时结给你，这个你就别帮我出了。"

她这么一说，黄樱就不高兴了："死女包，你讲的是人话？我跟你老窦死了，不都是你跟你哥两个人的？找人搞个清洁，你叫死老嘢跟你报账？你自己听听，这是不是人说的话！"

面对母亲的观念，或者说价值观，陈晓欣觉得真的无比头痛，但她实在不想把精神耗费在这里："好吧，妈说得对，我自己解决吧。行了，我会搞掂它的，我接手来做，这本来就是我分内的事。不过还有个问题，就是大家要不要参与分红？如果要参与分红的话，按每四十万占百分之一的比例，都投点钱到餐馆的账户吧。"

她不说这话倒罢了，一说出来，不单黄樱，连姑妈陈淑芳的脸色都变了。

不过陈晓欣对此也早有心理准备："要是不愿意投钱，那么就只能用租金作为投入了。租金，家人都有份，比例怎么划分，老窦、娘、姑姐，你们商量出个方案。还有，租金你们不要给我定出个天价，它必须比市场价位略低，否则的话，我为什么要租这里？我完全可以租别的场地。"

看着脸色不快的母亲和姑妈，这一次陈晓欣不打算让步："娘，你不要瞪我！这餐馆连名字都让废柴卖了，一切对我来说就是从零开始，我甚至不需要这大的场地，我去太阳城、马会那边的大厦，租个七八十平方米就够用了，你看我们这里，还得自己划个三十平方米出来做洗手间，我去那些大厦，直接不用洗手间，让顾客去商场的洗手间就得了！那些商场还自带流量。"

陈晓欣一直思路就很清晰："做生意，就是要赚钱。娘，你不要玩那一套含含糊糊，然后私下再塞点钱给我的套路！你跟废柴就一直这么玩，结果怎么样？餐馆折腾垮了，废柴也让你贴补废了。"

五月的时节，怒放的牡丹连余韵也消散了，但幸好芍药正值当时。

陈晓欣领着李姗走上二楼，上台阶时对后者说道："前天才找人搞卫生，昨天我去了趟公司，处理后续离职交接的事情，上面现在还没怎么收拾布置，到时咱俩得一起来出主意和动手啊！"

"嗯嗯。"李姗随口应着，紧接着打了个哈欠。她昨晚有些失眠，精神并不是太好。

至于这个餐馆，她是做好心理准备的了，毕竟，这是一家被陈晓欣的哥哥搞到倒闭的餐馆，对它任何的指望都是奢望。

陈晓欣领着李姗，踏上倒数第四级台阶："你看，二楼上来全是咱们的了。"

本来因为停业而显得有些败落的餐馆，自然是没有迎宾，但陈晓欣插了一瓶芍药，淡黄疏叶，而且看着叶端又有些微绿，很有些"御衣黄"的味道，就摆在入门位置的鸡翅木供桌上。

李姗并不懂花，甚至她都不知道这是芍药，只是在她的眼里，看见了一抹生机。

三四百平方米的餐馆，又没有客人和服务员，就显得特别空旷。

"咱们里面还有十二个包厢，但今天试菜，咱们就在大厅。"陈晓欣对李姗说道，而坐在大厅里那张最大的桌子边上的，就是陈勇、黄樱夫妇，当然少不了陈晓欣的姑妈陈淑芳。一直埋头玩手机的陈晓轩，看见李姗进来，马上扔下手机张开双臂，吓得李姗下意识侧身。

不过陈晓轩并没有离开桌子边，因为陈晓欣在她大哥站起来的瞬间，就随手捡起桌子上的橘子，狠狠砸在了陈晓轩头上，后者只好捂着脑袋坐下："妈，死妹头欺负我！"

"阿嫂，你不要帮他！"陈淑芳在黄樱开口之前劝说，"说了让欣欣'打骰'的，轩仔搞什么嘛？还当自己是老板？你要有本事把餐馆搞好，今天我们也不用聚在这里试菜了！"

陈淑芳这话那是刀刀见血，黄樱也只好赶紧说一句："你姑姐讲得对！你反省下啦！好啦，阿欣，接着怎么安排？"

她明显就是为了结束陈淑芳将要展开的长篇大论的"批斗"，强行扭转话题。

陈晓欣倒也无所谓，只要陈晓轩别瞎闹腾就行了。

"肉和菜昨天我都备了一些，我都没空，现在就咱俩，我也是叫盒马送过来的。"陈晓欣笑着对李姗说道，"要是差什么，我现在就去买。"

其实并不差什么，毕竟陈晓欣从小到大，家里就是开着餐馆的。何况备菜什么的，陈勇也给了她一些意见，所以李姗进去厨房转了一圈，就冲着陈晓欣点了点头，戴上帽子、口罩、围裙，开始在厨房施展起来。

"这没有二厨,也没有帮工,她一个人会不会忙不过来?"陈晓轩难得没有沉迷游戏,抬起头讪笑,对妹妹说道,"这样,妹头,别说大哥不帮你,我去厨房给凉妹茶帮忙……哎哟!"

边上的黄樱也看不下了,伸手扇了儿子后脑勺一巴掌。

菜还没开始上,陈晓欣的电话就响了起来,是她公司的CEO打过来的,她看了一眼那语音通话请求,就拍了拍姑妈陈淑芳的肩膀:"姑姐,你砌掂佢哋!"然后就拿着电话,走进最近的一个包厢,反正现在都是空置着。

砌掂佢,是广东话的俚语,大意就是让某人负责包办某事,而这件事中间可能会有许多波折,也要由这个人去解决;至于"砌掂佢哋",那就不是对某事了,是指对人,在座的其他人——陈晓欣觉得,她妈、她爸包括她哥,都会在试菜这件事上闹出幺蛾子,没办法分身的她,只好让姑妈来处理这人。

黄樱看着气得不行,一下子站了起来:"死女包!什么叫砌掂佢哋?到底谁生你出来的啊!"

但是陈晓欣已经没空理会她,直接就关上了包厢的门。

她接通了电话。"晓欣,你有什么条件,你报上来啊。就你的成绩,我是看在眼里的,就算你不提,接下来董事会,我也一定会在会上提的,就没有必要这样。对不对?运营部这两年,别人不知道,我还能不知道?都是你在支撑的啊。你看看是不是回公司,咱们聊一聊?"

这是CEO打过来的电话。昨天去公司,陈晓欣就把手头的东西都列了表,直接一份发给分管的副总,也就是她之前的顶头上司李总;一份发给CEO,然后给手下团队签完该休的假期、该报销的票据,她就向分管的副总下了最后通牒:她等着公司派人来交接。

所以,今天这通电话,陈晓欣估计十有八九,CEO是会打过来的。

但她没有想到那么快。

"Chief,我并没有什么需求。"陈晓欣调整着自己的语气和微笑,"我是要回家接手家里的餐馆,这个我跟李总汇报过的啊,我并不是要跳槽到其他公司。"

她知道,CEO不会因为她的离职,而专门打电话过来找她。

因为昨天在公司跟CEO聊的过程里,把离职的原因其实也仔细说过一番的了,不单单是跟李总谈过。而且CEO也尽力挽留了她,并开出了一些他能做主的条件，在没能打动她的情况下，双方也有一些礼貌上的客套，以便让彼此都有个体面的台阶下。

所以，CEO不可能在没有新的"砝码"的情况，突然打这通电话。

毕竟公司虽说还没到上市的级别，但也算近千人的大公司，又不是小作坊，这世道，只要肯花钱，大抵总能招到合适的人来接手的。陈晓欣自己在运营这一个领域，三四年就混明白，做出头了，她从来都不认为，对企业而言，有哪一个人是不可替代的。

乔布斯的确存在，但不也就那一位吗？

何况就算是他，走了之后，接任者尽管年年挨骂，但从数据上看，也一样干得不错啊。

所以，陈晓欣绝对不会自大到认为自己如何特别，会让CEO专门来打这个电话，肯定有别的事发生。

果然，CEO紧接着就苦笑着道："运营部门九成人递了辞职信啊！我如果不是叫法务去查，发现你真的接手了家里的公司，我肯定以为你跳到别的公司，然后要把整个部门挖走。无论如何，我相信，你也不希望公司突然这么陷入困境，马上暑假了，咱们几个项目等着上的啊！你过来一趟，咱们总能商量出个办法，好不好？"

因为这餐馆的场地，本来就是陈晓欣自己家里的，所以之前在安排各种装潢时，这种包厢式的房间，用料有异于那些租赁的场地，隔音效果要比寻常酒楼里的包厢好上许多。无论外面陈晓欣的家人如何高谈阔论，或是厨房的煎煮炒炸，在这包厢里，倒是全然没有影响的。

但陈晓欣推开窗户，楼下拥挤的车流、人声、车声，便一股脑伴着夏天的热流，涌进了充溢着冷气的包厢里，一下就让她感觉到扑面而来的暖意，她对电话那头说道："具体就是运营部门的辞职？要不这样，我试试能不能在线处理？我这边刚接手餐馆，Chief，我在跟设计师敲定装潢的风格，还有后续主打的菜肴等，暂时真的走不开——这可是我家里的钱啊。"

话说到这里，也就表明了她态度，CEO那边，说破天了，也就是给投资人、资本打工，而她这边是自己的投资，总不能让她放弃自己的投资，去为别人的投资操心吧？

CEO那也是商场上的老手、办公室政治里的达人了，一听就知道分寸，便没有再劝下去："好的，好的，那就拜托晓欣了啊。你看看无论如何，也帮公司把这团队安抚下来啊，相关的待遇什么，包括你这边，我会同步向董事会去谈。"

当然聊到最后，对方少不了用开玩笑的口吻，再跟陈晓欣要一张餐馆的打折卡，承诺以后一定会来帮衬陈晓欣餐馆生意之类的，说些索然无味而又是人际交往里必不可少的客套话。

挂掉了通话，陈晓欣就在微信上发了条信息给张笑笑："什么情况？"

张笑笑没有回她的话，却把她拉进了一个群里，一点也没有出乎陈晓欣的意料，果然就是运营部门的那些同事，似乎少了几个，大约就是那一成没有递辞职信的人，他们没被拉进来。

这就让陈晓欣很无奈了。

事实上，她没有在飞书的部门群里说话，而是找张笑笑先问一下，就是希望了解更多的情况，再做决定。但张笑笑明显是对陈晓欣有着毫无保留的忠诚，直接就把陈晓欣拉进了这个群。

果然在群里，张笑笑就在那里发言："欣姐来了！欣姐，我们都递了辞职信了。"

"欣姐，你不玩，我肯定走，又不是没地方去，姓李的老妖婆，食自己啦！"说话的是运营部门里一个广州本地的女孩，她对李总有着极大的怨念，如果不是陈晓欣之前劝阻，她几乎要在公司跟李总上演全武行。其他类似的言论，二三十人，讨论真的是此起彼落，仿佛正在召开一场控诉大会。

"你们别那么冲动，出来打工，赚钱罢了，为财不为气，对不对？"陈晓欣想了想，发了语音信息在群里，"我也是刚刚决定接手家里的餐馆，不要那么仓促，先跟公司谈谈，条件摆出来，只要公司能满足，那何必走呢，对吧？广东话讲，做生不如做熟嘛。特别是还没找好下家的，不要为一时之气，好吗？"

群里有不少人依然很激愤，但也有过半的人纷纷表示，陈晓欣说得有道理，不过他们也有自己的为难之处："辞职信都递了，也没有什么好考虑的了。"

陈晓欣摇了摇头，她就知道，部门里有一些和张笑笑一样的同事，听说她要辞职之后，就开始发泄自己的不满，很有可能，就是从张笑笑去抽烟时，在抽烟角里的诉说开始的。在这个氛围里，许多平时走得近的同事，或者对公司、对李总有所积怨，被撩拨起来之后，就形成了一种类似于"裹胁"的状态，甚至于很有点占据道德制高点的意思——不辞职的，就是甘于当李总或者说资本的帮凶和奴才，没有义气，或找不到去处的废物所以不敢辞职，等等。

那几个没被拉入群的，也同样不出陈晓欣的意料，都是"85 后"。

有房贷、车贷要还，还有老人、小孩要养，就算要走，那也是跟猎头聊好了条件再说，不可能跟这些"95 后"一样，有着拍案而起的肆意。

"这样吧，我毕竟还没走啊，我去跟公司聊一下，看看让总裁办那边出个通知，大意就是直接把辞职信递到 HR，不合程序，让大家先撤回辞职信，然后递到部门给我，我批了之后，然后递到人事那边。如果有考虑清楚的、找好下家的，那就退回之后，再递给我，我转发给人事；要是没有找到下家去处的，先不要急，把条件提一下，看看公司能不能满足，好不好？"陈晓欣想了想，在群里发了这么一条语音信息。

于是就收获了许多点赞的表情，以及"老大不愧是老大，我要给你生小猴子"之类的话。陈晓欣笑着回了他们几个表情，就给 CEO 发了条信息："Chief，我劝了一通之后，效果不大，要不你看，可不可以这么处理？让人事把辞职信退回，让他们先递给我，到时我再劝一下？"

CEO 几乎是秒回："好的，辛苦了！晓欣，你忙完家里的事，找时间还是得回来一趟，我感觉就算你要回去继承家业，但咱们还是有合作的空间。"

当陈晓欣拉开包厢门时，桌面上那盘河粉的高温，把葱花的香气烘托出来，就算离得远，也仍有隐约的香味，这就是广东菜里讲究的"镬气"了。不论是陈勇还是陈淑芳，夹起牛河品尝之后，都不住点头，就算黄樱本想鸡蛋里挑骨头，也一时间无从挑起，因为不论是河粉的弹牙，牛肉的嫩滑、嚼头等，都很难挑出毛病。

"之前欣欣话请你来主理，阿叔还是有点担心，但是现在，我真的是放心了，十年大厨，都不过是这样的水平！"陈勇放下筷子，很认真地对李姗说道，并且转身对走过来的陈晓欣挑起大拇指说，"你是比老窦强，至少在看人这一项上！"

然后陈勇就招呼黄樱和陈淑芳、陈晓轩，准备回去了："欣欣的生意，她自己话事，我们菜也试过，对吧？至少大家没什么意见的，走吧。"

黄樱有点不甘心，但起身也不过讲了一句："做一张台就掂（做得来），如果几十张台，行不行，还要到时才见分晓。"

但没有人会觉得，试了一盘干炒牛河就走会有什么问题，因为叉烧包之前试过，也是大家觉得很完美的。广府菜中干炒牛河和叉烧包能过关，其他菜要做得很不好，真的都很难了。

但陈晓欣却挡住他们："来都来了，试多几道菜再说了，我也很期待自己家人的意见嘛！"

不是她想留下家人，陈晓欣其实今天都不愿意他们来。

而是她看见了李姗眼里的意犹未尽。

第十四章　有杀气

阳光开始慢慢地偏移，从窗边悄然无声地渗入，当它照耀时，便驱散了黑暗。

而李姗从厨房出来，推着那小推车，她脸上的笑容，就驱散了陈晓欣心里的些许不安。

看着李姗放在小推车上的那四碗豆腐，陈晓欣就无声地笑了起来。

真的是有杀气啊！

果然每一个有本事的人，都有自己的脾气。

陈晓欣自己是这样，李姗何尝又不是这样？

当黄樱一再质疑她，当陈勇也一副不太信任的模样，尽管看在陈晓欣的面子上，李姗没有去计较，但她戴上厨师帽，便有了厨师长的脾气。

所以，尽管说好的是做广府菜，但李姗这四碗豆腐却不是广府菜，甚至不是广东菜。

因为广东菜并不局限于广府菜系，还有潮汕菜和客家菜。

但豆腐它并不是客家豆腐的做法，而是扬州菜——文思豆腐。

这道菜第一步，就是将豆腐削去老皮，切成细丝。

就是软绵绵的豆腐，还嫌周围的部位老了，要把它们削掉，然后用刀，把本来用勺子挖着吃的豆腐切成片，然后再切成丝。这刀法叫跳刀法。在中餐厨艺里，基本上，文思豆腐就算是刀法最极致的展示了：但凡在刀法上有一点什么毛病，诸如落刀时，刀和手不是一起动的，甚至落刀的声音节奏感不对，出来的豆腐，它就不像样。

一人一碗文思豆腐，也唤作"什锦豆腐羹"，里面豆腐是主材，还有火腿丝、鸡脯肉丝、冬菇丝、冬笋丝等等，就这么一一摆在面前，陈勇、黄樱、陈淑芳和陈晓轩都当场愣在那里了。

他们万万没有想到，会上来这么一道文思豆腐。

"试菜啊！"陈晓欣笑着在边上说道，语气里充满了挑衅和快意。

都是千年的狐狸，就不必讲什么《聊斋》了。

陈勇是自己把餐馆从父亲手里接过来，之前做了几十年的；黄樱和陈淑芳也是看着这餐馆发展起来的，双双看着它在陈晓轩手里垮掉，再没见识，几十年这么吃下来，也能吃明白门道；至于陈晓轩，在陈晓欣眼里就是个废柴，可是再废柴都好，毕竟败过家的人，这点见识总是有的。

"妹头，是我衰仔。"陈晓轩吃了一勺豆腐，放下汤匙，眼睛有点发红，他对陈晓欣说道，"餐馆，我以后就不过来了。"然后他起身就走了。

所谓相形之下，高低立判，不外如此了。

陈晓欣几乎是硬扛着家里的压力，她要请李姗来当厨师长，就是这么坚持着，而这碗文思豆腐，就是在证明陈晓欣的确有识人之能，也有决断的勇气。陈晓轩对照一下自己，平生第一次感到羞愧。

这一次，连挑剔的黄樱也哑口无言了，连豆腐都没吃上一口，借口担心陈晓轩出事，匆匆起身就走了："轩仔，等下阿妈，你去哪里啊？你开车送阿妈去魏姨那里好不好？是啊，我约好打麻将了！"

陈勇倒是仔细吃完了面前的这碗豆腐，起身对李姗点头，竖起大拇指道："有一些平凡人的经验，的确不能套到天才身上的，犀利！"然后他笑着对陈晓欣说："好啊，老窦现在真的可以放心去钓鱼了。"

然后不由分说，拖着妹妹陈淑芳起身往外走："别挡着地球转了！让欣欣去做事吧，明显她做得比咱们谁都好。"

听着他们下楼远去的脚步声，陈晓欣扑哧一声笑了出来。

这时边上的李姗递了根烟过来给她，陈晓欣犹豫了一下，接过烟，白了李姗一眼："带坏我啊！"

但她终于还是点着这根烟，随着烟雾的弥漫，陈晓欣有种松了一口气的感觉："不知道为什么，你这碗文思豆腐一上来，我觉得，天都蓝了，哈哈哈！"

靠在过道上的李姗，戴着厨师帽，看上去，更有一番韵味。

漂亮而且身材好，真的是可以不讲道理的，至少在穿衣戴帽这一块，不论她穿什么，都很是赏心悦目。而吐出一抹泛蓝烟雾的李姗，却用略有点沙哑的烟嗓开口："你真不会抽烟啊，都不过肺的，浪费烟啊。"

"哼！我是被你教坏的，以前哪有碰过这东西？你也少抽点吧。"陈晓欣笑着说道，随手拿起一只骨碟，把烟熄掉了。仿佛出差时，半夜去张笑笑那里拿烟的事，已经完全忘记一般。

"嗯。"李姗点了点头，看起来她的烟龄是有点长的，无论是抽烟的姿势，还是过肺的抽法，不过陈晓欣的劝说，她还是能听进去，也跟着在骨碟上熄掉了烟头。

自从线下见面以来，向来话少害羞的李姗，似乎厨师帽就是她的蝙蝠侠面具，穿着厨师服的她，不仅有脾气，而且话也要比平时略多些："欣欣，你有没有考虑过，我可能会不支持你呢？"

陈晓欣点了点头，拖了两把椅子过来，示意李姗坐下。

"招了一些要我带的厨房小工，一个只会做白案的，一个不愿老实做粤菜的湖南厨师。"李姗摇了摇头，想去摸烟，但终于控制住了自己，她看向陈晓欣，"我们现在是要搞一个类似'新东方'厨艺班吗？这是你认为我一定会支持你的原因？"

陈晓欣看着她，没有说什么，直到李姗的脸有些红了，开始躲避她的眼神，陈晓欣对她伸出手："不，我认为你会支持我的原因，是我能带着你，去一个你现在看不到的未来，也许成功，也许失败。"

但绝对不是碌碌无为地度日，不是年纪到了就把自己托付给另一半，然后希望平稳地共度一生，或是为了儿女放弃了自己的事业与生活……

对这些，陈晓欣一句话也没有说。

但李姗看着她的眼睛，却读懂了所有，她摘下厨师帽，几乎同时，脸便红了起来，低着头道："非……非得这么正式吗？"

"生活要有仪式感。"陈晓欣仍然向她伸着手。

于是李姗握住了她的手，似乎心里的不安和漂泊感便都荡然无踪，在羊城的餐馆，在午后窗边透照进来的阳光里。

今年广州的木棉花开得略迟了一些，于是花谢的时间也就略略后移，但无论如何，到了三月底四月初，小区楼下那一树簇簇如火的英雄花，还是终于落尽了。当时陈晓欣还记得,张若彦还拍了一张满地落红的照片,发在朋友圈,配了一句"落红不是无情物,化作春泥更护花"。

当时陈晓欣就回了他一个评论:"矫情。"

因为至少在广州的木棉,并没有那种葬花式的伤感。

厨师这边大体定了下来,那么陈晓欣要考虑的就是经营风格了。

它涉及菜单、定价甚至后续的装潢档次,以及推广的方式等各方面的问题。

所以,她今天在仔细推敲这件事,也希望听听家人的意见,包括大哥陈晓轩的意见。

黄樱很愿意看到女儿跟儿子有商有量地为家里的餐馆谋划,她很用心地煲了汤,而陈晓轩看见排骨汤之后,就打电话给张若彦:"彦仔,过来开黑啦,我娘煲了排骨汤,你过来当然有的喝了,嗯,快来了。"

而当张若彦过来,喜滋滋开始喝汤并赞扬黄樱煲汤水准的高超时,陈晓欣就在边上冷笑。

"狗仔,有些人就是矫情,还把自己比作花呢,呵呵!"陈晓欣在家里一边喝汤,一边对着身边不存在的小狗说道。当然并不存在的小狗,它出现的必要性,就是因为张若彦来了陈晓欣家。

这让把张若彦喊过来开黑的陈晓轩很无奈:"妹头,不要这样咧!"

陈晓欣慢悠悠地喝着排骨汤,头也不抬:"这是什么?木棉薏米排骨汤,木棉哪来的?"

煲汤的木棉,往往就是在落花的季节,小区的居民把地上的花朵捡起来,晾晒在小区里的护栏上。如果是有枪尖的护栏,那就更方便,每个枪尖倒扣上一朵木棉花,晒干之后,便成了煲汤的原料。

所以,陈晓欣说的并不是没有道理,这木棉就算是谢落,护的也是人。如果硬要说它护花,那就是把人比作花了。

不过也同样喝汤的张若彦,却并不在意,笑着对陈晓轩说:"轩哥,有些人思觉失调。你看,这家里哪里有狗?她却在跟不存在的狗对话呢,有空你带她去看看。"

在客厅泡茶的黄樱听着,却没有惯着张若彦:"彦仔,你好了啊,你们一起长大的,又是男仔来的,你就不能让着她一点?你大她两个月的,啊,真

第十四章 有杀气 123

是的！信不信，我收拾你啊？"

"阿娘威武啊！"陈晓欣听着，便笑了起来。

张若彦苦笑道："樱姨，我们入契有仪式的，好吗？她管你叫阿娘，我管你叫契娘（干娘）啊，你都不公平的！"

当时张若彦老生病，他的奶奶找人算过，认为那时的同学家长兼邻居黄樱，跟张若彦"命相"相属，所以就提了礼物上门认了黄樱当契娘，也就是张若彦说的，是有仪式的。

黄樱不以为然地冷哼了一声："哼！亲生女同契仔（干儿子），我当然帮亲生女儿，要不还是人吗？"

这话陈晓欣爱听，特别是当着张若彦的面，她跳了起来，抱着黄樱就亲了一口："我是妈妈的贴心小棉袄！"

黄樱左右遮掩着把她推开："滚！你一嘴油，啃我脸上！信不信我抽你啦！快滚！黑心小棉袄！"

于是一时间，家里便充满了快活的空气。

"其实，打出百年老店的招牌，也是可以搞的。"张若彦一边喝汤，一边替陈晓欣出主意。

但陈晓欣却很不认同："哪里有什么百年？"

"你要把格局打开嘛，你像那些甜品店，设计大厦边上的，还有文明路那些店，认真算起来，也就二三十年，了不起，四五十年，人家也是一样打老字号的招牌嘛。我说百年老店，是指打老店的概念，不一定要号称'百年'。"张若彦仔细地分析着。

但坐在边上的陈晓轩就有些尴尬了。

因为，他当时连老店的店名都转让给别人了，现在有人用着那个店名，在天河车陂那边开了一家小餐馆，生意还不错。

张若彦看出了陈晓轩的不安："轩哥，没事的，放下吧，人要往前看。就算没有店名，这个措辞，总是有办法去说清的。"

但是陈晓欣不太想这么干，她摇了摇头："网红店怎么炒作，咱们都清楚，那样长久不了的。"

怎么包装炒作，这个已有一个很成熟的套路了。

陈晓欣对此当然不陌生："当然要做也不是不行，叫废柴去做服务员，一天到晚打游戏，客人一问就爱理不理。"她转过头看着黄樱："阿娘去做厅面经理，客人如果有什么意见或想投诉，第一时间骂到他怀疑人生，然后把钱退给他，直接赶客人走。"

张若彦摸着下巴想了想，点头道："可行啊！"

"仆街彦仔，还说可行？！"黄樱听着脸色就不好看了，对着陈晓轩说道，"我挠痒用的那枝'不求人'呢？给我找出来，我今天就要请阿彦仔吃一顿竹笋炆猪肉！"

张若彦连忙求饶："樱姨，我错了。契娘，等一下，我有话讲！前天去太古汇，我看见一个LV（路易威登）新款的包，总感觉差点什么。刚才我就明白了，那包摆在那里没灵魂的，显得呆板，它要是有荣幸让您背上，我感觉有了契娘的气质衬托，应该能让那包包有几分味道！"

黄樱再也绷不住了，指着张若彦笑得直不起腰。

"你这家伙要在古代，百分百是奸臣。"陈晓欣不住地摇头，感觉张若彦总是不断刷新下限。

不过难得他把黄樱哄开心了，陈晓欣也就不想跟他抬杠了，于是拿起碗去厨房时，踢了陈晓轩一脚："你呢？你可是我的亲生大哥啊，废柴！你有什么主意？要不我出点钱，把你送去泰国做个手术，回来放在店里当活招牌？"

这话吓得陈晓轩下意识夹紧双腿："死妹头，你要不要这么毒啊？！"

尽管知道她只是开玩笑，但是陈晓轩想了想，还是犹豫着开口："这个，一定要我说啊？"

陈晓欣洗了碗回来，坐在沙发上，双手交叉在胸前，看着餐桌边的陈晓轩，没好气地问："难道你还想要点掌声？"

"不是，我，我知道我搞不好，之前、之前还没有倒闭，我提过一个想法，但因被架空了，他们都不听我的，其实我觉得是可行的。"话一说开，也渐渐流畅起来，毕竟他当过几年餐馆的老板，再怎么不争气，还是有些想法的。

"我当时觉得，可以搞工地风，就是把餐馆搞成工地的模样，然后推饮品，我们可以先推个下午茶来试试，比如，台山陈皮咖啡、梅菜牛眼扒。进门就给发一顶安全帽……"他越说越投入，渐渐手舞足蹈起来。

狼有自己狩猎的视角，花草想来也有向阳的心思，每个生灵在审视这个世界时,都难免有自己的立场。而黄樱看着自己的儿子,明显就带着很夸张的滤镜,她听着陈晓轩的话,便觉得儿子真的很厉害,当场对陈晓欣说:"看到没有?你不要总瞧不上你大哥,他就是太老实,被人架空了,他还是有许多不错的创意的!"

陈晓欣和张若彦对视了一眼,后者犹豫着开口:"可能……"

他笑了笑,没往下说,陈晓欣接着他的话头说了下去:"勇敢点,把'可能'去掉吧。"

陈晓欣是很清楚,那些当时架空陈晓轩的团伙,明显觉得要按陈晓轩这思路来搞,到时候搞垮了餐馆,他们会被追责啊。或者说,按陈晓轩这一个思路搞,陈勇或陈晓欣只要听到了,会马上发现不对,然后及时介入清账,他们就无法脱身了。

一个连骗子都嫌弃的思路。

"死女包,你就不能有句好话?"黄樱听着就不高兴了。

陈晓欣摇了摇头:"T.I.T创意园附近,开个工业风格,二十平方米的咖啡馆,或者可试错。"

T.I.T创意园就是广州纺织机械厂旧址,里面是20世纪70年代的苏式风格建筑。

如果在那些铺满红砖旧瓦的老工厂厂房附近,开一个这样的小咖啡馆,对到那里游览的人来说,倒不失为一个应景的去处。

听她这么一说,黄樱就激动了,想着要怂恿儿子,真的去开个小咖啡馆试试。

陈晓轩把祖上传下来的餐馆折腾垮了,一开始可能感触还不太深,会感叹自己运气不好。但为人处世,有比较就有高低。当看着妹妹陈晓欣接手之后,一板一眼操持,特别那天试菜,一碗文思豆腐,真的让陈晓轩完完全全正视自己的能力了。

所以,看着母亲的神态,他就摇了摇头:"娘,不行的,妹头或者阿彦仔去搞就行,我去搞,一定仆街喂。"

陈晓欣没空去理会他们,一边在平板上修改自己的方案,一边对张若彦说道:"但是你所说的也不是没有道理。也许可以试一下,按这个方向来运营。"

并不是她认同张若彦的意见，甚至也不是张若彦觉得，以百年老店作为噱头，就是一个好主意。而是人活尘世间，不是活在小说话本里的才子佳人或是大侠、仙人，总是要面对生活的，那就有一个问题：钱。

按老店来运营，餐馆所有的破旧，都可以妥协了。

不这么干呢？

别说四百平方米的餐馆，就算是四百平方米的家居民宿，装修下来，也是一笔不菲的费用。

餐馆的话，这装潢费用那真的是火箭一样往上蹿，这玩意它还跟家居不一样，当决定了经营的方向之后，对整个装潢的风格化，必然就会有所要求，那没有两百万打底，是不可能搞出来的。

而眼前对陈晓欣来讲，要拿两百万出来非常艰难不说，且这可不是买楼买车买股票，怎么样还能有一点残余价值，按广东俚语而言，这笔钱就是"涂在墙上"——不论是以后转手、出租，这笔钱都很难折现出来的。

"试一下看看嘛，卖老字号，然后弄成网红打卡店，前几年，也有起来的。"张若彦在边上劝说着，其实他真的不看好陈晓欣接手家里的餐馆，不是后者的能力有什么问题，而是这个烂摊子，局限和限制太大了。

"有什么要帮忙的，你叫我吧，我今天得回公司，有几个会要开。"张若彦说完起身跟黄樱和陈晓轩打了招呼，就准备告辞，但走到门口，他向陈晓欣招了招手，示意后者借一步说话。

陈晓欣看得出他眼里的认真，倒也没有再执着于"说给狗听"的把戏，走过去送他到电梯口，张若彦犹豫了一下，但还是开口道："韩信在项羽手下，也不过是一个执戟郎中啊。如果你在公司，比如番禺那个会所菜馆的项目，至少能给你一千万预算。你自己要考虑清楚，为了原生家庭，牺牲这么多，是否合适？我不知道，反正你得想清楚。"

电梯到了，他进电梯，挥了挥手，电梯门关上，陈晓欣张了张嘴，终于没有开口。

接下来的日子里，陈晓欣面试她去顺德物色过来的那些厨师、工作人员，基本上有李姗在协助她做这件事，一切都显得很有条理，就算是那空荡荡的餐馆有些破败，但是陈晓欣实在太擅长面对这样的场面。

其实陈晓欣的长相算不上柔美，她的脸部线条略显得硬朗。

第十四章　有杀气

其实她剪短发或者中性风的发型，会显得很帅气，她大嫂刘宛晴在结婚前，曾哄着她这么摆弄了一回，身边的朋友都觉耳目一新，纷纷喝彩。

但那次之后她就坚决抗拒这么干，她更喜欢留披肩长发。

于是笔挺的鼻梁和过薄的嘴唇，让她看上去甚至就有点刻薄。

但对一个创业团队来说，这样的形象和气场，配上她沉稳的谈吐，真的能带给团队信心，而且一进厨房，李姗无论是刀功还是厨艺，都绝对让团队在专业上被折服，也因此更对这家餐馆的未来感觉到希望，开始憧憬陈晓欣许诺的分红。

紧接着服务员、收银、迎宾、保洁等人员的招聘，得益于她在公司独自操持运营部的经历，这一切对她来讲，可以忙而不乱地一件接一件解决。

餐馆也根据老店的风格和方向，开始进行一些微妙的改造和装潢。

"这么急着开业？"陈淑芳过来看陈晓欣时，皱着眉头问她。

因为陈淑芳是看着父兄开餐馆长大的，每次到了家里餐馆要换装修风格时，都得停业两三周。

哪有这么连面试人员加上装饰，不到一周，然后就准备试营业的？

陈晓欣正在给员工派发开业传单，随手塞了一沓到姑妈陈淑芳手里："这边上的小区，姑姐，你跟我一起去派吧。"

"我认识这个小区的物业经理！"陈淑芳说着拿出手机，开始搜索熟人的微信号。

她对陈晓欣说："办八折卡，让她当成福利，有人交物业费，就发一张！"

陈晓欣一把抱住姑妈："我就知道姑姐最犀利！"

"这么大了，还抱来抱去，去去去，让我找这边小区的物业。"陈淑芳笑着把她推开了。

于是她便没有看见，陈晓欣眼底那一丝忧虑。

其实陈晓欣是在回避陈淑芳的问题。

这么快就试营业，当然不是太合适。

但如同前台的那瓶御衣黄，花季到了，芍药总是要开的。

而母亲黄樱的状态，让陈晓欣感觉不能再等下去了。

第十五章　两个世界

餐馆的空调开得很足，跟窗外仿佛两个世界，一边是三十多摄氏度的高温，从窗户看出去，热气蒸腾的马路，甚至因为热气而有些扭曲，跟这室内的凉爽全无相干。

陈晓欣对姑妈陈淑芳说："姑姐，你跟我过来一下吧。"

但在转身往里走时，陈淑芳对陈晓欣说道："你这早上要组织员工到楼下喊口号啊！"

似乎每家餐厅或是便利店、服装卖场，现在都流行让员工这么干。

"不，我们不这么干。"陈晓欣很肯定地拒绝了姑妈的提议，"除非能保证每天利润不低于五万块，否则的话，我们不这么干。"

她太清楚这套东西对正常员工的PUA和折磨了。

明明可以用几个文档就交代清楚的事，非得每天早上来开早会。

甚至有的公司下班之后还要让大家留下"义务加班"，然后开所谓的晚会来总结一天的工作。

更别提每周还要开周会等，其实事情大多数时候并没有那么复杂。

"如果一个企业，跟一头贪婪的怪物一样，无止境地吸食员工的时间，就算不讨论是不是道德，至少我知道，姑姐，它很影响士气。"陈晓欣一边领着姑妈往里走，一边低声说道。绕过过道时，她不忘提醒那服务员："衣服一定要整洁，袖口折叠起来，抬下巴，放松一点，不用站得太笔挺。对，对，态度疏懒一点，手脚要勤快，你要把范儿拿起来。"

陈淑芳跟着陈晓欣走到经理室，推门进去，就看到双眼通红的刘宛晴坐在沙发上拭泪。

"家嫂，怎么了？是不是阿轩仔欺负你？姑姐去打瘸他！"陈淑芳看着就上火。

陈晓欣长叹了一声："废柴虽然是废柴，但姑姐你也不要睁着眼睛说瞎话好吗？"

这是一个客观的事实，当刘宛晴闹脾气要回娘家时，陈晓轩还是马上决定跟着她走的。

所以，会让刘宛晴躲到陈晓欣这边来哭泣的人，必然不是陈晓轩，尽管他的确没什么出息。

"你妈又发癫？"陈淑芳皱着眉头问道。

陈晓欣抽了几张纸巾给刘宛晴，然后把姑妈按到沙发上坐下，她靠在办公桌上看着刘宛晴："阿嫂，振作点，我可以陪你一起骂那些发型屋的老板，骂足一个下午一点问题都没有，他们就是垃圾啊，但这没有什么太大的意义，你要这个吗？不，这样解决不了你的问题，在这个下午过后，所有问题又会席卷而来。"

听着她有点不留情的话，陈淑芳不停地冲陈晓欣使眼色，她很担心刘宛晴的情绪："你先闭嘴！"然后陈淑芳低声安慰着刘宛晴，过了十来分钟，刘宛晴总算控制住了情绪。

其实事情的根本，就是刘宛晴在求职时出现了很大的问题。

原本在退出职场时，刘宛晴已经做到了大型发型屋的顶级发型师。

有的店称之为总监，也有的直接称之为店长级，总之，就是最为顶尖的。

"他们都说现在没法请我，为什么呢？"刘宛晴仍然很激动，"我可以接受降薪嘛！"

陈晓欣看着她的激愤，打开冰箱，拿来一罐可乐递给她："来点甜的吧，让自己开心一些。你有身孕，这就是他们的顾虑，他们是垃圾，但你不要想不通，如果你是老板，你也同样会怕。"

"怕什么？他们就是忌妒我！"刘宛晴也是有点歇斯底里了，"现在看我又得去找工作，就报复我！一群小人！假模假样，跟我聊了半天，又是探我口风，打听家里是不是没钱了，最后才来跟我说，请不了我，真的是一群小人！"

陈晓欣摇了摇头，她知道不是这样的。

如果刘宛晴能冷静下来，陈晓欣相信，她也同样能想明白。

因为刘宛晴已经有两个多月的身孕了。尽管目前看起来还没显出来，但事实上，发型屋的老板不得不考虑这个问题。

因为一旦请了刘宛晴去上班，那么客人要染发的话，刘宛晴接不接？

常见的染发剂中所含的铅、对苯二胺等有害成分比较多，会在染发的过程中进入皮肤组织循环到血液中去，会增加胎儿发育畸形的风险，同时容易导致孕妇出现皮肤过敏、脱发等不良现象。

刘宛晴虽然不可能去染自己的头发，但她给顾客染发的话，会不会有沾染到那些染发剂的概率呢？是否会有影响呢？哪怕她戴手套、口罩等，这些东西，谁说得清楚？一旦出事，发型屋的老板当然害怕担责啊！

外面传来敲门声，是厨房那边送点心过来，李姗在看白案的水准，让她做了几笼虾饺、小笼包、叉烧包，也让服务员拿些过来给陈晓欣试试。

"那怎么办？"刘宛晴一边泡茶，一边问陈晓欣。

陈晓欣咬了一口虾饺，皮略厚一些，相比于那天李姗出手的，还是有明显差距，她打开微信，把意见发给了李姗，然后才对刘宛晴说道："看医生，听医生的意见。如果医生觉得只要不碰染发剂，问题就不大，那你就跟发型屋事先签好协议，你不接触那些有害物质。如果医生说不行，我们再想办法。"

陈淑芳皱起眉头："为啥一定要家嫂出去上班？还缺她这一碗饭？她每顿吃那一点，跟喂鸟一样！在家养胎不好吗？"

"姑姐，工作，才有尊严。"陈晓欣夹了一个烧卖，问陈淑芳，"你要没工作，你敢那么说我娘？"

陈淑芳一下子就无话可说了。

如果她是依靠兄嫂和丈夫过活，大约，很大可能……不，陈淑芳其实心里是有答案的，那她绝对不敢跟黄樱那么吵。因为兄嫂的支持，就是她无比重要的筹码和支柱。

"姑姐，大嫂私房钱全拿出来，给了我十万块，投到餐馆里来。"陈晓欣打开转账记录给姑妈看，"姑姐，餐馆之前情况好时，你也拿了不少，你也希望餐馆好，对吧？你要不要也投一点钱呢？"

看着陈淑芳渐渐不太好看的脸色，陈晓欣很无奈地说："要是你害怕亏损，那你算借给我四十万，我给你写借条，按银行五年定期的利息来付你利息，连本带利，五年内还清，行不行？"

能把石头顶开的小草，也需要一点阳光和水分；就算是坚强的人，能收获一点来自身边亲友的善意，肯定也会心头一暖的。陈晓欣之前完全没有想到，大嫂刘宛晴会拿出自己的私房钱投到餐馆里。

她把手机上的转账记录给姑妈陈淑芳看时，后者也看到了她们的聊天记录。

"你是不是现在很需要现金？"刘宛晴在微信上陈晓欣问。

当得到肯定的回答后，刘宛晴直接就转了十万给陈晓欣，然后还告诉陈晓欣："如果你真的在等钱用，你再跟我说，我把股票卖了，应该还能再凑个二十来万。"

陈晓欣夹了一个虾饺给刘宛晴："阿嫂，你三分之一私房钱投资的餐馆出品的虾饺，吃多一件吧，嘻嘻，绝对不是因为皮有点厚，所以才投喂给你的！"

"我其实吃不太出来，觉得挺好吃的。"刘宛晴有点不好意思地说道。

这就是当时试菜，李姗做了文思豆腐的原因。

因为有些菜，一做出来，但凡不瞎，就能看出高低，就可以完美达到炫技的目的——如果真有那个底蕴和水平。

但有些菜肴就不一样了，比如虾饺，它不单需要大量的对比，就是得吃过很多不同酒楼出品的虾饺，然后才能建立一个客观的评判标准。更重要的一点，它往往还需要比较细腻的口感、味觉。

刘宛晴就算是土生土长的广州人，但她感觉这虾饺的皮也很弹牙，虾也是挑了虾线的鲜虾，吃起来蛮不错的，完全体会不到陈晓欣嫌弃的那个点。

听着她这么说，陈晓欣拿起一杯茶喝了："废柴能跟你结婚，真的是他上辈子不知道做了什么好事。"

也许这个大嫂身上也有一些不足，但毫无疑问，陈晓欣能感觉到她很真诚，不懂，就是不懂，而且她会直率地讲出来，而不是担心别人知道自己不懂，嘲笑自己而去掩遮自己的本意。

"阿嫂，我叫了废柴过来，陪你一起去看医生，你问问医生的意见，然后咱们再商量，好不好？"陈晓欣看着刘宛晴放下筷子，就这么跟她商量。

刘宛晴有点犹豫，她不太想再去看那些旧识的冷眼。

"我会把餐馆做起来，阿嫂，你放心。"陈晓欣并没有给她灌心灵鸡汤，而是这么对她说，因为陈晓欣看得出来刘宛晴的心结。

后者其实也并不是很抗拒重返职场，特别是面对黄樱每天的指桑骂槐，她是认同陈晓欣所说的，有工作，有尊严。而对发型师这项工作，刘宛晴也没有什么怯意，毕竟之前也是一步步走出来的。

她所不愿面对的，是那些旧识的嘴脸。

但只要餐馆能重新做起来，不会被人觉得是因为家道中落才重新出来工作，其实刘宛晴就有面对职场的勇气了。

陈晓欣给她的这个承诺，是真真正正如阳光一样，温暖了她的心田。

"嗯！"刘宛晴用力地点了点头，伸手紧握住陈晓欣的手。

这时门被推开，哪怕略带着颓废也仍帅气的陈晓轩就在门口："你们太过分了，有东西吃也不喊我？姑姐，你也跟死妹头学坏了！"

陈晓欣看着自己的大哥，有些无奈地对他说："你傻了啊！你带阿嫂去看一下医生吧。"

看着兴冲冲陪着刘宛晴去医院的大哥，陈晓欣不知道是感叹世间并不见得所有的事都能如人所愿，还是感叹自己大哥的乐观和精神上抗打击能力的强大？

"我也走了，得回去上班了。"姑妈陈淑芳拿起放在边上的手袋，准备起身。

陈晓欣伸手拉住她："姑姐，你演我啊？'踱水'啦！"

踱水，粤式俚语，大意就是拿钱出来的意思。

正如陈淑芳跟黄樱吵架时所说的，陈晓欣的家长会很多时间都是陈淑芳去开的，所以虽然是姑妈，但其实某些层面上，她更加接近于陈晓欣大姐的角色。

陈晓欣跟她也是很亲近，甚至有许多时候，陈晓欣有什么问题，更习惯于跟陈淑芳说，而不是对黄樱诉说。

所以，陈晓欣会直接扯住她，让她拿钱出来。

"踱你个死人头！叫你把这里放租，你不听。唉，姑姐哪里有钱啊？家嫂是还没有生小孩！生了小孩你就知道……"陈淑芳重新坐下来，就开始诉苦，孩子的补习班如何昂贵，兴趣班又要交多少钱。

陈晓欣有些愕然，足足愣了快两分钟才回过神来，她直接对陈淑芳说："停！姑姐，为什么要重新来做餐馆，这个我们分析过，我不想讲车轱辘话。我就问你，是不是现在你打算真的一分钱也不拿出来？是的话你直接说就行。"

房间里就出现了让人窒息的沉默。

直到几分钟后，陈淑芳开口："又说不许家人在这里挂账，大哥又说餐馆的事全部你拿主意，现在又说要我拿四十万，我哪里有这么多钱啊？姑姐真的没钱嘛！你以为跟小时候一样，你说要买板鞋，你娘嫌贵不肯给你买，姑姐发了工资，就带你去万国广场买啊？我现在也有自己的家啊！"

但陈淑芳说着，又下意识回避着陈晓欣的眼神，最后拿出手机，发了一笔转账给陈晓欣："真的是，家里有一条'化骨龙'还没够，我还要招惹你这条'化骨龙'！我刷信用卡给你了！就这么多！"

化骨龙，在粤语里，一般就是形容顽皮小孩的成长非常费钱、费时间、费精力。

直到看着姑妈逃也似的离开房间，陈晓欣才拿起手机。

这是一笔八万块的转账。

而陈晓欣很清楚，姑妈手上拎着的那个爱马仕手袋，就算卖二手，应该也能值八万块。

不单姑妈之前在餐馆里拿走不少钱，姑父身为高级工程师，其实收入绝对也很高的。

陈晓欣明白，重点还是在于姑妈无意中漏出那句话："又说不许家人在这里挂账，大哥又说餐馆的事全部你拿主意！"但如果不这样，这餐馆怎么做起来？每个股东都去指点CEO，这摊生意歇菜也是早晚的事了。

她站了起来，推开门，阴着脸走到厨房。

推开门，陈晓欣就看到了正在训斥二厨和几个厨工的李姗："你们配拿刀吗？配吗？你们要是就这水平，去找家卖预制菜的餐厅混日子吧！"

在厨房的李姗，显得跟游戏里、生活中的她，完全不是一个人。

她那眼神和语调，感觉如同下一秒就会变成某种怪兽，把厨房里不得力的员工吞噬，特别是当她手里拿着硕大的中式菜刀，很有种恐怖片变态杀人狂魔的感觉。

陈晓欣冲李姗招了招手，示意她跟自己出来一下。

走到临街的窗边的桌子坐下，陈晓欣摇了摇头，似乎想把许多不如意都甩开。

"给我根烟。"她对李姗说道。

但拿了烟在手上，陈晓欣几次擦着火机，却终于没有点燃它。

她把烟塞到李姗诱人的唇间，然后对她说："那虾饺其实还好，慢慢会好起来的，不要急。"

"嗯！"李姗点着了烟，看着陈晓欣在阳光下微笑的脸庞，她刚才在厨房里的愤慨便被抚平了，她也笑了起来，便映得边上那几枝芍药黯然无光。

陈晓欣没有再说什么，看着她抽烟，看着她抽了一半之后，厨房有人端了一盘"宝塔肉"出来给她看，然后李姗就愤然把烟熄掉，快步冲进厨房，很快厨房里就响起她的咆哮声："让你们用牙签的啊！一个个听不进去！非要觉得自己有本事！现在切得厚薄不——……"紧接着厨房的门被重重关上了。

"宝塔肉啊，也许我的确不该这么急的。"陈晓欣看着窗外的车水马龙，鼻边还有方才残留的烟草味道，她喃喃自语。

因为宝塔肉基本就是文思豆腐在刀工上的退阶版本，得把一块方方正正的五花肉，跟削苹果皮一样切成一条皮带，而且更重要的，它还不是越薄越好，从第一刀开始，每一刀都得一样厚薄，切好后，再团成方正的原样，扣上专用的碗，找根筷子往中心一顶，这肉就一层层如同一个宝塔。

开始切，刀工不好，往往就用牙签作为参照物，到了只有牙签大小的位置，这一刀就该停了，不然就会切断；没到牙签的位置，那就还得往下切，不然下一刀就太厚了。

但这样的刀工要求，其实对现在餐馆的风味，就有些超标准了。

老字号是什么概念？陈晓欣是推敲得非常明白的，老字号，跟那些号称旧式粤菜的店是一样的，就是太复杂、太炫技，市面上很少见的菜式，不好意思，那做不了。几十年，或者一百年，这店就只卖这份菜单！

那按传统粤菜来讲，松子鱼，基本就算完全够用了。

松子鱼，横竖不过就是一个改花刀的切法罢了，哪怕略有点厚薄，也是看不太出来，而且切完还要裹粉下锅去油炸，对刀工的要求并没有那么高，

第十五章　两个世界

或者说，这道菜考验的，不仅仅是刀功，而是厨师的综合能力。

如果要求负责砧板的二厨，单是刀功，就得到"宝塔肉""文思豆腐"的地步，那陈晓欣感觉，就不应该是现在这个经营方向了。那得走精致高档的路线和风格，但明显，她现在掏不出来那么多钱对整个餐厅进行改造和装饰。

至少，得赚到装修的钱，得有几百万在手上，才能从容地去考虑这些东西。

对目前来讲，甚至连略厚的虾饺皮，陈晓欣觉得都是可以容忍的，因为接下来试营业，对点心的定价，她就决定了：只要虾挑了虾肠，虾饺皮弹牙，那么对虾饺皮略厚些之类的这种细节，来这里喝茶的人，会因为价格而有着相应的容忍度。

但陈晓欣想了想，还是没有去跟李姗提起这些问题。

不单单是担心打击李姗的积极性，更为重要的是，陈晓欣知道，如果这一个餐馆就是她的冠冕，那她就得承受它的重量。

数天之后，试营业就如期开始了。

每天中午开市，陈晓欣都会尽可能到前台跟迎宾一起接待到来的顾客；会在客人用完餐之后，细心地征求他们的意见；也会在客人买单时，爽气地抹掉零头，加上顾客的微信，以期可以把优惠券和各种活动通知发给他们……

但在试营业一周之后，陈晓欣在跟财务盘点进销账目时，却发现了很多问题。

"打折卡太多了，我们定的价位又太低。"财务很头痛地把屏幕拧了个角度，以便让陈晓欣看见上面显示的电子账本，一个又一个红色的数字，它并不是股市上升的标志，而是亏损的标记。

陈晓欣看了一眼数据，摇了摇头："还得继续下去，不能提价，至少得这个月之后，才能考虑提价的问题。客流量还可以，前期投入其实跟广告一样，是不太可能省掉了。"

财务摊开手，耸了耸肩膀，不再打算说下去，但想了一下，她还是觉得要跟陈晓欣交个底："如果这样的话，这个月，最好的情况大概率就是持平，注意，在不包括员工薪水的情况下。"

"嗯。先挪用租金那一块，来发员工的薪水。"陈晓欣马上做了这样的决定。

她伸手拿过财务的保温杯，给她续上了开水，拧紧放在她的桌头："辛苦了。"

走出财务室，陈晓欣感觉自己如同踏在棉花上一般，每一步都没有踏实的感觉。

而这时她的电话响了起来："你找个时间，来公司做一个辞职的交接吧！"

打电话过来的是之前公司她的顶头上司李总，陈晓欣随口约了个时间，然后电话就挂断了。

这让陈晓欣有点讶异，因为公司的 CEO 在礼节上还是很周全的，从她递交辞职报告之后，CEO 一直在挽留她，并且还提出希望她能保留一个顾问的职位，到时运营方面她尽可能给一些意见，等等。

怎么今天突然变成李总打过来了？

而且李总这个毫无业务能力的家伙，她的情商向来是很高的，她的语气上也不太对劲。

没等她把头绪梳理清楚，电话又响了起来，是张若彦打过来的："轩哥跟李泽霖借钱的事，你知道吗？细节我也不知道，你要觉得不对，得自己了解一下。"

陈晓欣挂了电话之后，靠在过道上，脸色比刚才路过的服务员端着的那盘茭白更惨白。

她有种眩晕感，感觉生活似乎是一个旋涡，要把自己吞没了。

第十六章　寻找句号

在餐馆里盯了一整个星期，尽管是亏损，但这个成绩对陈晓欣而言，并没有突破她预期的底线，所以她也算暂时放下心来，在这个五月的早上，难得睡了一个懒觉。但她很快就发现，她这个简单的愿望也很难实现。

因为母亲黄樱八点多就在客厅骂骂咧咧，故意用力地摔打着什么东西。

"娘！又怎么了？"陈晓欣爬了起来，隔着门高声问道。

尽管她知道，自己开口，母亲的表现欲会进一步被激发，但作为家人，很难听见这样的动静，而不询问她发生了什么事情。

"死人狐狸精，又装模作样要去找工作，威胁我……"黄樱果然一听到女儿搭话，就开始她的无限循环吐槽。陈晓欣坐在门后面，听了一会儿，竟然很快就睡着了，直到十点多，楼上不知道哪家开始装修了，才让她又一次醒了过来。

当陈晓欣打开门去洗漱时，黄樱已经出门了，大约找到了麻将搭子或是广场舞的同好。但是陈晓轩和刘宛晴两夫妻坐在沙发里，一言不发。刘宛晴脸色铁青，一副随时能上演血腥恐怖片的模样；而陈晓欣看了一眼自己的废柴大哥，后者少见地没有在打游戏，但抱着脑袋，长吁短叹，也不知道是出了什么问题。

"废柴，怎么了？"陈晓欣一边刷牙，一边问他。

陈晓轩重重地抹了一把脸："我们去找工作，那些人真的是贱！"然后他骂了一连串的粗口，才接着往下说，"以前叫我大佬，现在我去问他能不能找份工作。你知道那王八蛋说什么吗？他说要不让我去佛山禅城那边他家的工厂，去流水线包厕盆！就是那种蹲便盆，用纸箱打包，让我去做这个！一个月给我两千多！连个税都没资格交！"

说到这里，陈晓轩气得真的在发抖："以前我随便请他喝酒唱歌，就大几千了，他这么对我！是人干的事？"

"那不然呢？"陈晓欣含着牙刷，一边刷牙，一边冲她哥问道，"阿嫂就有技术，至少都有个大专文凭，你呢？废柴，你呢？要文凭没文凭，要工作经验没工作经验，嗯，你有失败的 CEO 经验，你觉得哪个公司或企业，需要招聘老板或是 CEO 呢？"

她刷完牙，开始洗脸："哪个公司会招聘老板或有失败经验的 CEO 呢？你自己想想。当保安，还要求有个当兵的经验呢，你也没有。没有任何技术，没有年龄优势，没有学历，包厕盆，不失为你人生的一个新起点吧？实话说，肯让你去包厕盆，也当你是朋友了。你要来餐馆应聘洗碗保洁，我是肯定不会要你的。一看就不好招呼，上班就等下班，打了卡专心摸鱼的家伙，我找谁不好过找你？"

"你有没有一点同情心？要不要一连串地狠踩你大哥我啊？死妹头，没人性。"陈晓轩直接被妹妹说到哑火，想了一下，感觉好似也没有那么生气了。因为陈晓欣给他这么一拆分，他想了想，还真的，三无——无学历，无技术，无相应的工作经验。难道真的指望有企业招老板要有失败经验的 CEO 吗？

陈晓欣洗好了脸，揭开锅盖，果然里面的蒸架上有着五个叉烧包，应该是黄樱出门前给全家人准备的早餐。她把煤气灶打着，锅里水一开，几分钟便又蒸热了，对付着就是一顿了。

"阿嫂，你怎么样啊？"她边吃叉烧包，边问刘宛晴。

刘宛晴有些麻木地转过头，因为呆坐了许久，陈晓欣甚至听到她骨节的响声："只有一家愿意请我，但是，说要从头做起，从资深发型师做起。"

资深发型师，其实就是大型发廊、发型屋里，普遍来讲最低一级的了。

因为并没有新手发型师或资浅发型师，最低一级就是资深发型师。

那相应的底薪和剪发的提成，当然也就是最低一档了。

这也就是刘宛晴无法接受的关键。

"剪头发，靠手艺吃饭的嘛！要是没有人找我剪，那我也做不下去，对不对？"刘宛晴说着，眼眶就又红了起来，"她们怎么就这么恶心呢！是，我就算家里不行了，老公把餐馆搞砸了，我也没偷没盗，我出去工作，靠自己的手艺吃饭，她们为什么就一个个等着看我笑话呢！"

陈晓欣咽下最后一块叉烧包，从冰箱里拿了支电解质水出来，灌了一口，惊讶地问刘宛晴："你真的不知道为什么吗？你不知道她们为什么针对你吗？"

"我哪里知道？当年我也没得罪她们啊！结婚也有给她们送请帖，都多少还有随礼，我也记着的呢。现在就给我脸色看，一个两个的！"刘宛晴真的是越说越气，很有点咬牙切齿的模样。

陈晓轩走到她边上，往沙发里一躺，看着刘宛晴说："你漂亮啊！"

"啊？"刘宛晴一时没反应过来。

"你去照一下镜子嘛。你家里环境好还是不好，你总归比她们漂亮；你老公尽管是废柴，但也是个帅哥，打扮一下，还是能看得过去的，对吧？你也不用租房，对不对？就算现在情况没有以前好，但衣着打扮，因为你身材保持得好，也不用重新买衣服，你看上去也光鲜啊，她们为什么不能妒忌你？阿嫂，你说给我听听，她们为什么不能妒忌你？"

被她这么一说，本来气到面无人色的刘宛晴，脸也绷不住了，扑哧一下笑了起来。

陈晓欣站了起来，对自己的兄嫂说："反正你俩没事，这几天跟我走吧，帮我做个社会调查，我要看看同行的数据，然后再跟咱们自己的餐馆的数据做一个横向对比。"

"你要叫我们做商业间谍吗？"陈晓轩听着就激动起来。

陈晓欣看了他一眼，摇了摇头："不，我是帮你早日熟悉包厕盆的流水线工作罢了。"

而今天的第一个目的地，就是陈晓欣之前还没办完辞职的公司。

陈晓欣把平板和电磁笔递给了自己的大哥："你就在这咖啡厅坐着，透过玻璃看着，记录一下这一层每家食店进出的人数。嗯，如果你要去洗手间，就让阿嫂替你记。"

然后她就下楼，走去对面的大厦，也就是她前公司所在的大楼，有些东西还得有一个句号，然后才能轻快前行。

不论是她的运营工作，还是陈晓轩失败的CEO工作，或是大嫂的家庭主妇工作。

没找到那个句号，往往真的很难重新出发。

现代写字楼里的冷漠感，给人越来越压抑的感觉。

所谓的扁平化管理，例如取消中层之类，或是取消中层独立办公室，把好几个项目组都放在打通了的楼层里办公的举措，陈晓欣从一开始就觉得，不外乎就是让下面的员工，不再那么方便对中层形成同仇敌忾的气氛罢了。

就跟办公桌两边的隔板都取消，本意是可以有无数种解释的。

但实际的效果，毫无疑问，就是提供了一个互相监视彼此屏幕的机会，从而产生互相出卖对方的可能。

陈晓欣回到运营的办公区域，张笑笑这样跟她比较亲近的三两个人，看到她时脸上便有了惊喜。

但其他人，客套的背后，有着提防和等着看好戏的嘲讽。

"你们忙，我来处理一些交接上的手续。"陈晓欣笑着对部门里的人客气地说道。

然后她走进了自己的办公室。

她对这一切都不意外，也并没有更多的期待。

事实上，如果是医院的住院部里的病友，大约都会比办公室里大多数的同事，更多几分热情。至少彼此之间，没有什么太多利益上的争斗，不用去提防每一个举动或每一句话，会否成为背刺自己的尖刀。

陈晓欣很明白这个道理，所以她当时接到 CEO 的电话之后，就跟张笑笑她们提议，可以先把辞职报告递到她这里来，仅仅是提议，她并没有强行要求大家这么做。所以，真的把辞职信递到她这里的，也只有四五个人。

"欣姐。"张笑笑推开门进来，还端着一杯陈晓欣喜欢的黑咖啡。

陈晓欣也没跟她太多的客套："想好去哪一家了没有？要不要我帮你推荐？"

"我自己再想想，也许去海南我老家那边，似乎也有一些机会。"张笑笑似乎变得不太爱笑了，因为在陈晓欣没来上班的日子里，很多平时由陈晓欣抵挡的压力，就垂直到了他们的头上。

这时陈晓欣的电话响了起来，是她之前的顶头上司李总打来的："你到公司了？我过去你办公室找你，嗯。"

挂了电话的陈晓欣有点诧异，因为正常来说，应该是陈晓欣去职级高的李总的办公室，才合乎正常的职场规则。而李总也绝对不算是一个平易近人的角色，相反，李总很重视和享受职级差别的不同待遇。

很快张笑笑就解开了她的疑惑："李总，她现在没有办公室了，在用 TO！"

她说的 TO，也就是 temporary office，通常就是下属子公司的领导回穗开会、汇报、述职，或者公司里没有具体分管某个业务的高管，要处理工作事务或是会客，调拨给予他们使用的。

也就是说，这些办公室，同一职级的高管都可以使用。

如果几个临时办公室都在使用中，那就会出现某个高管没有办公室可以用的情况。

当然，公司也有几个用于面试的小房间，但明显对李总或陈晓欣这样职级的主管来讲，不太符合她们的身份——陈晓欣丝毫不在意这些东西，她在做运营时，排在首位的向来是能不能达成业绩目标。

可是李总在乎啊！李总怎么可能去那种面试人员的小房间？只有两三平方米的小房间！而且四面都透明，连窗帘都没有，毫无隐私可言。

陈晓欣伸手点了点张笑笑的额头："别胡扯，以后我不在这里，你可别再作死，收敛点。"

这么大的公司里，分管运营的副总，其实不可能没有专属办公室。

所以，陈晓欣的第一反应，就是张笑笑和以前一样，又在私底下创作故事来编排李总了。

但就算是陈晓欣也没考虑过一个问题，那就是：如果李总不再分管运营了呢？

"运营不归李总管了呀！"张笑笑压低了声音，对八卦，人类总是不缺兴趣的，"她现在不分管任何具体的事务，你打开 OA 软件看看就知道了。"

陈晓欣拿起手机点开 OA 软件，果然就看到李总现在归属到总裁办下面，但她下面并没有任何分管的部门或是项目组。而在运营部门，现在 CEO 成了陈晓欣的直接上级。

"那她找我来干什么？"陈晓欣也有点愕然。

毕竟都不分管了，要让陈晓欣来办手续之类的事，由行政和人事这一块的人员来跟进才合理啊。不过张笑笑的八卦之魂熊熊燃烧，很快就为陈晓欣解释了这个疑惑："新来分管运营的副总，前两天已经来过部门，CEO 陪着他过来的。据说啊，他有自己的团队。"

陈晓欣一听就明白了，李总就是一个干脏活和背锅的角色了。

这时传来了敲门声，推门而进的就是李总。

看着张笑笑出去，李总冷着脸，完全不见先前那种伪善的笑，她恶狠狠地说："你非得这么绝吗？你非得摆我一道吗？"

陈晓欣皱了皱眉头，没有说什么，也不打算说什么。

因为她真的不知道发生了什么情况。

这里里外外都透着诡异。

陈晓欣站了起来，走到沙发边上，伸手让了一让："李总，这房间你用了许久，我甚至还没来得及重新装潢，现在我就要辞职了，坐吧。"

冷着脸的李总，把怀里抱着的文件夹往茶几上一扔，看了一下四周，百叶窗帘都放下了，她吐出一口气，轻轻坐在沙发上。她轻抚着沙发，放眼四周。的确，这办公室的装潢当年还是她选定的，无论这头层牛皮的意式沙发，还有大班台后面的符合人体工程力学的椅子、墙搁板上那些点缀在四周的绿植盆栽……

她双手按在沙发的边缘，看着陈晓欣，不经意间的头部前伸，完全破坏了她向来苦苦维持的气场和形象："欣欣，你就不能留下来吗？你别辞职，好吗？我，我就只有你了啊！"

陈晓欣听在耳里，只感觉毛骨悚然，下意识地后退了两步，以便离她更远一些。

因为李总这话真的很有些痴男怨女的腔调，陈晓欣真的一下子就被吓坏了。

李总如此突然的举动，真的让她很有些窒息感。

尽管李总的话让陈晓欣吓了一跳，但前者接下去的述说，总算让事情回到合乎场景的逻辑里："欣欣，你不要辞职，好不好？你要这么走了，我在这公司，我，我就待不下去了啊！我就是要跳槽，也得有时间啊，你不能看着我死啊！"

这才是李总崩溃的根本——权力。

CEO或者说公司，看透了她的虚弱，所以才会直接插手运营这一块。

而没有了陈晓欣的李总，根本就无力反抗。

这不是情商或是办公室政治可以解决的问题，因为总要有业绩目标和如何完成业绩的方案，以及完成不了业绩之后的追责。没有了陈晓欣的李总，不敢报，也报不出来这些目标，她就拿捏不住自己原本分管的领域。

失去了陈晓欣，她如同没有了爪牙的老虎，这种大公司职场里的倾轧，其实本质上跟丛林的弱肉强食，并没有什么太大的区别，没有爪牙的老虎，也不过是猎物罢了。

李总努力地仰着脸，仰着脸，她仍想在陈晓欣面前维持最后一丝尊严。

但她所不知道的是，高度数的眼镜会让眼睛看起来大一些，但也让陈晓轩看见了她被眼镜放大的泪光。

陈晓欣长叹了一声，拉开大班台下面柜子的抽屉，果然里面有着一整条香烟和两个一次性打火机——不用问，肯定是张笑笑放进来的，以便于平时可以偷偷躲到她办公室抽烟，而不用有了烟瘾时跑去楼下。

陈晓欣拿起一包烟和打火机，轻轻放在李总面前的茶几上："我有点内急，得去一下洗手间，您等我一会儿？"

没有等李总回答，陈晓欣就打开门走了出去。

"别让人进去，李总在里面处理一些文件。"她对张笑笑说道。

陈晓欣并没有去洗手间。

在身体机能没有太大问题的情况下，往往是过于紧张，才会有抑制不住内急。

她并不紧张。

不仅是因为走到这宽敞办公室里的她，已经毫不留恋，来这里本来就是为了辞职。

就算是不辞职，她也不会紧张。

人与人，总归是不同。

也许每一次业务会议，对李总来说都是至暗时刻，而对陈晓欣而言，就是 showtime（展示时刻），就是她展示的舞台！她就是有这样的本事，似乎每一刻，都在为踏上舞台而准备，如同她此刻，穿过办公桌间的过道，按下电梯按钮，从 18 楼去到 21 楼，站在 CEO 办公室的门口，对 CEO 的助理说道："我得马上见一下老板，我知道他在公司，不管他在开什么会，见什么人，我现在就要见他，我会把时间控制在十分钟内，尽可能在五分钟内结束。"

有些东西，无论多不可接受，如果习惯了，它渐渐也就不那么突兀了。

如果换一个人这么对 CEO 的助理讲，大抵助理会觉得这人脑子有问题，可能不是叫大厦保安，就是让人事通知这人可以去办离职手续、商量离职补偿了。

但陈晓欣，就不一样。

因为从她还是这个公司的实习生起，她就是这样的人。

而当助理进去跟正在接待客人的 CEO 低声说了之后，CEO 不太高兴，但还是向客人告罪，走出办公室，一脸晦气地冲陈晓欣招了招手，示意她跟自己去边上的小会议室。

"公司留不住你，你要辞职，那你跟人事办手续就好了啊！" CEO 很不高兴，进了小会议室，就很不耐烦，"其他问题，我跟李总交代清楚了，她会陪你办完交接的事宜。我这边有客户！你不能人都要走了，还照平时这么给我来！"

陈晓欣看着 CEO，没有开口。

CEO 摘下金丝眼镜，靠在玻璃墙壁上，双手环抱在胸前："这种事情，大家都很明白，我也征询过你的意见，你去意已决，那么公司尊重你这边的选择，我们都得往前走，对不对？"

处于小作坊模式的创业公司，往往没有那么多内部的争斗，当然并不见得就如何纯净，而是横竖就那点东西，彼此就算再怎么看不顺眼，那也只能互相妥协，把蛋糕做大，才能活下去，不肯这么干的，就必然都夭折了。

而这种大公司就不同了，因为蛋糕已经做大了，各人都有着自己那一块的利益。

比如李总，就和公司的某些投资人有着不错的关系。

所以运营这一块，就算是 CEO，也不能贸然插手进来，无论李总业务能力如何低，她手下有陈晓欣这样的人，能把运营部门撑起来，能完成业绩目标，能把产品做到好几款都能有每月几千万的流水，CEO 真的就不太方便直接撕破脸去动李总的蛋糕。

但陈晓欣走了，李总撑不起来了。

CEO 直接把运营部门拿过来，那谁也指摘不出毛病来啊。

这也就是他所说的"都得往前走"，商业社会，商业模式已经得到验证，很成熟的公司，不可能公司运营这一块，就由着李总去"摆烂"的。她无力支撑这一板块，那就算跟她关系好的股东，也根本不可能开口为她说什么的。

"您误会了，我的意思是，之前您让我先安抚那些要离职的同事，我尽力了。现在公司有了新的运营团队进来，那么之前我劝阻之后，至今没有离职的人员，我希望公司能给予他们双倍的补偿，并且豁免竞业限制。"陈晓欣笑着对 CEO 说道。

CEO 低头咬着金丝眼镜的挂耳，沉默了两三秒。

他并没有说什么新的运营团队进场之后，原来的人员还会留用，会一视同仁之类的话。

因为陈晓欣不是李总，这种话对陈晓欣没有任何意义。

又或者说，陈晓欣背后并没有站着某位大股东，所以她不值得 CEO 去虚与委蛇地客套。

他很快就无声地笑了起来，弯腰在桌上的纸巾盒里扯了两张纸巾，拭着眼镜上并不存在的灰尘，然后重新戴上眼镜，看着陈晓欣："三天内离职的人员。"

这其实就是一个筛选，如果真的是找好下家的，真的是在行业里抢手的人，那听到有双倍补偿，而且豁免竞业限制，那三天就足够找到新的工作了，退一万步，三天也足够跟新公司聊出意向了。

如果运营部门的员工没这种能力或者没这个把握，在三天内为自己找到下家，那么当时的留任，就不是因为陈晓欣的劝阻。很自然，CEO 或公司也不存在欠陈晓欣的人情，那当然也就无所谓双倍补偿了。

这个逻辑也许不公平，例如当时跟下家谈好，又反悔不去，那岗位人家也招人的，不可能一定等着之类的……

但资本，向来嗜血。

陈晓欣能谈出这个条件，也并非 CEO 人特别好，或公司特别有情义。

而是她在运营的领域里，不管是在同行，或是在上游或下游的关联企业，有着兴风作浪的能力，或者说，她足以让公司的名声在某种程度上受到败坏，至少就目前而言。

"好。"陈晓欣也笑了起来。

第十七章　扼杀的青春

陈晓欣回到运营部后，把张笑笑和另外几个人叫了过来："辞职吧，会有双倍的 N+1 补偿，也就是 2N+1。公司给我的条件，是三天之内，但我建议你们今天就把辞职信递给人事，以防夜长梦多。找不到下家的，等下马上把简历在微信上发给我，我帮你们推给其他公司，争取这两天就有面试机会。就这样，散了。"

向来跟着她做事的团队成员，已习惯了她的风格，甚至都没有人问一句"是不是真的"。

而其他人？陈晓欣很清楚自己的能力，她不可能，也没有义务去保障所有人的利益。

正如她推门走进弥漫着烟雾的办公室，看着的呆坐在沙发上黯然失色的李总。

"你离开了这个行业，什么都不是。"不知道是香烟，还是独处的原因，李总控制住了自己的情绪，尽管脸上有泪痕，但她看起来已经没有那种气急败坏的情绪。事实上，所有道理她都懂，所有非专业的事情——不论是 CEO 的插手，还是陈晓欣必然的离职，她都能看透。

所以，她当然也不会去做无谓的哀求。

李总夹在指间的烟灰很长，长得像她在这家公司里所灌注的青春。

陈晓欣把大班台后面的椅子拉出来，然后坐在李总的对面。

"要不跟我去另一家公司？"李总抬起仍有泪痕的脸，平时精致的妆容因为泪水而一塌糊涂，但看起来倒是让她有了几分生机，"你家那餐馆，做不起来的。"

陈晓欣看着李总指间的那根香烟，她看着那长长的烟灰。

"一个女人，做餐馆的老板，你以为你是谁？董小姐吗？十几亿人里，也就出了一位老干妈、一位董小姐吧？这比中彩票的概率还低，凭什么是你？"李总抽了一口烟，看着陈晓欣，这么质问，"跟我去别的公司，我给你足够的空间。你要知道，男人，他们始终还是觉得，只有男人，或是如同男人一样的女人，才能胜任工作……"

李总开始慢慢进入了状态。

她对运营这一块有多无知、多无能，她在办公室政治和心灵鸡汤这一块就有多强大。

"你以后就会知道，我对你的善意。"李总对陈晓欣说道。

而陈晓欣，从走进这个房间，就一直没有开口。

她只是盯着李总指间长长的烟灰，如此沉重，如同李总身上许多的头衔和职位。

那么沉重，又那么无用。

同业公司如果让李总过去，按她的资历，只能给一个高管的职位。

所以，李总要跳槽，会很难，非常难。

没有哪一家处于向上态势的企业，常年有空缺的高管的职位留给她。

而就算李总愿意降低期望值，比如去找一份运营经理或高级运营专员之类的工作，但她太老了，她的年纪和经历，已经到了不会有人考虑让她去做一线的程度。

那截烟灰，突然之间，毫无征兆地掉了下来，掉进了充当烟灰缸的水杯里。

"我去人事那边办手续了。"陈晓欣低声对李总说道。

然后她起身，准备把李总和这一室的烟味都留在这里。

"你记不记得，我第一次带你去参加同业的年会？"李总突然问道，在陈晓欣要打开房间门之前。

那还是陈晓欣没有毕业时过来当实习生时候的事情。

李总又点起一根烟，陷入了回忆里："你那时对一切都很好奇，你管我叫师父，于是我推荐你去当人事BP。"

看着李总指间那明灭不定、比李总更无助的烟头，陈晓欣长叹了一声，对她说："师父，体面点吧。"

这句话却如同点燃了炸药包，李总突然之间歇斯底里地吼叫起来："是他不体面！是他吃相难看！我有什么不体面？他以为我就待不下去了吗？见鬼了，他就是一个打工狗！最多就是高级打工仔！"

陈晓欣摇了摇头，打开房间门，快速走出来之后，再轻轻关上，把烟气和李总的咒骂都留在了里面。不得不说，当时装潢这间办公室时，李总所主张的方案，隔音效果真的很不错，在外面完全听不到她的诅咒和嘶叫。

陈晓欣办完离职手续，走到对面大厦跟兄嫂会合时，就收到了李总发来的一条信息："等你餐馆开不下去，跟条狗一样找不到屎吃，来找我吧，我会给你根骨头的！你会明白，WHO'S YOUR DADDY！"

陈晓欣的哥哥看了一眼短信，皱眉道："这疯狗谁啊？还用这么老的梗？'80后'吧？看《老友记》那一类美剧长大的老年人？"

"朋友在开玩笑，不用管她。"陈晓欣笑着把手机揣到兜里，问陈晓轩，"记录了各家店的人流没有？"

"有的，有的！"陈晓轩连忙表功，又招呼着刘宛晴，"你手机上也有记啊，咱们同步了拼一起嘛！"

陈晓欣看着两份记录，开始跟自己心里的预期做对比。

至于李总？陈晓欣觉得，李总的愤怒，也许并不是来自被架空或离职，只是因为她被扼杀的青春。

如同那些古老的BBS（网络论坛）"榕树下""天涯社区"关站时，悲痛莫名的中年人，尽管他们在这些倒闭的BBS里没有一分钱的股份，但那是他们的青春。

这便让她愈加珍惜自己的青春。

而面对手上这两份数据，陈晓欣觉得，餐馆的前景并没有那么糟。

根据这种集合多个网红打卡点的大厦，以其流量和进店消费的人流比例，陈晓欣对比自己餐馆的数据，虽然比不上这种商业聚集点，但其中的差距和比例，没有跌破陈晓欣心理的预期。

这让她对李总的诅咒，有了一定的抵抗力。

尽管餐馆现在还在亏损之中，但不论是哪个行当，在这个信息大爆炸的年代，谁敢期望一天成神？

可以，的确有这样的例子。

例如广州有个曾经在某红书上排名第一的咖啡店，生意好到老板娘要限制在店逗留的时间，限制商业拍照，甚至据说希望多点差评，让自己的店从排行榜上跌下来，以期生意不要那么好。

但这始终是个例，而且那个咖啡店的体量很小，老板娘花很大价钱装饰之后，它的用途，其实很有可能，就是为了消遣和招待友人。因为那仅仅就四五桌的店，单看装饰就得不下七八十万，它生意再好，得卖多少杯咖啡才能回本？

除了这一类店之外，一天成神，一夜爆红，基本上，只能说是一种美好的愿望。

生意，总有一个慢慢起来的过程。

就算养"火"一家网红奶茶店，前期也得雇人去排队，要不然怎么吸引人注意？

"废柴，你和阿嫂在这里盯着，我回餐馆看看，你把数据记录好。"陈晓欣叮嘱了一下兄嫂，然后就下楼打了个车，往餐馆而去。

坐上网约车，陈晓欣看着微信里李总发来的那条信息，她皱起眉头，不可抑制的厌恶从心里滋生。尽管她知道，这种诅咒式的叫骂，是李总情绪失控下的发泄，她知道这也当不得真，要不然世界也不用战争，甚至也不需要商业战争了，大家一起聚集一群人天天诅咒就得了。

但道理想得通，并不就见得念头通达。

正如寓言故事里，在小孩满月酒里，说这小孩终将会逝去的家伙一样，不暴打他一顿，真的就让人心头无比郁结，尽管他说得一点也没有错，人，终有一死。

而相比之下，李总要比这寓言故事里不识时务、不分场合的人更加恶毒。

因为陈晓欣的餐馆是有可能成功做大的啊，它不一定和人终将一死一样，是一个必然的指向和结局。

陈晓欣坐在网约车后座，真的是越想越气。

一开始收到短信时，她还感觉自己不应该跟李总一般见识。

也许这辈子两人永远都不会再见面，直接拉黑就得了。

但所谓：忍一时越想越气，退一步越想越亏！

她开始在手机上输入："等没有一家公司要你时，我会给你一份保洁的工作……"

然后自己看看又感觉不够恶毒，于是删掉，重新打上："当你失业救济金停止发放又找不到工作时，我店里泔水桶给你管饱！"

她看了一下，觉得解气，但在要按下发送按键时，刚好红灯，司机一个刹车，陈晓欣晃了一下，没有按准。

红灯有四十二秒，在等红灯的过程，陈晓欣犹豫了几次，终于还是把这句恶毒的话删掉了。

并不是因为她突然就宽恕了对方，而是她尝试透过表象去看本质，那就是，李总为什么会觉得自己的餐馆做不下去呢？要知道运营部门这几年都是陈晓欣在支撑，而且的确做出了成绩。

甚至李总还乞求陈晓欣跟她去新的公司，因为李总知道，陈晓欣是能把项目做起来的。

那问题就来了，李总是对陈晓欣有信心的，为什么还会发出这样的诅咒？

她完全可以诅咒陈晓婚姻不幸、身体抱恙、惨遭横祸之类的，为什么会认为，她认可了能力的陈晓欣，事业上会失败？

"只有男人，或是如同男人一样的女人才能胜任工作……"陈晓欣喃喃自语，并不是她认同这个观点，而是她想起了李总之前说的这句话，也许这就是李总诅咒她的本质。

而细分到这个点上，陈晓欣发现，其实李总本身和姑妈陈淑芳在价值观上没有区别。

那就是她们本能地否定，女性可以不依附于他人，而在事业上独自前行！

甚至于如老干妈和董小姐这样人物，也被她们视为不可复制的特例。

"为啥只有男人才能胜任工作？我开了十三年网约车，一分都没被扣过，你信不信？"这时开网约车的女司机，一边加油通过绿灯，一边笑着对陈晓欣说道，"你开车，你就是司机，你不要自己定义自己是女司机，别人非得让你，你侧方停车停不进天经地义，你好好开车，你把技术练上来，你就是好司机嘛！"

不过司机说完之后，似乎又有点后悔："我随口说说罢了啊，您随便听听，不要当真啊！"

陈晓欣闻言一震，是的，司机大姐其实就是在身体力行，验证了她自己刚才说的话。

她并不因为自己是女性，就觉得天然地可以随便跟乘客搭讪发表意见。

所以才后面专门加了这么一句。

于是陈晓欣就从李总的诅咒里走了出来，她并不认为自己因为性别需要优待，那么她就敢于冲破这种认知，也不会因为自己的性别，对未来产生怯意。

而这个时候，电话响了起来，是厨师长李姗打过来的，她用略带沙哑的嗓音说："欣欣，我们得谈谈。"

陈晓欣听出了李姗言语里的不快，放缓了语速说道："我在过江湾桥了，很快就到。别急，咱们能扛过去的。没有什么大不了的。"

"没那么夸张，哈哈，算了，我自己解决吧。"李姗听着笑了起来，"挂了，你回来再聊。"

其实还没有到餐馆，陈晓欣就知道李姗为什么要打这个电话了。

因为财务也来投诉，投诉的对象就是李姗。

具体的事件，就是李姗要买一批蓝牙耳机，而财务觉得每个耳机两千多块太过高级。

不单降噪，还是无线蓝牙，还要IPX7防水，不入耳的骨传导耳机。

并且还要给厨房人员配套对讲机。

"我们是餐馆，又不是乐队！那是厨房，又不是录音棚！"财务也同样很生气。

财务认为，完全没必要花这笔钱："骨传导，几十块，一百块，在淘宝上就能找到很好的了！"

财务甚至觉得："在厨房，大声一点喊不就得了？就她那嗓子，还保养啥呢？"

"好的，我回去聊。"陈晓欣苦笑着说道。

但当回到餐馆，她就发现这不是她需要解决的首要事务。

陈晓欣刚走上二楼，就看见愤怒的顾客，在男性亲友的陪同下，堵在餐馆的前台："别给我提什么国宴菜肴！在你这里吃完这道菜，在家里拉了三天！"

前台的小姑娘很委屈，眼看就要哭出来了："我……我们有卫生证明的啊,我们什么证都办了,都有健康证明的啊!"

迎宾也在边上低声劝道:"靓女,我们进货什么的都有记录的,都符合食品卫生的。"

戴着蓝牙耳机的厅面经理,也踩着高跟鞋急匆匆地跑了过来:"靓女,靓女,有事咱们到里面坐下谈,好吗?"她大约是感觉在这门口堵着来吵闹,对生意的影响很大。

但这年头,生活在广州这座城市的人,谁是傻子?

一听厅面经理这么说,那顾客火气更大了:"你就是想把这件事按下去,对吧?你就是怕让人知道,对吧?"

甚至连粗口都出来了:"你××,我不怕跟你讲,你们今天不给我个交代,我就给你们个交代!"她身边的男性亲友,可能觉得在大庭广众之下,这么爆粗不太合适,似乎在低声劝说着。

但这位顾客似乎正在气头上,一下甩开边上男性亲友的手,快步冲进餐馆里,很快又冲了出来,手里拿着一张过了胶的菜单,如同手持着大刀,向厅面经理比画着吼叫:"你××!咩鬼国宴名菜东安鸡!还这么贵!一只鸡要两百多块!"

有两位刚用完餐出来的女孩,看着这一幕,便在边上打量着,如果陈晓欣也在边上旁观,她肯定会上去打个招呼,因为这两位女孩,她在去佛山物色厨师时,就曾遇到过,开着911跑车专门去吃顺德菜,陈晓欣还跟其中那位高马尾的女孩互加了微信。

而且以陈晓欣的敏锐,就会发现,这两位女孩并不是那种看热闹的围观,特别是那个扎着高马尾的女孩,眼里那种审视、批判的神色,太明显了。

但陈晓欣现在要处理的是餐馆的事务,她实在也没有精力去顾及那么多了。

这时就在这位女顾客身后,有人说道:"贵倒也罢了,但吃到人拉肚子就不对了!"

那位女顾客听了,用力一拍前台的大理石柜面,回身道:"没错!我敢点,你贵我也认了!但吃到我拉了三天,这是什么道理?我要投诉!让那什么监督部门来搞死你们!"

陈晓欣点了点头,刚才那句话就是她说的:"我是这个餐馆的老板,我先

第十七章 扼杀的青春

给您道歉，您过来帮衬我们生意，就是衣食父母；回去拉肚子了，还愿意来给我们反馈提意见，给我们一个改进的机会，我真的很感激。我还是要重复一下，不论如何，吃到客人拉肚子，肯定就是餐馆的错！"

顾客看着陈晓欣，不住地点头，最后她犹豫了一下，还是开口说了一句："你别那么凶，前台她们态度还是很好的，这要骂也得骂厨房嘛！"

"咱们坐下聊，可以吗？反正谁的责任，我都是要追究到底的！"陈晓欣黑着脸说道，"这本来就是街坊生意，把街坊都搞得生气了，还做什么生意？来来，您跟我到办公室坐一下，咱们仔细聊几句，您也给我们指点一下。"

也许是陈晓欣办公室里的空调足够冷，或是冰镇可乐凉彻心肺，反正顾客到了陈晓欣办公室坐下之后，气氛倒是就融洽了许多。陈晓欣温声细语地询问情况："您平时吃不吃川菜或湘菜？吃完之后咱们反应没这么大，对不对？嗯，过来帮衬之前就有点拉肚子？当时不严重？明白了。"

其实聊到这里，那位顾客就有点脸红了。

那就是她不太能吃辣，如果去吃川菜火锅之类的，吃得狠了往往也会拉肚子；而且上回来吃饭，之前本身就有些腹泻，吃完饭回去之后，其实就是情况加重，这么聊起来，顾客自己也感觉有点迁怒于人了。

"不，不，肯定是我们的问题。您别客气。"陈晓欣拦住了这位顾客，通过对讲机把厅面经理叫了过来，"点菜员写菜时，你有没有让她们问顾客，是否有什么忌口？有没有忌姜葱芫荽之类的？"

厅面经理一下子就脸红了："这个还没有。"

"马上就去给每个点单员培训！"陈晓欣叮嘱了厅面经理之后，又对那两位顾客说道："点单员下单的时候，没有问您有没有忌口，这是我们的责任。这样，您有那天结账的记录吧，微信或支付宝上应该有的，您截图给我一下，我先把那天的饭钱退给您，然后我再次向您致歉。这里有一千块的用餐代金券，不敢说赔偿，作为我们的一点心意，请您收下，您看可以吗？"

顾客到后面死活都不愿把微信付款记录截图发出来，只是收了那一千块的用餐代金券，而且陈晓欣送她出去时，她一路拉着陈晓欣的手，在大堂过道里，一再地说："老板，就该你发财啊！你放心，以后吃饭，一定过来你这里！"

不过把顾客送走之后，陈晓欣就冷着脸，对厅面经理说道："去厨房，把阿梅叫过来。"

阿梅就是那位在顺德时毛遂自荐的厨师。

很壮实的阿梅，站在陈晓欣面前，有着愤愤不平的怒火。

"坐下聊几句吧。"陈晓欣柔声对她说道。

但阿梅眼里明显有着逃避的神色："不了，不了，厨房，厨房那边，姗姐很忙。老板，你有什么事交代了，我……我得接着去干活啊！"

陈晓欣苦笑起来，用手掌根部揉了揉发涩的眼睛，指着沙发对阿梅说道："聊一下东安鸡。坐吧。"

每当聊起湘菜，阿梅总是激情澎湃，而这一次也不例外。

"那得从西晋说起啊，那时叫'陈醋鸡'……"阿梅说起湘菜，真的可以滔滔不绝，"清末时，又叫'宫保鸡'来着，席宝田是太子少保嘛，所以叫宫保鸡……后来唐生智招待郭沫若，毛主席招待尼克松，都上过这道菜……"

聊了有五六分钟，阿梅意犹未尽，陈晓欣笑着伸手示意她停一下："之前你要把东安鸡放上菜单，我同意了，但我跟你聊过，辣度要尽可能降低，尽可能轻口一点，以适应广州这边的口味。为了市场，咱们还是得做一些妥协的。"

但阿梅听着就激动起来："已经不辣了！我有妥协啊！老板，这鸡按我说，本来就得去永州东安县那边，进那边的黄羽或黑羽鸡，才正宗！现在我们用的是清远走地鸡，这不就是妥协了？不辣啊，说真的，这有什么辣？我们湖南人谁家的锅拿过来炒菜，就什么都不放，也比这辣！这要还辣，他得去吃水煮鸡胸肉了！那还叫什么湘菜！"

第十八章　转向

不论广州的天气有多么炎热，空调的冷气，总是可以把酷暑隔阻于外。

身为厨师的阿梅无论如何激愤，对陈晓欣而言，她也有无数种办法，让阿梅就范——不是用餐馆老板的身份，或是让阿梅在妥协与辞职之间去做选择。陈晓欣可以从道理上、数据上、逻辑上，去说服阿梅。

但她没有。

或者说，她放纵阿梅把情绪发泄出来。

"不辣那还叫什么湘菜？我还加点酸甜汁，做甜口好吧？老板，就没这样的湘菜！真没有！"

大约因为陈晓欣眼神里的鼓励，还有不停点头，让阿梅底气很足："干炒牛河不炒，把炒好的牛肉和河粉，放一勺沙茶酱搅拌了上桌，你觉得还是粤菜里的干炒牛河吗？文思豆腐不切了，直接在酿豆腐时，就用模具出豆腐丝，那它能叫文思豆腐？它必须不能啊！那还有嫩滑的口感吗？没有！它就成了做文思豆腐前被削掉的老皮！"

陈晓欣一边泡茶，一边听着阿梅述说，当一壶茶泡到第四次时，阿梅便有点说不下去了，她想找个借口逃离这个房间，尽管从进来到现在，陈晓欣都没跟她说过一句重话，也没有责怪她："老板，这个……这个，要不我回去想想，怎么改良一下？"

"我不知道，但你要考虑一下自己的思路，你要推广湘菜，是不是得出湘？那么广东、福建，包括江浙这一圈的食客，他们去认识湘菜的美食，是不是应该有个进阶？还是说，应该有个底线，如果连这个底线的辣度都不能接受，那我们就不要这些顾客了？"

阿梅听着就感觉发慌，连忙摇手道："不，不！那肯定不能赶客！"

"也不是说赶客，就这一批顾客，他们目前来说，不适合去领略湘菜的风味。你要想一下是不是这意思。如果是，那你要告诉我，然后我再来想经营和推广的办法。比如他点单时，我们提供一点测试辣度的凉菜，凉拌牛肉或其他啥的，让顾客先试一口，他再确定要不要点这个菜。都可以。"陈晓欣笑着对阿梅说道，伸手示意后者喝茶。

"反正，你不要有心理负担，但你要想清楚，推广湘菜，你希望怎么做？然后一会儿收市了，你要给我一个明确的答复，我根据你的意见来制定经营上的策略。你看这样好不好？"陈晓欣站了起来对阿梅说。

后者连忙也站了起业："好好，我这就去想，老板，不好意思，我……我刚听说有人投诉……"

"那个你不要管，好吗？咱们一起创业的团队，你主要是把推广湘菜——你跟我来广州创业，这个根本的点，你得去想清楚，其他的，我来想！"陈晓欣把壮实的阿梅送出经理室，坐回椅子里，却不见了之前的笑容。

陈晓欣感觉到了很强烈的危机感。

不是在于有客人来投诉，这倒真的没有什么，至少对她而言，并不能造成什么困扰。

只要做事，肯定就会有出错的概率，什么也不做，才不会出错。

她的危机感在于这个餐馆，已经开始偏离了最初的设定。

它的整体风格，跟开始想的百年老店是充满互斥的。

而这时传来了敲门声，她起身打开门，却意外地看见张若彦站在门外。

"下午4：20，你跑来做什么？不用上班？"陈晓欣惊讶地问他。

因为张若彦尽管没有西装革履，但那一身打扮就是上班时的穿着。

他在沙发坐下，把手上的布兜递给陈晓欣："有朋友给我用金丝楠木搞了这么一副棋盘。"

那是一个象棋的棋盘，打磨出了火彩，上了一层清漆，放在茶几上，看着就是一件艺术品，很是赏心悦目。陈晓欣点了点头道："行吧，就你那臭棋，真的浪费了这棋盘。"

"你怎么了？"张若彦看着面无表情的陈晓欣，犹豫了一下问道，"又到那几天了？要多喝水，喝热水！"

陈晓欣没好气地骂道："滚！"

但她没有如平时一样，跟他互相谩骂打闹，而是跟张若彦讨论起自己的想法："这店开着，不太对劲。就不是老店那方向。"

张若彦看了一下茶杯，起身换了茶："哪里出问题了？"

"不是某一个细节，而是整个团队，包括我在内，都跟经营的方向冲突了。"陈晓欣说着，苦笑了起来。

如果要做百年老店，那就不该上类似"东安鸡"这样的湘菜。它应该就做传统的粤菜，主打应该就是实惠，几十年就做这几样菜，爱吃不吃的。

事实上，按老店风格经营，今天面对来问责的客户，陈晓欣也不该这么应对。

这一点是她跟阿梅聊完之后自己醒悟的。

百年老店的风格就不是这样，她应该跟客户强调的是：近百年就没哪个客人吃坏过肚子，一定不是这里的责任！

但她没有这么做，厨房那边，李姗在疯狂操练人员的刀功，不论二厨还是白案、厨工，不是被李姗叫去练刀功，就是搞了个小冬瓜过来练雕花。百年老店，做街坊生意，其实这些都是多余的，应该突出分量足和便宜。

例如某个大排档，号称开了几十年，就做大排档，主打就是一条皮皮虾有小臂那么长，引发了好多人去打卡，于是那家连青瓜切花刀估计都成问题、厨房只会可劲下味精的店，就这么活下来了。

并没有什么不对，去那个店的人，就不讲究这些。

"过于精致，过于有追求了，这不对。"陈晓欣苦笑着说道。

但她不想把自己的烦恼传染给张若彦，很生硬地岔开话题："你怎么有空这时候过来？"

张若彦苦笑了一声："我在考虑退休。或者公司开除我，让我把股权变现。"

"为啥？你有病啊？"陈晓欣很不理解地问道。

张若彦摇了摇头："我过于精致，过于有追求了。"

所谓人生在世，不如意十有八九。

但有时对普通人而言，总会这么想，那些学霸，那些所谓"别人家的孩子"，大抵就不会有这样的忧愁与烦恼吧？至少如张若彦这样，未名湖畔毕业之后，别人还在为了一份工作朝九晚九、大小周之类的发愁时，他早就年薪过百万，还被数千人的大公司老总亲自挖角过来，并且给了他足够的信任与权力等。

这样的人，总没有什么不如意的事了吧？

至少，不会如芸芸众生有那么多烦心的事吧？

陈晓欣也是这么想的："你过来上班这两个月，你老板都帮你定制四套手工西装了吧？"

其实不止如此，尽管张若彦自己家里有房子，又是本地户口，公司不单给他配了一辆全新的路虎和司机，而且在离公司五六百米的地方，给他租了一套年租金四五十万的房子，以方便他上下班。

所以，陈晓欣真的很难想象，他还有什么苦恼，要折腾到二十多岁就考虑退休，或是变现股权。陈晓欣没好气地说道："你就是来跟我'凡尔赛'的，对吧？你可以圆润地离开了，我真的没心情给你当捧哏！"

"不，这个公司高层的互相倾轧，非常严重。"张若彦用力地揉搓了自己的脸部，以至于在这个冷气调得很低的房间里，他脸上的皮肤也有些发红，"我现在分管的IT事业部，以及其他相关项目，其实可以说，动了别人的蛋糕。"

他跑过来这边，其实就是在躲避公司那种高压的环境。

至于实际事务，他在进门就打开的手提电脑和平板上，处理了绝大多数的内容。

所谓动了别人的蛋糕，对职场来说，是一件必然的事，虽然说最好的方向是把蛋糕做大，但这不过是一个美好的愿望。张若彦苦笑着说："而且去年这个公司，杂七杂八的风险投资算下来，我看了一下报表，至少有六个亿。六个亿啊，一个项目没出来！现在支撑着公司这么烧钱的，其实就两个能盈利的项目。唉！"

陈晓欣没有说什么，只是给他添满了茶杯。

对在商业运营中能够看得通透的人来讲，会很清楚这就是商业交易中本身的逻辑，风险和回报是成正比的。风险投资一旦能够获利，它的回报会极大，但如果失败了没有任何回报，也就是一件很平常的事。甚至更直白一点说，能成功得到回报的风投是偶然的，失败的风投才是常态，正如买彩票一样。

"喝茶。"陈晓欣平静地对他说道，然后开始换茶叶，她想了想，问他，"要不喝点白茶？"

张若彦还没回答，就传来了敲门声，还有带着比较重口音的普通话："欣欣，我过来看你了。"推门进来的，是抱着一大束鲜花的李泽霖。

"你为什么在这里？"李泽霖充满敌意地问张若彦。

张若彦很不屑地冷哼一声："跟你有什么关系？然后别说得好像我不在这里，你就能成什么事一样。你跟陈小心眼一起读了四年大学，什么9999朵玫瑰的套路也玩过了，到现在还不是没有任何进展？"

"谁说没有进展？"李泽霖手里那束花，明显是在花店费了心思搭配的，风铃花、玫瑰、百合、蜜糖水晶，都修剪好了的，他把花递给陈晓欣，然后侧着头，压低了声音，理直气壮、义正词严地对张若彦说道，"我是欣欣的舔狗啊！你这人，读书把脑袋读坏了。"

张若彦真的当场愣住了，这可真的是第一次，看着有人把自己是舔狗这样的事，说得如此豪迈的。直到两秒后才反应过来，张若彦看了一眼在把花插进花瓶的陈晓欣，同样压低声音问李泽霖："富二代普遍都低智商吗？舔狗，算是两人之间关系的一种进展？喂，你要说你是个'备胎'，算是有进展，我也不打击你了；你当舔狗还这么自豪，我真的就忍不住……"

"你们俩消停点！"陈晓欣不耐烦地对张若彦说道，房间又没多大，再怎么压低声音，说到底，也不过是掩耳盗铃，"难得过来，就坐着喝个茶不行吗？"

李泽霖解开西装的扣子，坐下来，看着张若彦，对陈晓欣说："他这人书读多了，脑袋转不过弯，我是好意给他解惑。"

"行，行，你解惑，你说说，这舔狗算是怎么样的有进展吧？"张若彦感觉哭笑不得。

李泽霖说道："不舔，我喜欢某个人，又不敢说，就是单相思。对不对？"

寻思着这说法倒也没多大问题，张若彦就点了点头。

李泽霖打了个响指："那舔狗呢，就是'女神'知道你在单相思，对不对？那这是不是在单相思和有情人终成眷属之间的一个环节呢？只要半步，半步，就是在一起，那时候，就该我给你端上满满一碗'狗粮'！"

"就是没有优点，你自己也要创造优点，对吧？"张若彦苦笑着摇了摇头，"行，我服了，不过你这个人至少有一个好处，绝对不会抑郁！"

陈晓欣长叹一声："两位收了神通吧！要不都滚蛋！我烦死了！"

这时对讲机里传来了李姗的声音："欣欣，你有空吗？"

"你到'衡山'包厢，我现在过去。"陈晓欣通过对讲机，这么跟李姗交代了一句。

然后她起身对着李泽霖说道："你来泡茶吧，刚换的白茶。别跟张弱智杠了，他都快失业了，愁得不行。"

李泽霖听着就笑了起来："行行，你放心，我不会跟他一般见识的。"

他一边洗杯子，一边问张若彦："要不要给你介绍一份保洁的工作？有五险一金。"

"我他×的谢谢你！"张若彦看着陈晓欣走出房间，真的被李泽霖气到笑了出来，甚至都罕见地爆出粗口。

陈晓欣没空理会他们，走进包厢里，李姗已经坐在沙发上抽着闷烟。

"出什么事了？"陈晓欣看着李姗，有些担心，因为后者看起来神色凝重。

李姗姣好的脸上有着很深的顾虑。她熄掉了烟，犹豫了一下，才开口对陈晓欣说："采购的手脚可能不太干净。"

这个包厢没有窗，尽管有沙发，但墙纸都比较老旧了，因为不是顾客到来，所以只开了两个小灯，以节省能源和电费。李姗刚抽了烟，烟气似乎还弥漫在这个不太明亮的包厢里，陈晓欣抬头，似乎看不见一丝光明，尽是茫茫然的灰色。

不是每朵花都开在春暖，不是每个人都能口若悬河。

普通人常常是吵完一架，回到家里越想越气，当时其实应该如何应对就能吵到对方哑口无言等。

李姗也同样有这样的问题，她并不太擅长表达。

正因为这样，这句话，她前思后想了许久，终于觉得，还是应该跟陈晓欣交代，关于采购可能拿回扣或者以次充好的可能。

陈晓欣点了点头，没有就这个问题深究下去："好的，我一会儿去看看账目。"然后她换了一个话题，也就是她本来要跟李姗聊的问题，"对了，你说要买耳机，那个是怎么回事？"

但明显李姗不太愿意聊这件事，她从烟盒里抽了根烟出来，犹豫了一会儿，摇头道："没……没事了，我自己解决吧。"

陈晓欣看着李姗默然地把烟点上，后者在抽了两口之后，就把烟头扔进还有一点水的矿泉水瓶里，起身说道："我先去厨房忙了。"

为什么李姗会欲言又止呢？陈晓欣很清楚，因为采购是财务的弟弟。

而财务对李姗要买高价的蓝牙耳机非常反对，都投诉到陈晓欣这里了。

这个时候来指责采购手脚不干净，李姗就感觉，自己这么做，会不会被视为对财务的一种报复呢？

"凉茶妹！"陈晓欣在李姗准备拉开包厢门时，突然叫了她一声，用之前在游戏里大家给她起的绰号，李姗有点意外地回头，就听见陈晓欣对她说，"我们是朋友，我们一起来做这个事，是为了开心，对不对？"

李姗笑得有点牵强，只是用她略有些沙哑的嗓音说道："我……我没事的。我可以处理的。"

气氛在不知不觉之间变得有些尴尬，但陈晓欣起身走过去，狠狠地给了李姗一个拥抱："我要让所有人知道，这个厨房是凉茶妹做主的！"

李姗被逗得笑了起来，推开她："你这梗太老了，要是'00后'，绝对get不到啦！"

包厢门被陈晓欣用力地拉开了。

于是在灰暗里，就有了光亮，照亮了她们彼此的脸颊，让她们看见了对方眼里闪烁的光。

"咱俩之间没啥不能说的，对不对？是你给了我勇气把餐馆开起来的，是我给你理由让你留在广州的，就怎么说，总之，咱们有一句说一句就得了啊，你要是不好意思，那咱们就开一局游戏，到游戏里对骂都行！"陈晓欣看着李姗，笑着对她说道。

李姗咬着唇，点了点头，低声笑了起来，许多隔膜如同春来时的薄霜，在阳光下消融瓦解，最终荡然无存，她走向厨房的脚步，都带着欢快的节奏。

但转身走向办公室的陈晓欣，任凭阳光照在身上，脸上的笑意却一点点消失。

她推开经理室的门，正在唇枪舌剑互相嘲讽的张若彦和李泽霖，一下子就停了下来。

不论是还没过三十就能在职场身居高位的张若彦，或是帮家里打点家族生意的李泽霖，都是直觉很敏锐的人，看着她的脸色，明显是感觉不对劲了。

李泽霖对张若彦说道："行了，你走吧，接下来的事，你就不方便参与了。"

"别玩了，这家伙看着不太对劲。"张若彦指了指陈晓欣说道，他不打算再跟李泽霖纠缠下去。

但李泽霖比他更不耐烦："这是我们内部开会的时间，懂吗？股东会议，这是我跟欣欣的餐馆，懂不懂事啊你？"

"这么厉害？还真是'半步狗粮'了？"张若彦吃惊地问道，因为如果李泽霖在吹牛的话，陈晓欣肯定会马上澄清的。

"要不你们都先滚蛋吧，我想一个人待一会儿。"陈晓欣揉着太阳穴，无力地说道，"李泽霖，你也闭嘴，要不你那1%就退股吧，钱我这两天打给你。"

李泽霖马上发挥舔狗本色，伸手在嘴边做一个拉拉链的动作，又对张若彦抱拳作揖，示意后者不要开口。

看着张若彦想说什么，李泽霖直接拿出手机，给张若彦发了个两百块的红包，看着后者领了，又发了条信息："开口算你输，翻倍赔我。"

这种沉默维持了得有十几秒，陈晓欣抬起头来，看着他们两个："感觉百年老店这风格搞不下去了。或者说，如果要搞百年老店的话，我就只能做粤菜，还得主打旧式粤菜。"

李泽霖一听就来了精神，甚至可以说有点兴奋："旧式早点好啊，我经常听我阿公（外公）讲，他年轻时上省城，来广州，三件事一定要做！必须逛南方大厦、友谊商店，然后去茶楼吃早点。据说有个手推车，虾饺、烧卖一笼笼的，就堆在小推车上面，谁想要就过去拿，拿了就让服务员盖章，你要手脚慢，都抢不到！"

他所说的南方大厦，是广州第一座钢筋混凝土结构的高层楼房，倚临风景秀丽的珠江河畔，两岸景色宜人，当时应该是华南最亮丽的百货商店；友谊商店则几乎是那时候唯一可以买到国外稀罕物件的正当渠道。

"我服了，南方大厦，那都进了第七批中国20世纪的建筑遗产了，什么年代啊?"张若彦没好气地对李泽霖说道,"真的似你说的,什么手推车上放点心,喝个早茶还要抢……我在广州长大,我似乎也有听说过,但我从小就没见过这样的茶楼。陈小心眼要把这餐馆这么搞,到时指望你阿公那一辈人来帮衬这餐馆?"

陈晓欣摇了摇头:"如果七八十平方米的餐馆,都可以这么试试,哪怕主打个猎奇心理。再找点推手,搞成网红打卡点啥的,我也敢试一试。"

问题是她这个餐馆四百平方米,人工、水电各种费用和成本,试错成本太大了。

或者说,猎奇人群的客流量,要满足这么大的餐馆营业额,基本是很难实现的事。

不然她父亲陈勇为什么不敢重出江湖?为什么她姑妈一直在怂恿租掉这餐馆算了?

因为真的一开门,各种费用和成本就是极大的负担,如果做不起来,真的不如收租妥当。

厨房和采购、财务之间的矛盾,经营风格的问题,外地名菜是否本地化的问题……

陈晓欣看着那束插在花瓶里的鲜花,那些风铃花,如同一张张在向她提出各式问题的嘴。

第十九章　嫁妆

连续做了一个月客流量调查的陈晓轩，看见妹妹陈晓欣回家，就邀功请赏一样把表格递过去给她："啦！你大哥跟你嫂子，辛辛苦苦，帮你做了快一个月的客流调查！你表示表示？喂，死妹头，你至少装一下感激涕流啊！"

陈晓欣冲他扮了个鬼脸，跑到刘宛晴身边抱住她："谢谢嫂子！"

"放开我老婆！死妹头，你癫的，你嫂子现在是大肚婆！"陈晓轩大呼小叫地扯开妹妹。

刘宛晴看着这两兄妹，不禁笑了起来："才三个多月，不至于这样吧？"

"三四个月是关键时期！一定要小心！"这句话几乎是在客厅泡茶的黄樱、在阳台刷钓鱼打窝短视频的陈勇，还有只在谴责妹妹的陈晓轩，异口同声说的。

陈晓欣吐了吐舌头："对不起，是我癫，我认罪！"

一时间，客厅里便洋溢着欢乐的气氛。

这时外面的铁门被拉开了，是姑妈陈淑芳过来串门，还没换鞋，她就阴着脸问道："欣欣啊，你拿了阿彦仔的钱吗？"

"没有啊。"陈晓欣有些莫名其妙地看着姑妈。

黄樱也惊讶地道："阿彦仔跟这个死女包，从小就是跟两条狂躁的狗一样，见面就吠。死女包怎么可能拿阿彦仔的钱？你要说轩仔跟阿彦仔借钱，我倒是相信的，他们向来比较合拍。"

陈淑芳换了拖鞋走到沙发上坐下，陈晓欣挪过去拉住她的手："姑姐，为什么要造谣？你快点老实交代，不然我往后半个月，就每顿去你家蹭吃蹭喝！"

"哼！你来啊，我怕你啊？"陈淑芳笑着说道，"下午打麻将，阿彦仔他妈输急眼了,在那里指桑骂槐,特别她有一把碰碰胡全求人,手里只有一张牌,摸了一张五万刚好要杠牌,被我抢和了,她就一直在那里说怪话,说有些人,什么姑姐跟着侄女,一路变着法儿,想搞他们家的钱。"

陈晓欣听着,仔细问了一句:"姑姐,你讲实话,下午你赢了她多少吧?你们最多就两块钱一番吧?"

"都不是很多。"姑妈陈淑芳说起来有点扭捏。

边上的黄樱看着,伸手掐了小姑子一把:"你这个死样子!最少赢了一千块!你都算毒啊,两蚊一番,赢她上千块!怪不得人说怪话了,要换我就掀桌了!"

陈淑芳连忙掩饰:"哪有哪有?阿婶,你别乱讲!"

"阿娘,你也太夸张了吧?"陈晓欣也笑着帮姑妈说话。

黄樱冷笑着说:"你看她那眉毛,对,对,就这姣样!哼,欣欣的家长会我是去得少,我认,可你的家长会是谁去开的?是你阿嫂我去开的!每次做什么坏事得逞的,你那眉毛就往上扬!"

陈晓欣很好奇地问:"姑姐,真的上千块?"

"一千三出头吧。"陈淑芳装着风轻云淡的模样,却流露出掩饰不住的得意。

黄樱气得伸手又掐了小姑子一把:"你以为你还是小姑娘啊?三十多了啊!你是不是脑子都长在这张脸上了?大家街坊,你一下午赢人家一千三,你有病啊?"

陈晓欣看了看就算三十多也绝对当得起"眉目如画"这四个字的姑妈,又看了看一无是处就是长得帅的大哥,不由得点了点头,起身走到父亲陈勇身边,压低了声音耳语道:"阿娘这句算是金句,姑姐跟废柴,真的就是脑子全长在脸上了。"

"有这么说你姑妈和大哥的吗?去去去,我看这高手打窝呢,别烦我。"陈勇笑着驱赶陈晓欣。

"好了好了,我请消夜啦!"陈淑芳看着黄樱怒气冲冲的脸,连忙说道,又发微信把自己的丈夫和儿子也喊了过来。

黄樱盯了她一眼,拿起电话走进了房间。

"喂,欣欣,为什么阿彦仔的老妈会说你要搞他们家钱?这总得有个原因啊。"陈淑芳笑着问陈晓欣。

其实，张妈妈会这么说，当然不是空穴来风。

因为陈晓欣上周跟张若彦、李泽霖一起喝茶时，聊起经营风格的问题，就不可避免地涉及：钱！

当时李泽霖就提出要追加投资；而张若彦则提出，如果陈晓欣不介意出让一部分股份，他也许可以让公司投几百万进来。

"我都拒绝了。"陈晓欣平淡地对姑妈说道，"我觉得我能撑过去。"

但陈淑芳却对此很不以为然："拒绝做什么？搞他们的钱，控住他们，这才叫新时代独立女性啊！"然后她开始跟陈晓欣讲述诸如男人征服世界、女人征服男人之类的逻辑，"不管那舔狗还是阿彦仔啊，他肯给你钱，才是真心的！阿彦仔肯给你钱，才是真朋友啊！"

陈晓欣苦笑着摇了摇头，说道："姑姐，我心里有数，好吗？"

事实上，对新时代独立女性的认知，陈晓欣跟姑妈陈淑芳有着截然不同的定义。

这时黄樱从房间里出来，对着陈淑芳冷哼一声，然后驱赶小姑子让开："我来泡茶，你走开了，你会泡茶？姐手姐脚。"

姑妈陈淑芳的微信响了起来，有一个视频通话的请求，陈淑芳很有点惊讶："阿彦仔他老妈？她是回家越想越气，要来骂我吗？"说着陈淑芳就把电话塞到黄樱手里，"吵架我不会的啊，阿嫂，你这个最强了，快搭救我！"

"自己接！"黄樱没给她什么好脸。

而这时门铃响起，刘宛晴去开了门，陈晓欣看见是姑父和堂弟过来，连忙起身去招呼。

陈淑芳无奈之下只好自己接了视频通话："对，是我。啊？"她看了一下黄樱，然后有点摸不着头脑。"噢噢，没事，没事……"她很有些尴尬，"行行，帮我哥这边做家务？对，对啊，我在我哥这边，是的，我们过来一起消夜，好的，有空就约啊。没事，没事，你太客气了，好的好的，那先这样。"

挂了电话，陈淑芳惊讶地看着黄樱："阿嫂，你做了什么？"

"转了一千二给她，说是你觉得街坊打牌就是闹个乐子，不该这么大输赢的。"黄樱面无表情地说道，"我说你在我这里帮手做家务没空，让我帮你转的钱。"

陈淑芳这才回过神来，怪不得张妈妈这么客气。

"不要再打麻将了。"陈勇走过来，少见地劝了妹妹一句。

陈晓欣冲黄樱使了个眼色，让后者进房间里："娘，你有帮我准备嫁妆的，对吧？"

对广东人来讲，特别是在广州，彩礼一般不会太过分。

普通家庭正常也就一万块起步，再怎么样，有个两三万也就交代得过去了。

当然对于特别有钱的豪富阶层，那是另外一个概念。

但嫁妆就不一样了，往往为了担心女儿嫁过去受委屈或者被看不起，父母给女儿准备的嫁妆，通常来说，绝对要比男方给的嫁妆多得多——如果家里略宽裕些，那给的嫁妆就真的和男方的彩礼完全不成比例了。

至于女方如果家里很富足的，顺德、东莞，或是潮汕地区，甚至有不单给房子、车子，而且还分一个盈利状况不错的工厂或企业给女儿当嫁妆，那也是存在的。

所以，陈晓欣知道，不论母亲如何喜欢她的哥哥，肯定会帮她准备一笔嫁妆。

正如她的姑妈陈淑芳一样，出嫁时就带走了一笔当时价值不菲的嫁妆。

当然陈淑芳出嫁之后，还每个月都回大哥的餐馆拿钱，这是因为兄妹之间、姑嫂之间的关系特别融洽。

"阿娘，你有帮我准备嫁妆的，对吧？"陈晓欣两眼带着希冀的神采，看着母亲。

而黄樱听着，很警觉地后退了半步："死女包！你想做什么？"

"我结婚不用嫁妆，阿娘，你先把嫁妆拿出来给我用，我赚了钱，就填回去给你嘛。"陈晓欣摇着母亲的手臂，"我来回推敲过，餐馆还是得投一笔钱去装修，不然的话，很难搞得好的。这样，愿赌服输，我要是搞砸了，我结婚时，就不要家里出嫁妆了嘛！"

"你做梦！"黄樱冷笑着说道，她一把甩开陈晓欣的手，"你赶紧结婚，老娘了了一桩心事，自然把嫁妆给你，不然的话，别想从老娘这里捞出一分钱！"

看着决然走回客厅，不愿跟自己多说一句的母亲，陈晓欣苦笑起来。

她当然知道母亲在这个问题上不会轻易妥协，但总得尝试。

哪怕是失败的尝试，也许试多几次，母亲就会有所松动呢？

餐馆的生意，过了一周之后，有渐渐好转，李姗他们则觉得，新换的采购似乎还没学会怎么以次充好、拿回扣之类的把戏，所以食材的价格和新鲜程度，都要比之前好得多。

不过坐在陈晓欣办公室里的张若彦，眉头似乎皱得更厉害了。

"你不去上班，三天两头跑我这里蹭茶喝，啥意思嘛？"陈晓欣近来脾气也有些不好，因为就算有所好转的生意，如果照常把租金扣掉，那还是入不敷出。现在能维持下去，无非就是把租金这一块拿出来发工资和支应其他事务罢了。

张若彦喝了一口茶："我带了茶来的，好吗？我这是正宗的老班章！"

"这是老班章？"陈晓欣笑着问他。

张若彦就还真跟她杠上了："发票都有呢，公司给我买的，不至于糊弄我到这种程度！"

"老班章嘛！"这时就听到有人在门外过道里说道，然后随着脚步声，就看见这大夏天还穿着西装的李泽霖走了进来，"我试试就知道了。"

张若彦伸手一让："你试试嘛，陈小心眼就是职业黑粉！话说，您到底是做房产中介，还是推销员？"

"我刚去客户那里开完会出来，这是态度，懂不懂？尊重自己的职业，好吗？你读书读傻了！"李泽霖拿起茶杯喝了一口，"老班章？这明明就是冰岛！"他问陈晓欣："你要喝老班章啊？我马上叫助理先给你搞几斤过来，不算太好，当口粮没问题啦。"

陈晓欣禁不住笑了起来："不不，我这里有茶，我也不是特别喜欢老班章，我就喜欢看某个不懂茶的人在这里跟我抬杠。"说着她从边上的抽屉里拿出一块没有拆封的茶饼，直接扔到张若彦怀里："自己看看。"

这才是刚才张若彦带过来的茶叶，陈晓欣顺手放在抽屉里，冲泡的却不是这一饼茶。

"行了，行了，你们懂茶，好了吗？我快烦死了。"张若彦揉了揉脸，长叹了一声，"大股东跟老板在撕，现在公司里，高层都惶惶不可终日。"

陈晓欣一边泡茶，一边问道："那不就是站队吗？"

"问题是，韩总的股份比老板还多！"张若彦把自己的头发揉得跟鸡窝一样，摊开双手，两眼无神地盯着天花板，"更可怕的是，韩总是老板的媳妇。公司高层私底下都在祈祷'爸爸妈妈别离婚啊'，我们那办公室主任快被折腾疯了。韩总似乎为了证明她比老板更有眼光，要求办公室主任把一些之前失败项目的残存资源，比如某些退场的项目、没有到期的租约整合出来，然后去投资一支舞狮队！"

他跑来这里然后远程办公，何尝不是在逃避站队？否则，只要人在公司，难免高层之间会有所拉扯。张若彦是个聪明人，他绝对不想在这种时候去站队。

李泽霖难以置信地看着张若彦："投资舞狮队能赚钱？疯了吗？"

"那可不好说。"陈晓欣也笑了起来，她对李泽霖说道，"这位韩总，我也听说过，当年就是慧眼识人，把自己所有私房钱投给了他们老板去创业，那时候他们老板还是个水管工！"

"去去，别乱讲，那时老板是没发迹，但也是正经机械类的理工生，好吗？啥水管工啊？"张若彦笑着辟谣。

李泽霖看着陈晓欣："我也敢把我所有私房钱都投给你创业啊，我爸说了，只要咱们结婚，注资两千万进来没什么问题，然后这个餐馆只要每个月亏损不要超过一百万，就可以了啊。"

一时间，房间里突然又沉默了下来，张若彦惊讶地看着李泽霖和陈晓欣，而陈晓欣也惊讶地看着李泽霖。

过了几秒钟之后，陈晓欣对着李泽霖勾了勾手指，示意他凑过来些："这一个餐馆就算搞垮了，我也有绝对的自信可以重新来过。如果做 IT 行业，久了不敢说，一两年内，我想拉千万级的投资或项目，不至于太难。"

"不，不，这是两回事。"李泽霖笑着说道，"就咱们也毕业好几年了，你是我'女神'，我是你'舔狗'，我们要不就凑合着过，也不错，对不对？反正就是一个名义。我保证婚后不会干涉你生活、工作啥的啊，我们可以婚前公证……"

但陈晓欣一下子站了起来，伸手示意他闭嘴。

她对张若彦说："我怎么没有想到这一招呢？没有错，一个名义，我可以上午办结婚证，下午领离婚证啊！完美！"

有时候，人往往会打开一些桎梏，然后放出大家都意想不到的东西。

比如张若彦和李泽霖，就一脸呆滞地看着陈晓欣，他们完全没有想到这样的闲聊里，会触发陈晓欣的脑洞。

"对，我要找个人假结婚，特别是李泽霖你说的，婚前要公证！"陈晓欣搓着手，眼球向斜上方转动，"嗯，为防变数，得找个那种性取向的……嗯，然后领了证，把我娘给我准备的嫁妆弄到手，马上就离婚！"

李泽霖在边上听着，一把揽住张若彦："我就是，我就是！找我找我，我可以的！你要不信，我马上就亲他一口！"

看着他这模样，张若彦连忙挣扎开："你做舔狗舔到这样，也太丢人了吧？"

"我愿意啊。你咬我啊？"李泽霖毫不在意地大笑起来。

陈晓欣摇头道："你们还是圆润地滚吧，能不能正经一点？"

"假结婚骗取家里的嫁妆，这本身就不是一个正经的话题。"李泽霖收敛了脸上的笑意，整了整自己的西装，对陈晓欣说道，"做生意不是这样的。如果你不能说服别人投资，那么你这个项目，很大概率，就是它没有投资的价值。"

张若彦重新坐下来，看了一眼李泽霖，点了点头道："这会儿看着，倒有点人模狗样，不会被人误认你是房产中介或是推销员了。"

拿起茶杯的李泽霖，看了他一眼，压根懒得理会。

但就听张若彦笑道："看着跟卖课的一样，对吧，特别是短视频平台上面卖成功学的。"

"你们俩要不然去参加相声大会？我看蛮好的。行了，散了吧，我得忙正事了。"陈晓欣说着，起身从茶桌后面走了出来，半驱赶半送客，把这两人都轰走了。

但把他们送到楼下，陈晓欣却叫住了李泽霖："老同学，谢谢！"

李泽霖笑着冲她挥了挥手："我也是股东嘛！走了，下次来广州，再过来看你。"

看着他坐电梯去了地下车库，张若彦就笑着说道："就不谢谢我？好歹还给你带了一饼茶过来！"

陈晓欣看着张若彦，想了想对他说道："站韩总吧，如果到了非站队不可的时候。有时候，站队站得早，获利也更多一些。老是一直观望，别到时两边都不要你，就搞笑了。"

听着她的话，张若彦一下子就陷入了沉思。

他没有分辩什么自己有自己在公司的价值，或是在专业领域里他有自己的行业地位，等等。因为这些东西都是没有必要提起的，如果没有这些前提，那么，连站队的资格都不存在，这就是职场的残酷。

"可是韩总，怎么说呢？"张若彦发了条微信让司机把车开过来，然后组织了一下措辞，"你要知道，除了董小姐、老干妈之类的特例，有没有女性的企业家成功？是有的，但一般是集中在健身、医美这一类，或者相关的产业里。投资领域，或者是基建领域，相对而言，成功的女性企业家，据我所知，没有什么太大的优势。"

就这么站在马路牙子上，陈晓欣没有打断他，也没有插话，尽管其实她对他所说的也并不完全认同。但她知道，他其实也不是为了跟她讨论，而是通过这样的方式，理顺自己的思路。

否则的话，她不会开这个口——到底该不该站队，该站谁的边，一个外人，怎么可能比张若彦这个公司高层更清楚呢？

她只是看出近来他的焦虑，就挑起这么一个话题，以便让他去正视本心。

就在这夕阳下，温暖的阳光没有午间的炎热，晒出微微一层薄汗，有种舒畅的通透。

"而且更深层的问题，就是我是大老板挖过来的，韩素梅韩总对我也很不错，但有没有一种可能，她给予我的所有善意，都是看在大老板的情分上？如果是这样，我是站不过去她那边的。"张若彦苦笑了起来。

其实，他的问题不止于此："而且，我在公司被孤立。就算我站队，也缺乏足够的分量。这也是之前我希望你过去和我互为支撑的原因。所以，现在……"

陈晓欣看着张若彦那辆路虎从地下车库开上来，轻踢了一下他的小腿："帮她把舞狮项目做起来。"

司机把车开过来，张若彦在拉开车门之前，回头对她说："但我不看好那个项目，事实上……"

"事实上，没有人看好那个项目。"陈晓欣没等他说完，就把话接过来，"所以，别急着站队，先帮她把那个舞狮项目做起来。"

张若彦听着眼睛一亮，点了点头："下次再给你带饼老班章！"

陈晓欣看着那汇入车流的路虎，街上的每辆车，都有自己的目的地。

走回餐馆的陈晓欣，一边抹拭着额上的汗，一边拿起手机，按照李姗的需求，订了一批每副要两千多块的蓝牙耳机。因为在厨房的高温高湿度环境里，防水的标准和降噪的需求，的的确确就得这个级别才好用。

放下电话，她看见前台那一瓶芍药，有许多待放的花蕾。

"如果不确定它们有可能会开花，你觉得我们会买它吗？"她问前台的服务员。

服务员听着笑了起来："老板，你开玩笑啊？要不是指望开花，咱们肯定不可能买它啊！"

她便也笑了起来，然后拿起电话，拨了母亲的号码："阿娘，我们需要聊一聊，您过来餐馆可以吗？"

少有的正式，少有的郑重其事。

其实李泽霖的那番话点醒了她，如果想要拿到投资，就该有面对投资人的态度。而不是讲利益分配时，严禁家人来揩油；而需要投资时，又打亲情攻势。

也许这对陈晓欣来讲，是最有利的方式。

但这不对。

就算真的用假结婚从母亲手里拿到嫁妆，结局也一定不会愉快。

总有一天会得悉真相，到时候，事业上的压力和家庭的怨言，足够把她碾碎。

所以，如果她的方案真的值得投资，那么她应该让别人相信这一点。

包括不看好这件事的母亲。

第二十章　选择

天色渐暗，到了饭点，餐馆的生意看上去是不错的。

至少在姑妈陈淑芳和母亲黄樱到来之际，十几个包厢都坐满了。

"死女包，掂噢！估唔到啊！"黄樱过来，看着这红火的生意，也真的挑剔不起来。

而姑妈陈淑芳冷哼了一声："还用说？我带大的孩子，你开玩笑啊？"

陈晓欣看着这两位又要拌起嘴来，连忙把她们哄到经理室，又拿起对讲机跟李姗说道："凉茶妹啊，我娘跟我姑姐过来了，你给弄几个菜，让他们端到我房间里来。"

放下对讲机，陈晓欣一拍大腿："忘记跟厨房吩咐，尽量拣便宜的菜做，肉就用边角料，菜就在摘下的菜叶里挑……哈哈哈，好了好了，阿娘放过我！"却是黄樱听着气不过，伸手来掐她。

陈淑芳喝了一口茶，就低声问道："欣欣，那现在这么下来，月底应该有分红了吧？"

但陈晓欣没有回答她的问题，而是在微信上给财务发了条信息："把NAS（网络存储器）上的流水账目更新一下。"

然后她跟姑妈说："等一下啊。"

接着陈晓欣走到电脑前面，打开财务存在局域网文件服务器上的流水账目，把屏幕摇臂拉出来，这样可以让坐在沙发上的母亲和姑妈都能看见："你们自己看吧，别说看不懂啊，特别是阿娘，以前你为了防止老窦藏私房钱，有事没事就查账的。"

账目这种东西，只要耐心看懂过一次，以后就不至于看不懂，至多就是一条条盘下来的速度，比起专业人员要慢许多罢了。但再慢都好，厨房把卤水鹅肝、永州血鸭、红酒煨牛舌和炒蒜苗端过来时，黄樱和陈淑芳也看完了流水账目。

"吃这么好干什么？死女包，你有病啊？炒碟牛河填肚就是了！"黄樱看着茶几上的菜，黑着脸，对陈晓欣发脾气，"天天亏钱，天天亏钱，这生意还不如不做呢！"

陈淑芳伸手扯了扯自己嫂子："小声些，外面都是顾客和员工。"

她不说倒罢，一说黄樱更生气："顾客就了不起啊？我家贴钱在做这生意，整个店的顾客，吃的每一筷子，都是咱们家的血汗钱！我还得惯着他们啊！"

陈晓欣没有说话，只是沉默地给母亲和姑妈装好了饭："阿娘，姑姐，吃饭，边吃边聊。"

可这人的性子，各有各的脾气，黄樱哪能就这么算了？只是她刚要发火时，边上陈淑芳就开口道："行了，阿嫂，欣欣不给你看，你又生气，说什么都不让你知道，当你老年痴呆；给你看你又生气，你会经营吗？你信不信，按你的来，百分百亏上十倍？嗯，都不用问你信不信，你跟轩仔试过了啊，你私房钱都贴了几个月，你还不清楚？"

被小姑子这么一通数落，黄樱也就哑火了，黑着脸拿起筷子夹了一块牛舌："起筷起筷！食不言！"

陈晓欣和姑妈都扑哧一声笑了起来，因为她们都很熟悉，但凡黄樱发现自己说不赢了，往往就会抬出"食不言"来。

"其实不要算租金的话，是有盈利的。"陈晓欣慢悠悠地说道，"娘，就别说废柴了，他弄的时候，你敢指望家里拿得回租金？你还得贴钱，贴到你顶不住，是吧？"

陈淑芳对那永州血鸭倒是很有兴趣，连续夹了几筷："我老窦和大佬'打骰'时，也都没把租金单独计出来。其实，阿嫂，欣欣这本账，她做得很清楚，而且，生意越来越好，也算不错了，比我之前想的要好不少。"

看着从小挑嘴的小姑子往那永州血鸭夹了好几筷，黄樱也就跟着夹了一块，刚咬了一口，就叫了起来："水！水！呀！要命啊！黑乎乎，一看就不是好东西！"

"阿嫂，这也是湖南名菜，你一点辣也不能吃，太挑食了！不健康的啊，什么都吃一点,才知道人间滋味嘛!"陈淑芳一边吃一边笑着,把黄樱从小教训她的话,就是"太挑食了"那一大段,不失时机地原文奉还。

陈晓欣给母亲开了瓶冰可乐,然后笑着摇头:"别,你们是长辈,别在我面前撕,好不好?是这样的,生意你们也看到了,其实就算后续取消打折等等,大约半年后,也就能赚得比租金多一点。但餐馆的生意,很难料的。你们也知道,阿爷开餐馆,我老窦开餐馆,你生意好,边上肯定就会有人开来抢生意。对吧?"

这话是毋庸置疑的,特别是在大都市里,黄樱和陈淑芳都点了点头。

"那就要打价格战了。不然就得连早茶一起做。现在做早茶,你们也知道,往往就是笼络街坊,那是肯定赚不到钱的。"陈晓欣一边给黄樱夹了块牛舌,一边笑着说道,"那要赚钱,要不就做薄利多销,要不就走高端路线,做私房菜,类似'炳胜私厨'那样,主打就是高档、私密性。"

陈晓欣放下筷子,对黄樱和陈淑芳说道:"要走高端,就肯定要装修,员工要培训。"

她给姑妈也开了瓶可乐,然后操作了一下电脑,接入了大厅的几个摄像头:"你们也看见到了,餐馆,我是做起来了,这不是吹嘘的,对不对?老窦当时管事时,客流量也就这么上下吧?"

这一点,不论是陈淑芳还是黄樱,都默默点头。

但随即陈晓欣就打开一份报表,就是陈晓轩和刘宛晴在网红餐馆记录的人流量和用餐比例:"时代不同了,按照这种经营模式来走,如果要盈利,除非我们的客流能达到类似太阳城广场那种商厦的水平,一到吃饭时间,门口就一大堆人排队等叫号。但我们这里是海珠,不是天河,不是珠江新城。"

作为广州本地人,而且之前家里就是开餐馆的,黄樱和陈淑芳知道陈晓欣在说什么。

普遍来讲,海珠的餐厅,同样的装潢,同样的档次,但同样一道菜的价格,不可能跟太阳城那种高端写字楼、商厦一样定价。除非炳胜之类,基本已经是中高端并且有名气的连锁餐馆,才可能例外。

"餐馆要活下去,就要做选择。"陈晓欣对着母亲和姑妈说道。

她给了她们一个选择的机会:"做了快两个月,我行不行,你们也看得到的,不必多说。你们信我,就把嫁妆拿出来,我们来做高档私房菜。"

"要不然，放租都可以啊，欣欣，我们可以分成四份租给那些川菜馆、湘菜馆或是东北菜馆啥的。"陈淑芳低声说道。

黄樱听着也点了点头："死女包，你如果真的觉得做不下，那阿娘也不会逼你死撑下去。"

听着她们的话，陈晓欣低头端起自己面前的那杯冰可乐："你们如果不信我，没问题；我相信，银行信贷机构，或是投资机构会信我，抵押股份给银行，或是出让股份给投资机构，筹一笔钱出来，不会太难。娘，姑姐，从小到大，我决定要养小香猪，我就一定要养小香猪，你们知道的。"

然后陈晓欣把一沓打印好的文件，递到了母亲黄樱和姑妈陈淑芳手上。

哪怕是5G时代的现在，二十世纪五六十年代出生的人，往往还是习惯于去银行打印存折本。因为涉及自身的钱财，数据，会让人安心，特别是打印在纸上的数据，对不少人而言更有说服力。

所以，当陈晓欣把客流量、流水账目、同业横向对比、历史客流等打印出来，放在母亲黄樱和姑妈陈淑芳手上时，跟她们刚才在显示屏上看时的感觉，是截然不同的。

当这些数据摆在面前时，电脑显示屏上放着大厅监视器里满座的客流量。

黄樱就远没有之前的坚定了，而当陈淑芳犹豫着说道："啊，欣欣，你实在要搞，姑姐不可能看你去银行借钱啊！我棺材本都给你，六十万，你如果亏光了，那真的就老实放租，你去找个班上吧！但以后你弟补习班的钱，就得跟你拿，姑姐真的就没有一分钱傍身了！"

话说到这个程度，陈晓欣突然眼眶有点红了。

如果姑妈不肯拿钱出来，那倒是她意料中事，或是挤个十万八万之类的，她也很感激。

但没有想到，陈淑芳真的连傍身钱都拿出来支持她。

要不然，也不会说亏了就让她找班上，但要陈晓欣负责堂弟上补习班的费用了。

以陈淑芳好面子的性格，不是真的拿了这笔钱出来就山穷水尽的话，她肯定不会说这些话的。

六十万，无论是对陈晓欣之前的游戏公司，还是张若彦那些投资行当、基建行当来说，似乎是小到微不足道的一点钱，很可能，连张若彦公司配给他那台路虎都买不起。

但对一个普通人，如陈淑芳这样，三十多岁，哪怕房贷有她哥哥这么帮着给，她丈夫是高工，她是物业公司的财务，收入也算可以，一个家庭，每天睁开眼睛，要支应水电物业、衣食住行、人情来往，加上小孩子每学期在外面补习，一个科目就得三千出头的补习费用，两个人工作十余年，攒出这六十万，真的是很不容易了，拿出来也是倾其所有了。

"姑姐！"陈晓欣放下碗，起身狠狠地抱住了陈淑芳。

"不哭，不哭。"陈叔芳按着陈晓欣的肩头，"给你一晚上，你想清楚，要搞，明天我就过账给你。但你真的要想好，玩砸了，你就得老实。"

陈晓欣抹着泪："说到底，你还是不信我？那你又拿棺材本出来？"

"跟以前你要养香猪一样，不让你养，你就闹。行嘛，要死，姑姐陪你死个明白嘛！"陈淑芳说着，也有些动情，抽了抽鼻子。

她本来就眉目如画，这时眼里略有点水光，因为说到激动，脸颊泛着淡淡的红晕，一时之间，倒真的越发光彩照人了。

陈晓欣看着，便抹着泪水笑了起来："哇！姑姐真的是大美女哟！"

黄樱冷哼了一声："脑子就长到这张脸上了，大美女！老娘年轻时也漂亮过！阿芳这真是的，死女包就是被你宠坏的！还说小香猪小香猪，那头猪现在还在乡下托人养着呢！这就是你这个人一天到晚娇纵她，才闹出来的笑话！"

如果说陈淑芳本来还有点迟疑，被自己大嫂这么一说，她马上就来劲了，直接站起来把陈晓欣护在身后："我愿意啊！你不服气吗？不似有些人，儿子败家把祖业搞垮，还当个宝一样！女儿明明自己大学出来，在单位手打脚踢，大家都觉得好厉害，某人就偏偏装瞎，哼！欣欣，你不要怕，姑姐撑你！"

跟别人吵架陈淑芳是很有些怯意的，但是在黄樱面前，她却很有勇气。

"收皮啦，门口狗！"黄樱没好气地把站起来的小姑子按到椅子上，"吃你的饭！"

陈晓欣跟姑妈对视了一眼，本来陈淑芳还想再说什么，但陈晓欣冲着她摇了摇头。

没有什么必要，一定要把自己绑死在母亲这棵树上。

陈晓欣是在李泽霖说了那番话之后，真的念头通达了。

如果是因为母女关系而强要过来的投资,那就说明这项目是真的有问题了。

"阿娘,没事,我尊重你的意见。吃饭,吃饭,阿娘。牛舌你最中意的啊,我给你开瓶啤酒,好吗?"她笑着问黄樱道。

黄樱白了她一眼:"喝喝喝,餐馆会蚀钱,我看就是你这死女包日喝夜喝,喝到蚀的!"

"阿娘,你看了流水的!不要冤枉我!嘻嘻!"陈晓欣笑着从冰箱里拿了瓶百威出来,给她递了过去。

没有人再提起投资餐馆这个问题,不过黄樱和陈淑芳倒是很快又抛开之前的争执,站到一起,因为她们开始张罗着给陈晓欣相亲:"对方人不错的,我见过,都蛮帅气的,国企啊,家里就他一个小孩,一米八五,嗯,1992年的。你不信问你姑姐,不是你娘我乱讲,看着很乖!"

陈淑芳也不住点头:"看着是老实,见一见,吃个饭嘛!"

但直到吃完饭,服务员过来收拾走餐具,陈晓欣也没有被母亲和姑妈说服:"我不是不婚主义,你们可以放心,但是阿娘、姑姐,我想要找到合适的人,我不想凑合着过日子。阿娘,老窦都是你自己挑的,对吧?姑姐,姑丈都是你当年从万千追求者里选的啊!你们都不相亲,就不要来逼我嘛!"

"什么万千追求者,欣欣,你要死了!"陈淑芳听着脸都发红了,伸手就去掐她。

黄樱也大笑起来:"死女包,这句没讲错,你姑姐从小到大,校花来的嘛,我去给她开家长会,每次老师都说有男孩子给她写情书!"

"阿嫂,差不多就好了啊!"大约是在晚辈面前,陈淑芳便有了些嗔意。

黄樱也没有继续下去,转过脸,笑着问陈晓欣:"你的嫁妆什么时候要啊?想清楚啊,这笔钱拿出来,真的搞砸了,就真的'一镬熟'啊!"

很多事情,如果足够有责任心,起因和结果都推敲明白了,其实犹豫期是没有什么意义的。

就如同陈晓欣自从养了那头小香猪之后,她哪怕再喜欢小狗小猫,也不敢再尝试去养。

因为可能存在的结果,就是她得长期去照顾自己领养的小动物,而这对她来说,是一个太过沉重的负荷。

而筹一笔钱对餐馆进行装修，抛弃所谓老店的风格，走高端私房菜路线，其中所需要的成本和可能的结局，陈晓欣早就推敲明白了。

"没人不想赚钱。"她对姑妈陈淑芳说道。

但很明显，每个人的期待是不同的。

陈晓欣向着姑妈举起那杯冰可乐："有人是要赚更多的钱，他甚至不愿意说出一个具体的数字，而只是要求更多、更多！"

听着她这么讲，陈淑芳和黄樱都很惊讶："那难道不是这样吗？"

当然不是这样，至少对陈晓欣来说，她绝对不会去做这样的设定。

"十万，餐馆在春节结余时，能有十万盈利，我就很高兴。"

她甚至还加了一句："如果能持平，或者亏损不超过三十万，我也是可以接受的。"

黄樱还没反应过来，陈淑芳就先不干了，她毕竟是财会出身："你拿一百万，赚十万，那是高回报，对吧？你用五百万赚十万，那就比银行利率低了！"

而单是嫁妆和陈淑芳拿出来的钱，怎么也得三百万左右，要不这餐馆的装修是下不来的。加上每个月的租金，这算上去还不止五百万呢。

"要不别搞了，死女包。吃利息算了！"黄樱也反应过来，"银行存二十万以上就算大额……"

大额存款，也就是利率比普通的存款还会更高一些。

但是陈晓欣并没有按她们的意愿听从劝阻，她笑着对母亲和姑妈说道："如果超出十万，那么按租金入股的比例，以及其他股份的比例，分红之后，我的那部分，会全额作为分红，按职级、平时的表现、投诉率、好评率，分给员工。"

"你傻的吗？"黄樱一下子就站了起来，戳指着陈晓欣骂道，"你别以为我不知道，阿彦仔叫你去他公司，我听你哥说，一年四五十万的底薪！底薪呀，你准时九点去上班、六点半下班打卡就有的！"

其实，如果陈晓欣真的去张若彦的公司，她这个级别以及工作性质，正常是不用考核考勤的；哪怕真的要考核考勤，大抵也应该是弹性工作制，而不用真的准时朝九晚六。如果黄樱对职场有所了解，恐怕只会更加生气。

陈晓欣伸手到脑后，把过肩的长发随手挽了起来，扎了个高马尾，显得格外利索："阿娘，如果你是这个餐馆的员工，你听到这个措施……"

"我听到，第一反应就是'骗鬼吃豆腐'！我信你？"黄樱冷笑着说道。

这时边上的陈淑芳扯了扯嫂子的衣袖，从刚才陈晓欣递给她们的两沓材料里拣出几张纸来："欣欣不是吹牛，她是真想这么干的。"

她拣出来的那几张就是本年度分红协议，上面的确就如陈晓欣刚才说的，一条条罗列出来，并且有餐馆法人、公章等签章的位置。

黄樱一下眼睛都直了，可能又喝了些啤酒，一时她激动起来，把自己一头大波浪摇得跟鸡窝一样，声音不由自主地提高了八度："你有病啊！阿女，你癫咗啊！"

"阿娘，你吓到外面的客人，等下咱们要给人家免单，就是蚀钱哟，我劝你省钱。"陈晓欣对着黄樱这么劝说，比任何反驳都更有力，几乎瞬间就让黄樱控制住了情绪。

于是陈晓欣终于有机会接着聊下去："明年，阿娘和姑姐，你们觉得餐馆应该赚多少钱？"

"当然越多越好啊！"陈淑芳几乎不假思索，甚至说完把小半杯冰可乐都一饮而尽了。

黄樱死死地盯着陈晓欣，一副要把女儿双腿打断的模样。

后者很从容地说道："明年盈利的底线，如果在五十万以上，我觉得是可以接受的，我希望有两百万。"

"后年五百万？"黄樱总算缓和了下来。

陈晓欣摇了摇头："如果明年能赚到两百万，后年能持平就很好了，亏损不超过五十万，我也能接受。"

没有等母亲再度暴怒，陈晓欣就在电脑桌上抽出一叠资料递给母亲："如果明年能实现盈利目标，我们很大概率是开分店。现在这个年代，如果品牌能做起来，就得借着这个势头做大。到时候再找融资，不会有什么太大的问题。"

黄樱翻了几眼，把它递给陈淑芳："看不明白啊！你叫我打麻将，我就知道怎么跟你算番！反正，你自己想清楚。我回家啦，死女包，要钱就明天陪我去银行吧。你都大了，阿妈管不住你了，你自己要想清楚。"

姑妈陈淑芳并没有跟母亲一块儿走，她说要在边上帮人做账赚外快。

陈晓欣听着，感觉似乎就是一个借口，但明显陈淑芳并不愿意当着黄樱的脸讲，于是陈晓欣就没有再追问下去。

　　本来她是想把母亲送到楼下，帮她叫上一辆网约车之类的，但黄樱拒绝了。

　　"送什么送！你搞掂自己这摊事了！"黄樱略有些发胖的背影走在过道里，陈晓欣看着，不知道为什么，总让她情不自禁想起中学背过的那篇课文，关于那位去买橘子的父亲的。

　　而随即她便又醒悟过来：母亲是不同的，她的落寞，更多的是因为她的知识储备，已追赶不上这时代的脚步，这让她感觉无所依靠，所以她迷茫，她落寞。

　　"娘！"陈晓欣快步赶了上去，一把扶住了母亲。

　　黄樱没好气地说："叫你不用送了！去忙你自己的事！"

　　陈晓欣挽着母亲的臂弯，不由分说，把她送到楼下，并给她叫了车，在送母亲上车时，她很郑重地说道："我会把这里做起来的。娘，我说真的。你放心。"

　　夜色朦胧，华灯初起，陈晓欣便见着，坐在网约车后座里的母亲，似乎在这一瞬间，眼睛里就有了光亮。

第二十一章　花瓣里的盛夏

从地下车库上到写字楼大堂的陈晓欣，无端地有种旧地重游的感触，尽管她先前从来没有来过这幢写字楼。这些日子里沉浸于餐馆的经营以及各种数据的对比、服务员、厨房、财务、进货等问题，她感觉自己似乎已经远离这些林立的写字楼，尽管它们每一天、每一刻都会映入眼帘。

但不是每一个路过流花湖公园的人，都会透过车窗去看那月季花的绽放。

就算是步行，匆匆的脚步，也让很多人隐约只记得一抹红，或是他能记得却不能清楚描述的香气。

会来这里，是因为前几天姑妈陈淑芳跟她的长谈。

姑妈在那个物业公司当了五六年财务之后，终于鼓起勇气，准备去参加物业经理的竞选。其实之前她是有过两次机会的，但她始终觉得一个女人，有一份安稳的工作、一个爱自己的丈夫、一个健康活泼的孩子，一切就足够了——她不愿走出舒适区，去挑战自己没尝试过的东西。

直到她看着自己的侄女接手了餐馆，而且这家全家人都束手无策的餐馆，不说整治得起死回生，至少是有了点活气，陈淑芳的心里就有些东西开始萌动了。很少有人甘于平淡，很多时候，更多的是因为在现实中自己的无力，不得不跟自己和解。

而当陈淑芳看到那份三年的规划，看到陈晓欣那种熊熊如火的自信，她就被点燃了。

当然，就算被点燃，陈淑芳也依然不是陈晓欣："欣欣，你要真的下个月能把餐馆装修好了，然后开始营业的话，那姑姐也试一试！"

就算热血，也依然带着她大嫂黄樱嘲讽的"门口狗"式的怯意。

但陈晓欣觉得这没什么问题。就算姑妈到时仍放弃在职场上攀爬，陈晓欣也觉得并没有什么问题。每个人有每个人的人生，她愿意尊重大家的意愿，正如她希望家人能尊重她自己的意愿一样。

但她知道姑妈把餐馆当作某种精神图腾式的暗示。

"我想拉点投资，给予股份，无其他附带条件的投资。"她跟张若彦说道，"有门路吗？"因为他分管的事业板块里，也有风险投资这一领域里的事务。

张若彦想了一个下午，给了她答复："现在从公司走，每一个案子，都会有人不断鸡蛋里挑骨头，审计那边也会卡得很紧。"

"那就算了，我另外想办法。"她连情绪波动都没有，这就是为什么她能用四五年的时间，完成许多人在运营领域里一生也无法完成的业绩，因为她把私交和生意分得很清楚。如果要谈生意，哪怕借着私交去切入，也不要寄望于因为私交而达成交易。

张若彦阻止了她想挂断电话的意图："但如果你有勇气的话，我可以帮你约一下韩总。如果她点头的话，你要的资金不多，会很简单；因为她是大股东，就算从公司走，你懂的，也会便捷许多。"

能在运营领域得到同行尊重的人，绝对是所谓的"社牛"，所以陈晓欣压根不需要勇气。

她从不会害怕去见某人。

于是她便来到这幢大厦。

坐上电梯的陈晓欣，在拥挤的电梯里，寂寞地站在人群中间，突然想起之前某本书里提起过的话："所谓盛世，便是不必去留心处处风光，皆因处处皆是风光。"也许就是这样的道理。

电梯到了，她走进楼层就感觉到有比较严重的互斥感。

因为陈晓欣能感觉到这家占地得有一千多平方米的健身房，有一种人气缺失的苍凉。

换句话说，这是一家经营不下去倒闭的健身房，甚至连前台接待文员都没有。

但与此相斥的，偏偏是有鼓声，有跳跃运动声，有力量训练时那种带着负荷的呼吸声。

如果说有人来这间倒闭之后还没清盘的健身房，偷偷利用器械训练，那也不该到处灯火通明。

反正，从陈晓欣踏出电梯的一刹那，这种互斥感就扑面而来。

而随着脚步声的响起，身穿职业套装的女士面带微笑从拐角走出，向她走了过来，这种互斥感就进一步加剧了。

一个健身房里，响起的是高跟鞋的声音，接待人员不是运动装束充满阳光，而是化了精致妆容的OL（白领丽人）！

"您是陈晓欣小姐？"女士很客气地问陈晓欣。

于是进入了陈晓欣所熟悉的职场氛围："是的，您好，我约了韩总。"

她暂时将这种互斥感抛诸脑后，开始不失礼貌地寒暄。

然后接待的女士引领着陈晓欣，走向与器械区相反的方向，穿过过道，过道的一侧，有一些私人教练的简历和照片，得过的一些奖项；在大约腰部的高度，过道的另一侧，有一条与地面平行的线条，线条上有若干个拳头大的圆形，写着年份，2015、2016、2017……

然后在年份的上方，有着当年有多少会员、这个机构的教练又取得什么成绩之类的信息。

陈晓欣看了一眼，就无声地笑了起来。

尽管她没有做过健身行业的运营，但有些东西，到了某种程度，是相通的。

她只看了一眼，就知道这些数据应该绝大部分都是真实的，甚至可以在百度之类的网站上查找到。

但它们在某种层面上，又可能跟这家倒闭了的健身馆，一点关系也没有。

穿过了狭长的过道，办公区这一块，倒是就没有了那种互斥感。

接待的女士敲了敲门，推开了一条缝，然后探头进去："韩总。"

大约是里面的人做了某种允许的手势，门便被全部推开，然后陈晓欣走进了这间宽大的办公室。这是一间豪华得不应该存在于健身房，而应该存在于某个大型公司的办公室。

"请坐。稍等我一会儿，不好意思。"韩总冲着陈晓欣点了点头，她的声音很有力量感，尽管轻柔，但有一种天然的说服力。

陈晓欣习惯性地给出了一个礼貌的微笑，她真的对这种氛围太娴熟了。

"小张给我发了一些电子文件，我没空看。"韩总终于忙完她手头的事，她向后靠在人体工程力学椅子的头枕上，一支应该是艺术赞助人系列的钢笔，在她修长的手指间盘旋，像一个跳跃的精灵。

陈晓欣看着，那支笔似乎是1993年的屋大维，然后就听见韩总说道："你有十分钟说服我。"

往往当有求于人又听到身处高位的人给出时间限制时，人们大多会下意识地让自己在这个额定的时间里，尽可能表演得精彩，然后在恰好的时间里完成演说，以显现自己的专业和胸有成竹；当然也有人努力让自己表演得足够精彩，以至于对方忽略了之前的时间限制。

但事情发生在陈晓欣身上时，她似乎不打算这么干。

"没有人能在十分钟内说服您，至少我不能。"陈晓欣面带微笑地说道，"但是，我想如果把简介投到您挂职的另一家公司，也许我可以得到额外的三分钟。"因为陈晓欣做了背景调查，发现韩总不但是张若彦供职那家大公司的大股东，而且她还在另外一家大型的IT公司里担任人事总监，也可以说，那才是韩总的正职。

从进入这个房间开始，陈晓欣就一直在观察韩总。

她看上去很漂亮，但再仔细些看，就会发现她最好的年华早已远去。

从她手背的血管、体形、脸庞看起来，她的体脂率极低，但她的脸并没有垮，身形也绝对不是消瘦，那就是说明，她有足够的肌肉。

这是一个极度自律的女性，她所有的美好，都是依靠超乎常人的刻苦训练和化妆来营造的，并不是陈晓欣姑妈那种，就算三十出头，素面朝天去图书馆，也会被大学生索要微信的天生丽质。

很符合来之前所做的信息收集和背景调查。

这就让陈晓欣接下来有了更加充足的信心开口："如果不够，我再去花城大道那家健身房办卡，也许在您做力量训练的组间休息时间，我可以在您生气之前再得到三分钟。"

这让韩总一下子握住了指间盘旋着的那支笔："你一直都这么喜欢冒险的吗？"

因为陈晓欣这样的说辞，往好了说，是显示了她为今天的洽谈，做了无比充足的准备——不单做好背景调查，甚至连韩总平时常去哪家健身房，做力量训练还是有氧训练都做了信息收集。

但她的确是在冒险，因为这样有很大可能会引起洽谈对象的不悦。

可能会觉得隐私被窥探；甚至更敏感些，可能会觉得是在做出某种层面的威胁之类的，最后会连十分钟的机会，都消亡殆尽了。

陈晓欣很认真地点了点头："您会因为我的能力而投资给我；但不会因为我恭维话说得足够好，而投资给我。"

"你确定？"韩总再一次笑了起来，那支笔上许多银线构成的蜘蛛图案，又在她指间盘旋起来，"你要的并不多，只是两百万的额度。"

那么，如果仔细恭维的话，单纯因为马屁拍得好，韩总开心地投这两百万，真的可能性也很大。至少，比陈晓欣这样冒着触怒她的风险要好得多。

刚才接待的女士再次进来，给陈晓欣端上了茶水。

在招待的女士出去之后，陈晓欣摇了摇头，开口道："不是现在。不是这里。"

她不否认，也许在之前或之后，韩总会因为她恭维得好而投钱。

但不是在这里，也不是现在，她很确定这一点。

为什么呢？

因为陈晓欣从张若彦那里知道，韩总为了证明自己的投资眼光仍然如过往一样精准，她甚至专门去投了一支舞狮队，然后期待有所收获。韩总需要出成绩，而且是短期内出成绩。所以，靠拍马屁，可能之前或之后会因此得到投资，但绝对不是现在。

而且，陈晓欣更确定，不会是在这里。

这里并不是一个正式的写字楼，为什么自己会在这里见韩总呢？

是不是说明其实张若彦公司里，大老板和大股东之间，矛盾已经激化到了某种程度呢？

在这种情况下，陈晓欣不觉得，依靠拍马溜须能拿到投资。

不是不愿，也不是她不会，而是她判断，此路不通！

韩总没有接着问为什么，但她眼里，就有了欣赏的神色。

接着陈晓欣就开始阐述她的计划，恰好用了十分钟。

"简单地说，你准备把祖传的餐馆换一种风格装修，然后走高端路线。"韩总在听完之后，做了这么一个归纳，"两百万，五个百分点的股份，是这个意思吗？"

当得到肯定的答复之后，韩总并没有再继续聊餐馆项目的投资。

"陪我走走。"韩总站了起来，对她说道。

落后半个身位的陈晓欣，看着前面笔挺的身影，突然有了一种同类的感觉。

也许这样会有些狂妄，但她真的感觉，初次见面的韩总，内里跟自己有着某种相同的东西，也许是特质，也许是三观。

她们再一次穿过了狭长的过道，走到了健身区域。

鼓声渐渐清晰起来。

走到操课室的门口，韩总推开门。

打鼓的男子剃着光头，显得帅气阳刚，跟陈晓欣大哥那种阴柔的俊美截然不同。

醒狮在高低梅花桩里跳跃，很灵动。

这应该就是张若彦所说的，韩总投的舞狮队。

如同上过战场的精锐军人，听到枪炮声，总会下意识判断口径和距离。

陈晓欣习惯性地观察这支舞狮队的每一个细节，因为她是做运营出身的，而且绝对是精英。

大约半个小时左右，鼓声停了下来，舞狮的是两个女孩，狮头的女孩很漂亮，不是韩总这样的漂亮，陈晓欣这么觉得，而是她姑妈那种漂亮。韩总跟舞狮的人们打了招呼，又交代了一些事，并没有介绍陈晓欣，也没有向陈晓欣介绍这支舞狮队。

当重新把操课室的门关上，韩总领着陈晓欣，重新回到办公室坐下。

"给我你的意见。"

她并没有说什么意见、对什么的意见，但陈晓欣明白她的意思。

韩总问的，是对这支舞狮队的意见。

于是陈晓欣开始回忆这近一个小时的点滴。

她毫无怯意。

有些人，就是能从一片月季花瓣里看见整个盛夏。

在这个豪华的办公室里，面对韩总提出的要求，陈晓欣连一句场面话都没有讲。

例如"我试一试""可能讲得不好""实际上的情况我也不太了解，只能讲一点主观的看法""能不能给我一些相关的数据"等之类的东西。

她当然会讲这一类的措辞，不然之前运营领域里的业绩是怎么出来的？

可是陈晓欣知道，韩总一定听过许多这一类的措辞。

对一位对自己投资眼光无比自信，而且希望在短期内实现投资回报的投资人，她要听到的绝对不是这种套路化的措辞。

她要的，是最直接的本能；她要看到的，是陈晓欣的眼光和本能，甚至迷信一点，是陈晓欣的气运——张若彦说过，韩总是潮汕人，潮汕人当然不一定就很讲究八字、运气，但不能否认，的确有一些潮汕人，真的就信气运之类的说法。

所以，陈晓欣没有说一句废话，她开始回忆，刚才在操课室门口，近一个小时里见到的全部。

对其他人来讲，也许不可思议。

但对军迷来讲，分辨出手枪子弹和步枪子弹，就是常识；对吉他手而言，分辨出和音，就是本能。

所以，对陈晓欣，习惯于对每个接触到的项目、团队去画像和侧写，就是她的本能，一个运营专家的本能。那个舞着狮头的女孩，有一种发自内心的疏懒，不，不是陈晓欣姑妈的怯意，就是疏懒。她对一切都不太在意，她可以随时放下那个狮头，放不下去的，是她眼里对那个打鼓男孩的担忧。

打鼓的男孩，在帅气的外表下，似乎有着某种神经质？陈晓欣不知道，但这个人感觉似乎是一颗炸弹，也许在某时某刻就会搞出点什么事，来使整个团队崩散解体。

至于狮尾那个女孩，似乎完成了许多高难度的动作，但陈晓欣对她的眼神记忆得很清晰：冷漠。是的，冷漠得如同一个过客。女孩执起狮尾，似乎是某种道义的约束，而不是对这份工作的热爱。

不，所有人，包括做拍摄的，打灯光的，现场做数据搜集、短视频运营的……

也许角落里那个黑黑瘦瘦不起眼的小姑娘除外。那个小姑娘，在狮头舞起时，在鼓声响起时，眼里是真的有光的。

除此之外，没有在这个团队的哪个人身上，找到一点创业的热忱，或是对这个项目的激情。

陈晓欣抬起头，毫不逃避韩总的目光："运作起来，找人接盘，尽快退出。"

听着她的话，韩总便笑了起来，爽朗的笑声里，略有点涩意。

但陈晓欣不敢去试探，也绝对没想过去为对方开解。

因为交浅，便不应该言深，一个真正的社牛，会很好地把握这个尺度。

否则，不过就是话痨的傻大妞罢了。

韩总叫了那个刚才接待的女士进来，对后者交代清楚，然后对陈晓欣说道："接下去的手续，她会和你对接。"

很明显，韩总很满意陈晓欣的态度和眼光。

风险投资，本来就没有绝对正确的答案。

要不哪里来的风险？

但是，有足够敏锐眼光的人，总是会采取一些果断的措施，去回避不必要的损失。

毫无疑问，陈晓欣提出来的方案，跟韩总的腹稿不谋而合。

而在陈晓欣准备离开的时候，韩总不知道想到什么了，突然对她说："你家里世代开餐馆，这么说，你厨艺很棒？"

"我会煎蛋，煎单面，煎双面，煎溏心蛋，都会。"陈晓欣一本正经地回答，"术业有专攻，为了把蛋煎好，其他的，我就放弃了。"

韩总愣了一下，失声笑了起来，拍了拍手掌："好吧，煎蛋艺术家，嗯，签下这份投资协议，庆祝一下，以使得有仪式感一些？"她说着，瞄向了边上的酒柜。

"如果是那瓶 Brora 1978 40yo，我可以庆祝三次。"陈晓欣也笑了起来，其实从进入这间办公室，习惯性观察各种细节的她，就注意到它了。同样，她也注意到了韩总刚才那句话的"翻译腔"，也许是她回忆起某个在国外的片段？陈晓欣不知道。

但她知道怎么去拉近彼此的关系，特别是感觉到投缘的时候，所以她用了同样的句式来回应。而且已经关停厂的 Brora（布罗拉），对一杯威士忌能喝出焦糖、水果香气、食物气息等韵味的陈晓欣来讲，也的确值得喝一杯。

当手上有了足够的经费，陈晓欣对餐馆重新装修的意图，也就开始一步步得以实现。

事情有许多小插曲，无论是装修的许可，或是装修队的挑选，装修材质和工期、工艺等事宜，都需要一件件去处理，一点点去互相妥协。

但总归是开始往前推进了。

连续盯了三天的陈晓欣，在母亲去餐馆施工现场换她回家之后，先是好好睡了一觉，睡醒时，天色已经黯淡了，客厅里传来的大呼小叫，不用问，陈晓欣就知道，是她大哥又把手机游戏投影到电视屏幕上了。

她推开门打了个哈欠："废柴，阿嫂咧？"

"不是你鼓励她去返工嘛！"陈晓轩一边打游戏，一边随口回答着，"死妹头，你看，让你嫂子去上班，家里没人做饭，我俩都没饭吃，唉！"

陈晓欣冷笑道："呵呵，你手断了？你不会自己去做啊？还得有人侍候你，对吧？"

"借我三百块，好不好？"陈晓轩在游戏里推掉了对方的塔，然后又干掉了对方准备回来防守的刺客，"我就叫一下外卖，买点啤酒。三百块，亲生大佬，你这都不借我？"

陈晓欣极为无语地扫了他一眼："阿嫂去上班，你也去包厕盆啊！你打算一辈子宅在家里打游戏吗？好啦，给你五百，明天去包厕盆！"

她说着，上去就踢了他一脚。

"好好，明天，明天我就去包厕盆！"陈晓轩无奈地回应。

于是陈晓欣就转了一千块给他，这个时候她完全没有意识到，这一千块，会带来什么样的后果。

第二十二章　事不如期

餐馆装修，原本陈晓欣是想着半个月，哪怕给多点钱，加班加点也得把工程赶下来。

以至于装修工程单是一面墙，刮墙算一回钱，倒角又算一回钱，平整再算一回钱，她也认了。要做得好看，又要快些出活，就得让人家赚钱，这个道理要想不明白，那是成不了什么事的。所以，稍一还价，陈晓欣就让人开工了。

但是万万没有想到，到了第十三天，这装修工程还得差个三分之一多点。

帮女儿看着施工队的黄樱，也不知道怎么办了，赶紧一个电话就把陈晓欣叫了过来。

"老板，我不是不想赶，我也没办法啊！"施工队的工头苦着脸说道。

陈晓欣没有搭腔，只是跟母亲一起，在餐馆里走了一圈，看了一下各处施工的情况。

施工队工头说的倒是实在话，因为陈晓欣跟他们订合同时说，如果能按时完工，是有奖金的。所以，要是能赶，工头真的不介意去找其他施工队借点人，搞三班倒之类的。

他摇着头苦笑道："可现在这世道，别说咱们装修，哪怕修地铁或者修隧道，一过九点还不停，边上居民就得投诉了！周末那更是不可能干得了活啊！"

这就是现时广州市里的实际情况了，不由得装修队工头二十四小时找人三班倒。

"我这也是挖空了心思，才赶到这份上呢。"工头很是委屈地说道。

他甚至直接把施工安排的本子递给了陈晓欣，这不看也罢，一看之下，陈晓欣也感觉提不出什么好建议了。因为这装修队过了晚上九点或是周末，就安排一些类如铺防水啊、贴墙纸啊之类，不会有太大动静扰民的活计。

黄樱这么没理也要吵三分的人，看着施工队干活，都感觉不好骂人了。

因为施工队现在，其实已经是分两班了。

早班八点多就来开工，晚班中午来，晚上也是干到一两点。

但提不出什么好的建议，不代表陈晓欣就是个傻白甜，接受误工的一切后果。

这玩意又不是学校里，做不对，那就再做多几次；背不会，就下次考试努力。

这是生意。

陈晓欣伸手握住母亲的手，示意她不要开口。

母亲的思路对陈晓欣来说，那是真的不适合做生意，她甚至猜到，母亲想开口说什么诸如"啊，那也要尽量赶啊""这可是我女儿嫁妆啊""不知道哪个仆街打的投诉电话，要让我知道，我打小人打到他开不了口"，甚至，她会跟工头一起骂市政部门九点之后不让扰民的条例是不对的之类的。

然后，就默认施工队的延期。

这不是做生意。

陈晓欣把那施工安排的本子递回去给那工头："那我可不懂，反正如果延期的话，只能扣钱。延期超过一周，那我们法庭见，你给我算算，我这里一天租金多少钱吧，我一天白给员工发工资得多少钱？"

工头也不是善茬，听着就眼睛一瞪："你敢扣我钱试试！我泥工、电工一大班人，指着这钱过日子呢！"

黄樱听着就要发火："你恶什么恶？你欺负女人啊！"

但是陈晓欣再一次捏紧了母亲的手，让她不要开口。

她很平静地对工头说道："那我这么大的餐馆，你说多少人指着它过日子？我告诉你，延期肯定扣你钱，你不高兴直接把这餐馆砸了嘛，反正本来就亏钱，要不谁装修？我直接告你得了！"

从头到尾，陈晓欣都脸带微笑，她看着工头说道："要不，你就不讲理嘛，到时你组织工人闹，我组织员工拉横幅嘛！发微博，发短视频，大家都来写小作文，都不过了嘛。"

工头听着，眼里就有了怯意，但声音却拔高了几分："老板，你可是要想好了，你跟我们杠，你可是在这里做生意的！你日后这餐馆可是还要开的啊！"

"高铁现在很快啊，我日后餐馆开不了，就带上员工坐上高铁去你家吃饭嘛。"陈晓欣一点也不慌张，"你家要是在快递到不了的山里头，我这种城市废物还真就认栽了，但你家也是地级市里……"

工头听着就慌张了："你……你怎么知道？"

"咱们不是签了合同吗？现在有很多软件，可以查证你的信息啊。我感觉，你好好想想怎么如期按质完工吧。我们广东话说，'食得咸鱼抵得渴'，签合同拿钱时，你不跟我说完成不了？你不知道在广州搞装修，过了九点会被投诉？"

陈晓欣停顿了一下，看着工头手腕上的手表："劳力士呀，大哥，你戴七八万一只的表，你跟我装什么生活无着的底层？要不你打我？然后我报警要你赔我医药费？"

听着她这话，工头下意识捂住手腕上的表："假的，假的！我……我去看后面贴瓷砖了。"

边上黄樱一看就高兴了："好嘢，是我女儿！不是跟你姑姐一样，门口狗！"

陈晓欣本来想跟母亲细说一番，听着这话，摇了摇头，息了念头。

因为黄樱在意的是吵赢了。

对母亲而言，这就是至关重要的事。

"阿娘，你盯紧一点吧，工期他肯定不敢误的，但质量这一块，咱们得自己看紧。"陈晓欣说着，又招手唤来几个被李姗叫过来练刀功、练厨艺的厨工："大家都要盯着，分红的合约大家都签了的。这施工队要是质量没搞好，到时哪里坏了，就要花钱维修，就是成本。成本高了，春节结账时，别说大家的分红，甚至连第十三个月的奖金都会没有了。"

一时之间，几个厨工跟闻到鱼腥的猫一样，开始有事没事就去盯着施工的各个角落了。这年头，听说过"躺平"不奋斗，但不奋斗，任由人家搞走自己的分红？那不可能！更别说那第十三个月的奖金了，谁会甘心让别人弄走？

但就在这时,陈晓欣的电话响了起来,是她父亲打来的,少见地慌张:"欣欣,你快点回来,出事了!啊,你娘就别让她回来了!"

餐馆里正在施工,就是有朋友来找黄樱去打麻将,她也是不肯走的。

因为她知道那是自家女儿投的嫁妆钱,所以一分一毫,她盯得极紧。

"娘,我回去睡会儿。"陈晓欣对她说道。

黄樱马上就挥手让女儿赶紧回家:"去吧去吧,我在这儿看着,误不了事的!"

下去车库把车开上来,靠路边停下,等5G信号恢复了,陈晓欣马上用车载蓝牙拨打了父亲的电话,然后才打了左转向灯,加速汇入车流。

"发生什么事了,老窦?你在外面有女人,然后现在私生子找上门了?"陈晓欣无奈地问她父亲,因为陈勇不单慌张,而且还声明别让黄樱回去,那陈晓欣能马上想到的,大约也就是类似这样的事,"老窦,你不要慌,做了亲子鉴定没有?如果你同阿娘离婚,分不到什么财产的话,我会养你,放心!但私生子你自己搞掂,我就不可能帮你养了啊,不然阿娘会打死我!"

陈勇在电话那头没好气地说:"闭嘴啊!你在说什么?什么亲子鉴定?你想到哪里去了!"

事实上,陈勇的慌张,并不是因为他自己出了什么事,也不存在陈晓欣想的什么私生子上门的戏码。

而是陈晓欣的哥哥陈晓轩,跑去酒吧喝酒,还跟女孩互撩加了微信,今天大嫂刘宛晴休假,无意中拿了他的手机叫外卖,才发现,于是就发生家变了。

背景音很嘈杂,似乎还有男人呼喊的声音。

"欣欣啊,都怪你!你快点回来吧。"姑妈陈淑芳显然也在现场,抢了陈勇的电话。

陈晓欣看着转红灯,把车停下来,问姑妈:"我向来都叫他废柴了,关我什么事?难道他去酒吧撩妹,是我怂恿的?"

"你有没有叫他去上班?"陈淑芳无奈地叹气,然后问陈晓欣。

转红灯了,陈晓欣赶紧加油,上了内环路:"是啊,不然整天在家里打游戏,啃老吗?"

"你要让他在家打游戏,就什么事也没有啊!你不该去劝他的,你都知道他是废柴,废柴,你怎么能指望他搞好任何一件事呢?"隔着电话都能感觉

第二十二章 事不如期

到,陈淑芳怒其不争、咬牙切齿的表情。

"行行,我上内环了,到家再说吧。"

上了内环就很快了,除了下内环路时,在黄埔大道堵了一小会儿,挂了电话不到二十分钟,陈晓欣就停好车回到家里了。

刚出电梯没进门就听到有人恶声恶气骂道:"仆街陈晓轩,我妹嫁给你,你就这么对她?"

陈晓欣推门进去,就看见得有一米九五、近三百斤的壮汉,一手揪着陈晓轩的衣领,恶狠狠地叫骂着,而陈勇和陈淑芳想去拉开,又被三四个中年男女围着:"你们陈家今天总得把这事说清楚!"

至于刘宛晴,就坐在玄关的换鞋凳上,掩面低泣,边上有约六十岁的老女人,一脸恶毒地低声说些什么。

陈晓欣看着,深吸了一口气,走到大嫂身边:"阿嫂,到底怎么回事?"

刘宛晴边上那个老女人很提防地看着陈晓欣,然后很凶地质问道:"你闭嘴!今天……"

"阿嫂,这位是你代理律师?"陈晓欣按着大嫂的肩膀问道。

刘宛晴抬起头,一脸泪痕,她摇了摇头:"不是,这是我表弟的丈母娘,今天第一次见。"

那个揪着陈晓轩的近三百斤的大胖子,就是刘宛晴的表弟。

"给我一分钟。"陈晓欣不由分说,拖起大嫂就往门外走,那老女人一时反应不过来,等她想追上来,陈晓欣直接就把门关上了。等她开门出来,看到电梯已经往楼下去了。

"快点过来!阿晴被个女仔拖走啊!"

于是陈晓欣家里头那些人,顾不上纠缠陈晓轩和陈勇、陈淑芳了,纷纷追了出来,按着电梯,等电梯到了,连忙坐电梯下楼。

在消防梯里,姑嫂两人一高一低瞄着门缝,看着那些人进了电梯,又过了一会儿,陈晓欣才开口:"阿嫂,怎么看着你这亲戚就没一个好人?"

"嗯。"刘宛晴点了点头,然后如梦方醒,"你哥就是好人?"

陈晓欣没跟她争辩,拉着她手说道:"进家里说,那伙人一会儿又上来了。"

姑嫂两人进了门,直接就上锁了。

这边陈勇和陈淑芳还在骂陈晓轩，陈晓轩嘴角有些红肿，看着是刚才那壮汉给了他一拳。

"停！都消停！"陈晓欣没好气地对陈勇和陈淑芳说道。

然后她按着刘宛晴的肩膀："阿嫂从头到尾讲一次，先不要骂废柴，一会儿那伙人上来，就说不清了。"

她敢这么说，是因为刘宛晴之前介绍她表弟的丈母娘时，说了一句"今天第一次见"。

明显，刘宛晴是反感对方的，要不然，她就不会加这么一句，就是说这些人跟她三观是不相符的，她在下意识地撇清自己。

刘宛晴从头到尾讲了一次，其实事情就很简单。

开始正如陈勇在电话里讲的，刘宛晴用丈夫的手机叫外卖，然后微信响，她看了一眼，就发现有个女孩在跟陈晓轩发信息，然后往上翻，还有一些"轩哥，我们周五晚上再去喝酒啊"之类的话，然后陈晓轩回了一句："到时我老婆如果没休息，就去啊，不过我没钱。"

"我这周发工资，我请你！"对方说道。

陈晓轩发了一个两眼是爱心的表情。

大概的情况就是这样，加上旁边的陈晓轩补充了几句，陈晓欣也就可以理出个头绪了。

那就是她的废柴大哥去打工，去佛山包厕盆，但这废柴一无是处，可是长得好看啊！

放工了坐地铁回来，在小区边上的小酒吧喝瓶啤酒，就有妹子找他搭讪，并请他喝酒。

"我身上只有妹头给我的一千块，有人请我喝酒，我当然能省就省了啊！"陈晓轩找了个冰袋捂着嘴，很委屈地说道，"包厕盆，体力活来的，很累，好吗？阿娘跟妹头在餐馆，老婆在发型店没下班，老窦去钓鱼，我一个人放工了去喝点酒解乏，不用捉去打靶枪毙吧？"

陈晓欣揉了揉太阳穴，对他说："行了，闭嘴！"

这时那伙人又匆匆上来了，在外头疯狂拍门，大有抄家灭门的架势。

陈晓欣问刘宛晴："嫂子，还能不能过？就你还愿意不愿意跟废柴过？其实你的条件，能找到个比他好得多的，不管你愿意不愿意跟他过，这辈子我只认你这大嫂。"

外头三百斤的壮汉疯狂拍砸铁门的声音，加上男女混合的呐喊，使得这层楼的其他人家，都有两户跑出来看热闹了。在家里就算隔着木门，刘宛晴也觉得很是心惊胆跳，她有些怯意地问陈晓欣："这，这什么，什么能不能过？"

她压根就没想过能过或不能过的问题。

陈晓欣就觉得有点奇怪了，要是没想到能不能过的问题，怎么会有一群娘家的亲戚跑来闹腾？但看着刚才刘宛晴介绍她表弟的丈母娘也好，被她拖着去楼梯间也好，她似乎还真的不是这个意思。

"我就是在我娘家的家族群里骂了几句，然后我表弟听着就很生气。"刘宛晴下意识逃避着陈晓欣的目光，"说……说娘家人要不过来，怕我会吃亏。"

陈晓欣一听就明白了，给她做了个总结归纳："就是说，还能过，回头咱们自己家里弄死废柴，不行把他阉了，是这个道理，对吧，大嫂？"

"不，不！你不能乱来，怎么可能乱阉人！"刘宛晴被吓得慌了手脚，也不知道她的脑子怎么转了，末了还补一句，"猫猫狗狗也不能乱阉，要送去宠物医院的……"

陈晓欣一听扑哧笑了："那你的意思是咱们把废柴送去泰国？"

"不是啊！"刘宛晴气得伸手掐了陈晓欣一下，她知道，小姑子在戏弄她。

有了这么个准信，陈晓欣就不慌了，安排大哥大嫂去洗把脸，让父亲和姑妈把茶泡起来。然后她走过去打开木门，看着门外如熊一般的壮汉："这门三万多，你们砸坏了，记得要赔，我这里有付款记录。嗯，现在似乎还涨价了。"她把手机上这门的销售页面对着外边，"你看，四万了。一场亲戚，你们那么想砸，就砸嘛，记得给我换新的就得。"

"你们陈家欺负我表姐！今天不说清楚，我们不会就这么算了的！"那壮汉咆哮着，但倒是不再砸门了，"你们现在不让表姐见我们，你们非法囚禁！我要报警，警察不会放过你们的！"

另外几个中年男女，大约是这位表弟的父母姑妗之类，也纷纷帮腔。

那个老女人更是不停在边上用粤语骂一些很恶毒、粗俗的话。

陈晓欣环抱着双手对他们说道："你们要是想出气，就继续，不是说我们陈家非法囚禁吗？你报警嘛，还等啥？要是求财，就给我停止 COS（角色扮演）。"

门外的人一下子愣住了，只有那个老女人还在骂骂咧咧，大约她听不懂什么叫 COS。

"行，你继续，这门，你们赔定了。"陈晓欣直接当着他们的面，隔着铁门打了 110 报警。

这下外头那一家子，就不分老少全愣住了，那老女人突然叫了起来："你别吓唬我们……"

但陈晓欣真不是吓唬她，电话一接通，她就对 110 说道："有一伙人，借故调停我兄嫂的家庭琐事，跑到家里来打砸，许多东西被砸坏，很多小东西，手表、玉器也找不到了，很可能是他们拿的，反正现场很混乱，暂时是找不着了。我哥也被打了，我嫂子吓得猛哭。现在？我把他们骗出门外，他们在疯狂砸门，其中有个得有三百斤、两米高的，我们都很害怕。好的，好的，谢谢警察。"

"我们没有拿你家东西！"门外的壮汉再度咆哮起来。

陈晓欣压根就不搭理他说什么："你们要是畏罪潜逃，可以抓紧跑了，警察马上就过来。"

然后她直接就把门关上了。

于是外面那一家子，当场就石化了，跑，还是不跑？

砸门是肯定不敢，人家都报警了，警察马上就出警过来了。

关上门之后，陈晓欣对洗了脸走出客厅的兄嫂问道："内部矛盾处理好了没？"

"都没什么事了，他说以后下班去发型屋接我，然后要喝酒就一起去。"刘宛晴心疼地拿着冰袋，帮丈夫捂着红肿的嘴角。"就是我妈那边家族群里，我姨……我姨可能会不好交代。"可是她看着丈夫的嘴角，又说，"可是……可是他不该打轩哥的！"

看着这副恩爱模样、撒狗粮的做派，陈晓欣耸了耸肩，真的想骂脏话。

听着门外那一家子仍在喊叫的声音，陈勇有点着急地说道："欣欣，接着怎么办？"

一时间，陈晓欣突然有些迷茫，她从父亲眼里看到了无助。

第二十二章 事不如期

好似她童年时，心爱的书包被同学弄脏了之后的那种无助，他似乎不再是自己心里可以依靠的、有宽大胸膛的父亲。

"老窦，你泡茶啦，没事，小事，我来处理，你泡茶，照常刷你的钓鱼视频就是了。"

陈淑芳在沙发上看着陈晓轩，一脸的恨铁不成钢："你为了喝两杯啤酒，你何必呢？"

"他们明显是要弄钱。"陈晓欣揉着太阳穴坐了下来，问刘宛晴，"你知道他们想要多少钱吗？要用在什么地方？"

刘宛晴很茫然地摇了摇头。

警察很快就来了，客厅一地的狼藉，以及本来阴柔的陈晓轩红肿的嘴角，还有搀扶着丈夫的刘宛晴那对丈夫担忧的眼神，真的不用问，警察第一印象都对那一家子有了看法。

不过警察还是很专业，尽量中立地调停。

训斥了刘宛晴表弟那一家子，又征询了报警人的意见等，最后还是去派出所做了笔录，让双方都不要再闹腾。

而陈晓欣要求对方赔偿损坏的东西，至少赔偿陈晓轩的医药费和那铁门的修复费，也得到对方确认。

"过来。"出了派出所之后，陈晓欣对那位三百斤的壮汉勾了勾手指。

"你做什么营生，我很快就会查出来，雪中送炭就难，雪上加霜，你说难不难？"陈晓欣笑着看着面前如熊罴一样的巨汉，丝毫不因为对方捏得发白的拳头而有什么担心，"一场亲戚，能帮就帮，但你要给我玩这种心眼，我不是白莲花，不会惯着你。"

陈晓欣拉着兄嫂走了几步，就听见身后那个壮汉开口道："你……你要怎么样才肯帮我？"

"给我把那门换了。"陈晓欣头也不回地说道。

壮汉下意识地吼道："四万啊，要有四万，我有病才上你家闹呢！"

一手挽着大嫂，一手挽着大哥，走在晚霞里的陈晓欣，没有再说什么。她嫂子有几次想回头，却又被陈晓欣拉回去了，她蹦跳着，低声跟兄嫂说着些什么快乐的事，然后大笑起来。连西下的斜阳，似乎都因着她那放肆的青春，而多了几分活泼。

第二十三章　还款计划

智能可刷人脸、指纹的防盗门，甲级标准的本来就要一万出头，而陈晓欣家里是两户并作一户的，等于双开，又要做入墙之类，又对材质有要求，四万出头的价位，其实也是合理的。但对掏不出这钱的人来讲，就非常不合理。

比如现在坐在陈晓欣家客厅里这位三百多斤的壮汉。

他是刘宛晴的表弟，有一个很不符合"90后"的、充满时代感的名字：廖广荣。

"这个'广'字，是辈分吗？"陈晓欣看着他问道。

廖广荣愣了一下，然后拼命点头。

他坐在那里，低着头，那表情如同砸碎了教室玻璃的小学生。

但当这个孩子三百多斤时，整个画面就很有点滑稽了。

廖广荣一直盯着自己的脚尖，弯着腰，似乎这样可以让自己显得渺小一点，可以被原谅，可以被忽视，但近两米的身高和三百斤的体重，却让他的一系列努力完全没有起到半点作用。

与他之前来陈晓欣家里，揪着陈晓轩，把后者的嘴巴都打肿时，判若两人。

"医药费、误工费一千七百二，你当时也没异议的，单据都在这里，你是不打算给了，对吧？"陈晓欣冷冷地问他。

廖广荣低声咕哝道："就缓缓行不行？我现在真没钱啊！"

"门你也不打算赔，是吧？"陈晓欣一点也不打算给对方任何好脸色。

哪有这么找个借口进来随便打人骂人砸东西，然后过来扮一下可怜，就这么算了的？

"那……那我真没有钱啊。你总不能为了几万块,让我家卖房子吧?"廖广荣一副快要哭出来的模样,跟他的外形有着极大的反差,所以看着也让人觉得格外可怜。

在泡茶的黄樱,感觉就受不了了,用茶夹把一杯茶夹到他面前:"你要道歉!你外母也要过来道歉!你还打了轩仔,你一定要好好道歉的!"

"是,是,我道歉,我一定也让我丈母娘过来道歉。"廖广荣听着,忙不迭地点头。

因为他能感觉得到,事情就要出现转机了。

果然如他所料的,黄樱接着说道:"钱的事,看你们道歉的态度,如果态度好……"

"如果态度好,就按现在的数字赔;要是态度不好,我们法庭见,我们家就愿意花四十万,争这口气!"陈晓欣在边上,一下子就把母亲的话头抢了过来,"我哥可是我娘的心头宝,上千万的餐馆给他败光了,都不舍得骂一句,你凶他也罢了,你还打他!要这么算了,是不是你们家族群里,谁都可以用误会的借口跑过来,无端打我哥一顿?我告诉你,这事,我们现在给你的就是底线,绝对不可能退让。"

然后陈晓欣回头看了黄樱一眼:"娘,你说,对吧?"

本来是看着廖广荣很可怜的,但听着女儿说起儿子挨揍,黄樱心头火就上来了。

特别是陈晓欣说的,要不让他赔,以后谁都能跑过来打陈晓轩一顿,这句话直接就把黄樱煽动起来,一拍茶几:"没错!一分钱都不能少!"

黄樱对儿子的疼爱,那真的是发自内心的,这一巴掌,吓得廖广荣都哆嗦了。

"你给个准信,赔不赔?不赔,现在我就联系律师,你也回去忙自己的事,别在我们家耽搁时间了。"陈晓欣对他说道,"法院要判你一分钱不用赔,我也认了;法院判了赔,你拖着不给,硬拖成老赖,我们也认。我们家就是要个说法。"

"赔,赔,我认赔,能不能宽限几天?"廖广荣真的卑微到不行了,不是他脾气好啊,是他有个堂哥,就是在律师事务所当保洁的,这事他们家还真托他堂哥问过。虽说是保洁,可是做得久,跟律所里的大小办事人员、律师也是脸熟，又是小事，请教这么点专业知识的人情还是有的。

但凡问到的，不论办事员还是律师，都告诉他：人家跟你就不认识，也没任何财物纠纷，你跑到人家里打人砸东西，这能有道理？除非刘宛晴能站出来指认陈晓轩家暴或有其他不良行为，可能还有转机。

可刘宛晴开始还担心她姨那里不好交代，当天晚上，陈晓轩发烧，也不知道是吓的，还是受了风寒，反正去了趟急诊输了液；接着两三天，因为那一拳，把口腔里的软肉在牙上搓烂了，第二天就肿得很厉害，于是连续几天只能喝粥，还只能半边嘴喝。

刘宛晴看着心疼得不行，她直接就把廖广荣拉黑了，后面她姨想来跟她说这事，她直接把陈晓轩肿起的脸拍了照片发过去——她姨可不是廖广荣那天带来的媳妇家的亲戚，刘宛晴她姨也是个要脸的体面人，就不敢再跟她聊这事了。

所以指望刘宛晴站出来替他做伪证？做梦吧！

廖广荣就是因为知道，这真要打官司，自己是绝对讨不了好的，所以才会过来低三下四地讨饶。

"认赔是吧？没钱是吧？你说说，你想怎么赔吧，我们去公证处公证吧，公证费我出。"陈晓欣也不是真想把人逼得怎么样，但莫名其妙来家里打砸，要就这么算了，于情于理真的说不过去，她又不是白莲花圣母心，"说一下你的还款计划吧。"

她不提这还款计划倒也罢了，这么一提，近两米高、三百斤的汉子，当场就"哇"一声哭起来，那真的是泪流满面，鼻涕交错："呜呜，我，我没，我没还款计划啊，我那店，那店就是开不下去了，我才想着替表姐出口气，好开口借点钱啊！我那店，一天都没有两桌客，我怎么还你钱啊？我连电费都交不起了！交不起电费，那冰柜的肉就会坏了，我没钱进货了啊，呜……"

陈晓欣和黄樱对视了一眼，陈晓欣深吸了一口气："你开的什么店？"

"饭店啊，正宗的苏州本帮菜！"廖广荣一边拭着眼泪，一边说道，"我小时候，小时候，明明记得，广州有家叫'和平饭店'的，生意特别好，就是做本帮菜！怎么到我来开，就这么倒霉呢？"

和平饭店当然是上海滩独特的标志，但广州的的确确曾经有过唤作"和平饭店"的高档餐馆，只不过早已经消失了许多年。对于"95后"的陈晓欣、廖广荣来讲，那应该是他们小学时期的记忆。

"还生意特别好？现在百度都找不到的老店了。"陈晓欣看着廖广荣，感觉很有些无奈，因为现在到搜索引擎上去找"广州的和平饭店"之类的，除了一个不知真伪的荔湾区的地址以外，真的毫无痕迹了。

廖广荣听着，抽了抽鼻子，梗着脖子："但是，但是当年很高档的！我爸爸每次跑船回来，都会带我去和平饭店……全世界最好吃的阳春面！"

是不是真的全世界最好，大约只能见仁见智。

但在这一刻，从廖广荣的表情和眼神，至少对他来讲，这句话绝对是毫无水分的。

陈晓欣点了点头："至少，全广州最好吃的阳春面，全广州最好吃的八宝鸭。"

"嗯！"三百斤的壮汉，如同孩子在小区找到新玩伴一样，高兴而用力地直点头。他终于不再哭泣，眼神里少了许多方才的惊慌失措和无助，如同在暗黑的旅途找到了志同道合的伙伴。

不用问，陈晓欣基本也能猜个大概，按最符合常理的逻辑，大约就是如此：廖广荣的父亲，应该是在远洋船上工作的。

因为哪怕家里开着餐厅，当年陈晓欣求小姑带她去和平饭店吃八宝鸭，很疼爱她的小姑也要挣扎好几天，往往要等到发工资，或是家里餐馆每月分红了，才能下决心带她去一趟。

所以，普通轮渡或短程船只上面的工作人员，不太可能一下船，就带小孩去那么高消费的地方。应该是在远洋船上工作，本来远洋补贴就高，又加上下船时，可能凑了一年或更久的工资。

身上有钱，又是跟孩子久别重逢，才会每次都舍得带小孩去和平饭店。

而更大的可能，是廖广荣的父亲估计不在了。

记忆中的事物，永远是最爱的。

因为它已不可再现，而且人们会不断地在岁月里将它美化。

陈晓欣看着廖广荣："所以，你开一个本帮菜馆，就是为了纪念你父亲？"

"你……你怎么知道？我连我妈都没跟她提过！"廖广荣跟见了鬼一样，拼命往后缩，以至于陈晓欣家里沉重的鸡翅木沙发，都被他挤得哗地往后挪了五厘米。

陈晓欣指着那沙发，对他说道："弄坏要赔，就你坐着那张三人位的沙发，我记得超过二十万。"

廖广荣吓得真的站了起来，黄樱看不下去了："你别听她的，你坐，你坐，鸡翅木就是厚实，讲究能传家的，哪能这么容易坏？不会坏的，你放心坐！"

尽管如此，但重新坐下的廖广荣，还是显得更拘谨了。

"你看，连和平饭店在广州都开不下去了，你为啥还开个本帮菜馆？"陈晓欣感觉这逻辑就盘不通了，"要说看别人赚钱眼红，你跟风去做，然后亏了，这也能接受。"问题现在不是，陈晓欣记得当年和平饭店装潢很奢华的，那样的店都开不下，她想不通，廖某人为什么会想来开这么一个馆子。

廖广荣很不服气地说道："当年很高档，生意很好啊！再说，都跟风网红店，我想着，反其道而行嘛，说不定就能起来！"

似乎觉得这说服力不太够，他又加了一句："你刚才也说，和平饭店的八宝鸭和阳春面，至少是全广州最棒的！我专门去上海学了四年厨师的！"

陈晓欣抬手拍了拍自己的额头："我的天啊！嗯，我哥有个创意，我觉得你会喜欢，他想搞'台山陈皮咖啡''梅菜牛眼扒'，对了，还有什么'潮汕老香黄咖啡''九江双蒸奶茶'。顾客进门就先发一顶安全帽！"

"这个创意好啊！没想到，那天真的对不住你哥了，我真不该打他！"廖广荣一听，就感觉找到知音了，"有个成语，叫啥什么'一'来着？"

他摇着脑袋，边上陈晓欣从一鸣惊人到一苇渡江，最后猜个独树一帜，总算猜对了。

"对，就是独树一帜，我觉得很'哇噻'！"廖广荣激动得不行。

陈晓欣摇了摇头："你还欠着我四万块的门、一千多的医药费呢，你那么高兴做什么？"

她这么一说，廖广荣一下就蔫了。

"你的还款计划呢？聊不出你就走吧，我们法庭上见。"陈晓欣把节奏重新拉了回来。

廖广荣听着，双手抱住脑袋，似乎一只把头埋进沙子里的鸵鸟一样。

"你那店有多大？"陈晓欣问他。

这么一问,廖广荣就又觉得是一个机会,抬起头道:"十五平方米,开在小区里面,那个小区很旺的!"

他说了一个地址,大约是在白云区,陈晓欣也不太确定位置,凭印象似乎在增槎路那一带,也许更接近同和的方向。

说起他的饭店,廖广荣就又激动起来:"其实我那小区很多人的,别看是楼梯楼,入住率那是超高的,我店上面那一家,八十平方米就住了十五个人!我觉得,只要有一笔钱进来,让我支撑过去,以后肯定能行!对,你……你们住这珠江新城,肯定很有钱吧?要不,让你哥投一点?"

陈晓欣一听也乐了:"在那个群租屋的小区里,我哥卖他的'潮汕廿年老香黄咖啡''九江双蒸奶茶''台山陈皮咖啡''梅菜牛眼扒',你卖你的糖醋小排、八宝鸭、一碗98块的三虾面、150块的蟹黄面?19块没有一丝肉,不到二两的阳春面?"

"阳春面我只卖15块。"廖广荣很认真地纠正,压根就不觉得哪里有问题。

15块钱,对于八十平方米得住十五人的群租房住户,他们往往是做体力活居多,需要更多的脂肪和蛋白质来补充体力,无论从营养还是从口感上,他们为什么不去买一碗有小半碗肉的隆江猪脚饭?

陈晓欣摇了摇头,感觉这位跟她的废柴大哥,还真的有一个词可以形容:卧龙凤雏。

这么聊下去,她感觉,这三百斤壮汉坐到天黑,恐怕还得哭上几场,然后事情毫无推进。

"我给你个方案吧。"她很无奈地对廖广荣说道。

若是春来百花开,自然姹紫嫣红各擅胜场,喜欢什么风韵的花朵,可以各赏心头所好。

但如果到了寒冬腊月,半枝蜡梅,那三两朵素淡的黄花,便是风雪里唯一的亮色。

而陈晓欣提出来的方案,就是廖广荣现在唯一的指望,要不然,他实在想不到办法,怎么来赔这笔钱,按他说的:"我……我为了撑着饭店,能借的都借遍了,不能借的也都借了!哪还有钱赔啊!"

"把你那店关了,我给你找份工作,每月发工资,按时还钱给我。"这就是陈晓欣给他提供的办法,"在此之前,我要先查查你的征信,如果很烂的话,那不好意思,我还是得去告你。"

如果是张若彦或是李泽霖这样的朋友、同学,遇上事了,哪怕征信不好,那倒也罢,廖某人那可是来家里打砸的对头,还把她哥打了,要是征信很烂,陈晓欣不可能因为要他还钱,而去帮他找工作之类的。一旦有什么后续的事情,别人找他讨债什么,到时难免连带着会有麻烦。

"我征信没问题的!"廖广荣急急地分辩起来,这让在泡茶的黄樱马上就产生了疑问——她并没有什么严密的推理或逻辑,只是很朴素的认知:你要没问题,怎么人家一提你就这么急?

在陈晓欣发消息给财务,让后者去查廖广荣征信之后,黄樱就禁不住开口问道:"你很急着找工作?你一早关了那苍蝇店,然后去找工作不就得了?一个厨师,还会找不到工作?"

这话问得快两米高的廖广荣,整个脸都臊红起来,低下头,不敢吭声。

陈晓欣喝了一杯茶,握了握母亲的手,示意她自己心里有数,便起身对廖广荣说道:"跟我走吧。"

后者一站起来,本来穿着高跟鞋也有一米七出头的陈晓欣,真的一下子就变得极度迷你娇小。

但是廖广荣跟在她身后,却似乎享受这样处于跟随者的位置。

每个人都有自己的难处,每个人都背负着期许。

而有不少时候,这许多难处和期许,往往会让人不胜负荷。

就算是身高近两米的廖广荣,也一样艰难。

如果能借着这一次的机会,把这些东西放下,他其实会有种解脱的轻快感觉。

当把廖广荣带到正在装修的餐馆之后,陈晓欣就把在培训厨房员工的李姗叫了出来,指着廖广荣对她说:"这个人,跑我家去砸烂了东西,又把废柴打了,现在没钱赔。你看厨房能不能用上,能用上的话,看看他值多少钱。"

这时趁着装修,在训练服务员折叠餐巾、端盘上菜的厅面经理,眼睛一亮,跑过来对陈晓欣说:"老板,他这身材,保安可以啊!"

"我……我是厨师。"廖广荣争辩着。

可是厅面经理马上连珠炮一样反驳:"你这么大块头,广州这块方,一平方米多少钱，你心里没点数啊？寸土寸金的地儿，厨房就那么大，你一个抵人家三个，你能一人做三人的活吗？下厨房又不是打篮球，个高有什么用呢？"

陈晓欣看着红着脸、说不出话的廖广荣，摇头道："行了，姗姗，你领他去厨房，看看能不能用吧，我等你终审意见。"

等李姗领着廖广荣走向厨房，陈晓欣皱起眉，对那厅面经理说："你告诉我，咱们又不是商务KTV，正经的一家餐馆，要这么一个两米高的保安干什么？你少给我闹幺蛾子！去去去，搞你的培训去！"

看着厅面经理讪笑着走开，陈晓欣也笑了起来，其实她清楚，厅面经理就是来帮个腔，以打压廖广荣，让他不好要太高的价。这就是团队，大家开始意识到要减少成本，要向着一个共同的方向去努力。

而这时就听见外面的自动感应门铃响起，却是有人进来了。

几乎在那位中年人走进来的一瞬间，陈晓欣就下意识地开口道："您是，李叔叔？"

因为第一眼，她就感觉，这是李泽霖的父亲。

不单是样子长得像，而且在这样的盛夏里，一身手工西装和皮鞋，简直就是一个模子刻出来的。

来者有点惊讶，但马上就微笑着点了点头："泽霖给你看过我们家里的合照？"

"我乱猜的，您别见怪。"陈晓欣忍着笑说道，招呼着对方坐下，厅面经理倒是会来事的，马上就让服务员把茶具之类的端过来。

只不过施工队这边在装修，钻地声之类的，让陈晓欣有些不好意思："李叔叔，我这边在装修，要不我请您到边上的茶室坐一下？"

"不用了，司机还在楼下等我。"李父笑着拒绝了，他是顺路经过，所以就上来看一看。"因为泽霖从上大学就一直提起你。"他语速很慢，但有种不容他人插话的感觉，尽管他带着笑，"从小到大，很少见他能把一件事坚持满一年的。不论电竞、攀岩、搏击等，都一样，但在迷恋你这件事上，得有八九年了吧？所以，我一直在想，你得漂亮到什么程度？忍不住，我刚好顺路，就过来看看，请体谅一个父亲的唐突，见笑了。"

他说得很坦诚，以至于有些话，直白露骨也不会让人反感。

"李叔叔，您太客气了。"陈晓欣也笑了起来，"其实我们是同学关系，并没有……"

李父笑着抬了抬手："我懂，他有情，你无意。"

然后他喝了一口茶，就站了起来："好了，人也见过了，你这边也在忙，我就告辞了。有空，欢迎到我们潮汕做客。"

这时大约是有服务员，去给在盯着工程队的陈淑芳通风报信，其实，很难有家长对自己孩子的同学，还是逢年过节一直给家里送礼的同学，有不好的印象。所以，听着李泽霖父亲来，出于礼貌，陈淑芳也觉得，自己作为陈晓欣的长辈，应该过来打招呼。

但李父明显没有逗留太久的时间，打了招呼，就匆匆离去了。

当他回到车上，副驾驶上的秘书就好奇地问他："老板，那女孩真的很漂亮吗？"

"在我看来，很一般，她姑妈，倒是确实非常漂亮。"李父笑着摘下眼镜。

秘书就很疑惑："那您的公子这么长时间放不下这位，是不是有点不正常？"

"不，我见过这个姑娘之后，觉得很正常。"李父重新戴上眼镜，从容地说道。

第二十三章 还款计划

第二十四章　谁告诉你们的

这个世上并没有那么多怀才不遇，在小区餐厅开不下去的廖广荣，也不单单是因为他在群租房聚集点，卖15块钱一碗的清汤阳香面。情怀，有时候也不过是给予自己的一剂麻醉药，以便让自己可以不用面对现实的悲凄。

"什么都会点，什么都不怎么样。"李姗把廖广荣从厨房领出来之后，走到小阳台的遮阳伞下，坐在陈晓欣边上，拿出烟盒，点了根烟，"刀功不怎么样，连二厨都比他强；白案只能说会，也不成的；至于做菜，嗯，这么说吧，四千块打个杂，我嫌他块头太大。"

这世上本来就没有那么多沧海遗珠。

陈晓欣看了一眼站在边上的廖广荣，对他问道："你怎么看？"

"我……我愿意学，能不能给我这份工作？"廖广荣低声说道。

他没有再提什么情怀，因为到了厨房，红案白案、调整酱汁等，一溜试下来，高低立见，其中的差距感，已经不是什么情怀可以抹平的了。

"保洁之类的杂务，承包给你，签劳务合同，签三个月试试，每个月四千块，餐馆包你一日三餐，三千块还债。厨艺你要自己有空的话，去厨房帮助，或是厨师长在培训厨房员工时，你自己能学多少是多少。注意，劳务合同，不是劳动合同，社保你要自己买的。"陈晓欣对廖广荣说道，"我不建议你在这里打工，你最好想想别的办法赔钱给我。"

廖广荣阴沉着脸想了七八秒："那我一个月只有一千块，我之前借别人的钱也要还啊！"

"我看上去像是你长辈？我是受害者，你应该赔钱给我。至于你欠别人的钱，跟我有什么相干？"陈晓欣可不打算惯着他，很直接地呛了回去。

廖广荣又在那里呆呆地站了好几秒，才搔着脑袋说："那我明天答复你可以吗?"

陈晓欣点了点头,挥手示意他可以离开了。

"他应该没有系统地学过厨艺,那四年估计就是打杂。"李姗在廖广荣离开之后,低声对陈晓欣说道。

陈晓欣听着伸手一指,言下之意不言而喻:李姗自己也没有上过什么厨艺学校,也是自学啊。

但李姗摇了摇头:"我尽管是自学,但我是系统地学习过。"

她是有计划地了解怎么成为一名厨师,以及成为厨师所需要的技能。然后一点一滴,按部就班地去学习。看书之后找机会实操,再看视频,找差距,到同行厨师那里偷师观摩,到高档的酒楼,体会同一道菜跟低档大排档出品的有什么不同……

"这东西讲悟性,我没悟性,所以我从一开始就系统地学习。"李姗抽了一口烟,阳光让她的额上有了些细细的汗珠,映着阳光,似乎有着七彩的珍珠。

陈晓欣扑哧笑了起来:"我感觉你在'凡尔赛'。"

听她这么说,李姗便反应过来,有些慌乱地熄了烟,准备分辩些什么。

"但我觉得没毛病,继续凡尔赛吧!"陈晓欣笑着拍了拍手,"我就喜欢看你这样不做作的'凡'!"

这倒让李姗羞得连耳根都红了起来,她找了个借口:"我去厨房盯着他们!"

陈晓欣看着她匆匆而去的身影,事实上,她很欣赏这样的伙伴,一个还没到三十岁的女孩,没有正经上过厨师学校,依靠着自己学习、偷师、观摩,从三级厨师证考到一级厨师证,所以她敢于从原来的大排档辞职,敢于说不行就回梅州开个小餐馆之类的,所以她能一出手就镇住厨房里的男女员工。

她要的,就是这样的伙伴。

这也是为什么当初她一定要跟家里人杠,也非要划出股份给李姗,一定要她过来的根本原因——她能看出来,这人就是天生做这一行的,正如她自己,天生就是做运营的一样。

而于廖广荣,李姗说了他只值这个钱,那么陈晓欣就绝对不会多给一分钱。

陈晓欣信任李姗，便如后者信任她一般。

装修，不论快慢，每天都在向前推进；但每天来上班的员工，却慢慢地开始有了一些情绪。

有人开始托病不来上班参加培训了。

开始是两个服务员，然后是厨房的白案，那个陈晓欣从凤城招揽的女孩。

做面点的女孩原本是不愿说的，但陈晓欣以为她不舒服，坚持给她网上挂了号，又给她先转了一千块，让李姗带她去看医生。女孩一开始不肯去，后面被陈晓欣问："是不是跟男朋友闹矛盾了？吃了亏你跟我说，咱们不赖人家，但也不能让人欺负，该找律师我帮你找。"

听到这些话，女孩眼眶就红了："老板，我是去见工了。在这里您对我很好，姗姐也很厉害，教了我许多东西，可是这样没工资，我顶不住啊！"

"什么没工资？"陈晓欣一下子没反应过来。

直到李姗在边上看到受不了，开口道："不就是装修歇业，餐馆管饭不发工资嘛，我们本来是打算半个月装修完的，现在怎么看也得一个月，那这个月工资，正常都是到重新开业了，再延期一起发。"

"但我每个月要给钱我妈，我撑不住啊。"白案女孩很有些不好意思。

然后就轮到陈晓欣蒙了，好半响她才反应过来："谁告诉你们这样的？"

其实大部分情况下，潜规则都是这样，而且从业人员也习惯了。

"工资按时发啊。"陈晓欣觉得很头痛，招手把在培训服务员的厅面经理也叫了过来，"那两个说生病不愿来培训的服务员，是不是也是担心这个月工资会延期？"

厅面经理很诧异："这个月有工资吗？"

大约按她的理解，餐馆都没营业，没有付出劳动，只是在免费给大家做培训，怎么会有工资？等于就业前免费培训还管饭，哪有工资这回事？

陈晓欣摇了摇头："你告诉大家，工资肯定会按时发。"

厨房那白案在边上听着，匆匆拿出手机在微信上回了几条信息，对陈晓欣说道："老板，我回绝了那几家餐厅。只要发工资，我肯定跟着你干的。"

"以后类似的事，先问我，好吗？"陈晓欣感觉啼笑皆非。

但是她没有料到的是，更加让人啼笑皆非的事在等着她。

人生在世，难免会有一些不如意的事，或是不好的事。

有些人会去抱怨，去埋怨自己时运不济。

陈晓欣却不是这样的人，无论是那些因为餐馆重新开张了一个月，所以过来讨要之前她哥哥欠下货款的供货商；还是因为装修歇业，要发放给员工的工资。

"员工宿舍的租金也要交。"财务拿了单子过来给她批，因为员工大多是外地人，或者并不是住在餐馆附近的，如果要他们自己租房，大约只能租到比较偏远的地方，上下班都会非常不方便，所以陈晓欣就近租了宿舍给他们。

而这里虽然不是天河等市中心，但也不会太便宜，所以势必也是一笔开支。

除了之前推荐的那个不靠谱的采购，财务平时来说，还是能给出一些建议，比较常规化的建议，或者说，符合餐饮行业的潜规则的建议。毕竟这人是陈晓欣父亲推荐过来，之前在其他酒楼，也是做过好多年的。

"其实我们可以招一些老年人。"财务给陈晓欣意见，"住在边上的老年人，工资也可以压得更低一些。而且老年人，他们也没有那么多业余时间的需求。老板，我们这里是餐馆，也不用出很大力气，就是端一下盘子之类的，老年人也是能胜任的，反正都要体检，身体不好的咱们不要嘛。"

下班之后就过来帮忙盯着施工队的陈淑芳，在边上拼命给陈晓欣使眼色，意思是让她听取财务的这个意见。

陈晓欣并不喜欢这个建议，但不能否认，这是一个中肯的建议。

事实上，现在许多还开着早茶，做街坊生意的酒楼，不论男女服务员，手上的老人斑并不罕见，或者说，基本上手上都能看到老人斑。

而财务说的，也的确是个可行的措施。

因为有体检报告，所以如果有什么隐患，当然就不会被录用；而端盘子送菜，也确实不用什么力气。并且这个年纪需要出来工作的老年人，他们知道自己的处境，脾气会比年轻人好无数倍——正如写字楼里，那些有房有车有家庭的中年人，总是老老实实地无薪加班一样。

"先不考虑这个方案吧。"陈晓欣摇了摇头，她给姑妈使了个眼色，让后者不要在这个时候来跟自己聊这个话题。

她从一开始就比较抗拒这样的方案，其实之前张若彦提醒过她，如果走老店的风格，请一些老年人来当服务员，也不失为一种选择。但陈晓欣觉得这么干，等于筛选了很大一部分用餐人群，往往会造成这个餐馆除了便宜和老店的噱头之外，一无是处。

而现在重新装修，她更加不可能往这个方向走。

但陈晓欣并不打算对财务解释这一切，因为没有什么太大的必要，财务只要把账目管好就行了；而且她也不打算反驳财务的提议，无缘无故地去打击团队成员的积极性，陈晓欣觉得不是什么正面的事。

可是对财务来说，来找陈晓欣，就是有问题的："那这样的话，这个月因为要结算之前那些供货商的款项，就算挪用租金这块，还是有缺口。如果加上员工的工资要照常发，那还有二十万左右的缺口，怎么处理？"

陈晓欣想了一下，打开包，找了张信用卡出来递给财务："三十万的额度，你先刷进公司的账里，算是我个人的借款。"

交代完财务这一摊事，陈晓欣对等在边上的施工队工头说道："你这边明天就可以退场了吗？"

工头一脸的怨气，看了陈淑芳一眼："真的是，老板，你扣我钱我都得讲，越漂亮的女人越恶毒！我怕你姑妈了！我做工程十几二十年，第一次见到验收这么苛刻的甲方！"

不单是苛刻，关键是，会出问题的点，陈淑芳都了如指掌。

毕竟她一毕业就在物业公司当财务，小区住户家里什么楼道灯坏了、爆水管啊，弱电信号干扰啊，都要找物业的工程队去维护，而这些事情，往往都是先到她这里，再由她判断之后，转给物业公司的工程队。

所以，要怎么让弱电信号不被干扰？不好意思，陈淑芳那是真不懂。

但她就知道，这玩意是得测的，她会到各个角落去测蓝牙和Wi-Fi信号等。

总之，她不解决问题，但她能发现无数问题。

而正如陈晓欣反呛工程队的："那么，我姑妈提出来的问题是不是存在？怎么解决，当然是你们的事啊，要是我们能解决，这钱就不该给你们赚，讲道理，你觉得是不是这样？"

她又把财务叫了过来，交代了明天最后验收付款的事宜，所有人都离开了，只有陈淑芳担心地看着自己的侄女，她犹豫了一下："欣欣，你搞到'碌卡'，怎么行啊？明天施工队离场，还要结尾数，那可不是小数目。姑姐身上还有一万八,啦,转一万给你,有钱要还啊!真的是买菜加油的钱了!"

碌卡,就是刷信用卡,陈淑芳觉得搞到要透支私人账户,是很麻烦的事。

陈晓欣按住姑妈的手:"不用,工程款那边,专款专用,无论是你给我的钱,还是我娘那边拿出来的钱,或是之前的融资,都是作为装修用款,这个不用担心的。姑姐,这些是预计好了的,再艰难都好,总会走过去的。"

"那就好,那就好,那我走啦,我没开车啊,我坐你车回家。"陈淑芳算是松了一口气,背着包站了起来。

走到马路上,陈晓欣按下车钥匙,今天她就停在楼下露天车位,倒是不用下车库。

上车时,抬头看着二楼的餐馆,临街还蒙着布、没有通电的霓虹招牌,陈淑芳便又高兴起来:"欣欣,你用'半砳璎珞·私厨'这个招牌,我觉得很不错啊!简单好记。"

不同于姑妈,陈晓欣却觉得,明天重新开业才是挑战的开始。

但这没有什么,这是她自己选择的道路。

系好安全带的陈淑芳,不经意地问侄女:"李泽霖家里那么有钱啊?之前知道是有钱人,没想到这么有钱,今天他爸请人去你家里提亲……"

陈晓欣一脚急刹,惊魂未定地看着姑妈:"姑姐,你玩我啊?吓死人了!"

"什么嘛?真的啊,我能跟你开这种玩笑?"陈淑芳一脸的认真。

所有预计之中的困苦,其实都相对会好一些。

这也是为什么,若是一个中年人,少年时接受过系统正规的运动训练,一旦下定决心恢复,就算是一身肥肉,也会比其他没有基础的人,更为迅速地恢复运动状态。无他,因为其中应该经历的艰难,都在心中了然,包括运动的每个阶段的瓶颈之类的。

因为心里有数,便显得从容。

尽管陈晓欣没有经营过餐馆,但对运营有着足够的敏感度,并做了许多事前调研,祖上几代人都有经营饮食行当的经验,所以,餐馆也许成,也许败,她哪怕拿出私人信用卡来给公司账户借款,也并不会太过错愕。

但李泽霖父亲的提亲就不同了。

真的退一万步来讲,也不是陈晓欣预计之中的惊恐。

如果说李泽霖死缠烂打之类，借旧日同学聚会强行表白，或是送车送楼，她都不会太意外，就是类似的行径，她心里默认，在某种特定的环境下，是有可能触发这样的事，李泽霖是干得出来的。

但请人提亲？

"那接下去，是不是要三媒六聘？"她啼笑皆非地看着自己的姑妈问道。

不料陈淑芳一脸严肃地点头道："我看这节奏，应该会是。"

陈晓欣打了左转向灯，松开刹车，慢慢汇入车流，指着路边的移动营业厅上的招牌："姑姐，看见没有？5G时代啊！"

陈淑芳却不以为意："潮汕佬哟，又有钱，依着老规矩做，很出奇啊？我那辈人，但凡是潮汕佬，又不差钱的，基本一整套古代礼仪摆出来啊！不过李泽霖那年轻人蛮不错啊，这么多年，逢年过节的，都会有念到……那年轻人送的小礼物，几乎我们家每一个人都有收到啊！你姑丈都往往记不起结婚纪念日啊！更别提'520'什么的。这年轻人，这么多年，对吧，默默守护……算是长情了！你听姑姐讲，两情相悦，可遇不可求，遇不到，找个爱你的，是最保险的！"

上了内环路，陈晓欣一边开车，一边无奈地说："你这么说着，跟我就非得嫁给他一样？有没有搞错啊？他完全不是我的菜，好吗？备胎都不是！姑姐，是不是我娘那边让你来当说客？你不要当叛徒啊！"

陈淑芳笑了笑，但终于没有再劝说下去。

因为的确就是大嫂黄樱让她劝一劝陈晓欣的。

所以，陈晓欣的麻烦，并没有因为送完姑妈回家就结束，停好车跟姑妈各自回家，刚一到家，黄樱就把她拖到茶几边坐下。

"娘，我要去换睡衣啊！我要去冲凉啊！你放过我，好不好？"陈晓欣靠在沙发上，胡乱甩着长发，"我盯了一整天施工队装修，你闻下，臭不臭？馊不馊？"

可是一物降一物，黄樱起身："我去找把鸡毛掸子！"

陈晓欣笑着要跑进房间，却被母亲一把揪住耳朵："你跑给我看啦！"

"松手，松手，阿娘，一会儿扯变形了，成大小耳了就不好了！"陈晓欣连忙求饶。

黄樱拍了拍沙发："坐下，就聊几句。"

于是没有办法的陈晓欣，只好在沙发上盘膝坐下，一副入定的模样。

"不是，李泽霖那后生仔都蛮靓仔啊！你到底有什么毛病，看不上人家？"黄樱不解地问道，"阿女，你是不是有问题啊？不喜欢男孩子？如果是，你都不怕说，阿娘好开明的啊！"

"我拍过拖，好吗？我本来都想年底结婚的，好吗？"陈晓欣没好气地反驳着母亲，"李泽霖不是我的茶，要我说多少遍？"

黄樱看着女儿，突然接了一句："我非你杯茶，也可尽情地喝吧。"

这是一句很有些年代感的粤语歌词，陈晓欣被逗得禁不住笑了起来："娘，我们不听这么老的歌，我们听'看这场龙战在野，这战场千百热血战士'，好吗？"

"死女包，啊，没眼看你啦，快点滚去洗澡了，臭得要死！"黄樱没好气对陈晓欣说道。

陈晓欣往她腿上倒过去："是不是亲生的啊？叫我过来坐的是你，嫌我臭的也是你！"

黄樱笑着把她推起来，嫌弃地道："不是亲生的！充话费送的！快去洗澡啦！生虫啦！"

其实，她只是不知道怎么中止之前的话题，却又不愿去逼迫女儿，可身为父母，她真的觉得，李泽霖是一个不错的选择。

在陈晓欣笑着跑进房间时，家里大门再一次被打开，是陈晓轩跟刘宛晴下班回来。

"妈！我们回来了。"他们一边换鞋，一边跟黄樱打招呼。

"轩仔下班了过去接家嫂啊？"黄樱今天难得地对媳妇和颜悦色。

在得到肯定的回答之后，黄樱就把抱怨的对象转移到丈夫身上："死老嘢又说去钓鱼，到现在还没回来，哼，都不知道钓的什么鱼，搞不好，是去钓的美人鱼！"

"阿娘，不至于啦！"陈晓轩皱着眉头，劝说自己的母亲。

他倒是很能哄黄樱开心，聊上几句，黄樱倒也就不再骂骂咧咧了。打发了儿子去换衣服，黄樱对媳妇招了招手："家嫂，我有件事拜托你。"

她拜托的事，就是想让刘宛晴去劝一劝陈晓欣。

所以，她把今天李家托人过来提亲的事详细讲了一遍，然后郑重地对刘宛晴说:"你都知道,死女包的嫁妆全都投进那餐馆了,做生意,哪个敢包赚不亏的?你说要亏了,她以后怎么办?阿霖仔这么痴心,他家里又相中了欣欣……你们姑嫂关系很好,帮我劝劝她啊。"

当刘宛晴敲响陈晓欣的房门,打开门的陈晓欣,笑着把大嫂让进房间之后,一边用电吹风吹着头发,一边大声问道:"阿嫂,怎么样?你也要来做说客吗?"

"不是。"刘宛晴的声音不高,但很坚定,"我劝你要慎重。"

这是陈晓欣意料之外的说辞,她关掉了电吹风,就听大嫂说道:"如果当年,我是因为你哥有钱而选择他,那现在,他从广州酒楼老板变成佛山工厂里包厕盆的,那这日子就过不下去了。"

第二十五章　赌约

也许可以束缚一个人的行为；也许可以因为强势或是传统的习惯，逼迫一个人的言行，但一般来说，很难去控制别人心里的想法——正如黄樱没有料到，她给刘宛晴安排的任务，并没有向着她所期望的方向前进。

相反，刘宛晴劝说陈晓欣，要去追逐自己的感情。

"我们能养活自己，我们不用依附在夫家身上吸血，我们不用跟妈她们一样，去寻找一张所谓的'长期饭票'。"重返职场之后的刘宛晴，尽管是从底层发型师做起，但整个人的状态，真的跟以前在家里当全职太太有了天壤之别。

陈晓欣拼命地点头："阿嫂，你发现没有，你回去上班是正确的？"

在重新去上班之前，刘宛晴绝对说不出这样的言辞。

因为人会对不可知的东西或处境感觉到恐怖，然后着急去找一切可以依附的人或事，拼命地攀附上去，为此忍受所有委屈。

但是，当刘宛晴回去上班之后，慢慢地，她开始驱散这种恐慌。

"等生了小孩之后，你一定不要听我娘劝说，回家带小孩！哪怕赚的钱只够请保姆，也不要待在家里带小孩！"陈晓欣压低了声音叮嘱自己的大嫂。

刘宛晴拼命地点头，然后低声对陈晓欣说："轩哥去上班之后，虽然赚不了几个钱，但至少看上去精神一些。"

"其实，哪里有什么'长期饭票'？"陈晓欣把电吹风递给嫂子，毕竟，怎么处理头发，刘宛晴要比她专业无数倍，"一旦怀着这样的心思，就会存在一个等价交换的内在逻辑，阿娘从来不考虑这一点。你把别人当'长期饭票'，凭什么？你付出什么？细想下去，跟天价彩礼一样，很……不堪。"

她其实想说的话，应该不是"不堪"这么非口语化的词，但大约感觉在嫂子面前，还是不能太放飞自我，下意识地临时换了这么一个词。如果是当着张若彦或李姗他们，大约会是更'毒舌'的描述。

半砝璎珞·私厨开张，第一天的午市基本上就客满了。

因为放弃了早茶之类的街坊生意，放弃了低档路线，甚至连大厅的餐桌都放弃了，主打的就是私密性和高端，所以整个餐馆被分割成了私密性很好、大小不同的十八个包厢。而这些包厢不论是午市还是晚市，都在开业前的一周就订满了。

"这种情况不可能持续下去的。"陈晓欣没有抬头，对着推门进来的姑妈说道。

她很用心地在各个点评平台上写文案，看反馈和评论。

但言语之间，很有些忧虑和担心。

"为啥呢？今天第二天了，生意都很好啊，我刚才过来，沙发上坐了好些等包厢的人，晚市第二轮，至少还能坐满七八个小包厢。"陈淑芳对侄女的担忧，感觉到匪夷所思，"欣欣，你是不是故意在抬杠啊？我担心生意不好，你就借钱也要装修；现在明明生意很好，你就说什么'不可能持续'的丧气话！"

陈晓欣做了个手势，示意姑妈等自己把手头的事忙完再说。

她折腾了十来分钟，才抬起头，只觉得颈椎发酸，然后却就见到李泽霖的父亲，微笑着坐在经理室的沙发上，看着自己，一脸的欣赏。

"李叔叔，不好意思，刚才……"陈晓欣就有些尴尬了，无论如何，都是同学的父亲。

但李泽霖的父亲笑着抬起手，示意自己并不介意："刚才，是我专门请陈小姐不要打扰你的。我很欣赏你投入工作中的这种专注。"

他的语速依然很慢，但很有种堂堂之阵、正正之旗的味道："你的意思我明白。但是我想，如果作为投资人，对考虑要投资的企业，过来考察，那么，应该不会成为不受欢迎的人？哈哈。"

以至于，陈晓欣明明知道这位同学的长辈依然就是怀着提亲的心思，但一时之间也很难拒绝，只能强笑着说道："李叔叔，您开玩笑了！您是长辈，什么时候过来，都是我请不到的贵客。"

李父笑了笑,没有过多地在言语上去做交锋,他环顾着经理室的装修,然后开口道:"用了天然橘子皮来去味?包厢里似乎也是同样的处理?"

"是的。"陈晓欣这一次笑得开心,尽管是无甲醛的装修,但陈晓欣还是发动员工剥了新鲜的橘子皮、柚子皮,放在各个包厢和房间隐秘的角落里。气味并不明显,但如果很仔细,嗅觉又很敏锐,就会闻到淡淡的柑橘的青涩气味,类似于香水的尾调。

宝剑要赠壮士,红粉要馈佳人,李父这么一句,就让花了心思的人有种一番心思没白费的感觉,本来有些尴尬的场景,一下子就变得融洽了。

没有谁的成功会是偶然的。

他说着,拿起陈淑芳摆在他面前的一杯茶,喝了一口,有些诧异:"这是岩茶,但用的工艺是类似正山小种?红茶工艺?香气不错,汤色也不错,有巧思。"

陈晓欣也很惊讶:"李叔叔,你太厉害了,这是福建的朋友给的茶叶,她当时说得很神秘!你怎么可能这样一尝,就能说透整个来龙去脉!这也太夸张了!"

李父喝完了那杯茶,笑着摇了摇头:"潮汕人嘛,喝的茶多一些罢了。"

接着他并没有在茶的话题上再深入聊下去,他抬起头,看着陈晓欣:"叔叔想跟你打一个赌,或者说,作为投资人,对你的企业提一个考核的目标,你有兴趣吗?"

陈晓欣稍微迟疑了一下,但马上就展颜笑道:"跟李叔叔打赌,我就不敢了,那是必输无疑的。但如果是考核,我愿意试试。"

"哈哈哈,我突然明白,为什么泽霖会一直对你纠缠不休了。"李父爽朗地大笑了起来,然后站了起来,对陈晓欣说,"下个月今天,如果我没空,我会派专业的会计师来。你达成考核目标,将得到第一笔投资,无任何附带条件。"

然后他随手拿过陈晓欣办公桌上的签字笔,在纸巾盒里抽了张纸巾,写了一个七位数的数字:"营业额。"

放下签字笔,他看着陈晓欣,后者没有犹豫,点头道:"我觉得没问题。"

"好的,生意兴隆。"他拱了拱手,然后笑道,"留步,留步。"

尽管如此,陈淑芳还是替陈晓欣送到了楼下。

陈淑芳回来时很高兴:"这泽霖的爸爸真讲究啊!你别怕,这营业额做不到就做不到嘛……"

因为李父从头到尾也没提出过做不到的惩罚,陈晓欣也拒绝了打赌的提议。

"不。"陈晓欣摇了摇头,她并不这么看。

这世上不会有天下掉下来的馅饼。

如果达不到这个营业额,很明显李泽霖的父亲,就有足够的切入点和理由,来重启"提亲"的流程了。

一碟看着卖相很好,闻着也是香气扑鼻,甚至大多数人吃起来也觉得味道很不错的菜,它的价格却很便宜,这是否合理呢?有没有可能是这个商家良心发现,只卖成本价?甚至亏本价呢?除了某位家里有十几幢楼房收租,把卖鸭腿饭当成兴趣的老板之外,其实依靠餐馆赚钱养家的绝大多数餐饮行业老板,都不太可能这么做。

如果色香味皆全,然后价格很便宜,背后肯定是有问题的,不是地沟油,就是勾兑出来的"高汤"——人家就靠这行当赚钱,要真能把价格做低下来,在卷得这么厉害的时代,谁还不知道打个薄利多销牌呢?

换句话说,如果做早茶,扣去租金、人工、水电等成本,能稳定地赚钱的话,陈晓欣怎么可能不做,而要花大钱来装修,改走高端路线呢?说白了,无非就是做街坊生意维持不下去;投钱装修,就是希望能多赚一点。

无论嘴上说得如何冠冕堂皇,只要抓住内核,其实很多事情,就会拨开迷雾,见到真相。

"姑姐,你不能只看表面。"陈晓欣对陈淑芳就是这么说的。

因为后者送了李泽霖的父亲下楼之后,回来一个劲地称赞对方的风度和谈吐。

陈晓欣一边发微信,一边对姑妈说道:"之前提亲说的,他可以出个两千万注资,然后每月亏损别超一百万就行,对吧?还是你告诉我的。来家里提亲的人是这么讲的吧?"

这个当时陈淑芳是亲历者,她点头道:"对啊,欣欣,人家是有诚意的。"

陈晓欣摇了摇头："就不说注资两千万吧，人家随便开口，就是每月亏损不超过一百万就得。"她说着，拎起那张写了七位数的纸巾，递给陈淑芳，"这对咱们来说，是很夸张的营业额；对人家来说，不也就是可以随便亏几个月玩的数字吗？"

她把那张纸巾扔回办公桌，对姑妈说道："咱哪来那么大脸？人家这么大老板，来跟咱聊他家小辈几个月零花钱的生意，还考核？"

说着陈晓欣坐正了，看着姑妈说道："要不就是，这李叔叔啊，迷上你了！找了这个借口，有事没事，对吧，过来套个近乎！"

"去，去！姑姐打你的啊！没大没小的，这是能开玩笑的事？"陈淑芳没好气地白了侄女一眼，"那你把纸巾扔了，直接冲洗手间嘛，留着它干什么？"

陈晓欣就笑了起来："那要是我们能做到呢？"

"你刚才都说了，过几天生意就不可能这么好了。"陈淑芳有些丧气地说道。

尽管她不明白侄女为什么会这么预言，但至少她相信侄女在经营上的判断力。

陈晓欣想了想，终于没有对姑妈解释其中的来龙去脉。

这前五天的爆满，是因为她把广州能用到的关系，都发送了邀请——连之前去凤城偶遇的那两位开着跑车去吃黑叉烧、拆鱼羹的年轻女孩，她也一样发了邀请。而张若彦、李泽霖也纷纷帮她发朋友圈，把自己能请到的关系，都尽量地请了过来捧场。

现在那十八个包厢里，两个大包厢是张若彦介绍过来的；中午有两大一中三个包厢，是李泽霖的朋友来捧场。类似这样的东西，它不可能长久这么下去。

但她不打算跟姑妈去分析，陈晓欣抱住姑妈："姑姐，不要怕嘛，我们可以想办法嘛。"

"就靠你在某红书上发广告啊？"陈淑芳没好气地说道。

依靠陈晓欣在各种短视频和点评平台发广告当然不行，但并不是发广告不行。

流量为王的年代，放弃推广，才是取死有道。

所以，陈晓欣接着就给她之前的下属张笑笑发信息："近来玩什么呢？"

这不是她给之前团队成员发的第一条信息。

但很快张笑笑回复过来的信息，却让陈晓欣感觉，这是她找到的第一个合适的人选。

因为之前那些团队成员看起来都发展得很不错，所以彼此寒暄问候之后，陈晓欣就没有再继续聊下去。

张笑笑不一样。

陈晓欣的这条信息，如同打开了一个树洞。

张笑笑接连发送了许多条信息过来，有语音的，有文字的。

看起来，她在新单位过得很不开心。

陈晓欣梳理了一下，张笑笑在极短时间里，发过来的三四十条文字和语音信息，其实大意就是：尽管她业务水平很不错，但在单位老是被年轻貌美的女同事阴阳怪气、外貌霸凌。

"就因为我胖啊！我胖我又没吃他们家米饭！"张笑笑这条语音都有些哭腔了。

陈晓欣笑着安慰她："你就是婴儿肥嘛，你光脚一米五八，但九十斤出头的人，你胖啥胖？以前我们也拿你开玩笑啊，没见你生气嘛，你至于吗？"

结果是真的至于。

因为当一个人，近一米六，实际上不到一百斤，那么所有说她胖的嘲讽，都会很自然地默认是玩笑。

"欣姐，现在不同了。"张笑笑犹豫了一下说道。

不同就在于，她现在快要突破一百四十斤了！

当一个人真的胖了，那么所有嘲讽她胖的言辞，就都成了对她的伤害。

"她们也不是说我胖，她们可老'阴阳师'了！"张笑笑很愤怒地抱怨着新单位的同事。

比起直接嘲讽她胖，更让她难以接受的是，新同事的阴阳怪气："笑笑就是苗条，你这裙子，穿着就显腰身！"

是，因为是以前九十多斤时穿的裙子，能不显腰身吗？肚腩就出来了嘛！

"你这么几个月胖了四十斤？有点凶残啊！"陈晓欣也有些愕然。

而张笑笑的回答，让陈晓欣更加无语："我来这边，他们的业绩要求订得不高,我试用期每个月都是第一名啊!欣姐都怪你,你那时候给我的各种工具、逻辑太好用了,我没什么压力,就吃吃吃,就胖了。"

陈晓欣哑然失笑:"那要不然我给你点压力?你有没有考虑过,做一个小型的新媒体引流工作室?给中小型企业专门来做推广和引流。"

人与人总归是不同,就算是暴肥,张笑笑也远远没到廖广荣三百斤的分量。

而张笑笑一开口,也会发觉她的与廖广荣的截然不同:"哈哈哈,欣姐,你怎么知道我考虑过这样的事啊?你真的超厉害啊!"

然后张笑笑就开始罗列各式的数据,除了新媒体的引流工作室这个行业的走势之外,还有这种工作室跟中小规模广告公司的区别,以及跟中小规模广告公司之间的优劣点比较:"一旦做这个,那公车广告要不要纳入业务的范围呢?"

然后她就会聊起,目前广州中小规模的广告公司大约的业务份额是怎么样的配比,新媒体的工作室业务份额又是怎么样的配比,最后她再一一提出自己存疑的点:"如果做,是不是要跟传统的广告公司,在业务范围上去做一个切割?不切割,那就是一个广告公司啊。可是切割了,明显会放弃一部分业务和用户。我没有想好这个点。"

这许多数据,因为陈晓欣开着免提,所以陈淑芳也在边上听着,后者是财会出身,也是一直做着跟数字打交道的工作,但这各种数据和横向对比,跟她平时做的会计账目又是两个世界的东西,听了有几分钟,她只觉得头昏脑涨。

陈淑芳掩嘴打了个哈欠,就不耐烦听下去了,自顾自戴上蓝牙耳机,拿起手机,开了一局跑毒吃鸡的游戏玩耍。

不过对陈晓欣来说,这些数据几乎能马上让她在脑海里构建出画面来。

所以,她没有打断张笑笑,一直到她聊完,停了几秒钟,才说道:"你有没有考虑过一个问题,就是如果你的工作室体量足够小,其实并不需要马上做这种选择。你可以在服务客户之后,按效果,按收益,当你扩大规模时,再去做抉择。"

"对呀!"张笑笑在微信那头很以为然,"可是欣姐,这样的话,不好拉投资啊!"

她提出了另一个问题："因为没有足够的创新点，或者说，营利模式，辨识度……"

"你许诺出效果，再报出你期望的投资额度。"陈晓欣打断了她，"我给你发些资料。"

然后她就挂断了通话，把装修好的餐馆照片发过去给张笑笑："明天给我你的答案。"

挂了电话，她笑着看着姑妈："姑姐，你也不帮我听听，给我出出主意啥的？"

"我队友让人追杀，我要去救他！"陈淑芳一打游戏，跟平时就是截然两人，热血得不行。

不过她的技术很不怎么样，陈晓欣刚换完茶叶，还没泡好一巡茶，陈淑芳就结束了游戏。

"你们念叨那一堆的数据，还好你姑姐我潮流信息还是敏锐的，便知道自己中了'工作过度'的毒！"陈淑芳放下手机，跟侄女耍着嘴皮子说笑。

陈晓欣倒是个好捧哏："您是为了健康着想，所以赶紧就开了一把游戏？"

"那必需的，开一局游戏以解毒素，免得日后中毒太深，半夜猝死。"陈淑芳一脸正色地说道。

姑侄两人说完之后，笑着乐不可支。

"我看这餐馆要是生意活不好，咱们就去说脱口秀，也是一条路子。"陈晓欣笑着说道，"对了，姑姐，你上次说的要去竞选物业公司经理的事，怎么样了？"

这一下子就如同一桶冷水浇在头上，陈淑芳脸上的欢快便肉眼可见地冰消雪融了。

她犹豫着说道："这如果选上了，可能去别的小区，我们公司不止我上班的那个小区的……"陈淑芳说着，下意识地瞄着自己的鞋尖，"钱也没多多少，对吧？"越说越显得不自在，她看着侧边那瓶百合，正是盛开，似乎在嘲讽她的怯意。"多一事，不如少一事。"她看着侄女，目光里很有些讨饶的味道。

因为她太了解陈晓欣，很多东西，她知道在这个侄女面前是混不过去的。

而陈晓欣倒是如她所愿，揭过这一节不提，她也没有提起，陈淑芳那晚来问她意见，两人前后推敲，该怎么做，成败的后果等都盘得明白，陈淑芳当时也下了决心试一试之类。

陈晓欣只是轻轻说了一句："姑姐，你想清楚，这一步不踏出去，你以后就要跟自己和解。"

其实陈淑芳并不笨，她听得分明，所谓和解，就是不要再埋怨自己今天的怯懦。

因为这一步迈不出去，很大的概率，这一辈子，她就是当个财务了。

那么就得跟自己和解，而不是沉溺在自我怨尤之中。

可别说这一辈子，哪怕听着陈晓欣说出这么一句话，陈淑芳都开始在埋怨自己了！

这时陈晓欣的电话响了起来，她皱了皱眉头，按下了免提。

电话里传来的，却是廖广荣闷声闷气的声音："老板，是不是我这店不做本帮菜，改成卖隆江猪脚饭，就能活？"

之前带他过来餐馆试菜时，在路上，陈晓欣有意无意提起过，那个地理位置，除非都是上海、苏州人聚集，要不然，卖隆江猪脚饭，生意也应该比做本帮菜好。所以，廖广荣回去想了一夜，就打来了这个电话。

陈晓欣听着，摇了摇头："我卖猪脚饭能活，不等于别人卖猪脚饭就能活；别人卖猪脚饭能活，不等于……你懂吗？"

她不想把话说得太重。

但明显廖广荣是听懂了："不等于我卖就能活，对吧？嗯，我懂了。"

"你想好怎么赔我钱了吗？"陈晓欣平静地问他。

于是廖广荣连忙找了个借口，匆匆挂了电话。

这就是人与人的不同，陈晓欣相信，如果是张笑笑，随便去廖广荣那个小区，哪怕卖现泡方便面，都能活！

每个行当都有学问，不去调查和分析自己的目标受众，不去做数据模型，盲目于他们只字片语的指点，陈晓欣觉得，廖广荣如果这么下去，恐怕做什么生意都不能活。

第二十六章　淡极始知花更艳

其实有一些流传时间比较长的俚语，就算比较粗俗，但往往在某种层面上，也会有很大的适用性。

比如说，狼行千里吃肉，狗行千里吃屎。

又例如说，活鱼逆流而上，死鱼随波逐流。

这些话，总归是上不了大雅之堂的，但有很多时候会发现，它们就是有着很强的适用性。

过了大半个月之后，从半个月前开始来陈晓欣店里干保洁的廖广荣，大约就是这样的情况。

他试着卖了一周的猪脚饭，不成；后面又不知道听谁劝说，卖了一周的广式云吞，结果完全没有任何进展。

真的支撑不下去了，他只好来找陈晓欣。

"你没有交学费，我这里也不是厨艺学校，你得先把保洁的工作干好，然后有机会了，厨房那边大家有空了，才能让你试手，给你提高的机会。"陈晓欣从之前他过来，就给他讲得分明，但今天不得不把他叫过来，又跟他再聊一次。

为什么呢？

因为今天李姗请了假去看病，二厨在管厨房，廖广荣竟然跑去厨房，说负责白案的厨师发面有问题，又说二厨手艺不行，一副李姗不在，厨房就该他当家的模样。

厨房那边，大家看他快两米、三百斤，估量打不过他，才投诉到陈晓欣这边。

陈晓欣感觉他要一米八五、两百斤的话，估计这会儿应该就鼻青脸肿了。

今天本来张若彦过来找她下棋的，难得放松一下，但却不得不来处理这件事。

幸好张若彦也不是什么需要客套的人，自己在边上泡茶，示意陈晓欣不用管他。

廖广荣低着头，搓着手，不言不语。

如果他真的是个厨师，那正如之前在陈晓欣家里，黄樱可怜他时所想的一样：这年头，一个好厨师还能找不到工作？

那是不可能的啊。

他只能来陈晓欣这里当保洁，就是因为他只有这么个能力。

"当保洁，我去别的餐馆也能找到这活。"廖广荣低声咕哝着，"你说会给我学习的。"

陈晓欣摇了摇头："学习，不是让你来充大个。"

"我在上海学了四年厨师的，我是正经厨师啊，我想帮忙。"廖广荣没有抬头，盯着自己脚尖。

陈晓欣一时不知道怎么说他。

当然，要反击他，向来"毒舌"的陈晓欣有许多方向，但现在他是餐馆的员工，太过"毒舌"，其实并不太适合。

所以，陈晓欣想了想，也只能这么对他说道："但你没有厨师证。"

廖广荣一听就来劲了："老板，你听我说，有许多很牛、家里有传承的大厨，都不屑于去考证的！"

陈晓欣听到这里受不了了，把眼一翻："你有传承？"

"这个，没有。"廖广荣有点怂了。

陈晓欣不打算这么放过他，要不每天来一回，这么折腾完全就是浪费时间："你很牛？"

这句廖广荣就不敢接腔了。

陈晓欣摇了摇头："我说的是你没有厨师证，不是又牛又有传承的大厨，你没有这样的人设，我们能不能有一个共识？"

"啊，好的，我不是说我那啥，我只是说厨师证……"廖广荣本来还想说几句找回场面的，但在陈晓欣的目光下，声音渐渐地小了下去。

陈晓欣给他下了个结论："你不是个厨师，你自己要明确这一点。"

第二十六章　淡极始知花更艳

"好吧，我只是个厨子。"廖广荣低声地说道。

陈晓欣冷冷地说道："你要给自己加人设，麻烦加周全：连猪脚饭都做不好、包云吞都包不好的厨子。"

廖广荣一下就沉默了。

"我不想再跟你就这话题聊第三次。能想得明白？你要想不明白，那你走吧，每月按时还钱给我就行了，我留不了你。"陈晓欣对他说道，"你要能想得明白，今天你虽是保洁，但谁也不敢说，你明天就不是广州第一大厨。"

本来被说到很沮丧的廖广荣，听到最后这一句，眼睛又亮了起来，点了点头："能想得明白！"

等廖广荣出去把门带上后，张若彦笑道："这是亲戚？"

对张若彦来说，这是很直观的事，如果不是亲戚，直接开了不就得了嘛。

陈晓欣从办公桌后面走过来，拿起一杯茶，喝了一口："很远的亲戚，干保洁和搬运之类的活计，人家还是做得很好的。如果他能坚持到月底，我准备给他涨点工资，真的能一个人顶两个用。"

张若彦笑了笑，便没有再问下去。

刚才下了一半的棋，便又重新开始，大约是陈晓欣心里想着事，不觉随手下了两三着，张若彦抓住机会，直接就把陈晓欣边角一条小龙斩杀了。

"啊，不是，我刚才手抖！"陈晓欣连忙叫了起来，看着就要悔棋的模样。

张若彦哪里会肯？他立时大笑着把棋盘端走："你少来！我预着你这招，包括接着要把棋盘搅乱的后手！"

眼看着自己被拆穿，陈晓欣咬牙切齿："我还输不起吗？输就输了嘛，好似你没输过一样！"

"快点，烧鹅左腿！"张若彦眉开眼笑地坐下。

一只烧鹅左腿尽管不便宜，但以他的收入，也不是什么稀罕物，但赢到手的烧鹅左腿，那比花钱买的，要多了无与伦比的快乐。正如去玩夹娃娃机一样，夹到的娃娃，哪怕比不上投币的价值，那也让人格外高兴。

"行了，行了。"陈晓欣没好气地拿起对讲机，"经理室这边，一只烧鹅左腿，斩块喂狗。"她这边没说完，张若彦喝了一口茶就站了起来，眼看就要喷她一脸口水，陈晓欣连忙改口，"不是烧鹅左腿喂狗，我是说烧鹅左腿斩块，然后姗姗记得回家要喂狗！"

张若彦这才把那口茶咽了下去："你还能不能好好说话？"

"你公司过来吃饭的钱还没结呢！你还有脸说？"陈晓欣放下对讲机，便怼了他一句。

但出乎她意料的是，张若彦点了点头："行，我这两天看看尽快让财务处理一下。"

陈晓欣有点担心地问道："你疯了啊？"

因为她这话，本来就是朋友开玩笑胡乱说的——张若彦公司那边，觉得这里的环境不错，如果没去番禺大学城边上那个会所，往往有客人就会带到她这边来。来了两三次之后，是签好了月结的协议，所以没到每月约定结账日，肯定是没结账的。

"我可能要去上海，全盘负责那边的分公司。"张若彦有点无奈地道，"后面公司的情况怎么样，我不在广州，也不好说，让他们在我走之前把账结好，是有必要的。"

陈晓欣不知道为什么，一下子就愣住，无端地，眼眶有些发热了。

这餐馆里的经理室，其实很逼仄，但凡有宽大一点的地方，都隔出一个包厢来用了。

统共应该不到十五个平方米，除了一张办公桌之外，这沙发也是简约风的两人位和一人位。别说跟张若彦在公司那宽大的办公室相比，就算跟陈晓欣之前在公司的运营总监办公室相比，也是远远不如的。

但张若彦却似乎感觉这人造革的沙发，要远比他自己办公室那意大利进口头层牛头的真皮沙发更惬意，大致的原因，是他可以毫无顾忌地瘫着，而不用去考虑对成年人来讲，对商业精英而言，站立端坐是应该有的底线。

"怎么了？不舍得我公司这边的生意？"张若彦毫无仪态地瘫在沙发上，问陈晓欣，"我说你开个餐馆，不能老指望着我公司那点生意……你！你有病吧！"却是陈晓欣扑哧一声，把一口茶喷到了他的头上和脸上。

陈晓欣一看也乐了，扔了把纸巾过去："叫你要逗我笑！我在喝茶。"

只是这么一闹，便再也寻不着方才那种眼眶发热的感觉了。

"神经病！"张若彦没好气地骂着，一边抹着脸，一边嫌弃地把纸巾扔回桌子，自己在边上找了一包湿纸巾擦拭起来，"湿纸巾都不舍得给我一张，抠门成你这样,也是绝无仅有了!"

陈晓欣长叹了一声:"我劝你别用那湿纸巾。"

可张若彦会理她才怪,自顾自抽出湿纸巾把头脸抹干净了,就听陈晓欣说:"你仔细看看包装。"

张若彦看了一眼,却见上面写着"柔顺湿厕纸",他怪叫一声:"陈小心眼,我恨你!"

然后赶紧推门而去,往洗手间去洗脸了。

陈晓欣笑到不行,直到张若彦回来她仍笑得停不下:"你看,我就知道,我就知道,哈哈哈!这其实当湿纸巾用没问题,但我就知道,某个人就会疯掉!"

被气得满脸通红的张若彦,张牙舞爪跑到陈晓欣身后,作势掐住她脖子。

"好了,别闹。"陈晓欣忍住笑,"我不笑你,不笑你,哈哈哈!"

张若彦把手笼在她的脖子上:"道歉,不然我今天就和你拼了……哎哟!"

却是陈晓欣一把扯着他手臂,干净利落地给他来个过肩摔,而且准确地把他扔到了沙发上。

"你是真的疯了吗?你跟我怎么拼?"陈晓欣笑得都直不起腰了,她可是练了三四年中国摔跤外加柔道的,张若彦这文弱书生,从小到大就没跟人正经打过架的,哪怕是开玩笑,怎么拼啊?

张若彦在沙发上瘫着,干脆不起来了:"我要叫房产经纪,你完蛋了,你求我不要死,然后准备好钱,等着给首付吧!哼哼!"

"怎么突然要调你去上海?"陈晓欣倒没打算跟他耍嘴皮子,只是有时笑得狠了,停不下来,等到收敛了笑,就低声问他,"上次你说大老板和公司大股东韩总撕,你被连累了?"

张若彦摇了摇头,看了她一眼,突然有点不好意思地低下头了。

这在他们之间,却是极为少见的。

正所谓朋友兄弟,交情到了一定程度,往往有一些事,在家里跟父母都不愿敞开来讲,却会找知己当树洞,哪有什么不好意思的?

但这一回,张若彦真的略显尴尬,犹豫了一下,才抬头道:"有空我请你喝酒。当然不是街边烧烤摊,不是天河公园的鱼蛋粉,酒吧或是酒窖你选。"

陈晓欣踢了他小腿一脚:"你这狗贼,图谋什么不轨之事?老实招来,朕饶你一条狗命!"

确实,是事出有因,张若彦才会提起请喝酒的。

"好几个高管被裁了。"张若彦长叹了一声,端起凉了的茶,一口饮尽了。

因为大股东韩总和大老板之间的权力斗争终于爆发,结果就是韩总和大老板因此离婚,而大老板独行专断进行一笔巨额的商业投资之后,因为国际局势变幻,在商场上惨遭滑铁卢!

张若彦很无奈地说:"幸好韩总设置了相关的熔断机制,所以公司还不至于因此而垮掉——甚至我觉得,他们的离婚也是一种熔断机制,要不然,就全完了。"

但韩总走到台前之后,当时所有怂恿大老板去进行那项商业计划的高管,基本没有一个有好下场,张若彦撩了一下还没干透的头发:"有的直接派驻非洲分公司了,不去也行,公司打算追责。"

那些高管都是至少十几亿的项目在手上过,真追责了,谁又敢说百分百就一点事也没有?风投,风投,肯定失败的项目会很多啊,那么这些项目里,谁又能说没有一丁点个人的责任?张若彦拿一个'陈升号'的茶饼过来陈晓欣这边喝,大老板当时也知道的,甚至还嘲笑他小气,一饼就几百块,让他提两捆过来扔这边就得了。

两捆二十四个,大约也就一万多吧,他们平时带客户过来半砧璎珞·私厨这边,三五个人吃顿饭也得这个钱,所以提两捆茶过来,委实也算不上什么大事。

"但要追责的话,这算不算是事?我不知道。"张若彦苦笑着说道。

陈晓欣不解地道:"所以,你想要我陪你喝一顿断头酒?"

"啊呸!"张若彦被她这么一说,什么情绪都没有了,"你就不能盼着我好?"

陈晓欣耸了耸肩张开手,示意他往下说。

其实说起来就一句话:"我是韩总的人,所以,我去上海,就是带着我的团队去接管那边所有的资源和业务。"

他并不是被发配,而算是高升了。

第二十六章 淡极始知花更艳

"等等，狗贼！你不是大老板亲自挖过来的吗？你怎么成了韩总的人呢？"陈晓欣打断了他的话。

张若彦看着她，沉默了三四秒："所以，我说，我得请你喝酒。"

因为当时大老板和大股东韩总在暗中角力时，他是逃避站队的，在和陈晓欣诉说时，正是陈晓欣劝他站韩总的队，她当时是这么对他说的："站队站得早，获利也更多一些。老是一直观望，别到时两边都不要你，就搞笑了。"

他看着她那线条略有些硬朗的脸孔，却发现了相处多年不曾发现的东西，隐约有着某种内在的魅力，吸引着他，让他怦然心动。

世间事往往总是难以让人如愿，夏日里炎阳如火，便是动画片里那憨憨的小猪麦兜也晓得，正是去"椰林树影，水清沙幼"的海边玩耍消暑，才是至理。但事实上，一睁开眼睛，柴米油盐酱醋茶，哪一样是不需要钱的？就连坐地铁都要想好转车的路线，能省一块是一块。哪来那么多的自由时间去行快意事？

张若彦的这一顿酒，至少在他踏上去上海的飞机前，终归是暂时请不上的了。

因为资本从来就没有什么温情脉脉，而当韩总代表了资本的力量时，她也同样不会允许张若彦徐徐图之，就在他准备开口跟陈晓欣约去哪儿喝点小酒，然后借着酒红耳赤，说些春花秋月的小话之时——要不然，这么多年，互相"毒舌"，大家极度娴熟，要是平白无故地温声细语说些什么，恐怕对方都会觉是不是得了啥大病，眼看治不好的。

但这个方案，马上就被响起的微信提示击碎了。

因为打开微信，就看见助理通知他："张总，机票给您订好了，韩总让您今天就去上海，明天下班前，她就要收到上海公司的绩效考评。"

"那只能回来再喝了。"他有些不舍，看着她说道。

她看着他，一言不发，那锐利的目光，似乎穿透了他的所有伪装，以至于张若彦有种无所遁形的羞涩，连忙说了几句"公司有事""先去忙了"之类的场面话，就匆匆向外而去。

"狗贼！"她突然喊了他一声，他回过头，听见她说，"快去快回。这酒你赖不掉的。"

他用力地点了点头："嗯！"

事实上，她的手机也响了。

只不过她知道他有话要对自己说，所以不愿去拿起手机。

看着门被带上，她拿起手机，就看到上面有一条信息，是那一次她去找韩总，后续韩总安排跟她签约等事务的那位女士发来的："韩总的意思是，如果你愿意通过考核，这边想追加一点投资。你如果没问题的话，咱们今天或明天碰一碰？"

当然可以有问题，当然可以拒绝。

如果现金流很充足，又没有别的发展计划，那自然可以拒绝外来的投资。

正如陈晓欣能打动韩总一样，后者也一眼就看出，陈晓欣不是那种故步自封的守成之人。所以，她才会让下属来联系陈晓欣。

"明天上午可以吧？我去您那里，还是您过来餐馆？"陈晓欣几乎不假思索地回了消息。

对方选择让陈晓欣过来，并要求带一些数据单据表格，最好是电子文档。

于是陈晓欣就把财务叫过来，吩咐对方提供相应的报表。

然后又给张笑笑发了个微信的语音通信。

"你之前带着摄影团队过来餐馆拍的照片，给我发一份。嗯，你把在短视频、新媒体这一块的推广策略，做一整年的预算方案出来，明天上午，你陪我去见见投资方，好，我一会儿发定位和时间给你。"陈晓欣挂了电话，自己也打开电脑，准备做个PPT（电子演示文稿）。

没有什么钱是从天下掉下来的。

追加投资，其实也算是韩总在争权胜利后，某种意义上，对"有功之臣"的抚慰了。

因为她投给餐馆的那笔钱，怎么看都好，这几个月里是一个正向的发展趋势，在她争权的过程中，也算是加分项。

但明天去见韩总下属的这位女士，陈晓欣仍然觉得，对方必定会问后续的经营方向和预期等，不可能平白无故就把钱扔过来。料敌从宽，她不想到了明天早上张口结舌。

而这时对讲机响了起来，是前台迎宾："老板，有位会计师，说是李总那边派过来的，要过来找你。"

会计师是位高人，至少在普通人眼里，一米九五怎么也算高了。

第二十六章　淡极始知花更艳　　235

很瘦，戴着酒瓶底一样的眼镜，一丝不苟的西装和头发，尽管头顶的"地中海"已经占据了五分之四的地盘，但余下的发丝仍然无比严谨、一丝不苟地守卫着自己的地盘。

"您过来的话，在微信说一声嘛。"陈晓欣有点无奈，这位是李泽霖父亲委任来接洽的会计师，没有想到，说来就来了。

会计师伸出手指，推了一下那看着就很觉沉重的黑框眼镜："我看了你提供的账目，没有什么问题，你完成了李总设置的营业额的要求。嗯，你看一下这份合约，没问题你就签一下。"

说着他递了两份纸质的合约过来。

陈晓欣接过一看，只觉得啼笑皆非。

似乎这位李叔叔，每每总能出人意表，说不上好或者不好，反正接触了几次，从提亲到投资，他总是能跳出人们习惯性的思维。

就如同陈晓欣拿在手上的这两份合约，或者说，两张纸。

因为每份合约，都连一张纸也没有占满。

它太简单了。

一份无条件馈赠的合约，并不需要多复杂。

没错，馈赠。

这让陈晓欣想起当时李泽霖父亲说的："你会得到第一笔投资，无任何条件。"

在陈晓欣想来，无任何条件，就是单纯的投资，跟他的提亲不捆绑。

但没想到，是真的无条件，这五十万不是投资，是馈赠。

会计师再一次伸出手指，推了推眼镜："麻烦你快点，我这边还有点事情。"

而当陈晓欣看着那两份合约思考时，会计师有点不耐烦："李总说了，后续三个月的营业额是之前数目的三倍，如果能够达成的话，证明这个餐馆的确有赚钱的可能，到时我会再过来一趟，会投五百万给你，就不是无条件了，需要商量一下股份占比。"

陈晓欣最后还是签下了这份馈赠协议。

因为会计师还带来了另一句话："你如果不敢接受第二次考核目标，那么，你婉拒这笔馈赠的行为，李总说他能理解。"

而对李泽霖的父亲来说，这是阳谋。

他知道陈晓欣会接受。

陈晓欣也知道他知道自己一定会接受。

因为对她来讲，这已经不是钱的问题，是一口气。

第二十七章　昔日的味道

"智者千虑必有一失,愚者千虑必有一得",这话陈晓欣以前听过很多次了,但她所没有想到的,是自己在生活中会遇到这么一桩事:她视之为废柴的大哥,竟也有一个能办些正事的朋友。

大约在陈晓欣的童年,许多男孩子都热衷于起带"轩"的名字,例如她哥哥陈晓轩。

而坐在她家客厅,看起来一副商业精英范儿的程子轩,也同样有着一个"轩"字。

程子轩相比于陈晓轩,那就谈不上帅了,但也算是五官端正,加上西装革履,看上去至少是让人觉得顺眼。他端着茶杯,对陈晓欣说道:"我很抱歉,当时没有劝动你哥,然后后面餐馆的生意,你也知道,越来越差……"

他没有说下去,是给周末蜷在沙发上正在玩手机游戏的陈晓轩留几分脸面。

而陈晓欣当然知道程子轩的意思:后面她的废柴大哥都被完全架空了,还怎么劝?

所以,好言难劝该死的鬼,程子轩作为朋友,劝不听就只能远离。

陈晓欣不觉得有什么过分,朋友而已,人家劝过,尽了道义上的责任,也没有落井下石,还想怎么样?

"万幸,你接手把餐馆做起来了。"程子轩放下茶杯,拿出烟盒,向陈晓欣比画了一下,就是询问是否介意抽烟?

这动作有点油腻,但陈晓欣还是笑着示意他随便。

因为茶几上是有烟灰缸的,如果实在想抽烟,其实真的没有必要多此一举。

程子轩点着了烟，用手指敲了敲自己放在茶几上的名片盒："我在广告公司当总监，现在就遇到一个问题。有从柔佛过来的大老板，他在几岁的时候，就跟着父母出国了，现在六十多，回来了，然后他有个愿望，就是吃一顿正宗的粤菜。"

说到这里，他自嘲地耸了耸肩，张开双手："炳胜？阿一鲍鱼？广州酒家？当然带他去过了。南园之类，沙面白天鹅，我自然也都带他去过了，毕竟，这是一位能决定一笔'小目标'的客户。"

他是实在没有办法了，才想起陈晓轩，死马当活马医，而去了餐馆，才发现装潢一新，而且换了CEO，才到家里来，希望能得到帮助。

一直在打游戏的陈晓轩，扔下手机，接过程子轩递给他的烟，点着了，对陈晓欣说道："阿程好人来的，当年我不识好坏，现在回想起，就是阿程从来不在我那里挂单，不占我便宜。妹头，能帮就帮啊！"

挂单，就是有人去餐馆吃了饭，仗着自己跟当时的老板陈晓轩认识，用记账的方式先挂着，等某个期限一起付账。但实际上，他们最后都没付钱，而陈晓轩也只能认了。

陈晓欣从头到尾没有说什么话，因为这不是一个能轻易完成的任务。

在广州，如果程子轩前面列出的那一串酒楼都不能满足需求的话，那什么才是正宗的粤菜呢？

她起身打开了阳台门，以便让烟雾散出去，然后看向程子轩，问他："潮汕人？客家人？"

粤菜有三大菜系，分别是广府菜系、潮汕菜系和客家菜系，如果这位客户小时候不是在广府菜系的环境下长大的，他更熟悉潮汕菜或是顺德菜，那也许是另一条思路。

"不不，他就是西关人。而且客家的料理、潮汕菜包括牛肉火锅，都试了，老板都觉得不错，但不是他记忆里的味道。"

陈晓欣苦笑道："程哥，我相信，问你那位老板，大约他也说不出，记忆里的味道是什么样的味道吧？人的记忆是最可信，也最不可信的。"

听着她的话，程子轩拼命点头："所以，这是个解决不了的问题，我才来向你们求助。"

"这单子我们可能接不了。"陈晓欣笑着对程子轩说道，"程哥下次有客户再关照我们吧。"

程子轩没有想到，陈晓欣会拒绝得这么干脆。

因为他开到一桌菜，四人份，不含酒水18888元的地步了。

他所不知道的，是陈晓欣不是没有见过钱的人。

她跟很多开餐馆的人不一样，跟她哥也不一样，她见过钱，她亲手把几个项目做到每个项目月流水就上千万。

所以，近两万一桌菜，要用这点钱来打动她，明显是不可能的。

"加一倍，你试一试，哪怕大老板没有找到记忆里的味道，只要他觉得这顿饭吃得可以，以后我们公司的客户就往你这里带了。我们公司每个月的餐饮招待费，我过手的，通常也有二十来万。"程子轩咬了咬牙，亮出了底，"因为不论炳胜，还是白天鹅，大老板都吃腻了，觉得不是他要的味道，他就不愿意去了。"

陈晓轩在边上对自己妹妹说道："妹子，你总是有办法的。帮一下阿程啦，好吗？"

其实，她有点讨厌哥哥这种口吻。

就是自己没有什么本事，然后希望以家人的技能、专业、地位，作为自己跟朋友交往的筹码，以便让人高看自己一眼之类的心思。陈晓欣很不认同这样的三观，但是，他再废柴，也是她哥。

而程子轩，是自从她哥的餐馆垮了之后，第一个过来找他的朋友。

就连让陈晓轩去佛山打工的那个朋友，明显都不愿意再跟陈晓轩维持朋友间的来往了。

"我考虑一下，如果有几分把握，我在微信上跟你说，你看好吗，程哥？"陈晓欣终于退了一步，对程子轩说道，而后者感觉跟抓住一根救命稻草一样，有点欣喜若狂。

当客人告辞离去之后，陈晓欣一把拍掉哥哥手上的烟，指着兄嫂的房间："阿嫂大着肚子呢！你想让胎儿抽你的二手烟，是吧？"

"她不是出去了吗？好好，我不抽我不抽。哎哟，你好烦啊。"陈晓轩又一次把自己蜷在沙发角落里，拿起手机准备开一局新的游戏，"死妹头，你看不起我就算了，但打开门做生意，哪有把生意往外推的？"

"那现在你要来教我开餐馆了？"陈晓欣真没打算给哥哥好脸色。

不过，这桩生意，她寻思着，倒也不是不能接。

事实上，陈晓欣在客人离开之后，对自己的大哥，并没有什么太好的脸色。

可能是出于性格，也可能是职场上的习惯，她扬了扬眉毛："废柴，你现在就是跟外人一起，来推自己妹妹下火坑？"

看着陈晓轩急了要反驳，她伸手示意自己的大哥别激动："我就换个说法，你跟别人联手，来试图对我做促成的动作？不是，废柴，你是不是有病啊？你会做生意吗？你会吗？你不会做生意，这个事实你总要承认吧？"

本来很有些生气的陈晓轩，被她这么一吼，就有点蔫了，想了想，还是犹豫着点了点头。

陈晓欣气得拿起一个抱枕扔到他身上："你真的是，真的是有病！你不会做生意，你又知道程子轩介绍来的是桩好生意？"

"你刚才不也说，能想办法吗？怎么突然就变脸了呢？"陈晓轩有些委屈，下意识往沙发里缩了缩身体，"再说，打开店面做生意，我们总不能赶客吧？"

办法当然是能想，可是对做运营出身的陈晓欣，她总觉得不太对。

"他提出的价位，不是他的底牌。"陈晓欣叹了一口气，对着自己的哥哥说出了一个最基本的判断，"你如果不在边上帮他说话，我应该能让他把底牌亮出来。生意不是你这么做的。"

或者说，以陈晓欣的习惯，生意不是这么做的。

至少她觉得，无止境地去巴结客户来获得生意，绝对实现不了利润的最大化。

陈晓轩有些怯懦地缩了缩脖子："那我们不接好了，反正没……"

"为什么不接？"陈晓欣惊讶地看着自己的哥哥，感觉就是在看一个傻瓜，"看着你，我真怀疑，你是不是当年老窦充话费送的！"

陈晓轩一听就不乐意："要说充话费送的，那也该是你，嘿，你哥我这么帅，谁舍得送？"

"赠品不都是外表光鲜，实际上毫无用处吗？"陈晓欣冷笑着回呛。

这一下子把陈晓轩整得郁闷了，直接不说话，开了一局"吃鸡"，去游戏里宣泄愤怒了。

第二十七章　昔日的味道

回到餐馆之后，陈晓欣就在微信上把张笑笑喊了过来，而当后者赶到时，陈晓欣把李姗也叫上，三个人就在经理室里，开始分析这件事的可行性。

"这种定制饭局，赚不赚钱是一回事，它会打响名声。"陈晓欣一开始就给这件事定下了基调，因为高端私厨，本来做的就是小众生意，客户之间的口碑相传，会起到一种极佳的广告作用。

所以，这也是她会考虑尝试接下这个饭局的根本原因，并不是为了程子轩抛出来的几万块或几十万的消费额度，而是长久来看，这个消费圈子里的名声和印象——没有人能解决的饭局，而她解决了，那么以后有这样的问题，半砖璎珞很明显就会成为一个选项。

如果这样的次数多了，所谓的行业地位，很自然地也就出来了。

"他要吃什么菜嘛！"李姗听了陈晓欣把情况一介绍，感觉毫无头绪，双手胡乱抓着头发，不一会儿就把自己的头发抓成鸡窝一样，她很无奈地说道，"不行，我给他做个皮蛋蘸白糖，好吗？"

看着她这样子，陈晓欣和张笑笑都笑了起来，人好看，就是会占便宜，李姗就是现成的例子，便是这么把自己头发抓得乱成一团，看上去，也有种天真率性的感觉，不会令人生厌，以至于连本来有些发愁的同伴们，脸上也泛起了笑意。

"我们来分析一下吧。"陈晓欣接过张笑笑递过来的黑咖啡，喝了一口，想了想，"六十岁，小时就跟父母出去了，去的地方是柔佛，柔佛是哪里？澳大利亚的某个县，还是美国的什么镇？你们谁听说过？"

结果李姗和张笑笑都摇起头来，幸好，这个年代是有搜索引擎的。

柔佛，旧时是马来西亚的称谓，现在一般指柔佛州，位于马来西亚西部的最南端，东面是中国南海，西面是马六甲海峡，南面隔着柔佛海峡与新加坡毗邻。

"真能装！我就不信这家伙是说柔佛州！"张笑笑刚百度完，放下手机就开始咒骂起来，"就是装深沉掉书袋，要不然，直接说几岁的时候去了马来西亚，去了大马，不就得了吗？他不说去了新山，那是哪个城市！"

陈晓欣对此倒是没有那么大的反应，压了压手，示意张笑笑冷静一下："他几岁出去的，其实，他记忆最深刻的应该就是妈妈做的菜，对吧？有没有可能，他要寻找的是家的味道？"

这时候点了一根烟的李姗，继续虐待自己的头发："那这样，给他搞个可乐鸡翅之类的？"

边上张笑笑听着，也深以为然地点起头。

陈晓欣又喝了一口咖啡，想了想，却摇了摇头："不对，他跟父母出去的。他妈妈就在他身边，对吗？所以，他要找的，不是妈妈的味道。再说，他出去时，中国那年头有可乐吗？也许有，能奢侈到用来做可乐鸡翅？"

"也对，那成老班章茶叶蛋了，就是成了个笑话。"李姗自己也笑了起来。

"烦死了！"张笑笑从李姗的烟盒里顺过一根烟，也点着，"他到底要吃什么？自己就不能报个菜名吗？"

问题是，他要能记得清楚，自己几岁时喜欢的味道，那还愁什么？

其实别说几岁，而且隔了六十年，就是现在一个成年人，去餐厅吃完一道喜欢的菜，不是专业厨师，能说出多少麻酱、多少盐？大部分人是做不到这一点的。

陈晓欣一边走过去打开窗户，一边对她们俩说："你们两个烟囱，少抽点吧！"

她又过去开了排气，这时就听见张笑笑犹豫着说道："六十多，几岁的时候出去，算他离开六十年吧，六十年，也就是他出去时，大约是1960年。"

陈晓欣一回头，就看见李姗的眼睛，在烟雾里一下子就亮了起来："他要的不是正宗粤菜，而旧时的粤菜！"

这两者之间是有很大区别的，旧日的粤菜，不等同于今日的正宗粤菜。

可口可乐再度进入中国内地，是在1978年中美建交之后。

所以，陈晓欣和李姗的推断，并没有什么问题。

事实上，食在广州，会有这样的说法，就是因为粤菜自我迭代的能力、融会百家的能力特别强，有许多旧时的粤菜，随着时代的变迁，渐渐淡出了人们的视野；而又有许多新的菜式，被创造出来。

"找一份五六十年前的菜谱出来。"陈晓欣对张笑笑说道。

后者对接受陈晓欣安排的任务，有一种习惯性的服从，应了一声，收起电脑就要往外走，陈晓欣喊住她："晚饭前就要。"

"欣姐放心！"张笑笑背着双肩包就往外奔，一边跑一边给工作室的员工打电话，"找菜单，找六十年前的粤菜菜单，晚饭前就要，我现在就回去！"

她的工作室离半砧璎珞·私厨很近，就在后面的商住区里。

"六十年前的粤菜，我不一定搞得掂。"李姗点了根烟，有点不太情愿面对这个问题，但她还是说了出来，"不是说你找得出菜谱，我就做得出来。它的工艺，它的流程，几十年前的菜，都断代了……"

陈晓欣摇了摇头，从她嘴里取过烟，然后又塞回她嘴里："不，你能做到。"

这样听起来全无逻辑的话，却不知道为什么，从她嘴里说出来，李姗莫名地就感觉似乎有了信心，她笑了起来，沙哑地说道："好吧，你真的是……"陈晓欣又想来拿她的烟，被她伸手拍开，红着脸说道："你自己点一根去，又不是没烟！"

但陈晓欣还是伸手把她的烟抢走了，不过没有抽，只是揉熄在烟灰缸上："你停一下吧。"

李姗白了她一眼，午后的阳光，从窗外透进来，还没散尽的烟雾，殷红的唇，淡黄芍药，很有些国画的意境。

不过陈晓欣没有空去感叹这一幕，一旦进入工作，她就可以把所有专注都放在工作上，这个时候，她已经给程子轩发了一个微信语音通话，很快就接通了："程先生，是吧？对，我是陈晓轩的妹妹，是这样，我有几个问题要咨询你，好的，微信上我给你发文字信息吧。"

陈晓欣要咨询的问题，其实就是两个类别，一个是那位老先生，当年在西关，家庭环境如何？然后出国之后，大致的生涯历程又是如何？或者说，是怎么发迹的？

程子轩的回复倒是很简洁，就一句语："他们家是地主资本家，成分不好，是依靠家里藏匿的'小黄鱼'跑出去的。"

小黄鱼，就是金条。

至于这位老先生是怎么发迹的，程子轩给了个名字，然后发了一句话：搜索引擎啊。

不过陈晓欣并不太介意对方的态度。

因为她拿到了自己想要的东西。

在此之前，程子轩并没有告诉她，这位老先生姓甚名谁。

的确，尽管没到杰克马、马斯克或是索罗斯那样的高度，但这是一位通过搜索引擎就能找到他生平的人物。

看起来，他的人生经历了许多大起大落，仅是他十二三岁时，遇到海啸，双亲意外亡故，然后独力保住家里的工厂，把妹妹拉扯成人，就足够传奇了。

但陈晓欣看的不是这个。

她放下手机，对李姗说："嗯，只要找到菜谱，你肯定能做。"

而张笑笑并没有让陈晓欣失望，不过半小时，她就找到了不止一份菜谱。

从微信上，张笑笑发来了几份菜单的扫描件，都是五六十年前的粤菜菜谱，一份大约是华南酒家的早点，早点名就带着浓郁的时代色彩：洋菜鲜陈肾、咸菜班雀片、酱油炒鸡丁、金银鸡蛋糕……

而另一份是陆羽居酒家的，看上去就是正餐的：蟹蓉燕窝、花胶鸡丝、蟹黄鱼翅、燕窝白鸽蛋、蟹汁石斑、夜合鸡肝片、核桃甜杏露……

又有另外几份，都看不出是哪家酒楼或餐馆的，有的字也看不清了：炸傻鳝、头抽鸭舌、传统盐煎肉、榄仁蟹肉烩鲜莲、金陵鸭芋角、西施蟹肉盒、千层鲈鱼块……

李姗看着，脸色都变白了。

她指着那些金陵鸭芋角、西施蟹肉盒之类的菜名，有点哆嗦："千层鲈鱼块我还算有听过，勉强知道是怎么回事，好些我就没听过！"说着她苦笑着指着另一道菜名："至少那几样，我还能猜出大概的原料，这核桃甜杏露是什么呢？我猜都猜不出！"

陈晓欣按住她的手，盯着她的眼睛："不要慌，我们不是广州酒家。"

"啥？"李姗一下子没反应过来。

陈晓欣松开她的手，喝了一口凉了的咖啡："没有人寄望于我们，我们没有肩负着要复原名菜的责任啊。"

只是一桌定制的饭局，陈晓欣把问题细化到了最原始的点："合桃甜杏露，应该就是核桃甜杏露，那年代识字率低，很有可能，就把繁杂的字写成简单的同音字。"

李姗的眼睛就亮了起来："核桃？核桃甜杏露？那就太简单了！"

而这时敲门声响起，张笑笑背着双肩包冲了进来，手里拿着一本残旧的书。

陈晓欣看了一眼，点了点头，把书扔给李姗。

李姗看着，是一本六十多年前上海锦江饭店出的粤菜做法，她感觉要哭出来了："锦江做上海菜当然就行，锦江教做粤菜，你确定？炳胜要是出本《东北乱炖指南》，这东北厨师能信它？"

"你参照着看嘛，他山之石，可以攻玉。"陈晓欣笑了起来，指点着几道菜，"千层鲈鱼块，你听说过，就尝试一下，花胶鸡丝、炸傻鳝、头抽鸭舌、传统盐煎肉。整这几个，再来盘青菜，椒丝腐乳浸通菜，两人份的饭局，够了，炒碟牛河，不，不要炒牛河，做两份肠粉，不是现在的'布拉肠'，粉浆下厚一点，然后放成片的瘦肉，一盘肠粉下个七八片就够了，甚至再少点，不要打鸡蛋。"

李姗听着，就要疯掉了。

这两万块一桌，两个人的饭局，就这么几个菜？最贵就是一个花胶鸡丝吧？

要是说粗菜细做，倒也罢了，这肠粉是嫌它不够贱还是怎么着？还故意把粉浆下厚，然后放几片瘦肉！还不让打蛋？说真的，口感还不如没肉的鸡蛋肠粉呢！

第二十八章　奇货可居

看着李姗看向自己的眼光，陈晓欣笑了起来："我阿爷在世时，做过一次这样的肠粉。我老窦也说，他们年轻时，肠粉就是这样的。其他的，你是想我一环一环推给你听，还是把这些交给我，你去研究怎么做出这几道菜？"

李姗明显是一位专业的厨师，而不是捧哏，她放弃了想在这里再抽一根烟的念头，马上起身，拿起那本上海锦江饭店六十多年前出版的粤菜教程，趁着还没到饭点，去厨房试验可操作性了。

不过她刚走了一会儿，估计才到厨房吧，就发了条微信给陈晓欣："盐煎肉，四川菜啊！人家要找正宗粤菜的味道，我们这样好吗？"

张笑笑在边上也搔着自己的齐耳短发，问陈晓欣："我百度了，是呀，就是四川菜啊，欣姐，人家要吃正宗粤菜，我们直接给上麻辣火锅，这能行？"

陈晓欣没有理张笑笑，先回复了李姗："石碁八宝霸王鸭是粤菜吧？"

"当然是，现在还是芳村那边酒楼的招牌菜。"李姗也很快就在微信上回复。

陈晓欣也不打字了，直接发了条语音："八宝鸭是上海菜啊，石碁八宝霸王鸭就是毫无争议的粤菜；盐煎肉是四川菜，传统广式盐煎肉就是粤菜。食在广州！"

很快李姗那边就发回来一个"OK"的表情，没有就这个问题再讨论下去。

"为什么？"张笑笑没有放弃求知的欲望。

陈晓欣把杯里的咖啡喝光，她有点憔悴，每天各种事务轮番侵蚀，就算她素来精力充沛，也很有些吃不消。但张笑笑跟她这么久，陈晓欣还是愿意把自己的推断跟她分享的，也期望从张笑笑那里，得到某些不同角度的解读：

"那个年代，这位老先生的家庭成分不好，他家也是因为这个才往外跑的。所以就算家里有金银，你猜猜，平时敢拿出来炫耀吗？"

有些东西，挑破了窗户纸，就有种豁然开朗的感觉。

张笑笑就大笑起来："对对！欣姐，你太厉害了！那时候他要敢出来炫富，那就是挑衅吧！"

陈晓欣点了点头，开始烧水，准备泡茶："所以天九翅、燕窝之类的，就算吃，那也只能在家里偷偷吃，那时他家也不可能有什么仆人、厨师了，搞不好，在家里，想做都做不了。"

哪怕现在不是做厨师的，又有几个人，哪怕在允许使用搜索引擎的前提下，能在家里做得好鱼翅和燕窝？更别说，当时是技术壁垒很严重的时代，隔行如隔山，原来家里用习惯了仆人和厨师的地主和资本家，在家恐怕也折腾不了这些。

"所以，这些是不用考虑的。"陈晓欣一边放着茶叶，一边说道，"记得上次东安鸡的事件吗？客人吃不了辣，回去闹肚子了。"

张笑笑愣了一下，就笑了起来："阿梅一心要推广的国宴东安鸡！主席招待尼克松的！"

她刚一说完，自己就醒悟过来了。

按阿梅的说法，毛主席招待尼克松的国宴，上的尽管不只是东安鸡，但东安鸡当时也有资格上桌啊！

说破天了，不也就是一只鸡吗？

张笑笑这么想着，都不自信了："欣姐，这鸡真上过国宴？"

陈晓欣笑了起来："东安鸡是不是真的上过国宴，我不太清楚，人家东安鸡这么宣传，肯定不是毫无依据，这个细节你有兴趣就去问阿梅。但是1972年的国宴菜单，你可以百度一下。"

在5G时代，这是很简单的事，张笑笑马上就搜索出结果了。

中方菜单为：冷盘（包括卤蛋、蛋卷、火腿、香肠、填鸭等）、芙蓉竹笋汤（竹笋蛋白汤）、三丝鱼翅、两吃大虾（炸焖大虾）、草菇盖菜（蘑菇芥菜）、椰子蒸鸡、杏仁酪、糕点、水果。

美方答谢菜单为：冷盘、豆苗鸽蛋汤、芙蓉三鲜、母油鸭块、素什锦、松鼠鳜鱼、核桃酪、点心和水果。其中冷盘前菜包括盐水浸鸭，双色鱼卷，豌豆大虾，黄瓜、番茄及青葱，橙汁鸡牛柳，粤式烧肠。芙蓉三鲜包括海参、鸡柳及大虾，点心包括汤圆及米糕。

张笑笑很有些不敢置信："美方这个还好些，咱们中方的，搁现在，但凡能交得起个税的人，发了薪水咬牙整一顿都吃得起啊，这就是国宴？"

当时的风气与物资的紧张，就是一个非常现实的问题。

"明白了吗？阿姗看不懂的菜，就全都不用做。"陈晓欣笑了起来，"当年，国宴也不过如此，老先生那家庭成分，你想想，他们家平日要不是想着作死，能吃什么太昂贵的玩意？"

张笑笑听着，拼命地点起头来。

于是陈晓欣给程子轩发了一条信息："程先生两个人的饭局，我考虑了一下，你跟我哥也是朋友一场，我这边尽量能帮就帮吧，冷盘前菜潮汕卤水，六个菜，一份主食。"

"行，那谢谢你。"程子轩也回得很快。

陈晓欣拿着手机，无声地笑了笑，回了条信息："程先生，那百分之二十的定金和百分之十五的预付款，麻烦你先付一下。"

这次程子轩没有马上回复了，过了一会儿，陈晓欣的大哥打了个电话过来："妹头，要不要这么绝啊？你还要跟阿程收定金？还预付款？"

"因为宴会的定金不能超过两成，所以我才分开跟他收的。"陈晓欣笑着对她大哥说道，"看你面子，别跟他收定金和预付款？废柴，你跟我说面子？你要是有面子，我现在用得着来搞这个餐馆？"

陈晓轩很机智，在妹妹开始骂他之前，就果断地挂断了电话。

边上坐着的张笑笑是有眼色的，看陈晓欣打电话，就接手过来泡茶，等陈晓欣挂了电话，才低声说："欣姐，那边如果不吃了呢？"

她能在极短时间内，无论搞到那几份现在互联网上搜索不到的老菜单，或是马上拿到那本上海锦江饭店的粤菜指南，都是付出了代价的，如果程子轩那边不来了，张笑笑会感觉自己白干了。

"他不来，最多就亏个一万几千，你不要这个死样子啊。"陈晓欣也感觉无语，每个人有每个人自己的性格，她拿起茶杯喝了一口，皱起眉头对张笑笑说道，"你啊，三十块出租车费报不了，就跟世界末日一样。别这样。"

这时，微信上程子轩发了条信息："什么时候能赴宴？详细的菜单呢？"

在办公室里,陈晓欣看着这条短信,就把手机向张笑笑亮了一下。

而后者无声地做了一个"比心"的手势,因为她跟陈晓欣已经历了不少这样的时刻,到了这种时候,往往就是陈晓欣收割对手的时节了,而张笑笑则只要喊"666"就可以了。

"没有什么菜单,到时厨房做什么,你们就吃什么,反正保证两人能吃饱。"陈晓欣过了十几秒,才回了这么一条信息,"盛惠,定金一万,预付款七千五。"

几乎在收到她的信息后,程子轩瞬间就做了一个回复:"你疯了?说好的是总价18888!你要先收一万七千五?"

"做不了。"陈晓欣故意停了半分钟,才回复这条信息,"我是看在你是我哥朋友的情面上,才接下这个单子的。18888,这边做不了。两个人的饭局,188都能做,1888不用太名贵的食材,可以吃到吐了。但你要的是白天鹅、南园、广州酒家、炳胜、吴系都吃不上的正宗粤菜。没有五万块,做不了的。"

这一次,轮到程子轩那边沉默了。

因为陈晓欣给他讲的这个道理,是绝对站得住脚的。

如果在那几个声名在外的大酒楼都吃不到中意的味道,那么本身对所要求的味道,其实就很刁钻了,这也是陈晓欣之前在家里训斥她大哥的原因。这单子,不见得是什么良善的差事;这程子轩,就陈晓欣看起来,也同样不见得就是为着朋友之义来关照自己家生意的。

过了一分多钟,程子轩拨了个语音通话过来,语气颇为不善:"阿欣,我以为,大家怎么说也是朋友……"

"是的,大家怎么说也是朋友,能帮就帮。"陈晓欣笑着截住了对方的话,然后说道,"实在帮不了,那也是没有办法的事,就跟你之前劝我哥一样嘛,我能怪你吗?不能,好言劝不了该死的鬼啊!"

这话一说完,程子轩就在彼端大笑起来,然后很干脆地说道:"有道理,有道理,好,我现在就转账给你。"

因为陈晓欣提到了当年程子轩劝她哥的事。

劝了不听,那程子轩就没有再往下劝,这交情能有多深?所以,想跟她攀交情谈关系,那是绝对不可能的事。

几乎挂了语音之后，程子轩马上就给陈晓欣转了一万块的定金和七千五的预付款，他甚至主动分两笔，并写上了转账的事宜。

"稳！"张笑笑看着转账，欢呼雀跃。

但陈晓欣的脸上尽管也有笑意，看起来却没有张笑笑那么欢快。

这钱对方给得这么爽快，到时用完餐之后，如果不能让对方满意，那现在给钱多爽快，可能到时找麻烦，也就有多决绝。

不过陈晓欣并不后悔，她淡然地把这层顾虑告诉了张笑笑，后者的反应就是劝她："欣姐，你赶紧发条消息给他，说是吃了之后不好也不退钱。"

陈晓欣笑着摇了摇头，她不会这么做的。

因为人家真的要找麻烦，就是写上这么一句，也不见得有意义。

"尽力去做就是。"陈晓欣是这么对张笑笑说的。

至于客户用餐之后如果不满意怎么办，陈晓欣当然也是有准备的，她对张笑笑说："我会把所收的定金和预付款，一分不少地退回给程子轩，然后你到时就得在短视频平台上丧事喜办了。"

这么一说，张笑笑就愣住了，过了七八秒才苦着脸说："这可不好办啊，欣姐！"

"那我要你何用？你就专职喊'666'吗？"陈晓欣该板起脸时，那可是不会有什么心理障碍。就这么一句，张笑笑马上不敢嬉皮笑脸了，老老实实背起包，回工作室做方案去了。

不论程子轩是否会在事后找麻烦，定金收了，这定制的饭局就得开始张罗了。

菜，李姗练了几回手之后，很快就做了一席出来。

然后当场赠送给来用餐的顾客品尝，并征询他们的意见。但大多数人并不是专业的美食家，很难给出什么专业意见。倒是有个包厢里，明显风尘仆仆的年轻女孩和为她洗尘接风的几个同伴，仔细地评价了一番。看上去晒得有些黑的高马尾女孩，对餐馆的这个举措倒是很欣赏："一个求新求变、敢于听顾客意见的店，值得期待。"

"所以，你就明明要去国外做码头，还在这里充值几十万？"她的同伴，一身职业套装的职场丽人，很无奈地用带着潮汕腔的粤语，向高马尾女孩抱怨道。

高马尾女孩却不是很在意，举起酒杯，笑着对同伴说："至少有了这家店，咱们不用跑佛山啊！这家店要是能维持这势头，我都想过来投点钱了。来，等我回来，咱们再过来这里聚聚！"

"一路平安！"朋友们在欢笑声里纷纷举杯。

但顾客的好感，对李姗改进菜肴的方向，帮助并不太大。

陈晓欣请了父亲陈勇和几位六七十岁的长辈过来品尝了一下，大家的意见，是感觉色香味都不错，是有些旧式的风味，但到底是不是几十年前的味道呢？

吃饭的人都显得有些矜持，说着一些明显不着边际的话。

直到陈勇那位七十多岁的叔父开口："鬼才知道是不是当年的味道啊？我几十年在广州生活，读书，干活，过日子，你说1980年以前也罢了……特别是千禧年后，一天比一天好，我怎么要去记住十几岁时的味道？我有病吗？我去记当年的同学、朋友、工友，看看还有几个仍活着的，才是真的。"

其他人如释重负，纷纷点头称是。

陈晓欣也是苦笑不已，送走了这些老人，她坐在餐桌边，咬着唇，足足呆坐了七八分钟。直到李姗伸手拍了拍她的肩膀，陈晓欣才回过神来："不行，这样的话，客人一坐下，就得让他回到曾经。"

"你有月光宝盒啊？还是穿越？你看网文看傻了吧。"李姗毫不客气地打击她。

陈晓欣没有跟她斗嘴，而是很认真地思考起来："客人进入包厢之后，第一件事是做什么呢？"

很明显，陈晓欣这边是无法做到南苑那些园林式的体验的。

那么，她该如何做，才能让客人回到曾经呢？

"我不知道。"她很坦率地对李姗说道。

她走到窗边，看着马路上川流不息的车和人："但我知道，我们得不断地让他从一个肯定到另一个肯定，当有了足够多的肯定之后，他吃到的就是曾经。"

三日之后，程子轩带着那位老先生来赴宴。

虽说六十多岁，但老人保养得好，看起来也就五十出头的模样。

来的不止两个人，除了程子轩，还有一位看上去三十岁左右，但穿着大裤衩和短袖的中年人，一脸没睡醒的模样。不论是那位老先生，还是这位没睡醒的中年人，一踏入这半砧璎珞·私厨，眼神里那种不以为然的感觉，连厅面经理都能明显察觉到。

几乎连前台的呼吸都变得沉重起来。

因为感觉来的，就是充满恶意和挑剔的客人。

餐饮行业，最怕的就是这一类客人。

如果平时还好，只要卫生有保证，色香味都过得去，也不怕挑刺。

可人家这次来，要吃六十年前的广州正宗粤菜，是吃了白天鹅、南园、广州酒家、炳胜、吴系，都看不上的顾客啊！他挑刺完全可以是纯主观的，也就是说，他觉得不好，就是不好。

这要是搞砸了，陈晓欣还收了巨额餐款，那半砧璎珞的名声，在餐饮行当里，绝对就崩了。

由服务员领着，程子轩一行三人往里走，在过道里程子轩就向老先生介绍："这也是一家老店了，前后得有近百年。"

"半砧璎珞？你玩我啊？"老先生不以为然地笑了起来，抚着修剪得很整齐的花白胡须，"当年我就没听过这个名！你要知道，人越老，往往对童年时的事，就记得越清楚。"

老人边说边笑："我出去那时候，什么广州海员俱乐部，都没有的！"

也许说起往事，勾起了老人的谈兴："那时候，广州西堤大新刚刚重建。然后改名叫南方大厦。哪里有什么半砧璎珞？"

"这名字是新改的。"程子轩也笑了起来，对老先生说道，"我那朋友经营不善，连家里的老字号都让人谋夺了，他妹妹接手后，改了这么一个名字。"

那个没睡醒的中年男子，打了个哈欠："这名字文绉绉的，嘿，我看多半失望而来，绝望而归。"

"阿浩，你这美食家，没来过啊？"老人问这个穿着短裤的中年男子。

客观来讲，刘英浩应该不算传统意义上的美食家。

但在平台上，几万粉丝，每个视频都有上万点赞、上千评论，绝对当得起美食主播或是美食博主的称谓。

"阿叔，我都要上班啊，哪能每家店都跑过？"刘英浩说着，又打了个

第二十八章　奇货可居

哈欠。

还好说话间就走到了包厢门口，服务员一推门进去，老先生就愣了一下。

因为他一下子就有点恍惚了。

不为包厢顶上复古的吊扇，也不是因为窗边的竹帘；也不为红木的旧式餐桌，也不是因为仿宋的官帽椅；而是因为踏进这个包厢，他真的就有种回到曾经的感觉。

是感觉，而不是如他记忆里的童年，墙上贴着领袖的画像之类的，放上手摇电话、黑白电视机、留声机之类的，充满时代符号的标记。事实上，从那个时代走过来的他，对这些符号性的东西，并没有什么太大的触动。

正如让一个"80后"，去用486年代的CPU（中央处理器）和主板构建的计算机平台，来进行工作或娱乐的话，大约绝大多数人，只会抱怨这计算机太慢，简直用不了，又死机了……而不会有什么回到年轻时代的美好。

老先生之所以会愕然，是因为踏进这个房间，让他找到了往昔的感觉，而不是用一堆时代的符号强行逼人忆当年。

他愣了两秒，回头看向程子轩，笑着点头："程总，有点东西！哈哈哈，有点东西！"

程子轩笑着陪老先生落座，而刘英浩却背着手四处打量。

包厢不大，三十平方米左右，刘英浩转了一圈，他感觉到了这个环境对老先生的冲击，所以他试图去拆解那些带来触动的元素。

但没有成功，如果一定要归纳，刘英浩觉得也许是配色？

包厢里的配色偏冷，黑白灰居多，无论是壁画还是装饰。

唯一的暖色，也许就是餐桌和官帽椅的红木质地了。

包括这个包厢的两位服务员，她们尽管穿着旗袍，但看上去也是很有昔日的感觉。

不单是旗袍的款式很复古，而且是青灰色棉布，看上去跟平素里旗袍类似丝绸的料子大不相同，很有种素雅的别致。配上齐耳的短发、接近裸妆效果的脸，她们其实跟这个时代也没有什么违和之处，走到街上也不至于被指点，但在这样的包厢里，就真的很有一种怀旧感。

刘英浩转了两圈，老先生就让他过来坐下，因为茶上来了。

"老班章还是冰岛？"刘英浩用力地搓了搓脸，让自己精神起来，"上次喝那款，程总上次带我喝的小户赛，倒是很不错。"

程子轩笑了笑，没有开口，他也不知道为什么服务员直接就上茶，也不问喝什么。

茶沏出来，茶汤的颜色还不错，香气也是有的，但并没有很惊艳，特别是对程子轩这种每年要花十几万块在喝茶上的人来讲。

但老先生端起茶杯，喝了一口，坐在他边上的刘浩英很敏锐地发现，老先生眼角红了！

程子轩明显也感觉到了老先生的情绪，他喝了一口，有些诧异，然后喃喃道："下关沱？应该是2003年那批？"又喝了一口，他就很确定了，"这是云南仓的，没有广东仓的潮味。"

他是懂茶的，所以是真的喝得出来。

至于为什么是2003年那一批？因为下关沱是拼配茶，而2003年那一批，用了某种生普茶叶作为其中的原料之一，后来这款生普的价格被炒起来，极度便宜的下关沱，当然就不可能再去用这种生普茶叶来作为原料之一了。

这就是为什么一口，程子轩就能喝出年份的根本原因。

因为对懂茶的人，这个辨识度太高了。

但程子轩真的想不明白，陈晓欣怎么敢啊？

五万块的饭局，她敢用下关沱！

就算03年的下关沱，放到现在只有十来年，就算是顶级的下关沱，但它仍旧是价格极低廉的茶叶啊，便宜到什么程度呢？真的是半饼普通的老班章，就足够买一大箱顶级的下关沱茶了。

但老先生却放下茶杯，摘下眼镜，拿起纸巾，擦拭眼角的泪。

刘英浩喝了一口，感觉除了比较明显的烟熏气息之外，口感跟甜味、回甘等，要说有，那都有，但如果跟上好的老班章、冰岛之类的相比，那是相当不出色啊，老先生平日里也不是没喝过茶的人，怎么就反应这么大？

"那年头，家里还有点好茶，广州解放前存下的吧。"老先生重新戴上眼镜，自嘲地笑了笑，"也不太敢拿出来，就弄碎了，掺在平时喝的茶叶里，我祖母说，吊出点茶味。"

这下子，不论程子轩还是刘英浩，都听明白了。

普通茶叶里掺点好茶，吊出点茶味……得，那不就是拼配茶吗？

而正常来讲，大家追求的，不论是普洱，还是以前的大红袍、单丛白叶等，都是纯料茶，拼配茶在喝茶的圈子里，其实往往就是劣质的代名词。

　　所以，这几十年里，老先生还真没试过拼配茶。

　　这一口茶，就让他依稀喝回了当年的气息。

　　第一道凉菜，潮汕卤味拼盘，方才上桌。

第二十九章　各有惊喜

卤水拼盘一上桌，身为美食博主的刘英浩就皱起了眉头。

因为这是一个很实在的潮式卤水拼盘，实在到它不应该出现在这种档次的餐馆。

更不要提几万块的饭局。

"实在"有时候并不是一个正面的词。

比如这拼盘里，那些鹅肝、鹅肾和卤肉，它们的厚度，要比平常的拼盘里的同类厚上四五倍，不能说不实在。但刘英浩真的已经感觉，这家所谓半砧璎珞的私厨，大约算是广州餐饮界之耻了。

这是厨房基本的刀功啊，要连这刀功都没有，开什么餐饮啊？

再有格调，餐饮最后还是要落到菜肴上，对不对？

所以，刘英浩压根就没有拿起筷子的兴趣。

但相比而言，刚刚抽出一根烟的程子轩，却眯起了眼睛。

因为程子轩看见老先生夹起一块厚实的卤肉，在嘴里嚼了起来，眼神里有一种失去焦点的感觉。以至于程子轩放下了他名贵的打火机，他担心那一声悠扬的金属簧响，会影响老先生的状态。

"这卤肉不错！"老先生大约过了五六秒才回过神来，点了点头说道。

他还对边上的刘英浩说："阿浩，这才是卤肉嘛，你试试，你们年轻人啊，花巧的东西食多了，根本不晓得，正宗的味道该是怎么样的！"

充满"爹味"的腔调，但祖父专门让刘英浩请假来陪老先生，所以刘英浩也只能打了个哈欠，当没听到。

可是老先生并不打算就此作罢。

他拿起公筷，给程子轩和刘英浩各夹了一块卤肉："试一下啦！真的是

'正'！"

将信将疑，两人还是吃了，的确这卤肉比起寻常的潮汕卤肉会有不同，但至少刘英浩不觉得这种不同是正面的效果。

因为能感觉到更有甘甜的味道，而这种甜味，加上切得厚，就难免有腻感，至少吃一块之后，刘英浩短时间内是不会想吃第二块了。

倒是程子轩，本着捧老先生的场，微笑着又自己夹了一块。

程子轩吃了两块厚实的卤肉，突然感觉到这下关沱茶的好处来！

它是拼配茶，相比名贵的纯料茶，粗贱，但它解腻啊。

而他的举动让老先生很高兴，老先生对刘英浩说道："看见没？程总才识货！"

"是托您的福，要不然的话，我也吃不到这种旧式的正宗粤菜。"程子轩递了烟给老先生，殷勤地点上火，然后笑着说道，"很多东西，您要不指点，我们很容易就被这表面所迷惑。但就是有了前辈的经验，这才能少走许多弯路。"

这时他们自己带的茅台也开好了，程子轩端起杯子敬老先生。

老先生看起来兴致很高，渐渐地引入了商业上的话题，越聊越是入港，以至于刘英浩坐在边上，就感觉自己是个多余的人。

而菜一道道地上来，千层鲈鱼块、花胶鸡丝、炸傻鳝、头抽鸭舌、传统盐煎肉、椒丝腐乳浸通菜，摆盘没话说，香气也是极好的，试了几筷，味道确实也不赖，但刘英浩觉得，至少没好到如程子轩所暗示的上万元一桌的地步，而且分量也不多，他还不能任性地下筷子，坐着便有些不耐烦了。

可是老先生和程子轩都吃得很投入，赞不绝口。

特别是老先生，从千层鲈鱼块到盐煎肉，几乎每一个菜都能讲出一段昔日往事来。

而对程子轩来讲，他是一个绝好的聆听者，每一次回应都恰到好处。

主食还没上来，程子轩和老先生已经把几千万美元的投资项目聊到差不多了，老先生已经打电话给他这边的法务，让他们跟程子轩公司的法务去做对接，去推敲合同的细节和字眼了。

"我出去接个电话。"刘英浩找了个借口，推开门溜了出来。

他不想煞风景，但他又不是跟程子轩一样，需要跟老先生进行商业上的接触，所以也不太想勉强自己，去当一个合格的捧哏。

"还有小包厢吗？"他向走廊的服务员问道，他是真的饿了。

刚好有一个小包厢的客人结账走了，服务员问了一下厅面经理，就把刘英浩领到了这个小包厢里。

"虾饺、湿炒牛河、白切鸡、酿豆腐，全部要半份，快点上。"刘英浩没好气地对服务员吩咐道，后者正想告诉他这里没有半份的概念，刘英浩就不耐烦地说道，"钱我可以按一份的给，你给我上半份的量就可以了。"

因为刚才那可能要上万块一桌的菜，让刘英浩感觉，对这餐馆没什么信心。

他担心上万块就那样，自己点个几百块的，不知道会差成什么样。

所以点半份，实在难吃的话，至少不会太浪费。

白切鸡是最快上的，刘英浩看了一眼，就有点惊讶，这刀功，不差啊！

这是清远做法，一只白切鸡，如何下刀才能摆盘好看，是有非常多讲究的。

而且使用斩切的刀法，要比切卤肉更考验厨房的眼、手、刀的协调和水平。

刘英浩夹起一块鸡肉，没有蘸姜葱汁，直接放进嘴里，嚼了两口，就感觉这种违和感更强了，熟而不烂，皮爽肉滑，绝对百分百的上品啊！

完全跟刚才那桌的风格不是一回事！

这不蘸酱的清远白切鸡，鸡肉的选材和烹制等，对好于此道的食客，一口就能吃出差别，刘英浩毫不怀疑，这白切鸡在转小火时，锅盖上应该是有压冰块的！

"那卤肉切那么大块，人家故意的？"刘英浩一边吃，一边自语。

而当虾饺上来后，仅仅咬了一口，刘英浩一拍桌子站了起来："我可找到你了！"

接着他推开门跑出去，对着走廊的服务员问道："我要见你们大厨！你们大厨是不是长得很漂亮？一定是她，一定是！"

然后他喃喃地说着一些服务员完全听不懂的话，什么"打虾胶之前，先挑虾肠"，又什么"肥肉浸过清水！所以食不出油的"，接着又说："虾饺下这功夫，我只见过她会这么做！"

事实上很多功夫，是在舞台之外的。

比如说服务员领老先生去的那个包厢，在他们来之前，陈晓欣是专门花了心思，去调整里面的布置和装饰。

例如为什么要加吊扇和窗边的竹帘？为什么窗边会有鲜花？

因为在不少传世的文章中，都不约而同能找到这样的文字，以及陈晓欣根据这些文字，去询问七十岁以上的老人，按他们的回忆，的确当时旧式粤式餐馆，比较上档次的，大多是这样的风格。

为什么那个包厢的服务员，旗袍用那样质地的棉布以及选择那样的款式？

为什么墙纸的色调、墙上的挂件、包厢里的摆件，会趋向于黑白灰？

因为陈晓欣花了许多时间，在二十世纪六十年代、广州解放前、现代等不同时期的粤式餐馆风格里，寻找一个最大的公约数。以形成一种不刻意、不唐突，但又有那么些韵味的氛围。

便如半杯淡淡的盐水、一捧细细的海沙，对心向大海的人，就能嗅到海风的气息。

李姗在经理室里，有些焦虑地抽着烟，她摇了摇头，用沙哑的嗓音对陈晓欣说："欣欣，要崩，我感觉要崩。"

听上去，很有些摇滚的腔调。

"那个卤肉过了，真的，我不该听你的，我是厨师长，我太没主见了。"李姗无比懊恼地熄掉了还有大半的烟，然后不知不觉又抽了一根烟出来，重新点着，"这次搞砸了，是我的错！"

陈晓欣在李姗点烟之前，就把那根烟拿了下来，微笑着对她说道："二十世纪五六十年代的物资是极为贫乏的，糖，是一种很奢侈的东西，味精也是。酒楼适当加大一点点甜度，会带给客人很大的诱惑；那时吃肉，也是件奢侈的事。所以太薄的肉，很难带给人满足感。"

李姗明显感觉到很荒谬："可现在不是啊！现在都讲究，不甜的甜品才是最好的！"

"我们要把客户带回二十世纪六十年代。"陈晓欣笑着泡茶，然后把李姗面前的杯子满上，"别怕，搞砸了也不是你的错，肯定是咱们一起犯的错。而且如果错了，笑笑那边也做好备案了。"

李姗还想说什么，陈晓欣伸手一让，示意她先喝茶："做事，就肯定有可能犯错,所以从来不会去炒菜,我可以安慰自己,我的厨艺是无敌的。"

本来很有些焦虑的李姗,被逗得扑哧一声笑了。

这时对讲机响起:"厨房大佬,有个客人说要见你,说什么只有你做的虾饺,才会打虾胶之前,先挑掉虾肠的。"对讲机那边说到这里,停了一下,似乎找了个比如隐蔽的角落,压低了声音,"这家伙看着跟有病似的,不如报警,然后叫大只荣过来看住他?"

大只荣,就是指近两米高、三百多斤的廖广荣。

陈晓欣看见李姗看向自己,便开口道:"我们走高端定制,理论上,客人对菜肴有意见,要见厨师长,是没毛病的。但如果觉得这个人有问题,那报警处理,肯定也是对的。你是厨师长,这个你要自己决定。"

在专业的范畴里,她不会去替李姗做决定。

其实有许多团队的领导,会觉得自己只是分身乏术,如果有足够的时间,自己去从事团队里每一个岗位,会比现在团队里的成员都做得更好。

但陈晓欣不是这样,她一点也不认为,自己在各个方面都比团队伙伴强。

所以,她尊重李姗的意见。

"那要不,见见?"李姗犹豫了一下,又看了一眼陈晓欣。

陈晓欣拿起对讲机:"叫廖广荣过来,陪阿姗过去见一见。"

但以防万一的措施,还是要做的。

可当陈晓欣跟李姗一起过去,见到激动的刘英浩时,却发现刘英浩更像一位想得到偶像签名的粉丝。

"你不在那个大排档做,我第二晚就知道了,过去一吃那干炒牛河,我都想吐了,再也吃不到那么靓的干炒牛河了啊!"刘英浩看着李姗,非常激动,很有点手舞足蹈,他提起了之前李姗工作的那个大排档的名字,"你一走,我们都不去了啊!"

然后他又拿出手机:"你看,我之前做的探店!三万点赞,两千评论,后面的,你看,都在骂我呢!"

短视频里的评论,的确有许多粉丝在骂他,说那个大排档的水平很一般,说刘英浩是收了大排档的钱,昧着良心做推广等话;又有粉丝是在李姗走之前去过的,出来站队刘英浩,说是换了大厨之类的。

李姗对陌生人很腼腆地笑着,只会说:"谢谢!""多谢啊!"

"你可以再做一个探店嘛。"陈晓欣在边上看着,笑着说道。

刘英浩大笑道:"你是老板?皇帝不差饿兵,你至少给我把今天的单免了吧?还是许诺以后过来给我打折才对啊!"

李姗听着觉得不错,因为之前她记得,这个像整天没睡醒的中年男子,去了边吃边拍之后,的确大排档的生意是有好一些的,对她来说,当场就想答应下来,但她不太敢开口,便看了陈晓欣一眼。

可出乎她的意料,陈晓欣摇头拒绝了:"你做一期探店,介绍一下半砧璎珞,这样,以后有新菜,要试菜时,我们会请你过来。不可能免单或打折的,那样的话,你的探店还有任何可信度吗?"

所谓搔到痒处,大约不过如此,刘英浩听着陈晓欣这话,笑得极开怀,当场就答应了下来。

而这个时候,刘英浩在微信上收到信息,是程子轩和老先生用完餐在找他。

陈晓欣刚刚回到经理室,门就被敲响,推门进来的是厅面经理。

"客人感觉很满足!"厅面经理推开门,一手按着门,一手按着门框,满脸的喜气,因为这个单子不止利润高,而且客户明显很满意,对餐馆来说,是接下了一个白天鹅、南园、炳胜、广州酒家等大牌酒楼没能服气的客户,在高端私厨圈子里,真的可以吹上一整年了,"买单走人了。"

"这个,其实我还没走。"在厅面经理的身后,程子轩幽幽地说道。

没有走的程子轩,据他所说,回来是为了感谢陈晓欣帮忙安排的饭局。

"我的单子基本没问题了。"程子轩笑着说道,他甚至向陈晓欣问道,"你这里有开消费卡吗?我现在就可以充四十万到卡里,以后消费的话,再从卡里面扣。当然,你要给我一点折扣或是优惠!"

看着微笑不语的陈晓欣,程子轩从沙发上站起来,转了个身:"你需要钱,嘿,至少你这办公室应该重新装修一下。而就凭你安排的这个饭局,我觉得,你这边是一个值得投资的餐馆,我其实可以投两百万进来……"

"我想,暂时来讲,我不缺少资金。"陈晓欣微笑着婉拒了程子轩的提议。

程子轩看着她,半响没有开口,这种沉默大约维持了六七秒,以至于被陈晓欣叫进来一起坐下的厅面经理,很尴尬地想开口说点什么,来打破这种寂静，但陈晓欣做了个手势，示意厅面经理不要尬聊。

"嗯，你要这么说的话，我突然想起一件事来。"程子轩用尾指搔了搔眉角。

然后他对陈晓欣说道："刚才忘记开票了啊！"

他的脸上还带着笑，但那眼神，厅面经理看着，都觉得是有冷意的。

开票，就是开餐饮发票，以便回去单位报账。

这本来是个很正当的行为，所以陈晓欣点了点头，起身走到办公桌后面，拉开抽屉，把密封透明袋里的两张发票递给了程子轩："多谢惠顾，程总，以后有机会，请多关照。"

程子轩看了一眼那两张发票，便放声大笑起来："必需的！晓欣，你可帮了我的大忙啊！"

他拿起那个透明袋子，然后对厅面经理说："我去充个三十万的值，然后接待费用就在这里面扣，咱们月结！"

程子轩干脆、豪爽得极有气概。

厅面经理高兴得不行，笑得如同回到了十八岁的青春时代。

程子轩从经理室出去，到充完值离开，没再跟陈晓欣提起要打折、要优惠之类的话。

过了一会儿，张笑笑背着她的双肩包跑过来，刚想跟陈晓欣说点什么，后者就接到她大哥的电话："妹头，我都跟你说过，阿程靠谱的！怎么样？阿程没有玩什么把戏啊，对不对？他说还充了三十万，连个折扣也没跟你要！"

陈晓轩有些亢奋，似乎他终于有一个不愿相负的朋友，可以证明他的人生也并不是如陈晓欣所形容的，那么黑暗，那么失败。

足足听他说了十分钟，陈晓欣才开口："你懂做生意？"

"你每次都用这句啊？你就是要数落我，也换点新词啊！"陈晓轩很不满地反呛。

但陈晓欣并不打算换词："就这个问题，你会做生意？会，还是不会？你给我一个确定的答案。"

于是本来兴高采烈的陈晓轩，一下子就失语了。

他再怎么臆想，也不敢臆想自己会做生意啊。

毕竟事实就在眼前，连祖业都败得精光的人，有什么资格说自己会做生意呢？

没有人愿意一再地被揭开伤疤，陈晓轩很快就结束了这场让他很扫兴的通话。

放下电话的陈晓欣，对张笑笑问道："什么事？说。"

"欣姐，之前那个推广方案，你在微信上说可行，那这个经费什么时候能到账啊？"张笑笑舔了舔嘴唇问陈晓欣，她扮出一副色眯眯的模样，连刚走进来的厅面经理，看着也不禁笑出声。

陈晓欣揉了揉太阳穴，没好气地说："没钱！这个月总得分点钱给我姑姐和我爸妈，得把至少不少于租金的钱挪出来。要不然，家里会感觉还不如把场地放租出去呢。"

这是一个很客观的事实。

现实生活里，谁也不可能永远无条件地支持某件事、某个人，不论有多么亲近都好。

厅面经理听着眼睛都直了，刚才她是明明听着，陈晓欣甚至不让程子轩把话说完，就拒绝了对方投资的提议。

"无论那位程总提出什么样的条件，你都不要私下去答应他，你知道为什么吗？"陈晓欣叹了口气，她不得不跟厅面经理分析整件事的过程。

而厅面经理完全是一脸的茫然。

对她来说，程子轩人很不错啊！

不单介绍了一个利润很高的饭局，而且说充值就充值，不眨眼就给了三十万。

"他在前台走时是不是让你开票了？"

厅面经理点了点头，她不觉得有什么问题，出来吃饭，要求开票，不是很正常的事吗？

所以，她摊开双手："前台说，程总的票，你一早就开好了，说让程总找你拿就行。"

陈晓欣摇了摇头，原本她是不打算说的，但看着厅面经理那一脸的花痴笑容，她觉得还是得把这层皮给揭开了。

"咱们这里是有地方物价的。"陈晓欣说着，给张笑笑和厅面经理发送了一张图片，内容就是刚才她给程子轩那两张封在透明塑料袋里的发票。

有管物价的地方，也就是说，一桌饭菜，不是说陈晓欣说多少钱就多少钱。

　　如果有违于市场定价的话，而程子轩要找事，完全可以就此向有关部门进行举报和投诉。

　　也许最后陈晓欣能申请复议，但是会搞得很麻烦，而且最后极大的可能是会被判定退款，而且还会被行政处罚，要是再搞上新闻，那整个餐馆的名声就全毁了。

　　所以，陈晓欣开给程子轩的是两张发票，一张是餐饮行业八百五十块的餐饮发票。

　　而另一张是某个非遗文化公司的咨询费用，四万九千多元的发票。

　　这也是为什么程子轩一看到这两张发票，就不再纠缠的根本原因，因为他发现无从下口。

　　"也许我想多了，我自己加戏了，我不否认这种可能。"陈晓欣很坦然地对厅面经理说，"但你不能否认，存在这样的可能。这样的人，他的投资，我怎么敢接？"

　　厅面经理愣了五六秒之后，终于把一切盘通，拼命点头。

　　"可我们现在就是需要钱啊！"张笑笑无奈地道。

　　陈晓欣泡着茶，连头也没有抬："会有钱的。"

第三十章　浓油赤酱

通常纯粹的写字楼，就不会选址在主干道临街的位置，所以也肯定不会把下面几层做成商场，它的地理位置决定了这么做也没有意义，所以往往过了上午十点半以后，整个大堂就会变得极度冷清。

孤独的前台，通常坐一会儿就得站起来巡视一番，不然的话，长久地坐在那里，便会打瞌睡——单纯字面上的意义，并非形容词。所以，当陈晓欣带着张笑笑走进大堂，高跟鞋敲击在地砖上的声音，特别清脆。

张笑笑的步伐略有些匆忙，跟在陈晓欣身后。但她其实并不慌张，相反，这是她从公司辞职，自己出来弄新媒体引流工作室之后，最为轻松的一天。因为跟在陈晓欣身后，这是一个她非常习惯的位置，当处在这个位置，她就很自然地感觉，自己可以做好这个位置所有的事。

"我觉得咱们其实没必要这么正式。"在走进电梯之后，陈晓欣借着电梯厢里金属墙壁的反光，拨弄了一下自己的空气刘海，对张笑笑说，"板鞋和牛仔裤，其实应该也没问题的。"

张笑笑白了她一眼，没有搭腔，只是微微地笑了起来。

她太熟悉这句对白了。

以前每次带着团队去见下游渠道公司时，在电梯里，每一次陈晓欣都会这么说。

但每一次出发，她总是妆容精致。

"行！"陈晓欣用舌头在嘴里打了一个响，对着张笑笑说，"不要有压力，我们做了所有能做好的细节。"

"嗯！"张笑笑本来有些紧巴的脸，就舒展开了。

而在面对韩总手下对接的那位女士时，的确一切都很顺利。

不是因为对方对陈晓欣她们格外宽容。

那位女士甚至提到了："你做餐饮，不应该跟我聊一下，某一道菜肴如何色香味皆全、如何难得、技艺如何精专，就如日本的煮饭仙人，几十年专注于做好一锅米饭之类的？"

陈晓欣点了点头，然后把手上的资料翻到其中的一页："这是厨师长负责的事，而我们餐馆恰好有着天才的厨师长，不单在粤菜这方面，我们的团队有着精湛的技艺，如果提前预订的时间比较充足，八大菜系，都可以满足顾客的需求。"

但她没有说完，就被那位女士打断："说服我，你转换经营风格是必要的选择。"

从对方举所谓米饭仙人的例子，就可以看出，这位女士明显是着迷于"老字号"的。

所以，这是一个对陈晓欣来说极不友好的问题。

或者说，大家并不是在同一频率上。

张笑笑连忙翻开数据页，准备救场。

转换经营风格之后的营收和客流数据，会为转换风格这件事，提供一个有力的数据支持。

但陈晓欣并没有让张笑笑救场。

因为这不是辩论大赛。

无论是让这位女士哑口无言，或是让对方低头认输，都不是陈晓欣要完成的事。

"因为，这就是生活。"她很平静地对那位女士说道。

对方的脸上，便隐约浮现出一丝嘲笑来了。

其实，陈晓欣第一次见韩总时，并没有这么麻烦。

但那时候，韩总也还没有拿下这间大公司的全部权力，尽管她拥有不少股份。而现在拥有了整个公司，眼光和模式就跟从前有着截然不同的高度了。

又或者如张笑笑心里所想的：阎王好见，小鬼难缠！

不过陈晓欣并没有太在意对方的嘲讽："我开餐馆，是为了赚钱。"

这是一个很现实的问题，抛开所有的情怀因素，之前试营业那几周，因为餐馆的位置和规模，使得整个定价，对街坊邻里来说，就不是一壶茶、一笼叉烧包坐到中午的地方了。

而如果走低价路线，陈晓欣当时也考虑过，但她带着兄嫂在附近的同类酒楼做了调查的，发现了另一个问题：花了钱的老人，到了中午又不愿走，于是往往中午有客人来，又没有位置；而更加无奈的是附近的同类餐馆，定价本身就比陈晓欣低一点，她如果要做早茶，一笼虾饺怎么也得比同行再往下压两三块钱，对街坊来说才有更直观的吸引力。对这些每天饮茶的街坊来说，他们往往在比较之后，就会去附近价格略低的店里，就算陈晓欣这边虾饺的皮更弹牙更薄，虾更鲜活更嫩。

"在那种运营风格下，没有太大意义，受众更直观的刺激，仍然是价格。"陈晓欣对着那位女士侃侃而谈。事实上，当时试营业，用略比同行高一点价格，都感觉支撑不下去，完全没有前景了，如果再往下压，再内卷，那可真还不如她姑妈说的，放租出去算了！

她总是知道怎么样让对方进入她所预设的场景，例如面前这位对老式粤菜有着某种情怀的女士，随着陈晓欣越来越深入的分析，也开始去看边上张笑笑递上来的各种数据对比。

"在短视频平台上，我们会持续维持热度，但我们并不打算在短时间内通过短视频拓客。"陈晓欣对着那位女士说道，"因为短视频平台的用户，往往仍然会对价格更敏感。目前我们要做的，是高端品牌的设定打造。"

而张笑笑马上就接着展示软件设计的资料："我们会针对自己的用户，去推出专属的 APP……"

当陈晓欣和张张笑带着签署好了的合同，开车离开这幢写字楼时，张笑笑在车里就尖叫起来："欣姐开无双了！四百万，四百万就这么拿下了！"

"你有没有注意到，这一周，我们回头客的数据在往下掉。"开着车的陈晓欣，很平静地问张笑笑，"回去要做数据分析，是菜品出问题，还是服务出问题，或是就餐的客户喜好跟我们出品的菜肴不相符？"

并不见得拿到四百万投资，就拨云见日了。

人生在世，总是解决一个问题，还会有另一个问题。

只要不甘平淡，奋发向上，不甘心慢慢在阴暗里腐烂的人，总是如此。

这就是生活。

花开就会有花谢，有人来，就会有人离开，世间事大抵不过如此。

"绕不过的，始终还是色香味。"陈晓欣坐在自己餐馆里最豪华的包厢，深吸了一口气，然后从鼻孔里呼了出来。她身边的张笑笑打开平板，调出一个方案给陈晓欣看，但后者摇了摇头："不，笑笑，不可能总是用运营的招数，来应付每一个问题和危机。我在做餐馆，就回避不了这个问题。"

因为这场会，需要参与的人员太多了，所以陈晓欣那小小的办公室实在容纳不下，才把大家召集到这个最豪华的包厢里来。身为厨师长的李姗、白案、二厨、厨工，包括搞保洁的廖广荣……跟厨房有关的十数人，都坐在这里。

陈晓欣皱着眉头，从张笑笑面前拿起烟盒，抽了一根烟出来，"我们走高端路线，就得应对这样的问题，必须面对客户的定制。"

在商业社会里，从来没什么天上掉下来的馅饼，拿到那四百万的投资之后，作为投资方当然希望自己的投资能更好地赢利，所以就有了许多牵针引线的活动，比如这一次，有公司在这里订了一个包厢，准备半个月之后接待从北京过来的客户，点名要吃上海本帮菜。

"这是专门来为难我们吧？北京来的客户，应该要吃炒肝、喝豆汁啥的才对吧？"二厨摇着头苦笑着说道，看着陈晓欣作势要把矿泉水瓶砸过来，二厨举手做投降状，"欣姐饶命！不过说真的，北京来的客人，宫保鸡丁、九转大肠、糖醋鲤鱼、葱烧海参、油爆双脆、爆炒腰花、四喜丸子、糟熘鱼片、德州扒鸡之类的才对吧？吃啥上海菜呢？我真感觉是折腾咱们，故意的！"

炒肝、豆汁那当然是瞎扯，所以陈晓欣才会吓唬要砸他。

但后续二厨说的，就不是要宝或是学相声演员报菜名了，他说的是鲁菜。而北京菜，严格来说，其实可以算是鲁菜的分支，他提鲁菜的招牌菜，并没有什么问题。

陈晓欣把手里矿泉水扔给二厨："你可闭嘴吧！人家给了足够的钱、足够的时间，你管人家北京人喜欢上海菜？再说，人不能是上海人在北京漂着？"

张笑笑和厨房的白案，包括那些厨工和廖广荣，都纷纷点头。

的确，如果是一个北漂或是说在北京工作的上海人，那么能在广州吃上正宗的上海本帮菜，绝对会让其对招待的一方，留下一个良好的印象。

连李姗那姣好的容颜上，也尽是淡淡的愁。她点着了一根烟，看向陈晓欣："问题是，这一桌给了三万八啊，要是三百八，那一点问题也没有。"

她这话一说，在场人等纷纷点头。

"三百八的话，交给我就得了，浓油赤酱，我拿手的啊！"廖广荣在边上，不失时机地显示了一把存在感，不过没有人去理会他的话。

陈晓欣玩着手里的烟，却拒绝了张笑笑帮她点上。

"姗姗，拿个方案出来，如果咱们讨论之后，感觉接不下来，两种处理方式。"陈晓欣把烟扔给张笑笑，然后坐直了，对李姗说道："一个是请外援，一个是退钱。"

说着陈晓欣按着桌子站了起来，冲厨房的十数人抱了抱拳："这单子就算接不下，不怪大家，怪我。"

其实从刚才大家进来之后，陈晓欣就一直在反省自己。

因为她是做运营出身的，几乎是下意识地，她会给投资方描绘美好的远景。

比如说她之前跟那位投资方女士聊到的八大菜系，只要有足够的时间，餐馆都可以接得下来。足够的时间，在李姗提出这个概念时，是指整个团队的成长时间，指的是至少一两年后。

但陈晓欣在面对投资方时，会很习惯地引导对方，让对方觉得，其实餐馆现在就具备了做八大菜系的能力，足够的时间，是指备菜的时间。

所以她才会站起来，承认是自己的问题："大家讨论一下，咱们是否能够接得下来，如果实在感觉接不下来，也直接说。"

李姗狠狠地抽了一口烟，然后摇了摇头："欣欣，不是说接不接得下，或者有没有方案的问题。单纯方案的话，我现在就可以列出来。"

说着她咬着烟，拿起桌上的笔，在餐巾纸上开始写：上海油爆虾、虾籽大乌参、炒青鱼秃肺、红烧白吉鱼……

一直写了八道冷盘、十二道热菜，才停下笔来。

然后李姗拿下烟，敲了敲烟灰，皱起眉："但做菜不是堆料啊！跟这油爆虾一样，油爆虾，厨房谁不会做？猪肉荣都会做啦！"

"我不叫猪肉荣！"廖广荣在边上闷声闷气地抗议，但似乎没有人注意到这一点。

陈晓欣盯了他一眼，做了个闭嘴的手势，示意李姗接着往下说。

李姗把烟熄掉了，摇头道："可是要对得起三万八这个钱，就得是正宗上海油爆虾的做法，那整个菜的烹饪是有个讲究的，最多只能耗时二十五秒，十五秒下锅爆炒，后十秒和料起锅。不到这地步，不配三万八一桌啊，讲道理。"

陈晓欣递了瓶凉茶给她，然后问道："很难？"

边上的廖广荣急忙道："其实二十五秒，我可以的，我可以的！要不我来试试！"

豪华包厢里，除了陈晓欣之外，所有厨房的人员，都不约而同地对他使眼色，示意他闭嘴。

二十五秒做完这道菜，当然可以。

问题是，二十五秒做完，还要色香味皆全，才是考验。

而这明显就不是廖广荣所能完成的任务。

李姗冲着陈晓欣点了点头："很难。"

"半个月，能不能练出来？"陈晓欣问李姗。

李姗想了想，苦笑道："又不是一道菜。"

而且她提到了另外的问题："不只是厨艺，跟炒青鱼秃肺这道菜一样，必须得五斤重的青鱼，取肝脏来烹饪，你要是青鱼太小了，肝脏就跟着小，那做不出那味道。而你要搞五斤重的青鱼，本来就很不容易。"

她重新抽出一根烟，看着陈晓欣："要真的半个月这么练手，我倒是有信心，可是，要是原料、耗材算上去，感觉没什么赚头，搞不好，甚至会亏本。"

于是所有人，都不约而同看向了陈晓欣。

她该如何选择？

正所谓欲戴王冠，必承其重。

陈晓欣扶着桌子站在包厢里，面对厨房十数位员工的目光，她知道自己必须做一个选择，不论是对或是错。

这就是她的责任。

不可能把这个责任，以菜肴的问题是厨师长的专长为借口，推给李姗，或是推托到日后再说。

如果她不做决断，所有人就会茫然。

因为大家会不知道怎么办，不知道如何面对将要到来的这个困境，慢慢地，就会进化到对餐馆渐渐失去信心，各种各样的小矛盾，粤语里所谓"偷鸡摸鱼"的小事件，就会慢慢滋生出来……

"姗姗，青鱼这种比较难搞的食材，看看这两天咱们能弄到多少，如果不是很宽裕，你练手时就要节省些；至于其他的，只要花钱就能搞的原料，油爆虾之类的，只要你有空，就弄！"陈晓欣毫不犹豫地给出了她的方案。

听着她的话，李姗明显松了口气，抽出一根烟，随手点着："那我没什么问题了。"

本来这些菜该怎么做，她是心里有数的。

如她所说，如果几百块一桌菜，那她一点问题没有。

现在是要让客人感觉到几万块一桌菜，值！所以就对色香味，得有正宗上海本帮菜的特色和韵味体现出来，而陈晓欣决定不计成本，不计盈亏，用半个月时间来练手，李姗自然就心里有底了。

"老……老板，"廖广荣突然开口道，"其实上海有名的几家餐厅，他们都不做这样很地道的本帮菜，他们搞得跟日式料理、法国菜一样的，我们是不是也可以学习一下？"

这是一种取巧的办法，其实刚才张笑笑给陈晓欣看的方案，也是类似于此。

"如果我们在上海，当然没问题。"陈晓欣笑着摇了摇头，"可我们在广州。"

在上海，不论餐厅做的是不是本帮菜，都是上海风味，这勉强是能说得通的；但在广州，客户定制上海菜，陈晓欣就觉得："咱们就必须做出正宗的本帮菜……"

"老板。"环抱着双臂靠在包厢入门处的厅面经理，低声喊了一句。

陈晓欣看向她，后者想了想，咬了咬下嘴唇说："有个事，一会儿我想跟你聊两句。"

"大约什么事？就咱们在聊这个事吗？没事，你直接说嘛。"陈晓欣看着厅面经理的面部表情，就明白了对方的意思，很显然，厅面经理对陈晓欣的决定不太赞同，但考虑到在其他员工面前，情商高的人，就不想在这里说，以免驳了身为老板的陈晓欣的面子。

可是陈晓欣无所谓啊，她并不拒绝有人提出更好的方案。

"其实我们不一定要接这样的单子吧？"厅面经理犹豫了一下，终于还是开口，"厨师长都讲了，这么练手，这么搞，可能就没什么钱赚了，大家还搞得很累，是不是没有太大必要？"

厅面经理站直了，拧开手里的保温杯，喝了一口浓茶："咱们只做粤菜不行吗？炳胜就是只做粤菜，做得很好啊。老板，你看看，是不是考虑一下？我也不知道说得对不对，就是瞎扯吧。"

厅面经理不提也罢了，她这么一说，厨房的人就不由自主地点起头来。

粤菜，特别是在李姗在带领下，大家都是驾轻就熟的。

哪怕是后厨里一心想要推广湘菜的阿梅，做粤菜那也是很拿手的事；就是管保洁的廖广荣，做个咕咾肉或是清蒸老虎斑，那怎么说也是合格水准的。

何必去碰自己不熟悉的上海本帮菜呢？好好做粤菜不就得了？

而且，的的确确，炳胜在广州的成功，不单是开了多家连锁店，而且还搞出子分类，例如炳胜私厨、炳胜品味、炳胜公馆、小炳胜之类的，真的把一个品牌做了起来。

陈晓欣再一次从张笑笑的烟盒里抽出一根烟，这一次，她把烟点着了。

"我们的口碑，目前远远不能跟炳胜比吧？"她淡淡地问了一句，让在低声私语的厨房员工都静了下来。然后在烟雾里，陈晓欣又问道："我们的客流量，远远不能跟炳胜比吧？"

这是一个不需要答案的问题。

炳胜在广州，各种分类的店加起来，得有十几二十家左右，几乎每一家的场地都要比陈晓欣这边的更大，而且还是在主干道上人流最热闹的地段，怎么可能去跟炳胜比客流量呢？

陈晓欣环顾了一眼房间里的人。

"那你们告诉我，人们为什么不去炳胜，而要来我们店呢？"

她摇了摇头："还是说，我们的半砗璎珞，就作为人们去炳胜吃饭排不到位时顾客的备选品？不，还只能是海珠区这边，如果天河、越秀、荔湾之类，有其他店可以作为备选，人们也不可能专门跑过来帮衬。"

因为几乎每个区都有炳胜的分店啊，直接去炳胜不就完了？

"我们想要活，大家年底想要拿到十四薪、十五薪甚至更多分红，那我们就得有自己的特色！咱们得要活啊！"陈晓欣熄掉了还有大半的烟，撑着桌子，对大家说道，"咱们就是走高端定制的路线，这就是我们的特色。"

房间里的所有人，连厅面经理，也不自觉地点起头来。

"一年内，如果再接上海菜的单子，就不用练手了。"李姗沙哑地接了这么一句。

她不是陈晓欣，无法很有逻辑性、很有煽动性地去阐述自己的意思，但她这话很实在，有这么一次练手，那短时间如果再做上海菜，大家就都不慌了。

陈晓欣笑了起来，对张笑笑说道："伪探店什么的，你这边跟进。"

张笑笑拼命地点头，而陈晓欣对厅面经理说："服务员你要跟进培训，不要在这个环节出问题。"

安排好各方面的事情，陈晓欣离开餐厅，发动汽车开出车库后，就用车载蓝牙拨通了父亲的电话："老窦，帮我找上海本帮菜，或是苏杭菜系的大厨，现在就要。"

第三十一章　细嗅蔷薇

也许是因为职业生涯的经历,或是个人性格的问题,陈晓欣从不觉得,有一个方案,就能安心让团队去执行,然后等待成功。对她来说,如果只有唯一的方案,其实就是对目标的达成率毫无把握,因为不论情况如何变动,都只有这么一个方案,也就只能一条道走到黑了。

陈勇在电话那头沉默了许久,久到陈晓欣等完红灯,快要在东濠涌上内环,他才在电话那头叹了一口气。

他的沉默,是因为他刚才一直在努力地回忆。

通常来讲,很少有父亲,在儿女求助,特别是这种专业范畴的求助时,去回绝对方。不单单是面子,更重要的是,父母总觉得自己会有一份责任,而且这又不是找家里借钱,也是为了事业。

但想了很久,真的是连一点沾边的都没有,他不得不开口:"欣欣,你说粤菜、广府菜、潮汕菜、客家菜,老窦都可以帮你想办法;上海菜,我怎么认识人呢?"

"无事的,老窦,我只不过有个想法想试一试,没事,没事,你在钓鱼吗?好了,你钓鱼吧,我去忙了。"陈晓欣并没有把餐馆面临的问题向父亲诉说。因为陈勇明显对此束手无策,告诉他除了增加他的忧虑之外,并不能解决什么实际上的问题。

但问题总要解决。

没有一个备用的方案,陈晓欣始终觉得心头不安。

但就在这时,她向右打了一把方向盘,一下子就刹住了车。

陈晓欣推开车门,奔向后备厢的方向,快步拦下那辆电动车。骑在电动车上的中年女人,正要慌张地准备绕过陈晓欣的汽车,但陈晓欣按住了她的车把:"你不能走!"

而在陈晓欣和这个中年女人争执的不远处,身着校服的小男孩趴在地上哭泣,共享单车就摔倒在他身边。正是因为在后视镜中,看见了电动车撞倒了自行车,然后头也不回准备逃逸,陈晓欣才会把对方截停。

"你不要多事!"中年女人冲着陈晓欣叫嚣,"不关你事的,大家各自回家,各找各妈!你要搞事,到时我说,是你按喇叭吓到我,我才失控撞倒那个小孩的!"

前面就要上东濠涌高架桥了,而不论是自行车,还是电动车,都是行驶在机动车道上。这里不是一德路,并没有许多沿街的商铺,没什么围观的人群,也就是说没有什么人可以为陈晓欣做证。如果这么一闹,真的很有可能,陈晓欣会搞得里外不是人。

"就算那小孩家里人来了,找你这个开汽车的有钱人赔钱,总比找我这打工仔赔钱靠谱!"中年女人恶狠狠地加重筹码。但不能否认,某种小市民式的狡黠,有着它的可适用性。

"你不能走。"陈晓欣一句话也不想跟她辩论,更不想和她争吵。她直接拿起电话,就报了警,把事情简单说了一遍,"现在这骑电动车的要逃逸。"

那个中年女人一听就不干了,骑在电动车上张牙舞爪:"我哪有逃逸啊?你不要乱讲!都是你害的!你恶人先告状!"

直到陈晓欣挂掉了电话,那个中年女人仍在冷笑着叫嚷:"看看谁倒霉!"

这时那个穿着校服的小孩爬了起来,哭泣着,一瘸一拐想去扶起共享单车。

中年女人见了大喜,对那个小孩骂道:"你骑个单车走机动车道,撞死你活该!还不快滚!等下后面来辆泥头车,撞死你!"

"小朋友,你到路边坐下,等交警过来。"陈晓欣单手按着对方的电动摩托,把对方连人带车也推到路边,以免真的出现进一步的交通事故。

交警很快就到了现场,因为陈晓欣车上有行车记录仪,所以并没有如那个中年女人所希望的,可以通过她的胡搅蛮缠改变事情的性质。

陈晓欣在经历了这个插曲之后,回到家里,和下班之后过来帮忙煲汤的姑妈聊起这件事时，陈淑芳就有了许多期待："那个小孩的家长是上海菜的大厨？他们家认识这样的人？"

这让正在倒可乐的陈晓欣感觉很无语："为什么？不，没有，我跟那个小孩素不相识。"

陈淑芳抬头按住陈晓欣的额头："你有病吗？自己一身蚁，你还去管闲事？"

她叹了口气，嫌弃地对陈晓欣说道："还好你妈去打麻将还没回来，阿嫂如果在家，不骂你一通才怪！好了，你不是要找上海菜的大厨吗？现在怎么弄？你要不找一下李泽霖？他那么有钱，对不对？之前在凤城帮你找后厨的员工，你不是也说他出了力吗？"

陈晓欣把一杯冰可乐放在姑妈面前："所有投资人我都问过了。我还问了去上海工作的张弱智，但一时之间都没有什么办法。你生在广州，住在广州，家里从小开餐馆的，姑妈，让你突然之间找个粤菜大厨，你都没办法吧，对吧？"

因为不参与餐馆的经营，就算耳濡目染知道一些常识，但要马上找到具体的厨师，就有点强人所难了。

"所以，你是不是得想办法，而不是去街上管闲事啊！"陈淑芳没好气地戳了戳侄女的额头，"真是一天到晚不省心。你要记得，这餐馆墙上涂的，是你自己的嫁妆！"

陈晓欣就笑了起来："你放心，我心里有数。"

"你还笑得出来？"陈淑芳白了她一眼，看了一下墙上的钟，走去厨房把火关小。

其实陈晓欣并没有太慌张。

人与人之间，有些东西，有些思维的模式，是截然不同的。

例如陈淑芳觉得，在现在这种情况下，陈晓欣觉得依靠唯一方案不靠谱，而又找不到做上海菜的大厨作为备选方案。餐馆又是投入了陈晓欣所有的身家，包括父母给她准备的嫁妆，对陈淑芳来说，感觉天都要塌下来。

可陈晓欣并不这么认为，她拿起手机，对一脸焦急的姑妈说："我觉得，我和我要找的上海菜大厨，应该在6次名片推送之间就可以取得联系，姑妈，你信不信？"

Facebook（脸书）做过研究，任何两个用户之间通过 4 次推送就可以连接上的概率是 92%，通过 5 次推送可以连接上的概率是 99.6%。所以陈晓欣所说的，通过 6 次名片推送就可以找到她要找的人，不是没有根据的。

"姑姐，你放心回去做饭吧！我搞不掂，会跟你商量的，好了好了，我会看着煲汤的火了！"陈晓欣笑着把姑妈送出门之后，就开始在微信上寻找她所需要的人。

事实上，陈晓欣并没有经过 6 次名片推送，然后联系到她想招揽的上海菜大厨。

她只用了 3 次，就联系到了她所想要找的人。

或者说，只用了 1 次。

其实在第一次和第二次名片推送时，对方就已经是苏杭菜系、上海本帮菜的大厨了。

有些事，其实也就是一层窗户纸。

陈晓欣在熟人之间没有找到门路之后，在猎头工作群里，发了两个五百块的群红包。

几乎半个小时里，猎头们就有七八人找她私聊，然后她收到了十几份简历，只要愿意花钱，又身处北上广深之类的城市，那么猎头们几乎就可以化身战场上食腐的秃鹫——或者如同瓦尔基里娅一样可以找到每一个英灵。

而前两位大厨跟陈晓欣的沟通不太顺畅，其中有年纪的关系，抑或是价位的问题，不一而足，相对而言，第三位大厨跟陈晓欣聊起来就比较融洽。

同是"90 后"，在三观上有许多相似的地方，话一投机，那余下的就是价钱和厨艺的问题了。

"你听说过'飞刀'吗？"陈晓欣是这么切入主题的。

而对方可谓"秒懂"，马上就回应道："你是指医生飞到外地的医院，去为当地病患做手术吧？你是说，如果你那边有需要，希望我可以临时飞过来，帮你做一席菜？这个恐怕不行……"

陈晓欣没有等他说完："至少一周以前跟你约。"

"我在上海……"

她依然是没有等他说完："路费和食宿都是我支付，到广州机场我安排接送。"

这一次，身在上海的这位大厨语气就柔软了一些："就算提前一周，请假也是要扣钱的。"

"如果请你过来之后，你按厨师长的要求，只做一桌菜，我这边有专业的团队给你打下手，二厨、白案等都齐备，按正常八个凉菜和十二个热菜，给你一万起，税后，机票和住宿除外。"陈晓欣平静地把条件说了出来。

于是"90后"的上海菜大厨，很愉快地跟陈晓欣达成了共识。

"明天我会飞一趟上海试菜。如果没问题，我们可以签个意向合约，如果这一整年有十一个月都没有请你过来'飞刀'，那么我这边会支付你一笔顾问费，请你在第十二个月的时候，过来给我们厨房的团队，讲一讲苏杭菜系的讲究和细节，您觉得可以吗？"

她并没有留下什么空间来让对方拒绝。

聊完之后，陈晓欣在微信上给张笑笑发了信息："明天飞上海，你跟我一起去。"

之所以要带上张笑笑，陈晓欣希望以后这样的事，张笑笑可以帮她去处理，而不需要每一次都要她自己去跟猎头打交道。

而对张笑笑来讲，事实上这有点超出她的工作范围了，但她对陈晓欣有一种习惯性的跟随，习惯跟着她，去谈妥一桩又一桩本来感觉全无头绪的单子；习惯把执行过程中所有解决不了的问题，都由陈晓欣去帮她解决，不论是无法报销的出租车费用，还是客户那里无法处理的技术问题。

"好！又可以跟欣姐去玩了！欣姐，我们是住到张爱玲故居边上那个酒店，还是住到鲁迅故居边上的酒店呢？"张笑笑的欢快在微信上都让人感觉得到。

陈晓欣笑着回了她一句："你拿主意就行。"

没有再聊下去，不是因为陈晓欣不耐烦，而是打开家门之后，已经几个月身孕的大嫂刘宛晴，扶着她大哥陈晓轩，艰难地挪进了家门。

陈晓欣扔下电话，奔了过去，一把搀住她那脸色苍白的大哥，以便让刘宛晴可以喘息一下。

"阿嫂，你快点休息一下，你叫我下楼帮手啊！"陈晓欣对大嫂说道，然后把大哥搀到沙发上坐下，很是担心地问道，"废柴，你怎么了？"

陈晓轩有点虚弱地道："没事，就是拉肚子吧。"

"轩哥，你不要再去佛山打工了。"刘宛晴很是心疼地看着丈夫，眼角有些发红。

她甚至有些埋怨地看了陈晓欣一眼："轩哥去接我，坐在店里，看着都不对劲啊！回来时，我说我来开车，他还说没事，出停车场差点刮到柱子，才不再逞强。"

陈晓欣找了医药箱出来，拿了整肠丸，倒了六颗出来递给陈晓轩，刘宛晴连忙去倒了开水，倒是陈晓轩吃了药之后还安慰她们："没事，就是工厂食堂那饭菜有点辣，当排毒了，没事的。"

"欣欣，轩哥现在都很振作了，我，我在发廊也升回总监了，其实我们又没什么负担，我赚的钱也够我和轩哥用了，没什么必要去佛山赚这几千块吧？好辛苦的。"刘宛晴心疼地说道。

是金子总会发光的，就算刘宛晴的肚子，比起刚刚返回职场时已经遮不住了，明显看出有身孕了，但从底层发型师做起，用了也就个把月时间，她就回到一个比较高的职级，也就离顶级的发型师还差一级。

因为这是手艺活，她的确有这手艺，有这审美。

而且以前那些愿意花五六百块找她剪一次头发的顾客，听说她重返职场之后，也开始纷纷过来找她。有足够的客流，有足够好的手艺，发型屋的老板当然得把待遇给她慢慢升回去，毕竟再对刘宛晴怎么妒忌都好，老板也不可能跟钱过不去。

所以，刘宛晴现在有这底气，觉得陈晓轩那几千块不赚也罢。

陈晓欣皱了皱眉头，她是不太认同的，但毕竟她只是妹妹，只是小姑，有些事，有些话，她跟自己的哥哥可以随便说，但和嫂子终归是不太合适开口的。

"瞎说什么？总是要出去工作的。"让她们没想到的是，吃了药的陈晓轩开口说道。

听着向来被她视为废物的大哥这么说，陈晓欣脸上的神色却下意识地变得严肃起来，但是她马上恢复了微笑，顺着大嫂刘宛晴的话说下去："我都觉得是，废柴是有振作的了，踢他出去工作，说真的，也并不就是为了那三千块钱。"

"你刚才还说欣欣肯定会笑话你？你看看！欣欣也说让你别去佛山上班

了！"刘宛晴如释重负地对丈夫说道。

因为在回来的一路上,她就跟陈晓轩聊了这个事,陈晓轩却认为妹妹陈晓欣一定会反对的,还会对他冷嘲热讽。

以至于在回来的路上,刘宛晴都少见地跟陈晓轩发生了争执:"她是你妈,还是你妹?!"

但不能否认,进门的那一瞬间,刘宛晴是真的有点担心的。

因为实际上在这个家里,陈晓欣的意见,往往会主导着整个事件的走向。

并非说陈晓欣真如她大哥所说,非要跟他作对或是恶言相向之类的,而是不论嘴上怎么讲,陈勇、黄樱作为父母,潜意识里都会觉得,女儿陈晓欣是更靠谱的那个人。其实这种认同感,刘宛晴自己心里也是一样的。因为大家都有眼睛,看得清楚:从上学到毕业,在职场上从实习生到运营总监,陈晓欣就没怎么让家里操过心。

而相对于把祖传餐馆搞到倒闭,还欠下上下游的钱,从小到大就没干过靠谱事情的陈晓轩,哪怕是最疼爱他的母亲黄樱,嘴上怎么维护也好,其实,还是会认真考虑陈晓欣的意见的。

但刘宛晴没想到,她所以为的障碍竟然并不存在!

她高兴地拉住陈晓欣的手:"欣欣,你都觉得对啊?我就说,欣欣肯定会支持我的!"

刘宛晴甚至有些雀跃,以至于把陈晓欣吓到了,毕竟刘宛晴都显怀了,别真的蹦一下出个什么事,她连忙扶住嫂子:"他就算是废柴,也是我哥啊。"

陈晓欣笑着说道:"看他搞成这样,我看着也难受。"她又对瘫在沙发上的大哥说道:"废柴,你看看要不行,咱们直接去医院,打120,可别是急性阑尾炎,你可千万别死撑着。要是阑尾炎,那搞不好会出人命的。"

瘫在沙发上的陈晓轩摇了摇头:"你就不能盼着你哥好!都说拉肚子了,拉到虚了,又不是痛。死妹头,你就盼着我去医院拉一刀,你别以为我听不出来。"

陈晓欣冷笑了一下,从鞋柜边上的储物柜拿了一瓶常温的电解质水,扔给哥哥:"拉肚子脱水就多喝水,拉一刀?对啊,我觉得拎你去泰国拉一刀,才是最合适的。"

陈晓轩拿起那瓶水，挣扎起来："哼，死妹头，没人性的！我不跟你废话，我进房间休息去！"

本来刘宛晴看着心疼，想去扶他，却被一把陈晓欣扶住："阿嫂，你有大有小，别管他！"

看着丈夫进了房间，其实刘宛晴很是心焦，很想跟进房间照顾丈夫的，可是小姑子一直拉着她聊着餐馆的事，聊着她去发型屋上班的事，足足聊了十几分钟。看上去还能再聊下去，刘宛晴也是急中生智："阿爸跟朋友去清远钓鱼，明天才回来，可妈怎么还没回来呢？"

天都黑了，一般来讲，黄樱没交代的话，都会回家。

毕竟跟她一起打牌的朋友，都是一家老小一起生活，有的还要负责接孙子，不太可能玩得太晚。

特别是黄樱还让陈淑芳过来帮忙煲汤，如果不回来吃饭，那肯定得有交代。

陈晓欣听着也觉得有道理，拿起手机发了条微信："娘，回来吃饭啦。"

结果过了一会儿，黄樱回了条语音，一点开，陈晓欣和刘宛晴真的都吓得打了个激灵。

因为几乎可以通过语音，让她们有了黄樱一手叉腰、一手戟指的战斗状态的画面："还吃什么饭，我都要气饱了！死女包，你现在马上过来接我。"

然后随着发过来的，是一个定位地址。

其实离这个小区并不远，陈晓欣苦笑着摇了摇头，按了一下地图，显示六百多米："我娘又玩什么呢？六百多米，要我去接她？"

"还是去接一下吧，妈那脾气，要不我去吧。"刘宛晴看着也笑了起来，对陈晓欣说，"反正我还没换衣服。"

她倒也不是逆来顺受，婆婆黄樱那嘴巴虽然很损，但都只限在自己家里，出了家门，婆婆跟外人一直把她夸得花一样。而且这个时代的年轻人，就算她不擅长吵架，最多无非跟上次一样，回娘家就是了，所以刘宛晴也不是说因为害怕黄樱而妥协。

只是刘宛晴真的很不想家里有事没事就爆发吵闹。

她可以预见得到，一会儿黄樱回来，绝对会因为陈晓欣没去接她，然后又在家里大发雷霆。

"阿嫂,你说笑啊?"陈晓欣笑着按住她,起身对她说,"大肚婆,你上班回来就很不容易了,还要哄废柴,要是还让你去接我娘,除非我生了什么大病。你换衣服吧,厨房有汤,你别去做饭了,叫个外卖跟废柴吃了算了,我去接阿娘,一会儿我带她在外面吃点。"

刘宛晴连忙点头,看着小姑去换衣服,她就赶紧回房间去,担心地问瘫在床上玩手机的丈夫:"轩哥,你感觉怎么样?"

六百多米外的休闲中心,包房里打着麻将的黄樱,摔出一张红中,恶狠狠地看着对家:"上海婆,我跟你讲,阿彦仔是我契仔,他愿意天天去我家吃三餐,我都养得起他!我愿意啊!我女儿去你家吃过几顿饭?"

那个被她称作上海婆的中年女人,看着要比麻将桌边其他三位更年轻一点,其实也不见得就是岁数有多大差别,只是因为这位并没有如她的牌友们一样心宽体胖,而且还略微化了点淡妆,看起来便精致一些。只是此时她的眉眼里略有些阴刻,一言不发,冷笑着伸手在摸牌。

"樱姐,算了,不要吵了。"边上的牌友劝着黄樱。

可是黄樱似乎有一口气堵在心头,非要发泄出来不可:"你没听她刚才的话吗?说我女儿就是想谋她家产,占她便宜!我让我女儿过来,三口六面,你讲清楚,到底我女儿占了你们家什么便宜?"

说着黄樱狠狠拍了下家要摸牌的手:"还摸什么?"便把牌往桌上一推,向左右两边伸出手:"自摸清一色!谢谢各位,快给钱啦,不要这么慢吞吞的。"

第三十一章 细嗅蔷薇

第三十二章 惊闻

一般这种街坊朋友聚在一起打牌，输赢其实都很小。

打上一个月，可能输得最多的也不过两百块上下。

但游戏，玩的就是一种情绪。其他三人不情不愿地把筹码扔给黄樱，嘴里却是没有消停的，黄樱的上家喝了口茶："啾，樱姐一边跟彦妈吵架，一边自摸，到底是不是借着吵架偷偷换牌呢？"

至于阿彦妈，一边盯着黄樱打骰子，一边阴阳怪气地说道："换牌？她有这本事？"

黄樱的下家怕他们吵起来，赶紧说道："对啦，手气罢了。"

谁知道阿彦妈砌好了牌，冷不丁来上一句："但你要是说樱姐去洗手间脱了底裤出来跟我们打，所以自摸清一色，那我相信她做得出。"

所谓脱底裤的说法，是认为这样会让其他三家运气变差。

黄樱听着哪里忍得下，破口大骂："你个仆街，自己坏，就以为人家跟你一样坏！"

甚至骂到火一上来，还叫嚣大家一起掀裙，看看谁偷偷脱了底裤之类的。

另外两人哭笑不得，按住黄樱："几十岁，都快要当祖母的了，你们要在这里掀裙？求求你们，就一个人少说一句吧！""阿彦妈，你也不要撩樱姐了，你又不是不知道她这脾气。"

阿彦妈点了根烟，冷冷地道："你们觉得她会吃亏？她们母女两个一样的，傻进就有，傻出就没有。呵呵。"

于是乎黄樱再度大发雷霆："我装傻贪了你什么？你给我说清楚！我女儿又关你什么事？我叫了她过来，三口六面讲清楚，你到时说不出，我撕了你这张嘴！"

"呵呵，说得跟真的一样？我儿子是问过我准备拿积蓄的，说是要给你女儿开餐馆用，有没有啦？你自己心知肚明啊，你说没有就没有喽。"阿彦妈低笑着，也不跟黄樱对视，就这么若无其事地边打牌边说。

黄樱气得一下子站了起来："你拿银行流水出来看啊！死八婆，看谁在冤枉人啊！"

但是阿彦妈跟她做了这么多年邻居，吐了一口烟："樱姐，输不起？摸到牌不行，你就说嘛，不行这把算了，大家重摸，何必要掀桌子呢？"

"我哪里有掀桌子？"黄樱愈加生气了。

"看你的样子，都站起来了，不就是想这么干嘛，要不就是耍性子，随手把牌扔了。你要输不起，这把你输多少，都我来给好了。"阿彦妈半眯着眼睛，叼着烟，一边砌牌，一边看着黄樱说道。

边上两个牌友，也只能劝她们少说两句："要不这把打完散了吧！""回家吃饭了！"

黄樱却不干："不行，等我女儿来接我，我就要问问，到底有没有跟阿彦仔借过钱！如果真的有，我也认了；如果没有，你看这死八婆，我今天就必须要跟她掰扯清楚了。"

相比黄樱的暴跳如雷，阿彦妈倒是显得很冷静，敲了敲烟灰："樱姐，大家都是好心，你赢了钱，好好带着钱回家，不好吗？对不对？赢了就走嘛，天底下最好的事了。"

黄樱听着，咬牙道："我跟你打到天光啊！"

这时包厢的门被敲响，陈晓欣推门进来："娘？"然后她便又跟其他三人打招呼，"阿姨好！今天怎么这么有兴致，玩到这么晚？"

另外两个牌友一脸苦笑，要能走，她们早走了，只是提起要散，黄樱和阿彦妈就感觉要火星撞地球，不然怎么会打到这么晚？

黄樱见女儿过来，就厉声问道："你跟我老实讲，你是不是跟阿彦仔……"

这时却见阿彦妈已经起身走过来，伸手按住黄樱的手："樱姐，我们俩说笑罢了，小孩面前就别玩了。你气不顺，我给你道个歉好了。"

然后阿彦妈看着陈晓欣，很和善地露出了笑颜："晓欣？对不对？啊，好多年没见了，上初中去过阿姨家里玩，为啥这么久也不过去了啊？"

另外两个牌友当场傻眼，黄樱冷笑着说道："她敢去吗？要是去了，又该

第三十二章 惊闻

说是我女儿贪你家便宜呢！"

阿彦妈笑着拍着自己胸口："樱姐，晓欣这样的人，怎么可能会贪人便宜？那绝对不可能的。看着就一身正气，一看就是有家教！"

不单那两个牌友没反应过来，黄樱也被搞蒙了。

一开始她还以为阿彦妈是不是在阴阳怪气，皮里阳秋。

但后面看着不对，阿彦妈对陈晓欣，那是真的一脸的赞赏。

甚至阿彦妈主动示好，对黄樱说道："樱姐，上次淑芳赢了我一次大的，然后你说她托你把钱转回给我，我知道，肯定是你说了她的，要不然，淑芳不会这么客气的。都是你教导得好。"

那次其实是黄樱听说自己小姑一下午赢了阿彦妈一千三百多，觉得大家是街坊，太过分了，所以自己把钱转回给阿彦妈，说是小姑托自己转的。

阿彦妈主动提起这事，那明显就是真心示好服软了。

黄樱直至跟陈晓欣出了休闲中心，往家里走时，还一头的雾水："死女包，你给阿彦妈下了降头？"

"阿娘，废柴可能在佛山有问题。"陈晓欣没有回答母亲的问题，她挽着母亲的手，压低了声音，"有可能是赌钱，或是吸毒，反正肯定是没好事。阿娘，你不要激动，你听我说完。"

陈晓欣把要暴走的黄樱拉住，低声对她说了陈晓轩回家的不舒服："然后他说，肯定不能辞职，要出去上班。"

"说不定你哥长进了呢？他没出息，你又叫他废柴；他长进了，你又觉得他没干好事！"黄樱虽然这样反呛自己的女儿，但很明显，她自己也感觉到底气不足。

陈晓欣摇了摇头："阿娘，我们得搞清楚，如果废柴真的有问题，该报警就报警，早发现早处理，他应该还不至于踩得很深。阿娘！这玩意捂不住的，到了后面，那就收不了场的。"

如果有人说，自己很喜欢去上班，哪怕只是赚取微薄的薪水，哪怕是工作导致身体出问题，哪怕家里也根本不需要这笔薪水去养家糊口，但他就是喜欢工作，有没有这样的人呢？

应该说，就算抛开那些有高尚情操的人，其实也还是有的。

但能有这样情怀的人，往往很快就会有的升，这样的人，他不可能长久地赚取很微薄的报酬，他当一个保洁人员，也能让整幢大楼的人都给他好评……

坐在马路边的咖啡馆里，陈晓欣对着母亲说道："至少，他不会是一个为了打游戏，把祖传的餐馆搞垮的人。阿娘，你说呢？"

黄樱看着面前的奶茶，跟她之前在麻将桌前的强势和火爆截然相反，她沉默了很久都没有说一句话。陈晓欣点了黄樱平时最喜欢的蓝莓华夫饼和小蛋糕，在服务员端上来之后，黄樱也毫无反应。

"阿娘，吃东西。"陈晓欣轻轻地拍了拍母亲的手臂，黄樱打了个冷战，回过神来，一脸的惊恐。陈晓欣握住母亲的手，在这盛夏里，不知道是不是咖啡馆的空调太冷，还是心冷，总之，黄樱的手冰得有些吓人。

她只能轻声劝道，"娘，总要吃点东西的，你说要减肥，那就要少吃多餐啊。"

也许是甜食能让人愉悦，也许是女儿的陪伴让黄樱有所依靠。

在吃了两块蓝莓华夫饼之后，黄樱喝了口奶茶，长长地吐出一口气来："轩仔是我的儿子，不是别人家的孩子。"

她开口喃喃自语道，到了后半句就有些哽咽，眼角不知不觉就湿了。

所谓"别人家的孩子"，就是上进、勤奋、聪明、懂事等，当黄樱强迫自己面对现实之后，她就知道女儿提出来的可能性，绝对不是凭空想象，陈晓轩是她的儿子，也仅是她的儿子，那些美好的特质和品德，其实冷静下来，黄樱也知道，是跟她儿子没有什么关系的。

那么一个好吃懒做，智商又不太高，搞到被手下架空，祖传的餐馆被折腾到倒闭的人，居然搞到身体生病了，还念念不忘要去上班，要去佛山包厕盆赚一个月三两千块，这要是没问题，才是见鬼了！

"你说怎么办？"黄樱抹着眼角，问女儿。

陈晓欣有些吃惊于母亲向她问出这个问题，她强笑着说道："阿娘，是不是跟老窦商量下？"

"噢。"黄樱失魂落魄地拿起手机，拨打了丈夫的电话。

但没有打通，她才想起来，丈夫和朋友去清远钓鱼了，大约在某个水库打窝，手机开了静音。又打了几次，终于打通了，黄樱有点急躁："死老嘢，你即刻给我死返来！"

在丈夫陈勇愕然的语气里，黄樱尝试了几次，可是发现不知道从何说起，她直接把电话递给了女儿。

陈晓欣很快就把事情跟父亲讲清楚了，但陈勇犹豫着说道："女儿啊，都是你在猜啊，阿轩仔不会这么坏吧，对不对？捉贼捉赃，这个，老窦感觉你敏感了。好了，等我明天回去再说吧。唉，你劝一下你娘，不要小小一点事，就不得安生。"

说罢陈勇很快就挂了电话。钓鱼，似乎成了他逃避妻子或者身为父亲责任的一种去处。

事实上，自从丈夫不再经营餐馆之后，黄樱就觉得自己似乎无所依靠了。

她不太明白，年轻时意气风发，一有空就带着她全球各地到处旅行的丈夫，为什么在把餐馆交给儿子后，就如同变了一个人。他沉迷钓鱼，不再陪伴黄樱，不再是凡事都可以让她安心地依靠。

所以，哪怕知道出问题了，黄樱下意识也是向女儿求助，而不是打电话给丈夫。

陈晓欣的手机响起了微信的提示音，她看了一下，然后抬起头看着母亲，轻轻把装着小蛋糕的碟子往母亲那边推了一下："娘，你不用太担心，吃点东西，吃点东西，我来想办法。"

她是极不愿意去承担这样的责任的。

如果是弟弟，倒也罢了，明明是比她年长的兄长，凭什么把家里的餐馆搞砸了，是她来收拾残局？现在眼看要把他自己的人生和婚姻搞砸了，也要她来周全这一切？那是她哥，不是她弟弟，更不是她儿子！

可是看见母亲眼里的惊惶，陈晓欣能说些什么？她又有什么办法可想？

陈晓欣牵强地挤出笑脸，以免于母亲因过度惊恐而崩溃。

但其实她自己已经处在崩溃的边缘了。

如果那桌上海本帮菜，没能让定制方满意，她的"半砧璎珞·私厨"可以说，就在高端、小众用户群里臭了一半了。这是一个很现实的问题。做高档的生意，客户群就难免会比较小，客户之间的重合度也会变大，口碑就成了一个很大的问题。

而刚才她的手机响起，是因为餐馆的员工出事了。

有个服务员在宿舍洗澡摔了一跤，流产了，男友因此要和她分手，于是这个服务员觉得自己的人生崩塌，在医院企图自杀。如果这是一件很糟的事，那么有三个服务员同时因痛经无法上班，而明天的包厢全订满了，急需人手，大约就是更糟的事了。

高端私厨的服务员，并不是去街上拉个人，过来把盘子一端就得了。

人家在大排档，吃一份炒牛河才十几块钱；来私厨，叫一份炒牛河，新客特惠打完折还要九十八元，而且肉眼就能看出，比大排档的分量小许多。抛开出品的菜肴品质差异，单单对环境、对服务的要求，肯定就会不一样，这是顾客很合理的下意识需求。

如果服务员在礼仪上、态度上没到位，那就是欺客了。

所以，明天一下少了四个人，包厢订满，按近日的势头，还会有来排位置的，后面还有那桌上海本帮菜，厨房团队要练手。

陈晓欣不知道自己能怎么办。

但这一切，她无所依靠。

她只能成为母亲的依靠。

华灯已上，金碧辉煌，即使这夏夜里，突然下起了雨，都市的夜里，也仍然热闹喧嚣。霓彩被水气烘托着，行人打着雨伞走在街上，远远望去，似是行走在氤氲里。便是没有雨具，身在临街店铺门口避雨的人们，也不见有太多慌张的神色，因这夏夜的雨，来时突兀，去也迅疾，躲一躲，回到家里，或许连鞋子都不曾打湿。

陈晓欣并没有这种困惑，因为她出来接母亲回家，就是穿着人字拖。

本地人对这种天气和环境，自然有着自己的应对。

"阿娘，你等我一会儿。"陈晓欣让母亲在咖啡馆坐着，然后起身出去隔壁的便利店，花五十块买了一把雨伞，再回来叫上黄樱，一起回家。

看着那把崭新的雨伞，黄樱下意识就要开始训斥女儿。

从家里到打牌的地方，也不过六百多米，现在走了一半路，三四百米走回家里去，何必买多一把雨伞？就不提在便利店买的雨伞，黄樱觉得特别贵和不划算，按她素来的性子，感觉回家也是要冲凉的，就算淋湿了怕什么呢？

但她张了张嘴，终于罕见地没有开口。

陈晓欣打着雨伞，大半遮在母亲的头上，就如同小时候，下雨天姑妈陈淑芳送她上学一样，宁可自己淋湿，总也要把她保护周全。她陪着母亲走在雨里，却无端地想起，为什么在这样的雨夜里，脑海里却似乎只有姑妈的身影呢？

那时，母亲在哪里呢？

她看了一眼黄樱，借着路灯的光，轻易地就见到，要比她矮上十厘米的母亲，头上已有了许多白发。这在大哥把餐馆搞垮之前，是从来不曾出现的。因为黄樱以前的人生，似乎就没有什么太过艰难的时刻。

陈晓欣突然想起，童年的那些雨夜，母亲当时在哪里了。

母亲应该跟父亲如胶似漆，国内的景色早就都看过了，似乎是在冰岛的 Guesthouse Aurora（极光旅馆），等着欣赏极光；也许是在东非大峡谷，看动物的迁徙？

其实也不一定。

如果真的细数起来，或者总有一次半次下雨天母亲送自己上学的经历。

但总之不多，陈晓欣感觉，也许是自己就不愿记起。

谁也不是圣人，父母不是，儿女亦不是。

纵使她没有许多怨，但心里总归是有记得的。

很快就到了楼下的大堂，黄樱有点犹豫地看着收起雨伞的女儿，有些欲言又止。

家，会是天然的庇护所，至少在大多数人的潜意识里便是如此。

正如小时候，抵抗臆想中的鬼怪，恐慌的小孩都会把自己蒙在被子里一样。

就算它没有实质上的安全性，但能提供一种心理上的抚慰。

而在珠江新城的房子，也是黄樱往日里骄傲和自豪的某种炫耀点——它周边配套齐全，处于CBD，它是两套房子打通成一套的，在这死贵死贵的珠江新城。

现实生活里，总会有比较，总会有攀比，"一箪食，一瓢饮，在陋巷，人不堪其忧，回也不改其乐"的高雅，许多人一辈子也难以在身边找到这样的例子。

黄樱自然不是颜回，所以，她平时里享受着这种庸俗的快乐。

可是今天黄樱有点害怕走进电梯，害怕回到她平时坐在客厅泡茶就足以让她快乐的家。

陈晓欣低叹了一声，揽着母亲的肩膀："娘，没事的。"

"嗯，没事的，没事的。"黄樱喃喃地回应着。

回到家里，陈晓欣和黄樱在换鞋，看起来洗了个澡、神采奕奕的陈晓轩，就大声地叫了黄樱："妈！回来了？你吃饭了没有？我给你叫个外卖吧？"

他总是有许多办法，能把长辈哄得开心。

不论是自己的父母，还是岳父岳母，也是那俊俏的模样占了便宜，反正长辈看着他，往往就是生不起气来。

"啊，不用了。"换好了拖鞋的黄樱，表情有点僵硬，看了女儿一眼，但陈晓欣并没有给她回应，径直去洗手间用水冲洗拖鞋，于是黄樱不得不走到儿子身边，"轩仔啊，你过来书房，妈妈有事问你。"

从洗手间出来的陈晓欣，给姑妈打了个电话："姑姐，你有空吗？我想吃节瓜粉丝煲。"

"哎哟，你在餐馆不会吃饱了再回来吗？你打包一份回来啊！"陈淑芳在电话那头不耐烦地说道，"阿嫂打牌回来了没有？不是帮你们煲了排骨薏米汤吗？你打点汤喝了就算了！"

陈晓欣笑了起来："可是，我就是很想吃啊，姑姐。"

"叫你妈给你做，烦死了，下雨呢！"陈淑芳没好气地说道，直接就把电话挂掉了。

陈晓欣搁下手机，笑得乐不可支。

房间的门被推开，刘宛晴在门里面对着陈晓欣说："节瓜粉丝煲，欣欣，要不我试下？"

因为陈晓欣开着免提，陈淑芳也不跟她客气，调很高，所以刘宛晴都听到对话了。

"不用，不用！大肚婆，你好好憩着，我逗姑姐玩的。"陈晓欣连忙跟自己的嫂子解释。

看着大嫂关上房间门，陈晓欣想了想，拨通了父亲的电话："老窦，餐馆出事了。"

然后她把有员工小产想自杀，又有几个员工身体不适的情况，跟父亲聊了一下，然后问道："老窦，你以前遇到过这样的情况吗？"

这一次，陈勇丝毫没有犹豫，也没有迟疑，因为类似的情况，在他经营餐馆的时间里，有过太多了："想自杀的，给她家人通个电话，买个车票，订几天旅馆或是安排在宿舍。等她出院了，让她家人把她带回去，把当月工资，不管是否满一个月，都按一整月的给人家结了，送点水果、牛奶什么的。"

而至于那几个痛经的员工，陈勇也给出了解决方案："那每月的假，如果没休就让人家休，休完了就得扣钱嘛。总而言之，及时劝退吧，人，招一招总会有的。"

这么一说，陈晓欣就懂了。

就是快速把出事的员工辞掉，重新招聘人员进行培训。

然后呢？然后就会形成一种企业文化，如果在餐馆需要时，员工身体不适要请假，那不好意思，就得做好重新找工作的准备了。

"我们开餐馆，又不是开善堂。"陈勇是这么对女儿说的。

第三十三章　脏了吗

陈晓欣看着客厅的落地玻璃门外，夜色里，远处大厦的广告画面仍旧艳丽，而那场骤来的雨，在这个角度来看，似乎从来就没有出现过。但她知道，那场匆匆的夏雨，真实地来过。

在挂掉电话之前，她也并没有什么冲动去跟父亲争辩，这么辞退员工，是对，或者不对。资本是逐利的，正如她接手餐馆之后，某次和张若彦开玩笑时，后者所调侃的："你现在是企业主，你是资本家，从这一刻起，你就脏了。"

其实在陈勇的经验里，更重要的是一个行业的潜规则。

那就是，绝大多数餐厅酒楼的员工，或者说整个餐饮行业，并没有为员工购买社保和医保的习惯。至于原因，不论是跟从业者聊一下，或是随便百度一下，就能知道劳动密集型行业人员流动性极大，又是小型私营企业，房租、水电的巨大压力，以及物价不断上涨，进货成本极高，用人成本也是不断提高……

对整个行业而言，这已经是一种潜规则。

无论是员工还是企业主，都默认接受了这样的现实。

更进一步的是，往往都是劳务合同而不是劳动合同，甚至是口头合同，等于说，在餐厅酒楼上班，就相当于打个短工。甚至有不少员工也不愿签合同，这样如果在同业有更高的工资，他们就可以不管酒楼这边是否同意，马上辞职，然后去新的地方上班。

她的半砝瓔珞·私厨，这两个月的营业额能起来，其实不是没有原因的。

因为陈晓欣给每一个员工都买了社保，都提供了正式的用工合同，包括年底的分红等，都用合约的形式体现了出来。对员工来讲，他们甚至口头上还会觉得要签好多文件，很烦琐。

但这一系列措施，让员工对餐馆有了很强的归属感。

陈晓欣揉搓着太阳穴，她有点头痛，因为这样，所以要辞退一个员工，也因此变得很麻烦，不能跟大多数餐饮行业一样，直接叫员工结了薪水，然后明天不用来就可以了。

这时大门被推开，陈淑芳冷着脸走了进来，一边换鞋一边骂："我欠你们的债吗？下午好不容易摸鱼回来，阿嫂就叫我帮手煲汤，吃过晚饭我想追一下剧，又要我过来！"

黄樱听到动静从书房出来，看见小姑过来，连忙招呼道："怎么了？谁把你气成这样？"

听着大嫂这话，陈淑芳指着缩在沙发角落里扮不存在的陈晓欣："你女儿说要吃节瓜粉丝煲！真的是，你开餐馆，搞到回家还要我来给你弄节瓜粉丝煲！你妈在家啊，你叫你妈弄啊！非要折腾我？"

黄樱本来以为什么事，听到这话，冷笑了一声："呵呵，二十几年了，死女包认准你，我做的她不吃！你们姑侄自己搞定它吧，我就不掺和了！"

说着她对从书房走出来的陈晓轩说道："你还没跟妈说，到底出了什么事？"

"我没什么事啊。"陈晓轩嬉皮笑脸地准备糊弄过去。

但是在咖啡厅跟女儿把事情推敲清楚的黄樱，却知道，这事要真是如陈晓欣所推测的，那绝对是糊弄不下去的，所以她很少见地训斥了陈晓轩："滚进书房去！你不说清楚，这事就过不去！"

"妈，我是一个成年人……"陈晓轩脸色就有点不好了。

但是发了脾气的黄樱，哪里管他这么多："你找我拿私房钱，去交餐厅的水电费和发工资时，咋不说自己是成年人？"

难得看到母亲对大哥发脾气，陈晓欣蜷在沙发里，不知道为什么，就是有种想笑的感觉，尽管她其实很担心兄长的情况。这时在厨房忙活开的陈淑芳，高声叫道："某一个人！要吃节瓜粉丝煲，就赶紧给我冲杯茶过来！"

陈晓欣笑了起来，起身跑去冰箱里，拿了一瓶无糖乌龙茶，献宝一样双手递到姑妈跟前："姑姐，你身材保持得这么好，小的特地给你选的无糖无脂无热量！"

"滚滚滚！"陈淑芳没好气地对她骂道，然后走到书房门口，高声道，"阿嫂！连口热茶都没有，是不是？"

于是黄樱不得不从书房出来，泡好了茶，给小姑子端去厨房，然后再继续去骂儿子。

本来很郁结的陈晓欣，这么一闹腾，便笑了起来，然后打开微信的工作群，发了条信息："明天有四位同学因为生病无法到岗，生病的同学不要在宿舍死扛，现在就预约挂号，然后明天去看病，都给大家交了医保的。其他同学就要补位啊，这样肯定会特别累，明天额业营的百分之十，我会拿出来给大家作为奖金！"

然后她又发了两个二百块的红包，于是微信工作群里，大家就热闹了起来。

这时之前请假的三个女孩，就有两个私聊她，意思就是明天自己可以坚持上班。

因为百分之十的营业额，不是纯利润。

陈晓欣这边是做高端客户的，一个最小的包厢正常消费，没有酒水，两个人吃饭，一人一份鱼翅之外，一盘蒸鱼，炒个青菜，再整两个荤菜，凑成四样，添一个主食，这么算下来，至少也得两千块往上。

按照现在每天的中午和晚餐，每个饭点至少每个包厢能有一轮客人的情况来算，十分之一的营业额，可能就要几万块了，大家分到手，怎么也有一两千块啊！

那两个女孩想着，这么大的一笔钱，咬咬牙，赚了再说。

"健康第一位！"陈晓欣对她们说道，"明天一定要去看医生，赶紧好起来。"

放下手机，看着阳台外面的夜色，陈晓欣觉得，那场雨，那场夏雨，曾经下过，至少她知道，雨滴给这炽热的夏，带来的一丝凉意，她从来不曾忘记。

正如她这么多年，每当夏季的雨夜里，只要在广州，总是希望吃上姑妈做的节瓜粉丝煲。其实连姑妈自己，大约也忘记了，但陈晓欣记得，在那个雨夜里，姑妈去补习班接她回家，几乎整把伞都遮在她头上。

而回家发现，父母带着哥哥去了黄山，于是她号啕大哭。

是姑妈给她做了节瓜粉丝煲，陪伴她度过黑夜。

打动人心的，其实很多时候，往往就是记忆里的某个细小碎片。

陈晓欣不会因为吃龙虾或鱼翅而潸然泪下，更不会因为价格昂贵的海鲜或和牛而欣喜若狂。毕竟她从小家里就是做餐饮的，而长大了，在运营这一块，也见过不少世面。

"别再搞我了啊！拉黑了啊！"姑妈陈淑芳换了鞋，没好气地对侄女说道。

陈晓欣一脸的谄媚，点头哈腰送到门口："姑姐最靓！姑姐无敌！"

关上门之后，面对这一锅节瓜粉丝煲，她很高兴地拍了照片，发了朋友圈。

暖暖的节瓜粉丝煲，让她似乎一下子忘记了所有困难、所有不快。

其实，姑妈做的节瓜粉丝煲，远远比不上李姗的手艺。

但在这样的雨夜，陈晓欣需要这么一道菜，来陪伴自己度过漫长的夜。

而还没吃完，张若彦就给她发了条微信："你没受伤吧？"

然后他发了一条短视频过来。

是陈晓欣在东河涌高架入口附近，跟那开电动车的妇女争执的画面。

视频的拍摄者给她的脸部做了处理，但是车牌有一部分没有遮住，加上车辆的颜色、车型和身影，足以让张若彦判断出来，肯定就是她。

陈晓欣记下短视频里拍摄上传者的账号，然后打开短视频平台搜索这个账号。

有上万点赞和近千的评论。

"没事。"她给张若彦回了这么一句，然后再打了一碗节瓜粉丝煲。

他没有去关注那些数据，问的是她的平安。

暖人心肠的，不只是节瓜粉丝煲。

她所不知道的，是张若彦拿到这条短视频时，是没有打码的。

而且张若彦是因为他妈妈的转发，而看到了这条视频。

如果不是张若彦去联系上传者要求对方打码，原来那条没打码的短视频，点赞和评论更多一些。

他并不打算去告诉她这一切，张若彦所在意的，是母亲的评价："想不到，欣欣这么正气，跟她妈和她姑姐不是一路人！"

张若彦觉得，自己也许该做某些决定了。

尽管他无法，也不想去做预测，但他在说服自己。

"废柴可能出事了。"她一边吃着节瓜粉丝煲，一边给他发微信。

张若彦本来已经打好了字，准备按发送的，看见这样的一条信息，他犹豫了一下，苦笑着，按了"全选"，然后删除了所有文字，重新打上："你不要慌，轩哥一般来说，闯不出什么太大的祸。你看看怎么样，有需要随时喊我。"

事实上，在陈晓欣吃完了节瓜粉丝煲以后，陈晓轩就被黄樱从书房拎出来了。

的确不出所料，她的大哥，并没有从好逸恶劳变成喜爱劳动，变得懂事。

所以，经受挫折之后，痛定思痛，一改前非，往往在小说里、电影电视里、漫画动画里比较常见，并以此作为人物成长的转换点。

可是在现实里，其实并不多见。

更常见的是：狗改不了吃屎。

陈晓轩无疑就是这样的例子。

他之所以留恋去佛山上班，不是因为懂事了，或是觉得愧对妻子和妹妹、父母家人。

尽管他的确面对他们心有愧疚，但这绝对不是他坚持要去工作的原因。

他坚持工作的原因，是因为他早就失去了那份工作，那份包厕盆的工作。

"不奇怪啊。"陈晓欣听着，真的不觉得有任何意外，"我早就说了，请保洁我都不会请你的。人家让你做了这么久，也算够意思了。"

黄樱伸手戳了一下陈晓欣的脑门："死女包，食蒙咗你！你就不能盼着你哥好？"然后她一副期待反转打脸的表情，对着儿子说道："轩仔，你跟她讲！"

但在灯光下，陈晓轩显得很有些扭捏腼腆。

不过在母亲的催促下，他也只好尴尬地冲妹妹笑了笑，然后开口道："是这样的，那边，那边有个贸易公司，然后那个老总，老总觉得我人不错，就请我过去当助理。那公司有三十来人，主要做非洲那边的生意，贸易总额一年也有上亿的。"

"听到没有？我儿子就不会差！别看公司小，怎么说也是总经理助理！"

黄樱很得意地说道，而且鼓励儿子，"轩仔，阿妈看好你，你这次要下力气，把这份工作做好！"

陈晓轩拼命地点头，瞄了妹妹一眼，然后就连忙往自己房间走去。

"站住！废柴！"陈晓欣是看不下去了，起身拦住了大哥，"你这位总助，在公司里负责哪一方面的工作？你英语也不行，葡萄牙语、西班牙语更是你不认识它们，它们也不认识你的，我很好奇，你能在贸易公司干点什么？"

黄樱本来要起身喝止女儿的，但听着陈晓欣这么一讲，她不由自主地又往沙发上坐了下去，的确这是一个很正式的问题。

陈晓欣这么一问，陈晓轩张口结舌，脸色就变得很难看。

要哄好当了一辈子全职太太还有亲妈滤镜的黄樱，他绞尽脑汁还是能做到的。

但要糊弄住妹妹，他就感觉肝儿颤了。

她可是在职场里区区几年，就达到了许多人在职场里不能达到的天花板。

"就是，就是……"他不知道从何说起。

陈晓欣就看着他，直到陈晓轩说不下去："小公司不比你们大企业，老板吩咐干啥就干啥嘛。"

"你给你老板拨个语音通话，我问问他。"陈晓欣交叉着双手，就挡在大哥的房间门口。

刘宛晴听着声音，打开门来看，陈晓欣没有回头："阿嫂，你要信我，就关门进去刷剧；你要不信我，你开口，我就不管这事，我是他妹，又不是他妈。"

刘宛晴想了一秒半，然后没有说一句话，把房间门关上了。

"别挡道了！"陈晓轩鼓起勇气，伸手想拨开妹妹，"你自己都知道，你是我妹，不是我妈……"

却不料一向都宠他的黄樱，在他身后开口："我是你妈！我想听听我儿子在公司是负责什么工作，这没什么见不得人吧？"

陈晓轩愣了一下，但很快他就发脾气了："我一个成年人……"

"你不打，我就报警，怀疑你伙同他人吸毒，让警察带你去做毒检！"陈晓欣冷冷地逼视着他的眼睛。

灯光下陈晓轩的影子，几乎就贴着他自己的脚后跟，似乎影子是为了不必和身体一样去面对陈晓欣的诘问。可是她并没有因此而略过那些让她大哥难堪的问题。她原本也并不打算如此逼迫。但母亲黄樱的支持，让她不得不把这个话题继续下去，存在吸毒这种可能，不可能放任大哥逃避，所以她便接着问了下去："你自己想清楚，你如果讲不清楚，那我真的只能报警。"

正如她先前和母亲商量的一样，不论陈晓轩是有什么样的问题，病从浅处医，就算他涉及了犯罪，自首对他来说，也是首选。

陈晓轩知道自己妹妹的性格，所以他妥协了。

于是老板的电话被接通。

"晓轩在公司，这个，主要是……主要是……"老板听上去，应该是一位中年女性，接到这个电话的开始，她有些错愕，但很快就反应过来，"……社保的这一块。对，他很努力的，公司对他的工作表现很满意，也很期待，这个，期待他后续的表现。"

陈晓欣并没有在电话里跟她哥哥的老板，去做过多的纠缠或是质问，在客气又有距离感的对话里，大家体面地结束了这次交谈。这让陈晓轩松了口气，他所担心的情况没有出现。

但还没等他开口，母亲黄樱就问陈晓欣："听上去，阿轩仔没什么问题？"

没有人比她更担心儿子的境况，但事到如今，她也不敢大包大揽，因为都到了要考虑报警，要考虑让陈晓轩去自首的地步了。

"你说说，怎么给员工办社保？"陈晓欣没有回答母亲的话，而是向自己的大哥提出了问题。

世上的事，大约真的是抵不过认真两字的。

不论是什么样的谎言，细究到了细节上，就原形毕露了。

特别当社会阅历并不是非常丰富和自身水平并不是特别高明时，这种问题就更明显了。

陈晓轩实在说不出给员工办理社保的流程。

"我就是带她打《王者荣耀》。"他不得不说出自己真正的工作内容。

而且关键是作为他新老板的那位中年女性，跟他一起喝咳嗽药水。

没错，就是咳嗽药水，那种新闻报道过，喝完之后，会持刀抢劫，用刀背架着人质脖子的咳嗽药水。

陈晓轩和他的新老板，就是通过大量饮用这种咳嗽药水，来达到某种迷幻作用。

"毒检吧。"陈晓欣算松了口气，但她还是提出这样的要求。

因为她不太相信自己大哥，或者说不信。

不信不单是因为对人品的揣测，更在于对陈晓轩智商上的质疑。

如她所说的："阿娘，你知道废柴蠢的了，你抛开他是你的儿子的滤镜！他确实就是蠢，好吗？他说是咳嗽药水，只是他以为！那老板给他的是咳嗽药水？人家要是就给他一个咳嗽药水瓶，里面装的是毒品呢？现在的软性毒品可是防不胜防！就他那脑子？"

她这么一说，本来想说女儿小题大做的黄樱也愣住了，因为陈晓欣说的这种可能，的确是存在的。但黄樱无法面对这一切，她的泪水流了下来，匆匆起身进了房间，她不愿意在儿女面前哭泣。

"你跟那老板有一腿吧？"陈晓欣低声问大哥。

陈晓轩听着就激动起来，他想分辩，想怒斥妹妹。

但被妹妹一瞪眼，他后退了几步，跌坐在沙发里。

就这样，他抱着自己的脑袋，蜷起双腿，把头埋到膝盖里。

"你就是个烂人，懂吗？人渣你都算不上，你是个废物，连人渣都算不上。跟嫂子说清楚，离了吧，别耽误人家。"陈晓欣控制着自己，缓缓呼出一口气，她身体都气得有些发抖了。

陈晓轩猛然抬起头："不！我没有！"

"哼。"陈晓欣没有理会他，"你过了毒检，我也许还会信你。"

这是对他而言，不容逃避的事。

第二天的朝阳升起，陈晓欣和流着泪的刘宛晴，把陈晓轩送到附近的派出所。但毛发毒性检测，并不是每个派出所都能做，于是由警方的工作人员，继续送陈晓轩去上一级部门完成检测。

"你可以不管的。"陈晓欣对刘宛晴说道，就算那是她哥哥。

她不认为刘宛晴应该去忍受她哥哥的行径。

对陈晓欣来说，她觉得自己的哥哥糟透了。

从小到大，陈晓轩就没起到什么兄长的作用，如果不是他把餐馆搞砸了，那么陈晓欣也就不用回来撑起家业——别说什么职场女性天花板，如果真不在意那份薪水和报酬，家里的餐馆能作为自己的后盾，那天花板也许带来的伤害，也就没有大到她非得离开职场不可了。

谁知道呢？

总之，是大哥的不争气，让她少了一个选项。

陈晓欣不觉得自己是圣人，或自己得是圣人，她当然有怨气。特别当廖广荣打上门来时，大哥的表现，更让她这种怨气达到了某个顶点。

连匹夫之勇都没有！

所以，她觉得，是自己的哥哥配不上大嫂刘宛晴。

这一点，她跟母亲黄樱的观点是截然不同的。

但是出乎陈晓欣意料，刘宛晴红着眼摇了摇头："这是我的婚姻。"她的婚姻，她自己会去决定其中的断续。在她眼里的陈晓轩，跟在陈晓欣眼里的废柴并不一致。

刘宛晴尽管不太说话，但她有自己的坚持。

陈晓欣在阳光下端详自己的大嫂，她有许多话想说，但终于没有说。

刘宛晴的决定是正确的，也许她将做出的决定并不正确。

她轻轻拥抱了刘宛晴，尽管后者并没有回抱她。

微风里带着广州这个季节特有的暑气，但陈晓欣手里握着刚才停车随便买的凉茶。

也许是年轻，也许是昨夜那煲节瓜粉丝煲、那个微信的问候，给了她力量。她没有再去看陈晓轩一眼，便转身而去，踏上了她自己的路。

每个人都有自己必须走的路。

第三十四章 不该出现的人

餐馆并没有因为几个服务员的休假,而出现什么问题。

这种短暂的人手紧张,在陈晓欣的重赏之下,大家都有足够的动力和热情支撑过去。而且陈晓欣让人带她们去看医生的行为,也让几乎整个餐馆的员工,都因此对餐馆有了极大的认同感。

"这不过是应该做的事。"陈晓欣对此并没有什么太大的情绪波动。

她向来汇报情况的厅面经理说:"一般来说,你去哪个写字楼,会不给员工交医保、社保?都得交,这是员工的合法权益。"

厅面经理愣了一下,苦笑摇头:"说倒是这么说,但在这个行业内,其他的餐馆……"

在下边上抽烟的李姗,也很认同地点起头来,这就是行业的潜规则。

"我们不是其他餐馆。"陈晓欣用这么一句话结束了这次聊天。

她当然知道,连厅面经理都这么认为,她完全可以用这件事在员工面前吹嘘。

但她就是不愿意去 PUA 员工。

之前在职场里,她最讨厌的就是被 PUA。

"阿姗,明天沪菜饭局就要接待客户了,要不要我现在去请那位上海大厨过来坐镇?"陈晓欣在厅面经理走了之后,很直接地问李姗。

李姗沉默了一下,熄掉烟,然后开口:"那道……"

"别。"陈晓欣伸手阻止了李姗要展开的话题。

她并不打算听李姗细说下去,只因为她很清楚自己的专长。

"你告诉我,行,或不行。就可以了。"她伸手点了一根烟,不由分说,把它塞到李姗嘴里,"我可以接受后果,我可以接受去外聘大厨作为外援,我可以承受亏本的结局。但做菜，你比我专业，你不能把一件应该由你判断的事，推给我来决定。"

行，或不行。

如果说之前程子轩介绍的那个老式粤菜饭局，陈晓欣还一起参与到其中，去推敲各种原因之类，包括从心理因素上入手，这一次，她不打算再这么深度参与了。

李姗狠狠地抽了一口烟，然后抬起头，看向陈晓欣，她其实想问：要是搞砸了，怎么办？你不害怕吗？

但从陈晓欣的眼里，李姗真的没有找到一丝的怯意，一丁点也没有。

她真的如自己所说一样，做好了承受结果的准备。

李姗站了起来："我能解决。"

然后她走出了经理室。

陈晓欣在李姗出去关上门之后，脸上浮现出来无声的笑容。

这就是她要的结果。

"真的搞砸了，怎么办？"张若彦在跟她微信视频通话时，有些担心地问她。

陈晓欣并没有犹豫："那就搞砸。"

她很坦然："团队中每一个人都需要成长，不论是张笑笑，还是李姗。"

在视频里，身在上海的张若彦，很能听懂她的话外之意："喂，陈小心眼，都是朋友啊。"

这里面，她是有一句潜台词的。

每一个人都需要成长，不能成长的呢？

张若彦觉得，陈晓欣的意思就是，不能成长的就将被抛下！

不论是李姗，还是张笑笑。

"我不PUA任何人，但做生意，是要赚钱的。"陈晓欣甚至没有什么情绪波动。

对朋友，她可以没有任何价值上的要求，朋友，只要意气相投，可以一无是处。

但对团队伙伴来说，她有另外的标准："这是我没有去你公司的其中一个原因。"

她对张若彦直白地阐述着自己的观点："我不看好你的团队，你总是被太多因素左右。你只适合作为朋友，而不是团队伙伴。"

当沪菜饭局到来的时候，陈晓欣在经理室里看着监视器，眼睛渐渐地眯了起来，隐约有了锋芒，因为她看到了两个没有想到的人——程子轩和刘英浩。如果说刘英浩作为一个民间美食家、美食博主，他出现在这个饭局，还是可以理解的。那么程子轩的出现，就让陈晓欣隐约感觉，有一种阴谋的味道。

做餐饮行业，特别是私厨，接这种定制而且远超正常价位的单子，其实都是在赌。

客人要按正常价格来用餐，那都是厨房做得熟络的、有把握的菜，客人也许不喜欢，但不至于砸牌子；客人喜欢，那就多来帮衬几趟，在行业里，也不会因此就声名鹊起。

但不论是那个旧式粤菜的饭局，还是这个沪菜饭局，它们有一个特点，就是远远超过正常的价位。这就造成一个问题：如果客人觉得物有所值，那在行内的名气，会短时间内一下子起来；客人如果觉得不值这钱，那就算砸了，至少一两年，是会被同业拿来当笑话的，认为这家餐馆，没那金刚钻，偏要去揽瓷器活。

而且物价局、工商部门之类的机构，也可能因为客人的投诉参与进来，各种高额的罚款和停业整顿之类，会让餐馆陷入一个绝对的困境和低潮。陈晓欣拿起对讲机，对厅面经理说："不太对劲，备用方案。"

程子轩跟着来用餐的客人，说笑着，在服务员的引领下，走到预订的包厢。厅面经理进来招呼，在餐饮行业做了这么多年，厅面经理那双眼睛，一眼过去，俗话说，分得清大小王。

圆桌不讲究主位，但她看得出来，被众人让到对着门位子坐下的中年人，很明显就是今天这个饭局的主角，厅面经理招呼着服务员布上凉菜，自己亲手泡了一壶小户赛的普洱，给那头发有些花白的中年人布了茶，低声说道："先生，看到侬真高兴。"

这是上海话，见到您真高兴。

她的声音压得很低，轻柔，之前陈晓欣跟她做过备案的，仔细研究过。

不会在这些人的交谈里喧宾夺主，也不会影响客人的氛围。

但那头发花白的中年人很敏锐地捕捉到了这熟悉的乡音，在这异乡的餐馆里。

他微笑着偏过头，看向厅面经理。

厅面经理抬手掩着嘴，脸上露出歉意，压低了声音："对勿起，先生，侬今朝老缺格个。"

她觉得自己失言，向对方道歉，并解释失言的原因：您太有范了。

"没事体，谢谢侬！"中年人微笑着点了点头，也是压低了声音，对厅面经理说道。

厅面经理在退出包厢时，再一次向中年人合十致意。

菜，开始布上，上海油爆虾、虾籽大乌参、炒青鱼秃肺、红烧白吉鱼，一道接一道。

事实上，李姗的苦练并没有浪费，就第一道上海油爆虾，就让中年人很满意。

"想不到，食在广州，是有道理的……能在广州吃到家乡的味道啊。"中年人笑了起来，对程子轩说道，"本帮菜，就得是上海人开的餐馆啊，有那意思！"他招呼着大伙："大伙试试，感觉不比静安寺那边的本帮菜馆子差啊！"

程子轩当然知道，这不是上海人开的餐馆。

但他并不会提示这一点，不是因为他对陈晓轩这个过去的朋友有什么情义，然后对这家由陈晓轩妹妹打理的餐馆爱屋及乌，而是他不会去打金主的脸，今天饭局的主角说了这是上海人开的餐馆，那它就必须是上海人开的餐馆。

"今天是沾了您的福气，要不然的话，都不知道在广州还能找到这么一家正宗的上海菜！"程子轩举起杯来，敬了那头发花白的中年人一杯酒。

坐在上菜位边上的刘英浩，很为那道油爆虾而倾倒，连续夹了好几筷子。

李姗的练习，对其他人来说，就是口感上愉悦，而来来回回，大抵就是一个"好"字。

只有刘英浩这样专注美食的人，才会敏锐地体验到，恰到火候的壳脆肉嫩，保留了河虾鲜味之余，麻油的点缀和微甜的回甘等。

不过他没有开口。

因为刘英浩知道，没有人对此感兴趣。

不只是程子轩，所有人都在跟随着饭局里的主角，那位中年人的话语，对这一桌菜进行褒扬，刘英浩冷眼看着，他感觉桌上的人们，除了他和那位头发花白的中年人之外，其他人是否真的吃过本帮菜？

行家一开口，对菜肴的评论，是否真的对某个菜系有所了解，会很清楚地体现出来。但刘英浩也仍没有说什么，正如程子轩所谓托那位中年人的福，才发掘到这家在广州的上海菜馆一样，明明就是睁着眼睛说瞎话。

可是在成年人的世界里，这已是习以为常的游戏规则。

刘英浩借故接电话，出了包厢。

他所没有想到的是，在过道走廊里，迎面见到了一个女孩，一个扎着高马尾的靓丽女孩。

"榜一大哥，你好！"刘英浩下意识地问候，因为在他的美食视频、直播间里，这位高马尾女孩，就是打赏榜的榜一大哥。

高马尾女孩笑了起来："过来吃饭？品位可以嘛！不像那些只会找公厕边苍蝇馆子的美食博主啊。"

刘英浩并不太认同这话，他就觉得佛山有家开在公厕斜对面十来米的苍蝇馆子，出品的味道很不错，但面对榜一大哥，他也只能努力挤出笑脸："大佬，你也过来吃饭？"

尽管他怎么看，也比这女孩年纪大许多。

高马尾女孩打趣道："不，我不是来吃饭的，我来考察这餐馆，准备投资它，哈哈哈，好了，你忙去吧，我朋友在包厢等我，有空再去给你打赏啊！"

送走这位榜一大哥，刘英浩的脸色更难看了。

他走到前台，想跟上次一样，要一个包厢。

但现在正是饭点，早就客满了，实在没法子给他开一个包厢。

"您要不介意，可以到我们老板那边喝杯茶？"厅面经理这么招呼他，因为明显看得出来他的那种落寞和离群。而别说高端路线的私厨，就是大排档，也不能任由一个看着郁郁寡欢的客人四处游荡，不然的话，真的整个大排档感觉氛围都下跌了。

何况，这还是一个做高端圈子的私厨。

刘英浩犹豫了不到一秒，马上就点头，跟着厅面经理去到陈晓欣的经理室。

刚好水开了，陈晓欣正在泡一壶单丛白叶，看见刘英浩和厅面经理过来，就招呼他们坐下："刘先生，看起来，比较有档次的饭局，您就成了标志的符号。"

就如同这个几万块的饭局，加上房间里开的两瓶李察，算下来，怕是怎么也得十万了。

带上一位美食家，或者说美食博主，以显示这个饭局的品位和格调，大约就是这些饭局的攒局者邀请刘英浩的初心。

陈晓欣这么说，让刘英浩皱起了眉头，似乎他感觉到了某种冒犯。

茶水入口，单丛特有的甘甜让刘英浩长叹了一声，整个人有了放松下来的感觉。

"我先过去忙了。"厅面经理喝了一杯茶，跟陈晓欣交代了一句，便匆匆而去。

刘英浩皱着眉头，又喝了一口茶，摇了摇头："你们辜负了这么好的茶叶。"

"我冲泡的方式不对吗？刘先生，要不，换你来？"陈晓欣倒是并没有因为他的话而生气，她向来也不觉得自己是完美无缺、不能被批评的。

但刘英浩并不是这个意思，他放下喝空的茶杯，指了指公道杯里的茶汤："这得三千块一斤往上吧？就那喝法？"他指的是刚才厅面经理喝茶时的匆忙，"牛饮！有个比方，牛嚼牡丹！"

说着他突然就激动起来，手舞足蹈："其实那一桌菜也是的，那包厢里的人就不配！"

他屈指敲着茶几，对陈晓欣抱怨："不单是吃饭的人不配那一桌菜，你们，你们都辜负了厨师！你以为我没有发现，刚才那厅面经理在包厢里说的上海话吗？餐馆不是这么开的！"

接着他开始点评那一桌菜，可以看出来，他是用心尝了每一道菜，无论是虾籽大乌参、炒青鱼秃肺，好在哪里，厨师的功夫惊艳在何处，刘英浩都聊到了点上。他觉得，如果陈晓欣对厨师有绝对的信心，就不必安排厅面经理用上海话，去让饭局的主角——那位中年人，产生一种因为乡音而认同的先入为主。

陈晓欣微笑着泡茶，静静地听他诉说，并不为他的情绪波动而紧张，也不为他的手舞足蹈而惊讶。直到刘英浩自己停下来，陈晓欣对他说："刘先生，喝茶。"

刘英浩很惊讶地看着她，他做好了准备，陈晓欣如果反驳他，他将从哪个角度来进行抨击等，但没有想到的是，陈晓欣似乎压根就不打算分辩。

"刘先生，谢谢！"陈晓欣对他点了点头。

看着一脸茫然的刘英浩无精打采地离开经理室，陈晓欣也笑着摇了摇头。

刘英浩所不满的，陈晓欣完全理解，大约就是对李姗厨艺的仰慕和认同。本质上，仍是一种酒香不怕巷子深的思路。

但厨艺，本身就是一个要求色香味皆全的东西。

按照刘英浩这么说，是不是色、香，都可以忽略，只要求入口味道就可以呢？

明显不是这样的，特别是当看到外国某些香肠里那种小颗粒状的肉馅，能让人产生排泄物的联想。

那么，色香味都重要，为什么用餐氛围就不重要？为什么上海菜的饭局里不能有一两句上海话来让用餐者更有沉浸式的体验呢？

盛夏将逝，蝉鸣也将不知不觉地逐渐稀落。

陈晓欣泡着茶，她并不太在意刘英浩的话，或者说，她完全无意去纠正刘英浩的价值观、评判标准，也不准备跟他去做一番争论，除非能给餐馆引流，而且这种流量可以变现；否则的话，对她来说没有任何争论的必要。她端起一杯茶，慢慢地喝着，但看了一眼刚才厅面经理用的茶杯，陈晓欣并没有觉得，厅面经理喝茶的方式就有什么不对，或者说，有要去劝说的地方。

"张弱智，死咗未？"她给张若彦发了条语音短信，一般来讲，相隔两地的朋友问候彼此，不至于如此恶语相向，但如果是从读初中开始就养成的习惯，似乎就成了一种双方都默认的沟通方式。

她说得很顺，他也接着很顺："陈小心眼，你死咗，我仲可以活多七八十年！"他回的这条语音有点拗口，因为前半句他为了谐音梗，用了普通话，后半句又出于语言习惯，用了粤语。但一些东西，如果一直这么做，直至十年以上的话，再拗口也顺溜了。

听着这恶俗却又熟悉的话语，她无声地笑了起来："狗贼，什么时候回来受死？"

过了七八秒，他仍没回话，陈晓欣想来，应该是在忙，也就把手机放下。

但没想到，她刚一放下手机，就响起了信息提示声，她拿起一看，是一条文字信息："你想我了？"

她冷笑了起来，这样的伎俩，她怎么可能上当？

一旦她说"是"或"不是"，肯定就会成了他进行新一轮冷嘲热讽的把柄。

这十几年里，彼此的套路，都已娴熟无比。

可是没有等她回复信息，他又发了一条信息过来："我也想你了。"

她犹豫了一下，这是送上门来让她嘲讽的啊。

没等她开始讥笑，他又发了一条信息："真的，在广州还不觉得，一过来上海，就想你了。"

她突然感觉脸上有些发烫，扔下手机。

也许，下一条信息，他就会进行反转，开始刻薄地攻击她了吧，和以前她攻击他一样。

她有点不知道是应该期待怎么样的继续，只觉得心口发慌。

过了一会儿，突然她有点庆幸，他没有再发来新的信息。

房间的门再一次被敲响。

进来的，是陈晓欣一点也不想见到的人，但也正因为如此，她一下子就恢复了平时的理性："程总，请坐，怎么样？今天的菜还满意吗？有没有什么宝贵意见给到我们呢？"

她最不想见到的人，当然就是程子轩了。

从上一次的饭局，她就对这个人很没有好感。

他倒没有做什么坏事，但对陈晓欣来说，只是因为她没有留给程子轩去兴风作浪的机会罢了，否则的话，这个人指不定能搞出什么事。特别上一次饭局之后，陈晓欣明显就感觉到，他准备用发票上的金额让物价局之类的部门介入，以此作为威胁，想从餐馆这边敲诈些好处。

奈何陈晓欣早就留意到这个问题，所以处置得毫无破绽。

但所谓只有千日做贼，没有千日防贼的道理。

天知道，这程子轩下一次又准备在哪个环节发难呢？

"我跟你哥也是死党，大家这么熟，你有必要这么客气吗？"程子轩笑着坐了下来，然后向她抱怨起来。

伸手不打笑脸人，他把话说到这个程度，陈晓欣自然也没有办法板着脸。

于是只能请他坐下，让了茶，看看程子轩又有什么事情想聊。

她绝对不相信，程子轩会过来闲聊，他不是这样的人。

果不其然，喝了一口茶，程子轩就开口道："欣欣啊，你有没有发现，你们这餐馆近来在业内的名声不错，但在各个平台上面风评很不行啊。"说着他打开手机上的某个点评的APP，展示给陈晓欣看，上面只有3.5分，满分5分，的的确确，是存在许多差评。

陈晓欣微笑着道："这样啊，谢谢程总！您要是不提醒的话，我还真不知道。感谢程总，我们后续多关注相关的评价。"

眼看讨了个没趣，程子轩倒也不以为意，笑着喝了两杯茶，就告辞而去了。

陈晓欣在他走后就挂了个电话给张笑笑："点评上面，餐馆的评分怎么这么低？"

显然这也是张笑笑没有预料到的事："啊，前天我盯着，还是4.8分啊，很低吗？我看看。啊，怎么这么低！"

"别慌，处理好它。"陈晓欣对张笑笑叮嘱了这么一句，就挂断了电话。

她真的不是很在意，毕竟就如程子轩说的一样，在行业内，通过近期的几次饭局，餐馆的名气是得到了很大的提升。加上今天这个上海菜的饭局，就她在监控里看到的，参与饭局的人，走出餐馆时，一副宾主尽欢的氛围，结账时，肯定会问用餐意见的厅面经理，也是一脸喜色，可见必定是得到了客户的肯定和好评的。

对做高端市场的餐馆，这比点评APP上的评分重要得多。

她更在意的是，张若彦发了那一串信息之后，就没有再发信息过来了。

这不太符合他们之间玩闹的习惯。

哪怕是为了避免尴尬，在她长久不回复的情况下，往往也会发上一两句自嘲的、调侃的话，来给双方一个台阶。他并没有这么做，而让那一串话变了味。

不太像死党、发小的调侃了，更像是表白。

是的，如果他不再发信息，那就是毫无争议的表白。

想到这里，她的脸又有些发热了。

突然，微信响了起来，她如获至宝地拿起手机。

结果并不是他发来的信息。

而是韩总手下的那位女士，也就是餐馆的投资人之一发来的信息："咱们餐馆，今年有没有可能进入米其林的推荐？"

还没有等陈晓欣回过味来，又响起了微信的信息提示音，但仍旧不是他发来的信息，而是李泽霖的父亲的公司里的高管："陈总，听说今年黑珍珠餐厅评选马上要开始了，需要我这边安排几个老饕提名吗？"

差评，突然就变得重要了。

第三十五章　魂不守舍

所谓"屋漏偏逢连夜雨，船迟又遇打头风"，世间的事，往往就是如此不近人情。

当半砣瓔珞的两位投资方都提出了期许，希望餐馆能进入米其林的推荐名单，或是黑珍珠餐厅评级，陈晓欣也发现了问题，开始让张笑笑去关注各个平台的好评时，事情并没有向着好的方向发展，而是一夜之间，几乎所有外卖APP、短视频平台，铺天盖地传来了对她餐馆的差评。

"这不太对劲。"陈晓欣在这个阳光明媚的下午，没有一点喜色。

尽管前几天，那个上海本帮菜饭局，让好些同行都在微信上对她多有赞许。

有点心虚的张笑笑，坐在边上也低声开口："其实也许过几天，过几天就会好点。"

因为她把本帮菜饭局的制作，做了几个剪辑视频，放到了短视频平台上，在张笑笑想来，能在同行里让大家服气的饭局，肯定能在短视频平台上收获一些好评的。

陈晓欣冷着脸摇了摇头："你在做梦。"

这样的短视频，不太可能对流量有很大的帮助，除非厨师本身就是一个网红。

更重要的是，陈晓欣从不相信偶然。

高端私厨，每一桌用完餐，只要客人不是太赶，厅面经理都会过去跟客人联络一下感情，征询一下他们对菜肴的意见，然后尽可能把客人的口味做一个登记，下一次光顾时，按记录的口味调整菜肴的咸淡、辣度、甜度等。

如果客人实在不满意，陈晓欣也做好了各种预案，包括让厨房的团队出来，直接听取客人的意见，进行道歉或解释，以及赠送小礼品，给客人打折、免单等应对措施。

老实说，这样的服务一系列做下来，除非是厨房的团队故意投毒，否则不太可能产生这样成批量的差评——正常来讲，就算菜不合口味，餐馆从经理到厨房都出来道歉并接受批评，然后还送礼物、免单等，正常人，杀人不过头点地，怎么可能会给差评？还是给批量的差评？

"为什么评分会从4.8一下子跌到3.5，乃至现在的3.2呢？"陈晓欣看着窗外人来人往的马路，每一个匆匆来去的行人，都有着自己的方向和目的，"明显这是有人在控评，常识性的东西，你跟我说过几天会好点？"

陈晓欣并没有很大声，语气也不见得很严厉，但张笑笑缩在沙发的边角里，不敢抬起头来，因为她知道是自己出问题了。本来陈晓欣投钱给她的工作室，就是为了让张笑笑来搞掂类似的事宜。

现在搞到出问题了，不是张笑笑来汇报工作，而是陈晓欣先发现，这本身就是工作上极大的失误了。而按正常的逻辑，张笑笑应该拿出A、B、C、D方案出来，然后分析各个方案的优劣，再考虑先执行哪个方案，来解决目前的问题。

但她没有。

她反而是在期望：让它慢慢好起来。

那么其实陈晓欣就有一句潜台词：要你何用？

"我出了点事，欣姐。"张笑笑低着头，不敢抬头去看陈晓欣。

陈晓欣用竹夹子把一杯茶夹到了张笑笑面前，对她说："喝茶。"

"我家里……"张笑笑伸手拿起茶杯，喃喃地说道。

但她终于没有说下去。

陈晓欣截住了她的话头："喝茶。"

别人也许听不懂，张笑笑打了个冷战，她听得懂。

她太熟悉这种氛围和语调了，那就是陈晓欣进入了工作状态。

一旦进入这样的状态，就不要去跟陈晓欣讲什么私事，或是什么身体上的不适。

当然，如果一定要提，陈晓欣也会听，但在这个项目到了某个阶段，这些人就会被淘汰。

在职场里，用四年多差不多爬到普通人天花板的陈晓欣，她带团队有自己的一套办法。

其实包括之前那三个以生理期的理由一起请假的服务员，除了那个老老实实去看医生的之外，另外两个都逐渐以被劝退形式离职了，陈晓欣就是这样的性情。

张笑笑不想被淘汰，所以她没有说下去。

"方案一是什么？"陈晓欣缓缓地问张笑笑。

张笑笑哪里有什么方案一？要是有方案一，她用得着这么慌吗？

"给你一小时，把你的人叫过来。"陈晓欣叹了一口气，对她说道，然后又拿起对讲机，"开个小包厢给张笑笑。"

张笑笑连忙把工作室的团队成员都喊过来，然后匆匆起身。

看着她的背影，陈晓欣知道张笑笑出门肯定会哭，她太了解张笑笑的性格了，正如张笑笑了解她一样。

但陈晓欣并不打算惯着张笑笑，就算彼此的私交其实很好。

她不认为自己的处理方式有什么问题。

这时手机的微信响了起来，竟然是她哥哥陈晓轩打来的语音通话。

"死妹头！不要装死啦！"陈晓轩听上去很兴奋，"那个鉴定结果看到了没？我都说我没有了！你现在应该相信我了吧？哼哼，等你回家，再找你算账！"

切换到微信聊天窗口，陈晓欣看了一下她哥哥所说的鉴定结果，是指毒检的结果。

出乎陈晓欣的意料，她大哥并没有吸毒。

她一下子有些不知道如何反应了。

"恭喜。"她有些木讷地对大哥说道。

"妹头，你没事吧？"陈晓轩很有些担心地问道。

陈晓欣牵了牵嘴角，最后深吸了一口气："没事，餐馆这边被人差评了，我在处理，晚上回家，我再跟你道歉。"

"道什么歉，你都是担心我嘛，餐馆有什么我能帮上忙，你就叫我啊，不过，你知道的，你哥是废柴一些的。"陈晓轩自嘲地说道。

挂掉了通话之后，陈晓欣仍没反应过来，她突然觉得：也许自己没有想象中那么面面俱到；自己的逻辑和思考方式，也许也并没有那么完善。

　　起码如果是她被家人怀疑吸毒，然后毒检自证清白之后，她知道，自己百分百是会从家里搬出来的，而且会对送自己去毒检的家人，得有相当长的一段时间无法面对。

　　她不知道哥哥是怎么做到的。

　　陈晓欣起身，走到给张笑笑开的那个小包厢，推门进去，只有张笑笑一个人，她的团队成员还没赶过来，陈晓欣抽了一张纸巾递给她："家里出了什么事？"

　　张笑笑一下子抱住她，号啕大哭起来。

　　炎炎夏日，总能消融许多冰冷和隔膜。

　　夏来总会有花开，也会有杂草蔓延滋生，生活，大抵也少不了这样或那样的事，或是如心所愿，或是不尽如人意。

　　"他……他老是帮他妈妈！"张笑笑抱着陈晓欣痛哭流涕，诉说着心头的郁结。

　　张笑笑的痛点是她的婆婆。那个奋斗一辈子就当个纺织公司报单员的婆婆，到现在五十多岁了，月收入都不用交个人所得税。但她婆婆却有着莫名的自信，总认为她什么都懂，总喜欢对家里的一切指手画脚：无论是她先生的再教育选择，还是她先生在单位的人际关系，或是张笑笑的职涯规划，小到晚上做菜，是去楼下小区的菜市场买八块钱猪肉，还是走过两条马路去另一个小区的市场，花六块钱买一块差不多一样重量和品质的猪肉……

　　而有时忍无可忍，张笑笑难免就跟她婆婆发生争执，这就是她苦恼、工作无法投入的根源——她丈夫总会下意识地劝说她，别跟她婆婆争执；或是站在她婆婆的角度去向张笑笑解释，老人是没有恶意的等。

　　陈晓欣轻轻拍打着她后背的同时，看了一眼手表，从工作室的位置走过来，如果不太赶的话，得十五分钟；从刚才张笑笑让她的团队过来，时间已过了六分钟，至少还得留三分钟给她平息情绪，也就是说，理想状态下，自己必须在六分钟里帮她完成心理建设。

　　所以，陈晓欣不打算让张笑笑继续用眼泪去宣泄情绪，于是她开口："因为他妈妈弱势。你有自己的事业，你有自己的团队，他妈妈没有。"

　　然后她推开张笑笑，扶着她的肩膀说："嘿！嘿！精神点，如果他连他妈都不帮，这人还能要吗？你想想，他肯定得维持家里一个均势，对吧？让日子过下去。你强势，你就多包容一些；他妈妈弱势，那他就多迁就她一点。要不然呢？他要把他妈妈扫地出门了，那这人还能一起过日子？"

也许是因为习惯了听从陈晓欣的意见，所以张笑笑想了想，似乎也是这么个道理。

陈晓欣拍了拍她的脑袋："好了，去洗把脸，重要的是，你不想成为你婆婆那样的人，对不对？咱们得有自己的事业！"

"嗯！"张笑笑用力地点点头，匆匆去洗脸了。

陈晓欣看了一下手表，还好，按正常速度，还有两分来钟，张笑笑的团队才能赶到。

当内心的忧虑被排解了，工作上往往会有事半功倍的体现。

张笑笑只用了半个小时，就跟团队的小伙伴拿出了两套方案。

"不，你自己决定。"陈晓欣拒绝了张笑笑的提议，她并不打算去就这两套方案来选择，"你就是团队的领袖，你就是最后的决策者，投给工作室的钱，我就是投你这个人的。"

陈晓欣很严肃地对她说道，因为她并不希望，张笑笑永远是拎着包跟在她身后的角色。

很多事情都是逼出来的。

而且更为重要的是，陈晓欣并没有花很多时间在各平台的控评上面，所以她也绝对不认为，自己能做得比张笑笑更好："这是你的工作，没有人比你更擅长。"

她是这么对张笑笑说的。

危急关头的信任，很能鼓舞士气。

张笑笑的团队开始去向各个平台投诉恶意的差评，包括去相关的板块发表一些文案，来挽回观望群众对餐馆的信心等。

晚饭的饭市还没开始，点评的 APP 里，评分就恢复到 4.1 了。

但当饭市开始，到了晚上九点多的时候，又跌到了 3.8。

"有人在操控这一切。"张笑笑点了根烟，对陈晓欣说道。

然后她手下负责数据的，也把相关数据整理了出来，果然如张笑笑所预言的，有五成以上给差评的用户，是从短视频平台过来的。

在边上看到这里,陈晓欣吐出一口气,起身拍了拍张笑笑的肩膀:"交给你了,我得回家一趟。"看着张笑笑突然就有些慌张的脸色,陈晓欣笑了起来:"没事,你可以的,相信我,我从来不会看错人。"

有时候,职场里就是需要这样的肯定。

特别是当对某个人有着崇拜心理时,这样的肯定,会提供匪夷所思的动力。

就如同现在,张笑笑仿佛被打了鸡血。

陈晓欣是真的必须走了,她答应了哥哥晚上回家一起吃晚饭。

当然,也是庆祝陈晓轩毒检过关,平安无事。

停好车,上电梯,走到家门口,陈晓欣很有些忐忑。

大哥陈晓轩通过了毒检,他并没有吸毒。

那么当时觉得他肯定吸毒的陈晓欣,就不知道怎么面对大哥,还有母亲。

而始终对大哥不离不弃的大嫂,也许一句话都不用说,站在那里,对陈晓欣来说,就是一个极大的嘲讽。

但她并不习惯逃避,也不喜欢去当鸵鸟。

所以,她终于还是打开了家门。

她走进家门还没换鞋,从房间走出来的大嫂就见到了她。

"欣欣!"大嫂很高兴地跑过来,给了她一个拥抱。

这让正在准备道歉措辞的陈晓欣一下就愣住了:"阿嫂,你现在开始显怀了,不要跑啊!"话到嘴边,成了这样的说辞。

或者,这是她的心声,很自然就流露了出来。

"死女包,去洗手啦!"正在厨房的母亲和往常一样,吼了她一句。

然后姑妈陈淑芳马上就在客厅跑过来,跟护着小鸡崽的母鸡一样,把陈晓欣扯到自己的身后:"人家在餐馆忙到现在,为了陪大家吃晚饭,这个时间,这么塞车回来,阿嫂,女儿也是你生的啊,入屋就骂,哪有这样的道理?"

黄樱自然不甘示弱:"你带回你家,啊,姑妈疼侄女,你慢慢疼,她就是光气我一个人。"

"妹头,你看,没事的啦!"大哥陈晓轩,把一份纸质的毒检报告塞给陈晓欣。

　　陈晓欣不知道为什么，一把抱住大哥，眼泪无声地淌下："哥，是我不好……"

　　对绝大多数普通人而言，人生最大的难题，就是面对真实的自己。

　　许多人，哪怕到了七八十岁，也仍然无法面对这一点。

　　很多老年人喋喋不休的念叨，便是社会或是命运，跟他开了某个恶意的玩笑，以至于有了他怀才不遇的一生，或是他明珠暗投的酸楚。

　　而大多数年轻人，内心很抗拒聆听老人们的车轱辘话，其实潜意识里，也未必没有一种逃避，逃避面对自己老去之后，也如他们一样茫然无助、心有不甘而又无能为力，所以远远地躲开，挥霍着自己仍还富裕的青春。

　　但至少，陈晓欣知道自己不应该这样度日。

　　她选择了面对，面对自己的不足和缺失。

　　但没有想到的是，竟然没有怨尤。

　　无论是当时她劝离婚的大嫂、被她误认吸毒的大哥，还是本来就疼爱儿子，却在她的煽动之下支持送儿子去做毒检的母亲。

　　母亲和姑妈那些口角，从小到大都不曾缺少，那些真的算不上什么。

　　真正应该责怪她的事，偏偏没有人怨她一句。

　　所以，她才会抱住陈晓轩痛哭。

　　但陈晓欣没有想到的是，她的大哥一把推开她，一脸的惊吓："又怎么了？喂，我真的去做了检查啊！"

　　因为她已经有很多年，没有管他叫过"哥"了。

　　自从陈晓轩连大学也考不上之后，废柴，就是她对他的称呼。

　　不是因为陈晓轩的分数低，上不了本科线，而是上不了本科线又不愿意面对，好好去读专科，从那时候开始，陈晓欣就很看不起自己的大哥，而陈晓轩也习惯了她的白眼。

　　今天突然之间，她叫了这一声"哥"，把他吓得不行，以为是有什么样的陷阱在等待自己。

　　这顿晚饭吃得很温馨，连平时动不动就高八度训斥女儿、小姑、儿媳妇的黄樱，也温柔了许多。

　　"我不去佛山了，我听进去了，喝那个咳嗽药水也是不好的。"陈晓轩也很诚挚地做了表态，这让刘宛晴很开心，在桌子底下，轻轻握住了他的手。

倒是陈淑芳，吃饭之间，不经意问陈晓欣："什么时候结婚啊？"

"我娘都没催！"陈晓欣笑着回避了这个问题。

但是催婚这样的事，黄樱本来就想提的，难得小姑子主动助攻，她肯定马上就跟进："死女包，谁说我不催？还不是因为你每次都是胡扯一通来应付我！"

然后黄樱和陈淑芳就马上商量起可能的对象，在她们的讨论里，礼数周全、逢年过节总会送小礼物、家里又有钱、长得又英俊的李泽霖，毫无疑问就是首选的对象。

哪怕陈晓欣表态："不是我那杯茶啊！"

可是黄樱和陈淑芳都觉得，其实可以谈一下试试的。

"老窦去哪里了？"陈晓欣连忙转移了话题。

刘宛晴笑着说："爸爸说他和朋友在东莞钓鱼，明天再回来。"

听到这话，黄樱不满地夹了一块烧鹅给儿子："钓鱼钓鱼，一天到晚地钓鱼，搞不好，我看是在钓美人鱼！"

这个话题，不论是陈淑芳还是陈晓欣兄妹，当然都不会加入进去。

而黄樱本身也只不过是一种下意识的谩骂和发泄，所以大家劝了几句，也就算过去了。

不过吃完饭之后，陈晓欣送姑妈下楼时，走在小区，陈淑芳几次欲言又止，明显到陈晓欣都不得不问她："姑姐，你等钱用，想在餐馆里拿点分红吗？现在给不了你分红啊，你实在手紧，我私人先借你一点，到时分红时再扣掉吧。"

这几个月下来，尽管有波折，但有了多笔融资，生意也明显是有起色的，所以暂时看起来，陈晓欣倒也就没有了刚刚接手时的窘迫。

"不是，你不觉得大佬不太对吗？"陈淑芳并不是想要分红，她低声地对侄女说道。其实，她本来早就想提了，但是陈晓轩毒检过关的事，让她很有些犹豫。

总是以最大的恶意去揣摩家人，并不见得就是什么好事。

只是陈淑芳有点如鲠在喉，不说出来，总觉得不太痛快。

"我老窦？不至于吧？"陈晓欣笑了起来。

而这时，她的微信有一个语音通话的请求。

陈淑芳看着，就示意侄女赶紧接电话："我上楼了，你忙你的。"

这个语音通话，是张笑笑打过来的。

张笑笑的语气，听上去跟下午有着很大的不同，简单而直接，充满了自信："欣姐，我们做了数据分析，你记得那个美食博主吗？就是厨师长的粉丝。"

陈晓欣禁不住笑了起来："刘英浩，对吧？别说得这么夸张，他只是推崇阿姗的厨艺吧。"

华灯初上，小区里人来人往，有老人在散步，也有小孩拿着皮球在玩耍，走在这样的氛围里，陈晓欣也少了许多平日里的锋锐，多了些许温和："怎么会聊到刘英浩？这人有点偏执，但应该不坏。"

"欣姐，这一次你失手了。"张笑笑在电话那头很确定地说道。

然后她给陈晓欣发了一些数据，包括截图等，所有东西都指向了一个结果：刘英浩可能是操纵差评的幕后黑手之一。

"我这边已经向短视频平台进行举报和投诉了。"张笑笑恢复了过往那种元气满满的感觉。

无论是她的状态，还是溯源到幕后的操纵者，都让陈晓欣很开心。

当肯定了张笑笑的工作之后，挂掉了通话，坐在小区的石凳上，陈晓欣却皱起了眉头。

因为她再一次判断失误了。

她从来没有想到，刘英浩会是操纵差评的幕后黑手！

这段时间，陈晓欣发现，自己几乎所有的判断都出现了问题。

尽管家人对她没有怨尤，但她有点对自己的判断能力失去了自信。

"你今天怎么了？只有一千多步啊。"微信上，收到了张若彦的消息。

通过微信运动，他能揣摩出来，她似乎是有困扰。

但陈晓欣暂时没有什么心思去回复他，只是回了一条信息："有点烦，不想聊天。"

这时就听见身后有人轻声说道："不想聊天，那要不下一盘棋？"

她猛然回首，他便微笑着站在她身后，在路灯下凝望着她。

第三十六章　月色朦胧

陈晓欣背着双手看着张若彦，朦胧的路灯，朦胧的月光，朦胧的她和他之间。

如果是之前，她会跑过去，踢他小腿一脚，或是冷嘲热讽，或是"敲诈"他请客吃饭。

总之，相处十余年，有许多互相了解而又乐此不疲的小把戏。

但现在，因为微信上前些天那场调侃突变的表白，一切变得扭捏起来。

"嘿！"他显然也有点手足无措，也同样不知道该如何在这样的朦胧里，找到一种合适的相处方式。

当然，他们也可以跟过往十来年一样相处，如同前几天的表白没有发生过一样。

可是不论是她，还是他，都很清醒地知道，那不是大家想要的选择。

"你怎么，怎么突然回来了？"她背在身后的双手绞动着，说话的语调不知不觉带了一点点夹子音，就一点点，也许是下意识想让自己更温柔一些，也许是路灯的朦胧惹得有了那么一点氛围。

他刚回来，甚至还没回家，拖着行李箱，不知道为什么，就是想见见她，鬼使神差地，他就往她家里来了，而不是去餐馆找她。按照他所想的，他到了小区，就在她家楼下的长椅等她，等她下班了回来，便会看见他。

但没有想到，他刚刚到了她家小区楼下，就见到了她。

张若彦舔了舔嘴唇，看着自己的脚尖，他决定勇敢点，于是抬起头，看向她："我不想一个人在上海待着。"他看见她的脸有些发红，这给了他许多的鼓励。"除了去读大学，我们一直都在一起的，对吧？这样，这样……"他的脸也红了，平时口若悬河的他，竟有些结巴，"这样样，才……才能找到人，吵架，噢，不，下棋！一起，就是……就是……"

这时不知谁家的猫追逐路过："喵！"

他终于找到一个合适的结语："就是，在一起。"

"你不觉得有点尴尬吗？"她终于忍不住了，低声回了一句。

张若彦点了点头，靠在那个30英寸的拉杆箱上，想了想，对她说道："的确有点，要不重来？"

"重来？"她有点惊讶地抬起头，很想过去给他一脚，但终于还是忍住了。

张若彦松开扶着拉杆箱的手，走过去，很自然地把手搭在她的肩膀上："我们是兄弟。"

"嗯。"她有点失落了，咬着牙，拨开他的手，但他又搭上来，她便有些恼火了，"拿开你的爪子！"

"我是想拜托你一件事，你一定要帮我。事关生死！"他很认真、很郑重地对她耳语，以至于她没有再去拨开他的手。

她看了他一眼："你在上海干啥了？惹了什么破事？行，你说吧，什么事？"

"你帮不帮我？"他很严肃地问她。

以至于她话到嘴边的调侃，终于没有说出来，而是点了点头："放吧。"

"帮我生个孩子吧！"他鼓起了勇气。

陈晓欣一下子愣住了，过了两秒，一肘打在他的肋骨上。

痛得弯下腰的张若彦冲着她伸出手："一世人，两兄弟，你帮我生个孩子，我们亲上加亲啊！"

她臊红了脸，往他小腿踢了好几下，然后就把他和他那硕大的行李箱一起丢在楼下，匆匆上楼去了，因为她有点不知道怎么去面对。

倒也不是没谈过恋爱，倒也不是矫情，只是这十余年的相处里，两人实在走得太近，近到从来没有想过这方面的可能。在电梯里她看着电梯厢壁上照出来的自己，扪心自问，这十余年里真的没有想过吗？

至少她垂下头，咬着唇，不愿去面对这个问题。

电梯到了，而他的微信消息也到了："我上去喝杯茶。"

"不许上来！"她快速地给他回了信息，也许明天再见会好一些，也许大家就有了些准备，场面或者不会那么尴尬吧？她是这么想的。

但当她进门之后，在沙发上坐下，黄樱泡好第一轮茶时，门铃就响了起来。

被陈晓欣支使去开门的陈晓轩，打开木门就笑了起来："阿彦仔！好久不见啊！"

她一下子就慌了，匆匆躲进房间，反手把门锁上了。

"死女包，阿彦仔过来，你躲什么躲？你有病啊！"黄樱笑骂了起来。

陈晓欣少见地没跟母亲顶嘴，她开了房间的空调，然后把自己裹在冷气被里，不知道为什么，就是低声地窃笑，停不下来。

外面张若彦和黄樱在聊什么，陈晓欣听得不太真切，但她有一种想要分享的感觉，于是忍不住给父亲发了一个通话请求。

也许是在打窝，怕惊扰到鱼，陈勇没有接通这个请求，而是挂断了之后，打了个电话过来："欣欣，怎么了？"

她跟父亲说起把大哥送去做毒检的事，又说起毒检过关，再说起餐馆被差评，以及应对的措施。陈勇听着惊心动魄，没有想到这几天不在家里，发生了这么多事情，但让他松了一口气的是，女儿竟把这一切都圆满地解决了。

他很庆幸，庆幸自己有这么一个女儿。

不然的话，就算他再不愿意都好，这一切就得他自己扛，而且陈勇感觉，他并不见得能把事情处理得跟女儿一样好。

"他突然跟我表白了。"陈晓欣又跟父亲说起张若彦，羞涩里，又有些掩遮不住的欣喜，"我都让他不要上来了，他偏偏还跟了上来！哼！"

陈勇在电话那头也一脸的笑容："这是好事嘛，老窦觉得，阿彦仔很不错的啊，不过他妈妈似乎有点看不起人，你要小心。"

毕竟是亲生的女儿，陈勇已经在考虑以后婆媳关系的问题了。

"你们要赶紧生小孩，至少生两个！"陈勇最后还不忘记叮嘱了一番。

陈晓欣恼羞得不行："老窦！你就急着赶我走，是吧？这八字没一撇的事，什么生小孩了嘛！不跟你讲了！"

但是在挂断了电话之后，陈晓欣突然想到一件事，她瞬间就愣住了。

尽管这天晚上，陈晓欣把张若彦晾在客厅好久，直到他十一点多告辞，她才勉强出来送他，但第二天，在半砳璎珞的经理室，他们重新聚在一起时，却就多了几丝跟以往不尽相同的味道。

"你昨晚跑上去干什么？傻乎乎的！"陈晓欣泡着茶，给了张若彦一个白眼。

张若彦笑着没有说什么，没有如往昔一样"毒舌"相向。

这就让陈晓欣很不习惯："你有毛病，是吧？被穿越了？"

"我？"张若彦指着自己，然后恍然笑道，"大约是的，我被二十年后的我穿越了，因为知道我们经历了许多曲折才走到一起，所以我就决定，让我们省去那些……别动手，别动手！"

他还没说，陈晓欣就站了起来，作势要给他来一个过肩摔："你哪里抄的言情小说对白？油腻得要死！"

"不然呢？你不觉得现在这氛围正常多了吗？"张若彦也笑了起来。

其实，他是觉得，陈晓欣相比于之前，很有些自信不足的感觉。

所谓相知，就是基本上一眼，就能看出其他人体会不到的细节。

但张若彦并不打算说出来，又不是职场，正儿八经地去问："你为什么显得自信不足啊？"只会让大家都尴尬，而且压力更大。

"我妈妈对你有点看法。"他很巧妙地转了一个话题。

为什么会这么说呢？

因为陈晓欣把她大哥送去做毒检了。

"你不要误会。"张若彦拿起茶杯，对陈晓欣说道，"她并不是觉得，你要求轩哥去做检查有什么问题。而是感觉，这么折腾下去，你和家人的关系可能会不太融洽。"

陈晓欣听着笑了起来："张弱智，你什么意思？我要开始考虑你妈妈的意见了吗？油腻妈宝男，你给我滚！"

他笑着放下茶杯："咱们当然可以不管，但没必要吧？这对你我来讲，不至于要花什么精力的事，专门为此搞到家里鸡飞蛋打？"

"你说得有道理，你知道吗，我妈对你也有点意见？"她说着起身，一下就揪住张若彦的腮帮子，"我妈妈整天觉得你太瘦了！说阿彦仔要是胖一点就好了，来，今天我帮你满足我妈妈的愿望！"

"我等一下还得去新公司报到呢！"张若彦揉着被她掐得发红的腮帮子，没好气地说道，"我感觉是不是失策了？"看着又要暴起的陈晓欣，他连忙举手投降："停！野蛮女友早就过时了好吗？不流行了。"

打闹嬉笑里，因为表白而让两人关系的改变从而带来的僵化，就这么渐渐消融了。

其实，在这个时候，张若彦出现在她面前，本身就是给了陈晓欣极大的帮助。

因为她很清楚其中的代价，为了回到广州，张若彦跳槽去了同业的公司，接受降薪，回到了她身边。看着他那熟悉的脸，不用问为什么，陈晓欣便开心起来。

"想好怎么上米其林的名单了吗？"张若彦看着开朗了许多的陈晓欣问道。

她摇了摇头，事实上，之前投资方提出的这个需求，不是太有操作性。

也正是因此，所以陈晓欣才会质问张笑笑评分的问题。

因为米其林的评级，并不是那种申报参赛的模式。

为了表现自己的公正性，米其林有自己的全职评审员，而且不接受赞助。评审员在评定某家餐厅之后，有一个期限，比如说三年或五年，不能再进入这家餐厅，等等。

所以，米其林的评星，是人家觉得这家餐厅值得这个星级，然后送出来的，而不是申报的。

"其实这件事很被动。"陈晓欣说到这里，也很头痛，"我们能做的，也就是维持好点评网站上的评分。"

刚说到这里，门就被敲响了，然后推开门、背着双肩包的张笑笑跑了进来，把包甩在沙发上，从冰箱里拿出一瓶可乐，拧开灌了三分之一，才缓过气来："欣姐，太热了！嘿，张总，您好，好久不见！"

她跑过来，是因为去短视频平台交涉之后有了结果。

"刘英浩的数据不对。"张笑笑掏出平板，打开数据统计的页面给陈晓欣看，"他是发布了一些对我们不好的言论，比如说什么我们对厨师缺乏信心、什么很多饭局不配这么高的价位的菜等等。"

陈晓欣拿过张笑笑手上的平板，仔细看了起来。

毕竟做运营出身，她其实并不需要张笑笑给她过多的解释。

这几条视频，明显跟刘英浩平时视频的数据是不相符的。

每个博主，特别是成型了的博主，都有自己的规律和自己的粉丝群体。

什么时间，这个博主的作品会有比较大的流量，是可以从数据上去形成画像的。

而这几条视频的数据体现，就跟刘英浩之前的画像完全不相符。

刘英浩明显是出于一种偏执的愤怒去发视频的。

陈晓欣放下平板，揉了揉太阳穴："但不是他带的节奏，我们要尽快把带节奏的人找出来。"

把手上的可乐直接喝光的张笑笑，用力地点了点头："放心，欣姐，正常来说，晚上就能有个大概的方向了。我现在就去接着干活！"

看着张笑笑匆匆而去，张若彦问陈晓欣："怎么了？感觉你心里有事啊！"

陈晓欣勉强地笑了笑："能没事吗？投资方提出这需求也不过分，对吧？但这事，它没什么可执行性啊！行了，你不是要去新公司报到吗？你去忙你的吧，一会儿看看一起吃晚饭或者消夜吧。"

但是当张若彦坐了一会儿，起身离开之后，陈晓欣却皱着眉头，拿起电话，给她父亲陈勇发了一个视频通话的请求。

她并不是那种心里藏不住事、什么事都要跟别人诉说的人。

例如这件事，她就不打算跟张若彦商量。

这个请求很快就被拒绝了，然后过了几秒，陈勇用电话拨了回来："欣欣，什么事啊？"

"老窦，我想跟你视频一下。"陈晓欣不紧不慢地说道。

盛夏已尽，秋风萧瑟。

尽管在广州这座城市里，哪怕到了国庆，也仍然可以短裙短袖小吊带。

但陈晓欣感觉，秋意已浓，冷的不是秋风，而是人心。

特别是当身为女儿，要求跟父亲视频，而被两次挂断之后。

当她再次提出视频通话的要求时，陈勇迟疑了一下："我在打窝啊。"

但是陈晓欣这一次并没有打算就这样作罢，她坚持自己的要求："老窦，我要跟你视频一下，我好久没见你了，你不觉得吗？"

她这话并不是毫无根据的，因为她在操持着餐馆诸多事务，而陈勇去钓鱼也好，和朋友小聚也好，那时间恰好总是错开。

所以，的确有好几天没有见过面了。

陈勇沉默了一会儿，陈晓欣甚至都听出父亲的语气里带着一丝哀求："我晚上就回家，好吗？"

"老窦，你在做什么？为什么连女儿要见你一下都不行？"陈晓欣硬下心来，继续压迫着父亲的空间。

说着她就挂掉了电话，然后直接发了一个视频通话。

陈勇没有接，但这一次，也不敢直接挂掉。

陈晓欣又发了一条信息给陈勇："老窦，如果这样，你会连我也一起失去。"

过了四五秒，陈勇接通了视频通话。

不出陈晓欣的意料，背景果然不是在水库边，也不是在池塘边。

视频里看起来，似乎是大排档的所在，边上能看到有一把巨大的风扇。

"老窦，你不是说在钓鱼吗？"陈晓欣看着视频里的父亲，向他质问道。

陈勇舔了舔嘴唇，他在躲避镜头，或者说躲避女儿的目光。

可是，事情到了这样的地步，不可能一直这么躲避下去，他总是需要给出一个交代。

而所谓的交代，就是把问题都搬上了台面，这是陈勇一直在努力回避的事情。

"你跟妈妈是怎么回事？她知道吗？"陈晓欣打破了沉默。

陈勇摇了摇头："她要知道，这日子还过得了？"

说罢，他苦笑起来，他也不知道事情为什么会变成这样。

但事实上，这就是他们之间的现状。

"其实不是你想的那样。"陈勇有些笨拙地向女儿解释，或者说，试图解释这一切。

陈晓欣没有打断他，静静地听着父亲诉说。

"我也不想这样的。"果然是千载不变的开头，陈晓欣疑心，最后会不会用"犯了一个大多数男人都会犯的错"来收结？

随着陈勇的述说，这一切也渐渐地在陈晓欣面前展开了，生活时，你侬我侬，是需要代价的。

不单单是金钱的代价，情绪的价值同样也非常重要。

在年轻的时候，陈勇的餐馆做得很好，经济上也很宽裕，所以他可以带着妻子四处游玩。

"我并不爱到处跑，但你妈妈觉得，她的朋友都有去旅行。"陈勇长叹了一声，在视频里，他点了根烟，吸了两口。

他吐出烟雾，如同吐出陈年的郁积之气。

为什么会陪着妻子到处旅行呢？无他，因为他爱她。

这一点，陈勇是承认的："年轻时，我们的感情很好，你也应该知道这一点的。"

陈晓欣点了点头，祭祖时，因为当时三十多岁的父母还手拉手，被同族的长辈起了个外号"连体婴"。

这一点，到现在，陈晓欣都还记得。

陈勇又狠狠抽了一口烟："后来，就不一样了。"

不一样的是，黄樱渐渐脾气越来越差，她开始习惯对陈勇动辄咒骂，也许在她看来，这是真性情，又或者老夫老妻了，没必要讲究那么多。

可是对陈勇而言，这就是一件非常苦恼的事。

因为他本身就不喜欢旅游，尽管他愿意陪着妻子出行，但在付出陪伴的过程里，还要承受妻子动不动就训斥他一番。

"我又没有心理疾病，对不对？"陈勇苦笑着对陈晓欣说道。

这是一个很客观的事，谁也受不了这种长期相处模式。

"你妈那人，你知道，她是不受指责的，一旦我试图告诉她，我们之间的相处，应该优化一点，那只会让事情走向更坏的结果。"

尽管陈晓欣对父亲现在的行径很不满意，但无可否认，父亲所说的问题真实存在。

黄樱的确是有这样的毛病。

"所以？老窦，所以呢？"她向父亲逼问，就算她猜了许多可能，但她希望，由父亲来告诉她这一切。

事情并没有那么复杂，当陈勇在家庭里得不到他所需要的情绪价值时，他就开始向外去寻找。

而餐馆的生意越来越不好做，这也是他的情绪越来越差的一部分原因，当他把餐馆交给儿子打理之后，陈勇决定，他要去寻找自己逝去的青春。

陈晓欣也随手点了一根烟，然后看着视频里的父亲："老窦，逝去的青春，就是出轨？"

"什么出轨？"陈勇一下子就激动起来，对陈晓欣说道，"欣欣，你说什么呢？"

她有点不明白，事到如今，父亲还在逃避什么？

所以，她很直接地问："那你现在在哪里？那个女人是谁？你希望我喊她小妈，还是管她叫阿姨？"

但陈勇一下子就激动起来，在视频里挥舞着双手："欣欣，你不要乱讲啊！老窦是这样的人吗？没有，没有什么女人！"

他真的急了，拿着手机，在那个大排档里行走拍摄，以便让陈晓欣看到这里的全貌。

这就是一个大排档，更恰当地说，是一个类似于农家乐的大排档。

走出来，还可以看见远处隐约有一个巨大的摩天轮。

陈晓欣感觉应该是在花都和清远接壤的某处。

"我经营餐馆，后面渐渐越来越不开心了。餐馆已经成了一个血包，每个人都想在上面吸血。每天活着，我都不知道为什么！"他这么述说着，陈晓欣并不太认同，但没有打断他。

他有些懊悔，但又为自己辩解："你哥上不了大学，你妈又宠着他，整天觉得他有才华，所有开支也要从餐馆那里拿。你姑姐也成家了，其实我知道，阿芳她老公能养活她们家的。"陈勇在视频里又点了一根烟："很累，我不想撑下去了。所以我就把餐馆给你哥去经营。我解脱了！"

陈晓欣看着视频远处的摩天轮，突然插了一句："老窦，主要是餐馆的生意，无论你怎么努力，都是往下跌的吧？"

第三十七章　幕后黑手

有时一针见血之后,遮掩不下去了,沟通起来就会更简单一些。

被陈晓欣捅了那么一句,陈勇就有些尴尬地沉默了好一会儿。

是的,不论他怎么努力,餐馆的生意都越来越差,才是他当时把餐馆交给儿子打理的根本原因。

他很担心餐馆砸在自己手上。

"宋徽宗担心自己成了亡国之君,所以赶紧把位子让给宋钦宗。"陈晓欣说着笑了起来,摇了摇头,"老窦,你知道后面怎么样吗?不知道?接下去,就是你平时最喜欢唱的《精忠报国》啊!"

这么一提醒,陈勇一拍脑门就回过神来了:"岳飞!迎回两帝!噢,两帝,就是你说的这两个?"

陈晓欣苦笑起来:"对啊,北宋终于还是亡了。你把餐馆交给我哥,以防砸在你自己手里,结果不就是一模一样吗?"

陈勇恍然大悟:"啊,你别说,还真是!对了,对了,欣欣你就是那个,那个谁,把岳飞害死的那个皇帝!"

他说的是建立南宋的赵构,这比喻在某种程度上也没毛病。

可陈晓欣一听就不高兴了:"啊呸!我不是'完颜构'呢!打住,老窦,说回你自己的事!"

"把餐馆交给你哥之后,你妈就不管我了,我出来钓鱼,她也不怎么理会。"陈勇讪笑着说道。

于是,他便决定找回自己的青春。

陈勇的办法,就是在花都开了一个类似于农家乐的大排档。

"反正租金也便宜。"陈勇笑着说道。

本来在海珠区做四百平方米高档餐馆的老板，跑去花都，做一个三十平方米不到大排档，当然是游刃有余了。

"每月都回得了本的啊。"陈勇说起这个大排档，就有些得意。

陈晓欣看着视频里的父亲，那神情就如她大哥在王者峡谷里征战，是那种发自于内心的轻松和愉悦。

这个大排档对陈勇来讲，就是他所在寻找的，属于他的逝去的青春。

青春并不只有荷尔蒙，还有无拘无束的自由，不需要承担太多的希望。

陈勇是这么对女儿说的："明天，甚至现在，我就可以关掉它，我就可以不开了！"

也正因为如此，这个小小的大排档，便承载了许多欢愉。

陈晓欣从来没有想过，这件事情会是用这样的方式来演绎。

其实从昨天晚上父亲挂掉了她的视频通话，她就觉得有很大的问题了。

她以为很大的可能，是父亲有了外遇。

但没有想到，所谓找寻逝去的青春，就是去花都开个大排档？

"就这？"她禁不住问道。

陈勇也愣住了，过了五六秒才反应过来："欣欣，你觉得老窦要去包个二奶才正常，是吧？"

听着父亲这话，陈晓欣扑哧笑了出来，的确，她总不可能劝父亲关了大排档，然后去搞婚外恋。

但是，总是觉得有点怪怪的。

这个时候，门被敲响，然后张笑笑推门进来了："欣姐，你猜谁是幕后黑手？"

陈晓欣做了个手势，让张笑笑稍等一会儿，然后她跟父亲说了这边有事，就把视频通话挂断了。

"查出来了？你要让我猜，那我就猜程子轩。"陈晓欣很平静地说道。

张笑笑惊讶地看着陈晓欣，张大了嘴，愣在那里，好半天才开口："神了！欣姐，你怎么可能猜到？你早就知道了，昨天直接说就是了啊，你……"

如果陈晓欣愿意，这个时候，她就可以装出神秘莫测的模样，来实现一种个人崇拜了。

可是成为神棍，变相PUA员工，并不是陈晓欣所愿意做的事。

她直截了当地给了张笑笑答案："不，我并不知道是他，你们团队所做的一切，并不是无用功。"

陈晓欣能够直接猜出来，是因为张笑笑的问题大大地缩减了范围。

因为她问"你猜谁是幕后黑手"，其实就是向陈晓欣提示了：这个幕后黑手，张笑笑和陈晓欣都认识。

那么，就可以排除掉许多两个人并不都认识的，比如说一些同行之类的。

"我其实在你问出这个问题之后，就在两个人身上做了选择，一个是李总，一个是程子轩。"陈晓欣很坦诚地对张笑笑说道。

之所以最后选择了程子轩，是因为陈晓欣想了一下，感觉李总尽管有着极大的怨气，但是李总并不是一个有很强行动力的人。

张笑笑想了一下，点头道："有道理，不过，都好犀利！"

然后她打开那个硕大的双肩包，拿出平板，调出数据给陈晓欣，包括她们团队做的思维导图和各种数据分析。

整个逻辑，反推过来，就是有一家引流公司，接受了程子轩的委托，去盯包括刘英浩在内的一些博主发表的作品。

然后针对这些美食博主所发表的关于半砧璎珞的视频，特别是给差评的，进行投量、炒作。

"那接下来怎么办？我们报警抓他吗？"张笑笑征询陈晓欣的意见。

陈晓欣摇了摇头，当然可以报警，也可以找律师起诉程子轩。

但是，对方这么做的利益驱动是什么呢？

而且程子轩这么做了，他肯定有后手的。

陈晓欣问张笑笑："你从这些数据里，也推不出程子轩来啊。"

"数据是死的，人是活的嘛！"张笑笑得意地笑了起来。

之所以拿到程子轩的名字，当然是因为她去对那家引流公司进行公关。

"也就是说，我们不可能拿到证据，对吧？"陈晓欣听完之后，就做了一个简单的总结。

看着点头的张笑笑，陈晓欣没有想太多，直接就拨通了程子轩的电话。

电话很快就接通了。

"程总，我怎么得罪你了？"陈晓欣开门见山地问程子轩。

事情到了这种地步，再去迂回，完全没有任何意义。

而程子轩听到她的诘问，并没有太意外，也没有做什么辩解。

他也很直接地说道："有没有一种可能，我只是为了试一下引流的效果呢？好吧，其实，我是想帮你。"

按照程子轩的说法，引导大量的差评，是为了帮陈晓欣引流效果？

陈晓欣听着，当场就冷笑道："程总，你有看过网络上流传的一张图吗？我从未见过如此厚颜无耻之人！我不是骂您啊，我是说那张图。"

"你要知道，米其林餐厅，不是依靠申报来入选的。"程子轩似乎完全没有听懂，陈晓欣在骂他，或者说，他并不需要听懂。

这是商业行为，商业行为里，比的不是被骂一句，或是骂了对方一句，而是获利。

程子轩之所以敢这么回答，就是因为他觉得，陈晓欣是个商人，而且是合格的商人，只要是合格的商人，那利益就是大家共同的诉求。

而他马上也给出自己所能提供的东西："我有办法，让米其林的评审员去到你的餐厅。"

要进入米其林的名单，当然首先就得评审员能到这家餐厅，否则，都完全没有评级的人，怎么能得到评定？

程子轩提出来的这个概念，一下子就震撼住了陈晓欣。

"评审员到了之后呢？"她想了一会儿，开口提出了第一问题。

而对此程子轩的回应也很直接："那也是你的问题，我不可能让米其林送一颗星给你啊，我没有这么大的能力。"

也就是说，评审员到了之后，就要依靠陈晓欣这边自己的实力了。

但就算是这样，能让评审员过来，其实已经是一件非常不容易的事了。

"我考虑一下。"陈晓欣给了程子轩这么一个回答，然后就挂断了电话。

张笑笑明显对此很不满意，按她看来，应该拒绝他，应该起诉他。

但陈晓欣不这么认为："做生意，求财，不是求气嘛。"

她并没有刘英浩那样的偏执，如果程子轩提出来的计划是有可实施性的，那么陈晓欣完全不介意用程子轩提出的方案试试看。

但接下去的沟通并不愉快。

如果用钱去解决一些运营方面的问题，陈晓欣其实并没有太多的道德洁癖。

无论是互联网行业，还是其细分的游戏行业、短视频行业，花钱去导量，都是在运营里难以回避的一个客观事实。正如开个网红奶茶店，总得雇些人来排队一样，已经是惯例了。这么干，也许网红店仍然做不起来；但不这么干，可以肯定，那是绝对做不起来的。

可是花多少钱，引入多少流量，它必定有一个合乎常理的价格。

所以，程子轩开出的价格，对陈晓欣来讲，就是一件荒唐可笑的事情。

"一百万？"陈晓欣不敢置信地看着张笑笑，去跟程子轩接洽的张笑笑摊开手，点了点头。

张笑笑直接把三十多分钟的录音转发给了陈晓欣："我们整个团队都在场的，当时我们都感觉他疯了。"

洽谈时录音，其实就是一种自我保护。

这是之前跟着陈晓欣工作时，张笑笑学习到的习惯，想不到，这一次洽谈，真的就用上了。

没有这份录音，陈晓欣也许仍会相信她，但就得赌，赌陈晓欣对她的信任度。

陈晓欣也没有矫情，直接打开录音聆听。

的确程子轩开口就是要一百万，而且还要求，先给四十万，在评审成功之后，再付六十万。

也就是说，如果没评上星级的话，那么陈晓欣这边也要白给他四十万。

而这个时候，经理室的门被敲响了。

张笑笑过去打开门，进来的是西装笔挺的李泽霖。

他进来往沙发上一坐，便对陈晓欣说道："欣欣，我来跟乙方公司开个会，顺便过来看看你，晚上就在这边吃饭了，有十二个人。"

陈晓欣没好气地对他说道："餐馆的生意基本上轨道了，没必要这样。"

一家餐馆，这么大的规模，又是做高端私厨，哪里能整天靠李泽霖带人来吃饭支持它的营业额？

"我做我能做的嘛。"李泽霖笑了起来，露出雪白的牙齿。

不过他很快就发现了这个房间里气氛的紧张。

"发生什么事了？"李泽霖关切地看着陈晓欣问道。

而陈晓欣把录音放了一次给李泽霖听。

不得不说，程子轩的经验很老到，在录音里很难找到他的漏洞，然后去起诉他或者举报他。

例如他说的先给四十万，就很隐晦，就是指推广引流的项目，先支付四十万，如果达到预期的效果和目的。如通过他的引流，间接或直接让餐馆在一年之内被米其林评上星级，然后就证明他的引流工作是成功的，到时候就再结六十万。

很难从这些很商业模式化的话语里去指摘什么。

但无论是张笑笑、陈晓欣或是李泽霖，在商场上有一定阅历的人，都很清楚，程子轩所暗示和要求的是什么。

"这钱也不是很多。"李泽霖对一百万这个数字，倒不是很在意，他所关心的，是另外一件事，"他有没有可能单纯在吹牛呢？"

他的意思，张笑笑还没反应过来，陈晓欣就已经明白了。

"不排除这种可能。"陈晓欣想了想说道。

这种可能，就是程子轩压根就不认识什么米其林评审员，他也根本没有能力去左右米其林评审员是否来这家餐馆试菜。

他要的，就是先赚前面四十万。

反正签合约，签的也是引流的合约，他等于先捡了一份四十万的引流合同来做，完全可以当成正规的引流项目来执行。

如果万一陈晓欣的餐馆运气好，这一年里真让米其林评上星级了，那他后面就再白捡六十万。

"要不这样，听听我爸爸的意见？"李泽霖就是不忍看见她皱起眉头，看了，便让他心头很有些纠结。

所以他这么提议，这也是一个陈晓欣不可能拒绝的提议。

不单单李父是餐馆的股东，更重要的是，陈晓欣很清楚，一位成功商人愿意给出的意见是如何可贵。

于是李泽霖拨通了他父亲的电话。

作为股东的李父在电话接通之后，通过李泽霖三言两语的述说，了解到这件事之后，沉吟了一会儿。

过了得有四五秒，李父才在电话那头，用他一如既往很慢的语速说道："这点小钱，没必要纠结啊，哈哈。"

多年商场浮沉的李父，其实通过这通电话就知道，自己的儿子想在陈晓欣面前展示一下肌肉，如同求偶的孔雀开屏。

而偏偏陈晓欣也正是李父很满意的儿媳妇的候选人，那李父当然会尽量配合自己的儿子。

然后李父就给出了方案，是陈晓欣所没有想到的。

"胃口太小了，给他加到两百万，他敢收，咱们就敢给嘛。"李父笑着说道。

而且李父向陈晓欣表示，可以由他那边的公司来付这笔钱。

当然，这钱不是如程子轩所提出的那么拿。

李父的意思是，给百分之两百的钱，但五天之内，程子轩必须在各大APP把半砣璎珞·私厨的好评刷上去，并且程子轩必须让附近区域同类同档的餐厅差评满天飞！

如果程子轩做不到该怎么办？

李父当然也有预案，在电话彼端，他用很温和的语气和很慢的语速说道："年轻人，允许犯错嘛。做不到，那我们就让他认识到自己的错误，就可以了。"

不单是张笑笑，陈晓欣一时也没反应过来。

按百分之两百的价钱，这要被骗了八十万，然后程子轩做不到，怎么让他认识到自己的错误？

"花个一千万，我想，他可以认识到自己的错误吧？或者，两千万也是可以的嘛。"李父温和地说道，"很小的事。"

挂了电话之后，张笑笑在边上突然尖叫起来："霸总啊！李先生，你爸真的是霸道总裁啊！你这是没学到，没学到那腔调！你要有那十分之一，欣姐早就跟你走了！"

陈晓欣冷着脸扫了她一眼："你是想改行演话剧，还是想去德云社报名？"

张笑笑吐了吐舌头，捂住自己的嘴。

坐在泡茶位置的李泽霖，一边泡茶，一边笑道："这么多年了，其实，我也已经不期望什么结果了。"

他抬起头，看着陈晓欣："我只是想看你笑，想看你开心，我就很开心了。"

陈晓欣一时无言以对，竟不知道对他说什么才好。

因为李泽霖说得如此真挚，如此诚恳。

尽管他不是她那杯茶，但他都做到这个地步了，人心总是肉长的，陈晓欣难道就能冷声呵斥吗？

何况正如陈晓欣的姑妈说的，李泽霖也是一表人才，帅气英俊。

一个很看得过去的男孩，又正是年少多金，诚挚无比地告白。

陈晓欣也是人，也是生活在这红尘里的，而不是在象牙塔中，如何去回绝对方？

她很有些犹豫怎么开口，尽管已经拒绝他很多次，但这一次，她能感觉到不同，李泽霖的表白有一种决绝的味道。

又何况，便真的没有一丁一点的不舍吗？

陈晓欣不知道。

如果说在上学的时候，在象牙塔里，那时家里的餐馆是父亲在打理，也算是不忧衣食，那时她拒绝得心无挂虑。

可随着走入社会，面对职场的艰辛，生活的苦涩……渐渐地，李泽霖的痴情不移，以及他因为不缺钱，修饰着帅气的外形和多金的家世，老实讲，在某些时候还是会让她心里泛起涟漪的。

事实上，按照姑妈陈淑芳的说法，李泽霖这样的男孩，是怎么也不能放手的。

哪怕拴住他，"作为一个极为优质的备胎，也真是极好的"，原话便是如此。

可是她看了他一眼，真的不想给他留下什么幻想的空间或余地，因为李泽霖对她而言，真的是没有什么可挑剔的。

"前几天，若彦跟我聊了……"她斟酌着措辞，小心地开口，以免伤害他。

但话还没说完，李泽霖就截住了她的话头："别这样，别！"

在泡茶的李泽霖，笑着对陈晓欣说道："你仍然还和当年一样聪明。"

并不需要她说太多的东西，他就明白了她的意思，毕竟，他可不是地主家的傻儿子。

若有痴狂，也是为她罢了。

她开口说了"若彦"两个字，李泽霖就知道她的意思了。

因为这是从来也没有过的称呼！

如果当一个女孩毫不顾忌在男孩面前这么称呼另一个男人时，那就很能说明问题了，这不是熟不熟的问题，而是那种非常微妙的氛围，往往就从忽略了他的姓氏、从不经意的亲近开始的。当陈晓欣这么称呼张若彦时，李泽霖就知道有些事情已经不可抑制地发生了。

尽管其实他也知道这是将会发生的事，但他没有想到是在今天。

李泽霖保持着脸上的微笑，继续泡茶，他动作娴熟，毕竟是潮汕人，这是几乎在娘胎里就会的本事。

但就连张笑笑也能看出他脸上的笑意很有些僵硬，他泡茶的手法远不如几秒钟前那么自如。

"来，喝茶。"他笑着伸手示意。

陈晓欣没有开口，默默地拿起茶杯，喝了一口茶。

是她喜欢的香气，唇齿回甘，但她只喝了一口，便把杯子放下了。

不是她偏偏要辜负了这茶，而是有些东西，总是要见分晓的，特别是她当对方是自己的朋友时，继续含糊不清地走下去，对谁都不好。

"我不需要维持一个幻想或假象，来满足自己的虚荣，从来如此，你明白的。"她终归还是选择了直接地切入，对他说道。

也就是说，她不希望他以一个优质备胎的角色存在于她的生活里，这不公平，也绝对不是她想要的。

或者说，她没有脆弱到需要这样的一种幻象，来让自己满足某种臆想。

李泽霖默默地喝着茶，维持着脸上的微笑，直到喝完那杯茶，他抬起头，不再回避她的目光。

然后他便笑了起来，极真诚的笑容，再没有僵硬，也没有苦涩："我要说一句话，有点像电影台词。"

他放下手里的茶杯，看着她的双眸，对她说道："终归，不曾错付。我很开心。"

终归是没有缘分，从大学到现在，他付出的一切，还是没有打动她，终归，错付了……

不，终归，是不曾错付。

这才是他迷恋的飒爽，这才是他愿意苦苦寻觅的她。

何来错付？

第三十八章　挖人

淡黄的桂花在窗台边静静地绽放，秋风吹过，大约是广州依然有着暑韵的温度，使得这香气更浓郁些。陈晓欣离窗台不远，深吸一口气，仿佛肺腑间都有着桂花的气息。有些太浓了，并不见得她就不喜欢，就如之前被她拒绝之后，依旧说出"不曾错付"的李泽霖。她并不觉得，李泽霖或是这桂花，有什么不好，有什么不对。

都是极好的。

只是有些过于浓郁了，让她觉得有点压抑。

"欣姐，怎么选啊？"张笑笑在边上坐着，李泽霖告辞之前，她是一句也不敢说，但当她跟陈晓欣两个人相处时，她就是看热闹不怕事大了，"欣姐，这个小孩子才做选择，对不对？我们成年人，都要！"

陈晓欣看了她一眼，一脸的不耐烦，压根不想接她这话茬。

不用玩弄什么成年人和小孩子的话术，东家食，西家宿，自古以来，有一些女人便有这样的想头，一点也不新鲜。

但这不是陈晓欣考虑的范畴。

她并不觉得自己弱到这样的地步。

"你可闭嘴吧，不然的话，我一会儿带你去健身房跑个十公里？蹲腿？"陈晓欣对张笑笑威胁道，这让后者马上就老实了。

但是沉默了十几秒，张笑笑还是忍不住开口："欣姐，但是程子轩那边，咱们怎么处理呢？我觉得李总那个意见很可以啊！反正李总那边给钱！"

李泽霖父亲给的方案，陈晓欣也不觉得有什么问题，但总是感觉似乎不是太如她的本意。

于是她想了想，向张笑笑做了个手势，示意她安静，然后拨通了张若彦的电话："有个事，听听你意见。"

然后她就把程子轩这事，以及李泽霖父亲的意见，都跟张若彦聊了一下。

"没毛病啊，这不蛮好的吗？"张若彦听完之后，觉得李父的方案其实很不错。

因为不管程子轩是否真的有能力去影响米其林的评审员，在这个方案里，都不是最重要的。

最重要的是，程子轩得把控评的能力体现出来。

如果他真的能做到李父的要求，那至少花这个钱是物有所值的。

更重要的是，张若彦笑了起来："这将是他的一个把柄！哈哈哈！"

帮陈晓欣这边的半砇璎珞删除差评之类的，那是合法的行为；但如果去给其他餐馆进行恶意差评，这追究起来，肯定是不符合公序良俗的。

而如果按李父的方案，将要跟程子轩签订的合同，当然不会提出要后者去给同行恶意差评。

在文字上，有太多规避方式，比如提出，通过程子轩的引流工作，让半砇璎珞的好评率，比同行餐馆高出多少之类的。

"那么，如果他没有能力去影响米其林的评审人员，这个把柄，为了达到目的，恶意干扰市场秩序，我们要不要公之于众呢？"张若彦笑着说道。

陈晓欣示意张笑笑过来泡茶，然后她对张若彦说道："程子轩不是笨人，他能明白这一点的。"

"所以，他要是真的敢接，就说明他至少是有能力去影响评审员的，所以他才不担心有把柄落在我们手上。"张若彦算是做了个结语。

在挂断电话之后，陈晓欣就陷入了长长的思考之中。

不单张若彦觉得是个好主意，而且其实还有一点，她没有跟张若彦提起的，就是李泽霖愿意替陈晓欣去跟程子轩谈判。

程子轩面对李泽霖的话，他会感觉到压力。

甚至都不用陈晓欣出面，也算是一种亮肌肉的做法，跟程子轩挑明，半砇璎珞背后是有大公司投资和支持的。

可是对陈晓欣来讲，这不只是钱的问题。

她其实并不喜欢李父的方案。

"为什么？"当听到她这么说时，张笑笑惊讶地问道。

陈晓欣喝了一口茶，摇了摇头道："这不是我接手餐馆的初心。能明白吗？"

对这一点，张笑笑有些茫然。

其实，李泽霖也不明白陈晓欣在犹豫什么，在他看来，大约就是陈晓欣不好意思，或者说不想欠他太多人情之类的，所以才会犹豫。

想到这里，陈晓欣脸上就泛起了笑意，张若彦就不会这么认为。

尽管张若彦觉得李父的方案不错，尽管张若彦和她讨论过，这样花钱会很有效果，但他分析完之后，并没有劝她。

他仅仅只是就目前这件事的情况，以及能用到资源去做一个分析。

无论是她还是张若彦，都不想让她变成自己之前逃避和痛恨的人，他知道这一点，所以他不会劝。

也许，这是为什么，她看到他，便有一种安心的感觉吧？

"你约一下刘英浩过来。"她终于做了决定，对张笑笑说道。

张笑笑不明白怎么突然扯到刘英浩了，迟疑了一下，说："欣姐，其实他就是一个偏执的人，那些视频的引流，是程子轩的锅……"

陈晓欣点了点头："我知道。你约他过来，尽快；其他评论过半砳璎珞的博主，能约到的话，也尽量约一下。"

"好的。"习惯跟随陈晓欣的张笑笑，看见陈晓欣决心已下，就没有再去问究竟，而是马上就去着手推进相关事务。

这时桌上的对讲机响起，是厅面经理的声音："老板，有空吗？"

陈晓欣知道厅面经理绝对不会没事找她闲聊："来。"

跟着厅面经理一起过来的还有李姗。

"同行在挖人。"厅面经理很严肃地向陈晓欣说道，她把一些手机上的微信截图展示给陈晓欣看，"有好几家看着我们的生意上去了，也想转做高端。"

跟风，总是市场上难以避免的一个问题。

服装店如此，餐饮店也如此。游戏界有一款游戏成为爆款了，也肯定会有许多跟风的。网络小说有一个套路被读者接受，肯定一时间就会有许多类似的小说涌现。电影、电视……几乎这个世界上的每个行当，都不例外。

而跟风，挖人无疑是最省力、最有成效的事。

第三十八章 挖人

所以，想跟风的同行就来挖人，高薪挖人。

这是谁都会做的选择题。

其实这一切都无可厚非，陈晓欣接手餐馆，在想把它做起来的时候，她也同样是去凤城尽可能地挖人。

"她们也不想想，是谁教了她们这一切！"快两米高的廖广荣，在搞完餐馆的保洁工作之后，一边按李姗的要求练刀功，一边愤怒地骂道，"真是的，良心都让狗吃了？刚来餐馆的时候，也不用地图炮，说外省本省啥的，反正一个个土得要死，不信翻她们之前朋友圈看看自拍嘛！"

他一边切菜，一边骂道："当时连化妆都不会，拿口红就知道涂个血盆大口，我看着都想吐！"

"你给我消停点吧，把口罩戴上！"陈晓欣在厨房看着，哭笑不得地对廖广荣说道。

小巨人一样的廖广荣，赔着笑："欣姐，我这个是不要的菜叶，师父让我练手的。"

也就是不会上菜给客人的意思。

可是陈晓欣并没打算放过他："听过剃头匠的故事吗？找个冬瓜，剃冬瓜练手，徒弟练累了，就把剃刀往冬瓜上一插，边上憩着了。"

后面就不用说，谁都知道，等到出师自己去实战剃头时，剃了一半感觉累了，就把剃刀往客人头上一插，结果这肯定就见红出事了啊。

廖广荣讪笑着戴上了口罩，他着实是有点害怕陈晓欣的。

"行了，她们想离职，让她们来找我聊一下，没必要为难人家。"陈晓欣对跟在边上的厅面经理说道。

想要离职的两个服务员，在经理室面对陈晓欣时，都不敢抬起头。

人是知道好歹的，谁也不是傻子。

到底来了半砣璎珞之后，自己有没有学到东西，陈晓欣对她们如何，谁还没个亲戚朋友呢，跟同业的从业者比较一下，高低立见。

再说了，从来只听过挖厨师，挖厅面经理、部长的，哪听说过挖服务员的？

工程师不好招，服务员还不好招？随便求职群发一条，再加一句"日结"，要多少人招不到？

但偏偏现在就有三家同业的酒楼，过来找她们聊，有两家是许诺只要过去了就让她们当部长，另一家是许诺厅面经理虚位以待了。

谁也不是傻子，这三家同业的酒楼，当然是来半砧璎珞考察过，看中了她们的业务能力。

不论是身材、样貌、妆容、气质，感觉挖她们过去，比自己招人培养要更省事，更容易达到私厨高端服务行业的需求，才会开出这样的价码。

而这一切，就如廖广荣所说的，都是这段时间里，在半砧璎珞通过不断的培训、纠正而得出来的效果。

不是每一个服务员都能拿到普通话二级甲等（二甲）证书的，特别是她们都祖籍广东，都是中职学历。

怎么能考到普通话二甲证书？就是陈晓欣让厅面经理不断培训，请那些关张的教育培训机构里的老师过来，一个发音一个发音纠正。

当时她们也没那么高的觉悟，但看在五险一金的面子上，陈晓欣帮她们做的职涯规划，拿到普通话二甲证书就算是绩效达标提工资，所以咬着牙去纠正发音，去考级。

后面又学仪态、粤语发音、上海话发音，按照她们当时的抱怨，就是上学都没有这么认真过。

那现在为什么人家愿意出高薪挖她们？

那正经花钱请老师学的仪态，站出来那气质，的的确确就是不一样，开口的普通话也许比不上北方人，但至少过了二甲，有那个腔调；粤语也有广州本地的西关腔；苏州话、浙江话也能说上几句，挖角的酒楼老板才舍得花这个钱啊。

那她们面对陈晓欣，真的就很难开口说出要辞职的话。

倒是陈晓欣给她们一人夹了一杯茶过来，笑着打破了沉默："过去那边，要先跟他们聊好，一定要帮你们买五险一金，千万不要听着工资高，就忽视了这个问题。"

她说得很平和，于是那两个服务员也就听得很舒服，如同平时的沟通一样，全然不似要另谋高就，似乎是她们要去这家餐馆的另一个部门。

"有的，他们答应给我办五险一金。"其中一个女孩开口应了，而另一个女孩也拼命点头。

陈晓欣也笑了起来："行，那我就放心，这样的话，你们什么时候办手续？"

"老板，您这边，这边什么时候招到人，我再走吧？"女孩犹豫了一下，开口道。其实她们当然想快些走，谁不想拿多一点薪酬呢？

但正因为心里有愧，而陈晓欣对她们也真的没话说，所以两个女孩都很难说出要快点离职的话来。

"不用担心，如果需要你们帮助，我会求助的嘛。"陈晓欣给她们添了茶，然后对她们说道，"那如果没有什么问题，今天晚上咱们收市时，大家留下来一起吃个饭，然后明天早上，你们再来把手续办了，中午就好去新的单位入职，这样好吗？"

其中有个女孩不住地点头，然后就哭了起来。

倒也不是因为愧疚而落泪，而是陈晓欣就这么温和地说着，给她们的感觉，完全超越了员工和老板的界限。

这就让她们觉得，自己的离去，似乎就是一种背叛。

眼泪和哈欠一样，是会传染的，另一个女孩开始还在劝同伴，劝着劝着，自己也哭了起来。

陈晓欣笑着起身过来安抚她们，会者不难，处理这样的关系，对她来说，似乎就是天赋，这些话由她说出来，便能带给人温馨的感觉。

否则，之前在职场，她又如何能够把名义上的运营总监完全架空了呢？

而在晚上的送别聚餐上，陈晓欣当着餐馆所有人的面，祝福离职的两位员工，希望她们在新的岗位上能有更好的发展，也感谢她们对半砣璎珞所做出的贡献。那两个女孩禁不住再次落泪，这感染了其他同事，在现代都市里，很难见到的职场里的依依惜别，便很自然地发生了。

陈晓欣举起杯，她并不意外。

如果一件坏事要发生，那么尽可能让它体现出好的一面。

玫瑰对女孩子来说，大约总是应景的，本来张笑笑在跟陈晓欣和李姗、厅面经理开会时，因为许多问题没有得到解决，没有讨论出合适的方案，大家都紧皱着眉头，但当张笑笑的先生过来接她下班，并带了一大束玫瑰时，许多工作中的困扰和忧愁，张笑笑便觉得随风而去了。

陈晓欣微笑着看着张笑笑他们的车辆远去，然后回到办公桌面前，开始打开文档，去做计划和方案。

有太多问题需要去面对了。

陈晓欣对情绪的处理，有着自己的一套方法。

所以，就算姑妈和母亲又因为很无所谓的琐事发生争执，然后分别来找她诉说，也并不能给她造成什么困扰。

她能处理好这样的情绪，但她要处理的远远不止这些情绪。

无论是引流的方案，还是同行高薪来挖员工的事情；或是父亲偷偷跑去花都开大排档；大哥尽管没吸毒，但跟他的女老板是否有什么暧昧的关系……

"黑珍珠跟米其林是不一样的，对此我们有什么措施吗？"陈晓欣对坐在沙发上的厅面经理和厨师长李姗问道。

黑珍珠餐厅指南是美团点评发布的首份提出中国美食标准的美食指南，目标是打造"中国人自己的美食榜"，而现在看起来，也有了自己的分量和地位。

厅面经理有点苦涩地笑了起来："老板，这不是我能懂的事啊！黑珍珠这个我还是有收集资料的，但我搞不来这些啊！"

说着她就从手机里转发了一些信息和文件给陈晓欣，例如黑珍珠的评选流程，分为三个部分：理事会、评审委员会和特邀顾问。

理事会由烹饪大师和知名美食家组成。

评审委员会负责核心评估，由烹饪专家、烹饪意见领袖和烹饪经验家组成。

特邀顾问包括企业家、媒体专业人士和投资者。

但是厅面经理发完之后，就跟陈晓欣诉苦："你让我培训服务礼仪、方言，从四川话到上海话、东北话、浙江话以及德语、法语，我都可以。但这个我真搞不来啊！"

"我只会做菜。"李姗就更为直接了，沙哑的声线，简单的回答。

对此陈晓欣并不感觉到太意外，每个人有着每个人的特长和感兴趣的方向。

但她仍然会问，也许呢？也许谁有灵光一闪的好点子？她尊重每个人的自我定位，但也从不放弃期待。

"那么这样，我们要把美食家邀请过来。"陈晓欣想了想，对厅面经理和李姗说道，"还有大厨，我们可以做一个交流和研讨。"

评委就是从烹饪大师和美食家里选择的，只要让这圈子里顶尖的从业者能对半砧璎珞的菜品有着一定程度的认同感，那么也许，本身就能起到一定的积极作用。

"我们没有他们的专家库。"厅面经理在陈晓欣鼓励的眼神下，提出了自己的意见。

因为不知道黑珍珠评审的专家范围，陈晓欣的方案缺乏了可操作性。

总不能把所有大厨和美食家都请过来吧？这明显就是一件没有可执行性的事。

而这还不是最糟糕的事，李姗点了根烟，然后对陈晓欣说："文无第一，武无第二，其实，厨房也一样的。"

陈晓欣苦笑着摇了摇头，这个问题的确很现实。

怎么去处理这些问题？她突然发现，事情变得不可控起来。

很难去做一个严密的进度表，然后按部就班地去进行工作的推进。

不过陈晓欣吸了一口气，望了一眼窗台边的桂花，笑了起来，她并不太在意这个问题。

她有属于自己的洒脱。

正如她敢于在职场的巅峰期，为了不去忍受潜规则和PUA，毅然离去，选择新的赛道重新出发。

她就是有这样的勇气。

很快张笑笑就在广州的短视频和其他社交平台上，组织了一个美食类的博主的研讨会。

甚至还联系了文化产业的相关部门，请了几位作家、画家、音乐从业人员，来加入这个研讨会。

代价就是半砧璎珞这一天的晚饭，四个最大的包厢都腾空出来，接待与会的这些人员。

毫无疑问，至少在装潢上，半砧璎珞给予与会者的感觉是没有问题的。

不论是言谈里，还是在陈晓欣让张笑笑发放的无记名意见收集表上，百分百的与会人员，都对这里的装潢档次和风格表示了认同和赞赏。

而且服务人员的素质也同样让人赞不绝口，甚至有美食博主，在喝多了酒的情况下，戏言道："服务员能有什么问题？空姐我感觉也就这水平了！"

尽管他被其他人嘲笑，但毫无疑问，这有点粗俗的话是真挚的赞美。

因为各行各业的人员，兴趣互不相同，而且也没有那么大的场合，去让他们共聚一室。

"我敬大家一杯，如果对菜品有任何意见，希望能给我们提出来。"陈晓欣端着酒杯，周旋在四个包厢里，说着差不多的话语。

当她愿意举杯的时候，因为体质的关系，陈晓欣是可以轻易喝倒许多人的，不论是东北大汉还是山东大汉。

毕竟能喝多少，是体内有多少解酒的酶起决定性作用的。

但人是感性的，特别是在这样的氛围下，看到老板如此热情周到地招待，参加的人都有宾至如归的感觉。

四个房间里，各有好几个人提出了他们对菜品上的一些质疑。

而李姗作为厨师长，就出来聆听他们的意见，细心给予回应。

陈晓欣看着，无声地笑了起来，在离开包厢，走到走廊上的时候，她对厅面经理说："这真的是一个看脸的世界。"

"颜值即正义。"厅面经理很以为然地点了点头。

因为李姗一出来回应，许多提出意见的人真的马上就改口了，或是再吃一口，或是再回味一下，然后马上推翻自己之前的意见。

这要说不是冲着她的颜值，李姗自己都不会相信吧？

"之前提出的问题，还是要厨房那边拿出个应对的方案。"陈晓欣在走廊上，对从包厢里出来李姗说道。

李姗应了，但她接着又提出一个问题："这些人能影响到米其林、黑珍珠评级……"

"但行好事，莫问前程。"陈晓欣笑着对她说道。

走廊的墙壁上也摆着桂花，虽无秋风相送，但呼吸之间，无不沁人肺腑。

第三十九章　从何而来

时间渐渐地推移，桂花也慢慢地谢了，倒是菊花放得灿烂，在半砳璎珞的前台，那盆金黄的菊花开得极好。

甚至张若彦有天过来找陈晓欣，看着都禁不住说："黄巢说'我花开后百花杀'，今天看着这盆菊花才知道，真有这样的气势。"

不过，半砳璎珞里，非但有金黄的菊花，也有素雅的粉红，还有清新的淡绿。

陈晓欣并没有把它们堆放在一起，让它们争妍斗艳。

除了前台这一盆之外，其他的菊花，都是不经意地点缀一下，于是在以素雅为主的包厢里，便有一点粉红；在金碧辉煌的包厢里，又有一点淡绿的飘逸。

"不应喧宾夺主。"她坐在小小的阳台里，端着一杯咖啡，对走过来的张若彦说道。

他笑了笑，走到收起的遮阳伞旁，看着藤椅上的她。

阳台不大，只能放两张桌子，夏天的话，就算撑开两把大遮阳伞，开了风扇，也实在太热了。

但是到了广州秋凉时，这两张桌子便是极好的位置。

有阳光染在她身上，深秋的阳光，就算是广州，也少了许多燥热与不安，懒洋洋的，有种写意的安然。

"你就是一直站着，我也不会打发几块钱给你的。"她笑着打趣他，并不太讲究言辞是否得体。

这是他们之间熟悉的沟通方式，不论是朋友，或是情侣，他们都习惯于这样的方式。

"我妈在跟你妈那边聊彩礼的事。"他在老旧的藤椅上坐了下来,斜阳下,很是惬意。

人,终归是社会动物,总不能脱离社会,真的离群索居。

所以,到了某个阶段,谈婚论嫁,都是势在必行的事情。

但她明显对此没有什么太大的兴趣,喝了一口咖啡,放下杯子,把身体整个倚在靠背上:"如果你妈不太坚持的话,我觉得不摆酒是件好事。"

"啊?为什么?"他便有点惊讶了。

她舔了舔因为秋凉有些干的唇,这个动作,让她的整个侧影多了几分妩媚:"在此之后的每一天,你都能如结婚那天一样对我吗?"

没有等他回答,她自己就接着往下说:"如果可以,那我们为什么要选择在那一天,当一对木偶,去任人摆布呢?"

他笑了起来,接着她的话说了下去:"如果不可以,那么婚礼那天的一切,就是以后一生中,用来制造矛盾的根源。我们都会期待对方如那一天一样美丽、英俊,如那一天一样,如同故事里的主角。"

"不单如此,喂,我们去过好多婚宴的嘛!"她有些来了谈兴,坐直了起来,对他说道,"随完礼,咱们关心的是有没有龙虾、有没有东星斑,对吧,对吧?"

他扑哧一声也笑了起来,拿起她的咖啡喝了一口,指着她说:"你这狗贼,你还有脸说?对!你每次还估算人家一桌多少钱,然后如果到你家的餐馆,多少钱成本能下来!"

有几个人注意台上的新郎新娘?

"所以,如同木偶被摆布,然后感动自己。"她做了一个结语,并从他手里解救了那杯咖啡。

结果她发现,那杯咖啡已经"壮烈捐躯",于是她冲他翻了个白眼:"狗贼!一天到晚蹭吃蹭喝!"

"行行,我请所有人喝奶茶嘛,你至于吗?就喝你半杯咖啡。"张若彦笑了起来,开始外卖点单。

她就笑了起来,映入他眼中,比秋日的阳光更暖。

"你姑姐近来是中了体育彩票吗?"张若彦放下手机之后,跟她闲聊起来,"现在她开库里南啊!我妈说,太豪横了!"

第三十九章 从何而来

陈晓欣一下子就愣住了，库里南？

库里南，放在影视作品里，也许是随便就能撞一撞、炸一炸的车辆。

但在现实中，就算是现时在广州的五羊新城，那也是接近半套房子啊！裸车就得七百万的价格！

就算买辆二手的，打个对折，也能在广州的非CBD区域，买个八九十平方米的房子啊。

陈晓欣起身，去前台的雪柜里拿了两瓶无糖乌龙茶过来，扔了一瓶给他："你确定？不是五菱宏光改的吧？你妈看错了吧？"

的确有许多玩车的人会这么改，把国产品牌改成保时捷、宝马之类的，不是什么新鲜事。

"你信不过我妈，还信不过我？有照片的啊，我总不至于看错吧？"他拧开瓶盖，喝了一口，笑着对她说道。

他甚至还从手机相册里调出照片："你自己看啦，我妈当时羡慕坏了，专门拍了照片，你姑姐还让我妈上车拍了内饰。"

她拿过手机看了一下，皱起眉头来，是不是库里南？她真不懂。

不打算花个七八百万去买这车，也不是汽车行业从业人员，谁整天没事去学习和关注细节呢？

但至少从照片来看，这绝对是豪车，不是三四十万的车可以相提并论的，这一点，看着还是很明显的。

"她跟朋友借来炫耀的吧！"陈晓欣并不是很在意。

也不见得所有的广东人，都能够不讲排场，汗衫、大裤衩、人字拖，对名利这么淡然处之的。

这么做的，除了后腰别着一大串房子钥匙的，大多数人没有一两幢楼收租的底气，天天只能汗衫、大裤衩、人字拖的。现实中的艰辛，让人不得不坦然面对。

陈晓欣的姑妈陈淑芳，她就是各种奢侈品的追捧者。

陈淑芳好面子，七八年前她同学来广州玩，非得让陈勇去借了辆奔驰S600充面子，要不就觉得跌份，没把人招待好，陈晓欣还记得这事。

"听我妈说，开了有个把月了，一开始还是新车，摆着个临时牌照。"张若彦笑着说道，"有空问问姑姐，是中彩票了，还是股市获利了？要是股市这么牛,也带带我们这些小的啊!"

陈晓欣脸上的笑容就很有些牵强了。

她知道姑妈不会炒股,而且向来也没有买彩票的习惯。

那这辆全新落地七八百万的库里南,从何而来呢?

世上不会有白掉下来的馅饼,自然也不可能有白来的库里南。

陈晓欣感觉其中一定是有问题的,她对陈淑芳的感觉,从某种程度上来讲,其实比起她妈妈要更亲切、更亲近一点。

所以,她几乎马上就给自己的姑妈发了条微信:"库里南明天借我开啊!姑姐,勿相忘啊!"

通常都是秒回信息的姑妈,这次过了三四分钟,才回了条信息:"你听谁说的?阿彦仔他妈?"

"你不要逃避问题,我要借车!"陈晓欣笑着又发了一条信息给姑妈,"你要把油加满,我加不起油!"

然后陈淑芳就打了电话过来。

"朋友的车。"她这么说,但语气里,陈晓欣听着,是有些扭捏的。

陈晓欣真的感觉很不对劲,但毕竟是长辈,也不好怎么质问,要是别人,那不关她的事,可是姑妈不是别人,是把她带大的姑妈啊。

所以她接着问道:"哪个朋友啊?我认不认识的?你什么时候有了这么富贵的朋友?姑丈知道吗?"

这个问题,一下子就让陈淑芳紧张起来:"你别多嘴啊!我说你买给我的!你要开自己过来拿!"

然后她直接就挂断了电话。

陈晓欣跟张若彦对视了一眼,这要是没鬼,才真的见鬼了呢!

"你让你妈别宣传了。等我忙完这边,我问问姑姐是怎么回事。"她对张若彦说道。

而其实他是不需要叮嘱的,当知道这个消息的时候,他就叮嘱了母亲,不要去传播的。

也许这事仍然会在陈淑芳的朋友圈里传播出去,但是至少张若彦让母亲不要成为传播者中的一员。

奶茶还没有送到,公司就来电话了,要张若彦回去开会了,他很有些意兴阑珊："本来想陪你一起吃饭的。"

"滚吧，谁有空陪你吃饭？晚上这边还有场'大龙凤'呢！"她笑着驱赶他，只是因为不想让他有太多心理压力。

如果他有空留下来，就算她很忙，也会抽出时间和他一起吃饭，一起享受两人独处的时间。她喜欢和他相处，正如他也喜欢和她共处一室。

那种坦荡和相知，对他们两人来讲，都是极为难得和惬意的事情。

当目送着张若彦离去后，陈晓欣就不复之前的悠闲了。

因为有很多事要做，包括她刚才说的晚上的"大龙凤"，也就是大事件的意思。

或者更严肃一点，可以称之为广州粤菜名厨厨艺研讨会。

没错，陈晓欣发动了许多资源，包括她父亲陈勇在饮食这个行当的关系和人脉，邀请了二三十位大厨过来，开这场研讨会。

而正如李姗所说的，文无第一，武无第二，厨艺也不例外。

特别当半砧璎珞的厨师长是一位年轻女性的时候，它就注定了，晚上这场研讨会，必然不会跟那一次那些文艺界的人士和美食博主的聚会一样，大家会因为李姗的颜值而去包容。

但陈晓欣觉得没有关系，她有心理准备。

不可能总在信息茧房里迷醉，听听更多声音，没有什么不好的。

"别去考虑黑珍珠的评选问题。"陈晓欣专门叮嘱李姗和厅面经理，郑重地对她们说道，"这是我们一个提高的机会，对不对？"

对陈晓欣来说，她之所以会去做这些研讨会，并不是专门为了所谓的米其林或黑珍珠，而是在运营方面的天赋，让她敏锐地发现，这个餐馆已经到了必须扩张的时候。

它发展的势头、它在行业里的口碑、它的营业额瓶颈，等等，一系列的数据，都在彰显着这个问题。

李姗等人下意识地点头，但脸上的笑容却难免都有苦涩的味道。

因为可以预料到，在晚上的研讨会上，他们会被同行如何质疑和发难。

本来陈晓欣是很想参与晚上的研讨会的，因为她相信，以自己的情商，在其中做一些周旋，至少能保证局面不会闹到太僵。

但很可惜，计划永远跟不上现实。

中午刚过没多久，陈晓欣就接到了姑丈的电话："欣欣，你过来我家一趟，你爸妈也在赶来的路上。"

甚至没有提"是否方便""有空的话"。姑丈是一位知识分子，高级工程师，从他跟陈淑芳拍拖开始，在陈晓欣的认知里，姑丈是一个很儒雅的人，向来很少有这么无礼的措辞，但今天隔着电话，她也能感觉得到姑丈压抑着的怒气。

陈晓欣只觉得太阳穴一下一下在跳，她压根不知道，这事该怎么收场。

七百多万的库里南，她相信，没有其他可能的，就是姑妈事发了！

她不知道姑妈是怎么弄到这辆车的，也许是挪用了公款？也许是非法集资？总之，肯定是出问题了。

所以陈晓欣压根也没法考虑太多："家变了，姗姗，靠你们了。一会儿让张笑笑过来，看看怎么周旋一下。"

然后她就匆匆收拾了东西，往家里赶。

她刚一出车库，就接到了父亲的电话："发生什么事了啊？你姑丈一副要吃人的样子！我从花都往家里赶了啊！"

陈勇也能感觉到妹婿的火气，而这个问题，陈晓欣觉得，过一会儿父亲也是会知道，所以她苦笑着说道："姑姐新入手了一辆库里南，全新的，一开始挂临牌，刚上了牌。"

"库什么？库里南？"陈勇也是吓了一跳，虽说他只是经营餐馆的，但在巅峰期时，也是见过钱的。

但有几百万、上千万都好，跟拿七百万出来，买辆车开着玩，那是两个完全不同的概念！

而且车的贬值率要比不动产高许多。

陈淑芳又不是做生意需要撑场面，之前她不过是物业公司的会计，现在在陈晓欣创业的激励下，去参加了物业公司经理的竞选，当上了经理，如此而已啊。

陈勇很黯然地说："过去看看吧。"因为他也不知道说什么了。这绝对不是一件小事，不可能是三言两语和和稀泥就能过去的事。

而当陈勇挂了电话，黄樱也把电话打到了陈晓欣的手机上："你肯定知道什么事啊！你姑姐的事，还有你不知道的吗？"

陈晓欣在等红灯，很无奈地叹了一口，把大致的事情跟黄樱说了一下："过去看看怎么回事吧。阿娘，你去到了先别吵。"

"我肯定帮阿芳啦！我是看着她长大的！我肯定帮亲不帮理！五筒胡了！给钱给钱，我家里有事，我要走了。"看起来黄樱是在跟邻居打麻将。

陈晓欣苦笑了一声，一分钟了还没有转灯。

幸好，她展目远望，秋风里的广州，远处还有不少绿意。

总是能给人一些希望。

驱车过了江湾桥，上到内环之后，陈晓欣就用车载蓝牙拨打了姑妈陈淑芳的电话。

陈淑芳的语气听上去倒是颇为轻松："借车啊？都说你自己过来开了。你来我这边物业办公室拿车匙嘛。"

"姑姐，你的事发了！"陈晓欣也懒得跟她虚与委蛇了，毕竟是姑妈，带着她长大的姑妈，去给她开家长会次数比母亲黄樱还多的姑妈。

所以，陈晓欣很直接："姑丈肯定是手上有了明显的证据！现在都把我和我老窦、我娘一齐叫过去你家了！"

"啊？不可能吧？"陈淑芳在电话那头一副非常茫然的语气，"这……这怎么可能？你都这么大了，长点心吧，一天到晚逗姑姐玩！"

陈晓欣打了转向灯，加大油门超过一辆车，叹了口气："你算了吧！还在那里硬撑！你怎么买的库里南，自己心里没点数？"

这下子，陈淑芳沉默了。

"亏空公款、撸网贷，还是非法集资？"陈晓欣长叹一声，问姑妈。

但不知道为什么，姑妈陈淑芳一下子就挂断了通话。

陈晓欣再打过去，已经是忙音了。

事情到了这个程度，她实在也没有更多的主意可想。只能从黄埔大道下了内环，一路奔着姑丈家里去了。

到家停好了车，陈晓欣拿起手机给姑妈发了个微信："你到底怎么样啊？我到小区了！"

这一次，姑妈倒是很快就回了信息："你就咬死说是你给我买的就行了。我现在回去，我看他给我作妖！"

作妖？陈晓欣一下子就愣住了，姑丈这叫作妖？老婆突然买了辆七百多万的车，他担心和焦虑，要寻找一个真相，这是作妖吗？

而姑妈要求的，是让陈晓欣来顶这个锅，认下是她买下这辆车给姑妈的，陈晓欣感觉很为难。

因为这对姑妈的家庭或是婚姻来说，并不是一个妥善的处理方式。

或者说，大几百万的事，大家都是普通人，也不是什么豪门权贵，那姑丈作为配偶，他必须有知情权啊！

陈晓欣走出车库时，一路不住地摇头。

但当踏进姑妈那幢楼的大堂时，她终于还是拿起手机，给姑妈回了个信息："你就坑我吧！后续爆雷我不管啊！"

"好！"姑妈很干脆地给她回了信息。

陈晓欣皱着眉头，她突然不想上去了。

因为她不知道怎么样面对姑丈。

而对姑妈的要求，尽管她理性上感觉不合理，是不正确的，但是，那可是姑妈。

所以无论如何，这个锅，她肯定是会背的，可是姑妈这行径，这大几百万，不可能因为她来认这个头，就会让所有问题都消弭于无形啊！

她在楼下大堂门口的长椅上呆坐了一会儿，见黄樱匆匆赶了过来。

"姑姐叫我认下来，说是我给她买的车。"陈晓欣对母亲说道。

而黄樱伸手拍了拍女儿的脑袋："必需的！她多疼你啊，这么点事，你都不帮她撑……"

"这不是帮不帮她撑的问题吗？"陈晓欣不禁皱起了眉头。

"反正我不管，我肯定帮亲不帮理，你要不认，我来认，我给她买的！"黄樱一下子就激动起来。

陈晓欣白了母亲一眼，这话说出去，也得姑丈会信才行啊。

要说陈晓欣帮姑妈买的车，那还勉强能瞎扯出个一二三来。

毕竟餐馆现在的生意还是上了轨道的，毕竟都到了应该开分店的时候了。

可要是说黄樱花了七百多万帮陈淑芳买个车，这真的是说给狗听，狗都不想吠两声的。

而聊不上几句，陈勇和陈淑芳也先后到了。

"阿妹，不要怕，万事有哥在。"陈勇对陈淑芳说道。

陈淑芳倒是满不在乎的:"没事,哥,阿嫂,你们放心啦,上去我看他作什么妖!"

这很让陈晓欣意外,因为姑妈看起来一副成竹在胸的模样,也不知道是什么给了她这样的勇气。

无论如何,事情总是要面对的。

当陈淑芳家的大门被打开时,浓郁的烟味就散发了出来。

"你做什么?放火烧屋子啊!"陈淑芳不满地叫嚷了起来。

陈晓欣就看见姑丈坐在沙发上,眼镜搁在茶几上,面前的烟灰缸已经堆满了烟头。

但是对陈淑芳的责问,出乎陈晓欣的意料,姑丈并没有什么勃然大怒的表现,反而熄掉了烟,然后跟陈勇和黄樱打了招呼。

然后他对陈淑芳说道:"阿芳,我都不想弄成这样的,但这件事我知道了,我不能当它没有发生过。"

陈晓欣看到,一直都气势十足的姑妈,脸色在听到这句话的时候,一下子就变得苍白起来:"你知道了?"

姑丈点了点头,然后拿起手机,解了锁,递给了姑妈。

陈淑芳愣在那里,她一时不知道,是该接过手机,还是不接过手机。

她从来就没有想到过,丈夫真的知道了她近来发生的事。

陈晓欣长叹了一声,走过去,接过了姑丈手上的电话。

结果她一拿到手上就发现,因为刚才姑妈发愣的时间太长了,以至于超过三十秒,手机又自动锁屏了。

"姑丈,你要再解锁一下。"陈晓欣有些啼笑皆非。

场面无端就变得有些滑稽了。

当手机再次被解锁了屏幕之后,陈晓欣看了一眼屏幕,她马上就跟之前几分钟的陈淑芳一样,整个脸色都变得惨白了。

她抬起头,看向姑丈:"怎么会这样?"

姑丈苦涩地笑道:"我有一个学生,喜欢摄影。那天,我把我们家烧烤的照片给他去做后期,他过来问我,这是不是也是我们的家人。"

陈晓欣把手机塞到了姑妈手里,抬起头看了一眼陈勇和黄樱,然后她摇了摇头,默然起身:"我要静一下,你们,你们,唉,我去静一下再说!"

说着她快步离开了姑妈家。

在走出姑妈家大堂之后,陈晓欣不知道自己要去往何处。

她坐在大堂外的长椅上,然后眼泪就禁不住地往下淌。

在秋风里,她感觉很冷,无所依靠。

姑丈手里的照片,跟姑妈一点关系也没有。

是她母亲黄樱,挽着一个年轻小伙子,看起来应该比陈晓欣还年轻一些。

不论是从动作还是神态上,任由谁看,绝对是超出了正常的友谊关系,也同样超出了长辈对晚辈关怀的边界!

第四十章 自由的鸟

其实先前，陈晓欣在组织了美食博主聚会，请他们对餐馆的装潢、服务乃至菜肴提出意见之后，又花费了许多人力、物力，在短视频平台、社交平台上去做推动。

结果米其林的评选，并没有半砧璎珞入围，也许是评审员没有来过，也许是评审没有通过，不得而知。

所能得知的，就是陈晓欣花了这么大的心思之后，并没有拿到她所想要的东西。

当时无论是以李姗为首的厨房团队，还是厅面经理和那些服务员，大家都很沮丧。

陈晓欣却安慰他们："没事，我们做的事，是在让自己变得更好。"

同行来挖人，开出了超过她这边150%的薪水，终于，还是有人跑了，不多，两三个人。

连负责保洁的廖广荣都非常愤怒，他觉得那几个人不识好歹。

可是陈晓欣也很平静，她并不认为是背叛，甚至她还给那几个人一起开了一个欢送的晚宴，祝福他们在新的岗位有更好的未来。

包括这一次，请厨师们过来开研讨会，最后肯定会有许多批评意见。

因为都是各自厨房里的老大，谁也不服谁，有人是不肯来的，陈晓欣直接用了激将法：不敢面对高手？

来的人里，许多就是本着挑刺的态度来的。

李姗又不是神仙，不到三十岁，再怎么有天赋，挑刺，总是能挑出毛病的。

可是陈晓欣对这种结果，也并没有太大的情绪波动，哪怕刚才从餐馆出来，她也给自己的团队打气："不要生气，我们的目的，是让自己变得更强。"

她应该算是一个坚强的人。

或者说，她就是一个足够坚强的人，似乎没有什么能击垮她。

但她在姑妈家楼下大堂外的长椅上，却哭得撕心裂肺。

这比之前她的前男友回乡创业时，还想PUA她去当免费劳工，更让她崩溃。

陈晓欣在长椅上放肆地大哭，引来了过往人等驻足观望，她想停下来，可是她真的停不下来。

保安很快就过来了，询问她到底发生了什么事。

也有好心的邻居过来安慰她，有人以为她被电信诈骗骗了钱，有人以为她失恋了，有人觉得她可能是生意失败或失业。

"我……我没事！"她一边应对着，一边拼命地淌眼泪。

这时有人在人群外惊叫："欣欣，你怎么了？"

她抬起头，却是已经显怀的嫂子刘宛晴。

五六个月的身孕，让刘宛晴无法跟之前一样，不显山露水了。

她撑着腰走了过来，一把就揽住了陈晓欣："欣欣，咱们回家，好不好？"

陈晓欣点着头，她已经不知道怎么应对了。

而这个时候，她哥哥陈晓轩停好车也从车库上来，连忙过来扶住妹妹，刘宛晴不停地感谢着围观的群众。

"发生什么事了？"陈晓轩把妹妹搀到家里之后，担心地问她。

他真没有想到，妹妹会有这样的一面。

在他记忆里，妹妹是好强的，也是坚强的，或者说，总能解决所有他不能解决的问题。

尽管他管她叫"妹头"，但实际上，他很清楚，自己很依赖妹妹。

可是看着双眼通红但仍不住哭泣的陈晓欣，陈晓轩人生中第一次感觉到，自己没有尽到兄长的责任，他内疚。

陈晓欣从来没有想到自己会突然就这样崩溃，在职场里，在餐馆的经营中，就算事情不在她的掌控之中，她也总能从容面对。

但这一次真的不行，父亲为了逃避现实，把家里的餐馆扔下不管，任由大哥把它搞垮，跑去花都逃避现实，是否真的仅仅就是为了追寻逝去的青春？

其实陈晓欣直到现在仍是存疑问的，她觉得自己如果不事先约定，径直跑去父亲那个大排档，也许会看到某个熟悉的人。

这个人，也许是父亲当年在操持餐馆时的财务，也许是某个以前就在餐馆里工作的服务员！

并不是她心理阴暗，而是类似的事情，她在职场上看过不少了，难道就仅仅是她的父亲非常特别，所以例外？

她只是回避去知道真相罢了。

可是没有想到，在自己心里比母亲更亲近的姑妈，平白无故搞出一辆七百万的豪车，而且还骗姑丈，说是她陈晓欣给买的！

除了亏空公款、非法集资，姑妈凭什么能买这么一辆七百万的豪车？

为什么明明家庭幸福的姑妈，也不是为生活所迫，偏偏要爱慕虚荣，去干这样违法的勾当？

这就让她非常烦躁了。

母亲脾气不好，但陈晓欣还是觉得，除了打打麻将，跟邻里八卦一下家长里短，她至少是传统的广东女性，父亲是有可能对不起她的。

也正因为这一点，家里所有人都愿意去忍受母亲那臭脾气。

但万万没想到，第一个被实锤出轨的，就是母亲！

其实每个人心里都有自己的一杆秤。

如果黄樱出轨的对象，是她旧年的朋友，是她小时候的同学，也许陈晓欣不会这么突然崩溃。

人到中年，有些心思，追寻一些暧昧之类的，也许就是感情上的纠缠不清……

如果是这样，这对别人来说，是否会更好一些？陈晓欣不清楚，但至少对她来讲，会更好接受。

但现在不是。

那肌肉壮硕的年轻男子，和母亲同框出镜，任谁都看得出来，他吸引母亲的点是什么！

这样，连让她欺骗自己的空间都不存在了。

退一万步讲，对母亲，陈晓欣还是在心里努力找理由为她开脱的。

当时在姑丈家里她一秒也待不下去的原因，是她觉得就算肉体出轨，毕竟是有家庭的中年人，哪怕为了子女着想，就不能收敛一些？就不能稍微掩人耳目，别在公众场合去做这样过分亲昵的举止吗？

成都街头，某对男女被街拍而搞得满城风雨的事件，她记得，之前母亲还转发过给自己的，可是，可是为什么母亲会这样呢？

连在街头牵手都会因街拍而惹出许多问题。

母亲就没想过，她那比牵手过分一百倍的动作，会对家庭和儿女造成什么冲击吗？

也许，黄樱并不爱她和大哥，所以不曾为此而考虑。

这才是陈晓欣崩溃的根源。

几乎一年四季里，大家都能在花店里买到玫瑰。

所以渐渐地，大家似乎也习惯了，无论哪个季节，玫瑰都应该盛开。

其实玫瑰本来并不如此，它原本也是一年只开一次，但通过栽培、嫁接，阳光和土壤的控制，便渐渐有了一年到头都能开放的四季玫瑰。

可它本来不是如此。

只是大家都已习惯，似乎它天生就应该每一天都是花期。

平素里不论自己的情况如何，从出来工作之后，家里发生了什么事情，其实陈晓欣最后都会尽自己的一份努力，去把事态往好的一面推动。

但这次不一样了，她把自己关在房间里，拒绝跟任何人沟通和交流。

"欣欣，我跟你妈……"陈勇在她的房间门口，低声跟她商量。

"别烦我。"没有什么决绝的话，也没以死相胁，但就算是毫无文艺气息的陈勇，也能听出女儿语气里的死灰色。

是的，死灰色。

能感觉得到，如果再说下去，也许为了逃避，陈晓欣会从窗户纵身跃下。

流着泪的黄樱，刚在陈晓欣门口说了一句："欣欣，妈错了……"

"别烦我。"仍旧是这么三个字，没有指责，没有谩骂，也没有开解。

任谁都能听出来，陈晓欣对这一切已经毫不关心。

陈淑芳自然也有过来劝她："欣欣，现在很乱，我们都想听听你的意见。

你不要这样！"

"呵，库里南，别烦我。"面对姑妈，她多了一丝情绪，但也仅此而已，陈淑芳再说什么，就再也得不到回应了。

陈晓轩也想劝一下妹妹，但陈晓欣甚至连"别烦我"三个字，都不耐烦对他说。

她受够了。

说到底，她也仅仅是一个不到三十岁的女孩。

对职场上的各种PUA和欺诈，她有足够的大心脏去应对；在商场，她也可以尽可能平静面对所有的成败变故。

就算情感上的波折、前男友的离去，她哭过一场，也能重新出发，重新开始自己的生活。

但是，人不可能在所有的层面上坚强。

陈晓欣自然也不能。

除了刘宛晴能把门叫开："欣欣，我给你煮了皮蛋瘦肉粥。你开一下门，阿嫂大着肚子，腰顶不住啊。"

因为她是大肚婆，所以她叫门，陈晓欣会开，然后拿走刘宛晴端过来的粥或面。

房间里有单独的洗手间，所以陈晓欣完全不出门。

连餐馆的事她也不管了。

李姗本来兴冲冲地跟她汇报大厨研讨会的情况和细节，以及在其中得到的收获和同行的点评等。

但是陈晓欣拒绝语音或视频通话，仅仅在李姗、财务和厅面经理的小群里发了一条信息："所有事，全权由李姗处理。"

然后她私聊给李姗发了一条信息："你看着来吧，如果不行，就散了吧。"

自此，她就不再回复任何人的信息。

陈晓轩想为妹妹做点什么，但他一时又不知道从何入手，他所能想到的办法，就是马上把这个情况告诉了正在出差的张若彦。

得悉这个情况的张若彦，连忙给陈晓欣发了许多条信息，但是陈晓欣一条也没有回复。

似乎，她在把自己跟这个世界做一个切割。

无论是张若彦的调侃，还是和往日一样的嬉笑怒骂，她都没有回复。

唯一一条她有回应的信息，是张若彦很认真地问她："结婚我们还是摆酒，要不然的话，我妈这边感觉少了点什么。"

"呵。"她回了这么一个字。

张若彦很苦恼，因为明显这是不对劲的。

而且这种情况下，就算他赶回广州，其实用处也不大。

一个逻辑严密、平时很坚强的人，一旦这样自我封闭的话，其实是很可怕的事。

因为她有足够的能力，去抗拒外界给予她的开解和引导，然后把自己封闭起来。

足足七天过去了，餐馆的经营情况、黄樱和陈勇婚姻上的纠缠、张若彦在感情上的疏导……她都选择了无视。

她就在自己的房间里，披头散发，一根接一根地抽烟。

那条香烟本来是准备带给李姗的，是朋友去俄罗斯旅行带回来的，结果七天过去，已经被她抽了四五盒。

手边的矿泉水瓶里，已经扔进去大半瓶的烟头。

也许陈晓欣最为苦恼的是她的酒量，因为身体内有足够多的解酒酶，导致她把房间小冰箱里的酒都喝光了，也没有丝毫的醉意。

张若彦在说结婚摆酒的事，她真的不想理会了。

婚姻？父亲和母亲，活生生的例子就在眼前。

年轻时，两个人可以扔下小孩，跑出去旅行大半个世界，你侬我侬，又如何？到头来，还不是等闲变却故人心！

那对陈晓欣来说，她又凭什么，能对婚姻寄予什么希望或是期待？

其实不单是父母的婚姻，从陈晓欣内心的深处，对她伤害更大的，还有姑妈陈淑芳。

当初在许多追求者里选中了姑丈，但现在，大几百万的事，她居然瞒着姑丈！

她自己选的爱人，夫妻之间，这都不能坦诚相对吗？

一旦挪用公款或是非法集资被发现，其实姑丈是绝对会被连累的，但姑妈竟然就选择这么瞒着姑丈。

这相比于父母的婚姻,在某种层面上,更让陈晓欣齿寒。

陈晓欣又点了一根烟,窗台边的芍药早就枯了,但她不想去理会。

她坐在地板上,背靠着床,吸了一口烟,眼睛毫无焦点地望着天花板。

陈晓欣有点内急,但她不想去洗手间。

因为洗手间里有镜子,她越来越不想面对现在的自己。

一天天过去,能看出来,镜子里的自己日益枯萎,如窗台上的芍药。

如果不行,她打算就这样摆烂吧,至少可以不用去看自己现在的模样。

未来会怎么样?她并不太在乎。

她已经厌恶这一切,甚至包括自己。

餐馆?倒闭就倒闭吧。

不行的话,把这里的房子卖掉,把餐馆的场地卖掉,去清远,去河源,或是潮汕,卖楼的钱,省点花,总能对付几十年。

她苦涩地笑了起来,几十年?

这世间,值得让自己在痛苦里沉沦几十年?

她望向窗外,依稀看见有大雁飞来。

那是自由的鸟,就在窗外。

花开便有花谢,这是世间难逃的规律,平时陈晓欣能带给身边人多大的希望和勇气,在她崩溃之后,就能带给身边人多大的绝望和茫然。

半个月过去了,半砧璎珞的情况非常不好。

其实生意还行,因为口碑出来了,在高端的圈子里,定位也很清晰。

就如那些要去"炳胜"的顾客,他们平常就不可能去"炳胜私厨",而反之亦然。

会来半砧璎珞的客人,对消费额度预算、对菜肴的期待值、对环境的要求等,都有着很明确的需求。

厨房的团队,李姗也在努力地维持。

陈晓欣在的时候,李姗会提出一些要求,不论几千块的蓝牙防水耳机,还是每个季度拉厨房的团队去做一次体检之类的。

包括提议给厨房发些防暑降温费等,财务其实很担心,陈晓欣让李姗处理餐馆的事务之后,李姗会变本加厉地花钱。

可事实上，李姗在这半个月里，就不敢提出一桩花钱的事来。

因为陈晓欣让她处理餐馆事务，这让她压力很大，她根本就不知道怎么处理，所以她能做的，其实就是努力压榨厨房团队。

这就造成了整个厨房团队的氛围陷入紧张。

"不太对劲啊，姗姐，这么下去，我怕会出事。"负责保洁的廖广荣，对李姗说道。

但谁有办法呢？谁也没有办法。

半个月过去了，张若彦也回到广州了，什么办法都试过，包括去撩拨陈晓欣下棋。

一点用也没有，她压根就不理会。

张若彦以前觉得"哀莫大于心死"是一句略带文青气息的话，直到这时候，他才发现人一旦崩溃了，这句话就是真实的写照。

其实陈晓轩为了劝解自己的妹妹，也尽力了，包括把这个情况跟张若彦说了之后，也跟李泽霖讲了。

李泽霖基本两天就来一趟，用陈淑芳的话说："港剧的话，这么痴心，植物人都要醒过来！"

因为李泽霖每次过来，就西装革履地坐在陈晓欣房间门口的地上，说一些大学时的往事，说一些自己工作上的事情，包括聊一些陈晓轩暗地里对妻子刘宛晴说是"虎狼之词"的话："其实你不用太担心的，反正我肯定会等你，任何时候。""你应该知道，我喜欢你，外貌绝对不是首位的。""所以没那么糟，如果你觉得不放心，你觉得对未来的自己没信心，没关系的，任何时候，只要你想见我，我都会过来。""我可以把资产转移到你名下，当背叛代价足够大，往往就可杜绝背叛嘛。"

但是陈晓欣对此毫无反应，没有训斥，也没有回应，连一句"别烦我"都没有。

可是李泽霖每两天雷打不动地过来，对着房门聊上四十分钟，就算遇见张若彦，他也很坦然："你知道，我会祝福你们的。"

倒是搞得张若彦有些尴尬。

廖广荣和餐馆的厨房团队也都来过，包括有服务员尝试抱怨生理期之类的。

该想的、不该想的办法，大家都试过了。

一个月就这么悄然而逝，餐馆也到了崩溃的边缘，因为所有人都得不到回应，都不知道未来在何方。

于是厨师团队负责白案的女厨师选择了离职，她离职前来过，隔着门跟陈晓欣说了有二十分钟，大意就是："欣姐，要是你还打理餐厅，只要管吃住，我都会跟着你。但现在这样，我还得养家，我不知道什么时候餐馆就不行了，算我对不起你……你什么时候需要我，喊我一声，我马上就回来！"

陈晓欣在房间里听着她的诉说，点了一根烟，回了一句："好。"

于是白案女厨师走了，接着又过了三四天，廖广荣也走了，其实有家川菜馆两个月前就联系过他。

那川菜馆当然比不上半砧璎珞，是个五六十平方米的餐馆，但是老板在试了菜之后，许诺他过去了就是大厨。

之前廖广荣没动心，但白案女厨师走了之后，那老板又来招揽他，思前想后，他便也选择了离职，不过他不敢来跟陈晓欣道别，只是在微信上把情况说了一下，然后感激陈晓欣给他的机会等。

"你要不管，接着还会有人走。"李姗隔着房间，听到陈晓欣点了根烟，她烟瘾也犯了，也点了根烟，"讲道理，我就不是能经营餐馆的人。"

接着还有人走，其实李姗过来之前，就有两个服务员辞职了。

尽管这里有五险一金，但谁知道在老板不管事的情况下，这五险一金还能交多久？

再说了，毕竟从这私厨出去的，就是降维打击，去一般的茶楼、酒楼，特别是那种做街坊生意，开早点档的餐馆，应聘个楼面经理、部长，那是一点问题也没有。

更不要说，那些跟风做私厨的同行，愿意开出150%以上的报酬。

厅面经理当然还在招人，李姗厨房这边也在招人，但明显餐馆的情况已经踩到某种红线。

李姗和财务、厅面经理、张笑笑都感觉，说不准哪一天，就会崩溃，就会一落千丈。

也许可能是客人吃出菜里有头发，也许是服务员倒水冒犯了顾客，也许是消防检查不过关被停业整改……

谁知道呢？一个餐馆要崩溃，有无数种可能。

可是陈晓欣不关心，除了某一天，对大嫂刘宛晴说了一句："帮我买两条烟。"

她连父母的婚姻存续、张若彦和她讨论婚事，都不想理会了，何况餐馆？

所有人都不知道，如何让她从这种崩溃引发的自闭里走出来。

但李泽霖的父亲已经找他聊过："我们是否撤出投资？你自己决定。钱，无所谓，我想看看你的决策。"

至于另一个投资人那边，因为财务报表正常，暂时倒还没有这方面的问题，可是这么下去，迟早也是要面对。

张若彦的母亲问过儿子怎么办，他也只能苦笑着说："我等她，无论作为爱人或知己，我都会等她。"

所有人都对此绝望，在这个寒冷的严冬。

直到春节前，一份快递寄到陈晓欣家里。

第四十一章　契机

现在快递一般都很少会送上门，往往不是放在大堂，就是扔到快递柜里。但这份快递，应该是寄出的人专门要求备注，一定要收件人签收。

刘宛晴替陈晓欣签收之后，也没敢拆，因为看着就像合同或者文件的模样，直接从门缝下面把它塞了出去，然后在微信上给陈晓欣留了言："有份快递，要求签收的，我从门缝塞进去了。蒸饺放在门口，你要记得吃饭。"

然后她才收拾好，去发型屋上班。这对刘宛晴来讲，越来越不方便了，因为现在有七个月的身孕，行动很难有之前的自如。

这几个月，家里所有的一切都不一样了。

陈晓轩似乎被逼到没有办法，在李泽霖和张若彦的帮助下，开了一个小小的游戏工作室，只有一个业务，就是帮别人打游戏，或是陪别人打游戏。

工作室里，除了陈晓轩，还有另外三个年轻人。

李泽霖私下对张若彦说过："欣欣如果走出来之后看到，会不会把我们骂一顿呢？咱们给她哥搞了一个废物集中营啊！"

因为那三个年轻人，有胖有瘦，有高有矮，但有一点是相同的，就是和陈晓轩一样，除了打游戏，似乎对什么事都不上心。

但这两个月下来，这个小小的工作室，居然收入还可以，至少除了租金、水电，支付他们四个人的每天中晚两餐外，还能给他们四个人交上社保。

不过对张若彦来说，他对李泽霖这个称谓很在意，他很敏感地纠正他："请称呼我未婚妻的全名——陈晓欣，我们已经订婚了，你们潮汕人不是很讲究分寸尺度吗？"

"好的，小彦彦啊，这些都是小事了，咱们想想，怎么样能让欣欣从她的困境里走出来……"

李泽霖这几个月里，可能因为来得勤，和张若彦倒是比以前要更聊得来一些。

可是不论他们怎么想办法，陈晓欣似乎就把自己永远和世界割裂开了，除了刘宛晴，她不愿意接触任何人。

因为自我封闭，所以陈晓欣现在基本就是困了就睡，睡到什么时候醒就什么时候起，有时候连洗漱都懒得去弄。

一个人，如果对人生失去了焦点，每天醒来，毫无欲望，毫无激情，很多原本应该在意的东西，也就真的对她没什么意义了。

她对食物毫无欲望，如果刘宛晴给她送饭，她就吃一点。

对金钱也毫无欲望，她压根不去看财务发来的报表，也不去理会餐馆现在怎么样了。

对家庭的现状，甚至对爱情、友情，她也提不起任何兴致。

望着窗外的天空，远处的白云，每有鸟雀掠过，她往往便有追随它们拥抱自由的冲动。

直到这一天，她拿起了从门缝里塞进的这份快递。

"其实我也是好意。"程子轩坐在半砧璎珞的那个小阳台，微笑地看着李姗说道。

他的目光很有些侵略性，兴许是因为李姗的颜值惹起了他的某些心思。

厅面经理有些不快，如果廖广荣还没有离职的话，她真想让两米高的廖广荣直接把这厮扔出去。

"程总，刚才姗姗跟你说了，我们不打算融资，没有这方面的需要！"厅面经理冷着脸对程子轩说道。

李姗默默地抽着烟，她其实不知道该怎么办。

真的不知道该怎么办。

厨房团队的人，除了那位湖南厨师阿梅，基本上所有人都换了一拨。

整个团队的水平，与三四个月前相比，别人不知道，李姗很清楚，已经跌了一大截。

服务人员这一块，厅面经理很努力，可是也只有两个服务员是从开业时就在的，其他人都被同行挖走了。

而生意渐渐地已经开始下落了，上周居然有两三天，晚饭的饭点，有四个包厢没有客人。

因为同行改做高端私厨的风潮起来了，而这边菜肴、服务、环境等都处于停滞状态，同行通过挖人、模仿，渐渐地把彼此之间的差距抹平了。

于是顾客就多了其他选择。

自然这边的生意就有所下落。

"这是没有必要的倔强。"程子轩看着她们，笑着喝了一口手里的奶茶，"你们的推广公司都在接其他同行的单子了，你们的坚持有任何意义吗？"

他说的是张笑笑经营的工作室，没有谁不为自己着想，谁也不是游戏里的一个数据，每个人都有自己的生活。

当陈晓欣选择了跟整个世界割裂之后，张笑笑当然要考虑她自己的人生，以及她带领的运营团队未来的职涯规划和发展方向。

从两个月前开始，张笑笑的工作室就接手了同行酒楼的单子。

因为有着半砳璎珞的成果作为佐证，所以张笑笑的工作室一开始对外接单，生意倒还真的出乎意料地火爆。

光是上报到半砳璎珞这边来的利润，就是一个颇为可观的数字。

但正如程子轩所说的，没有任何意义。

作为餐馆子公司的推广工作室，上报了利润，已经两个月了，下个月呢？

如果这个推广工作室一直赢利，而作为母公司，对它并没有任何指导作用，在人脉上、经济上也没有任何助力，张笑笑的工作室，会一直给餐馆供血吗？

"这不是你们能左右的事，但我不一样。"程子轩喝了一口奶茶，然后准确地把杯子扔到边上的垃圾箱里。

他对李姗上下打量了一番，然后笑着说道："我入股到半砳璎珞来，我有足够的能力去制约你们下面的工作室，我也有足够的情商去维持投资方！"

投资方，李姗禁不住打了个冷战。

是的，这也是李姗最无能为力的环节。

韩总那边上个月得知了陈晓欣的情况之后，明确地告诉李姗，他们在考虑撤资了。

而李泽霖父亲的公司，从上个月就要求财务把报表递交上去审核，明显也在准备考虑撤资的事宜。

人的天赋有所不同,正如陈晓欣哪怕把餐馆做起来,她的厨艺极限,可能这辈子也就是煮个泡面加煎蛋了。

李姗的天赋就全在厨艺上,不论是人事上的变动,推广工作室的失控,投资方的维持,以及工商、消防等事务,她感觉自己快要被逼疯了。

"你支撑不下去的。"程子轩看着李姗,很直接地说道,"你会把这个餐馆弄垮的。"

严冬之中,百花凋零,放眼尽是萧瑟,哪怕是还有些绿意的广州,也远不如春夏的绚丽。

而面对程子轩的诘问,李姗很难维持自己的平静,因为她真的感觉,餐馆就要四分五裂了。

其实,如果不是因为陈晓欣当时把餐馆的事务托付给她,说实话,李姗自己也想离开了。

她对离职的人员很理解,在没有陈晓欣的餐馆里,大家都看不到任何希望。

"给你们三天时间考虑吧。"程子轩放下二郎腿,站了起来,整理了一下衣着,从容地、居高临下地看着李姗和厅面经理。

他用一种施舍的语气来说这么一句话。

而李姗和厅面经理尽管愤怒,但都只能无奈地低着头,下意识地回避跟他的对视。

因为程子轩的每一句话都击中了餐馆的现状,她们无力改变的现状。

而她们的这种表现让程子轩很满意,这,就是驯服。

"考虑什么?"这时却听到有人冷冷地问道,那声音里很明显有些中气不足,有点虚弱,但却坚定。

李姗猛然抬头,就看见陈晓欣穿着职业套装,背着手,站在这小阳台的门里面。

她化了淡妆,但看着仍有大病初愈的感觉,可是她一步从门里迈进了阳台。

在这冬季里,一身米白套裙的陈晓欣站在这里,便如枝头的蜡梅,哪怕是在寒冬里,也能让人看到芬芳与希望。

程子轩脸上的得意几乎在一瞬间消失无踪，他看着陈晓欣，努力想拼凑起一个体面的笑容，可是几秒钟里都没有成功。

以至于让他看上去，如同一个不成功的小丑在进行拙劣的表演。

"程总，你想让我们考虑什么？"她走到另一张桌子边上，双手在膝后收拢了一下套装的裙角，从容地落座在藤椅上，轻抚着那包浆的藤椅扶手，问程子轩，"想让我们餐馆收购你的广告公司吗？"

程子轩终于在脸上挤出一个比哭还难看的笑容："您开玩笑了，那不是我的公司啊。"

不知道为什么，他下意识地用上了敬语。

他想把半砧璎珞占为己有，不是一天两天的事了，所以他是做过很完善的背景调查的。

也正因为了解，他才不敢在陈晓欣面前有任何张狂的表现。因为根据背景调查，就是有多个背景雄厚的投资方，愿意去投钱给陈晓欣，甚至在她这家餐馆完全处于废墟状态的时候。程子轩有足够的阅历，能理解投资方的行为——他们投的是人。也就是说，投资方是基于对陈晓欣这个人信重，去投的这些钱。他们赌的不是餐饮行业，不是这家餐馆，而是她这个人，她这个人决心去做一件事，就能带给投资方绝对的信心！

所以，他不敢在陈晓欣面前搁什么场面话，接着赶紧找了个借口，匆匆离去。

李姗尖叫了一声，然后一下子扑到了陈晓欣身上，紧紧地抱住了她："太好了！太好了！"

从她的语气里，真的能感觉得到欣喜若狂的兴奋和如释重负的轻松。

张笑笑很快也过来了，她很忐忑，在前台那边的沙发上，坐立不安。

在过来之前，不单是她，工作室的团队也极度恐慌。

陈晓欣虽然不是凶神恶煞，但在职场上，跟她作对的似乎就没有谁有好下场，她带过的团队，但凡背叛她的，如今在行业里，也基本就没听到过那些人的名字了。

更何况，半砧璎珞是陈晓欣自己的产业，张笑笑比任何人都清楚，几个投资方认的就是陈晓欣，她跟着陈晓欣去见过投资方的，亲眼看到陈晓欣连PPT都没拿出来展示，就依靠清晰的逻辑，说服投资方批下几百万的追加投资。所以，对于张笑笑和她的团队，如果陈晓欣要跟他们翻脸的话，真的有太多办法，可以让他们陷入无尽的麻烦之中。

因为陈晓欣不是陈勇，不是陈晓轩啊。

在投资这个工作室时，投资额度、工作室自主程度她的确都照顾到了。

但是，各种协议上的条款，诸如"乙方行为所造成的影响，对甲方造成负面影响……乙方承诺全数退回投资，并进行300%赔偿，如仍不足以赔偿甲方损失，乙方应继续赔偿"的条文，那也是一条没少的！

简单而不规范的解释：只要陈晓欣愿意，可以把餐馆这期间的损失，让张笑笑的工作室来承担。

厅面经理过来喊她过去时，张笑笑都快要哭出来了，她扯住厅面经理的手："欣姐有没有说要怎么处理我？"

"我怎么知道？"厅面经理摊开手，看着张笑笑，很诚实地说道，"反正老细返来，天都光晒！"

这后半句就是粤语里的俚语了，大意就是：老板回来了，天就亮了，所有的黑暗被驱散了。

可是她越是这么说，张笑笑越是心里发堵啊，从前台到阳台那边，短短的距离，对张笑笑来说，是极度的煎熬。

她看见陈晓欣在平板上看着东西，低声叫了一句："欣姐。"

"坐。报表我没看完。"陈晓欣没有抬头，对她说道。

张笑笑如同待宰的羔羊，极为不安地坐在边上，她不知道，等待自己的是什么样的结果。

她点了一根烟，似乎这样能让自己在这个冬日里，感觉到一丝暖意。

陈晓欣终于放下了平板，她抬起头，这几个月里，她更瘦了一些，脸上的线条显得更硬朗了，看上去，很有几分杰西卡·贝尔的模样。

"为什么会搞成这样？"陈晓欣对张笑笑并没任何客套和过渡，毕竟，这是她亲手带出来的人，她抿着唇，这让她更严肃了。

张笑笑夹着烟的手指在发抖，犹豫着说道："当时，当时欣姐你状态不好，我想着，我想着……"

"我也是人，我当然也会有低落的时候。所以，我才需要团队，在我低潮的时候，去拉扯起这个摊子。"陈晓欣看着她，很有些恨铁不成钢，"能够打

第四十一章 契机

开局面，你为什么不申请追加投资呢？你明显需要把团队扩充起来，利用现在客户对你的信任度，去占据这一块的市场份额啊！搞到现在，还是作坊式！你让我太失望了！"

"啊？"张笑笑张大着嘴巴，一时完全反应不过来。

张笑笑预设了多种场景和可能，唯独就没有想到，陈晓欣对她的不满，是在于她没有向餐馆这边申请追加投资！

其实如何扩充团队，占领高端私厨推广的份额，张笑笑是早就有预案的，被陈晓欣这么一训斥，她马上把烟头扔了，然后开始手忙脚乱地发送文件："欣姐，我有的，但是你没上班，我，我也不好提交，对不对？我有干活的啊！你看你看，这过了六稿的，我觉得这一版本的方案，可行性还是不错的……"

陈晓欣拿起平板，看了一下张笑笑发过来的电子文档，她看得很快，毕竟这些东西，对陈晓欣来说，是很娴熟的操作。

"可以，你去做一份报告，要多少钱，列清楚，我下午就要看到。"陈晓欣快速过完之后，看了一眼张笑笑，皱起眉头这么说，"你是不是又不去健身了？你明天就去做个体检！我没来上班，你就天天肥宅快乐水，对吧？"

张笑笑慌乱地收拾着东西，分辩道："我……我……我没有！我就是喝点奶茶嘛。"

"呵，一天八杯，对吧？"陈晓欣冷笑着嘲讽。

"五杯，最多六杯而已，没有八杯！欣姐，你不要老是欺负我！"张笑笑气鼓鼓地说道，但不知不觉之中，刚才过来的惶恐和不安，似乎便渐渐消失无踪了。

她往工作室去做报告，那匆匆而去的身影，似乎又回到了之前的轨迹上。

在阳台桌子边，看着新来的茶艺师泡茶的陈晓欣知道，不会跟以前一样了。

以前背着双肩包的张笑笑，现在开始背起 LV 单肩包了。人总会成长的，期望一成不变的曾经，那只是怯懦者的不安。

陈晓欣并不在乎是不是和以前一样。

"我要一笔投资。"她直接把电话拨到韩总那边负责投资的那位女士那里，"如果你觉得不好处理，我可以直接找韩总。"

对方接到陈晓欣的电话，面对这样有些唐突的言辞，并没有任何不快：

"你上班了？"

"我准备开分店，肯定得回来上班啊。"陈晓欣笑着回应对方。

紧接着双方很愉快地约定了见面的时间，接着陈晓欣又打了另外几位投资人的电话。

她的目的很简单，也很直接，就是要钱。

接到电话的投资方，有犹豫的，也有欣喜的，但都把见面的时间、地点定了下来。

看上去，他们都很难拒绝陈晓欣提出的追加投资的需求，可能问题在于回报率和资金额度上的商洽。

这时她的电话响了起来，她拿起来看了一眼，是张若彦打过来的："你去哪里了？你人呢！你不要吓我！"

"我上班了。"她微笑着对他说道，然后又有些诧异，"你怎么知道我出来了？家里没人啊。"

"三个月前我的指纹就录入你家的智能门锁了！"张若彦一副如释重负的感觉，"我现在过去找你，见面再说！"

这时电话边就传来了李泽霖的声音："欣欣，我也过去！"

这两人不知道为什么又凑到一起了，陈晓欣听见电话里张若彦在骂李泽霖："闭嘴！欣欣是你叫的吗？那是我未婚妻，你放尊重点！"

她挂了电话，咬着唇，脸上却无可抑止地泛起了笑意，这世间，总还是有许多让人感动的东西，值得流连。

"阿嫂，你不用急着回去给我送饭了，我过来上班了。"陈晓欣想了想，打通了嫂子刘宛晴的电话。

接到她的电话，在发型屋工作的刘宛晴很有些激动："好，好，上班就好。"然后不知道为什么，突然就哽咽了。

吓得陈晓欣连忙劝她："阿嫂，你别这样，别这样，你是大肚婆，情绪波动不要这么大啊！"

"嗯，嗯。"刘宛晴应了几声。

在挂了电话之后，刘宛晴又发了条微信过来："晚上我和轩哥过去找你吃饭。"

陈晓欣回复了刘宛晴之后，马上就把餐馆的采买叫了过来："叫南沙那边送过来,海鳗得有,其他你看着办。"

因为刘宛晴最喜欢吃海鳗,所以陈晓欣有这样的安排。

大哥陈晓轩的电话很快就打过来了:"妹头,妹头!没事啦?太好啊!"

就算游戏陪玩能赚点生活费,但陈晓轩仍旧还是那样子,只不过找到了一个让他把爱好变现的渠道罢了。

"嗯,晚上吃饭再说吧。"她笑着对大哥说。

然后她在微信里找到了母亲的微信,犹豫了一下,又找到了父亲的微信,想了想,她点进了他们的头像,把"消息免打扰"的选项关掉了。

"我回来上班了,很忙,不聊了,等我忙完手头的事,约个时间吃饭吧。"她给父亲发了这么一条信息,又把它原文不改地转给了母亲。

接着想了想,她又点进他们的头像,重新把"消息免打扰"的选项打开了,然后她长长地吐出一口气。

不过她接着点击姑妈陈淑芳的头像,就显得要轻松了许多:"借车!我在餐馆。"

"我去加油。"陈淑芳很快就回了她。

"喂!"有人轻轻地呼唤了一声,陈晓欣放下手机,就看见张若彦站在通往阳台的门里面。

她站了起来,然后张若彦就冲了过来,一把将她狠狠地抱住,在她的笑声里,旋转了两圈才停了下来。

李泽霖跟在张若彦身后,捧着一大束鲜花,看着他们两个,无奈地叹了口气,把那束鲜花放在桌子上,自己拉开藤椅坐下,解开西装的扣子,对茶艺师说道:"给我泡杯茶。"

茶艺师想从公道杯给他倒一杯,李泽霖马上拒绝了:"给我泡一壶绿茶。"

张若彦终于松开陈晓欣,她走过来,伸出手,主动握住了李泽霖的手:"谢谢,老同学!"

李泽霖大笑了起来,松开她的手,摇了摇头:"这不算什么。我那天听了首老歌,很有感觉,唱给你们听听。"

阳台的桌子边,有口琴和吉他,李泽霖侧过身去,拿起那把木吉他,坐在藤椅上,随手弹了个和弦,然后看着她,轻轻地弹唱起一首远比他们几个年纪要大得多的粤语歌曲;"……我也说过休息放弃吧,但实在舍不得你,只好衷心讲一句,我盼你一世快乐,没憾没泪痕伴你。"

他的嗓子很不错,尽管这首歌陈晓欣和张若彦都没听过,但听他唱起,很有几分韵味。

李泽霖唱着,笑容里有些涩意,看了一眼张若彦,又看向了她:"如他伤你心,如他说别离,如果未嫌弃,我即奔近你。"

她伸出手,按在弦上:"你其实……"

李泽霖把她的手从弦上拿开,然后把吉他轻轻地放好,站了起来,对她说:"我春节结婚摆酒,定下具体的时间,我再告诉你。你要到场啊!"

他说着,转过头对张若彦笑道:"到时你陪我接新娘,我们潮汕接新娘,要凌晨三四点。"

"没问题!"张若彦笑着应了下来。

李泽霖扣上了西装的扣子,冲他们点了点头,转身而去,没有迟疑,没有留恋。

茶艺师很识趣地离开了,阳台就只有她和他了。

"你是怎么走出来的?"他拉着她的手,坐下来之后问道。

父母离婚,也没有能让陈晓欣从房间里出来;黄樱搬走时,哭得呼天抢地,也没让陈晓欣从她的困境里走出来;更不要提餐馆的许多波折,人员来去……

李泽霖每两天过去一趟的劝慰和开解,张若彦每天下班就过去的陪伴等,都没有让她走出自己的困境。

所以,张若彦很有些惊奇,是什么,让陈晓欣能够从那个状态里重新走出来。

陈晓欣从包里拿出一份邀请函,递给了张若彦。

这是某个行业峰会的邀请函,邀请陈晓欣去参加在琶洲会展中心举行的行业峰会。

然后在邀请函的背后,还有一行手写的花体英文:WHO'S YOUR DAD-DY?

落款是:Lee。

这就是陈晓欣的前上司,那位李总发来的邀请。

第四十一章 契机

看起来，李总仍旧能找到自己新的位置。

而在运营的领域里，再也没有陈晓欣的身影，李总大约认为，陈晓欣离开之后，景况很不好，于是她发来了这封邀请函，期望陈晓欣屈服在她面前，摇尾乞怜，来得到她的施舍。

张若彦愣了半晌，大笑起来，然后紧紧地拥抱住了陈晓欣。

这是一个温暖的冬天，在广州这座千年商都里。

第四十二章　人心易变

但终究是冬天，就算是广州，仍是有寒意，陈晓欣穿得不算太厚，也许是因为这几个月的自我封闭，让身体有些虚弱，在阳台这边坐久了，就有些冷意。张若彦犹豫了一下，还是一边把外套扔给她，一边笑着说道："不知道为什么感觉有点矫情。"

两人在一起打闹了十几年，就算是表白，确定了关系，可是真的有些举止，就感觉有点做不出来。

"去去去！"她其实也是一样的，笑着挥手驱赶。

但张若彦能看到，她是真冷，都有点哆嗦了，于是他不由分说，起身把外套直接裹到她肩上，她并没有拒绝，也没有和以前一样，训斥他多此一举。

他便感觉，她这次从自我封闭里走出来，似乎隐约有些不同。

"恶心了啊，坐下坐下！"她受不了他凝望的眼神，嗔怒着对他说道。

坐了一会儿，他公司又打电话来通知他去开会，张若彦有些担心，看了她一眼，对着电话那头说道："我家里这边有点事，我女朋友身体不好……"

没说完就觉腰间一痛，却是她伸手掐着："我身体哪里不好了？你找机会旷工，是吧？"

张若彦拍开她的手，揉着腰，对电话那头说道："没事没事，似乎问题不大，我现在赶过去，四十分钟吧，嗯，行，待会儿见。"

现在她不再目送他远去了，也不在阳台眺望。

不是因为薄情，而是她在尝试新的相处方式。

"你过来一下，我在阳台的桌子。"她拿起手机，在微信上对财务总监说道。

财务总监匆匆过来，她预备着很久没来餐馆的陈晓欣，要过来查看各类账目报表，连同她手下两个财务部的年轻人，抱了一沓账本跟着过来。

"先搬回去，要看账目，我也先看电子文档，好吗？"陈晓欣笑着让那两个年轻人先回去。

这让财务总监很有些愕然，因为陈晓欣向来对数字是很敏感的，特别是刚接手餐馆时，那时就她一个财务人员，陈晓欣跟她对账，那真的是，没有一分钱能从她眼前漏过的。

可是陈晓欣并没有打算跟她聊账目的事，而且也不再选择在经理室里泡茶，去形成一种微妙的掌控感。

"准备一笔资金，李泽霖那边的投资，我们要做好撤资的准备。"她对财务总监说道。

每一笔投资都会有相关的条款去约束双方，去设置退出机制，不是说投资方想撤资，就可以把投进来的钱全额拿走，也不是说投资方可以随意转让自己持有的份额。这些东西，在投资时，都有相关的协议去约定的。而陈晓欣的意思，就是如果李泽霖父亲那边想要撤资，她就会按协议约定的优先权，选择出钱把对方手上的股份吃进来，而不是任由对方转让给其他人。

财务总监是有些措手不及的，因为不止在她看来，在整个餐馆的人看来，李泽霖父亲那边的钱，是最为稳当的啊！

为啥呢？为了陈晓欣要喝茶，李泽霖就可以包下一整座茶山，然后移植茶树，不计成本来培植、制作，所谓博佳人一笑，不过如此啊！

这样的追求者，他怎么可能撤资？

"这笔钱，应该在春节之前就要用到的，做好准备。"陈晓欣笑着对财务总监叮嘱道，然后示意对方可以去忙自己的事情了。

因为她听见高跟鞋声了，如果不出意外，应该就是姑妈陈淑芳过来了。

陈淑芳本来就长得漂亮，这几个月，似乎又是人逢喜事，看上去很有些容光焕发。

一坐下来，她就把车钥匙塞到陈晓欣手里："给你加满油了！"

陈晓欣笑着摇了摇头，把车匙还给了姑妈。

"姑姐，你今天没什么安排了吧？陪我去看看我娘吧。"陈晓欣起身，对姑妈说道。

就算是黄樱跟陈勇离了婚，就算是黄樱有了外遇出轨，但少年时，缺失了父母的陈淑芳，家长会都是黄樱去开的，所以就算不再是一家人，那种感情也不可能说断就断，所以听着陈晓欣这么说，陈淑芳也很高兴："好，大人的事你不要管，不论怎么说，她都是你妈。"

坐在陈淑芳的库里南副驾驶座上，陈晓欣笑着说道："豪车，果然感觉是不同的。"

"欣欣，你没事吧？我怎么感觉你不太对劲？"陈淑芳有些担心地问她，甚至一边开车，还一边伸手贴了贴陈晓欣的前额，以确定侄女没有发烧不适。

陈淑芳过来之前，是考虑了许多种可能的。

包括陈晓欣询问她，这辆七百万的豪车是从何而来，以及她现在辞去了物业公司经理的职位，在干什么工作，等等。

其实大家都习惯了陈晓欣会过问这些东西，大家也依赖于把所有事情的最后防线都交给陈晓欣去负担。

但今天没有，陈晓欣从头到尾没问过这辆库里南的来龙去脉。

以至于陈淑芳很有些不得劲，就是她为此做了许多准备工作，连说辞都备了三套，如果陈晓欣不信她的话，她就一层一层来转移话题，最后如果被骂出真相，那该怎么应对，她也准备了多个方案，可是陈晓欣偏偏没有问她，一句话也没有问，这就让她感觉一拳打在了空处——似乎也不太对，陈淑芳一边开车，一边出神，她觉得，就像是准备好了信用卡的透支额度，然后新季度迪奥或LV居然没出新款！

是的，就是这种感觉。

"我娘现在住得这么远？"陈晓欣关掉了音乐播放，伸手掠了一下耳边的发丝，低声问姑妈。

黄樱向来是"宁要河北一张床，不要河南一套房"的支持者，她以前也很以自己住在珠江新城为骄傲。

但按照陈淑芳这么开，感觉是去白云区的方向了。

"五号停机坪，你知道吧？在那边上。"陈淑芳摇了摇头，对她说道。

为什么会叫停机坪呢？因为那地方原来是老白云机场。

后来城市繁荣发展之后，机场被迁到更远的地方，老机场被改建。

陈晓欣苦笑着点了点头，人，总是会变的。

内环路在这个时段仍旧很堵，特别是到了增槎路这边的路口。不过从内环下来，也不见得就畅通多少，大抵这个时间广州的交通情况，就是在堵车和更堵车、水泄不通的堵车之间来回横跳。而在下内环的路口不远，就发生了一桩三车连环追尾事故，于是这下子直接就跳到水泄不通的堵车。

陈晓欣坐在车里，笑了起来："虽说七百万的库里南也和五菱宏光一样堵在这里，但要承认，坐在库里南里还是要比在宏光里舒服一些。"

"下次你去加油！"陈淑芳没好气地说道，让她加满一箱油，借车给陈晓欣开，她倒是愿意的，可这么堵车，想起油耗，她就不开心了。

陈晓欣笑了起来，没有就这个话题继续下去，前面有交通警察在指挥协调，车流还是慢慢地动了起来。

黄樱的新居在罗冲围这边，应该还算是不错的小区，大约三万块左右的单价，虽然跟珠江新城那边的CBD房价没法比，但在这周围算是很不错了。

而且停车什么的，倒也还算方便，陈晓欣跟着陈淑芳从车上下来，坐电梯上了大堂，陈淑芳就拉住了她，打了一下黄樱的电话："大嫂，你在哪里？我同欣欣过来看你。"

就算离了婚，就算有外遇出轨，叫了这么多年的"大嫂"，陈淑芳还是改不过口来，大约她也不打算改口。

这个时间点，黄樱并没有在家里，她有点逃避，特别是听见女儿也过来，陈晓欣听见她在电话里说什么装修，又说在忙。

"娘，是不是这一辈子我们都不见了？"陈晓欣很平静地凑到电话边，说了这么一句。

黄樱就沉默下来，然后她咕哝了一句什么，陈晓欣听不清楚，似乎听着电话那头有些哽咽，然后黄樱没有再说什么，直接挂了电话，发了一个定位给陈淑芳。

看着是一个浴足棋牌的定位，陈晓欣笑了笑，对陈淑芳说道："我娘这本事可以，到哪儿都能马上找到牌搭子。"

那间浴足棋牌离这个小区不远，大约不到两百米，黄樱在楼下等她们，陈晓欣喊了她一声："娘，怎么这么瘦？"

黄樱瞬间眼泪就下来了。

"大嫂，别这样，咱们找个地方坐一下。"陈淑芳都感觉周围很多吃瓜群众的目光望了过来。

黄樱伸手拭了眼泪，对她们说道："就上去坐一下吧。"

去到三楼，的确是在装修，陈晓欣看了一下母亲，然后便没有说什么，倒是陈淑芳皱起眉头："大嫂，装修你还过来啊？不换个棋牌馆？"

黄樱还没接话，陈晓欣就低声对姑妈说道："就一个角落在装修，影响不大吧？"

影响大与不大另说，当黄樱把她们领到经理室的时候，陈淑芳也就闭嘴了。

因为经理室里挂着的营业执照，法定代表人就是黄樱自己。

装修她也得来啊，她就是这里的老板，装修能不看着吗？陈晓欣其实在进经理室之前就料到了这一点，所以才会有那么一句。

"阿妈对不起你和轩仔，阿妈不是人。"黄樱一坐下，开口第一句，就这么对陈晓欣说道。

陈晓欣抱住哭泣的母亲，好声好气安慰她，看得陈淑芳在边上有些诧异。

因为黄樱这话是有语病的。

她有外遇出轨，最对不起的人，不应该是陈勇吗？为什么会把儿女摆在前头呢？

如果说黄樱对陈勇有什么埋怨，那分割财产啥的，就不会这么顺利了。

这证明本身这件事，黄樱是没有什么可分辩的余地了，可当着女儿的面，这话说得就不太对。

以陈淑芳想来，陈晓欣是不会惯着她母亲的，谁知道，陈晓欣并没有如以前一样去驳斥黄樱，只是温声细语地劝说。

"他对你好吗？"陈晓欣在黄樱平静下来之后问道。

所谓的他，当然就是黄樱的出轨对象，那位健身教练。

这让黄樱一下子就脸红起来，有些不好意思地说道："还……还好了。"

然后她准备在微信上发信息，让那人过来，算是跟陈晓欣认识一下。

但陈晓欣示意她不用忙了："下次吧，娘，我这次过来，就是看一看你。"

而目前这么看来，黄樱的日子也还过得下去。

这个小区的房子，是之前陈勇买下来投资的，离婚时，因为黄樱是过错方，她自己要了这边的房子，以及拿了四百万的现金。

尽管这些信息，在路上，陈淑芳大体上就跟陈晓欣聊过，但她还是要来看看，心里才踏实些。

其实有些东西陈淑芳没讲，黄樱也没讲，但陈晓欣心里是有数的，比如黄樱这些年下来，自己手头一定也至少还有一两百万的股票或黄金之类，陈勇其实也是知道的，但没有人愿意去较这个真。因为这件事其实不单是黄樱不太愿意去面对，陈勇也不太愿意去聊，大家之间的感情，其实都已经淡到某种程度，要不然陈勇也不会整天借口钓鱼，跑去花都那边搞大排档了。

黄樱现在就是把这家浴足棋牌顶下来——不是买下来，只是承租经营，希望通过这家店来提供一个后续生活的来源。

本来黄樱想留陈晓欣吃饭的，但后者说是餐馆那边这几个月堆积了许多事等着她去处理，黄樱听着，就低下头，不好再劝了。

餐馆会堆积许多事，就是因为陈晓欣崩溃了；而陈晓欣为什么会崩溃呢？不外乎就是因为黄樱的出轨，让陈晓欣对人生感觉到茫然和无所适从嘛。

下午六点半左右的交通，比过来时更堵了。

"回餐馆还是回家？"陈淑芳问陈晓欣。

她摆弄着手机，然后终于下了决定，拨通了陈勇的电话："老窦，给我个定位，我去看你。"

陈勇很激动，因为陈晓欣终于走出自闭了，他本来说要回家的，但陈晓欣坚持要去看他，于是陈勇就发了定位过来。

"姑姐，你陪我走一趟，还是我打车过去？"陈晓欣向陈淑芳询问。

后者伸手扇了她脑袋一下："讲的是人话？你傻了啊！"

陈淑芳倒是渐渐地放松下来，因为到现在为止，陈晓欣也没有问起这辆车的来源。

这让她有松了一口气的感觉。

不论是库里南，还是五菱宏光，从增槎路去到陈勇开在花都的大排档时，已经快要八点了。

大排档看起来更像是一个农家乐，就开在一个入住率很低的别墅小区附近。

"鬼城啊！"陈勇笑着对女儿说道，他伸手指着不远处的小区，"你看那灯，两成入住率，最多三成！"

所以，这里的别墅很便宜，便宜到实用面积两百平方米，还有两百平方米的花园，总价也不过两百来万。

"我都买了一个，给你和轩仔，还有淑芳，都留了房间！"陈勇对女儿的到来很高兴，大排档坐的，也就是被他喊成鬼城的小区住户，有五六桌。陈勇自己当大厨炒菜，很有些乐在其中的意思，又有人点了一份炒牛河、一份牛蛙，于是他就又去忙了，锅一颠起来，猛火宽油，一下子火焰就蹿了起来，很有视觉效果。

陈淑芳看着帮忙洗菜、端菜的女服务员，低声问陈晓欣道："你说，我哥会不会搭上她们其中的某一个？"

"各人有自己的人生嘛。"陈晓欣笑着起身，自己走到冰柜边，拿了两瓶啤酒过来，用茶水涮了杯子之后，就给自己和陈淑芳都满上了酒。

陈淑芳伸手拦住她："开车啊！要喝回家再陪你喝。"

"找代驾就是了。要不就在这里住下嘛，我老窦不是说，给咱俩都留了房间吗？你不去一下，又怎么知道，是不是真的给你留了房间呢？"陈晓欣碰了碰姑妈面前的杯子，自己一抬头，就把杯中的酒一饮而尽，啤酒对她这种身体有远超常人解酒酶的人来讲，真的可以一直不停地喝。而很明显，她这种基因是父系的遗传，因为犹豫了一下，也拿起酒杯的陈淑芳，三杯喝完，脸都不带红的。

陈勇炒完了牛河和牛蛙，过来坐下点了根烟："我就喜欢这样，生意不行，那就不行嘛，反正这小院子，我一次性跟农民租了三十年，租金都给了。"

小产权的院子，要不然陈勇大约是会买下来的，不过租了三十年，其实跟买下来也差不了多少的。

陈晓欣跟父亲和姑妈碰了碰杯，又喝了两杯，才开口问道："老窦，你不回去了？"

"我在这边蛮好的啊。我跟你讲，我过几年就能拿退休金，每月有三四千块，我在这里可以过得很不错的。"陈勇喝了几杯，话也就多了起来。

陈晓欣没有说什么，只是笑着点头。

不知不觉，三个人脚下就堆了二三十个空的啤酒瓶。

"轩仔有跟我讲过，唉！"陈勇长叹了一声，又点了根烟，对陈晓欣说

第四十二章　人心易变

道，"你有空就去看一下你妈吧。感觉她身上那几个钱，不用几天，就让人骗完了。"

陈晓欣给姑妈和父亲都满上酒，然后才开口道："我们刚才去看了她的。她顶了一个浴足棋牌在做，现在正在装修，还行，就是瘦得有些厉害。"

不料她这么一说，陈勇就气得一拍桌子："你看你看，这女人一天到晚自以为是！喜欢小鲜肉，行，好合好散，随她去吧，但自己心里没点数吗？小鲜肉为什么跟着她？不就为那两个钱吗！她省着点花，至少钱没花完之前，还能吊着人家；她现在可好，你看看那浴足棋牌要搞垮了，钱也折腾没了，那小鲜肉还能跟着她？呵！"

陈晓欣笑了笑，没说什么，等到父亲停下来，她才举起杯对父亲说："老窦，随她吧，鲁迅不是说过嘛，人类的悲欢并不相通。她觉得那是她想要的生活，那就很好，只要不违法，就得了。"说到这里，她拿着杯子，跟姑妈碰了碰杯："姑姐，你说，对不对？"

陈淑芳一下子就紧绷了起来，有些尴尬地笑着点了点头，但出乎她的意料，侄女并没有再往下展开这个话题。

父女兄妹三个人都很能喝，一直喝到十一点左右，啤酒都喝了几箱，连过来吃饭的食客，看着都伸出大拇指。

"我们今天不回了。"陈晓欣对父亲说道，本来陈勇想让服务员带她们进小区休息，但陈淑芳和陈晓欣都清醒得不行，大排档人也不多，喝腻了啤酒，就沏了一壶茶，在这冬夜里，有爆米花，有炸花生，有陈勇这边现烤的羊肉串，便有了许多暖意。陈晓欣捧着手里的那杯生普，喝了一口，笑了起来："我还是觉得熟普好喝些。"

"各人口味不同罢了。"陈淑芳笑着说道。

陈晓欣摇了摇头："熟普喝得轻松，大约也就是那么几家；不似生普，各个不同的山头，喝一次茶，感觉跟刷一套黄冈小状元似的，要喝不出是哪个山头、哪个仓的，感觉就对不起那茶钱。累。"

"你太执着了。"陈淑芳劝说着，但很明显，就算是在大排档不太明亮的灯光下，也能看得出来，她的笑容很有些牵强。

陈晓欣点了点头，并没有反驳姑妈的话。

而这个时候，她接到了一条微信，看了一眼，是李泽霖发过来的："欣欣，可能有些事，我也做不了主。"

她看着便笑了起来，抬头望了过去，天边有一弯新月，虽然不太明亮，但在这市郊的夜空里，却如是一个笑脸。

"好的，我知道了。"她给李泽霖回了一条信息。

虽然喝了许多啤酒，对陈淑芳而言，就是跑了几趟洗手间，连脸都没怎么红，但多多少少还是有点醉意，她扶着陈晓欣的肩头："谁啊？笑得这么姣？"

陈晓欣直接就把微信递到她面前，陈淑芳有点反应不过来："啥意思？你们年轻人，玩谜语人啊？"

"姑姐，你居然连谜语人都知道？好潮啊！"陈晓欣也算是大吃一惊。

陈淑芳便得意起来，不过她并没有因此而放过陈晓欣："快告诉我，你们这是什么意思？"

"可能他父亲那边要撤回投资吧。"陈晓欣微笑着，望着天边的那弯新月，平静地说道。

太阳底下无新事，月亮底下大抵也不例外。

第四十三章　突然崩盘的资金链

有些风霜，会让蜡梅绽放；有些伤痛，会被时间抚平。

陈晓欣就在这处入住率极低的别墅小区里，和姑妈、父亲一起住了有将近半个月的时间，无论是姑妈陈淑芳还是父亲陈勇，都很愿意看见陈晓欣慢慢地恢复过来。陈淑芳为此每天都在开线上会议，也仍坚持在这里陪伴着陈晓欣。入住率低的小区，不计较相关的配套设施不足；不计较方圆四公里内，除了陈勇的大排档，就再也找不到一家饭庄；不计较外卖小哥接单要巨额加价；不计较有发烧头痛，最近的医院也得开半小时车，那么其实生活起来，也蛮惬意和悠闲的。

事实上，陈晓欣感觉自己正在一点点地恢复。

直到她接到了财务总监的电话："老板，你得回来一趟，电话里说不清楚。嗯，撤资，投资方要退场。"

"意料中的事。"陈晓欣听起来很平静，因为之前她就让财务部门抽调了一笔资金出来，以应对这件事，甚至她还预言了大约就在春节的前后。

但财务总监在电话那头苦笑道："不够，而且，李总那边还没有提出撤资的要求。"

要求撤资的是其他几家投资方，他们投的钱大多就是一两百万。

但架不住要一起离场，而在投资时，是有签署各式的退出机制的，相对来讲，他们会比李泽霖父亲那边的条件更苛刻，在当时约定的条款里，一旦启动退出机制，陈晓欣这边，就得用一个最低的价格，来接收他们手里的股份。

匆匆赶回海珠区的陈晓欣，坐在姑妈的豪车里，有一种深重的挫败感，因为整个事态完全脱离了她的控制。

"我正在成为自己看不起的人。"她苦笑着对姑妈说道。

陈淑芳不知道怎么劝她或是开解她,只能安慰她:"欣欣,别怕,没事的,总有办法应付过去。"

听着姑妈的话,陈晓欣就不想开口了,应付过去,那不是她想要的人生。

到餐馆的时候,几个投资方的代表已经在经理室等着她开会了,他们的诉求很一致:"餐馆开分店的行为,我们都不认可,这导致了今年乃至明年,分红方面会有很大的损失。"

开分店,当然就要花钱;花了钱,那么盈利就会变少,自然也就难以给股东分红了。

但这不是最为重要的,这些投资方的代表,对提出撤资,其实暗地里更缘于另一件事:"餐馆并没有入选米其林或是黑珍珠的名单,我们对餐馆前景失去信心和期望,认为后续很难有质的飞跃;而且作为CEO,你的精神状态非常不稳定,更大的可能是现在就是餐馆的巅峰,然后接下去就会走下坡路。我们要保障自己投资的健康。"

所以,他们按照投资时的条款,提前三个月提出要撤资,要求陈晓欣履行合约。

"如果不开分店呢?"陈晓欣不是一个认命的人,特别是在商业行为上,她愿意去拯救自己,愿意去做必要的妥协,"我们的餐馆在高端私厨里的名声,其实现在是很不错的,而且我们这里充值的会员、月结的企业,都很可观啊,大家这个决定是不是有点仓促了?如果大家觉得,拿钱去开分店会影响分红,那么这笔钱就不从餐馆的盈利里走嘛。当然,分店的盈利,到时也就跟各位无关。我这个提议,大家觉得可行吗?"

其实她从回来的第一天,就开始联系另外的一批投资人,希望从他们手上去募集资金,去办分店。

但是过来找她聊的这些人,听着她的话,就笑了起来,然后报了几家公司的名字,就是陈晓欣希望从他们手上募集资金的那几家私募基金。

"陈总,如果你想从这几家拿钱,不太现实了。"在场的投资方代表笑了起来,都是同行,其实这个圈子很小。

而且,他们很明确,就算不开分店,他们也希望撤资。

他们也不打算多说,今天过来,只是按照合约上的约定,正式通知陈晓欣这边投资方要撤出，事情达到了目的，也就纷纷起身告辞而去。

陈晓欣马上就联系了之前那几家私募基金，结果出乎她的意料。她本来以为，先前那些投资方代表是危言耸听，谁知道这几家私募资金都婉转回绝了她的要求，跟前几天的态度截然不同。财务总监在边上看着禁不住骂道："之前求着老板让他们入股的，也是这些人！"

因为餐馆做得好，所以私募基金愿意投钱，陈晓欣才会萌生开分店的念头啊，没有想到，突然被摆了一道。

陈晓欣从来没想到过，会突然遇到这样的事。

而这时候财务总监的微信响了起来，她看了一眼，整个脸色都变了，感觉随时就要哭出来一样。

"怎么了？"陈晓欣看着有些担心，问财务总监，"家里有事？"

财务总监直接就把手机递给陈晓欣了，比家里有事更让她无奈的，是头上悬着的那把剑终于落下来了——李泽霖父亲的公司也提出了撤资的要求。

陈晓欣看完聊天记录，拿起自己的手机，打给了刚才过来的其中一个投资方代表："你欠我的人情，总到了该还的时候吧？"

电话的彼端，那人苦笑道："陈总，我就是一个打工的，我怎么能左右老板的意向来还人情？我跟你实话实说，李家的投资眼光，在我们这个圈子里，向来是大家公认的牛，他那边要撤了，我们老板肯定也是跟着撤。"

"明白了，得闲饮茶。"陈晓欣笑着向对方道谢。

基本上，除了当时她亲自去谈的韩总那边的投资之外，所有的投资方都提出了撤资。

如果这样的话，那就很难经营下去了。

因为分店那边的选址已经着手在弄，一大笔资金被调了过去，从租金到装修，以及各种相关设备等。

而这时她的电话响了起来，是父亲陈勇打来的："欣欣，听说餐馆出问题了？"

尽管不知道细节，但是陈淑芳是听着陈晓欣打电话的，她送陈晓欣回餐馆，也看到了那些投资方的代表。所以，她把这事跟陈勇一说，后者怎么讲也是经营过餐馆的，一听就猜出个大概了，所以他很担心，打了个电话过来给女儿："如果他们都撤资，那怎么办？唉，都是老窦没用，如果一开始就将餐馆交在你手上，你就不用去拉投资……"

陈勇悔恨万分，事实上，对餐馆，他比任何人都更加在意。

而陈晓欣相对倒还好一些："老窦，你放心，我会处理的。"

可是挂了电话之后，问题并没有因此而解决，陈晓欣还是要面对将要到来的困境。

"你过来一趟，陪我去韩总那里。"陈晓欣在微信上把张笑笑喊了过来。

其实带上张笑笑，对此行，陈晓欣知道，是没有什么帮助的。因为并不需要太多数据上的支持，或是执行性的配合。

但她仍是选择这么出行，因为她需要给自己暗示和信心。

当开车前往韩总的公司时，她一路上的脸色都很难看，以至于张笑笑问了好几次："欣姐，要风油精吗？""欣姐，要不你在边上停下车，我帮你买杯咖啡？""欣姐，你是不是大姨妈来了？"

以至于在开车的陈晓欣不胜其烦："笑笑，其实你人真的不错。"

还没等张笑笑谦虚上几句，就听见陈晓欣接着说道："可惜，长了嘴。唉！"

尽管这对她们之间来说，是正经的玩笑和沟通，但人与人之间的沟通是有语境的，至少配合着陈晓欣的脸色和表情，她开了这个玩笑之后，张笑笑真的就吓得不敢出声了，以至于过了一个红灯路口，陈晓欣自己觉得不好意思，主动开口道："跟我认真了？你平时怼我时，也没见你嘴下留情啊！我就随口跟你开个玩笑，刚才在想事。"

"姐，你吓到我了！"张笑笑这才重新活跃起来。

但其实陈晓欣脸上的笑容很牵强，因为她这个玩笑让张笑笑都不敢开口了，她马上就知道自己状态不对。她个性再坚强，人又不是机器，哪能说调整就马上转换过来的？

而且事实上，便如马路两侧的绿化带，就算是在温暖的南方，比起春夏时的勃勃生机，现在冬天里残存的那几分绿意，也真的乏善可陈。

终究，陈晓欣没有见到韩总，倒不是后者也想撤资之类的，而是韩总手下那么庞大的企业，有风投板块的，有IT板块的，也有细分的游戏板块，等等，甚至在某个以长寿出名的县里，还有一个慢病康复的基地，也是韩总的公司控股的——她不可能一天到晚没事就待在办公室等着陈晓欣来找她。所以，当陈晓欣到了写字楼大堂，再打电话给韩总时，却被告知她在巴黎。

不过韩总对陈晓欣有着很不错的印象："我记得你！"

陈晓欣拿着电话，僵硬地牵了牵嘴角，在她想来，可能韩总记得自己，是那一次过去找她时，陪她喝酒留下的印象吧？

不过能打通这个电话，而且韩总还能记得自己，陈晓欣当然也不会把时间浪费在伤春悲秋上，她很快用了三四句话把餐馆现状跟韩总聊了一下，然后提出自己此行的目的："我今天过来是想，看看您能不能给我一个机会。对餐馆……"

"当然可以。"韩总在电话那头笑了起来，看样子她很忙，没有太多时间和陈晓欣长谈，"你稍等一下，你在大堂？行，我让人去跟你对接，等我回广州，咱们再约，好，就先这样。"

在大堂坐了一会儿之后，下来接陈晓欣的，就是那位负责具体投资事务的女士。她明显是有些不高兴，看见陈晓欣，有点皮笑肉不笑地打着招呼，毕竟，陈晓欣等于越过了她，去跟大老板沟通，这位女士自然不敢对大老板有意见，但对陈晓欣，还能指望有什么很好的态度？能有的，也就是职场上礼节性的客气了。

一到办公室坐下来，果然就如陈晓欣所预料的一样不愉快，这也是陈晓欣想去找韩总聊的根本原因。

"没能入选米其林的榜单，也没能入选黑珍珠餐厅，现在陈总你还提出要开分店？再寻找一笔投资？"那位女士笑了起来，那笑意比外面的冬天更冷。

而且这位女士也有她自己的见解："高端私厨，那至少咱们这第一家店，得冲到某个顶尖的位置，站稳了脚跟，然后才去开分店啊！又不是平价超市，陈总，餐饮我也不懂，但你看是不是这么个道理？"

不出陈晓欣所料，这位女士的语气夹刀带棍的，很不友善，也许跑这一趟，唯一起到的作用，就是明确了一点，这边至少近期内没有撤资的打算。

可这对陈晓欣这次来要达到的目的毫无意义。

因为韩总这边单纯只是不撤资她也同样经营不下去，不单新店那边要资金去装修和添购设备等，现在店里面也需要有现金流去采买食材，去支付员工工资、水电等费用啊。

但陈晓欣不太可能面对这位女士，去甩出这个理由——难道要逼人马上撤资吗？如果这边也要撤资，那就真的回天无力了！

尽管这边负责投资的女士坚持送陈晓欣到电梯口，但陈晓欣真的希望她不要送，因为不送的话，至少自己可以不用维持脸上僵硬的笑容。

"您是陈总吗？"在等电梯的时候，韩总公司的前台急急地奔了出来，问陈晓欣。

陈晓欣努力地露出六颗牙齿："我是陈晓欣。"

但她和那位负责投资的女士都没有想到的，是韩总的副手、公司的副总裁想见一见陈晓欣。

陈晓欣见到了这位副总裁，并没有什么具体的业务上的沟通，甚至没有聊餐馆，更没有聊投资，前面差不多二十分钟的时间，先是由这位副总裁跟陈晓欣介绍公司的架构、业务板块等，然后这位副总裁向陈晓欣询问道："是这样的，公司准备针对项目评估方面来重组一个部门，负责去把关各个板块、各个子公司的项目。韩总的意思，是希望你考虑一下，有没有兴趣来负责这个部门？"

生活，并不以人的主观意愿，而沿着某条线去推进。

对这个突如其来的工作邀约，陈晓欣感觉措手不及，其震惊程度完全不亚于那些私募基金、小投资商突然的退场。

但是专门请她过来洽谈的副总裁，是真的很有诚意，他直接让那位负责投资的女士自便，然后把人事总监和行政总监都请了过来，带着陈晓欣去了现在的项目评估部门，并且给陈晓欣介绍了现在评估部门的运作情况等。张笑笑拿着笔记本，跟在陈晓欣身边记录着，以至于评估部门的员工看到陈晓欣，以为是某位政府部门过来视察的领导。

"你考虑一下，希望尽快给我答复。"副总裁亲自把陈晓欣送到电梯口，然后跟她握手道别。

陈晓欣当然不会蠢到去问对方为什么会找自己来聊这事。

这对陈晓欣来讲，根本就是一个不必开口的问题，因为答案唯一：韩总推荐的。

或者更直接点，是韩总要求这位副总裁这么做的，否则，陈晓欣估计自己要约见这位副总裁，恐怕得排很久的期。

"看来韩总记得我,不只是因为陪她喝酒。"在启动车子出地库时,陈晓欣笑着对张笑笑说道。

张笑笑完全不知道怎么回事:"这画风转换得太快了啊!欣姐,快告诉我是怎么回事!我可是你忠实的狗腿子!"

但是陈晓欣明显没有什么开玩笑或是聊天的兴致,倒是对张笑笑说道:"准备一份简历吧,我帮你问问看,你自己也留意一下,到时看哪边的待遇好些,再去权衡。"

张笑笑一下子就愣住了,结结巴巴地说道:"欣姐,至于吗?"

"至于。"陈晓欣挤出这么两个字,这一路上,车里面,两人便再也没有说过一句话。

张笑笑是刚刚知道事态坏到这等地步,她完全没有心理准备,先前她还觉得跟陈晓欣出来就是倍有面子,人家上市公司的副总裁,专门出来见她们,还带她们去参观,她跑去跟那副总裁在韩总公司的品牌标志下合了影,还准备发朋友圈炫耀呢……谁知道一出门上车,才发现,其实危机已经迫在眉睫了。

至于陈晓欣,她是有一点欣慰的,因为韩总记住她,不是因为她陪喝了酒,不是因为她能喝酒,而是因为对她能力的赏识。

当时韩总给她出过一道题目,就是对一支舞狮队去做一个评估。这个题目出得是相当苛刻的,因为只给了陈晓欣半小时左右的时间,而且也没有任何附带的资料,陈晓欣更加没有机会跟被评估的对象交流。但当时陈晓欣还是给了一些意见,韩总觉得很对她的胃口,所以才有了那第一笔投资。

而这一次,会让这位副总裁出来接待,陈晓欣是可以猜到的,可能就是当时自己的评估和预测,跟后面那支舞狮队的发展吻合程度非常高。

所以,韩总记住了她,而且把她列入了评估部门负责人的人选,派那位副总裁过来,就是一个考察吧?

可这不是陈晓欣想要的结果。

而且很明显,既然发出了这个邀请,短期内就不可能再在这里得到追加投资了,而这样的结果是,餐馆很难继续下去了。

停好车走进餐馆,陈晓欣在阳台的桌子边坐下,茶艺师倒是很有眼色,连忙过来帮她泡茶。陈晓欣长叹了一声，端起一杯茶，喝了一口，对茶艺师说道："去休息吧，我自己来。"

然后她打开微信，让财务总监过来，后者刚一坐下，陈晓欣就很直接对她说："抽调资金，三个月后，看看按合约条款让他们退出吧。"

财务总监还想说什么，陈晓欣很有些倦意地摆了摆手，示意不用说了："三个月后，离职的员工 N+1 补偿吧，我知道账上没钱，暂时用租金来应付这一切。"

事情到了这个地步，财务总监当然也是难以再怎么劝说下去了。

陈晓欣一个人在阳台的桌子边坐着，然后她甩开了鞋子，抱着小腿，蜷缩在藤椅里。

从小时候，她就很喜欢家里餐馆的这个阳台，她望着楼下街道上人来人往，小时候的街道，似乎和现在是不同的。

也许对于"70 后"或"80 后"来讲，一切都差不多，但对她这一代人来讲，从懂事到现在这十几二十年里，其实有着很大的变化，有许多细微的地方，是在这个年代里成长的人，才能很清楚地感觉得到的变化，不单单是手机从 3G 到 5G，也不只是短视频平台已经把电视台挤压到毫无市场份额，更不只是网约车和出租车之间的竞争……细节，是在街上行人的眉眼之间，是在那里多了一条人行天桥……比如那个街口当年是没有隧道的，上学的时候要等斑马线，那时姑妈陈淑芳送她上学，那边有家 7-11，下雨了就在那里买雨伞，现在 7-11 成了另外的便利店……

她蜷缩在椅子里，思绪不知不觉回到了童年，那是无忧无虑的时光：虽然爸爸妈妈有空就出去旅行，但他们总是牵着手，脸上有着幸福的笑，他们的眼里都是对方；哥哥尽管读书不行，但长得帅气，自己的同学，就有好几个迷上哥哥，借故跑来家里找她玩。姑妈对她是极好的，记得有男孩抱着很大一捧玫瑰花，来邀请姑妈吃饭看电影，姑妈坚持要带上她，那男孩就犹豫了，还试探着问姑妈，半开玩笑半当真地问："在你心目中，是侄女重要，还是我重要？"结果姑妈直接就把花扔他脸上了："你也配！"

想到这里，她就咯咯地低声笑了起来。

昏黄的旧时光，如果可以，她想沉溺在里面，就算是假的，就算已逝去，但若能在其中,把余生消磨,陈晓欣至少现在觉得,或者也是一个不错的主意。

而这个时候,匆匆的脚步声,踏碎了她在回忆里所有幸福的泡泡。

略有些气喘的陈晓轩,她的废柴大哥,出现在她面前:"妹头!"

"说吧,带来了什么坏消息?"她自嘲地笑了笑,然后问自己的大哥。

第四十四章 落红不是无情物

正如广东人习惯了，十一月的街上，仍旧能够看到穿超短裤和小吊带的女性、大裤衩和短袖的男性一样，当一件事情成为思维定式了，它便很难改变，如同陈晓欣对大哥的态度，长得好看且废柴，就是她对陈晓轩的定义。

从小到大，哥哥就是不停地搞砸任何一件他能搞砸的事。

"我听说，听说餐馆的情况，不是太好？"陈晓轩也不是太在意妹妹的"毒舌"，毕竟二十多年，他也习惯了。

陈晓欣点了点头，她依旧抱着膝盖，把下巴搁在两个膝盖中间，眼中没有什么焦点，茫然地望向远处。

远处那些僵硬的钢筋水泥森林的大厦，用那一片片、如同复眼的玻璃幕墙，也麻木地打量着她。

"我那工作室赚了点钱的。"陈晓轩自己倒了一杯茶喝了，然后对妹妹说道，"除了给我们几个交社保，还能发几千块工资，账上还有十万块出头。我跟他们说，先给我用一下，大家都同意了。妹头，我给你转十万，顶一下，不够的话，我再去想办法。"

陈晓欣终于转过头，望向自己的大哥，她没有想到，从来没有想到，有一天，自己的废柴大哥，会对她说出"我再去想办法"这样的话。

从小到大，他都是毫无责任感的，似乎他对家庭的意义，就是把事情搞砸。

她对此是深恶痛绝的，所以上次才会逼着他去做毒检，就是担心他又搞砸了——就算毒检证明了他的清白，但陈晓欣仍然觉得，狗改不了吃屎，他接着总会搞砸其他事的。但她没有想到，大哥今天来找她，会对她说出这样的话。

"餐馆我也搞过,唉,我搞砸了,我没你有本事,但我知道,十万块顶不了什么事。"陈晓轩又自己灌了一杯茶,然后对她说道,"但你不要怕,我找找看,有没有人愿意接盘或是投资的。对了,要不然这样,咱们卖房吧,你要是有信心的话,咱们把住的这房子卖了。"

珠江新城的房子,而且是两套,按面积和地理位置,以市场价卖出去,几千万是肯定有的。

陈晓轩看起来是认真考虑过这件事的:"卖了之后,你看看帮我在宝岗大道这边交个首付,然后后面我和你嫂子,三十年慢慢还贷嘛。有钱就还快些,没钱就慢慢还,我们还年轻嘛。"

宝岗大道这边的小区,二房的首付,大约不会超过两百万的,如果地段稍差和面积稍为小一点,可能一百万就够交个首付了。

"其他的钱你全拿去,餐馆就能做下去了嘛。"陈晓轩对她说道,大约是害怕陈晓欣觉得他在自说自话,又对她道,"姑姐的房贷,以后她自己解决,我和她聊过了。卖房子的事,我问过老窦,老窦开始不同意,我说他又不回来住,一天到晚都住在花都,现在明明你餐馆做得很好,就是差点钱,为什么不让你做下去呢?他也同意了。"

陈晓欣看着自己的大哥,突然扑哧一下笑了起来,然后她从藤椅上跳上来,赤着脚,张开双手,给了陈晓轩一个拥抱,然后再跳回藤椅上,蜷缩起来:"废柴,多谢!"

"谢啥?你是我妹嘛,你真的把餐馆做起来了啊,我又不瞎。咱就是步子迈得有点大,再搞一笔钱进来,你肯定能做起来啊。真的,我跟姑姐、老窦都谈好的……"

陈晓欣笑着看向他,突然就开心起来,侧着脑袋对他说:"不卖。"

"可是……"陈晓轩一下子就被她整不会了。

陈晓欣看着自己的哥哥,边笑边说:"赶紧滚回去打你的游戏!嫂子快要生了,你还不去赚奶粉、尿布钱?快滚!"

"噢噢,对啊!"他习惯这样的沟通和交流,被妹妹训斥了一通,匆匆而去。

但做出卖房的打算,就不是陈晓轩一个人可以决定的事了。

陈晓轩走了一会儿,陈勇的电话就打了过来:"欣欣,把房子卖了,没有关系的，餐馆做起来，以后咱们再买就是了。"

"不卖。"她笑了起来，丝毫没有之前的忧伤，"老窦，我不是你，我没有执念。餐馆做不下去，现在转手给别人，或是按合约的约定，选择让投资方来组成团队，参与到餐馆的实际经营中，我都仍是赚钱的。"

做不下去，是因为想在黄埔大道那边开分店，那边租金三年一次性交下去，每年都上百万，还有装修的前期款项等，加上多个私募基金的投资方突然要启动退出机制，才会资金链出问题。即使经营不下去，并不是因经营不善而关张，单是把新店那边转租出去，就能回款上百万了。更不提老店这边的转手费用，所以，陈晓欣说她仍在赚钱，是没有一点问题的。

陈勇还想再劝她，可是陈晓欣很坚定："老窦，要卖房子来做餐馆，你自己来'打骰'，我不干这样的事。"

"你比老窦强啊！"陈勇有些急了。

但陈晓欣有她自己的执着："一个项目拉不到投资方，搞到自己卖房子筹钱来做，通常都可以判断，绝对仆街的。"

没有等陈勇再劝，她接着说下去："有没有例外？应该有，但我相信，例外的不是我。从小到大，买体彩，我连十块钱都没中过。"

陈勇被她怼得哑口无言，只好挂了电话。

至于跑过店里来找她的陈淑芳，还没开口劝，陈晓欣就问她："姑姐，我为什么会接手餐馆，你不清楚？"

说着说着，陈晓欣就垂下泪来，但她抽了纸巾，自己拭干了泪，向着陈淑芳说道："你们上一辈人搞成这样，就别来劝我了，好吗？"

为什么接手餐馆？虽然她确实想逃避职场PUA，但她并不是只有接手家里餐馆这一个选择。

也许陈勇不清楚，黄樱也不清楚，但陈淑芳是清楚的。

私底下，陈晓欣是跟她沟通过这个问题的，尽管没有明说，但陈淑芳能懂，陈晓欣也知道姑妈是理解的。

那就是她希望通过把餐馆做起来，来拯救自己的家庭。

可是毫无疑问，她努力的根本已经不复存在了。

"我不会卖房的。"陈晓欣坚定到有些生硬了，她对姑妈说道，"别劝我，当然，房子是老窦的名字，你们想自己去把房子卖了，是可以的。"

陈淑芳惊讶地道:"那你为什么拒绝?卖了房,把钱拿给你……"

"别给我钱。"陈晓欣抽了抽鼻子,冷哼了一声,"可以是老窦要二婚卖房,可以是为了帮姑姐你解决那辆库里南的后患去卖房,你们自己去弄,我不管。但有一点,绝对不是因为餐馆需要一笔资金而导致卖房。你们就算卖了房,手上拿着钱,对我来说,也是绝对不会接受你们投资的,因为你们不是好的投资人,明白吗?"

陈淑芳犹豫了一下,低声说道:"欣欣,那辆车……"

"姑姐,我搞不掂了。"她再次抱住了膝盖,把下巴搁在上面,望着远处的灯火,霓虹灯光下,那些大厦仍旧冷冷地与她对望,但她并没有胆怯。

夜幕下的星空,在都市的霓虹下,几乎看不到星星,陈淑芳不知道自己带大的侄女在寻找哪一颗星星,但她感觉到了恐慌。

这是第一次,在陈晓欣成年以后很明显地对她说:"姑姐,我搞不掂。"

向来陈淑芳都有一种执念或是迷信,总是感觉,陈晓欣最后肯定会帮自己兜底的。如果说,她敢于去竞岗物业公司经理,是因为被陈晓欣激励了,那么她敢于辞职出来,敢于去买库里南,在很大程度上,就是因为她看见餐馆越做越好,她相信陈晓欣总会在最后关头,帮她搞掂所有事。

这个角色,年轻时,是大哥陈勇扮演;到了现在,换成了陈晓欣。

陈淑芳犹豫了一下,还是准备把这辆车的来龙去脉跟陈晓欣讲一下:"其实我……"

"姑姐,我真的是搞不掂了,那些私募基金都撤资了,餐馆开不下去了,明白吗?该怎么处理,你要自己想一下。"陈晓欣依然没有打算让她开口,因为往往一旦了解了整件事,对她来说,就会不由自主地参与其中。

这是她的个性,她也深知自己性格上的弱点,陈淑芳也知道。

所以,陈淑芳想说给她听,而她不想听。

她回过头,看着姑妈,如果姑妈真的要说,那陈晓欣也不可能捂着她的嘴,但她希望,姑妈可以不说下去。

陈淑芳胸膛在起伏,她咬着牙,瞪大了眼睛,看着自己的侄女。

过了几秒钟,陈淑芳长叹了一声:"不做餐饮,你怎么搞?这一年多,你都耗在这里了。"

陈晓欣的脸上便有了笑容,终归,这仍是那位雨夜里愿意为她做节瓜粉丝煲的姑妈。

不过对陈淑芳的问题，陈晓欣倒是很坦然："重新开始啊，我并不见得要跟餐馆绑在一起，对不对？"

对陈勇来说，对陈淑芳来说，餐馆是一个执念，是祖业。

但陈晓欣，至少现在的陈晓欣，并不这么认为。

接手餐馆时，她就不是因为它是祖业，它是执念，她只是希望尽自己的一份力，去挽救自己那岌岌可危的原生家庭。

可是当她把餐馆做起来之后，就发现因为自己的努力而解放了父母，于是不论是父亲还是母亲，他们有了足够的时间和心情，去追寻自己感兴趣的东西。

这也就是她所说的，她为之努力的基础，其实已经不复存在了。

"可以做，那么我不介意把它当成事业。"陈晓欣望了一眼里面正是饭点，仍然客满的餐馆。

而如果做不下去呢？

她很坦然："那它就是我路过的风景，至少我没有亏，对不对？我可以重新出发，重新开始旅程。"

的的确确，无论是差一些的机会，诸如给她发邀请函的前上司李总，或是优厚一些的机会，专门找她，希望她能出任评估部门负责人的上市公司——她并不缺乏重新出发的机会。

陈淑芳点了点头，便没有再劝下去，又坐了一会儿，她就匆匆而去了。

因为陈晓欣明确告诉她搞不掂，那么她就得自己去处理那辆七百万豪车的问题。

事实上，这辆豪车已经开始越来越困扰她了。

本来就是经济专业毕业的她，辞职之后，通过亲戚朋友的集资去炒期货，赚到豪车的首付之后，为了打造人设，听信了做微商的朋友的建议，买了这辆豪车。

而她的水平，并没有达到总是赚钱的地步。

每个月巨额的车贷和利息，特别是这个月，又在期货上小亏了一笔，她感觉已经有点支持不下去了。

本来，她打算自己撑不住了，就跟陈晓欣摊牌，然后由陈晓欣来帮她处理。

但现在,陈淑芳知道,她得自己去处理。启动了汽车,她拨通了经纪人的电话:"我这辆车,你看看帮我挂出去,对,不到两千公里。"

其实陈淑芳不太明白,为什么陈晓欣感觉做不下去了,但又不尽快清算关张。

这个问题,对刘宛晴而言,也存在着同样的疑惑。

这几天刘宛晴下班之后,就过来看陈晓欣,到了这一天,她终于忍不住问了起来:"欣欣,你觉得做不下去,为啥不赶紧关张了呢?"

"还有两个多月,接近三个月嘛。"陈晓欣抱着刘宛晴给她买的奶茶,一边喝,一边笑着对她说道,"这是我投入了努力的事业,我当然希望它有转机啊!"

对刘宛晴而言,她有点听不太懂。

不过她向来觉得,小姑子的脑瓜子,大约是家里最好用的了,所以刘宛晴也不觉得,自己有必要去弄懂其中的关系,或是给陈晓欣提出什么样的建议。

她喝了一口奶茶,想了想,说出了自己这几天过来一直找不到合适开口机会的话题:"欣欣,我和你哥,想在海珠这边租个房子。上下班什么的,方便一些。"

"好啊。"陈晓欣笑着点了点头,并且对大嫂说道,"需要我帮忙吗?"

"不用,不用,现在叫搬家公司,出点钱,工人不单搬过去,还会帮我们复原,就是这边怎么布置的,他搬到新家之后,把东西大体上按照在这边的样子给复原出来。"刘宛晴聊起这个话题,便高兴了起来,拿起手机,跟陈晓欣分享那搬家公司的案例和图片,看起来,搬到海珠区这边的房子,是刘宛晴所期待的一件事。

这件事,其实刘宛晴和陈晓轩计划许久了,他们连房子都看好了,所以跟陈晓欣说了之后,第三天,搬家公司就过来了,很快就把刘宛晴和陈晓轩房间里的东西打包好并搬走了。

送兄嫂离开时,陈晓欣并没有太大的感触。

直到晚上回家之后,张若彦打电话过来,问她消夜想吃什么。

"废柴!弱智仔说要拎宵夜过来,你吃什么啊?"她习惯性地冲着兄嫂的房间喊了一声，在没有听到大哥的回应时，她又准备开口，才想起，大哥搬走了。

张若彦拎着砂锅粥过来时，一开门，她就扑到他怀里，泣不成声。

认识了十几二十年，有过欢笑，也自然见过彼此的伤怀，但张若彦第一次感觉到，她是如此柔弱。

半砧璎珞·私厨的生意仍然很不错，事实上，营业额甚至要比前两个月更好一些，饭点几乎每天都是满座。

"你们老板有空吗？"扎着高马尾的女孩放下筷子，问包厢的服务员。

服务员有些不安："美女，是菜不合口味，还是我们的服务有什么做得不对的？"

因为这个女孩就自己一个人来吃饭，半砧璎珞的服务员都是受过严格培训的，这样的顾客，往往不是心情比较差，就是比较挑剔，而且还不差钱。

身为服务行业的从业者，当然不要去撩拨对方，要先把自己的姿态摆出来，表现出善意。

但出乎服务员的意料，这位单独来用餐的顾客并不是来找碴的。

扎着高马尾的女孩很年轻，穿着随意，短袖和多裤兜的大短裤，配着一对板鞋，她笑起来有两个小酒窝，很甜："不不，你别误会，我只是觉得你们老板很有意思，要是有空，请他过来聊两句？"

陈晓欣当然不会拒绝跟用餐顾客的沟通，所以她很快就来到包厢，而一见这女孩，她就莫名地感觉到眼熟。

"是不是见过？"高马尾的女孩显然也有这种感觉。

陈晓欣快速地回忆了一下："佛山，911，潮汕女孩子。"

高马尾的女孩听着，就笑了起来，很爽朗："对对，我闺密是潮汕人，我记得了，就是在佛山，你当时跟你男朋友一起，按照我们桌上的菜要了一份？对吧！"

大家都年轻，记性都不错，确实便是有过这样的一面之缘。

于是重新坐下来之后，感觉整个氛围都轻松了许多。

高马尾的女孩很好奇地问陈晓欣："我是在国外做基建的，之前收到你这边的短信，说准备结业，让我尽快来把充值卡的钱消费掉，或是办理退款，对吧?"

陈晓欣笑着点了点头:"是的,很感谢对我们餐馆的信任,在这边充了值。现在我们考虑要结业了,所以就请大家在三个月内,把卡里没用完的余额消费掉……"

女孩手上的打火机被打着,她点了一根烟,然后打断了陈晓欣的话:"这就不对了。"

于是轮到陈晓欣不解了,她好奇地看着女孩。

女孩把烟点着之后,并没有抽,只是搁在烟灰缸上,然后她笑着拿起桌上的菜单,对陈晓欣说:"你这菜单是前天新出的,这里还有日期,还有推介的新菜!"

她的意思是,一家要结业的餐馆,怎么还在出新菜单,还在推介新菜?

都要关张了,不是应该尽快缩减人手之类的吗?

"只要还开一天,我们都会努力做好每一天。"陈晓欣也笑了起来。

高马尾的女孩看着陈晓欣,笑了起来:"股东离场啊?"

陈晓欣被她这么直接的问题问得有点发愣,但仍是诚实地点了点头。

"你这家店味道不错,口碑也不错啊,股东为啥要退场呢?"高马尾的女孩皱起了眉头。

也许这是一个可以倾诉心头愁苦的机会,也许这是一个可以谴责那些投资方的机会。

但陈晓欣并没有这么做,她只是很平静地说:"没上米其林,也没能上黑珍珠。启动退场机制,很合理。"

"这是有软骨病吧?为什么好好的餐馆,要去管这些榜单?"高马尾的女孩听着,不住地摇头。

陈晓欣站了起来,向她伸出了手,然后用力地握了握:"感谢!您卡上的余额,看看处理一下。"

因为下周五,就是三个月结业的最后一天了。

"喂!"高马尾女孩在陈晓欣要走出包厢时,喊住了她,"退场的资金是什么级数?"

陈晓欣犹豫了一下,但想想下周五,这家餐馆就要签字交给韩总那边来接手了,其实也没有什么好避忌的了。

"四百万多点。"她回头对高马尾的女孩说道。

高马尾的女孩点了点头,笑着对她说:"下周还推新菜?"

"下周还推新菜。"她很肯定地回答。

高马尾的女孩便又笑了起来,她有两个小酒窝,很甜,看着她的笑容,陈晓欣觉得,下周五结业的苦涩也有所缓解了。

而很快陈晓欣就发现了一个问题:下周五,是结不了业了。